LA MARIÉE PORTAIT DES BOTTES JAUNES

KATHERINE PANCOL

LA MARIÉE PORTAIT DES BOTTES JAUNES

roman

ALBIN MICHEL

IL A ÉTÉ TIRÉ DE CET OUVRAGE

Quinze exemplaires
sur vélin bouffant des papeteries Salzer
dont cinq exemplaires numérotés de 1 à 5
et dix exemplaires, hors commerce, numérotés de I à X

Sur une route près de Bordeaux
au mois de juin 2010,
une voiture roule.
L'homme conduit, la femme s'ennuie,
deux enfants veillent à l'arrière…

La petite fille est assise sur la banquette arrière de la vieille Mercedes. Elle porte une robe en coton rose pâle, ornée d'un galon rose foncé sur le col et les poches. Des boutons de nacre rouge dessinent une fleur sur chaque poche. Une tulipe, peut-être. Sa mère, ce matin, lui a dit, mets ta belle robe, on part voir Ambroise à Berléac. Et elle a fait le signe du secret : les deux index en x sur la bouche.

India n'aime pas porter de robe. Ça fait gnangnan. Et les fleurs sur les poches sont moches.

Il est au volant. Il a les cheveux coupés en brosse, bien rasés sur les côtés comme les militaires (il travaille dans les services secrets mais il ne faut pas le dire). Lorsqu'il remue la tête, deux plis horizontaux gonflent sur sa nuque. Deux bourrelets qui forment une bouche de crapaud. La bouche s'ouvre, se ferme au gré des mouvements du cou de l'homme. Un col de chemise blanc amidonné, des épaules qui roulent dans une veste luisante aux entournures, le dos au garde-à-vous et le teint rouge brique des hommes cuits au grand air.

Pourquoi Muriel si légère a-t-elle épousé cet homme massif ?

Parce qu'elle manquait de confiance en elle ?

Elle dit qu'il est fort, qu'il a des « réseaux », qu'il pourrait l'aider à…

Elle ne finit jamais sa phrase.

India ne l'appelle pas par son prénom. Elle dit IL, LUI, le type de maman. Maman le leur a présenté un jour en disant…

Elle ne se rappelle plus ce qu'elle a dit.

Elle n'a pas aimé. Le petit frère non plus.

C'était il y a presque un an.

Louis a le nez collé contre la vitre, la lèvre supérieure écrasée, ce qui lui fait un profil de lapin. Il regarde la route, calcule la distance entre deux arbres en clignant des yeux. Le moteur s'étrangle, la Mercedes s'essouffle dans la côte. Elle a 358 654 kilomètres au compteur. Achetée sur internet. Un site consacré aux voitures anciennes. Les sièges sont en pente douce. Les enfants se retiennent à l'accoudoir pour ne pas glisser. Ils n'ont pas le droit de poser leurs pieds sur la banquette en cuir beurre frais. La carrosserie est marron glacé. Il l'astique chaque matin avec une chiffonnette rose. India l'observe par la fenêtre de la cuisine en mangeant des Chocapic et lance ses yeux tels des poignards dans son dos quand il se penche sur le capot. Il se redresse toujours.

Raté.

Ils habitent près de la base militaire de la Braconne. C'est là qu'il s'entraîne quand il n'est pas en mission. Dans la forêt, à l'est d'Angoulême. Une maison moderne avec des baies vitrées au milieu de la forêt. Une belle forêt, plantée de chênes, de pins noirs, de cèdres, de charmes, d'érables et de hêtres.

Avant, ils habitaient un lotissement. Avant, c'est quand papa vivait avec eux.

Elle aime grimper dans le grand chêne devant la maison, s'asseoir sur une branche, se caler dans une fourche. Elle scrute les nœuds des branches, les veines des feuilles ; sa joue glisse sur les éraflures. Elle écoute le vent, le tonnerre, la pluie. Elle peut même entendre la machine à café là-bas, dans la cuisine, le couteau qui tranche le pain, le feu sous la casserole, la tartine qui saute dans le toasteur, maman qui gratte l'évier avec son ongle pour décoller une tache de jaune d'œuf. Tous les bruits font partie d'elle. Elle est le vent, la branche, la feuille, le pain de céréales dans la cuisine et le couteau qui va le trancher.

Au départ, la Mercedes ne possédait pas de ceintures de sécurité. C'est un modèle de 1963. À l'époque, la ceinture n'était pas obligatoire. Muriel avait insisté pour qu'il en installe. Il rechignait. On est en 2010 aujourd'hui, c'est obligatoire ! elle disait. Il prétendait que ça nuirait au chic de la voiture. Eh bien, avait conclu Muriel, tu te promèneras tout seul dans ta belle voiture et tu auras l'air d'un con.

Elle avait dit « con ».

Devant les enfants, stupéfaits.

Elle s'exprime avec soin. Affirme qu'il existe toujours un terme précis pour remplacer un gros mot. Il suffit de le chercher. Prononcer des gros mots est un signe de paresse, de laisser-aller, elle déteste les avachis. Elle aime le pousser à bout. Elle parle par paraboles, récite des vers, raconte des vieilles légendes. Elle ne répond jamais à ses questions, lui lance des défis, le titille, le nargue.

Pour qu'il commette l'irréparable ?

Le jour de son mariage avec lui, elle portait un tailleur vert pomme, une voilette violette, des bottes en caoutchouc jaunes, un sac à main rouge cerise. Un perroquet sur les marches de la mairie. Les témoins avaient filé tout de suite après avoir signé le registre. Ils avaient été pris au hasard parmi les employés municipaux et n'avaient pas que ça à faire. Et puis, une mariée ne porte pas des bottes jaunes en caoutchouc le jour de son mariage ! Ça se fait pas.

Il avait fini par installer des ceintures de sécurité.

Il ne bouclait jamais la sienne, conduisait une main sur le volant, l'autre sur le levier de changement de vitesse. Il portait des lunettes de soleil, signées Ray-Ban sur l'une des deux branches, qu'il repliait avec soin avant de les glisser dans la pochette de sa veste.

Des poils noirs percent sous les bourrelets roses. India a envie de les arracher. Peut-être qu'il perdrait le contrôle de la voiture qui irait rouler dans le fossé ? Peut-être qu'il s'écraserait contre le volant ?

Il pourrait même mourir ?

Elle se couvre la bouche de la main comme si elle avait jeté un sort. Elle voudrait que ça arrive mais qu'elle n'y soit pour rien. Qu'elle s'en lave les mains. On dirait qu'il serait mort et on récupérerait maman. Maman qui allait comme un gant avec papa.

Mais voilà...

Papa est mort et LUI est vivant.

Ce matin, quand ils sont partis, Maman semblait marcher à côté de ses pieds. Ses yeux suivaient un papillon blanc, elle n'entendait pas quand il lui parlait. Elle le faisait répéter comme s'il était dans la pièce d'à côté. Avant de partir, India était montée dans l'arbre, dans son arbre. Elle s'était installée dans la fourche du haut, s'était recroquevillée et avait chuchoté à l'arbre qu'elle sentait qu'il allait se passer quelque chose de très important avant la fin de la journée. Était-ce un bien, était-ce un mal ? Il avait répondu, il faudra que tu sois à la hauteur. Elle s'était laissée tomber de l'arbre et s'était confiée à sa mère qui avait répondu, c'est ton inconscient qui parle. L'inconscient sait avant nous ce qu'il va arriver et nous prévient à sa manière. Il a un langage crypté.

India n'avait pas osé demander quel était ce langage et qui était l'Inconscient. Sa mère semblait le connaître et l'apprécier. India en avait parlé à Louis. Il ne le connaissait pas non plus. Il n'avait jamais rencontré ce nom dans les ouvrages qu'il lisait. Mais, avait-il concédé, il ne pouvait prétendre avoir lu tous les livres. Il se concentrait sur les ouvrages scientifiques et techniques. Il avait réfléchi et en avait déduit que maman était une espionne, elle travaillait pour l'Inconscient lors de missions secrètes. Mais alors, avait-il ajouté, est-ce que maman et Franck appartiennent au même réseau ? Sont-ils amis ou ennemis ? L'a-t-elle épousé sur ordre de l'Inconscient ? Et ils sont où, les bureaux de l'Inconscient ?

Maman est une femme pleine de mystères, avait-il conclu.

Lui, ce matin, avait choisi des gants « spécial conduite » en cuir et maille beige. Il s'était installé derrière son volant et avait attendu en réglant son rétroviseur. Maman s'était avancée vers la voiture, tête haute, lunettes de soleil noires, taille fine, balançant sa pochette en raphia achetée au Monoprix d'Angoulême sur laquelle était brodé en fil blanc « Sur le sable ».

– Quelle allure ! avait soupiré Louis. Je te dis que c'est une espionne... Elle s'entraîne pour sa prochaine mission. Elle doit jouer une aventurière dans le désert. On envoie toujours de très belles femmes pour séduire l'adversaire.

– C'est vrai, elle est belle...

Muriel a un grand nez, de longues mains, de longues jambes. Des yeux vert fond de bouteille. Des taches de rousseur. Des cils décolorés, des cheveux blond argent qu'elle lisse entre ses doigts, ça fait briller le soleil, les pinces roses des écrevisses et la verte prairie devient orange, la la la, elle chante en secouant ses mèches.

La petite fille aussi a un grand nez, des taches de rousseur. Et des cheveux blond très pâle, coupés court, au carré.

Elle n'est plus si petite, elle a dix ans.

C'est sa mère qui dit « ma petite fille ».

Son père disait India. India comme Ine-dia. Pas comme Hein-dia.

Le petit frère aussi dit India comme Ine-dia.

Le petit frère s'appelle Louis mais change souvent de prénom.

– Tu t'appelles comment aujourd'hui ? a demandé India en montant dans la Mercedes marron glacé.

– Bucket.

– Ça veut dire « seau » en anglais, t'es au courant ?

Il a haussé les épaules. Elle le prenait pour qui ? Je parle anglais, elle le sait bien. Il faut toujours qu'elle fasse son intéressante parce que je suis plus petit. J'ai huit ans et demi, juste quelques mois de moins qu'elle. C'est pas la mer à boire ! *No big deal !* Papa nous parlait en anglais. Il disait que ça nous servirait plus que le français. Il s'appelait Lewis, il était né à Montréal. Il parlait français avec un petit accent. Il avait choisi le prénom Louis parce que en anglais on prononce Lou-isse et que ça sonnait comme son prénom à lui : Lewis. Lou-isse, Lewis, Lou-isse, Lewis, père et fils pour la vie. Il en avait fait une chanson qu'il jouait à l'harmonica.

– Ok pour Bucket. C'est rigolo.

– Tu crois que je peux la vendre cher, ma casquette ?

Lewis l'avait rapportée de New York. Une casquette de l'équipe de base-ball. Louis frimait sur son vélo en ajustant sa visière pour que tout le monde voie bien qu'il était écrit *Yankees* dessus. Lewis voyageait beaucoup. Muriel ne l'accompagnait pas. Il faut que je garde les enfants. Et puis, j'ai mon boulot…

Son boulot, c'était des heures de ménage.

Muriel ne voyait plus sa famille depuis son mariage avec Lewis.

Lewis avait laissé la sienne au Canada. Personne ne téléphonait ou n'écrivait pour Noël. Zéro carte de vœux. Zéro cadeau.

– Tu veux la vendre ?

– Je veux être riche. *Louissse wants to be richhh !* T'as vu ? Ça rime.

– Coupe à *l'hémistichhhe...*

– J'écris plus de vers, soupire Louis. Ça se vend pas bien.

– On va jouer aux arbres ! dit soudain Muriel en tapant dans ses mains.

– Muriel ! Laisse-moi écouter les infos ! IL râle en montant le son de la radio.

« La Cour suprême américaine s'est prononcée contre les restrictions locales à la possession d'armes à feu aux USA. Plus de 200 millions d'armes à feu sont en circulation aux États-Unis pour une population de 300 millions d'habitants, provoquant, rien que pour l'année 2010, une moyenne de 80 morts par jour. »

– Tu as raison ! C'est très gai comme information !

Elle resserre le nœud de son foulard Hermès, très beau. Elle l'a remis en place quand ils sont sortis du restaurant. Ça lui donne un air d'actrice mystérieuse comme dans les vieux films qu'ils regardaient, Lewis et elle, sur le canapé, un paquet de chips « goût homard » sur les genoux. Ils avaient chacun leur héroïne. Maman, c'était Angélique, marquise des anges, papa, Kim Novak. Il prenait maman par le cou et disait d'une voix grave, venez dans mes bras, miss Novak ? Avec plaisir, mister Peyrac !

Muriel porte toujours ce foulard Hermès très beau. Même pour aller chez le boulanger. Si elle l'égare, il faut tout de suite le retrouver, sinon des larmes lourdes comme des gants de boxe gouttent à ses yeux.

– On va jouer à « les arbres se parlent »... Moi, je fais le grand chêne, India, le hêtre, Louis, le saule pleureur.

Elle se déchausse, replie ses jambes, prend une profonde inspiration et commence :

– Le gros chêne devine un danger au loin. Il tremble, ses racines vibrent, elles préviennent le saule pleureur qu'un vol de papillons parasites fonce vers lui, il faut qu'il se protège. Regardez ! Le saule pleureur a entendu et agite ses branches ! Mime le saule pleureur, Louis ! Vas-y !

– Je vois rien..., bougonne le petit frère. Et puis, je m'appelle Bucket, pas Louis.

– Parce que tu ne veux rien voir. Ouvre les yeux, ouvre ta tête, laisse le merveilleux entrer en toi. Les arbres te parlent.

– Les arbres sont juste des troncs avec des branches, des feuilles collées dessus et des racines qui puent.

– On a dit qu'on jouait, alors on joue ! s'exclame Muriel.

– Pas rigolo..., marmonne Louis.

– Quelle barbe, les enfants ennuyeux ! Il n'y a rien de pire que l'ennui. L'ennui tue le désir et le désir, mes enfants chéris, c'est... c'est l'élixir de la vie.

L'homme tend le bras, ses doigts enserrent le cou de

sa femme. Elle claque sa nuque comme pour écraser un moustique.

Il retire sa main, tourne la tête.

– Arrête un peu avec tes arbres...

– J'aime les arbres. Grâce à eux on fait ces merveilleuses barriques où le vin vieillit si bien.

– Ah, si on se met à parler vin...

Ils avaient commencé à s'affronter au restaurant. Ils s'étaient arrêtés dans une auberge recommandée par un collègue militaire. Il avait étudié la carte, avait hésité puis choisi une bouteille. Elle avait goûté le vin et grimacé.

– Il est pas bon ? C'est ça ?

– J'ai rien dit.

Elle avait continué à tourner le verre entre ses doigts comme si elle attendait qu'il s'améliore.

– Pas de dessert, on n'a pas le temps, il avait décidé en plaquant sa serviette sur la table.

Il avalait ses lèvres, tirait sur son nez, dégoûté. Le petit frère avait à peine touché à son assiette.

– On le paie ce plat-là, alors on le mange !

– Très chic ! avait dit maman. Tu devrais parler plus fort.

Elle avait posé la paume de sa main sur les cheveux de Louis et les caressait comme on apaise un nouveau-né. Il lui avait jeté un regard noir.

– C'est pas un bébé ! Il a huit ans et demi !

– Tu as raison, Franck, ce n'est pas un bébé, c'est MON bébé.

Il avait vérifié l'addition, appelé le garçon, tapé son code et ils avaient quitté la table. Louis traînait les pieds, suis pas un bébé ! Et pis, c'était pas bon, ils avaient mis plein de fromage fondu pour qu'on croie que ça avait du goût et c'était beurk, beurk. Maman répétait, ça ne peut plus durer, je vais devenir folle !, et lui… il avançait vers la voiture en frappant ses clés contre sa cuisse.

C'est sûr qu'il allait arriver un grand tremblement.

– Vous êtes bien attachés, les enfants ?

Muriel a bouclé sa ceinture. Ils ont bouclé les leurs. Il a tourné la clé et mis le contact.

– Et maintenant, en avant !

Le soleil clignote à travers les branches et les cimes des arbres forment un parachute vert. Un vert panaché de dizaines de verts. India soupire, il y a tant de nuances de vert et un seul mot pour les nommer. Un mot plat. En quatre lettres. « Vert ». Les hommes n'ont pas d'imagination. Les érables deviennent rouges en automne. Pour leur donner des idées.

Muriel entonne une vieille chanson :

– « Colchiques dans les prés fleurissent, fleurissent, Colchiques dans les prés, c'est la fin de l'été ; Les feuilles d'automne, emportées par le vent, En ronde monotone tombent en tourbillonnant… »

Il y a de la joie dans sa voix quand elle se tourne vers eux et fredonne :

– « Et ce chant dans mon cœur murmure, murmure, Et ce chant dans mon cœur appelle le bonheur. »

Peut-être est-elle heureuse parce qu'elle attend un bébé ?

Maman aime s'accroupir devant un berceau, un marmot qu'elle croise ; elle lui tend un gâteau, lui parle des oiseaux, des cachalots. Elle dit que les bébés sont le début du monde, elle en aurait voulu treize à la douzaine.

– Maman ! Maman ! T'as vu ? s'écrie Louis en montrant un panneau sur la nationale qui indique « Saint-Romain, 12 km ». C'est là qu'on habitait avec papa !

– Ne crie pas, Louis, s'il te plaît.

– Bucket ! Je m'appelle Bucket. On peut aller voir, maman ? S'il te plaît. J'aimerais beaucoup.

– Moi aussi. *Please, mummy, please !* implore India.

– Hors de question, dit Franck. Ça fait un détour.

– Douze kilomètres ! s'écrient les enfants. C'est rien du tout.

Franck consulte Muriel du regard.

– On n'a pas le temps, n'est-ce pas ? Dis-leur.

Muriel se retourne vers les enfants.

– On ne s'arrête pas. On ne fait que regarder, d'accord ?

– Tu cèdes tout le temps.

– Ils ont envie de revoir leur maison. C'est normal. Ils l'ont quittée il y a un an. C'est une éternité pour eux.

Il hausse les épaules et met son clignotant.

– Le jour où on m'écoutera, les poules auront…

La voiture pénètre dans le bourg et tourne à droite dans le lotissement les Alouettes. Sur la droite, Muriel aperçoit la maison de Gabrielle. Elle a un pincement au cœur. C'était son amie, avant, quand ils vivaient ici. Et puis… Elle ne veut pas y penser. Tourne la tête quand même pour voir si elle l'aperçoit. Se rappelle leur dernier coup de fil. Et se remet droite. Les enfants ont descendu leur vitre et montrent du doigt leur maison.

– C'est là ! C'est là ! Ils ont gardé le trampoline !

– Et la balançoire !

– Et la vieille piscine en plastique pourrie ! Papa voulait la porter à la décharge.

– Ils ont changé les rideaux de la cuisine, remarque Muriel. Je préférais les miens.

– Maman ! Maman ! crie Louis. Y a deux enfants qui nous regardent ! Ralentis, Franck !

– On a dit qu'on s'arrêtait pas, dit Franck.

– Maman ! Dis-lui de ralentir… Je veux les voir de près.

Muriel se tourne vers Franck et incline la tête pour demander à Franck de ralentir.

– Sois gentil ! Ils ne descendront pas de la voiture…

Franck pousse un soupir et se gare devant la pelouse où une petite fille lance un diabolo rouge et un petit garçon essaie de faire du vélo sur la roue arrière. Louis fait signe aux enfants de s'approcher.

– On habitait là avant…, crie Louis.

Le vélo du garçon retombe sur la roue avant et le gamin pose les mains sur le guidon. Il porte des lunettes avec du scotch sur une branche.

– Ah, c'est vous ?

– Oui. Et elle, c'est ma sœur, India.

India sourit et fait un petit signe de la main.

– On habitait ici avec mon papa. Et puis il est parti.

– Oui, je sais, dit le garçon, les gens parlent de vous…

– Ah… et ils disent quoi ?

Le garçon hausse les épaules et tripote ses lunettes.

– Ça m'intéresse pas trop...

– Dis-leur que maman, elle a rempli un sac avec des lettres pour eux..., dit la fille au diabolo.

– Pour nous ? dit Louis. T'as entendu, maman ?

– Mais elle savait pas où l'envoyer, poursuit la fille. Personne a votre adresse...

– Tu peux nous donner le courrier ? demande Muriel avec un grand sourire.

– Si vous voulez, dit la petite fille en posant son diabolo.

Elle ressort de la maison avec un sac en plastique fermé par un nœud à oreilles de lapin.

– Voilà...

– Merci, dit Muriel. Tes parents sont là ?

– Non.

– Tu les remercieras.

La fille mâchonne le bout de sa baguette de diabolo.

– Maman savait pas quand vous passeriez...

– Ben voilà... Je suis passée.

– Elle a dit aussi que la prochaine fois qu'il y a des lettres, elle les donnerait à monsieur Janvier parce qu'il a dit qu'il vous connaissait très bien...

– Ah... elle a un téléphone, ta maman ?

– Je sais pas son numéro par cœur, mais je peux aller dans la cuisine, il est écrit sur le frigo...

– Maman ! crie India. Y a monsieur Janvier qui arrive !

– Manquait plus que ça ! soupire Franck.

Il coupe le moteur et frappe de son poing fermé sur le volant. Monsieur Janvier arrive, essoufflé. Il porte un tee-shirt marron avec un transfert « Johnny Hallyday », s'accoude à la portière, les yeux brillants. Il a des plaques d'eczéma sur les avant-bras.

– Ben ça alors... ça fait plaisir de vous voir. Longtemps qu'on a pas eu de vos nouvelles. J'allais justement vous appeler pour...

– Comment allez-vous, monsieur Janvier ? dit Muriel en reculant dans son siège.

Il s'est rapproché et dégage une odeur de cigarillo froid.

– Je suis drôlement content ! Je voulais vous dire que...

– Et comment vont les enfants ?

– Très bien ! Très bien ! Gus, il a eu son brevet et il est passé au professionnel chez un garagiste, et Lili, elle veut pousser jusqu'au bac. Sont des braves petits. Et vous ? Tout se passe bien ?

– Très bien. On ne va pas s'attarder, on doit aller à Bordeaux et...

– Je voulais vous dire...

Il baisse la voix, tourne la tête pour voir si les enfants sur la pelouse ne l'écoutent pas. Le garçon prend de l'élan pour faire un wheeling et la fille est en train de battre son diabolo. Rassuré, il poursuit à voix basse :

– Les nouveaux dans votre maison... ils sont arrivés y a quinze jours seulement, ils ont eu des tas de problèmes pour emménager, oui, oui, la maison est restée vide tout ce temps. Un an ! C'est à se taper la tête, non ? Mais c'est une autre histoire... Eh ben... quand ils ont ouvert votre boîte aux lettres, ils ont trouvé du courrier. C'était bourré de chez bourré, ils m'ont dit.

– Les enfants viennent de me le donner... Ce doit être des publicités ou des trucs sans importance. J'ai fait suivre mon courrier en m'adressant directement aux personnes ou entreprises concernées…

– Vous êtes pas passée par la Poste ?

– Non. C'était pas la peine.

Et puis, je voulais pas laisser de trace. Je voulais surtout pas que vous, monsieur Janvier, vous me retrouviez. Je ne vous ai jamais beaucoup aimé…

– Je peux voir ? dit monsieur Janvier en tendant la main vers l'ouverture du sac d'où dépasse une grande enveloppe.

– Non ! s'écrie Muriel. C'est personnel.

Monsieur Janvier se penche et aperçoit l'enveloppe.

– Ah oui ! Elle est bien épaisse ! C'est peut-être un courrier qui vous annonce que vous avez gagné à un jeu ou à une loterie ? Madame Lazure dans l'impasse des Briquettes, elle a reçu pendant un an des paquets de lingettes pour vitres à la suite d'un concours chez Lidl… Elle avait pas rempli un seul formulaire et elle a été tirée au sort ! Bizarre, non ? Ça devait être truqué, comme tout aujourd'hui. N'empêche, ça fait un budget ! Moi, je crois bien que ce sont des lingettes. Vous allez pouvoir faire briller vos vitres… Vous en avez beaucoup des enveloppes comme ça ?

– On va devoir partir, monsieur Janvier. Ça a été un plaisir de vous revoir.

– Ce qu'il y a de bizarre aussi, j'ai pas bien vu mais je crois pas qu'il y a écrit Lidl sur l'enveloppe. C'est peut-être un autre truc… Vous me direz ? Y a de plus en plus de promos de nos jours, mais pas toutes honnêtes.

Faut se méfier. Mais vous savez ça, hein ? On vous la fait pas à vous !

Il adresse à Muriel un sourire complice comme s'ils avaient braqué des banques ensemble.

– Merci, monsieur Janvier. Merci beaucoup. Embrassez vos enfants de notre part et mon souvenir à votre femme…

– J'y manquerai pas. Vous me direz pour les lingettes ? Ça ferait deux gagnantes dans le lotissement… C'est pas commun.

– Oui, oui.

– Alors à bientôt ! Et au revoir au monsieur…

Il s'est arrêté parce qu'il ne connaît pas le nom de Franck et aimerait bien être présenté. Mais Franck a déjà embrayé.

– Un peu lourd, le mec, non ? il grogne en fixant dans le rétroviseur monsieur Janvier qui leur fait des signes de la main.

Ils sont à peine sortis du lotissement que Muriel s'écrie :

– Zut ! J'ai pas le téléphone des nouveaux occupants de la maison ! La petite était partie le chercher et, avec l'arrivée de Janvier, j'ai oublié !

– On va sûrement pas y retourner ! grogne Franck. Alors ça, non ! De toute façon, t'as entendu les gamins ? Les parents donneront le courrier à monsieur Janvier. T'auras qu'à l'appeler.

– Je déteste monsieur Janvier…

Ils sont retournés sur la nationale 10 et Franck annonce le temps perdu sur l'itinéraire calculé au départ.

– Va falloir rattraper le retard ! Tu regardes pas ce qu'il y a dans le sac en plastique ?

– Je l'ai mis dans mon gros sac. Je verrai ça plus tard. C'est sûrement pas important.

Au feu rouge en sortant de Barbezieux, une camionnette remonte la file de voitures et vient se placer devant eux en crachant un nuage noir.

– Non mais ! il crie. Il est gonflé çui-là !

Sur les flancs de la camionnette, brille en lettres rouges l'inscription *Peintures Bright and Glory.*

– *Bright and glory !* Je t'en foutrais, moi, du *bright and glory* !

Le feu passe au vert, la camionnette démarre en lâchant une nouvelle pétarade noire. Il gronde, *Bright and glory, bright and glory* ! La route étroite sinue dans la campagne, coupe des champs de colza jaune, de blé vert, d'avoine à têtes rosées qui penchent sur le côté.

– Je voudrais un pull avec ces couleurs-là, dit India en pointant les champs du doigt.

– Tu sais très bien que je ne tricote pas, ma beauté. Je préfère jouer avec vous, parler aux arbres, aux oiseaux. Quand j'étais petite, je parlais aux grappes de raisins. Je leur disais des mots doux pour qu'elles soient plus sucrées.

– C'est quand tu vivais à Berléac…

C'était avant papa.

Papa n'avait pas eu le droit de vivre à Berléac.

India écoutait aux portes, la nuit. À la porte de la cuisine, du salon, et même à celle de la chambre à coucher des parents. Parfois c'était gai, parfois c'était triste, et elle pensait, pourquoi se marier si c'est pour pleurer le soir ? Quand elle grimpait dans son arbre, elle l'entendait lui dire de se préparer au malheur, la vie n'est pas un chemin de pommes de pin, il y a des malandrins tapis dans les fourrés qui vous sautent dessus et vous assomment. L'arbre ne parle pas avec des mots. Il sécrète des émotions qui flottent dans l'air et forment des images, des messages. Comme les signaux de fumée émis par les Sioux sur les collines du Far West.

India s'était préparée. Elle s'était appliquée à ne pas perdre un gramme de papa ni un gramme de maman. Elle faisait des provisions.

Papa était grand, beau, sans qu'on puisse l'expliquer avec des mots. Au premier abord, il paraissait ordinaire, on aurait pu ne pas le remarquer, mais une fois qu'on l'avait vu, on ne pouvait plus l'oublier. Sa manière de s'habiller, de s'ébouriffer, de dire des bêtises d'un air sérieux, de sourire, de sortir son harmonica, de jouer trois notes et de bondir sur ses pieds en disant, la suite, ce soir !

Il portait un mystère.

Maman, c'était pareil.

La camionnette devant eux brinquebale sur la chaussée et lâche des convulsions de fumée noire.

– Il est saoul ! Ou il a fumé, et pas que du tabac ! Au premier coup de vent, il part dans le fossé.

Muriel a ramassé ses cheveux en un buisson blond au sommet de sa tête, les a bloqués avec un crayon, le foulard Hermès très beau a glissé sur ses épaules, elle ferme les yeux à demi, se concentrant sur la route. On dirait qu'elle cherche quelque chose.

– Je te dis qu'elle est en mission, chuchote Louis.

– Mais non ! C'est pas une espionne, c'est juste maman…

– T'es naïve, ma pauvre fille ! Regarde sa pochette, elle est pleine à craquer, tu sais pourquoi ? Elle trimbale un pistolet !

Les bas-côtés de la route sont accidentés, des panneaux indiquent « Accotements non stabilisés ». Il ne faut pas s'y garer, c'est dangereux. India lit l'avertissement et sent le danger se rapprocher. Il faut qu'elle arrête d'écouter Louis. Il raconte n'importe quoi. Maman n'est pas en mission, elle ne transporte pas de pistolet, ils vont à Berléac où Ambroise, le grand frère de maman, les attend.

– Je l'ai bien choisi, ce restaurant, il dit, radouci. T'as aimé ?

– Franck ! S'il te plaît !

– Dis quelque chose…

– Merci. Merci beaucoup. C'est gentil de nous avoir invités.

Elle glisse un doigt pour bloquer une mèche derrière l'oreille et se regarde dans la glace du pare-soleil.

– C'est vrai, quoi ! Je me mets en quatre pour te faire plaisir et…

Muriel baisse la vitre, passe un bras au-dehors et tambourine sur la portière.

– Arrête ! il grince entre ses dents.

– Ces platanes sont si beaux ! Vous savez, les enfants, que le mot « platane » signifie large et plat en grec et que, dans le parc de Versailles, il en existe un qui a plus de deux cents ans ?

Elle se tourne vers eux sans cesser pour autant de marteler la portière. Ses coups s'accélèrent. On dirait qu'un bouc insiste pour entrer.

– Un jour, Ambroise m'a emmenée voir ce platane. Il me tenait par la main et m'a présentée. Je me suis inclinée et j'ai choisi le platane comme second fiancé… Le premier, c'était Ambroise, bien sûr.

Quand elle parle d'Ambroise, sa voix s'élève, douce, flûtée.

– Mon platane se dressait, royal, au milieu de dizaines de charmes. Le charme est un arbre étrange, il n'est jamais malade – d'où l'expression « se porter comme un charme » –, mais il meurt très jeune. Il dépasse rarement les cent ans.

La route s'est resserrée entre deux rangées de platanes. Les virages sont de plus en plus serrés et Louis secoue la main en silence pour signaler que ça devient très dangereux. La Mercedes ralentit derrière la camionnette qui pétarade.

– C'est drôle, dit Muriel, elle fait moins de fumée quand elle roule plus vite… Je me demande à quoi c'est dû…

– À un excès de carburant par rapport à l'air, dit Louis. Quand elle démarre, la combustion est incomplète et les gaz non brûlés s'envolent en fumée noire. Quand elle roule, ça s'équilibre.

– Qui t'a appris ça ? dit Muriel.

– Moi tout seul. Sur internet. J'essaie de construire

un moteur de voiture. Plus tard, je construirai une fusée pour aller sur Mars. Et je deviendrai très riche.

– Quelle imagination !

– C'est pas de l'imagination. C'est des calculs, beaucoup de calculs. Et je connais pas toutes les équations. Suis trop petit.

Muriel tape de plus en plus fort en parlant des platanes et du fameux cheval de Troie qui, selon Homère, était taillé dans ce bois-là.

– Arrête ! crie Franck. Tu le fais exprès ?

Elle bâille, met une main devant la bouche et continue de l'autre à frapper la portière.

– Regarde-moi ce crétin devant !

– Oublie-le. Quand on ne peut pas changer un truc, on l'oublie. Sinon on est malheureux tout le temps. Ou alors, fonce-lui dedans !

Elle tend les bras et les porte à sa tête comme si elle était frappée de stupeur. On ne fonce pas dans une voiture lorsqu'on est un conducteur expérimenté et qu'on travaille pour les services secrets. On œuvre pour la sécurité de son pays, on est sérieux, responsable, on a les tempes bien rasées et une veste qui serre aux épaules. Elle se rapproche de lui, pose la main sur son bras, y fait courir ses doigts.

– Vas-y… Ce serait rigolo. Hein, les enfants ? Ce serait rigolo si on partait en fumée comme ça !

Elle claque des doigts en se dressant sur son siège. India et Louis tendent les jambes contre le siège avant, se collent au dos de la banquette. La main de Louis saisit celle d'India. Ils ne crient pas, ils baissent les yeux pour ne pas voir la route. Ils font « la bulle », le menton sur la poitrine, une mousse de salive aux lèvres. Ils entendent battre le cœur de l'autre, et ça les rassure.

– Je sais plus quoi faire avec toi, Muriel, je sais plus.

– Double-le !

– Pourtant au début…

– On ne va jamais arriver si tu ralentis !

India regarde la nuque de sa mère se raidir. Il est vraiment bête, ce type, à parler comme si on l'entendait pas à l'arrière.

– Et quand je t'ai demandé de m'épouser…

– Double-le et qu'on n'en parle plus !

– Tu penses vraiment ce que tu dis ?

– Si tu savais… Tu pleurerais des larmes de sang.

Elle est comme ça, maman.

Elle se tait pendant des mois et puis, c'est grande colère sous chapiteau. Elle lâche les lions, les otaries, les chevaux, cravache le dompteur, le roule dans la sciure et s'enfuit avec sa voiture.

Une nuit, ils habitaient
encore le lotissement,
India écoutait derrière la porte
entrebâillée de la cuisine.
Pendant le dîner,
on avait fêté ses huit ans…

… elle avait glissé la plaque du gâteau en pâte d'amandes, « Joyeux anniversaire, India », dans sa poche de pyjama pour la manger dans son lit. La plaque avait fondu, le fond de la poche était poisseux. Maman ne serait pas contente. India, accroupie derrière la porte, espionnait ses parents. Il y avait des restes de repas sur la table, des assiettes sales, une bouteille de vin bien entamée. Son père lisait, assis dans un fauteuil près de la fenêtre, engoncé dans un gros pull gris à col roulé dont les poignets s'effilochaient. Il tirait sur sa chaîne de baptême et mordillait la médaille avec son nom et sa date de naissance gravés dessus. Une jolie médaille avec une tête de Sainte Vierge qui prie. Sa mère, les coudes sur la table, triturait un torchon à carreaux rouges et blancs. Elle l'étirait, le tordait, faisait un nœud, deux nœuds, tout en parlant et sa voix montait dans les aigus. Elle disait qu'elle en avait marre d'être mal habillée, de ne pas pouvoir acheter une machine à café ou le fer à repasser qu'elle avait vu chez Boulanger. Compter, compter, toujours compter, ça la rapetissait. Mais ce qu'elle ne supportait plus, c'était son silence.

Son silence coupable. Comme s'il avait honte de quelque chose et qu'il ne voulait pas en parler. Elle sentait bien qu'il y avait un problème. Elle aurait aimé qu'il se confie. Quand on s'aime, on se confie, n'est-ce pas ? On partage des nouvelles importantes. On ne parle pas seulement de la météo, du car scolaire et du prix des coquillettes. À quoi ça sert d'être à deux si on reste muets ? C'est du gâchis. Elle se versait un verre de vin rouge, le buvait, repoussait une mèche de cheveux et reprenait :

– J'ai trente ans et je suis en train de me gâcher dans une maison de pacotille, dans une vie de pacotille…

Papa gardait les yeux sur son livre. Il remontait une manche, se grattait l'avant-bras, mangeait l'intérieur de ses joues.

– Oh ! Comme je regrette de t'avoir rencontré, de n'être devenue qu'un ventre qui enfante, des bras qui travaillent à des travaux stupides, un cerveau vide. L'avenir, tu sais où je le vois maintenant ? Dans les enfants. J'attends que la vie reflue vers moi à travers eux. C'EST TA FAUTE !

Il avait refermé le livre, l'avait glissé dans sa poche, s'était levé, avait murmuré, *it's enough, it's enough…*, avait jeté les clés de la maison sur la table et était parti par la porte arrière, celle qui donnait sur la balançoire et le trampoline.

Maman était restée assise. Blanche comme le torchon plein de nœuds. Les yeux dans le vide, le menton appuyé sur le bouchon de la bouteille d'eau. Elle avait attrapé un couteau qui traînait et examinait son reflet dans la lame. Elle passait en revue ses yeux, ses sourcils, sa bouche, scrutait ses dents, retroussait ses lèvres. Il y avait eu un bruit de moteur, elle s'était hissée sur les mains, avait regardé par la fenêtre les feux arrière du camion qui s'éloignait, les avait suivis le plus longtemps possible et était retombée le front contre la bouteille. Et puis elle avait fait quelque chose de bizarre. Elle avait tendu la main, s'était emparée du jeu de clés sur la table et l'avait pressé contre sa joue.

Il devait être encore tout chaud de la poche de papa.

Le lendemain matin, en posant les Chocapic et le lait du petit déjeuner sur la table, elle leur avait dit qu'il était parti en Finlande chercher des troncs d'arbres pour un chantier. Il ne reviendrait pas avant… elle ne savait pas.

Au coin de la rue de l'Église et de la rue des Acacias, le bus scolaire avait klaxonné.

– Dépêchez-vous ! elle avait crié. Allez ! Allez !

Est-ce qu'IL va faire comme papa ?

Jeter les clés de la voiture et disparaître derrière le talus ?

India se penche en avant, tire sur la ceinture pour vérifier qu'elle tient bien. Le cran de sécurité s'enclenche et la ceinture se bloque. Elle se rejette contre le dossier et pose ses mains sur la banquette en cuir beurre frais. Des mains solides, des mains de fille qui a appris à se bagarrer. Et des cicatrices sur le genou droit, une longue sur le tibia, une sur le coude.

Un après-midi, c'était il y a plus d'un an, elle avait piqué la bicyclette de Lili, sa copine dans le lotissement. Il fallait qu'elle aille acheter des pétards de 14-Juillet.

Elle était partie en pédalant en danseuse, se retournant pour voir si Gus, le grand frère de Lili, ne la suivait pas. C'est un violent, il lui tord le bras, crie que les rousses, ça pue, alors s'il la coince… Parfois elle a envie qu'il la bouscule, elle imagine ses grosses mains sur elle, ses gros doigts qui s'enfoncent dans sa bouche, et des étincelles courent jusqu'à ses talons.

Elle pédalait de toutes ses forces et avait buté dans la barrière « Attention travaux ». Elle s'était étalée sur un tas de gravats, de pierres et de ferraille. Face contre terre, le genou ouvert, le coude déchiré, du sang partout. Ça pue pas les rousses, et puis d'abord elle est pas rousse, elle est blonde, parsemée de taches de soleil.

Quand elle était rentrée à la maison, son père était devenu aussi blanc que l'évier. *For Christ's sake, what have you done to yourself!* Il l'avait prise dans ses bras, l'avait serrée contre lui. Elle entendait son cœur battre comme un déglingué. Tu ferais mieux de désinfecter ses blessures, avait dit monsieur Janvier, le voisin, le père de Gus et de Lili, qui passait la tête par la porte de la cuisine. On ne savait jamais comment et pourquoi il arrivait, celui-là, mais c'était toujours pour se mêler de ce qui ne le regardait pas. Il avait perdu trois doigts sur une machine à découper des poutrelles d'acier dix ans auparavant et depuis il possédait une carte de grand invalide qu'il louait à la journée à ceux qui allaient en ville. C'était moins cher qu'une contravention et on pouvait se garer n'importe où. Son père disait qu'il fallait rester en bons termes avec ses voisins mais on sentait bien qu'avec monsieur Janvier, il se forçait. Maman lui demandait, pourquoi tu fais des efforts ? On lui doit rien ! Papa haussait les épaules. On dirait qu'il a barre sur toi… que tu as peur de lui.

C'est peu de temps après que papa avait disparu.

Au début, personne n'en parlait. Et puis les langues s'étaient déliées, « ton pauvre papa… si jeune ! ». Il y avait eu des phrases étranges, « un accident qu'on dit… », « la faute à pas de chance », « … de toute façon, on saura jamais la vérité ! ». Une fois à la boulangerie, dans la queue, une dame avait chuchoté à une autre, la Muriel, elle est vernie. Elle va empocher l'argent de l'assurance !

Muriel ne disait jamais que Lewis était mort. Elle voulait une preuve avant de prononcer le mot. Elle répondait aux enfants que papa avait « disparu ». Elle ne parlait pas de l'assurance non plus.

Elle se taisait.

Deux types étaient venus l'interroger, un soir. Ils avaient sonné, essuyé leurs pieds sur le paillasson et avaient expliqué que monsieur Lewis Riley avait souscrit une assurance-vie peu de temps avant l'accident et qu'une enquête avait été ouverte. Ils s'étaient assis à table pour rédiger les réponses à leurs questions. Il y avait un grand brun et un blond poupin avec une barbe clairsemée piquée de boutons rouges. Louis leur avait demandé pourquoi ils avaient chacun une écharpe rouge, est-ce que c'était un uniforme ? Ils avaient répondu que c'était pour rigoler, un clin d'œil qu'ils se faisaient quand ils travaillaient en équipe et, en y réfléchissant, ils trouvaient ça assez chic.

Muriel avait dit aux enfants de monter prendre leur

bain et de se mettre en pyjama. India et Louis avaient gravi quelques marches et s'étaient assis pour écouter.

Les deux hommes avaient assuré à Muriel que c'était une formalité, de nos jours, on a affaire à tellement d'escrocs qu'on est obligés de se méfier et d'enquêter. Et puis, de toute façon, madame, c'est seulement en cas de crime ou de suicide que l'assureur ne paie pas. Nous voulons bien croire que vous n'êtes pas concernée, mais il nous faut pour cela vous interroger.

Elle leur avait proposé un café, ils avaient préféré un verre d'eau. Ils avaient posé leurs questions. Ils avaient demandé si elle vivait seule dans la maison. Personne pour la protéger ? Une femme seule avec deux petits enfants, c'est une proie facile. Elle n'avait pas peur ? Non, non, avait dit Muriel. Pas de famille, rien ? Ben… non. Elle avait signé la déposition et ils étaient repartis en répétant qu'ils étaient désolés et lui présentaient leurs plus sincères condoléances.

Muriel avait refermé la porte et s'était appuyée contre le battant.

Lewis n'est pas mort, Lewis n'est pas mort, elle se répétait.

Le lendemain, le grand brun était revenu. Il avait sonné, deux petits coups brefs comme s'il était un familier et tapait un code secret. Il portait son écharpe rouge et une sacoche Club sportif de La Rochelle avec deux bandes vertes dans chaque coin. Il devait être dix-huit heures, dix-huit heures trente. Louis était sur le trampoline, occupé à refaire ses lacets. S'il y avait bien un truc qu'il redoutait, c'était de se casser la figure à cause de lacets défaits. Ses lacets étaient trop longs. Il fallait qu'il demande à sa mère de les couper. Ou d'en acheter des plus courts. Et de préférence noirs. Les blancs, ça faisait bébé. Il avait entendu un bruit de dispute. Avait relevé la tête et vu le grand brun tenter de passer un pied dans la porte. Muriel lui avait donné un coup de genou entre les jambes en lui criant *fuck off*. Il s'était plié en deux et se tenait le bas-ventre. Muriel avait claqué la porte et l'observait derrière le rideau de la cuisine. Il était reparti vers sa voiture, la main crispée sur le devant du pantalon.

Ce soir-là, ils avaient mangé des coquillettes avec du jambon et du gruyère fondu et personne ne parlait. Il avait eu le droit de saucer son assiette avec un gros morceau de pain. Et avec les doigts.

Et puis un jour, ils habitaient toujours à Saint-Romain, juste avant le dîner, on avait sonné. Muriel avait frotté ses mains sur son tablier, avait ouvert la porte et dit, les enfants, je vous présente Franck.

Quand il était reparti, elle l'avait raccompagné jusqu'à sa voiture.

India avait glissé à Louis, t'as vu ? Elle a gardé son tablier toute la soirée, elle est pas in love…

Le lendemain, en se levant, India avait eu le pressentiment que quelque chose allait arriver, et que sa vie en serait changée.

Elle ne s'était pas trompée.

Il crie, tu l'auras voulu !,
donne un coup de volant,
se déporte sur la voie de gauche,
lance la Mercedes,
fait crier les vitesses…

… Les lettres *Peintures Bright and Glory* brillent sur le côté, on dirait des guirlandes qui clignotent, la Mercedes racle et renâcle, elle est vieille. Elle n'a pas de reprise, dit Louis, on va tous y rester. Franck écrase l'accélérateur et Muriel chante, go, Franck, go ! en riant très fort comme si c'était drôle.

C'est pas drôle.

C'est d'abord un freinage brutal, la voiture qui dérape, un nuage de poussière jaune, une écume sale, presque noire, des pneus qui hurlent, des feux d'artifice qui éclatent, un fracas de tôles et de lumières. Les corps se jettent en avant, en arrière, les cous se déboîtent, les coudes se lèvent, forment un angle à 90°, tournent et retombent comme un ballet de cygnes dévertébrés… Un rebond, deux rebonds, trois rebonds, vlam, vlam, vlam, un tonneau, deux tonneaux, trois tonneaux, et… un ralenti étourdissant. C'est à la fois rapide et lent, on ne voit rien, on saisit des bouts d'images. Un rétroviseur vole en éclats et va rebondir dans l'herbe, une roue se détache, roule dans la pente, les vitres éclatent, un liquide noir gicle sur le pare-brise, et… le silence, le silence absolu. La voiture a un dernier soubresaut comme un soupir et vacille sur ses roues. Louis hurle, ça pue, et se bouche le nez. C'est le caoutchouc ! On va tous brûler !

Maman ne chante plus.

La tête dans les épaules, elle est recroquevillée à l'avant, sous la boîte à gants. Franck a été projeté contre le volant. Ça a fait un bruit sec et vif d'os qui se brisent. Une large ecchymose couvre son œil gauche, enflé et fermé. Un filet de sang coule sur sa joue. Sa langue pend comme une tranche de jambon. Elle ne tient plus que par un petit fil de chair qui brille dans la lumière.

India regarde la langue qui se balance, la nuque écrasée, le sang rouge frais. La bouche du crapaud s'est tue. Maman se redresse, tend les bras vers eux, les attrape, les palpe, les respire. Du sang perle sur le front de Louis, India frotte une bosse dans ses cheveux.

– On a eu un accident et on n'est pas morts ! crie Louis.

– C'est fini, mes chéris, c'est fini ! Heureusement que vous étiez attachés, vous !

Elle dénoue son foulard, essuie le sang sur le front de Louis, examine la bosse d'India. Ouvre sa portière, dégage les enfants ; ils escaladent le talus, remontent sur la route et se laissent tomber dans l'herbe en criant que ça pique. Muriel s'appuie contre un arbre et regarde la voiture fumer.

– On a eu un accident et on n'est pas morts ! répète Louis.

La Mercedes est couchée dans le fossé, la portière côté

passager bâille, grande ouverte. Franck dort, écroulé sur le volant.

– Et LUI ? dit la petite fille.

– Lui ? dit la mère, recoiffant India du plat de la main.

– Il ne vient pas ? dit Louis.

– IL ne bouge plus, dit India. IL est peut-être mort…

– Oh, mon Dieu ! dit Muriel. Ne regardez pas !

Elle les serre contre ses jambes, pose les paumes de ses mains sur leurs yeux.

C'était un brave homme, elle se dit, il ne méritait pas ça.

Des flammes s'échappent de la fumée noire et la Mercedes se met à brûler. Ils sont assis sur le remblai, les voitures ralentissent en passant devant eux. Certains occupants prennent des photos. Louis leur fait un signe de la main. Il est déçu. C'est allé trop vite. Il faudra qu'il trouve d'autres détails à raconter pour rendre l'histoire palpitante. Il a lu que, dans l'espace, les flammes étaient froides. Pas tout à fait froides, mais tièdes froides. Il pourrait ajouter ça ?

Soudain, Muriel pousse un cri, ma pochette ! j'ai oublié ma pochette dans la voiture ! Et mon sac ! Et vos affaires ! Elle leur ordonne de ne pas bouger et dévale le fossé. Elle disparaît dans l'épaisse fumée qui monte vers le ciel. Les enfants la suivent des yeux et hurlent, maman ! N'y va pas ! Trop tard ! Elle s'est jetée à l'avant de la Mercedes, fouille sous les sièges, dans la boîte à gants, sous le tableau de bord. Passe à l'arrière, extirpe deux sacs, puis un troisième, et enfin sa pochette, les cale sur son épaule, la coince sous son bras, disparaît dans le nuage noir qui s'échappe de la voiture, tousse, se bouche le nez. Ce sont les pneus, dit Louis, c'est pas encore le réservoir… Il voudrait être rassuré. Il hésite puis se laisse aller et crie, maman, maman ! Il croise les jambes, il a envie de faire pipi, il attrape la main d'India et supplie, elle va pas mourir, dis ? Elle va pas mourir ? India fixe les flammes et ne répond pas.

Muriel a disparu. Une odeur âcre les prend à la gorge, ils toussent, crachent. Ils piétinent sans quitter des yeux la voiture en feu.

– Elle va exploser ! crie Louis en sautant du talus pour rejoindre sa mère.

La tête lui tourne, il voit en rouge, en noir. Une bosse a poussé sur son front, le sang y bat comme un nerf piqué à l'électricité. La douleur descend dans son œil, il va devenir aveugle, c'est sûr ! Il ferme les yeux, les rouvre, les ferme pour chasser le sang, il balbutie, étranglé par la peur, j'veux pas être aveugle !, se laisse tomber à terre, une main le saisit et le remet sur ses pieds.

– Maman ? T'es… t'es… remontée ?

– Suis passée par là…

Elle montre un chemin sur le côté qui fait un lacet jusqu'à la route

– J'ai peur, m'man…

– Je suis là, mon chéri, n'aie pas peur.

Il écarte les jambes. Il pleure, il fait pipi. Regarde son pantalon mouillé, plaque ses mains dessus pour cacher la tache humide et sombre, implore sa mère du regard.

– C'est pas grave, mon amour… Allez, on remonte !

– Maman ! Suis tout mouillé !

– Je vais te changer, c'est pas grave, c'est pas grave.

Les pompiers leur ont donné de l'eau sucrée et une couverture. Il se sont allongés, on a pris leur tension. On leur a fait des pansements. On leur a demandé de faire aaaah. De bouger les yeux, de compter le nombre de doigts de l'infirmier et de lire des lettres sur un carton argenté.

Et puis on leur a dit que tout allait bien.

India tire sur sa robe pour faire tomber des éclats de verre, Muriel se met du rouge à lèvres, elle se trouve si pâle, et Louis se demande si Franck est mort, et qu'est-ce que ça fait d'être mort ? Il n'a jamais vu de cadavre pour de vrai. Des faux, il en a vu plein à la télé. Sur internet c'est écrit que le corps refroidit, devient tout raide puis se ramollit au bout de trente-six heures et se met à péter. Des pets putrides. Il voudrait bien vérifier, mais on lui donnera jamais l'autorisation parce qu'il est trop petit.

Muriel se redresse et se mange les lèvres pour répartir le rouge, un Christian Dior acheté samedi dernier chez Marionnaud à Angoulême. De la fumée s'échappe toujours de la voiture. Un grand chêne isolé dresse ses branches au milieu d'un champ de blé. Il a choisi de vivre seul.

Un homme en blouse blanche se penche vers elle.

– Madame… votre mari… Il…

Il regarde les enfants, gêné. Parle à l'oreille de Muriel qui fronce les sourcils.

– Je vais m'occuper des enfants d'abord… Vous pouvez m'appeler un taxi ?

Le taxi s'est arrêté devant la grille
de Château Berléac.
Muriel sort une liasse de billets,
India s'inquiète,
Louis trouve ses lacets trop longs,
et les Beatles chantent obladi oblada…

Sur un mur arrondi en pierres blondes, une pancarte affiche les horaires de dégustation et précise : « Château certifié à haute valeur environnementale ».

Muriel sort de sa pochette en raphia une liasse épaisse de billets. Elle en prélève quelques-uns et paie en accordant un large pourboire.

– Et vous en aurez autant si vous m'attendez…

Le chauffeur opine et va se garer un peu plus loin, sur le côté. India prend la main de sa mère.

– Maman, cet argent… il est à nous ?

– Regarde comme c'est beau…

La lumière dorée du soir éclaire un muret de pierres surmonté d'une grille blanche. Un portail s'ouvre sur une allée de charmes qui conduit à une chartreuse de plain-pied, imposante et gracieuse, aux murs jaunes, aux grands volets blancs. Sur les côtés, sont alignés des bâtiments tout aussi jaunes, avec d'immenses baies voûtées. Un parc de chênes, d'érables, de pins et de saules pleureurs s'étend devant la maison. Tout jusqu'au moindre détail évoque la force, l'ordre et la prospérité. Les arbres étendent leurs branches tels des seigneurs tout-puissants et leur feuillage épais forme un toit au-dessus de la pelouse piquée de marguerites, de boutons-d'or, de coquelicots, de bleuets. De vieilles souches couvertes de liseron s'offrent en sièges aux promeneurs.

– On se croirait dans la forêt de Totoro, dit Louis.

– Et le château !

– C'est pas un château, dit Louis, y a pas de pont-levis.

– Mais c'est comme un château, hein maman ?

– C'est Berléac, dit Muriel, debout, en calant les enfants contre elle, c'est là que j'ai grandi. Vous voyez les vignes tout autour ?

Elle étend le bras et balaie l'horizon.

– Des hectares et des hectares de vignes…

– C'est à toi ? dit Louis.

– C'est à ma famille, donc en partie à moi et à vous aussi… C'est le domaine de Berléac où l'on fait le meilleur graves du monde.

– Un vin grave bon ?

– Les vins qu'on appelle « graves » portent ce nom parce que le sol où ils sont cultivés est constitué de graviers.

– Des cailloux ? Le vin pousse sur des cailloux ?

– Il y a aussi du sable et de l'argile, mais surtout des graviers qui gardent la chaleur du jour et la restituent le soir.

– Comme un radiateur ?

– Exactement. C'est le vin le plus ancien du Bordelais. Les premières vignes ont été plantées il y a deux mille ans…

– T'étais pas née.

Muriel éclate de rire.

– Non, mon amour. Aucune chance !

Elle le serre contre elle et continue :

– J'ai vécu ici jusqu'à dix-huit ans. Au milieu des grappes de raisin…

– T'en mangeais beaucoup ? dit Louis.

– Je travaillais. On m'a mise à la vigne, j'avais votre âge. Et pas question de dire non ! J'ai appris à couper, à effeuiller, à palisser, à cueillir, à observer le ciel, à craindre l'orage, la foudre, la pluie, la grêle, le mildiou…

– Ça rapporte beaucoup d'argent ?

– Ça rapporte beaucoup plus que de l'argent…

– On va devenir riches alors…

Muriel renverse la tête en regardant le ciel et son regard vire au gris. Sa main remonte le long des bras des enfants.

– Écoutez bien ce que je vais dire…

Elle doit faire ce qu'elle a décidé. Il ne faut pas qu'elle renonce. Oui, mais… ils sont si petits ! Elle s'effraie. Les prend par le cou, caresse leur chair chaude, douce, le duvet de cheveux moites sous la tignasse épaisse. L'air frissonne, la chaleur de ce mois de juin a fait gonfler les raisins. Enfant, elle marchait entre les rangées de vignes avec un sécateur deux fois plus grand que sa main, un panier en bandoulière, et examinait chaque grappe à la recherche des grains verts. Elle les inspectait, les soupesait, les tournait vers la lumière. Elle passait ses après-midi en plein soleil avec les ouvriers. Tu dois apprendre comme les autres, disait sa mère, je ne veux pas qu'on dise que tu es une fille de riches.

– J'ai prévenu Ambroise, il va venir vous chercher et…

c'est lui qui va s'occuper de vous. Parce que… je vais partir. Je vais partir… Mais je reviendrai très vite, promis.

Les enfants, dans un même mouvement étonné, lèvent la tête vers leur mère.

– Tu vas partir longtemps ? dit India.

– Je ne sais pas…

– Tu nous abandonnes ? dit Louis.

– Non, non.

– Tu vas où ?

Muriel secoue la tête, elle ne peut pas répondre.

– Tu pars en mission ? dit Louis. C'est ça ?

Elle se penche vers lui.

– Je ne vous abandonne pas.

– Tu reviens quand ?

– Je te l'ai dit, Louis, je ne sais pas.

– Tu sais pas ? il crie, indigné. T'es une maman et tu sais pas !

– La vie n'est pas une ligne droite. Au début, on pense qu'elle va être simple et puis… compliqué, c'est compliqué.

Il s'arrache à l'étreinte de sa mère et court s'asseoir sur le muret de pierres qui enserre la propriété, la tête baissée, les jambes et les bras ballants. Muriel l'observe, le cœur serré. Il est si petit… Elle s'accroupit devant India, restée debout à ses côtés, pose ses mains sur la robe rose, lève la tête vers elle et lui demande de la regarder. Dans les yeux.

– Tu savais que tu nous laisserais ici quand on est partis ce matin ? dit India en repoussant sa mère. Tu le savais. Tu m'as fait croire à un secret mais…

– Vous serez très bien ici.

– … tu le savais. Tu as pris nos affaires.

– Tu vas beaucoup aimer Ambroise.

– On le connaît pas.

– Vous l'avez vu une fois quand vous étiez petits. Il t'avait trouvée très mignonne.

Je suis pas mignonne, je déteste les filles mignonnes. « Oui, maman », « comme tu veux, maman », « je t'aime, ma p'tite maman. » Les filles mignonnes sont des menteuses. Elles sont fausses. J'ai envie de les mordre, de les griffer. De les barbouiller de poussière et de pipi.

– Ça t'arrange drôlement de dire ça. Il m'a trouvée mignonne, alors je vais l'aimer et il va m'aimer. On va tous être heureux et tu peux partir tranquille. Il a raison, Louis, tu nous abandonnes !

India ne sent plus ses jambes, ou plutôt elle sent qu'elles s'enfoncent dans le sol. Elle se demande combien de temps elle tiendra debout. Elle a l'impression de tomber dans un souterrain rempli de racines, de tubercules humides, de terre noire, de boue. Une lente glissade dans un tube étroit. Du noir, rien que du noir. Et au loin, une voix qui se lamente, *it's enough ! it's enough !*, et trois notes d'harmonica.

– Papa ? elle appelle. Papa ?

Muriel la dévisage, blême.

– Tu parles à ton père ?

– C'est lui, il me parle !

– Tu divagues !

– ... comme le soir dans la cuisine, quand vous vous êtes disputés. J'étais derrière la porte, j'ai tout entendu. Tu criais qu'il était nul. Il a jeté ses clés et il est parti. Tu fais pareil.

– Je pars… Je pars pour… C'est trop dur à expliquer. Vous ne serez pas seuls. Tout le monde va veiller sur vous.

– On connaît personne.

– Ça viendra… tu verras.

India hausse les épaules et croise les bras.

– Je m'en fiche ! On restera pas.

– Bien sûr que vous resterez ! Vous êtes trop petits pour partir sur les routes. Et puis, je vais revenir…

Sa mère ne leur a jamais menti, même quand ils ne comprenaient pas ce qu'elle racontait.

– Et lui ? Ton mari ? Il servait à quoi ?

– J'ai eu peur de vous élever toute seule… Peur de ne pas y arriver.

– Il est mort, papa ?

– C'est ce qu'on a dit…

– Qu'est-ce qui lui est arrivé ?

Le chauffeur de taxi est sorti de sa voiture et lorgne vers eux, l'air de dire, ça va durer longtemps encore ? Muriel lui fait signe de patienter. Elle ne veut pas être dérangée.

– Ton père… Je l'ai aimé tout de suite. C'était un après-midi comme aujourd'hui. La même lumière, le même rayon de soleil, la même douceur, l'ombre était presque au même endroit, au milieu de la route. J'étais en train d'effeuiller quand il a jailli sur un énorme tracteur jaune. On appelle ça un « enjambeur », c'est une grosse machine sur quatre énormes roues qui coupe les feuilles en passant par-dessus les raisins. Il taillait les rameaux qui dépassaient afin que la lumière chasse l'humidité. Il roulait à toute allure entre les rangées. Il est passé une fois, deux fois, changeant d'allée, et à chaque fois, j'avais l'impression qu'il allait étendre le bras et m'enlever. J'avais la tête qui tournait. J'ai fermé les yeux pour imprimer son image, les ai rouverts… Il avait disparu. J'ai couru après le tracteur. Couru, couru… Je l'ai rattrapé, il a arrêté son engin, je lui ai dit, vous travaillez drôlement bien ! Il m'a souri. Et j'ai su que c'était avec lui que je voulais passer toute ma vie. Lui et pas un autre. On est restés là à se regarder, je mangeais mes lèvres, il faisait glisser sa main sur le volant. Il revenait de Nouvelle-Zélande où il avait appris le métier de la vigne, c'était devenu une passion. Il était venu en France pour se perfectionner. Je lui ai dit que moi aussi, j'apprenais le métier, mais j'ai caché que le domaine appartenait à ma famille. On souriait comme deux imbéciles. Et puis, il a embrayé et il est reparti. J'ai pas dormi de la nuit. Je voulais le retrouver. Je ne savais pas où il habitait. Je suis allée dormir dans l'entrepôt où on range les tracteurs. Sur un tas de bâches. Je voulais le voir au petit matin, être certaine qu'il existait. Je me demandais si j'avais pas rêvé…

– Tu connaissais son nom ?

– On ne connaît pas le nom des journaliers. On les appelle par leur prénom. Ce sont juste des bras pour travailler. De lui, je ne savais rien. Je n'avais aucun moyen de le retrouver si jamais il lui prenait l'envie de partir dans la nuit. Ça m'a rendue folle…

India écoute sa mère. C'est comme si elle lui racontait l'histoire de deux inconnus, Lewis et Muriel. Elle ne les connaît pas. Elle connaît papa et maman. Papa et maman ont deux enfants, India et Louis. Ils n'ont ni seins ni sexe, pas comme sur les photos que Gus lui avait montrées dans le magazine piqué à son père. Il l'avait ouvert, lui avait expliqué « baiser » en pointant du doigt le sexe de l'homme et celui de la femme qui s'emboîtaient. Et puis il avait refermé le livre, c'était inutile de parler de ça avec elle, elle n'avait pas de seins. Et pas de sexe, non plus ? elle avait eu envie de demander.

– Au petit matin, il est arrivé. Il était encore plus beau que la veille. Il a compris que je l'avais attendu toute la nuit, j'ai rien dit, il a murmuré, moi aussi. C'est tout. « Moi aussi. » Et maintenant… Quel gâchis ! J'ai été bête. J'étais si fatiguée. Quand je revenais du travail et des courses, je posais les gros sacs Lidl sur le sol de la cuisine, je m'affalais sur une chaise, j'avais plus la force d'enlever mon manteau. Je restais là, à fixer les sacs pleins. Le car allait passer, vous alliez rentrer, il fallait que je me lève, que je range. J'entendais, à l'horloge au-dessus de l'évier, la grande aiguille avancer… avec un petit hoquet… et je ne bougeais pas.

Elle roule une pointe de son foulard, la porte à sa bouche.

– C'est papa qui te l'a offert ?

– Oui.

Muriel relève la tête, mâchouille la pointe du foulard comme on suçote un doudou. Un souffle d'air soulève une mèche de cheveux sur son front, une bouffée de parfum s'échappe, une odeur de fleurs coupées et de citron vert, elle plisse le nez, le frotte d'un revers de main. Tend son visage au soleil, ferme les yeux et continue de téter le bout de foulard. India a envie de la prendre dans ses bras. Elle se sent « à la hauteur ». Quelque chose en elle a changé. Il n'y a plus de tempête ni de colère, mais un calme, une sérénité qui la remplissent d'une joie ardente. Elle n'a plus peur, plus peur du tout, elle s'écrie :

– Oh, maman ! Tu parais si petite tout à coup…

Sur le visage de sa mère, il n'y a rien d'écrit. Une page blanche. Elle ignore où elle va aller, elle veut partir. C'est une urgence. Elle réfléchit à ce qu'elle doit faire avant de se mettre en route, monter dans le taxi, aller à la morgue, retrouver le corps de son mari, remplir des papiers, manger un sandwich triangle, trouver une chambre d'hôtel, dormir…

Tu vas te tirer d'ici, maman. Tu vas aller faire ce que tu as à faire et ce sera incroyable. Tu seras fière de toi, tu n'auras plus honte, tu ne crieras plus des mots qui ne te ressemblent pas, et puis tu reviendras nous chercher. Je suis grande. Je suis devenue grande en quelques minutes, en quelques enjambées.

L'arbre avait raison.

Muriel appuie sa joue contre celle de sa fille.

India croit sentir des larmes dans les cils de sa mère mais elle ne bouge pas. C'est le plus dur. Ne pas bouger. Il faut que sa mère puisse partir. Elle a quelque chose d'important à faire. Elle ne leur a jamais dit de mensonges, elle était toujours là quand ils rentraient de l'école, et le soir, elle inventait des histoires où les arbres parlaient, les oiseaux jouaient du hautbois et les porcs-épics gagnaient au tennis parce que personne ne voulait s'y frotter. Ah ! Comme ils riaient !

– Tu es quelqu'un de bien, maman.

Muriel verse son regard dans celui d'India et murmure,

on ne m'a jamais dit ça. Elle balbutie, merci, merci, enfonce ses yeux dans ceux de sa fille, creuse à la recherche d'un talisman à emporter, d'un bout d'âme pour éclairer sa route. Prends pas tout, maman, prends pas tout, j'aurai plus de force après.

– ... Maman, je voudrais que tu partes vite. Et... m'embrasse pas, s'il te plaît.

Muriel hoche la tête, se mord les lèvres, des petits ballots de larmes enflent dans ses yeux.

– Je vais embrasser Louis.

Assis sur le muret plus loin, la tête dans les épaules, Louis se dit qu'il a compris. C'est compliqué mais il y est arrivé. Il cligne des yeux. Ça l'aide à ranger dans sa tête. Quand il range, il a moins peur ; quand il a peur, il mélange tout, il ne comprend plus rien, on peut lui faire croire n'importe quoi. En fait, c'est très simple : Maman part en mission. Secret d'État. Quand on est un espion, on se tait sinon on vous tue. Et salement. Peut-être que papa aussi était un espion ? Et papa a disparu. C'est pas sûr... mais bon... Est-ce maman qui a poussé la voiture dans le fossé pour se débarrasser de Franck ? Il avait failli dans sa mission, elle devait prendre sa place. Et si ça se trouve, elle avait épousé Franck sur ordre du Patron. Pour le surveiller. India avait raison : c'était pas par amour puisqu'elle avait gardé son tablier la première fois qu'il était venu.

Louis n'aimait pas trop Franck, mais il devait reconnaître qu'il avait de bons côtés. Par exemple, il les avait sortis du lotissement pour les installer dans une maison bien plus classe. Il ne les avait jamais embêtés avec sa famille ou ses copains. Il en avait pas. Juste des collègues de travail qu'il n'amenait jamais à la maison. Et puis il était fou de mécanique. Il soulevait le capot de la Mercedes et lui expliquait la place et le rôle de chaque pièce, le radiateur, la courroie de ventilation, les ressorts de soupape, l'alternateur, le filtre à air. C'était un bricoleur. Bien obligé : en mission, il ne pouvait compter que sur lui-même. On appelle pas un dépanneur quand on est sous le feu des mitraillettes dans le désert.

Maman est une espionne, Franck un agent secret, papa est mort. Ou pas. Au-dessus d'eux, il y a un Patron, l'Inconscient. Il sait tout d'eux et les fait filer droit. Il aimerait être un espion, lui aussi. C'est cool. On peut gagner beaucoup d'argent si on porte un smoking et un numéro qui commence par 00.

Papa disait, je veux que vous soyez à l'abri s'il m'arrive quelque chose. Il ajoutait, quand on a de l'argent, on est libre, mais c'est difficile d'en gagner, je veux dire d'en gagner assez pour chasser les petits malheurs. Pour les gros malheurs, y a pas de solution. Parfois même, avoir trop d'argent entraîne de gros malheurs… Mais on n'en est pas là, fils !

Il y voit plus clair, maintenant. Maman va partir en mission, mais elle reviendra, elle l'a promis. India et lui habiteront la belle maison jaune aux volets blancs. Ils cultiveront les dizaines et dizaines d'hectares de vignes et deviendront riches.

Peut-être qu'il n'aura plus besoin d'aller à l'école…

Peut-être que papa reviendra…

Que maman et lui…
Peut-être.

Muriel rejoint Louis sur son muret, elle s'agenouille et noue ses lacets.

– M'man, tu m'achèteras des lacets noirs ? Les blancs, ça fait bébé.

– Promis.

– Pas trop longs…

– *It's a deal !*

Muriel serre les jambes lisses, douces, de son enfant. Comment a-t-elle pu imaginer qu'elle allait le laisser ? Un enfant, c'est le début du monde. Et pourtant, elle se prépare à abandonner les siens.

Je ne les abandonne pas.
À Berléac, il y a Nannie.

Nannie qui m'a élevée… qui a consacré toute sa vie au château et à notre famille. Nannie qui règne dans la cuisine et dans la maison. La première levée, la dernière couchée. Son long tablier bleu foncé avec une poche devant où elle range tout son « bazar », le chignon qu'elle remonte de la main et coince avec une épingle en grimaçant, ses bras où je venais me réfugier quand j'avais du chagrin, ses tartes aux pommes qui me régalaient au goûter, ses chaussures noires vernies qu'elle ne met que pour les grandes occasions… Nannie saura prendre soin d'India et de Louis. On n'a jamais arrêté de se parler toutes les deux. Elle sait tout de ma vie. C'est elle qui avait organisé la rencontre avec Ambroise pour qu'il connaisse les enfants… Au pied de l'érable rouge à deux troncs. Un dimanche où la famille était partie au Ferret. Nannie avait les larmes aux yeux, ce jour-là, elle secouait ses mains et répétait, mais pourquoi ? pourquoi faut-il que vous soyez séparés ainsi ? Qu'a-t-elle fait de mal, la petite ?

La petite, c'était moi.

Le soleil à l'horizon diffuse une lumière jaune, dorée par endroits, pâle plus loin, presque bleue et verte en rebondissant sur les vignes, c'est le début de l'été, on dirait qu'il hésite encore à tout colorer de chaud. Des chiens aboient, les oiseaux donnent des récitals dans les arbres, des tracteurs rentrent à la propriété en lâchant des mottes de terre grasse sur la route, il a plu, les sols sont détrempés, boueux, on circule en 4×4 sinon on s'embourbe et il faut se faire tirer par un tracteur ; au loin une femme pliée en deux épluche la vigne, elle se redresse, se frotte les reins, regarde sa montre, c'est la fin de la journée.

Ambroise va arriver.

Ils se sont donné rendez-vous devant la grille blanche du château.

India et Louis monteront dans sa Land Rover, et ils disparaîtront dans l'allée de charmes jusqu'à la chartreuse aux murs jaunes, aux volets blancs. Elle restera sur la route avec sa pochette en raphia et le chauffeur de taxi qui attend. Il l'emmènera à la morgue auprès du corps de Franck.

Elle s'assied sur le muret à côté de Louis, lui prend la main et entonne une chanson des Beatles dont il raffole.

Louis marque le rythme en tapant du talon contre les pierres. C'est son père qui la lui a apprise.

– *Desmond has a barrow in the marketplace, Molly is a singer in a band, Desmond says to Molly, « girl I like your face », and Molly says this as she takes him by the hand...*

Louis sourit, passe son bras sous le bras de sa mère.

– *Ob-la-di, ob-la-da, life goes on, brah... Lala how the life goes on !*

India les observe, debout, de loin. C'est pas ma préférée des Beatles. Ma préférée, c'est « Don't Pass Me By », mais faut pas que je la chante sinon je vais pleurer.

Don't pass me by, don't make me cry, don't make me blue, cause you know, darling, I love only you, you'll never know it hurts me so, how I hate to see you go...

Faut que je coupe l'interrupteur.

Quand je le coupe, je sens plus rien. J'habite plus chez moi. Suis la fille de personne, et y a plus de problèmes. La première fois, c'était un samedi après-midi au supermarché. Papa et maman se disputaient dans les allées pour une histoire de café trop cher. Maman est très exigeante au sujet du café et papa était habitué au café américain, une infecte tisane dans une tasse de polystyrène ! disait maman. Ça avait enflé, enflé jusque dans l'allée Aliments pour chiens et chats. Ils ne contrôlaient plus rien. Surtout maman.

Ce jour-là, elle avait tourné les talons et nous avait laissés, papa et moi, comme deux idiots au milieu des litières pour chats et des « os reconstitués » pour chiens. Elle avait emporté la liste des courses. On ne savait pas quoi acheter. Papa avait les mains dans ses poches et ses coudes faisaient deux équerres au niveau des hanches. Il les agitait comme l'oiseau mazouté qui cherche à s'envoler. Son regard glissait sur le côté, sur les colliers et les manteaux de pluie pour chiens. Il a ôté une main de ses poches et l'a posée sur mon épaule. Sa main large et lourde. Le lendemain, j'aurais un torticolis, mais j'ai rien dit.

Maman avait emporté les clés de la voiture.

Et le porte-monnaie.

On est rentrés à pied. C'était loin, il pleuvait froid. J'avais des sandales, l'eau passait entre mes doigts de pied et j'ai éternué. Papa s'est penché, il a dit, tu veux que je te porte ? J'ai secoué la tête. Il a répété, tu veux pas que je te porte ?, et j'ai entendu une supplication dans sa voix. Il me suppliait de dire oui pour qu'il serve à quelque chose. J'ai redit non et j'ai coupé l'interrupteur.

J'ai imaginé que ça arrivait à quelqu'un d'autre. Pas à moi. Je m'essuyais le nez avec ma manche, sauf que c'était pas ma manche.

Et ça a marché.

J'ai pas attrapé froid.

Juste un torticolis.

India rencontre un érable
et ils deviennent amis.
Qu'est-ce qu'on va devenir
si personne ne veut de nous ?
se lamente Louis.
Muriel se demande si Lewis
est vivant ou mort…

L'érable, de l'autre côté de la route, frissonne ; ses feuilles s'agitent et bruissent. On dirait des piécettes en or qui tintent dans un bol hindou. C'est un bel arbre, il a deux troncs jumeaux, un pour moi, un pour Louis, qui montent parallèles vers le ciel et une frondaison abondante qui lèche les nuages. India entend à nouveau le tintement des pièces en or dans le bol hindou. L'arbre insiste. Il veut entamer la conversation. Il balance ses branches tels des grands bras qui voudraient l'enlacer.

Elle se retourne et aperçoit sa mère et Louis, assis sur le muret de pierres. Ils ont cessé de chanter. Louis parle à sa mère en comptant sur ses doigts. Il doit lui demander combien de jours va durer leur séparation. Les chiffres le rassurent. Maman déplie les doigts de Louis pour ajouter des jours et Louis soupire.

India ferme les yeux, et s'adresse à l'arbre, t'es mon nouvel ami ? elle demande. Mais t'es de l'autre côté de la route ! C'est dangereux si je veux te retrouver la nuit. C'est pas grave ? La route est pas très fréquentée ? Bon… Faudra quand même que je fasse attention. Non, je pleure pas, non, non… Louis crâne en ce moment, mais il va s'affaler d'un coup. Non, non… Il ne parle ni aux plantes ni aux fleurs, il préfère quand il y a des nombres, des schémas, comme avec les moteurs, les fusées, les ordinateurs. Il changera ? Tu crois ? Suis pas sûre. Il voudrait être riche. Il imagine que si on avait été riches, papa serait encore là. Je sais pas. J'ai pas assez d'expérience. Papa, si. Il avait voyagé avant de rencontrer maman et il a continué après. On savait jamais où il allait, il revenait toujours avec des cadeaux. Une fois, il m'avait rapporté un vélo. On me l'a volé. Peut-être Gus pour le revendre ? Pourquoi j'avais envie que Gus pose ses grosses mains sur moi ? C'était peut-être une autre fille qui avait envie ? Une qui habite chez moi et que je connais pas.

Maman a raison, la vie est compliquée. Elle doit avoir une bonne raison pour nous laisser devant cette grille blanche.

Son regard se reporte sur l'érable. Est-ce qu'il va prendre la place du chêne du lotissement, qu'elle a laissé derrière elle ce matin ? « Parfois il faut changer d'ami, de maison, pour devenir la personne qu'on doit être. » C'est la dernière phrase qu'a prononcée le chêne avant qu'elle parte. Elle est tombée telle une carte postale dans sa tête. Les arbres parlent comme des druides à longue barbe blanche.

Elle sourit à l'érable, joint les mains et le salue.

Une grosse voiture apparaît au loin sur la route. Mi-jeep, mi-camion. Muriel défroisse sa robe en lin à rayures vertes et crie, c'est lui ! C'est Ambroise ! Son cœur bat très fort. Elle se rend compte qu'elle a eu peur qu'il ne vienne pas, qu'il se dérobe au dernier moment. Elle serre Louis dans ses bras, enfouit son visage dans ses cheveux pour cacher son émotion.

– C'est lui ! elle dit encore.

– Une Land Rover ! Modèle Defender, crie Louis en s'arrachant des bras de sa mère. C'est un modèle hyper-puissant et hyper-cher. Il est riche, Ambroise ?

– Louis ! T'es déprimant !

– Mais, maman !... Tu sais combien ça coûte ?

Il saute du muret et va se poster sur le bord de la route. Il fait de grands signes au conducteur. La vie promet d'être excitante s'il y a plein de voitures comme celle-là dans le garage d'Ambroise.

La voiture passe sans s'arrêter.

Louis interroge sa mère du regard.

– C'était pas lui, soupire Muriel. Je me suis trompée.

Il va se rasseoir sur le muret, la tête basse.

– Qu'est-ce qu'on va devenir si personne ne veut de nous ?

– Il va venir, Louis, il va venir, il me l'a promis.

Elle tend les bras vers lui pour le rassurer. Il la repousse.

– Laisse-moi ! Tu dis n'importe quoi ! Tu sais rien !

– Louis...

– Laisse-moi, j'te dis !

Il lui tourne le dos, croise les bras, fixe ses pieds. Les lacets de ses baskets sont encore défaits.

Ambroise avait promis qu'il viendrait. Dix-huit heures trente devant la grille, à l'entrée des visiteurs. Elle lui avait donné son numéro de téléphone dans la lettre qu'elle lui avait envoyée et il l'avait appelée.

C'était il y a trois semaines.

Elle lui avait tout raconté d'un trait, le départ de Lewis, son mariage avec Franck, son désir d'en finir avec lui, de divorcer. Ç'avait été une mauvaise idée de l'épouser. Est-ce qu'il pouvait garder les enfants le temps qu'elle annonce à Franck qu'elle le quittait et qu'elle trouve un endroit où habiter ? Ambroise avait dit, oui, pas de problème. Sa voix était ferme. Elle s'était enhardie, lui avait avoué que quelque chose la préoccupait. Une petite voix dans sa tête murmurait que Lewis n'était pas mort. Chaque jour, la petite voix parlait plus fort. Elle voulait vérifier, faire une enquête. Comment ? Elle ne savait pas mais il fallait qu'elle soit seule et libre de ses mouvements.

– Tu ne parles toujours pas à maman ? avait demandé Ambroise.

– Non.

– Je sais pas comment tu peux vivre comme ça... Sans mère, sans mari et maintenant sans enfants puisqu'ils vont habiter ici. Tu es une drôle de personne, p'tite sœur. Tu dois avoir le tournis parfois...

Bien sûr qu'elle avait le tournis !

Elle s'étourdissait pour oublier.

Elle fonçait faire les boutiques. Ils avaient un compte commun avec Franck.

Chaque fois, elle tirait 50 euros et les rangeait dans sa pochette Monop. Elle se constituait un petit magot pour « plus tard ». Quand elle partirait à la recherche de Lewis.

Lewis avait été déclaré décédé par la compagnie d'assurances. Elle avait reçu un courrier officiel. Qu'est-ce qu'ils en savaient, ces gens-là ?

Elle était sûre qu'il était vivant.

Elle n'aimait pas que Franck l'accompagne faire des courses.

Il s'accoudait près de la caisse du magasin et frétillait dès qu'elle sortait de la cabine d'essayage. Il mimait bravo ! Super ! avec le pouce et elle détestait aussitôt la robe ou le pull qu'elle portait. Tandis que, seule, elle avait tout le loisir de traîner, de se goinfrer de tee-shirts à 5 euros, de baskets à paillettes, de vernis à ongles orange, bleu ; elle grattait des Millionnaire, des Astro, des Cash. Rentrée à la maison, elle entassait les sacs au fond de la penderie à coups de pied en se disant, je rangerai demain. Le soir, elle s'endormait tout au bord du lit, écœurée d'avoir été cette fille affamée. Elle aurait voulu vomir mais on ne vomit pas des tee-shirts à cinq balles.

Le lendemain, elle avait oublié.

Le samedi précédent, elle avait choisi une robe en lin, ample, vert pâle avec de fines rayures. Elle avait hésité à cause du prix, puis s'était dit, si c'est pas maintenant, c'est quand ?, sa phrase préférée quand elle hésitait.

Elle l'avait entendue un soir dans une émission concernant un vieux rabbin philosophe d'avant Jésus-Christ. Sa pensée se résumait en trois phrases : « Si je ne suis pas pour moi, qui le sera ? Moi tout seul, je fais quoi ? Si ce n'est pas maintenant, c'est quand ? »

Lewis aurait aimé la robe. Il aurait fait la moue du type qui siffle une jolie fille qui passe.

Elle se serait jetée sur lui.

Il aurait eu envie de lui enlever la robe en lin, sa main aurait cherché la fermeture éclair. Elle ne l'aurait pas aidé, aurait fermé les yeux et goûté la caresse de ses doigts sur sa peau.

Quinze jours après être parti, Lewis avait appelé pour savoir quelle note India avait eue en dictée et si Louis avait terminé son schéma de moteur.

– Je suis passé par la maison hier… J'ai glissé un paquet pour toi dans la boîte aux lettres.

– Tu sais très bien que je n'ouvre jamais, jamais, la boîte aux lettres. Y a que des pubs… Ou des mauvaises nouvelles.

– Je t'ai vue. Tu décrochais le linge sur le fil. Il allait pleuvoir… Tu as regardé le ciel et tu t'es recouvert la tête d'une serviette éponge violette. Tu étais très belle.

Elle avait serré le téléphone si fort qu'il avait glissé sur son épaule.

– Tu m'entends ?

– Je t'entends…

Elle avait marqué une pause.

– Lewis… je…

Elle ne voulait pas prononcer n'importe quel mot. Elle avait fait assez de dégâts comme ça avec les mots.

– Lewis…

– C'est moi.

Il répondait toujours ça quand elle disait « Lewis ? ».

Ça voulait dire, je suis là, je tiens debout, je t'aime, ne joue pas avec moi.

– Lewis… je… je voulais te…

– Chuuut ! Tu es toujours en colère ?

– J'en ai marre de vivre comme on vit.

– Tu en as marre de moi ?

– J'ai besoin que tu me parles.

– *You're talking to me ? You're talking to me ?*

– Lewis, je suis sérieuse. Je veux que tu me parles.

– Je te parle.

– Tu sais très bien ce que je veux dire… Fais pas semblant.

Il y avait eu un long silence et Lewis avait raccroché.

Elle avait crié, Lewis ! Merde !

Elle avait couru à la boîte aux lettres. Avait ouvert un paquet orange avec une ficelle marron. Avait serré contre elle le foulard Hermès si beau, si cher.

Lewis, où as-tu trouvé l'argent pour m'offrir ce cadeau ?

Une semaine après ce coup de fil, l'entreprise qui employait Lewis avait téléphoné et lui avait appris qu'il avait eu un grave accident à bord de son camion. On avait retrouvé la carcasse du véhicule brûlée au fond d'un ravin sur la route de Saragosse. Le corps était méconnaissable. À son cou pendait une médaille avec son prénom, sa date de naissance. Elle n'avait jamais rencontré les employeurs de Lewis. C'était une boîte internationale dont le siège était à Montréal. Elle n'était pas sûre du nom. Elle ne savait pas grand-chose de son métier. Il conduisait un camion. Il lui arrivait de travailler de nuit quand il s'agissait de transporter du matériel médical d'urgence ou des organes à transplanter. Il devait alors partir tout de suite. Le téléphone sonnait, il se levait et le lit se remplissait de froid. Elle se tournait, se retournait à la recherche d'un coin de drap chaud. Le camion démarrait. Cela faisait *rattle rattle* dans la nuit et elle pensait, et s'il ne revenait pas ? Toujours elle pensait ça. Toujours elle avait peur.

C'est quand elle était seule dans le grand lit déserté par Lewis qu'elle murmurait, maman ? maman ? Pourquoi tu ne réponds pas quand je t'appelle ?

Elle se détestait de geindre ainsi.

Parfois, le matin, quand Lewis et les enfants étaient partis, qu'elle buvait son café, appuyée contre l'évier de la cuisine, elle appelait Berléac. Elle ne connaissait pas le numéro du portable de sa mère.

Nannie décrochait depuis le poste de la cuisine.

– Nannie, tu crois que je pourrais parler à maman ?

– Elle n'est pas là, ma berlingote.

– Qu'est-ce qu'elle a répondu quand t'as dit que j'avais appelé, la dernière fois ?

– Rien, ma berlingote, rien.

C'est la triste vérité, pensait Nannie. J'ai essayé de parler de Muriel à madame. Plusieurs fois, le matin, en lui portant son plateau de petit déjeuner. Jamais elle me répond. Pire ! Elle me jette un regard glacial qui me coupe le sifflet.

– Tu vas bien, ma toute belle ?

– Oui, Nannie.

Et puis Muriel posait la question qu'elle redoutait :

– Elle sait que j'ai deux enfants ?

– Oui, ma berlingote.
– Et… ?
– Rien. Mais elle a entendu, je suis sûre.
– Oh ! Nannie… tu me manques.
– Arrête, ma berlingote, arrête ou je vais pleurer.
– Oh non ! Ne pleure pas.
Et chaque fois, Muriel se demandait, pourquoi, pourquoi elle ne veut pas me parler ?

Toute la journée, Ambroise de Berléac
n'a cessé de se répéter,
j'aurais pas dû, j'aurais pas dû.
On fait la connaissance de Jan Zinski,
de Bernard Debreste,
d'Aliénor de Berléac,
de ses tenues d'amazone...
Et d'Anaïs, la seconde épouse
d'Ambroise...

… J'aurais pas dû, j'aurais pas dû dire oui à Muriel quand elle m'a demandé d'accueillir ses enfants. Une lettre écrite à la main. Elle sait que j'aime lire mon courrier le matin en trempant la pointe du croissant dans mon café. Une lettre rédigée sur un vélin bleu, glissée dans une enveloppe doublée de blanc. J'ai déplié la lettre, avec un numéro de portable à la fin, mais pas d'adresse, et j'ai reconnu la haute écriture de ma petite sœur, Muriel, de vingt ans ma cadette. Ma « chérie préférée » comme je l'appelais, fruit d'un retour d'affection de mon père, Ghislain de Berléac, pour sa femme Aliénor, alors âgée de quarante-quatre ans.

– Je suis vraiment ta préférée, Amboise ?

Enfant, Muriel ne disait pas « Ambroise » mais « Amboise ».

– Il n'y a pas l'ombre d'un doute.

– Tu m'aimes plus fort que tous les autres ?

– Je t'aime aussi fort qu'un grand frère peut aimer sa toute petite et toute jolie sœur.

– Fort comment ?

– Comme un château hérissé de tours et de mâchicoulis au temps de la guerre de Cent Ans.

Muriel lui ordonnait alors de lui raconter la guerre avec les Anglais, les mercenaires, la poix brûlante, les boulets de canon, les campements des soldats, le roi de France pris en otage, la reine Aliénor d'Aquitaine qui s'entichait de ce vin appelé « graves » et en organisait le commerce entre la France et l'Angleterre.

– Et mon papa ? Il était comment ?

– Tu veux dire « notre » papa ?

– Oui…

– Très grand, très fort, avec des cheveux noirs, des yeux bleus, des dents très blanches. Toutes les femmes étaient folles de lui.

– Et pourquoi j'ai les cheveux blonds comme les actrices de cinéma ?

– Je sais pas..

– Et un nez long, alors que maman et toi, vous avez un nez bref ?

– Parce que tu n'as jamais fait les choses comme tout le monde. Faut toujours que tu te fasses remarquer.

Elle gloussait, satisfaite de ne pas être comme toutes les autres petites filles, et il la chatouillait afin qu'elle se tortille et ne lui pose pas d'autres questions.

Muriel. Née le jour de la cinquième victoire de Björn Borg à Roland-Garros, le 8 juin 1980. Aliénor de Berléac appréciait le Suédois. Elle avait bondi quand Borg avait gagné la balle de match. Bondi si fort qu'elle en avait perdu les eaux ! L'enfant était arrivée en un smash victorieux. Aliénor avait demandé qu'on prévienne son mari. Et le médecin. Elle décida d'appeler sa fille Muriel. Elle était lasse d'entendre des prénoms américains tirés des feuilletons à la télévision.

Dans la lettre sur vélin bleu, Muriel lui demandait d'accueillir ses enfants pour un temps indéfini.

La première partie de la proposition, « *accueillir mes enfants* », posait déjà un problème, mais quand il avait lu « *je ne sais pas pour combien de temps* », il avait avalé son café pour faire passer la nouvelle. « *Ils sont si petits… Je ne peux pas les mettre en pension.* »

Louis, huit ans et demi, India, dix ans. Drôle de prénom, India.

Accueillir ses enfants.

Ceux qu'elle avait eus avec un journalier engagé pour les vendanges.

Le mariage de Muriel en 1998 avait ébranlé la famille.

Ambroise avait choisi de ne pas intervenir.

Quatre ans auparavant, en 1994, c'est lui qui avait provoqué un scandale en divorçant de sa première femme, Jacqueline, mère de ses deux fils, François et Frédéric. Chez les Berléac, on ne divorce pas. On serre les dents, on endure. On pense à l'honneur du nom, à la réputation du domaine. On se contrôle.

Il ne s'était pas contrôlé, il avait quitté Jacqueline.

Non seulement il avait divorcé, mais il s'était remarié aussitôt avec Anaïs, une jeune fille rencontrée à Paris, mannequin, une de celles qui ne se levaient pas à moins de 10 000 dollars la journée. Il avait essayé de résister, mais elle était sur toutes les couvertures de journaux. Imprimée sur papier, imprimée dans sa tête. Il s'était rendu avec volupté, non sans une certaine inquiétude. Il avait trente-deux ans, elle, vingt-six, il était terrien, elle était parisienne, lui dans les vignes, elle défilant sur les podiums. Très vite, elle lui avait annoncé qu'elle était enceinte. Une voyante lui avait prédit un mariage, un château, un homme qui ressemblait à Robert Mitchum, et un bébé. Une petite fille qui s'appellerait Alice. Il avait dit oui à tout, sauf au prénom du bébé. Il préférait Gwendoline. Depuis le temps qu'il voulait une fille ! Il avait eu tout le loisir de réfléchir au prénom qu'il lui donnerait.

Aliénor n'allait pas apprécier la nouvelle.

Il devait procéder avec prudence.

L'annonce avait eu lieu dans les écuries de Berléac.

Aliénor de Berléac, née Gautry de Lantignac, s'apprêtait alors à monter son cheval bien-aimé, Bandit. Un cheval bai brun foncé, presque noir, une balzane au postérieur gauche, un croissant blanc vertical sur le front. Un mètre soixante au garrot, une souplesse de chat, un formidable coup de saut. Au pré, c'était un dominant qui faisait régner sa loi ; castré tardivement à cinq ans, il se prenait pour un entier et se plaisait à saillir les juments en chaleur. Il avait été dressé pour trotter l'amble afin que sa cavalière soit confortable. À cinquante-huit ans, Aliénor s'entêtait à monter en amazone. Elle se faisait tailler ses vestes noires cintrées et ses longues jupes chamarrées chez madame Berthier, couturière de la haute société bordelaise. Elle en possédait une collection dans les coloris les plus éclatants. Et, sur les étagères pour s'en coiffer, des tricornes ceints de longs voiles assortis aux couleurs de ses jupes.

Un homme, Gilbert, tenait les rênes de Bandit et aidait Aliénor à monter en selle. Il devait avoir vingt ans de moins qu'Aliénor et l'accompagnait telle une ombre. Il portait une large balafre sur la joue gauche. Un jour, Ambroise lui avait dit en riant, on ne doit pas se frotter impunément à vous ! Gilbert avait levé sur Ambroise un regard de tueur à lame fine.

Ambroise ne s'était plus jamais permis de plaisanter avec lui.

Aliénor avait passé la jambe droite dans la fourche supérieure et glissé la gauche dans l'étrier. Elle serrait une longue cravache dans la main droite. Ambroise s'était approché, avait fait des remarques sur le temps exécrable, les jambes du cheval, la commande d'un importateur américain, puis, après s'être raclé la gorge, avait annoncé qu'il se remariait. Anaïs était enceinte. La cérémonie aurait lieu en petit comité. À Paris.

Aliénor, muette, aplatissait les plis de sa jupe en taffetas rouge, puis avait éclaté d'une voix froide :

– Enceinte ! C'est le pompon ! Ainsi l'intrigante cachait un enfant dans ses jupons. Un stratagème aussi vieux que la poule au pot d'Henri IV. Elle va donc prendre racine en ces lieux, et il va falloir que je l'accueille les bras ouverts ?

– Ç'aurait été bien, il avait dit en grimaçant un sourire.

Elle avait fait claquer sa cravache, ses yeux crachaient des petits plombs.

– Tu ne pouvais pas te contenter de prendre une maîtresse, deux, trois si tu voulais ? Satisfaire tes besoins, d'accord, mais respecter ta famille, ta maison, notre réputation. Tous les Berléac ont été volages. Tous ! Ton père, le premier. Un affamé de sauterelles ! Mais jamais nous n'avons parlé divorce ou même séparation. Jamais ! Est-ce que j'ai quitté une seule fois mon poste ? Est-ce que je me suis répandue en lamentations ? Tête fière et menton haut, j'ai fait face. J'ai pensé au domaine, à mes enfants, à mes petits-enfants, à la famille. Château Berléac fait partie des dix plus grands crus de graves. Ça se mérite, ça se respecte, ça ne se détruit pas d'un coup de queue.

– Oh ! s'était exclamé Ambroise.

Gilbert, impassible, les yeux sur le bout de ses bottes, semblait changé en vieux silex.

Aliénor de Berléac, juchée sur son cheval, poursuivait sa diatribe :

– Un coup de queue que tu vas regretter très vite, si ce n'est déjà fait.

– Ne dites pas ça !

– Et pour quel résultat ? Jacqueline est, avec moi, l'âme de cette maison et tu la bannis comme autrefois le roi chassait les maîtresses dont il était las.

– Vous ne connaissez pas Anaïs.

– As-tu pensé à tes fils ? Non, bien sûr. As-tu songé au respect qu'on doit à notre nom ? Non, non, non ! Monsieur n'a songé qu'à son plaisir, un plaisir si éphémère... Ah, tu peux être fier !

– Vous ne pouvez pas juger ainsi ma vie sentimentale...

– C'est comme ça que tu appelles tes érections ? Quel

manque de discernement ! Jacqueline a sûrement des défauts à tes yeux mais elle est parfaite. Parfaite pour toi, parfaite pour tes enfants, parfaite pour le domaine ! Au lieu de cela, tu la répudies et tu t'affiches avec une créature qu'on voit à moitié nue dans les magazines !

Ambroise regardait sa mère, amusé. S'approcher d'elle en éruption était dangereux, le cheval pouvait botter et le jeter à terre. Elle avait tenu le domaine d'une main de fer à la mort de son mari, mais un jour, elle l'avait appelé aux États-Unis où il se trouvait et avait demandé, peux-tu venir m'aider ? Je n'y arrive pas toute seule. On ne donnait pas cher alors de l'avenir de Château Berléac. Il se murmurait dans le petit monde du vin que Ghislain de Berléac n'était bon qu'à choisir ses costumes et à courir les filles. C'était injuste. Son père était peut-être désinvolte, sûrement volage, mais il travaillait et avait de grandes ambitions pour sa propriété. Il n'aimait pas que cela se sache. Il trouvait la sueur vulgaire. Il cultivait le panache et l'insolence, ce qui en énervait plus d'un. Sa devise : « Vivre comme un soleil et travailler dans l'ombre. »

Il était mort à cinquante-sept ans d'une crise cardiaque, laissant une veuve et deux enfants, dont Muriel qui avait quatre ans.

Un caillou percute le pare-brise de la Land Rover. Ambroise plaque la main contre la paroi pour amortir le choc, vérifie s'il y a une fêlure. Ce serait la troisième fois en deux mois.

Il inspecte le verre feuilleté. Rien. Ouf !

J'aurais pas dû…

Après avoir lu la lettre sur vélin bleu, il avait appelé Muriel. Elle lui avait raconté que Lewis, son mari, était parti, qu'il avait eu un accident, qu'il était peut-être mort. Elle s'était remariée avec Franck, un type qui travaillait pour la DGSE, et elle voulait le quitter. Divorcer. Elle ne pouvait pas s'occuper des enfants, pouvait-il les garder à Berléac ? Pas pour longtemps, mais juste le temps de quitter Franck. Il n'avait pas tout compris, mais il avait dit oui.

J'aurais pas dû…

J'ai assez de soucis comme ça !

Le mildiou, l'orage de grêle qui a dévasté la région, notre vignoble a été épargné mais… la prochaine fois ? Les prévisions météo ne sont pas bonnes. Et cette canaille de Bernard Debreste qui veut acheter mon domaine ! Comme ça. Sans vergogne !

C'est une idée de Zinski, ce déjeuner. Il a insisté en me disant qu'il fallait enterrer la hache de guerre entre nos deux familles. Et qu'est-ce qu'il a fait le Bernard Debreste ? À peine attablé, il a ouvert son chéquier et m'a tendu un stylo, allez ! écrivez le montant que vous voulez et je paierai ! J'ai failli lui faire avaler son Mont-Blanc. Il insistait, marquez n'importe quel prix ! Allez-y. Il se tapotait le poitrail, les pouces dans son gilet. Quel goujat ! Berléac n'est pas à vendre. Berléac n'a pas de prix. Ma famille possède ce domaine depuis 1852. Soixante-dix hectares de vignes à 20 kilomètres de Bordeaux, où l'on cultive trois cépages de rouges remarquables, le cabernet-sauvignon, le merlot et le petit-verdot, et deux cépages de blancs, le sauvignon et le sémillon. Et ce parvenu imagine que je vais lui vendre mon sang, mon héritage, ma raison de vivre, ma fierté ?

Il se croit tout-puissant parce que, en plus de sa propriété familiale, le château Saint-Hilaire, il en gère six autres au profit d'un fonds de pension international. Son père a fait fortune dans l'immobilier pendant les années Chaban.

Si j'étais lui, je ne m'en vanterais pas.

Lui, il pérore. Il porte des mocassins à pompons, des nœuds papillons, des costumes à carreaux, des lunettes noires et en jette plein la vue avec son hôtel particulier, ses collections d'art moderne, ses « installations », comme il dit ! La dernière œuvre en date était une dizaine de mètres cubes de bûches d'environ un mètre de long jetées en vrac dans le salon du château. Et le Bernard Debreste de se promener au milieu des bûches en expliquant que cette œuvre était une manière de dénoncer le fonctionnement consumériste de notre société qui exploite la forêt afin de satisfaire ses propres besoins. *Bullshit !*

Ambroise s'étrangle, furieux, frappe le volant, passe la main dans ses cheveux et lâche un chapelet d'injures. T'énerve pas, mon vieux. C'est mauvais pour ton cœur. Tu as eu une grosse alerte l'année dernière, tu veux que ça recommence ? Il secoue la tête, laisse échapper un soupir, non, c'est trop bon de vivre.

Il baisse la vitre, aperçoit un reflet cuivré dans la vigne, pile net, coupe le moteur, sort de la voiture, s'accroupit, examine le sarment, soupire, Ouf ! ce n'est rien, un bout de tuyau qui s'est emberlificoté dans les vrilles. 2010 promet d'être une bonne année, il ne faudrait pas qu'une maladie vienne tout gâcher. L'hectare de graves vaut un million d'euros, il en vaudra six fois plus dans cinq ans, il en prend le pari.

Pourquoi Jan Zinski, son directeur commercial, veut-il qu'il se réconcilie avec Bernard Debreste ? A-t-il un intérêt dans l'affaire ? Il n'arrête pas de lui dire qu'il faut s'ouvrir, faire des alliances. Le monde change, Ambroise. Le vignoble bordelais est possédé à moitié par des familles bordelaises et pour l'autre moitié par de grosses sociétés comme les Galeries Lafayette, Monoprix, LVMH, Axa, Eau Écarlate, Go Sport, Decathlon, des compagnies d'assurances et des fonds étrangers russes, chinois, etc. Ne restons pas isolés.

– Si ça me plaît, à moi, de bouder dans mon coin, loin de ces messieurs en hélicoptère et chaussures à pompons ? Si ça me plaît de produire le vin que j'aime sans recevoir d'ordres de personne ?

Il a parlé à voix haute et d'entendre sa voix le ragaillardit. Il aime bien ce type qui s'appelle Ambroise. C'est un bon gars. Pas con, fin, généreux. Plein de vie.

Ils paraissaient très complices, Zinski et Bernard Debreste, pendant ce déjeuner. Pourquoi Zinski est-il resté avec Debreste quand je suis parti ? On est dans la même équipe, celle de Berléac. Il aurait dû rentrer avec moi. On aurait déblatéré dans la voiture sur l'impudence de ce blanc-bec plein de sous. Debreste doit penser qu'en passant par Zinski il va arriver à ses fins. Dois-je me méfier de Zinski, ce prince polonais aux yeux myosotis qui charme les femmes ? Il est malin, séduisant, mais je lui fais confiance comme à un petit serpent venimeux. Il a développé Château Berléac à l'étranger, c'est un grand succès, mais il peut être sans scrupules.

Hier, en début d'après-midi, j'ai surpris Anaïs dans son bureau. Elle se tenait très près de lui. Et faisait des mines ! Mais des mines ! À quarante-deux ans, elle se tortillait comme une gamine. Elle partait faire des courses à Bordeaux et avait besoin d'une voiture, la sienne étant en panne. J'ai eu le sentiment de déranger. Ou alors je me fais des idées. Le matin même, elle m'avait annoncé qu'elle voulait faire chambre à part. Sous prétexte que je ronfle. Les Berléac ont toujours fait chambre à part, cela ne scandalisera personne, mais pourquoi maintenant ? On est mariés depuis seize ans, on partage le même lit. J'aime, la nuit, respirer sa peau, ses cheveux, glisser mon genou entre ses jambes. Entendre son petit cri, le matin, quand j'ouvre les rideaux. Dans la journée, je ne la vois pas, mais la nuit… Elle a installé un « boudoir » de l'autre côté du couloir et y dort de plus en plus souvent. J'ai oublié de la prévenir de l'arrivée des enfants de Muriel. Je ne pense jamais à elle en tant que « maîtresse de maison ». Et pourtant, c'est ma femme, la mère de ma fille de seize ans qui me pique mes chemises, mes pulls, mes vestes de chasse, passe les bras autour de mon cou, me murmure des suppliques pour s'inscrire au permis. Sa mère ne supporte pas de la voir grandir. Elle ne la supportait pas plus, enfant ! Anaïs ne s'est jamais occupée de Gwendoline. Elle la prenait dans ses bras pour les photos, les fêtes de famille, les anniversaires, souriait au photographe, puis tendait l'enfant à une petite bonne telle une azalée encombrante. Je me demande si elle sait en quelle classe est Gwendoline. Pour son dernier anniversaire, elle lui a offert un pull, taille quatorze ans. Gwendoline a hurlé, Seize ans ! J'ai seize ans, 2 × 8, vous savez compter ?

La seule qui est au courant de l'arrivée des enfants est ma mère. Rien ne se passe à Berléac sans qu'elle en soit avertie.

C'était il y a dix jours environ. Un samedi après-midi.

Mi-juin, quand le raisin devient rond, que la fleur devient fruit, et que commence la nouaison. Les appartements d'Aliénor se trouvent au premier étage, dans l'aile droite. Ils ont été refaits au début de l'année. Pendant des semaines, Aliénor avait arpenté les pièces, un mètre à ruban en main, des échantillons, des nuanciers, des photos découpées dans des revues de décoration. Elle avait choisi la couleur des murs, l'imprimé des rideaux, la nuance du parquet, la passementerie, les interrupteurs, les lampes et abat-jours, les boutons de porte.

Dans le salon bleu-« gris sourd » qui jouxtait sa chambre, elle regardait un épisode d'*Angélique, marquise des anges*. Il n'aurait pas su dire lequel. Elle les avait tous vus et les revoyait dans n'importe quel ordre. Mais qu'est-ce qui vous attire dans ces vieux nanars ? il avait demandé un jour. Joffrey de Peyrac, elle avait répondu. Pourquoi ? Parce qu'il est balafré, infirme, et pourtant infiniment séduisant. J'aime les hommes cabossés. Mon père était un homme cabossé, avait-il pensé, balafré et infirme à l'intérieur.

Ce samedi après-midi de juin, Ambroise avait baissé le son de la télévision. Aliénor avait levé la tête.

– C'est un peu cavalier comme entrée. J'espère que tu as quelque chose d'important à me dire.

– De très important. Bonjour, mère !

– Bonjour, mon fils.

Elle avait étiré un sourire qui se voulait aimable mais réservé. Ses yeux verts piqués de paillettes jaunes le fixaient, son nez fin, droit, frémissait, et le bas de son visage ressemblait à une porte grillagée portant un écriteau « Défense d'entrer ». La partie est loin d'être gagnée, il s'était dit, elle se méfie. Sa peau transparente à peine marquée par les années, son maintien impeccable, ses cheveux châtain clair relevés en un lourd chignon sans aucun cheveu blanc, son corps mince, musclé, tout en elle interdisait qu'on lui donne un âge. Elle aimait cette idée. S'amusait à déjouer les ruses des effrontés qui cherchaient à savoir. À soixante-quatorze ans, elle montait encore à cheval, en amazone, et refusait d'enfiler des pantalons sous ses amples jupes pour galoper, je n'ai pas besoin de cet article pour être l'égale des hommes.

– Muriel… votre fille… m'a demandé d'accueillir ses enfants à Berléac. Et j'ai dit oui.

– Sans me demander mon avis ?

Les yeux verts, dorés, s'étaient assombris.

– J'ai parlé à Muriel et il m'a semblé que… je ne pouvais pas faire autrement… que la famille ne pouvait pas dire non.

– JE. NE. VEUX. PAS. C'EST. NON.

Son demi-sourire s'était figé en un rictus de réprobation et ses mains serraient les accoudoirs du fauteuil.

– Vous ne voulez pas y réfléchir ?

– HORS. DE. QUESTION. Remets-moi le son !
– Muriel est votre fille. Ses enfants sont vos petits-enfants.
– JE SUIS CHEZ MOI. JE DÉCIDE QUI JE REÇOIS.
– Vous réagissez comme une enfant gâtée !
– Tu n'as pas à me faire la leçon.
– Je vous demande juste de réfléchir.
– NON. NON. ET NON.
– Et pourtant..., avait-il repris.

Il était sur le point de lui dire sur un ton badin, vous succomberez devant les enfants. Qu'est-ce qu'on parie ?, quand il avait vu sa mère se raidir, ses mains se crisper. Elle avait enfoncé ses ongles dans les bras du fauteuil ; il avait presque entendu le crissement d'une déchirure et compris qu'il ne la convaincrait pas en badinant. Il avait changé de stratégie et opté pour la vérité sans ménagement :

– J'ai demandé à Nannie de leur préparer les chambres bleue et verte au premier étage, dans l'aile gauche. Ils ne vous dérangeront pas.

– Pffft... des petits mendiants à qui on offre un palace ! Ils ne sont pas élevés, je suis sûre. J'ai ouï dire qu'ils vivaient dans un de ces affreux lotissements où toutes les maisons sont semblables, collées les unes aux autres, et que lui, son mari, exerçait la profession de chauffeur routier.

– Vous en savez des choses au sujet de quelqu'un qui ne vous intéresse pas !

Aliénor l'avait foudroyé du regard.

– Nannie mettra des fleurs, des chocolats dans leur chambre, ce serait bien que vous leur écriviez un mot de bienvenue. Vous êtes leur grand-mère.

– JAMAIS ! TU M'ENTENDS ? JAMAIS.

– Maman..., avait-il dit en tendant les bras vers elle en un geste conciliant.

Il s'était penché, avait posé ses mains sur les épaules de sa mère et s'était approché si près qu'elle avait tourné la tête.

– Tu as demandé son avis à Jacqueline ?

Elle parlait de profil sans le regarder.

– Vous voulez dire à Anaïs, ma femme ?

Aliénor vivait dans la même maison qu'Anaïs depuis seize ans, mais réussissait à l'ignorer en restant courtoise. Elle souriait à l'économie – dixième de sourire, quart de sourire, demi-sourire –, passait son temps en ville, dans son petit salon ou avec Bandit dans la forêt. Elle ne dînait jamais. Pour garder la ligne. Le soir, elle lisait, regardait la télé, allait à l'Opéra, au cinéma, au théâtre. Gilbert lui servait de chauffeur. Ils s'étaient connus à l'hippodrome du Bouscat. Gilbert était un employé du champ de courses. Il prenait les paris derrière un guichet. Sa joue balafrée imposait le respect. Les parieurs faisaient la queue et attendaient leur tour sans déborder. Aliénor jouait régulièrement. Gros. Parce que si c'est pas gros, c'est pas drôle. Gilbert lui conseillait des chevaux. Ils avaient pris l'habitude de se parler et un jour, elle l'avait engagé comme « homme à tout faire » à Berléac. Il habitait la petite maison du gardien qui lui était allouée gracieusement.

En entendant Ambroise prononcer le nom d'Anaïs, Aliénor avait émis un petit rire dédaigneux.

– Cette poupée en plastique ! Pour moi, il n'y en a

qu'une, c'est Jacqueline. Une femme d'honneur et de devoir.

– C'est bien pour cela que je suis allé voir ailleurs ! avait dit Ambroise en laissant échapper un petit gloussement.

Aliénor avait serré les lèvres pour ne pas rire. Elle avait fait la moue et tenté de marquer sa réprobation.

– Ambroise !

– Maman ?

– Ne m'appelle pas maman ! Tu vas bientôt avoir cinquante ans !

– Vous adorez ça ! Avouez, ma petite maman.

– Tu penses m'amadouer mais ça ne marchera pas.

– Vous allez être aimable avec ces enfants. Vous avez un rang à tenir, une famille à représenter…

Aliénor avait grommelé une réponse qu'Ambroise ne comprit pas.

– Vous disiez… ?

– Je me parlais à moi-même.

– Ah ! j'avais cru entendre un grand oui. Merci, maman.

– Je disais, à quoi sert mon avis ? Je n'ai pas le choix. Je ferai de mon mieux, mais ne me demande pas l'impossible. Ils vont rester longtemps ?

– Aucune idée.

– Aucune idée ? Tu te moques de moi ?

– Ils sont chez eux ici. Autant que Gwendoline, mes fils, vous et moi.

– Tu en as parlé à tes fils ? Tu te souviens ? François et Frédéric ?

– François est à Paris, il a décidé de se représenter au concours de l'ENA. J'espère qu'il réussira…

François avait été recalé une première fois. Cet échec avait déclenché chez ce garçon trop sensible un zona. Quand ses parents avaient divorcé, François avait choisi de quitter Berléac et de vivre à Bordeaux avec sa mère. Jacqueline l'avait poussé à faire des études prestigieuses à Paris. Il avait obéi. Il obéissait toujours à sa mère.

– Quant à Frédéric…

Ambroise avait poussé un soupir. À vingt-quatre ans, Frédéric passait son temps avec sa bande de copains à courir les filles, les terrains de rugby, les bars et les boîtes de nuit. Il sortait tous les soirs, sautait dans sa Méhari orange, rentrait au petit matin, se couchait, se réveillait, attrapait une baguette et un saucisson et repartait sur le bateau d'un ami au cap Ferret. Il revenait trois jours après, cuit et salé. Il dormait vingt-quatre heures, mangeait un cuissot de cochon, prenait un bain, s'ébrouait et disparaissait à nouveau. Après deux ans de faculté de droit, deux ans d'une école de commerce, il s'était inscrit cette année à l'Institut du vin. Mais encore fallait-il assister aux cours ! C'était le garçon le plus charmant, le plus drôle, le plus affectueux, le plus séduisant, le plus généreux, le plus entraînant. Quand venait le temps des vendanges, il conduisait les tracteurs, faisait danser les filles, leur soufflait dans le cou, les emmenait dans « la tour, prends garde », c'est ainsi qu'il appelait son refuge à amourettes. Personne ne lui avait encore décroché le cœur.

Après le divorce de ses parents, Frédéric était resté à Berléac avec son père et sa grand-mère. Il affrontait Aliénor dans d'interminables parties de gin (à un centime le point), aucun des deux n'acceptant de perdre. Ils faisaient monter victuailles et bonnes bouteilles jusqu'au milieu de la nuit. Aliénor enfreignait alors sa règle de ne pas manger le soir et dévorait les plateaux que Nannie leur préparait sans jamais se plaindre de l'heure tardive. Flambant vainqueur ou perdant râleur, Frédéric s'étendait sur un canapé et confiait ses rêves et ses désirs à sa grand-mère qui l'écoutait, un sourire amoureux aux lèvres.

Avec sa mère, les rapports étaient distants. Jacqueline manquait de moelleux, de mystère, d'humour au goût de son fils. On dirait un soldat de plomb, il affirmait. Mais ce n'est pas le rôle d'une mère d'être séduisante ! s'exclamait Aliénor. J'aurais tellement aimé ! Je l'aurais emmenée dîner en tête à tête sous un abat-jour rose, elle m'aurait raconté ses voyages, ses amours, ses amants...

– Ambroise, arrête de te faire du souci. Frédéric se révélera lorsqu'il aura rencontré une cause ou une femme qui l'emporteront. Il réclame des défis. Du panache ! L'ordinaire l'ennuie. Pour le moment, il est léger, je te l'accorde, il papillonne, il s'étourdit. Il n'a que vingt-quatre ans. Tu étais comme lui à son âge.

– À vingt-deux ans vous m'avez forcé à me marier !

– Il fallait sauver Berléac. Frédéric n'a rien à sauver. Laisse-le profiter. C'est un privilège qui ne dure jamais longtemps.

– Comme vous parlez bien de votre petit-fils ! Il y a donc un cœur qui bat sous votre bouclier ?

– Imbécile !

Ambroise lui avait pris la main, l'avait baisée et avait murmuré :

– Je vous adore.

– On n'adore que Dieu. Et je ne suis pas Dieu. La preuve ? Personne ne m'obéit et on me dicte ma conduite.

Il s'était penché vers sa mère, avait déposé un baiser sur ses cheveux.

– Comment faites-vous pour être toujours aussi séduisante ?

Puis, l'entourant de ses bras :

– Promettez-moi d'être une bonne grand-mère pour ces deux petits.

– Je déteste les grands-mères. Elles ont des cheveux blancs, du poil au menton, elles piquent et sentent mauvais.

– Maman ! Ne recommencez pas.

– Remets le son et retourne faire tes bêtises !

Ambroise avait appuyé sur la télécommande.

– Si vous saviez comme je vous aime, ma très chère mère, vous vous emploieriez à satisfaire tous mes désirs.

– Comme si ce n'était pas le cas ! Tu n'en fais qu'à ta tête.

– Ce soir, je dîne à la maison. Anaïs va au cinéma avec des copines. Nannie m'a promis une blanquette.

– Une blanquette ? En juin ! Encore une qui te passe tous tes caprices !

Il avait prélevé une poignée de noix et de noisettes dans une coupelle, les avait lancées en l'air et happées sans en laisser tomber une seule.

– Ambroise, tu prends du ventre !

– Ce sont les soucis.

– Elle ne te fait pas de remarques, ta gourgandine ?

– Elle me laisse emprunter son corps par distraction. Sans faire de commentaires sur le mien. Et elle dort de plus en plus souvent dans son boudoir de l'autre côté du couloir. C'est une nouvelle lubie !

– Ça te chagrine ?

– Le mot est trop grand. J'aime la renifler avant de m'endormir. Elle a une odeur de pain d'épice et il me vient l'envie de la manger. Mais, mais… d'un autre côté… je vais pouvoir m'étaler et ronfler tout mon saoul. Ou ramener pour la nuit une délurée qui filera à l'aube par le parc…

– Ta franchise me ravit !

– N'oubliez pas que vous êtes ma mère ET ma meilleure amie. Allez, je m'en vais, sinon je vais devenir sentimental et j'ai horreur de ça !

Il avait avalé une dernière poignée de noix. Après quoi, satisfait, il avait agité le bras pour annoncer qu'il partait, mais était revenu sur ses pas.

– Pas un mot à Jacqueline ! Je lui annonce la nouvelle demain. Vous pourrez cancaner toutes les deux après… *as usual* !

Aliénor avait haussé les épaules.

– Au revoir, mère vénérée !

Après un dernier signe affectueux de la main, il s'était dirigé vers la porte.

– Ils s'appellent comment ces enfants ? avait lancé Aliénor. Et ils ont quel âge ?

Sans se retourner, Ambroise avait répondu :

– India et Louis. Dix ans, et huit ans et demi.

– India ? C'est quoi, ce nom ?

Mais Ambroise était déjà loin ; il dévalait quatre à quatre les marches du grand escalier.

Ambroise rend visite à Jacqueline,
sa première femme,
en son hôtel particulier de Bordeaux.
Et les souvenirs reviennent…
Son premier amour,
ses premières défaites,
son désir de partir très loin…

Au milieu de la rue Bouffard, au coin de la rue de La Boétie, se trouve une de ces vastes et précieuses maisons bordelaises appelées « hôtels particuliers », c'est-à-dire « habités par une seule famille ». Un hôtel du XVIIIe siècle, dessiné par l'architecte Étienne Laclotte, qui édifia les plus belles demeures des plus riches habitants de la ville dont la fortune avait trois sources : le vin, le sucre colonial et la traite négrière.

Cette demeure était autrefois la résidence de la famille Berléac. Aliénor avait décidé de la quitter et de se replier à Berléac à la mort de son mari. Il lui fallait résider au milieu des vignes et des chais. Jacqueline de Berléac s'y était installée après son divorce. Ambroise lui avait offert le splendide hôtel familial en cadeau de rupture en 1994 et elle y habitait depuis. Elle avait, en outre, demandé à garder son nom de femme mariée. Je resterai une Berléac jusqu'à mon dernier souffle, avait-elle prévenu. Demande accordée.

– Tu vas rire mais je ne me rappelle plus ton nom

de jeune fille, avait souri Ambroise en quittant le palais de justice.

C'est dans cette maison qu'Ambroise avait fait ses premiers pas, commis ses premières incartades, vécu ses premiers succès, ses premiers chagrins.

Il aimait se garer au parking Gambetta et prendre la rue Bouffart jusqu'à l'entrée de l'hôtel. Il y avait souvent à l'angle de la place et de la rue un orchestre d'étudiants qui jouait des morceaux de jazz. Fats Waller, Duke Ellington, Art Blakey, Lester Young, Oscar Peterson, qu'importe ! Ambroise écoutait et laissait tomber un billet. Les étudiants lui dédiaient un solo de saxo alors qu'il s'éloignait. Il marchait jusqu'à une haute et imposante porte en bois au creux d'un mur de vieilles pierres. Comme une habitude qui porterait bonheur, il caressait le bois de la porte, puis poussait un battant et découvrait la vaste cour pavée bordée d'écuries transformées en remises. C'est là qu'il était né, dans cette cour qu'il avait appris à faire du vélo, sur les gouttières des écuries qu'il s'était élancé pour sa première escalade et sa première cheville foulée, derrière le bosquet de charmes et d'oliviers qu'il avait embrassé son premier amour.

Elle s'appelait Estelle. Était dans la même classe que lui. Avait quatorze ans. Faisait partie d'une vieille famille bordelaise. Comme lui. Deux nattes blondes battaient dans son dos, une veine bleue à son front, et elle sentait le savon à la rose. Elle portait une veste de trappeur à carreaux rouges et noirs qu'elle avait piquée à son frère. Elle la jetait par terre ou sur un banc pour s'y asseoir et cela représentait pour lui le comble de la désinvolture et de l'impertinence. Plus encore ! Ce petit mouvement du poignet qui précipitait l'habit au sol exprimait le mépris des convenances, de l'argent (la veste était de bonne qualité et devait coûter cher) et du qu'en-dira-t-on. Estelle lui donnait envie d'être lui en plus grand, le rendait fou de joie, d'espoir. Et de témérité.

Il posait son pouce sur le poignet d'Estelle, écoutait les battements de son cœur et scandait je-l'aime-elle-m'aime-je-l'aime-elle-m'aime. Il naviguait dans ses veines. Un après-midi, dans la cour de l'hôtel particulier, à l'abri des charmes et des oliviers, il s'était penché sur elle, étourdi, et avait fermé les yeux. Elle s'était retournée, et ils s'étaient embrassés. C'était son premier baiser. Il ne savait pas quoi faire avec sa langue, mais il savait que c'était bon. Elle l'avait regardé avec tant de gravité qu'il s'était senti lié pour la vie. Ce n'était pas un simple baiser, c'était un baiser sacré. Ils étaient restés longtemps sans bouger, sans parler. Respirant à peine de peur de rompre l'enchantement. Le lendemain, il avait fabriqué une alliance avec de la mie de pain et la lui avait passée au doigt.

Elle n'était pas venue au rendez-vous suivant.

Il l'avait attendue sur les marches du perron, les yeux fixés sur la porte en bois barrée de lourdes ferronneries, ornée de grappes sculptées, de pampres et de tiges frisottées rappelant les nattes d'Estelle. Ce jour-là, il avait cassé une branche d'olivier et avait fouetté le pavé. Au premier étage de l'hôtel particulier, derrière une haute et large fenêtre et de lourds rideaux en velours grenat, sa mère l'observait. Il avait relevé la tête et surpris son regard. Elle souriait, amusée, semblant dire, pas grave ! Tu en embrasseras d'autres ! C'est facile de se moquer de la peine des autres. Il ne lui dira pas, lui, qu'il a aperçu, et pas qu'une fois !, son père tard dans la nuit titubant dans l'entrée, se raccrochant à la boule dorée de l'escalier. Un pan de sa chemise sortait, il puait l'alcool et essuyait des traces de rouge à lèvres en jurant, la salope ! Elle en a mis partout. Il l'imaginait avec une femme qui n'était pas sa mère, les mains sous sa jupe, la tripotant, et il était envahi d'un dégoût qui lui retournait le ventre. Dans la journée, il jouait au caïd qui s'en fout, mais la nuit, c'était une autre affaire. Une tout autre affaire.

Et c'était pour sa mère qu'il avait envie de pleurer.

Après la désertion d'Estelle, il avait demandé à Aliénor une veste de trappeur à carreaux rouges et noirs. Elle avait refusé. Il trépignait et sa voix sautait du grave à l'aigu sans prévenir.

– S'il vous plaît, s'il vous plaît…

– Et pourquoi ? Ton vieux blouson est encore très bien.

Parce que, si j'avais une veste de trappeur rouge et noir, je serais aussi libre et désinvolte qu'Estelle. J'arrêterais la ritournelle dans ma tête qui craille qu'elle n'est pas revenue parce qu'on raconte dans la ville que les Berléac sont finis, ruinés, discrédités. Ses parents le lui ont interdit et elle a obéi, c'est tout ! Cette pensée réveillait tant de douleurs tues, de colères enfouies, d'impuissances honteuses qu'il se taisait.

– Je m'en fous avait-il fini par dire, je me la paierai

moi-même. J'ai pas besoin de vous. Je vous déteste, papa et vous.

– Finis d'user ton cuir marron. Et change de cervelle !

Et, dans le regard de sa mère, il y avait une barre de colère.

Le même regard maternel avait pesé sur lui un soir où il revenait de son club de boxe. Il ne s'y était pas inscrit par passion de ce sport – il détestait boxer –, mais parce qu'il n'aimait pas ce qu'il lisait dans les yeux des gens, que ce soit dans les couloirs du lycée ou dans les vignes, c'est le fils de Ghislain ? On dirait un haricot vert ! avait murmuré un type à voix basse. Longtemps il s'était dit qu'il ne pourrait jamais égaler ce père qui mesurait 1,93 mètre, pesait 95 kilos et dont les mains ressemblaient à des raquettes de ping-pong. Il baissait la tête et enrageait. Mangeait des steaks épais et s'entraînait à boire des bières. Et puis, un jour, le jour de ses quinze ans, il avait suivi un copain chez Boxing Joe et s'était inscrit. Il éprouvait une sorte de jubilation à l'idée qu'en développant ses muscles, il imposerait le respect. Il pourrait se promener dans les ruelles obscures de la ville sans se faire agresser. Ça avait marché. Un an plus tard, dans un bar, il était assis à une table en compagnie d'une fille plus âgée, une blonde au décolleté très profond. Un type taillé dans un tonneau et portant un tee-shirt noir moulant l'avait traité d'asticot et de pédé. Ambroise s'était déplié, 1,95 mètre en extension, et avait lâché, on y va, mec ? Il n'avait pas eu le temps de se dresser tout entier, que le type avait détalé.

Sur le ring, il était si rapide que le patron du club avait organisé un match avec un type plus fort que lui, mais moins vif. Tu vas le battre sans problème, pense juste à rester dans ta maison. Le menton rentré, les gants au visage, le dos rond, les coudes collés au torse. Et si tu restes bien dans ta maison, tu n'auras qu'à frapper, frapper… Au début, ça avait marché. Et puis, il avait reçu un coup et avait levé la garde, découvert ses flancs et pris une raclée. Trois côtes cassées. Son nez aplati à jamais. Un nez comme de la pâte à modeler qui pissait le sang. Il ne distinguait plus rien et n'arrivait plus à respirer. Ça lui faisait si mal qu'il avait la sensation d'aspirer l'air avec une paille.

Il était rentré chez lui en se tenant aux murs. Avait traversé la cour pavée, ses bras étreignant sa poitrine, tentant d'étouffer la douleur. En haut de l'escalier, sa mère l'attendait. Il était tard. Le sang avait séché sur ses paupières. Elle le regardait, impassible. Et toujours le même message dans ses yeux, tu apprends la vie, mon fils. Il avait monté les marches en soulevant ses pieds comme deux boulets de galérien. Il ne voulait pas trébucher devant elle.

On ne l'avait plus jamais traité de haricot vert ni d'asticot ni de pédé.

Ambroise avait passé son enfance et son adolescence à Bordeaux. Après son baccalauréat, obtenu avec mention bien, il avait décidé de partir en Californie sur les traces de Kerouac et London. Il étendait les bras, clamait qu'il voulait connaître le monde, les routes, les bateaux, l'œil noir du mal, l'œil blond des filles. Il aurait toujours le temps d'aller bâiller sur les bancs de la faculté.

Aliénor avait froncé les sourcils puis avait dit oui.

Elle n'aurait pas donné si vite son accord si Ghislain, son époux, avait affiché une conduite plus digne, mais il rentrait tard chaque soir – ou ne rentrait pas du tout – et, le plus souvent, ivre et débraillé. Allongée dans son lit, la porte entrouverte sur le couloir, Aliénor l'entendait jurer, renverser une table basse, un vase, jurer encore et se laisser tomber en éructant sur son lit. Des rumeurs couraient, prédisant la faillite du couple, la vente de l'hôtel particulier et du domaine viticole. Les traites s'accumulaient, impayées. Le nom de Berléac servait encore de caution, mais ça ne durerait plus longtemps. Aliénor avait reçu deux propositions de rachat, l'une pour l'hôtel de Bordeaux, l'autre pour Château Berléac. Elle les avait repoussées en cravachant du regard les impudents, mais elle savait que bientôt elle n'aurait plus le choix. « Si Aliénor le lâche, Berléac ne durera pas longtemps », pronostiquaient ceux qui savent mieux que les autres. Aliénor était devenue le dernier rempart de Ghislain de Berléac. Il l'ignorait et continuait sa descente dans les précipices de l'alcool et des filles.

Aliénor ne tenait pas à ce qu'Ambroise assiste à la déchéance de son père. Elle préférait le savoir loin de Berléac et de Bordeaux.

Le plus loin possible.

Ambroise partirait en Amérique.

Elle irait voir Paul Debreste. Elle lui demanderait de lui

prêter de l'argent. Il avait fait partie du réseau de Résistance dirigé par son père pendant la guerre et la saluait toujours avec beaucoup d'amabilité.

Elle n'aimait pas l'idée d'aller faire la manche, mais elle n'avait plus le choix.

Le 7 juillet 1979,
Ambroise embarqua au Havre
sur un cargo en direction
de l'Amérique.
Côte Est ? côte Ouest ?
Cela lui était bien égal…

... Il descendrait là où le bateau s'arrêterait et partirait sur les routes, le pouce levé. Il avait mille dollars en poche. Il les avait gagnés chez Boxing Joe en remportant des matchs pour amateurs. Je ne veux pas de votre argent, ma chère mère, je me débrouillerai, et il avait ajouté, pour montrer qu'il n'était pas dupe de la situation familiale, vous allez en avoir plus besoin que moi.

Il partit donc sur un bateau américain, un mastodonte de 400 mètres chargé de vins, de spiritueux, de parfums français et de produits forestiers. On lui donna un bat-flanc dans la cale près de la chaudière, une couverture grise, effrangée et un casier fermé à clé pour ranger ses effets. On lui assura deux assiettes par jour, œufs durs, poulet-frites, poisson pané, et café à volonté. Prix du voyage, 40 dollars par jour. Durée du voyage ? Imprévisible.

Il tira de sa poche *Martin Eden*, s'allongea sur sa couchette et commença à lire. « Tout en ce bas monde peut aller à vau-l'eau sauf l'amour... L'amour, à moins d'être débile et chancelant, doit triompher. L'amour ne peut pas faiblir. S'il trébuche en chemin et s'effondre comme une chiffe, c'est que ce n'était pas de l'amour. »

Il lisait à la lueur d'une lampe-tempête, une vieille Coleman ornée d'un couvercle turquoise. Elle fonctionnait à l'essence et quand le bateau tanguait, ça puait le gasoil. Il s'en moquait, il naviguait sur les hautes mers en compagnie de Stevenson, Hemingway, Anita Conti. Il avait dévalisé la bibliothèque du commandant de bord et trouvé de véritables trésors. Il avait un faible pour Anita Conti. Une sacrée bonne femme qui ne répugnait pas à se mélanger aux marins et écrivait drôlement bien. Il avait le sentiment exaltant d'appartenir au vaste monde, d'enfoncer ses talons dans les océans, les terres sauvages, les espaces infinis. Rien jamais ne l'arrêterait. Il se sentait l'âme du premier aventurier. C'est une chance, se disait-il, c'est MA chance, et je dois faire de ce voyage quelque chose de beau, de noble et de digne. Je vais découvrir qui je suis, qui je veux devenir et comment y parvenir. Ne jamais oublier cette promesse faite sur ce vieux cargo.

Le bateau devait aller à New York mais, au milieu du voyage, il pirouetta et mit le cap sur le Panama. Ambroise apprit plus tard que la chute du dictateur Somoza le 17 juillet 1979 au Nicaragua était la cause de ce brusque revirement, mais il ne posa aucune question. Ou plutôt, lorsqu'il s'enhardit, le capitaine lui confia qu'il serait dangereux pour lui d'être trop curieux.

Le bateau emprunta le canal de Panama puis remonta le long du Mexique jusqu'à San Francisco après une longue escale au port de Corinto, dans la région de Chinandega.

À San Francisco, Ambroise sauta sur le quai. La vie s'annonçait belle, il commanda un hamburger au premier Heaven's Burger qu'il trouva.

Dans le tramway, il rencontra un Français qui, comme lui, avait beaucoup lu. Il se prenait pour Kerouac. Ils comparèrent les mérites littéraires de leurs auteurs favoris, puis Étienne – c'était le nom du Français qui habitait Clermont-Ferrand – l'emmena dans une petite maison accrochée à l'une des mille collines de San Francisco. Une maison rose sur Lombard Street.

Il y avait des filles, des grands lits avec des matelas remplis d'eau, de la musique, de l'alcool, des livres, des volutes d'herbe douce et d'autres drogues dont Ambroise décida de se tenir éloigné. Des filles croisaient des garçons. Des garçons croisaient des filles. Ils ne se racontaient pas d'histoires. Parfois ne se demandaient pas leurs noms et sombraient à l'unisson dans un nouveau plaisir.

« *Peace and love, man !* »

Une fille attira l'œil d'Ambroise.

Janice avait vingt ans. Elle étudiait les brontosaures à Berkeley. Deux tresses blondes battaient dans le dos de sa salopette OshKosh pendant qu'elle cuisait des œufs brouillés aux piments rouges et qu'Ambroise l'embrassait. Il pleurait en goûtant les piments. Un jour, elle le traita de femmelette et lui donna des coups avec sa cuillère en bois. Ambroise rugit, en garde, mousquetaire !, s'empara de la cuillère, lui apprit la feinte, la parade, la retraite, et ils finirent dans le grand lit qui tanguait sous eux. Janice réclama d'autres leçons.

Il prenait un bus, partait explorer Berkeley, Sausalito,

Napa Valley, Sonoma, Palo Alto. Et revenait à Lombard Street. La belle vie !

Les jours passaient. Il ne savait pas quel était le jour, quel était le mois. Il savait les saisons, la pluie, le brouillard qui escamotait les ponts, le soleil qui les remettait en place. Parfois, la fille aux nattes blondes dormait dans le grand lit. D'autres fois, c'était une autre. Il entendait parler du président Jimmy Carter, du républicain Ronald Reagan, de l'inflation à 13 %, de l'engagement américain en Afghanistan, les gosiers s'échauffaient. Il prenait un livre et montait se coucher.

Il travaillait à la plonge dans un restaurant, comme serveur dans un café, déménageur dans un hangar désaffecté, manutentionnaire dans une usine de pneus, figurant sur le tournage d'un film. C'était bien payé, mais c'était un navet. Il ne s'en vanta pas, et partagea le lit d'une des actrices.

Un soir, dans une boîte où se produisait le groupe Toto, il fuma un joint au goût de fer rouillé et de crotte de pigeon. Il se prit pour un oiseau et s'envola du second étage. Il se réveilla sur le gazon trempé, sans côte cassée ni cheville foulée. Il bénit la pluie, l'orage, le Ciel avec des mots d'ivrogne, resta allongé sur l'herbe mouillée, fixa la Voie lactée, réfléchit à sa manière de vivre, à sauter de fille en fille, de petit boulot en petit boulot, sans effort ni panache, s'agitant comme une taupe creusant des galeries qui ne menaient nulle part. Il se rappela le serment fait sur la paillasse du cargo, eut honte et se leva.

Deux jours plus tard, il roulait en Greyhound avec Étienne vers un ranch en Arizona, pas loin de Tucson.

Ils voulaient vivre comme des cow-boys. Ils avaient repéré une annonce dans un journal. La paie était bonne. Leur boulot ? Galoper après des veaux, les marquer au fer rouge, les transférer d'une prairie à l'autre, dormir à la belle étoile et recommencer au matin. Il mangeait des haricots rouges, du chorizo, buvait des bières, reluquait les cow-girls qui arrachaient leurs gants avec les dents et buvaient au goulot.

Il commençait à comprendre que son allure, sa manière de sourire sans sourire, de marcher sans se presser étaient un capital. Les filles cherchaient à attirer son attention, les garçons l'imitaient. Cette fois-là, au ranch, ce fut Diamond, la fille du propriétaire, Mr Jack, un gros rougeaud à la figure de steak, qui lui fit un clin d'œil. Ambroise ne broncha pas. Mr Jack ne plaisantait pas avec la vertu de sa fille, son soleil, sa princesse. Il la surveillait de près et ne laissait aucun cow-boy l'approcher. Ces derniers la dévoraient des yeux quand elle passait devant eux à cheval. Ils soulevaient leur chapeau, mais aucun n'aurait eu l'audace de lui parler.

Ambroise découvrit Diamond un soir dans son lit. Elle ne lui laissa pas le temps de filer sous la douche et prit l'habitude de le retrouver dès qu'elle entendait son père ronfler.

Il n'avait qu'un jour de congé, le dimanche.

Ce jour-là, il appelait sa mère. Pas tous les dimanches, mais presque, et pas trop longtemps parce que ça coûtait cher. Et qu'il y avait une file de types qui gueulaient derrière lui.

Un jour, cela faisait un an qu'il était parti, Aliénor lui apprit qu'il avait une sœur.

– Mais pourquoi ?
– Elle s'appelle Muriel. Tu vas rentrer la voir ?
– Pas sûr.

Il ne rentra pas. Les bébés ne l'intéressaient pas.

Il se demanda pourquoi sa mère avait enfanté à quarante-quatre ans. Une question comme un mystère qu'une vague déposait à ses pieds. Il eut l'intuition que cette naissance cachait une entourloupe.

Laquelle ?

Il n'avait pas envie d'y penser.

Il regarda ses mains. Rouges, larges, écorchées. Ses ongles bavaient de noir, ses bras portaient des traces de brûlures. Il éclata de rire.

Il n'avait pas envie de penser du tout.

Vivre, vivre, vivre. « Le plus grand ennui, disait Victor Hugo, c'est d'exister sans vivre. » Il vivait ! Il plongeait les paumes ouvertes dans la vie. Telle une éponge il absorbait tout. Il n'en avait jamais assez. Encore ! Encore ! Encore le soleil qui brûle la nuque, la poussière qui colle aux yeux, le galop du cheval derrière le veau, le fer qui grésille sur la peau rose et lisse de la bête, le cri dans sa gorge quand elle se tord, la bière glacée qui désaltère, les seins d'une fille que ses mains caressent, le bacon brûlé au fond de la marmite, la bouteille de mauvais gin qui passe de bouche en bouche, les mouches qui bourdonnent au-dessus des bouses de vache, les moustiques, les ruades, les hot-dogs le soir au Blind Pig, il prenait tout et s'en barbouillait.

Fuck, la pensée !

Il aurait tout le temps de penser quand il rentrerait en France. La France était le pays des gens intelligents. Il n'avait pas envie d'être intelligent, il voulait vivre, vivre, vivre.

Et puis un jour… C'était le printemps, c'est sûr, mais il n'aurait pas su dire quel mois. Ni quelle année. 1983 peut-être ? Oui, c'était ça, Ronald Reagan était devenu président des États-Unis en 1980 et se présentait pour un second mandat.

Il travaillait dans un cirque qui avait planté son chapiteau dans la banlieue de Baltimore. Il avait fui le Texas après que Mr Jack les avait surpris, Diamond et lui, dans son lit. Il avait explosé la porte en l'ouvrant, une carabine à la main, avait ordonné à sa fille de rouler par terre, avait mis Ambroise en joue et tiré. Ambroise avait à peine eu le temps de sauter dans son jean et ses bottes, le coup partait et crevait l'oreiller, remplissant la chambre d'une tempête de plumes blanches et empêchant Mr Jack d'ajuster un second tir.

Étienne avait récupéré les papiers et le peu d'argent d'Ambroise et ils s'étaient retrouvés sur le quai de la gare de Catalina, prêts à sauter dans le premier train qui partait. Tu voulais vivre comme Jim Tully[1], vivons comme Jim Tully ! avait crié Étienne en grimpant dans le train qui démarrait. Ils avaient voyagé à travers les États-Unis, dormant aux abords des gares, mangeant des restes de sandwichs trouvés dans les wagons vides, bondissant dans

1. Journaliste, écrivain, vagabond, boxeur et scénariste américain, Jim Tully est né en 1881 et mort en 1947. Il a publié de nombreux ouvrages inspirés de sa vie. Il est considéré comme un des précurseurs de la Beat Generation.

les trains, s'arrachant la peau des mains pour y grimper, partageant l'espace avec des vaches qui beuglaient, bousaient, battaient l'air de leur queue pour chasser les taons, les giflant à profusion.

À Baltimore, Étienne déclara qu'il en avait assez. La vie de *hobo*[1], c'était bien… dans les livres. Il rentrait à Clermont-Ferrand. Ils s'étaient serré la main, ils s'étaient même étreints en se déclarant amis pour la vie. Ambroise avait éprouvé un pinçon de déception devant la désertion de son copain mais n'en avait rien montré. Il était parti à la recherche d'un emploi.

Il se retrouva dans les faubourgs de Baltimore. Dans un cirque.

Il devint l'assistant – et l'amant – d'une dompteuse de lions. Il nettoyait les cages, entretenait les grilles et les arceaux, préparait les anneaux enflammés, les quartiers de viande pour nourrir les fauves, soignait les bêtes blessées et partageait le lit de miss Ohlala.

Il y avait un type comme lui qui vivait dans le cirque. Un garçon de huit ans son aîné. Au service d'un cracheur de feu. Il était néo-zélandais. Je ne moisirai pas longtemps ici, il confiait à Ambroise, le soir, en mangeant une bouillie infâme de lardons et de maïs, pendant que le noir du ciel tombait sur les tentes rouges du cirque. C'était un garçon trapu, pas très grand, avec une peau rosacée et des yeux très bleus. Il s'appelait Jimmy Greenroof, parce que la ferme familiale avait un toit vert ! Son arrière-grand-père l'avait construite de ses propres mains. C'était

1. Vagabond.

un Irlandais bagarreur qui avait quitté l'Irlande ravagée par la famine en 1840. Quand les immigrants arrivaient, on leur donnait une nouvelle identité, un nouvel état civil. L'arrière-grand-père avait posé un toit en ardoises vertes, il était donc devenu mister Greenroof ! Le père de Jimmy avait transformé la ferme en « *winery* », avait acheté des terres tout autour, planté des vignes et possédait une énorme exploitation de sauvignon et de pinot noir. Trois cent dix hectares à perte de vue, disait Jimmy. Je voulais voir le monde et j'ai vu. Il est temps que je rentre chez moi. J'ai le mal du pays et le travail m'attend.

Ambroise lui racontait Berléac, l'allée de charmes, le château, sa mère qui montait en amazone, son père qui roulait dans les escaliers, les cours chez Boxing Jo, les nattes blondes d'Estelle.

Ils se firent le serment de ne jamais se perdre de vue et mélangèrent leurs sangs de la pointe d'un couteau qui servait à découper la viande des fauves.

– Maintenant, tu es mon frère pour la vie, décida Jimmy en essuyant la lame.

Un matin, il rassembla ses affaires dans un vieux rideau de cirque déchiré et sauta dans un bateau direction Marlborough, en Nouvelle-Zélande.

Cela faisait quatre ans qu'Ambroise avait quitté Bordeaux. Il ne parlait plus français. Sauf quand il appelait sa mère.

Un dimanche, Aliénor lui annonça que son père était mort.

– *Daddy ? Dead ?*

– MORT, avait répété Aliénor. Je vais avoir besoin de toi. La propriété est trop lourde pour moi toute seule. Trop endettée… trop tout !

– … mais il n'était pas vieux. Même pas soixante ans !

Ambroise comprit qu'il allait devoir choisir entre l'aventurier des trains, des routes et des cirques, l'amant de miss Ohlala et l'héritier de Château Berléac, 70 hectares de vignes, 35 employés, 500 000 bouteilles produites chaque année.

– Il est mort de quoi ?

– Cela ne change rien au problème. Il faut que tu rentres.

– Je ne peux pas.

– TU RENTRES.

Il expliqua alors que sa copine et patronne, miss Ohlala, avait accouché d'une petite fille et assurait que l'enfant était de lui.

– Et c'est le cas ?

– Non. Je mettais une capote chaque fois. Parfois deux !

– *Good boy !* s'exclama Aliénor. Que veut-elle ?

– Le mariage et le partage des frais d'éducation de l'enfant. Elle m'a confisqué mon passeport en attendant que je dise oui.

– Elle n'a pas le droit !

– Maman, elle est américaine, je suis français, elle a tous les droits, je n'en ai aucun.

– Tu as vu l'enfant ?

– Oui, bien sûr.

Il avait failli ajouter, on vit ensemble, tu sais, mais s'était repris.

– Elle a trois mois, elle est très mignonne.

– Ce n'est pas la question.

– Elle me ressemble.

– Les bébés ressemblent à qui on veut. J'ai toujours trouvé ridicule de s'extasier devant ces petits corps caoutchouteux et d'y discerner le père, la mère ou la grand-mère ! Tu as observé ses pieds ?

– Ben oui... Elle en a deux !

– Et ses orteils ?

– On dirait des coquillages, roses, longs, fins, bien séparés...

– Bien séparés ? Alors ce n'est pas ta fille.

– Comment ça ?

– N'as-tu jamais remarqué que les Berléac avaient les deux derniers orteils du pied droit reliés par une peau translucide comme les pattes d'un canard ? C'est un défaut qui se transmet de génération en génération, par les hommes uniquement.

– Vous voulez dire palmés ?

– Pas à ce point-là, mais c'est l'idée... La peau est très fine. On ne la voit presque pas.

– Tout le monde a ça !

– Les Berléac, oui, les autres, non. Exige un test de paternité. Il prouvera que tu n'es pas le père et tu seras débarrassé. Je t'attends à Berléac. Et vite !

Ambroise ôta ses bottes, ses chaussettes, examina les orteils de son pied droit et vit la petite peau presque transparente qui collait le petit orteil au quatrième. Comment avait-il pu ne jamais la remarquer ?

Il alla trouver Miss Ohlala et, prenant un air penaud

pour qu'elle ne se méfie pas, lui annonça qu'il allait passer le test.

Aliénor, une fois de plus, avait raison.

Il s'aperçut, surpris, qu'il était heureux de rentrer en France.

Il lui arrivait de plus en plus souvent, dans la cage aux fauves, de regarder les seaux remplis de quartiers de viande sanguinolente et de se dire, qu'est-ce que je fous ici à gaver des animaux qu'elle va torturer avec son fouet ? Et quand il suggérait, on ne pourrait pas parler aux bêtes ? Entrer en communication avec elles ? J'ai connu une femme qui faisait ça, c'est étonnant..., miss Ohlala éclatait de rire et faisait claquer la mèche de son fouet. Alors il se rappelait la promesse qu'il s'était faite sur le cargo, je dois faire de ce voyage quelque chose de beau, de digne, de noble, découvrir qui je suis, qui je veux devenir et comment y parvenir. Il devait respecter sa promesse.

Il n'eut plus alors qu'une envie : prendre la poudre d'escampette et retourner à Berléac.

Ambroise et Jacqueline parlent
de tout et de rien.
Il se rappelle son mariage,
ses infidélités.
Elle se souvient de la jeune fille
qu'elle était quand elle l'a épousé.
Elle l'aime encore.
Elle l'aimera toujours.

« Tout en ce bas monde peut aller à vau-l'eau sauf l'amour, avait écrit Jack London. L'amour, à moins d'être débile et chancelant, doit triompher. L'amour ne peut pas faiblir. S'il trébuche en chemin et s'effondre comme une chiffe, c'est que ce n'était pas de l'amour. » Aimait-il Jacqueline quand il l'avait épousée ?

Non.

L'avait-il aimée pendant les dix ans où ils étaient restés mariés ?

Il s'était efforcé de l'aimer.

Jusqu'à ce soir du 2 août 1992. Dans la grande maison du cap Ferret, face à la mer.

Dans l'après-midi, un flash spécial avait annoncé la mort de Michel Berger à quarante-quatre ans. D'une crise cardiaque. La mort avait claqué des doigts sur un court de tennis et le chanteur s'était effondré. Quarante-quatre ans, ce n'est pas vieux, il s'était dit, on peut donc mourir si jeune... Il faudra que j'en parle à Montfort, mon pote cardiologue, j'ai trente ans, suis pas très âgé non plus, mais si ça se trouve, demain, en sautant de mon bateau sur le quai, j'entendrai un claquement de doigts et je tomberai inanimé.

Il avait songé à tous les rêves qu'il n'avait pas encore réalisés.

– Viens manger, Ambroise ! avait crié Jacqueline.

– J'ai pas faim.

– Allez ! Viens ! Jean-Marc a apporté des huîtres.

Ils avaient mangé en silence en observant de la terrasse les reflets de la lune sur l'eau. Elle allumait des petites flaques blanches qui brillaient, s'éteignaient, allaient clignoter plus loin.

– Il va faire beau demain, avait dit Ambroise.

– Les enfants voudront faire du bateau avec toi. Tu les emmèneras ? Ils en meurent d'envie.

– Comment tu le sais ?

– Une maman sait tout.

– Tu sais toujours tout. Tu es énervante !

– Ambroise ! S'il te plaît. Ne recommence pas.

– Mais si… C'est vrai. Tu es parfaite, tout le monde te trouve parfaite. Dis-moi un truc qui cloche chez toi ? Un seul truc…

– Pourquoi tu cherches la dispute ? Tu as quelque chose à me dire et tu ne sais pas comment t'y prendre ? On ne peut plus te parler, Ambroise, tu ronchonnes tout le temps.

– Je ronchonne ! Je ronchonne ! On dirait que tu parles d'un enfant. Mets-moi une barboteuse pendant que tu y es !

Jacqueline avait ramassé les assiettes, les serviettes, les

citrons sur la table, vidé les coquilles d'huîtres dans le grand saladier. Elle s'était levée et avait dit :

– Qu'est-ce que tu as, Ambroise ?

– Je ne sais pas...

– Mais si... tu sais. Dis-moi.

– Non. Il n'y a rien. Ne reste pas debout avec ton plateau... tout va tomber.

La lune éclairait un voilier immobile. Le mât se dressait, nu, vers le ciel, les voiles étaient affalées. Demain, il partirait en bateau. Seul.

– Je ne bougerai pas tant que tu n'auras pas parlé.

– Je ne sais pas, je te dis.

Il commençait à faire frais. Un petit vent s'était levé. La météo pour le lendemain était bonne. Pourquoi s'était-il marié si vite, si jeune ? Elle n'y était pour rien.

– Je m'ennuie. Ce n'est plus amusant.

Il n'osait pas la regarder. Il avait l'impression d'être le bourreau, d'avoir empoigné la hache, et...

– J'étouffe. Je n'ai plus d'air. Je ne vis pas, je répète les mêmes gestes tous les jours. Je suis vide à l'intérieur.

– Notre vie n'est pas agréable ?

– Non.

– Mon amour ne t'est pas agréable ?

– Je ne sais pas... Non.

Elle était partie à la cuisine. Il avait entendu le bruit des coquilles d'huîtres jetées dans la grande poubelle sous l'évier.

Il était resté à table. La lune éclairait d'autres flaques de plus en plus éloignées.

Ce soir-là, il sut qu'il allait divorcer.

Aime-t-il Jacqueline, aujourd'hui, alors qu'il a soufflé quarante-huit bougies sur un gâteau d'anniversaire ?

Il la respecte. Il l'estime. Il aime parler avec elle. Il aime l'inclinaison du soleil sur le haut de la fenêtre quand il passe la voir avant le dîner, l'odeur de la bougie parfumée, le sourire sur son visage, le soupir de complicité tendre qui lui échappe quand elle retourne s'asseoir derrière son bureau pour mieux l'écouter.

Mais est-ce de l'amour ?

Jacqueline est en train de lire un rapport au sujet des vins de Bordeaux. En cette année 2010, la France redevient le premier producteur mondial de vin et repasse devant l'Italie en nombre de bouteilles vendues : 419 millions de caisses, soit 5 milliards de bouteilles.

Elle entend la voix d'Ambroise qui parle à Andrée, sa gouvernante, puis ses pas qui avalent les marches, son cœur se met à battre. Il vient vers elle. Il va pousser la porte du bureau. Comme avant.

Lancera, comment ça va, femme admirable ? Comme avant.

Se laissera tomber dans un fauteuil, « son » fauteuil. Comme avant.

Et ils parleront. Comme avant.

Elle aura envie d'un verre de vin, d'un morceau de poutargue. Comme avant.

Ils ont formé une belle équipe, tous les deux. Il lui a fait confiance, chaque risque pris suspendait leur vie.

Il lui a prêté tant de qualités qu'elle a été obligée d'endosser l'habit de lumière. Avec hésitation. Elle n'était pas habituée. Sa mère l'avait abandonnée, son père l'avait mutilée.

Ambroise lui avait redonné vie. Elle avait appris à se faire confiance.

Enfin… elle n'était pas sûre d'y être arrivée.

Très vite, il l'avait trompée. Pris en flagrant délit la première fois, il s'était révélé plus habile par la suite. Elle l'apprenait par une étourderie, une gaffe, une malveillance. Elle pardonnait avec une facilité qui l'étonnait. Comme si elle ne pouvait prétendre à le garder pour elle toute seule. « Il est trop beau ! » elle confiait à son amie Juliette. Vingt ans de vie étale, soumise au désir paternel, sans que le moindre garçon la tourmente, ne l'avaient pas préparée à comprendre ce qu'il se passait dans son cœur. Si ce n'est toujours cette terrible évidence, elle aimait Ambroise et priait tous les soirs pour que cela dure, s'il vous plaît, sainte Marie, mère de Dieu, je ne pourrais pas vivre sans lui. On lui avait appris à l'Assomption que Dieu exauçait toutes les prières, demandez et vous recevrez.

Un jour, il l'avait quittée.

Ils continuent à s'occuper du domaine ensemble. Elle a un bureau à Berléac, une grande pièce au-dessus des chais, et un autre chez elle où elle étudie ses dossiers, le soir. Ils se consultent sur chaque grande décision. Les vignes, les récoltes, les fermentations, les assemblages, le personnel à gérer… Tiens ! Il faudra qu'elle lui parle d'Émile Chastelnau, le fils d'Albert. Il désire succéder à son père comme chef de culture. Ce dernier souhaite se retirer et finir ses jours dans la petite maison qu'il a achetée, pas loin de Berléac.

Émile travaille à Berléac depuis l'enfance. Il a grandi avec François et Frédéric. Ils ont le même âge.

À vingt-cinq ans, c'est un homme corpulent, au visage joufflu, piqué de grains de beauté. Un être sensible qui se rembobine à la moindre émotion. À treize ans, on l'a retrouvé gisant au fond d'une cuve parmi les vapeurs de gaz carbonique. Une heure de plus et il mourait asphyxié. On n'a jamais su comment c'était arrivé. Il a toujours refusé d'en parler. En tombant il s'était fracturé la hanche. Il lui en est resté une légère claudication. « Il n'en finit pas d'être boiteux », dit François, que tout irrite chez Émile. Jacqueline n'a jamais compris pourquoi. Longtemps ils ont été amis et puis... François n'a plus supporté Émile.

Dès qu'Émile parle raisin, vignobles, récoltes, son visage s'illumine, son corps s'allège. Il raconte le soleil, le vent du nord, la pluie, les insectes, le rosier qui veille en bout d'allée, les haies qu'il faut planter pour tempérer les vents. Il faut le voir tâter les baies, les égratigner de l'ongle, les éplucher, les sucer pour définir quel jour, à quelle heure, il faudra vendanger. Elle aime arpenter les vignes avec lui. Il frappe à la porte de son bureau et lui propose d'aller voir une parcelle, une allée menacée par des moucherons. Ils ne se parlent pas, c'est inutile, mais à la fin de la journée, ils prennent les mêmes décisions. Ils ont cette intimité troublante du travail bien fait, de l'effort partagé, du résultat qui s'appelle succès. Émile s'anime face au raisin, à la rosée, au soleil du matin ou à la brume dorée du soir. Sa voix devient grave, posée, son regard se remplit d'une mâle assurance et son corps se délie. Il lui fait penser à ces chênes de la forêt de Tronçais qui montent, droits et fiers, vers la lumière.

À qui pourrais-je expliquer ça ? soupire Jacqueline.

Émile Chastelnau n'est qu'un sujet parmi d'autres. Zinski, par exemple. L'homme est habile, intelligent. Il exporte Berléac à l'étranger comme aucun autre directeur commercial et tout le monde le leur envie. L'argent rentre. Abondant. Mais ces derniers temps, elle a trouvé des erreurs dans la comptabilité. Ce n'est peut-être pas lui qui en est responsable. Certains chiffres étaient barrés, puis réécrits, puis barrés encore. Des erreurs corrigées, mais répétées.

Avant-hier, elle est allée dîner avec son vieil ami Patrice à La Grand'Vigne, un restaurant étoilé dans les environs de Bordeaux. À dix-huit ans, Patrice avait eu le courage de tenir tête à ses parents qui voulaient qu'il reprenne le domaine. Il s'était inscrit en médecine et était devenu un oncologue réputé. Il avait été amoureux d'elle, mais s'était effacé devant Ambroise. Il ne s'était jamais marié. Ils dînent souvent ensemble. Jacqueline sait qu'elle peut lui faire confiance. Il brille dans l'œil de Patrice une lueur tendre qui atténue sa solitude et lui rappelle qu'elle est une femme, et qu'elle peut être séduisante.

Ce soir-là, en pénétrant sur le parking du restaurant, elle avait aperçu Zinski qui claquait la porte d'une Jaguar rutilante. Combien coûte une telle voiture ? Très cher, sûrement. D'où tire-t-il cet argent ? Dans un éclair elle avait revu les chiffres raturés sur le cahier de comptes et s'était empressée de chasser cette idée. Ce n'est pas parce que je ne l'apprécie pas qu'il est malhonnête ! Il nous fait gagner beaucoup d'argent, c'est normal qu'il en gagne, lui aussi. Elle avait préféré se demander si elle allait manger de la viande ou du poisson. Elle hésitait toujours.

– Dis donc… les affaires ont l'air florissantes à Berléac ! avait sifflé Patrice. Ce Zinski roule sur l'or !

– L'homme est un peu m'as-tu-vu…

– Les Berléac ont toujours aimé briller. Et ils déteignent sur les gens qui travaillent pour eux.

– Ne dis pas du mal des Berléac, elle avait souri. Ou je deviens féroce…

C'était une manière de lui dire de ne rien attendre d'elle qu'une solide et franche amitié.

Patrice avait raison, cependant. Rien n'était anodin ni fade à Berléac. Cette terre faite d'argile et de graviers produisait de fortes personnalités. Chacun réclamait la lumière. Même l'indolente Anaïs avait fini par imposer sa vacuité comme une force incontournable.

Dieu qu'elle ne l'aime pas, celle-là !

Ambroise lui a installé un bureau à la propriété. Elle est chargée de représenter Château Berléac dans le monde. Elle joue à travailler. Oh, bien sûr… Ambroise a veillé à ce que le bureau d'Anaïs soit éloigné du sien. Elles ont chacune leur escalier pour parvenir à l'étage, il n'empêche qu'il leur arrive de se croiser.

Il lui arrive parfois de faire un rêve : c'est la nuit, il pleut, elle est au volant d'une grosse voiture et aperçoit, dans la lumière des phares, sur le bord de la route, Anaïs qui marche contre le vent, courbée, grelottante, trébuchant sur de hauts talons. Elle se retourne, agite les bras pour demander de l'aide. Si jolie, si gracile dans son imperméable serré à la taille, une mèche blonde qui bat au vent. Sur son visage, pas d'anxiété, mais l'expression sereine des femmes sûres de leur beauté. Elle sait que la voiture va ralentir et se garer. Jacqueline regarde ce beau visage confiant, le sourire qui récompense le conducteur qui ralentit et… ses doigts se crispent sur le volant, elle serre les dents, appuie sur l'accélérateur et fonce sur la ravissante blonde. On était heureux, Ambroise et moi. Fallait pas nous séparer.

Au matin, elle joint les mains et prie pour que le cauchemar ne revienne plus, qu'Anaïs lui devienne indifférente. Ce serait le début de cette liberté à laquelle elle aspire depuis qu'Ambroise est parti.

– Tu as lu le rapport de l'INAO ? dit Jacqueline à Ambroise qui entre dans son bureau. J'ai pris des notes, en voici le résumé.

– J'allais t'appeler pour savoir ce que tu en pensais, et puis je me suis dit que je passerais… Je reviens de chez les Bourrich. Ils sont inquiets, on annonce un orage… Et comme j'avais quelque chose à voir en ville…

Quelque chose ou quelqu'un ? ne peut s'empêcher de penser Jacqueline.

– … je me suis arrêté chez toi.

Elle a un petit sourire timide. Il sait que sa porte lui est toujours ouverte. Parfois il ne prévient pas et la surprend en train de dîner seule devant la télé. Elle redoute ces intrusions. Elle aime la liberté qu'il prend en franchissant le seuil comme s'il rentrait chez lui, mais déteste être surprise dans sa solitude, avec pour seule compagnie un plateau-repas préparé par Andrée et la télévision.

Elle parle du bilan de l'année, excellent, des vendanges à venir, sous les meilleurs auspices, de la météo, croisons les doigts, du moyen d'installer, l'année prochaine, des éoliennes pour réchauffer le raisin en cas de variations trop importantes de température.

Ambroise ne réagit pas.

– Tu as un souci ?

– Ce n'est pas professionnel.

– C'est grave ?

– Je ne sais pas encore…

– À ce point-là ?

Il s'agite dans le fauteuil. Frappe ses bottes l'une contre l'autre.

– Muriel m'a écrit. Elle veut que j'accueille ses enfants à Berléac. Pour une durée indéterminée. Et j'ai dit oui.

C'est donc ça ! Le retour de Muriel. Son départ, il y a douze ans, avait fait scandale. Une Berléac quittait sa famille, son vignoble, pour suivre un ouvrier agricole, un étranger !, dont on ignorait tout.

– Tu voudrais savoir si tu as bien fait ?

– Je l'ai appelée. J'ai cru comprendre qu'elle n'allait pas bien, pas bien du tout. Elle semblait confuse, parlait de son mari, puis d'un autre dont elle voulait divorcer. De ses enfants qui étaient petits… Elle pleurait, elle m'appelait Amboise, comme quand elle était petite. J'ai craqué, j'ai dit oui. Je n'ai pas réfléchi. Et maintenant je me demande si je n'ai pas fait une connerie.

Jacqueline écoute, lissant du bout des doigts les papiers devant elle puis, d'une voix douce, qui apaise toujours Ambroise, elle dit :

– Muriel a besoin de toi. Elle a toujours eu besoin de toi. Elle t'a dit qu'elle était seule ?

– Oui. Et qu'elle avait peur. Ce n'était pas très clair. Elle veut mettre les enfants à l'abri.

– Il s'appelait Lewis ? C'est ça ?

Ambroise hoche la tête.

– Que dit la reine mère ?

– Elle est furieuse. Je le lui ai annoncé hier.

– Je n'ai jamais compris pourquoi elle avait été aussi dure avec Muriel. Et jamais osé lui demander.

– On parle de tout, sauf de ça…

– Pourtant, s'il y en a un qu'elle aime et en qui elle a confiance…, dit Jacqueline dans un sourire.

– Elles ne se sont jamais entendues, Muriel et elle. Il existe un nœud noir entre les deux. Quelque chose que la mère reproche à la fille ou que la fille reproche à la mère.

– Et toi, tu en penses quoi ?

– J'ai l'intuition que Muriel n'y est pour rien. Je ne sais pas pourquoi…

– Elles ne sont faciles ni l'une ni l'autre.

– Muriel réagit quand sa mère l'agresse. La violence entraîne la violence et c'est parti. Un jour, j'avais interrogé Muriel. C'était juste avant qu'elle ne prenne la fuite. Elle m'avait dit que notre mère ne l'aimait pas. Ses mots exacts avaient été : « J'ai l'impression parfois qu'elle me hait. » Mais c'est pas possible… C'est juste pas possible.

– C'est peut-être son mariage avec Lewis ?

– Maman n'est pas snob. Elle fait semblant de l'être.

Elle se moque des apparences et de l'appartenance sociale. Elle ne reconnaît que la valeur, le courage, l'intelligence.

Ambroise a envie d'ajouter « et c'est pour ça qu'elle t'aime ». Il se retient pour ne pas la blesser. Jacqueline est lasse qu'on chante ses vertus. Elle donnerait la moitié de son cerveau pour la cambrure et la crinière de Brigitte Bardot.

– Ça l'amuse de jouer à la grande dame, c'est un jeu pour écarter les indésirables. Elle les toise, ils s'éloignent, elle soupire d'aise. Elle refuse de dépenser du temps et de l'énergie pour des gens qui l'ennuient. Avec Muriel... il s'est passé quelque chose, je ne sais pas quoi...

Ambroise réfléchit, répandu dans le fauteuil, ses longues jambes allongées, son corps remuant au gré de ses interrogations, il suffirait que je fasse un effort et que je me souvienne. Que je retrouve le soupçon qui m'a effleuré par deux fois quand j'étais en Amérique. Je l'ai identifié, puis je l'ai chassé tellement il me semblait... incroyable. J'ai remis son examen à plus tard, espérant que ce « plus tard » n'arriverait jamais. Je devrais peut-être aller voir quelqu'un pour en parler ?

– Peut-être devrais-je le faire aujourd'hui ?

– De quoi parles-tu, Ambroise ?

Il lève la tête et se reprend :

– Un rendez-vous chez le dentiste. J'ai une dent qui me lance...

Il sait que s'il soulève un bout du voile, il sera obligé d'aller jusqu'au bout et il n'en a ni l'envie ni la force. Pas en ce moment. Plus tard.

– Rrrrrrr ! rage-t-il en frappant sa main gauche de son poing droit. Parle-moi d'autre chose ! Je vais devenir fou…

– Tu devrais surtout courir chez ton dentiste ! On dirait un petit garçon qui a peur d'y aller.

Elle rit, attendrie. Il lui décoche en retour un de ses sourires qui emportent les femmes. Celui d'un homme qui sourit, mais de loin. Parce qu'il n'arrive pas à s'intéresser à ce qui lui arrive. Parce qu'il sait trop de choses. Un sourire désinvolte et désespéré dans un visage impénétrable. Ses yeux regardent passer la vie sans la trouver ni joyeuse ni dramatique. Elle est juste « à vivre ». Comme « à découper selon les pointillés ». Il entend bien en profiter mais ne veut pas être dupe.

Jacqueline succombe. Ses yeux se mettent à briller, ses joues rougissent, sa bouche s'amollit, elle devient belle, éclairée par une lumière intérieure.

Un vitrail frappé par un rayon de soleil.

Ambroise note le changement et s'en émeut. Cette femme qu'il a si mal aimée lui donne tant ! Sans compter, ni exiger quoi que ce soit en échange. Quand elle tend vers lui ce visage de vitrail éclairé, il a envie de la prendre dans ses bras, de la protéger, de l'aimer toute sa vie.

C'est ainsi que François, leur fils aîné, avait été conçu. Après une dure négociation avec un courtier, qu'ils avaient remportée en se battant côte à côte.

Ce soir-là, Ambroise avait raccompagné l'homme jusqu'à la grande porte en bois sculpté donnant sur la rue, puis il avait couru ouvrir une bouteille de champagne, s'était rué dans le bureau et avait déposé une écume de bulles sur la nuque de sa femme. Jacqueline était tombée contre lui dans un abandon mêlé de fougue et de timidité.

« Reste avec moi, gamine, et on pétera dans la soie », il lui avait murmuré à l'oreille, fou de joie d'avoir forcé le courtier à capituler.

Neuf mois plus tard, François naissait, le célèbre Parker donnait un 99/100 à leur premier cru et les comptes de Château Berléac passaient au vert.

– Que disent les gens à Berléac de l'arrivée des enfants ?

En disant « les gens », Jacqueline signifie Anaïs. Elle n'arrive pas à prononcer son prénom.

– Personne n'est au courant, sauf la reine mère. Et Nannie.

Il marque une pause et ajoute :

– Et toi…

– Et tu t'attends à quoi ?

– Je ne sais pas. L'ambiance est un peu tendue entre nous.

Il sourit à Jacqueline.

– On mène chacun notre vie. Suis-je triste ? Je ne crois pas. Blessé ? Non plus… ou alors c'est de l'amour-propre. On confond souvent l'amour et l'amour-propre.

Il se tait, considérant le bout de ses bottes.

– Ah…, dit Jacqueline, ressentant un pincement d'espoir. Tu veux venir avec moi à l'Opéra mercredi prochain ? J'ai deux places. *L'Élixir d'amour*… Donizetti.

Il chantonne « *Una furtiva lagrima* ».

– Tu n'y vas pas avec Juliette ?

– Elle n'est pas libre.

– Avec grand plaisir ! Je passe te prendre.

Il s'est dressé, étiré, se masse le bas du dos de ses larges mains.

– Bon… tu me soutiendras auprès de Madame Mère ? Elle va sûrement t'appeler demain à l'aube.

Jacqueline hoche la tête.

Il dépose un baiser rapide sur ses cheveux et s'éclipse.

Elle écoute ses pas dans l'escalier, l'entend dire, bonne soirée, Andrée ! Prenez bien soin de madame, et reprend ses dossiers.

Auparavant, elle appelle son amie Juliette et s'excuse. Elle ne pourra pas l'emmener à l'Opéra mercredi soir.

– J'ai mis la table pour madame.

– C'est gentil, Andrée, mais je n'ai pas faim.

– Madame devrait dîner… C'est pas bon de ruminer.

– Qu'est-ce que tu en sais ?

– On ne change pas les hommes.

Elle n'avait pas changé Ambroise.

Elle avait vingt ans le jour du mariage à l'église Notre-Dame de Bordeaux.

Sur les photos, au bras de son amoureux géant qui avait gardé ses bottes de cow-boy sous son pantalon, elle affichait un air étonné. Ce n'était pas sa place. C'était une erreur. Les invités allaient s'en apercevoir. On la dépouillerait de sa robe blanche et on la renverrait chez son père, Maurice Quartont, un puissant négociant de vins de Bordeaux qui se vantait d'obtenir, lors de ses tractations, les plus importantes commissions. Normal, assurait-il, je suis le seul qui peut les rendre riches ! Les Bordelais se pinçaient le nez en parlant de lui mais se précipitaient dans ses bureaux sur les quais pour vendre leur récolte.

Son père marchait à ses côtés dans l'allée centrale de l'église, écarlate dans son habit loué pour l'occasion. Son ventre rebondi s'échappait de son gilet écossais jaune et rouge et il avait tenu à porter une cravate à jabot en soie blanche qui cascadait sous ses trois mentons. Il avait lu dans un magazine que c'était très chic.

– Mais, papa, pas pour un mariage !

– T'occupe ! Je sais mieux que toi !

Il dirigeait sa vie depuis qu'elle était enfant. Quand elle protestait, il l'avertissait, fais attention, mes ancêtres anglais vont se réveiller et ça va barder ! Il pouvait se montrer violent.

Elle avait huit ans quand sa mère était partie avec un Argentin, un beau joueur de polo de passage à Bordeaux. Il lui avait fait une cour effrénée. Elle l'avait suivi, mais n'était pas allée loin. Il l'avait abandonnée à Cannes lors du Festival, étourdi par les belles femmes qu'il rencontrait. Désespérée, elle s'était jetée du toit de leur hôtel sans laisser d'explication.

Maurice Quartont avait élevé seul sa fille. Dans la ville, quand on l'évoquait, on parlait de l'homme à la tête de veau sur un corps d'usurier. Toujours penché en avant comme s'il tendait la main ou une traite à signer, ses yeux bleus, globuleux, roulant sur les pièces et les billets, prêt à berner l'homme naïf ou distrait.

Un soir de Noël, quatre ans après la mort de sa femme, alors que le père et la fille mangeaient en silence une demi-dinde Picard aux marrons auprès d'un sapin en plastique dont la branche du bas avait fondu, il observa Jacqueline et la trouva jolie. Une beauté discrète, certes, mais de bon aloi. Le portrait craché de sa stupide mère ! Son regard se fit lourd, insistant, ses yeux évaluèrent « la bête », et bientôt il vit en elle un moyen de s'insérer dans la haute société bordelaise. Comment n'y avait-il pas pensé plus tôt ! Il savait ce qu'on murmurait dans son dos. Il savait aussi que si on traitait avec lui, c'était parce que chacun y trouvait son compte, mais il désirait plus : il voulait être reconnu. Faire partie de « leur » clan. Être traité d'égal à égal. Au début, il avait considéré ce désir comme un caprice, une démangeaison. Il ne comprenait pas cette ambition, elle le dérangeait, et il remuait les épaules pour s'en débarrasser comme on tente de se dégager d'un manteau trop lourd. Mais le caprice était devenu une idée fixe. Il se regardait dans la glace en se rasant le matin et voyait un homme bien veuf, bien seul. Bientôt vieux. Il allait fêter ses cinquante ans. Cinquante ans ! Le milieu de la vie. Il faisait froid dans sa maison, il faisait froid dans ses os. Son désir de respectabilité s'accroissait chaque année, comme toutes les idées fixes des gens vieillissants. Ce qui, il y a dix ans, l'aurait fait rire aux éclats était devenu une nécessité. Et, en ce triste soir de Noël, il se surprit à espérer. Sa fille n'avait que douze ans, mais il allait en faire une princesse, elle épouserait un prince et il pénétrerait dans la bonne société bordelaise. Ils viendraient tous lui manger dans la main.

Pour cela il lui fallait de l'argent – il en possédait à profusion – et des appuis – il n'en avait aucun. Il n'était pas l'homme le plus populaire de la ville. Cela ne le découragea pas. Rien n'existe que l'argent ne puisse acheter, se disait-il, rempli d'une assurance joyeuse. La dinde était fade, sèche, peu importe. Il mâchait, mâchait, tout en regardant sa fille, son maintien, ses longs cheveux châtains, son air de biche craintive. Il imaginait l'avenir brillant qu'il écrirait pour elle. Et pour lui.

Pour un peu, il aurait doublé la maigre somme qu'il avait glissée dans l'enveloppe de Jacqueline pour ses étrennes.

Jacqueline aussi mâchait, mâchait, essayant de faire tomber les morceaux de viande filandreuse dans la serviette posée sur ses genoux. Cette dinde insipide ne chantait pas Noël. Quand elle avait suggéré d'acheter une dinde chez le boucher, son père avait aboyé, parce que tu crois qu'on est riches ? Elle allait entrer en quatrième et savait depuis peu ce qu'elle ferait plus tard. Médecin. Et pourquoi pas chirurgien. Elle en avait parlé avec son professeur principal, qui l'avait encouragée.

– Vous ne me trouvez pas trop ambitieuse ?

– Vous êtes brillante, Jacqueline. Vous pourrez faire tout ce que vous voulez !

Elle avait rougi et s'était cachée derrière ses longs cheveux. Elle avait tendance à garder les yeux baissés pour ne pas se faire remarquer. C'est ce qu'on lui avait appris à l'Assomption, la meilleure école privée de la ville. Les jeunes filles portaient un kilt et un twin-set bleu marine, un chemisier blanc. Pas de maquillage ni de pantalon, une révérence chaque matin à l'entrée de l'école.

À seize ans et demi, elle passa un bac scientifique, obtint la mention très bien et confia à son père son intention de devenir médecin. Comme son copain Patrice. Il l'inscrivit à l'Institut d'œnologie. Elle protesta, entama une grève de la faim, mais rien n'y fit.

Tout entier à son projet, Maurice Quartont décida que sa fille entrerait dans le prestigieux rallye de la Brangelière. Chaque samedi, une mère « de bonne famille » recevait des garçons et des filles de « bonne famille » afin qu'ils se rencontrent et puissent, comme le bon vin, « s'assembler ». Orchestre, buffet copieux, alcools, la fête était assurée et les mariages aussi.

Mais encore fallait-il faire partie de cette « bonne société » ! Un nouveau défi pour Maurice Quartont.

Il avait eu vent des malheurs d'un propriétaire de vignoble, un certain Serge Jollin, dont la récolte avait été détruite par de violentes chutes de grêle. Cet homme, pour faire des économies, avait commis l'erreur de ne pas renouveler son assurance grêle et foudre. Non seulement sa récolte était perdue mais il ne serait pas remboursé. Madame Jollin était une des organisatrices du rallye de la Brangelière. Maurice Quartont alla trouver son mari, lui proposa de racheter ses dettes, de lui prêter de l'argent pour qu'« il se relance » et demanda à être payé en retour par trois hectares de vignoble – ledit vignoble jouxtait

Château Yquem – et par l'inscription de sa fille au rallye de la Brangelière.

L'affaire fut menée rondement. Monsieur et madame Jollin sauvaient leur honneur, leur domaine et l'avenir de leur progéniture. Maurice Quartont entamait son ascension sociale. Il ne lui restait plus qu'à prendre un siège et à assister à la fin du film : le mariage de sa fille avec un grand nom du vignoble. De préférence un parti qu'il choisirait, lui. Il avait déjà quelques idées.

C'était compter sans Aliénor, qui avait un autre projet en tête.

Lors d'un dîner de charité au château Lamarre-Gentillac en faveur des enfants atteints d'un cancer, elle entendit parler d'une jeune fille remarquable, œnologue, sortie major de sa promotion, passionnée par le vin, sa fabrication et les méthodes de vente, « une véritable perle, modeste, jolie, travailleuse », assurait l'homme assis à la droite d'Aliénor.

– À peine son diplôme d'œnologue obtenu, elle est repartie sur les bancs de la fac. Elle veut devenir médecin, au grand dam de son père qui ne décolère pas. Il lui a coupé les vivres, et elle cherche des petits boulots. Je connais plus d'un participant à ce dîner qui serait ravi de l'embaucher !

Aliénor demanda à son voisin s'il savait comment joindre cette jeune fille.

– Demandez à madame Jollin, elle connaît tout le monde…

Son amie, Suzanne Jollin, lui promit d'organiser une rencontre.

– Surtout, qu'elle ne se doute de rien ! demanda Aliénor. Je veux pouvoir l'interroger sans en avoir l'air.

Où l'on assiste, en 1984, à la renaissance
et au succès de Château Berléac…
Le père d'Aliénor, Thierry de Lantignac,
vient rôder tel un fantôme…
Et les premières dents de lait
de Muriel tombent…

À l'époque, Ambroise et Aliénor travaillaient avec acharnement au sauvetage de Château Berléac. Ils consultaient des banquiers, des chefs d'entreprise, des œnologues, des spécialistes de la communication, avec toujours la même question : comment redresser le domaine, la production et l'image de la propriété ? Ils savaient qu'ils devaient à la fois vendre de la qualité et du rêve.

Ils ne trouvaient pas la formule idoine.

Et pourtant, ils cherchaient, ils cherchaient, et toujours arrivaient à la même conclusion : leur travail était trop sage, ils manquaient d'ambition, de folie. Il leur fallait trouver un artiste, un chef d'orchestre qui projetterait Château Berléac au premier rang, avec les plus grands.

– Ton père avait ce don… mais il n'en a rien fait. Il n'allait jamais jusqu'au bout des choses. Comme s'il n'avait pas le droit de réussir… Un imposteur qui allait être démasqué. J'ai souvent vu passer cette terreur dans son regard. Il n'y a rien de plus terrible que d'être impuissant face à l'être que tu aimes le plus au monde. Il a préféré se noyer dans l'alcool et les aventures d'un soir.

– Un truc ! Il nous manque un truc ! répétait Ambroise qui n'écoutait pas sa mère. Quelque chose ou quelqu'un. On n'y arrivera pas tous les deux seuls. On est secs, arides, stériles.

Le soir, avant que ne tombe la nuit, ils s'installaient sous un grand cèdre au milieu de la pelouse et regardaient le soleil se coucher sur les vignes. Ils dégustaient un verre de berléac blanc en faisant tourner leur verre et concluaient à chaque fois qu'il leur manquait « une troisième jambe ».

– On boite, mère, on boite ! Il faut absolument relancer le domaine sinon on est perdus. Il nous faut une alliance peut-être… ou un gros emprunt.

– On a déjà emprunté plus qu'il ne faut ! Et je refuse qu'on s'associe à qui que ce soit, on y perdrait notre identité.

– Alors ? Vous avez une idée de génie ?

– Non, hélas ! Et l'arbre ne me souffle rien. J'ai toujours pris les grandes décisions de ma vie sous ce cèdre. Il m'a toujours inspirée. Aujourd'hui il se tait.

– Cherchez bien. Parmi tous les gens que nous avons vus, il n'y a personne qui vous paraisse capable d'être cette troisième jambe ? Quelqu'un qu'on aurait écarté par négligence, distraction ou fatigue ?

Aliénor se mordait les lèvres, fronçait les sourcils. Ambroise insistait :

– Une candidature qu'on aurait négligée parce que la personne était trop jeune et nous, trop cons, par exemple ?

Aliénor soupira. Et soupira encore :

– On ne va quand même pas les prendre à la sortie de l'école !

– Et pourquoi pas ? Dès demain, je commence. Ça me changera les idées.

Aliénor, qui réfléchissait, s'étrangla et cria :

– Mais oui ! J'oubliais ! La jeune fille dont mon voisin de table m'a parlé l'autre soir… Sortie major de sa promotion à l'Institut d'œnologie ! Suzanne Jollin devait m'organiser un rendez-vous. Elle a dû oublier. Je vais la relancer.

C'est alors que, bondissant hors de la maison, dégringolant les marches du perron, ils entendirent la cavalcade d'une enfant, une petite fille pieds nus, en chemise de nuit à fleurs, aux longs cheveux lisses et blonds, qui, courant sur la pelouse, vint se jeter au cou d'Ambroise.

– Amboise ! Amboise ! Ze peux rester sous le grand arbre avec vous ? Ze suis grande maintenant et la petite souris va passer ce soir, c'est Nannie qui l'a dit.

– Montre-moi tes dents !

Muriel sourit et présenta une gencive supérieure édentée.

– Z'en ai perdu deux ! Ça va faire deux petites souris rien que pour moi !

– Tu as beaucoup de chance, dit Ambroise. Ça n'arrive jamais d'être visité la nuit par deux petites souris.

– C'est vrai, maman ?

– Va te coucher, Muriel, il est tard. Tu devrais être au lit. Où est Nannie ?

– Z'ai couru vite, vite, et ze l'ai laissée dans la cuisine. Z'ai pas aimé les pommes de terre écrasées ce soir. Elles avaient mauvais goût.

– Allez, au lit ! répéta Aliénor, irritée.

Elle frappa dans ses mains et Muriel repartit en criant

qu'elle voulait qu'Amboise vienne l'embrasser et lui raconte une histoire de Pipiolit.

– J'arrive dans deux minutes, promis ! lui cria Ambroise.

Puis, se tournant vers sa mère, il dit d'un air sévère :

– Je ne vous trouve guère maternelle avec Muriel. Je n'ai pas souvenir que vous ayez été comme ça avec moi...

– Je vais appeler Suzanne Jollin. Va donc raconter une histoire, toi qui sais si bien être maternel !

Le thé improvisé chez Suzanne Jollin fut une réussite. Ambroise s'installa un peu en retrait pour observer la scène. Aliénor affecta au début de l'entretien un air de grande-duchesse indifférente, le nez en l'air, les narines pincées, les paupières lourdes, Suzanne Jollin passait les petits-fours et les cannelés en vantant son pâtissier, Jacqueline se tenait droite, se demandant si on allait lui proposer des heures de baby-sitting ou d'extra lors des réceptions. C'est ce que lui avait fait entendre Suzanne Jollin. Elle savait s'occuper d'enfants, mais n'avait ni robe noire ni tablier blanc pour présenter les plateaux de petits-fours. Elle aurait préféré un travail de bureau en fin de semaine, par exemple. Il lui fallait gagner sa vie le temps que son père revienne sur sa décision et accepte qu'elle fasse ses études de médecine.

Elle fut très vite rassurée. Elle n'aurait besoin ni du tablier blanc ni de la robe noire. Aliénor lui posa des questions sur ses études d'œnologie, ce qu'elle avait appris, ce qu'elle aurait aimé apprendre, les professeurs qui l'avaient impressionnée. Elle parla ensuite de Château Berléac, loua les vertus de son vignoble mais avoua qu'elle échouait à le développer. Ambroise, son fils, se sentait impuissant aussi. Ils avaient besoin d'un souffle nouveau. Peut-être avait-elle des idées ? Peut-être pourrait-elle les partager avec eux ?

Ambroise s'était laissé choir sur un bout de canapé tel le boa tombé de sa branche et observait sans parler, cherchant le détail qui lui donnerait la clé du personnage.

Quand les petits-fours et les cannelés eurent fini de passer, que Jacqueline eut précisé sa situation et ses espérances, et qu'Aliénor en eut terminé avec son petit discours, il tapota par trois fois de son majeur la surface laquée de la table basse. Aliénor l'entendit et se racla par trois fois la gorge.

Ils étaient d'accord.

Jacqueline était engagée.

Elle posa ses conditions : poursuivre ses études de médecine et être payée convenablement. Ils acquiescèrent. Elle ajouta qu'elle était heureuse de retrouver l'univers du vin. Château Berléac était un vignoble magnifique. Il fallait le faire savoir. Rappeler son histoire, la transformer en légende, inviter des personnalités, en parler à la presse, faire de chaque cuvée un événement. Ce rôle d'ambassadrice et d'experte lui plaisait. Elle entendait y consacrer ses week-ends. Et ses soirées.

Aliénor et Ambroise avaient trouvé leur troisième jambe.

– Vous pensez que vous allez pouvoir mener de front vos études et le travail chez nous ? avait demandé Aliénor.

– Madame, les deux sont des passions. Je n'aurai pas à me forcer.

Ce que Jacqueline omit de mentionner ce jour-là, c'est

qu'elle avait maintenant une troisième passion : Ambroise de Berléac.

Sur le chemin du retour, Aliénor avait demandé à son fils :

– As-tu trouvé pendant cette entrevue le détail que tu cherchais ? Celui qui t'a décidé à frapper les trois coups…

– Oui. Et un détail pas anodin du tout !

– Et…

– Et…

Aliénor avait fait semblant d'être au supplice.

– Tu joues avec mes nerfs !

– C'est trop facile si je vous le dis tout de suite.

– Je n'ouvre plus la bouche avant que tu n'aies parlé…

– D'accord ! rit Ambroise. Je ne sais pas si vous l'avez remarqué mais… elle ne m'a pas regardé de tout l'entretien. Elle m'a serré la main quand on a été présentés et ensuite elle a fait comme si je n'existais pas. Elle ne s'est adressée qu'à vous. Elle est très forte.

– Ah bon ? Et pourquoi ?

– Parce qu'elle est in-stan-ta-né-ment tombée amoureuse de moi, mais ne voulait surtout pas le montrer.

– Non mais ! Quel prétentieux !

– Pas du tout ! C'est une observation, pas de la forfanterie.

– Mais quel était son intérêt à t'ignorer ?

– Elle a gardé une totale maîtrise d'elle-même. En s'adressant à moi, elle aurait eu envie de sourire, d'être gracieuse, plaisante, en ne parlant qu'avec vous elle est restée professionnelle, presque froide.

– Et elle a été engagée...

– *Right, mummy !*

Aliénor était demeurée pensive un long moment. Ambroise avait sûrement raison.

La voiture traversait les vignes. Aliénor avait grandi dans ce paysage. Sa famille possédait une propriété dans le Sauternais voisin. Son père, Thierry Gautry de Lantignac, était un grand connaisseur du vignoble. Il emmenait Aliénor, enfant, sur ses terres et lui apprenait les étapes du travail du raisin. Perchée sur ses épaules, elle mesurait l'étendue de la propriété. C'était son monde, son vaste monde. Elle ne se marierait jamais et vivrait avec son père sur leur domaine.

Le paysage n'avait guère changé depuis son enfance. Son frère, Hugues Gautry de Lantignac, avait hérité du domaine viticole. Aliénor avait reçu une compensation en argent – que Ghislain avait dilapidée – et une propriété au cap Ferret – qu'il n'avait pas eu le temps de vendre.

Les mêmes rangées de vignes, les mêmes murets en pierres blanches le long des routes, des tours rondes signalant les châteaux, des bois épars. Une beauté qui la bouleversait chaque fois qu'elle traversait le vignoble.

Au loin elle apercevait la tour Brentillac qui avait servi pendant la Seconde Guerre mondiale à cacher les hommes et les armes du réseau Perret, le principal réseau de la Résistance bordelaise. Son père, déjà marié et père de famille, en avait été le chef à vingt-six ans. Avant chaque mission, il embrassait sa fille et lui murmurait, Aliénor, mon amour, conduis-toi toujours en grande dame, ne fais alliance qu'avec des êtres dignes et braves, ne souille ni ton corps ni ton âme, ne t'allie jamais à des misérables. Haut les cœurs ! Elle avait six ans en 1942 quand il était entré dans la Résistance. Elle lui demandait avant chaque mission s'il partait à la guerre ou à la gare et il répondait, à la gare, bien sûr ! Regarde, j'ai mon billet, en lui tendant un ticket de métro rapporté de Paris. Il avait été dénoncé en juin 1944 et envoyé à Buchenwald. Il était mort dans le train qui l'emportait.

– Vous pensez à quoi, mère ? Il me semble que vous êtes partie bien loin !

– Tu as raison. Revenons à Jacqueline…

– … qui a répondu en professionnelle à toutes vos questions.

– Il est certain que si elle s'était confondue en sourires, je ne l'aurais pas estimée aussi fiable… Dis donc, c'est chez ta dompteuse que tu as appris à observer les gens ? Je croyais que tu ne travaillais qu'avec des bêtes.

– Les animaux et les humains se ressemblent.

– Elle ne te manque pas, miss Ohlala ?

– Cela me paraît loin, loin, et pourtant cela ne fait que six mois…

Un soir où, comme toutes les femmes amoureuses, Jacqueline demandait à Ambroise ce qu'il avait pensé d'elle la toute première fois qu'il l'avait vue chez Suzanne Jollin, il lui avait raconté la scène du retour dans la voiture.

– Je suis aussi transparente que ça ? elle avait protesté.

– Tu es sérieuse, honnête, vertueuse. Tu ne sais pas dissimuler. J'avais senti ta main trembler dans la mienne quand tu m'avais dit bonjour. Et tu avais rosi jusqu'aux oreilles. Tu faisais une très jolie tomate !

– Un vrai bonnet de nuit ! avait soupiré Jacqueline.

– Tu exagères...

– Tu ne me dis jamais « je t'aime »...

– Ça te plairait ?

Elle n'avait pas répondu. Elle aurait eu l'impression de mendier.

Ce qu'Ambroise ne raconta pas à Jacqueline, c'est l'échange qu'il eut avec sa mère trois mois après qu'ils eurent engagé Jacqueline.

Aliénor et Ambroise possédaient chacun un bureau dans la partie de la propriété réservée aux chais, aux salles de réception et de dégustation. Un ensemble de bâtiments avec de grandes verrières qui bordaient l'allée menant au château. Jacqueline avait suggéré qu'on ouvre un espace au rez-de-chaussée où seraient exposés les vins, les blancs et les rouges, les premiers et les seconds crus. Elle avait ajouté que ce serait une bonne idée de peindre une fresque le long des murs illustrant la vie du raisin, les vendanges, la mise en bouteille. « Une sorte de bande dessinée. Quelque chose de joyeux, de frais, presque naïf, qui ferait connaître le travail de la vigne. » Elle fut chargée de la décoration et de la gestion de cet espace ouvert au public. Elle recevait des journalistes, des artistes, des hommes d'affaires, organisait des dégustations autour de plateaux de fromages et de chocolats, leur demandait leur avis et ils repartaient, flattés d'avoir été consultés.

Et si bien traités.

Un visiteur lui plaisait particulièrement. Un dénommé Robert Parker, fils de paysans américains, qui, un jour à Strasbourg, alors qu'il avait vingt et un ans et visitait la France, avait goûté un verre de vin rouge ordinaire parce qu'il était moins cher qu'un Coca. Ce fut un coup de foudre. Chaque été, il revint en France, parcourut les vignobles, « apprit » le vin et s'entraîna à décrire par écrit chaque cru qu'il dégustait. Il termina ses études, devint avocat, continua à voyager en France, rédigea des petits textes sur le vin qu'il envoyait à ses clients, à ses proches, textes qui devinrent un journal, le *Wine Advocate*. En 1982, contre l'avis de tous les œnologues, Robert Parker prit la défense des vins de Bordeaux, goûtés en primeurs, et prédit un grand millésime. Il avait raison. Sa carrière était lancée.

Il s'arrêtait souvent à Berléac, parlait avec Jacqueline. Dégustait un premier vin, un deuxième, faisait des commentaires. Elle l'écoutait, précisait une nuance, roulait le primeur en bouche, le suçotait, penchait la tête sur le côté, recrachait, parlait de notes de bois, de cassis, de mûre, de pomme, de poire, de poivre, de vanille, de noix, d'aubépine.

Parker aimait la précision, la finesse de Jacqueline.

Et sa simplicité.

Ce jour-là, Aliénor était entrée dans le bureau d'Ambroise afin qu'il parafe des documents. Elle le regarda signer, referma le dossier et soupira :

– J'aime bien la façon dont les choses évoluent depuis

que cette petite est là. Elle bosse comme une acharnée ! Tu crois qu'elle travaille autant sur ses cours de médecine ?

Il avait fait une moue sceptique qui signifiait qu'il ne le croyait pas.

– On ne va pas s'en plaindre, avait poursuivi Aliénor. En plus, elle a très bon goût.

– On se demande de qui elle tient… Le père n'est pas très raffiné.

– La mère était très jolie, discrète, délicate. Je n'aurais jamais cru qu'elle abandonnerait tout pour suivre un homme. Les femmes sont surprenantes… Si fortes, si déterminées. Et en même temps, aveugles quand elles sont amoureuses…

Un nuage passa dans le regard d'Aliénor et elle secoua la tête pour le chasser.

– On peut s'attendre à tout de la part d'une femme, alors que les hommes sont si prévisibles.

– Merci beaucoup, chère mère. Vous avez fini votre petit couplet féministe ?

– Elle a eu du courage en tout cas… parce que ça a fait un joli scandale. Avec Maurice Quartont, ce n'était pas un mariage d'amour, c'est sûr.

– Mariage et amour vont rarement ensemble, non ?

– Ça arrive parfois, avait dit Aliénor.

Une question brûlait les lèvres d'Ambroise. Les rapports de son père et de sa mère l'avaient toujours intrigué. Sa mère avait supporté les écarts de Ghislain de Berléac et l'avait toujours défendu. Elle ne l'avait jamais quitté. Au point de tomber enceinte à quarante-quatre ans ! Ambroise avait entendu dire qu'elle avait porté cet enfant avec une fierté presque arrogante. Comme l'étendard de son amour pour son mari. Cette nouvelle naissance renforçait leur alliance et faisait mentir tous ceux qui prédisaient la fin du couple et de Château Berléac.

Il vivait en Amérique quand sa mère était tombée enceinte. Il ne l'avait pas connue triomphante et porteuse de défis. À son retour, Muriel avait quatre ans. Elle s'était jetée dans ses bras comme si elle retrouvait un père.

À peine revenu au bercail, il avait endossé le rôle de chef de famille. De temps en temps, il soupirait, c'était trop lourd à son âge. Il claquait la porte de son bureau et partait faire la fête avec ses anciens copains qui terminaient leurs études et n'avaient encore ni emploi ni famille.

Il sourit à cette évocation. Reposa le trombone qu'il triturait. Et oublia la question qu'il voulait poser à sa mère.

Ce soir-là, il avait rendez-vous avec une nouvelle conquête. Une Parisienne, plus âgée que lui, qui venait de s'installer à Bordeaux. Elle était appétissante comme une brioche sortie du four, il se régalait d'avance.

– Assez pour aujourd'hui ! il annonça. Je file prendre une douche et me changer. Je sors ce soir.

– Une nouvelle ?

– Une avocate parisienne… Intéressante. Piquante… et gourmande.

– Tu es amoureux ?

– Maman ! Arrêtez avec vos questions idiotes. Je n'ai été amoureux qu'une fois dans ma vie. C'était de la petite Estelle aux nattes blondes. Et j'ai souffert l'enfer !

– Tu avais quatorze ans !

– Justement ! C'est l'âge des grandes passions. Depuis,

je me tiens à distance. Personne n'a le droit d'entrer chez moi.

Aliénor avait dodeliné de la tête, se demandant comment elle allait lui présenter sa prochaine question. Elle hésitait, balançait, se mordait la lèvre… puis se jeta à l'eau :

– Pourquoi n'épouserais-tu pas Jacqueline ?

Ambroise avait levé les yeux au ciel en grommelant, n'importe quoi !

– Mais oui… Pourquoi pas ? avait répété Aliénor.

– On ne se marie pas à vingt-deux ans, c'est une folie, je n'ai aucune envie de me caser !

– Ce n'est pas un argument.

– Vous voulez que je vous dise la vérité ? Elle n'inspire pas la volupté.

– On a besoin d'elle. Elle connaît le vin, la vigne, l'exploitation mieux que personne et son père est le plus gros négociant de la ville. D'autres vont lui faire des propositions et elle pourrait se laisser tenter.

– On trouvera un moyen de la retenir. On la nommera maître de chais. Ce serait une révolution ! Une femme, maître de chais ! Une gamine de vingt ans !

– Elle a vingt ans mais elle pense et agit comme si elle avait cent ans d'expérience…

– Je vous répète, elle a vingt ans et c'est une gamine !

– C'est toi, le gamin. Tu ne réfléchis pas. Le mariage est une institution aménageable. Ce qu'il faut au départ, c'est une bonne entente. La passion n'est pas requise. Et serait même déconseillée… Alors qu'une bonne amitié est le ciment d'un couple.

– C'est par « amitié » que vous avez fait un enfant à quarante-quatre ans ?

Aliénor avait blêmi.

– Passe une bonne soirée, mon chéri, avait-elle grimacé.

– Dites à Muriel que je viendrai l'embrasser avant de sortir.

Cinq mois plus tard, Ambroise de Berléac épousait Jacqueline Quartont à l'église Notre-Dame de Bordeaux. En tête du cortège, habillée de blanc et de rose, les cheveux tressés de fleurs fraîches, marchait Muriel, toujours édentée.

Le mariage avait été décidé tambour battant.

Parce qu'un jour…

Aliénor s'était dit qu'il ne fallait pas négliger le père Quartont. Elle se méfiait du bonhomme. Il faut toujours ménager l'amour-propre des ambitieux et ne pas sous-estimer leur susceptibilité. Peut-être avait-il d'autres projets, plus grands, plus prestigieux, pour sa fille ? Peut-être voyait-il d'un mauvais œil qu'elle ait choisi de travailler à Berléac ? Il avait une grosse capacité de nuisance, autant lui lustrer le poil et l'amadouer.

Elle était partie, conduite par Gilbert, vers les entrepôts Quartont sur les quais de Bordeaux. Avait vérifié dans la glace de son poudrier que son nez ne brillait pas. Avait traversé l'entrepôt, pénétré dans le bureau de Maurice Quartont, accepté la chaise qu'il lui tendait et avait débité au négociant un chapelet de compliments. Sans oublier de mentionner Jacqueline, cette jeune fille remarquable, digne portrait de son père.

Maurice Quartont frétillait. Cette femme élégante, brillante, connue pour garder ses distances, se déplaçait pour le voir, lui, Maurice, et le dorlotait de beaux mots. Les employés, éblouis, s'étaient retournés et avaient suivi du regard le sillage d'Aliénor.

Il avait senti comme une caresse dans tout le corps et avait penché la tête en étirant un sourire de vassal envoûté.

Il l'avait remerciée de tant de bienveillance et avait ajouté qu'elle vantait à raison le talent de sa fille sortie première de sa promotion. Cela avait eu un écho considérable à Bordeaux et dans le monde entier ! Il avait reçu, deux jours auparavant, une offre alléchante d'un gros propriétaire de Napa Valley qui voulait engager Jacqueline à la tête de son vignoble. Deux cents hectares du meilleur chardonnay. Un salaire au-delà de toute espérance et un intéressement au chiffre d'affaires si les résultats étaient là.

– Ah, les Américains ! C'est pas du pipi de chat, leurs propositions ! J'ai eu du mal à compter tous les zéros écrits sur le contrat. Parce qu'il m'a envoyé le contrat à moi… Hein ! À moi. Pour que je conseille judicieusement ma fille. Il est d'origine italienne, il a le sens de la famille. Je l'ai connu à Bordeaux, il était venu pour Vinexpo et on avait sympathisé. Je lui avais parlé de Jacqueline et, vous voyez, il n'a pas oublié. J'ai toujours été attiré par l'Amérique. C'est un pays de pionniers où tout est possible.

Maurice Quartont avait continué à vanter cette offre qui leur promettait, à lui et à sa fille, un avenir heureux.

– Et puis… vous imaginez le commerce qu'on pourra faire, l'Américain et moi ?

Il postillonnait de joie.

Aliénor l'avait félicité et, sur un quart de sourire crispé, était repartie à Berléac.

Elle avait raconté sa visite à Ambroise et avait conclu par un vigoureux, il faut agir ! Et, comme son fils ne réagissait pas et semblait vaincu d'avance par la proposition de ce rival américain, elle avait laissé tomber, tragique mais résolue :

– Je ne vois que le mariage !

Ainsi furent décidées les noces d'Ambroise de Berléac et de Jacqueline Quartont à l'église Notre-Dame de Bordeaux le 15 février 1985.

Le voyage de noces fut remis à plus tard. Des affaires plus importantes nécessitaient la présence des jeunes mariés sur le domaine.

Jacqueline de Berléac, née Quartont, ne perdit pas de temps.

Elle n'hésita pas et trancha.

Elle abandonnait ses études de médecine mais, en échange, Aliénor et Ambroise lui faisaient entière confiance. Sinon, elle retournait sur les bancs de la faculté. Ils l'écoutaient, étonnés de découvrir tant de résolution chez cette jeune femme discrète, presque mal assurée.

Ils lui demandèrent quels étaient ses projets.

Elle proposa d'augmenter le prix de chaque bouteille estampillée Château Berléac de quinze francs. Aliénor et Ambroise faillirent s'étrangler.

– Personne ne va acheter. On va se retrouver avec

toute la récolte sur les bras : 500 000 bouteilles dont on ne saura pas quoi faire ! C'est de la folie.

– Pas du tout, 500 000 bouteilles qui seront passées au rang de GRANDES bouteilles en devenant plus chères. Il faut impressionner les gens. Avoir l'apparence d'un premier cru.

– ... qu'on n'est pas, murmura Ambroise.

– Mais on va le devenir ! Je vise haut. J'ai entendu mon père parler à ses clients californiens. Ils sont en train de découvrir les vins de Bordeaux et de s'en enticher. Ils vont raffoler du Château Berléac. Mais pour cela il faut leur vendre un rêve, un rêve inaccessible, presque trop cher, un rêve voluptueux.

Jacqueline n'évoqua pas Robert Parker ni leurs discussions. Elle préférait garder leur complicité secrète. Ambroise fit la moue, marmonna, baratin ! baratin !, mais Jacqueline continua :

– On a besoin d'argent. Il va falloir aménager les chais, acheter de nouvelles cuves. Agrandir les salles de réception, organiser de vraies dégustations, faire venir des journalistes, des critiques, des œnologues, les payer très cher, leur demander des conseils... Notre vin est bon, mais il peut être meilleur. On va investir pour qu'il soit excellent.

Aliénor et Ambroise écarquillaient les yeux.

Ils savaient Jacqueline travailleuse, inventive. Ils ignoraient qu'elle était prête à prendre tous les risques.

Ils demandèrent à réfléchir. Se retirèrent sous le grand cèdre. C'était un soir de fin avril, il faisait frais. Ils avaient relevé le col de leur manteau et tournaient autour de l'arbre. Ils hésitaient. Lançaient des arguments les uns après les autres :

– On n'a jamais vu si grand !

– On risque de tout perdre.

– Ou de tout gagner.

– Si on perd tout…

– Si on gagne…

– Elle a peut-être raison…

– Ou tort.

– Si jeune et tant d'assurance !

– J'ai l'air d'un vieux con à côté d'elle !

– Et tu es vexé ?

– Oui.

– Alors on fonce !

Ils foncèrent. Augmentèrent les prix, empruntèrent à la banque, dessinèrent de nouvelles étiquettes, noir et doré, engagèrent des travaux dans les chais, investirent dans des cuves en inox, des tracteurs, des enjambeurs.

Ils perdirent le sommeil. Et l'appétit. Mais ils se réveillaient chaque matin en se frottant les mains à l'idée du défi qui les attendait.

C'était tout ou rien : ils monteraient tous les trois sur la première marche du podium ou dégringoleraient au fond des cuves.

L'année 1985 fut excellente. Château Berléac battit tous ses records de vente. Et tous ses records de prix. Il entra dans la cour des grands.

Jacqueline accoucha d'un petit garçon, François, 3,6 kilos et 53 centimètres.

– Mon petit géant…, elle murmurait en serrant son fils dans ses bras.

Elle rayonnait dans son lit à la chambre 14 de la clinique Bel-Air de Caudéran. Le docteur Aubry la félicita. L'enfant était arrivé comme une fleur, c'était le plus beau bébé de la clinique. La pièce était envahie de bouquets, de cadeaux, de boîtes de cannelés, de beaux livres illustrés. Et, plié sur une chaise, un magnifique châle blanc en cachemire de la marque La Châtelaine.

Ambroise prit le châle, le soupesa et le reposa avec soin.

– Qui t'a offert ça ?

– Paul Debreste.

– Tu veux dire Bernard Debreste…

– Non. Paul, le père. Il a joint sa carte avec un petit mot très gentil. Je le connais de nom, mais c'est tout. C'est bizarre qu'il me fasse un si beau cadeau, il aurait pu se contenter de pâtes de fruits !

– C'était une connaissance de mon père. Ils étaient dans le même réseau de Résistance. Il a fait fortune avec l'appui de Chaban. Dans l'immobilier. Il est plein aux as ! Belle gueule, beau mec, couvert de femmes, mais pas franc du collier. C'est ce que les gens disent de lui. Je connais surtout son fils, Bernard. Il a six ans de plus que moi, un odieux qui se vautre dans l'argent du père, une vraie tête à claques. Mais pourquoi Paul Debreste t'offre-t-il ce châle ?

– Aucune idée…

– T'as intérêt à le planquer quand maman viendra parce que si elle apprend le nom de l'expéditeur, elle en fera des confettis, de ton châle ! Un jour, j'ai eu le malheur de mentionner que… quand même… c'était un homme courageux, il avait été résistant. J'ai cru qu'elle allait me tuer !

– À ce point-là ?

– Oui. J'ai appris récemment qu'à la fin de la guerre, il avait racheté une partie des vignes de la famille Lantignac, la famille de maman. C'est peut-être pour ça qu'elle le déteste. Personne n'aime vendre ses terres…

– Les Lantignac étaient ruinés ?

– Oui. Je crois…

Assis sur le lit de sa femme, Ambroise avait démailloté son fils. Il le tournait, le retournait, l'examinait sous toutes les coutures.

– C'est moi qui ai fait ça ? il avait demandé, le sourire en élastique jusqu'à la pointe des cheveux.

– Peut-être pas tout seul…

– Je suis très fort !

Il palpait son enfant, le chatouillait, l'épluchait, inspectait ses oreilles, son cou, les plis dans son cou, le duvet sur son crâne fragile.

Caressait le bout des cils…

Comptait les doigts des mains…

Ôtait les petits chaussons bleus…

Comptait les doigts de pied…

Quand soudain une vague déferla dans sa tête, déposant une écume ancienne. Une buée de soupçon. Il se pencha sur les pieds de son fils et aperçut entre le quatrième et le cinquième orteil du pied droit une petite peau translucide. La marque des Berléac selon Aliénor.

Pourquoi avait-il eu si peur l'espace d'un instant ?

Il ne craignait pas que Jacqueline l'ait trompé. Non. Non. C'était autre chose. Une question qui surgissait et le menaçait. La vague reprit le soupçon et l'emporta au large.

Il oublia.

Il donna le prénom de son fils à la cuvée 1985 et célébra sa naissance plusieurs nuits de suite, alors que Jacqueline était encore à la clinique.

Ces nuits-là, il ne rentra chez lui qu'au petit matin… Il en prit l'habitude, apprit à mentir. Jusqu'au jour où, trois mois plus tard, il se fit prendre :

– Tu es revenue du Ferret ? il demanda, étonné, à Jacqueline. Tu ne devais pas y passer le week-end avec le bébé ?

– François a été pris de violents vomissements et le docteur Faure m'a conseillé de revenir en ville pour qu'il l'examine.

– Fallait m'appeler ! J'étais à la maison. Je n'ai pas bougé de la soirée.

– Je t'ai appelé… plusieurs fois… tu n'as pas répondu.

– J'étais… j'étais…

– Il a préféré garder François en observation à la clinique. Il est encore fragile. Je vais me coucher. Je suis fatiguée.

– Je suis désolé.

– Ta copine a mis du rouge sur ta chemise… Mets-la dans la machine.

Sur la route qui le conduit vers Muriel et les enfants, Ambroise se souvient de cette nuit de décembre 1985 où il s'était senti si honteux. Titubant comme son père quand il se rattrapait à la boule dorée de l'escalier. Barbouillé de rouge à lèvres. Un pan de chemise sorti.

Pourquoi je pense à ça maintenant ? Vingt-cinq ans après...

Parce que je vais rencontrer deux enfants ballottés par la vie ?

Son portable sonne. C'est Muriel.

– Tu es où ? Je viens d'avoir un accident. Franck est mort.

– Franck ?

– Mon mari. Je voulais divorcer et... il est mort. Tout à l'heure. Sur la route. Oh, Ambroise ! C'est horrible !

– Ne bouge pas. J'arrive.

Il les aperçoit de loin.

Un petit garçon assis sur un mur en pierres, les bras croisés.

Une petite fille dans une robe rose qui fixe la cime des arbres.

Et un peu plus loin, une jeune femme blonde qui fait les cent pas et regarde sa montre...

Juillet 2010.
À Berléac, le raisin mûrit,
les hommes travaillent,
les enfants aussi…
Muriel attend Lewis
à l'hôtel de la Gare.

Franck est enterré près d'Angoulême dans un petit cimetière d'église. Muriel a commandé une pierre tombale en granit gris avec son nom, ses dates de naissance et de mort. Elle a fait paraître une annonce dans le journal, indiquant la date, l'heure et le lieu de l'inhumation. Personne n'est venu. Le délai était sans doute trop court. Elle s'est recueillie, sous la pluie, devant le trou où le cercueil s'enfonçait. Elle a cherché un souvenir de tendresse, de rire partagé avec lui et n'en a trouvé aucun. Il manquait toujours un centimètre ou deux pour qu'ils se rejoignent. Quand ils faisaient l'amour, elle observait les grains de beauté sur ses épaules, les poils noirs, les cheveux rasés, bien nets, sur la nuque. Il ânonnait, oh bébé ! bébé !, elle se disait que ce n'était pas elle qui était là, sous lui. Elle ne sentait rien. Même un dard de guêpe, on le sent quand il s'enfonce dans notre chair…

Les employés des pompes funèbres, réfugiés sous le même parapluie, attendaient leur pourboire. Elle était repartie à pied. Ils n'avaient pas proposé de la raccompagner.

… A-t-elle provoqué l'accident en tambourinant sur la portière ?

Pauvre Franck ! Il avait pris une assurance obsèques pour qu'elle n'ait rien à payer. Il aurait mérité une gentille épouse qui l'aurait regardé avec de grands yeux et l'aurait écouté avec de grandes oreilles. L'aurait-il aimée ? Peut-être pas. Il l'avait choisie, elle qui ne le traitait pas bien. Il avait insisté pour l'épouser.

Il lui avait demandé plusieurs fois.

Elle avait refusé.

Et puis, un soir, il l'avait invitée à l'auberge des Chasseurs. Son amie Gabrielle lui avait dit, vas-y, ça te changera les idées, il est gentil, je garde les enfants. Elle hésitait. Depuis la veille, elle se demandait comment payer le loyer, la cantine, le car scolaire, ce n'était pas avec ses heures de ménage… La veille, elle avait reçu un courrier de la compagnie d'assurances lui annonçant qu'ils classaient l'affaire Lewis Riley. Pas assez d'indices, pas de preuves, pas la peine d'ouvrir un dossier litige. Elle serait indemnisée. Cela prendrait du temps, elle devait être patiente, elle n'était pas le seul dossier qu'ils devaient traiter. Inutile d'appeler, ils la contacteraient. Ses mains tremblaient, elle avait dû s'asseoir. Elle s'était versé un verre de vin rouge, avait coupé des tranches de saucisson.

C'était officiel. Lewis était mort.

Elle était seule.

Ce soir-là, à l'auberge des Chasseurs, Franck avait commandé une bouteille de champagne, il avait réitéré sa demande en tordant le fil de fer du bouchon. Ses yeux brillaient, il avait une fossette sur la joue gauche.

Elle avait dit « oui ».

Elle était sur le point de dire « non » et c'était le « oui » qu'elle avait entendu.

Elle s'était mariée avec des bottes jaunes en caoutchouc, elle prenait l'eau de partout, elle se noyait.

... A-t-elle provoqué l'accident en tambourinant sur la portière ?

Elle occupe la chambre 11 à l'hôtel de la Gare, à Bordeaux.

Elle a choisi cet hôtel parce qu'il est en face de la gare. Il y a des cafés, des restaurants, un arrêt de tramway, des gens qui tirent des valises à roulettes, d'autres qui tiennent leur téléphone comme une tartelette et parlent en avançant tels des insectes butés, aveugles.

Elle s'appuie contre le montant du lit et observe sa chambre.

Des rideaux trop courts couleur caca d'oie, un dessus-de-lit bouclette caca d'oie, un sol en lino marron avec des mosaïques vertes. Un néon de salle de bains qui décolore la peau et, dans la chambre, un plafonnier en papier de riz jauni. Sur le lit, deux serviettes de toilette juste assez grandes pour y tailler un bikini.

Quelque chose colle à ses cheveux, elle passe la main, gratte et retire un vieux chewing-gum solidifié en une pastille grise. Elle grogne de dégoût et va le jeter dans la corbeille de la salle de bains. Se lave les mains en déchirant le papier de la petite savonnette fournie par l'hôtel. Le savon ne mousse pas et la serviette de toilette râpe la peau.

…A-t-elle provoqué l'accident en tambourinant sur la portière ?

Elle pose sa valise et le grand sac en toile sur le lit. Vide leur contenu, range ses affaires dans la penderie et sur les étagères. Ouvre le sac plastique aux oreilles de lapin. Aperçoit un paquet d'enveloppes blanches à papier bulle. Toutes semblables. Elle les compte. Il y en a quinze. Toutes envoyées au début de chaque mois. Quinze enveloppes comme les quinze mois qui se sont écoulés depuis le départ de Lewis.

Sur l'enveloppe est écrit « Riley, lotissement des Alouettes, Saint-Romain ».

Quinze enveloppes remplies de billets. Une par mois.

Elle avait quitté Saint-Romain trois mois après le départ de Lewis. Et pendant ces trois mois, comme d'habitude, elle n'avait pas ouvert sa boîte aux lettres.

Dans chaque enveloppe, il y avait mille euros, parfois neuf cents, jamais moins.

C'est Lewis.

Lewis !

Il veille sur eux de loin. Elle n'est pas seule. Pas de mot ou de lettre à l'intérieur des enveloppes. Il n'ose pas lui écrire. Il attend de « se refaire ».

I am going to make it, honey, I am going to make it[1].

1. Je vais y arriver, ma chérie, je vais y arriver !

Elle a essayé de l'appeler.

Plusieurs fois. Son numéro de téléphone « n'est plus en service », lui a répondu la voix enregistrée.

Et son adresse mail est « inconnue », dit l'écran de son portable.

Il a disparu.

Ou il a voulu disparaître avant de revenir les chercher, les enfants et elle.

I am going to make it, honey, I am going to make it.

L'écriture sur l'enveloppe est en lettres majuscules, comme souvent en Amérique du Nord. Les Américains n'écrivent plus en lettres cursives. À l'école, l'apprentissage se fait sur ordinateur et, s'il faut vraiment écrire à la main, ils utilisent les lettres majuscules.

Les enveloppes portent toutes un timbre oblitéré « Gare Saint-Jean, Bordeaux » et la date d'envoi varie entre le 5 et le 8 de chaque mois.

Lewis est vivant. Et il habite Bordeaux. Pas loin de la gare. C'est le cachet de la Poste qui le dit. Il ne sait pas qu'elle s'est remariée, qu'elle est partie vivre près d'Angoulême avec Franck. Il envoie les lettres à Saint-Romain. Il lui dit, attends-moi.

Il continuera de les envoyer à Saint-Romain.

De la chambre voisine provient l'éclat d'un rire gras, brutal, puis un bruit de chaise qu'on renverse. Un homme crie, c'est à cause de toi, tout ça ! Une petite voix proteste, mais… mais…

– Ta gueule !

– Mais…
– Laisse-moi. Putain ! J't'avais dit de pas venir.
Muriel tape dans la cloison et hurle :
– Ta gueule, connard !
Le type se tait.

Elle regarde le numéro de téléphone de sa mère, gribouillé sur un bout de papier. Ambroise le lui a donné en la raccompagnant au taxi.
– C'est son portable. Parle-lui.
– Elle va me raccrocher au nez.
– Essaie au moins… Pense aux enfants…
Sa mère a dû rencontrer India et Louis à l'heure qu'il est. Je pourrais l'appeler ? Cela vaudrait peut-être mieux que de rester à tourner dans cette chambre. Et si elle avait aussi peur que moi ? On n'imagine jamais la peur de celui ou celle qui vous terrorise. Elle compose le numéro. Le téléphone sonne. Le répondeur s'enclenche.
– Maman, c'est Muriel. Rappelez-moi, s'il vous plaît. Maman…
Elle se jette sur le lit, fixe le plafond et murmure, pourquoi vous ne m'aimez pas ?

Un jour, Aliénor s'était mise à la vouvoyer.
Elle avait quinze ans.
Elles étaient toutes les deux dans les écuries, Aliénor bouchonnait Bandit, Muriel donnait des quartiers de pomme à Sugar, son cheval, offert par Ambroise.
– Vous avez pensé à curer les sabots de Sugar ? avait demandé Aliénor.

– Pourquoi vous me vouvoyez tout à coup ? J'ai fait quelque chose de mal ?

Aliénor parlait à Bandit. Muriel avait répété sa question. Sugar donnait des coups de museau, réclamant un supplément de pomme ; elle frottait l'espace entre ses yeux brun doré, et, une fois encore, avait dit, pourquoi, maman, pourquoi ? Elle était en train de glisser une main dans sa poche pour en extirper un dernier quartier de pomme quand elle avait entendu sa mère dire dans son dos, je ne vous aime pas, n'insistez pas, je n'y arrive pas. Aliénor avait embrassé Bandit et s'était éloignée. Muriel l'avait rattrapée, qu'est-ce que je vous ai fait ? elle avait crié. Sa mère la fixait, désemparée, comme si elle-même ne savait pas ou était empêchée de dire. Les jours suivants, elles s'étaient croisées sans se parler et Nannie, qui émettait d'ordinaire de sérieux doutes sur l'existence de Dieu, priait, les mains jointes sur son tablier.

Elle sait ce qu'il lui reste à faire. Surveiller la boîte aux lettres de la gare Saint-Jean. Le balcon de sa chambre donne sur la place de la gare. En se penchant un peu à droite, on aperçoit la boîte aux lettres jaune. Elle pourrait acheter une paire de jumelles…

… ou s'asseoir à une terrasse. Commander un café, observer le flot des passants. Le café refroidira, elle en commandera un autre. Sans cesser d'observer les visages dans la foule.

Entre le 5 et le 8 de chaque mois.

Le reste du temps, elle surveillera la boîte aux lettres du balcon de sa chambre avec une paire de jumelles.

Lewis n'est pas loin.

Chez Monop, elle achètera des oreillers. Des serviettes de toilette, une lampe de chevet, des bougies parfumées. Il y a trop de marron et de caca d'oie dans cette chambre.

… A-t-elle provoqué l'accident en tambourinant sur la portière ?

Tous les jours de la semaine, à Berléac, le petit déjeuner est servi dans la grande salle à manger à partir de sept heures et demie. Quatre portes-fenêtres laissent entrer la lumière éclatante de ce matin de fin juin. Un lustre de cristal étincelant est suspendu au plafond. Sur une grande table recouverte d'une nappe blanche, le couvert est mis. Pour au moins dix personnes, observe Louis, caché derrière un palmier dans l'entrée. Les serviettes blanches sont pliées en triangle. Une grande cafetière argentée, une théière en porcelaine recouverte d'un capuchon molletonné passent de main en main, ainsi que des carafes de jus d'orange, des corbeilles de croissants, de toasts, de brioches. Ils sont six à table. Ils parlent, rient, bâillent, se dressent pour attraper, qui un couvert, qui un croissant, se tapent sur l'épaule pour se faire entendre, protestent, jettent les bras en l'air. Des mots fusent, « un scandale », « nuls, tous nuls », « Domenech », « Anelka », « une honte pour la France », « Coupe du monde, quand même ! ». Ils s'indignent, chahutent. Ils semblent heureux de vivre, pense Louis. Il cligne de l'œil et continue l'inventaire. Un petit pot de lait, un bol bombé de céréales, un plat ovale débordant de saucisses, de jambon, de bacon grillé, un autre, posé sur un chauffe-plat, d'œufs brouillés. Les couverts ont un manche de nacre. Une jardinière garnie de fleurs fraîches trône au milieu de la table. Aux murs, des portraits d'ancêtres vêtus d'habits sombres affichent une mine revêche, des petits yeux noirs, enfoncés, des bustes étroits, des bouches en trait de crayon. Ils ont une tête à faire des économies sur tout ! Devaient pas être rigolos. Une jeune femme tourne autour de la table, veillant à ce que rien ne manque. Elle remplit la corbeille de toasts et de croissants, la carafe de jus d'orange. Elle porte une robe noire courte et un petit tablier blanc, elle doit s'appeler Allison puisque tout le monde l'appelle comme ça. Elle aide Nannie pour le ménage et le service à table. Nannie est en cuisine, elle cuit les œufs, les saucisses, le bacon, fait griller les toasts. Cachés derrière le palmier qui marque l'entrée de la salle à manger, India et Louis n'osent pas aller s'asseoir. Ambroise n'est pas là, ils ne connaissent personne. Au bout de la table, une dame plus âgée grignote du bout des lèvres. Elle a fière allure, mais ne semble pas facile.

Ces deux derniers jours, ils ont pris leurs repas à la cuisine avec Nannie. Une partie de la famille était partie au cap Ferret. Et Ambroise à Paris, pour affaires. Il les avait confiés à Nannie, je reviens le plus vite possible, il avait dit. Il leur avait expliqué qu'Aliénor, leur grand-mère, gardait la chambre à la suite d'un mauvais rhume, mais qu'elle se réjouissait de faire leur connaissance.

Nannie leur avait fait visiter la maison, leur avait montré la partie réservée à Aliénor, plus loin la chambre de Frédéric, de Gwendoline, celle d'Ambroise et Anaïs au rez-de-chaussée, « mais elle dort aussi dans ce qu'elle appelle son boudoir, de l'autre côté du couloir ! ». Il y avait une pointe de réprobation dans sa voix.

Elle avait dressé un portrait de chaque habitant de la maison. Certains ne font pas partie de la famille, comme Émile – Louis a oublié son nom de famille –, qui occupe une chambre au-dessus des écuries, ou Zinski – il a oublié son prénom –, qui loge dans une dépendance. Émile prend soin des vignes, Zinski est le directeur commercial. Un Polonais malin, un peu trop au goût de Nannie, qui n'a pas l'air de beaucoup l'aimer. Zinski et Émile travaillent sur la propriété. Et puis, il y a Elsa. Louis l'a croisée une fois dans l'escalier, il s'entraînait à descendre à toute vitesse en sautant une marche sur deux et a failli bouler dans ses pieds. Il aurait pu la casser, elle est si maigre ! « Fluette », préciserait maman. On dirait une chips. Ses cheveux ressemblent à des ressorts, frisés serrés, bruns, son visage est lisse, bombé, avec des yeux marron, bombés aussi, des sourcils en demi-cercle et une petite bouche en forme de boutonnière. Elle porte des bagues dentaires, à vingt-quatre ans. Cela ne l'empêche pas de sourire.

Nannie leur a raconté l'histoire de sa vie, et c'est une infinité de tristesses. Les parents d'Elsa sont morts dans un incendie quand elle avait onze ans. Elle était avec eux et en est sortie « carbonisée » (c'est Nannie qui le dit), il a fallu la nettoyer morceau par morceau et la rapiécer. Très beau travail d'après Nannie, même si ça lui fait une face ronde comme la lune. Ambroise l'a recueillie à Berléac. Le père d'Elsa, Brice de Berléac, était un cousin éloigné qu'il aimait beaucoup. Une fois raccommodée, elle a attrapé une leucémie. Elle dépérissait et n'allait plus à l'école. Quand elle y est retournée, elle avait beaucoup de retard et a dû « cravacher ». Encore un mot de Nannie. Elle a obtenu une belle mention au bac, et maintenant, elle étudie en vue d'un examen très difficile qui commence par « agré… ». Nannie n'arrive jamais à retenir le mot. Elle travaille beaucoup, ne sort de sa chambre que pour les repas et de longues promenades jusqu'à la rivière. Elle s'assied sur le ponton gris, contemple l'eau. Elle médite. Est-ce que ça rapporte de méditer ? Il faudra qu'il se renseigne.

Nannie leur a aussi parlé de l'oncle Jacques, de l'oncle Édouard, des tantes Geneviève et Blanche qui viennent de temps en temps déjeuner à Berléac, le dimanche. Ce sont des cousins éloignés d'Ambroise. On les appelle oncles, tantes, même s'ils sont cousins. Allez savoir pourquoi ! Monsieur Ambroise les traite très bien. Forcément, ils ont des intérêts dans la propriété, il faut les ménager. Madame Aliénor n'aime pas du tout l'oncle Jacques, et c'est réciproque. Elle fait des efforts pour ne pas le montrer, mais n'y réussit pas. Avec les autres, elle s'entend bien. Il faudra que vous soyez très polis. Et attention aux fautes de français avec les deux tantes, elles sont très pointilleuses et vous font honte devant tout le monde.

– Ils sont revenus du cap Ferret…, chuchote India.

Louis lance à nouveau un regard dans la pièce, ébloui par les fleurs, l'argenterie, la cheminée au manteau de bois foncé, la profusion de nourriture, et tous ces gens autour de la table qui parlent comme si la vie était une bulle de savon.

– Ils ont l'air de flotter dans l'air. Sans aucun souci. Ils doivent être très riches.

– Louis, sois digne. Fais comme si tu n'étais pas surpris. Pense à maman, elle n'aimerait pas te voir jouer les touristes.

– J'arrête pas de faire des efforts !

– Eh bien… continue.

– Ça me donne faim de les regarder.

– Vas-y ! Avance !

– Non, toi d'abord ! T'es la plus grande. Crois pas que j'aie peur, hein ! J'ai pas peur du tout.

Des rires, des bruits de tasses, des « Allison ! je peux avoir du café », « il reste de la confiture d'orange ? », « ils sont délicieux les œufs brouillés, ce matin ! Nannie s'est surpassée ». La vieille dame, les coudes au corps, boit son thé en observant une jeune fille pas très réveillée qui, appuyée sur un coude, mâche un croissant. Elle a trois anneaux dorés à l'oreille droite et un Popeye à l'oreille gauche. Sous sa salopette bleu vif, elle ne porte qu'un léger débardeur cachant à peine sa poitrine. Ses cheveux châtains sont attachés en une épaisse queue-de-cheval qui retombe sur ses épaules. Elle a les yeux très bleus et la peau très blanche.

– Tiens-toi droite, Gwendoline ! dit la dame âgée qui

n'a pas l'air facile. Et ne mets pas les coudes sur la table. On pourrait croire que tu n'as pas été élevée...

Une femme blonde, rose, crémeuse, rit à gorge déployée. Un homme penché sur elle lui parle à l'oreille. Il a posé ses mains sur le dossier de la chaise. La femme se ploie, se déploie, découvre la courbe de son cou, la naissance de ses seins. Louis cligne des yeux, fasciné.

– Qu'est-ce qu'elle est belle ! On dirait une image.

– Bof...

– ... et lascive.

– Où t'as appris ce mot ?

– Dans *Astérix*... India, si on n'y va pas, ils vont tout manger et on n'aura plus rien !

Du plat de la main, il pousse sa sœur en avant. India est projetée dans la salle à manger. Elle trébuche, se redresse et se retourne, furieuse, vers son frère, embusqué derrière le palmier. Tous les regards convergent vers elle. Elle bafouille :

– Bonjour, je m'appelle India et...

– Tu es toute seule ? dit la dame blonde.

– Mon frère est là... derrière le palmier.

– Vous êtes les enfants de Muriel ? Comme c'est amusant ! Ambroise m'avait annoncé votre arrivée. Et il n'est pas là pour vous présenter ! Mais approchez ! Approchez ! On ne va pas vous manger. Vous êtes bêtes !

C'est elle qui est bête !, maugrée Louis derrière le palmier qu'il se résout à quitter quand la dénommée Allison dépose une grosse brioche au milieu de la table. Il fait trois pas en avant, vient se ranger à côté de sa sœur. La dame âgée au bout de la table l'aperçoit et pousse un petit cri. Ses yeux fixent Louis. Elle se couvre la bouche de sa serviette.

– Qu'avez-vous, mère ? demande la dame blonde.

– Rien, rien du tout ! Je viens de me rappeler que Gilbert m'attend, j'ai une course à faire, je suis en retard.

– À cette heure-ci ? Il n'est pas un peu tôt ?

– Non, non… Je dois y aller.

– Vous ne saluez pas les enfants ?

– Je les verrai à mon retour. On a tout le temps, n'est-ce pas, les enfants ?

– Oui, madame, répondent India et Louis.

Elle se lève, sans les regarder, se précipite dans l'entrée et se heurte à Ambroise, flanqué de Frédéric et d'Émile Chastelnau.

– C'est maintenant que tu arrives ? Les enfants sont là. Tu aurais pu faire les présentations tout de même ! Quelle désinvolture !

– Quelle mouche vous a piquée ? Vous semblez en colère.

– JE SUIS EN COLÈRE !

Aliénor aperçoit Gilbert en retrait dans le hall et l'apostrophe :

– Gilbert ! Sortez la voiture !

– À cette heure-ci ? Il est huit heures, dit Ambroise.

– J'ai besoin de te faire signer un bon de sortie, peut-être ?

Aliénor s'éloigne, ignorant Frédéric et Émile.

– Qu'est-ce que j'ai fait, moi ? sourit Frédéric. Je suis censé être son préféré et elle m'ignore carrément !

Ambroise hausse les épaules et pénètre dans la salle à

manger. Il caresse les têtes d'India et de Louis, les présente, les enfants de Muriel, ils vont rester ici un certain temps, leur fait signe de s'asseoir et demande à Allison de leur servir un petit déjeuner.

– Avec plein de brioches et de confitures ! dit Louis en montrant la grosse galette dorée sur la table. Vous avez de la confiture de cerises noires ? C'est ma préférée.

Les trois hommes s'asseyent, soucieux, et déplient leurs serviettes.

– Un problème ? demande Jan Zinski, toujours debout derrière Anaïs.

– Mildiou ! Attaque sévère sur les feuilles.

– Pas sur les baies ?

– Pas encore ! Rien que des taches d'huile sur les feuilles mais ça peut évoluer vite.

– On redoutait la grêle, on a le mildiou, dit Émile.

– On n'a plus qu'à prier pour qu'il arrête de pleuvoir et qu'on puisse traiter. Parce que avec les averses et les nuits chaudes, c'est la mousson ! On a relevé 45 millimètres de pluie ces deux derniers jours. Y a de la boue dans le vignoble, les tracteurs ne peuvent plus passer.

– Et on peut plus traiter correctement, râle Émile, à cause de ces foutus écolos qui nous interdisent les seuls produits efficaces !

– Il va falloir effeuiller à la main, dit Ambroise. On commence cet après-midi.

– On s'y mettra tous, dit Frédéric.

– J'ai essayé une fois, j'ai eu le dos cassé, minaude Anaïs.

– Petite nature ! grogne Ambroise, qui aimerait bien que sa femme ne se tienne pas si près de Zinski.

Qu'est-ce qu'ils ont à être collés l'un contre l'autre ? Lui avec ses perpétuelles « harmonies de bleus », yeux myosotis, chemise lavande, veste en madras bleu foncé et cette pochette jaune qui dépasse, si chic ! Et elle, frémissante, renversée, presque offerte. Deux cygnes blancs aux cols enlacés. Elle ne s'est jamais laissée aller ainsi avec moi.

Ambroise l'a rencontrée il y a dix-sept ans, lors d'un dîner chez son cousin Brice, le père d'Elsa. Il tenait table ouverte et recevait tout ce qui brillait et comptait à Paris.

Anaïs était arrivée en retard, ne s'était pas excusée, avait laissé tomber d'un coup d'épaules une pelisse signée Saint Laurent dans le panier de l'entrée où dormaient deux huskys. C'est terrible, il s'était dit, son manteau va être couvert de poils et de bave de chien ! Elle ne s'était pas retournée une seule fois pour vérifier l'état de sa pelisse, et, en partant, elle l'avait ramassée comme on emporte une vieille guenille, en la traînant sur le parquet.

Le lendemain, il l'avait invitée à dîner à L'Ambroisie, place des Vosges. « Ambroise, Ambroisie, c'était obligé », il avait plaisanté en ouvrant la large carte du menu. Elle avait souri poliment. Il s'était mordu la lèvre. Maladroit, emprunté, angoissé à l'idée de commettre une faute : le choix du restaurant, de la conversation, de sa cravate, de sa veste, de son vocabulaire. Elle l'écoutait, lui souriait sans qu'il sache vraiment si elle s'adressait à lui ou à un inconnu dans la salle. On les regardait en faisant semblant de ne pas les voir. Une semaine sur deux, elle faisait la une des magazines dans les kiosques.

Ce même soir, quand il l'avait raccompagnée, il l'avait

embrassée. Il avait pris son visage entre ses mains, il tremblait. Elle lui avait rendu son baiser en gardant sa pochette serrée sur sa poitrine. Il était rentré à pied à l'hôtel, échafaudant des plans qui commençaient tous par « Anaïs, Anaïs… ».

Ils s'étaient revus.

Parfois en tête à tête. Trop rarement à son goût. Elle lui avait permis de la suivre dans son lit. Il avait retrouvé, émerveillé, le goût du « baiser sacré ». Il caressait ses seins, le duvet sur son ventre, glissait sa tête entre ses jambes et, quand elle poussait un petit cri et se cabrait, il aurait donné son château, ses vignes, le coucher de soleil sous le grand cèdre, les pendentifs en diamant de sa grand-mère Albertine pour que cet instant devienne éternité.

Il lui écrivait des lettres qu'il n'envoyait jamais.

Un soir, elle lui annonça qu'elle partait quinze jours aux îles Grenadines faire des photos pour le magazine *Elle*. Désemparé, il lui proposa de l'épouser. Il ajouta aussitôt, pour se faire pardonner sa hardiesse, qu'il la laisserait libre de vivre comme elle l'entendait. Il lui louerait un appartement à Paris afin qu'elle continue à travailler, à voir ses amis, et il introduirait une clause dans leur contrat de mariage lui accordant une part de Berléac. Il s'offrait à genoux. Il entendait battre son cœur affolé, tout en se disant, t'es fou ou quoi ? T'es encore marié ! Et tu lui donnerais VRAIMENT une part de Berléac ? Tu te sens si minable ?

Elle avait hoché la tête.

– C'est oui ? il avait demandé, vacillant d'un espoir fou.

Oui, elle voulait bien. Oh ! Je suis si heureux… Il l'avait serrée dans ses bras et c'était comme s'il étreignait les nattes blondes de la petite Estelle. Anaïs précisa qu'il lui faudrait bien sûr l'assurance de pouvoir poursuivre sa carrière et de passer du temps à Paris. Elle détestait les enfants, les aïeux, les sapins de Noël et les repas de famille.

– Pas de problème, avait-il répondu.

– Mais… tu n'es pas marié ? elle avait ajouté.

– Je vais en parler tout de suite à Jacqueline.

– Jacqueline ?

– Ma femme.

– Ah…

Il annonça la nouvelle à Brice, qui s'exclama, épouser Anaïs ? Quelle drôle d'idée ! Elle cherche juste à faire une fin honorable. Dans son métier, t'es vite vieille ! Elles se casent toutes à cet âge ! Il en voulut à Brice et s'emporta, oublie-moi. Oublie-nous, je l'aime, elle m'aime, point barre ! Il ne lui parla plus pendant cinq ans. Quand il voulut reprendre contact, il apprit que son cousin avait péri avec sa femme dans un incendie.

Il avait accueilli la jeune Elsa à Berléac.

Le mariage avait eu lieu à la mairie du XVIe arrondissement, à Paris. Les parents d'Anaïs habitaient rue de Passy. Un déjeuner était organisé chez eux, après la cérémonie.

– On est obligés d'y assister ? avait demandé Ambroise en riant.

– C'est pas drôle ! avait répliqué Anaïs.

– Oh, ma chérie ! Je disais ça pour rire.

Il n'avait rencontré monsieur et madame Lescaut, les parents d'Anaïs, qu'une seule fois. Dans les salons du George-V. Anaïs lui avait fait changer de cravate à trois reprises avant le rendez-vous, déclinant chaque proposition d'Ambroise, papa n'aimera pas, papa n'aimera pas, papa n'aimera pas, avant de choisir une cravate unie, bleu sombre.

Il l'avait laissée faire. Il avait grand souri à monsieur et madame Lescaut, avait commandé du champagne, espérant qu'ils souriraient à leur tour, avait parlé de Berléac, de Bordeaux, du cap Ferret, des cannelés, vous connaissez ces petits gâteaux bordelais en forme de cylindres ?, mais n'avait pas réussi à les dérider.

– Anaïs nous a dit que vous étiez marié.

– Divorcé depuis peu...

– Et que vous aviez deux enfants...

– Deux adorables garçons, François et Frédéric...

Madame Lescaut avait soupiré :

– Pauvres enfants !

– *Nobody is perfect,* avait répondu Ambroise, prenant un air qu'il voulait désolé.

Monsieur Lescaut avait demandé à sa fille de passer sa dernière nuit « de jeune fille » dans l'appartement familial. C'était plus convenable.

Quand Ambroise arriva en taxi 71, avenue Henri-Martin, flanqué de son témoin Serge Montfort, Anaïs et ses parents attendaient devant les grilles de la mairie.

– Nerveux ? dit Montfort.

– T'as vu la tronche du père ? On dirait un colonel de la Légion. Je m'y fais pas.

Montfort se pencha par la vitre du taxi, observa le père d'Anaïs. Grand, raide, deux plis aux coins de la bouche qui creusaient un rictus hostile.

– En effet ! Et Anaïs a l'air d'une petite fille terrifiée. Je ne l'ai jamais vue comme ça !

– Elle est terrifiée, je te le confirme.

Quand elle vit Ambroise s'avancer vers elle, Anaïs le fut encore plus.

– T'as pas mis de gilet ? elle chuchota.

– Ah ! J'ai oublié ! Je me disais qu'il manquait quelque chose…

– Papa va pas aimer du tout.

Il n'aima pas du tout. Il serra la main d'Ambroise en lui broyant les os. Et madame Lescaut eut un petit sourire poli quand Ambroise s'inclina pour lui faire un baisemain.

Le témoin d'Anaïs, sa cousine Antoinette, arriva en retard. Ce qui contraria monsieur Lescaut.

Le déjeuner ne fut guère chaleureux.

Quand ils repartirent, vers seize heures, Ambroise demanda à Anaïs :

– Tu es sûre que tes parents voient notre mariage d'un bon œil ?

– Papa avait pris des renseignements sur toi et…

– Des renseignements ?

– C'est normal, non ?

– Mais alors ? Pourquoi ces tronches d'enterrement ?

– T'avais pas mis de gilet…

– Oh non !

– Il est très à cheval sur les principes.

Elle avait l'air triste. Il l'avait serrée contre lui.

– Ça va aller, ça va aller… Quand il verra Berléac, il sera impressionné. Il oubliera le gilet et comprendra que tu n'as pas épousé un va-nu-pieds.

Les parents d'Anaïs n'étaient jamais venus à Berléac. Il ne les avait jamais revus.

– La place d'une femme n'est pas dans les vignes ! rit Zinski.

– Y en a plein qui le font pour gagner leur vie, riposte Ambroise.

– Je déteste travailler, soupire Anaïs, je l'ai fait pourtant mais c'était pénible…

– Pénible de se faire photographier ? ne peut s'empêcher de dire Ambroise.

– Tu as une idée bien réductrice de mon ancien métier, Ambroise. C'était du boulot… Nombreuses étaient les candidates et rares les élues. J'ai été une de ces élues. J'ai même fait du cinéma, ne t'en déplaise !

– Parlons-en ! grommelle Ambroise, qui préfère se taire et crever le jaune des œufs au plat que Nannie a cuisinés rien que pour lui avec des oignons et du paprika.

Ils s'étaient présentés à la première projection du film et avaient attendu, attendu. Anaïs n'apparaissait pas à l'écran. Ou si, à la fin, pendant le générique. On la voyait, de dos, ouvrir la portière d'une voiture. Elle lui avait donné un coup de coude, là ! c'est moi ! À la sortie, elle lui avait expliqué que le réalisateur avait dû couper son rôle parce qu'elle était enceinte et que ça se voyait à l'écran.

La jeune fille blonde, couchée en travers de son assiette, se redresse et siffle entre ses dents :

– Ça y est ! On est repartis dans la saga des mannequins des années 90. Je connais par cœur. Coke, alcool, boîtes de nuit et pécho le riche mari. C'est inspirant comme parcours. Féministes de tous les pays, unissez-vous !

– Gwendoline, s'il te plaît, ne parle pas ainsi à ta mère, proteste Ambroise.

– Ma mère ? Elle prétend que j'ai niqué sa carrière, ignore en quelle classe je suis, croit que le bac est une marque de maquillage et oublie mes anniversaires ! Vous parlez d'une mère ! Mauvaise pioche.

– GWENDOLINE !

Ambroise se sent coupable. Il n'aurait pas dû parler ainsi à Anaïs devant sa fille.

– Ok, Paps, *as you like* ! C'est pas moi qui suis cocue.

– GWENDOLINE ! Fais des excuses à ta mère !

– Excusez-moi, chère mère, de vous voir telle que vous êtes…

– GWENDOLINE !

– Yes, Paps ?

– Dégage !

– Ok, Paps ! Salut, la compagnie des hypocrites !

Elle attrape un toast et quitte la salle à manger en balançant sa queue-de-cheval sur ses épaules nues.

– Alors, les enfants… on fait les présentations ? lance Frédéric pour faire diversion.

– Moi, c'est India, et lui, c'est mon frère, Louis.

Il a l'air vraiment cool, se dit Louis, avec son jean troué, sa chemise chiffonnée, ses baskets usées et ses chaussettes arc-en-ciel, oh non ! une seule chaussette qui dégouline sur sa cheville !

Frédéric boit une gorgée de café, réfléchit et déclare :

– Les enfants de Muriel, ma tante. Vous êtes donc mes cousins…

– Exact, dit Ambroise.

– Mes cousins germains. Vous êtes en quelle classe ?

– Je rentre en CM 2 et Louis en CM 1.

– Et ça se passe bien ?

– Je suis très fort en calcul et en géographie, dit Louis. Et je parle un français parfait grâce aux livres que je lis. En ce moment, j'étudie la surface de Mars pour y faire atterrir mes fusées quand je les aurai construites.

– Tes fusées ?

– Oui. J'ai de grandes ambitions.

– On va voir si tu es fort en calcul, rit Frédéric, je suis né en 1986, j'ai donc…

– Vingt-quatre ans ! fuse Louis. Trop facile !

– Et Ambroise, qui est né en 1962 ?

– Quarante-huit ans !

– Et Granny ? Née en 1936 ?

– Soixante-quatorze ! Trop fas…

– Et Gwendoline, née en 1994 ?

– Seize ans. N'importe quel bébé trouverait !

– Bon, alors… Beaucoup plus difficile ! 99×17+118, égale ?

– 1 801 !

– T'es vraiment très fort ! Et toi, India, tu es forte en calcul aussi ?

– C'est pas ma matière préférée.

– Tu as l'air plus réfléchie que ton frère.

– C'est normal, elle est plus vieille, dit Louis en haussant les épaules.

– Un jour, tu seras vieux, toi aussi.

– J'ai tellement de vies à vivre avant !

Frédéric éclate de rire.

– Granny les a vus ? il demande à la ronde.

– Sûrement, dit Ambroise.

– Je crois bien que je lui ai fait peur, dit Louis avec un sourire. Elle a poussé un cri en me voyant et elle est partie très vite. J'aime bien faire peur aux gens.

– Ah bon… Pourquoi ? dit Frédéric.

– Ça veut dire qu'ils me redoutent, que j'ai détecté en eux des choses qu'ils veulent cacher. Une faille invisible.

– Tu ne me fais pas peur à moi, en tout cas.

– Peut-être que t'as rien à cacher ? Peut-être que t'es vide à l'intérieur ?

– Cet enfant est charmant ! Vide à l'intérieur ! dit Frédéric, jouant l'offensé. Bon… trêve de plaisanterie… On s'attaque au mildiou ?

– C'est quoi le mildiou ? dit Louis. Ça mord ?

– C'est un petit champignon qui passe l'hiver dans le sol ou sous les écorces et en été, quand il fait humide, il éclôt et attaque les feuilles de vigne d'abord, puis les grains de raisin, et là, c'est la catastrophe ! Il se pose sur eux, les suce, les vide de leur jus…

J'aime quand il explique, j'aime son sourire, ses sourcils épais, ses yeux bleus, ses cheveux qui partent en arrière et retombent sur le côté, pense India. Il a l'air malin, on pourra peut-être faire des affaires ensemble ? se dit Louis.

La jeune fille très maigre leur sourit. Ses yeux, écarquillés derrière des lunettes rondes, envoient des rayons de soleil. Un tee-shirt étroit bleu ciel moule un torse de petite fille, elle a posé un livre à côté de son assiette, un crayon marque la page où elle s'est arrêtée. India incline la tête dans sa direction et Elsa redouble de rayons.

– Bienvenue à Berléac, j'habite au-dessus de vos chambres. J'espère que je ne fais pas trop de bruit. Il m'arrive de sauter à la corde, le soir.

– Oh non ! la rassure India. On n'entend rien du tout.

– J'écris enroulée sur mon canapé…

– Vous écrivez des vers ? dit Louis.

– Non, des dissertations. Je prépare l'agrégation de français.

– Moi, j'étais poète, mais c'était y a longtemps. Coupe à l'hémistiche et tout et tout !

La fille au regard en rayons de soleil sourit et Louis craint qu'elle ne s'envole et se cogne au plafond.

– Je vous ai fait peur hier dans l'escalier ?

– Je me suis garée à temps !

– Demain j'essaie de descendre trois marches à la fois.

– Ce n'est pas dangereux ?

– Je suis entraîné. Mon beau-père était agent secret. Il appartenait à une unité d'élite basée près d'Angoulême et il suivait un entraînement exigeant. Parfois, il m'emmenait avec lui, on rampait dans la boue sous les barbelés, on escaladait des palissades, on faisait des pompes. Je peux plus m'entraîner avec lui, il est mort, alors je…

India lui donne un coup de pied sous la table.

– Tu m'as fait mal ! s'écrie Louis.

India bafouille :

– Je l'ai pas fait exprès !

– Si. Tu m'as frappé ! De façon délibérée ! T'es toujours là à me diriger. J'en ai marre.

– Tu veux encore un peu de brioche ? demande la femme blonde en lui présentant la corbeille de viennoiseries.

– Je voudrais de la confiture de cerises noires, répond Louis, la tête basse, assommé de chagrin.

Ambroise regarde l'heure et se tourne vers les enfants.

– Allez vous laver les dents, on se retrouve dans l'entrée dans dix minutes. Vous allez apprendre à traiter le mildiou. On vous prêtera des bottes. Il doit y en avoir à votre taille…

Le passé d'Aliénor revient
tel un boomerang.
Elle n'aime pas ça du tout.
On comprend que les Berléac
et les Debreste sont ennemis
depuis toujours.
Et, dans la cuisine du château,
Nannie apprend quelque chose
qui lui déplaît…

Gilbert lui a demandé où elle voulait aller.

Aliénor a répondu, tout droit.

Elle a baissé la vitre pour respirer l'air épais de ce matin moite et lourd. Une odeur de fleur de coton trempée par la pluie lui rappelle un voyage en Inde avec Ghislain au début de leur mariage. Ils affichaient alors l'insolence que donne le bonheur, marchaient main dans la main et mesuraient l'effet qu'ils produisaient sur les gens. Elle le regardait à la dérobée et ne pouvait s'en rassasier. Son homme ! Grand, fort, beau, avec un sourire cannibale, des cheveux bruns en bataille… Toujours prêt à faire la fête, à sabrer le champagne tel un hussard qui célèbre la victoire. Fracas et panache. Il empoignait la bouteille, dégainait un sabre, reculait, inclinait la bouteille à 45 degrés, la tenait fermement, les doigts enserrant la base, le pouce enfoncé dans le fondement. Puis il retirait le fil de fer qui bâillonnait le bouchon. L'assistance retenait son souffle, les yeux des hommes brillaient, les femmes portaient leurs mains à la gorge. C'est alors que ça devenait délicat, il fallait trouver la petite couture qui court le long de la bouteille et représente sa ligne de faiblesse, l'ajuster face à soi, se saisir du sabre, placer le côté non tranchant de la lame à la perpendiculaire du goulot, frictionner le verre pour le chauffer et enfin, donner un coup sec en lançant la main vers l'avant avec l'ampleur de geste d'un joueur de golf qui réussit un swing. Le bouchon partait en sifflant, allait s'écraser contre un mur, un plafond, une cheminée, décapitait les fleurs d'un bouquet, des Oh ! des Ah ! jaillissaient, les femmes pâlissaient, les hommes applaudissaient et elle se disait, c'est mon homme.

Quand arrivait le temps des vendanges, il se mêlait aux saisonniers, portait la hotte pleine dans le dos, la versait dans la remorque du tracteur. Aucun autre propriétaire ne se mêlait alors aux travailleurs. Le soir, il se laissait tomber de tout son poids dans le lit, l'enfermait dans ses bras. Elle arrachait dans ses cheveux des brindilles qui avaient échappé au savon sous la douche. Il lui murmurait des mots qu'il inventait. Elle se laissait emporter par cet homme qui lui ouvrait un autre monde. Elle le suivait, balançant au bord de la joie, étirant le plaisir jusqu'à ce qu'il éclate, encore, encore, elle disait. Je veux bien mourir tout de suite. Jamais je ne pourrai aller plus haut.

Qu'était-il arrivé pour que cet amour si grand finisse en sinistre farce ? Pour que l'homme au sabre étincelant devienne cette ombre qui s'accrochait à la boule de l'escalier pour monter à l'étage ?

Sa stupeur quand elle a vu Louis ce matin n'est qu'une pâle émotion comparée à ce qu'elle ressent en ce moment. Le tourment est revenu, la honte, le dégoût, l'envie de tuer ou de se tuer.

« L'autre » était là, devant elle, en la personne de Louis. Ce même air insolent, ces mêmes yeux de chasseur qui met en joue, cette même tignasse épaisse, blonde, qui finit en virgule dans l'air et ce sourire qui se moque de vous.

L'affronter tous les jours ? Impossible.

Le téléphone portable posé sur la banquette arrière sonne. Un numéro s'affiche. Elle ne répond pas. Elle repense au petit Louis et frissonne. Encore une idée d'Ambroise de recueillir ces enfants ! Il rêve de réconciliation, de grande table familiale qu'il présiderait en patriarche. Il ferait mieux de s'occuper de sa femme. La façon dont elle s'est donnée en spectacle avec Zinski au petit déjeuner est répugnante.

– À l'hippodrome ? propose Gilbert.

– Non. C'est fini, l'hippodrome.

– Ah... Vous n'avez plus...

– Non, je n'ai plus...

– Ah... Donc je...

– Oui, vous tournez...

– ... en rond.

– C'est cela.

Gilbert prend la direction de Bordeaux, centre-ville. Autant avoir un but, même si ce but ne signifie rien.

– Pêche du verger court aujourd'hui..., il tente.

Pêche du verger est le cheval favori d'Aliénor. Au feu rouge, Gilbert prend le journal sur le siège voisin et lit à haute voix :

– « Après sa formidable démonstration du mois dernier, Pêche du verger peut espérer se retrouver en tête de course. Son entraîneur driver l'envisage sérieusement. En effet, lors de la dernière course, Pêche du verger a réalisé un bel exploit. Parti en deuxième ligne derrière l'autostart (donc très handicapé par le numéro 17), il se trouvait très loin de Kido Boumboum qui menait à un train d'enfer à mi-parcours. Pourtant il parvint à le rejoindre et à le dépasser sans effort pour afficher une réduction kilométrique prometteuse (1'14"2) sur une piste peu roulante… »

Aliénor ne répond pas. Gilbert poursuit :

– Ça se tente. On peut le jouer en base en l'associant au 17 ou au 2, ou encore au 13 dans les champs réduits au quarté, et pour le quinté avec couverture au 2 sur 4… Et si on élargit, on peut tenter les numéros 3, 4, 9, 5 et 11…

Aliénor murmure :

– Nous n'irons plus aux courses.

– Plus jamais ? il s'étonne.

– Plus jamais.

Une épreuve l'attend. Elle doit l'affronter et échapper aux deux plus grands péchés de la femme vieillissante : vivre dans le passé et émietter le présent.

– Pourquoi tu leur as parlé de Franck ? interroge India.

Ils sont montés dans la salle de bains, Louis déambule, la brosse à dents en bouche, observant à sa montre le temps de brossage (quatre minutes, imposait Lewis, et on brosse de haut en bas pour la mâchoire du haut et de bas en haut pour la mâchoire du bas).

– Ils ont pas besoin de savoir que Franck travaillait pour les services secrets.

– Sais pas, India, sais pas. J'ai eu envie de leur montrer

que nous aussi on avait quelque chose d'extraordinaire. Tout est trop beau ici, trop riche, et nous, on est si… si… pauvres. T'as vu ? Ils ont même une piscine ! Une vraie, bien grande, avec un pool house.

Il brandit sa brosse à dents vers sa sœur et l'agite dans l'air :

– Et le château ! Le grand escalier dans l'entrée ! L'aile droite, l'aile gauche ! Les chambres immenses avec salle de bain, cheminée, grandes fenêtres et des tapis qui font chaud aux pieds quand on marche dessus ! Et les rideaux ! Tu les as touchés ? Ils sont lourds, épais. Et je te parle pas des bouquets de fleurs partout, des serviettes de toilette qui sentent bon, des savonnettes parfumées, des grosses casseroles en cuivre qui brillent…

– Si tu commences à te comparer aux autres, tu vas être malheureux toute ta vie. Faut jamais faire ça ! Jamais !

– Tout est si beau et ça semble tellement normal pour eux !

– Parce qu'ils ont toujours vécu ici, Louis. Ils sont habitués. Tu vas finir par t'habituer, toi aussi, tu verras…

– Non, non ! Y a trop de lustres au plafond, trop de tableaux aux murs, trop de couteaux, de fourchettes, de verres sur la table de la salle à manger, trop de tout ! Et nous, on n'a juste RIEN ! Comment des gens peuvent avoir tout et d'autres rien ? Je m'habituerai jamais !

– C'est comme ça, Louis. Et puis… si ça se trouve, ils sont très malheureux à l'intérieur.

– Tu veux dire, sous leur peau ?

– Faut se méfier des apparences.

– T'as raison ! Ils sont bizarres, ils disent « vous » à

la vieille dame. Comme si c'était une Altesse… et la Gwendoline, elle est vraiment pas polie !

Quatre minutes sont passées au cadran de la montre. Louis lève le doigt pour indiquer qu'il a respecté la consigne paternelle et fait couler l'eau du robinet.

– J'espère qu'ils vont pas nous donner de vieilles bottes qui puent !

C'est Émile qui les emmène travailler dans les parcelles de vigne. Il est souvent venu, ces derniers jours, leur demander si tout allait bien. Ils avaient été contents de trouver quelqu'un à qui parler.

– C'est un garçon très délicat, dit India.

– Je le connais pas assez, dit Louis. Il fait vieux ! C'est peut-être à cause de son prénom…

– Il est pas vieux ! Il a un an de plus que Frédéric… Il travaille toute la journée dans la vigne. Il va pas porter un smoking ! S'il s'arrangeait un peu, il serait très bien. Il faudrait pas grand-chose…

– Qu'il tombe amoureux, par exemple ?

– Papa et maman étaient très beaux parce qu'ils s'aimaient très fort. Ça fait briller la peau, les dents et les yeux d'être amoureux.

Émile n'est pas « fini », se dit India, mais il émane de lui une douceur qui donne envie de lui prendre la main et de marcher à ses côtés. Il leur présente le domaine, leur parle du vent, du soleil, du façonnage du vin, de la mise en bouteille, de la pose des étiquettes, c'est nous qui les collons, on a une machine exprès, on appelle ça l'habillage, on le fait au fur et à mesure des besoins.

Mais alors, quelqu'un peut piquer des bouteilles, coller des étiquettes et se faire plein d'argent en les vendant ? a dit Louis.

Émile lui a tiré l'oreille en disant, c'est très mal de faire ça, tu pourrais aller en prison ! Il s'est mis à fredonner des airs de Verdi, Bellini, Donizetti. India l'écoutait, essayant de retenir ces noms de compositeurs, et soudain il s'est tu, en disant qu'il chantait faux. Oh non ! a dit India, c'est beau ! Continue !

Il leur a parlé de son abonnement au Grand Théâtre de Bordeaux. Et des soirées spéciales où on peut rencontrer les artistes après la représentation. Ça doit coûter cher, ces soirées-là ! a dit Louis, et puis tu dois être bien habillé pour y aller, encore des frais !

Quand il va au Grand Théâtre, Émile met un beau costume, aplatit ses cheveux avec de l'eau sucrée, se fait un nœud de cravate parfait et pénètre dans le théâtre avec « la solennité d'un huissier de justice ». Fauteuils bleu-gris, lustre blanc, boiseries dorées, une odeur de vieux bois et de tissu lustré. Un, deux, trois, le rideau rouge monte, prière de ne plus tousser. Émile transpire. Il attend le noir complet pour sortir son mouchoir et s'essuyer le front. Avant d'assister à la représentation, il écoute l'opéra plusieurs fois.

– Après, je m'y promène comme chez moi. Je peux diriger l'orchestre les yeux fermés. Je t'emmènerai un soir à l'Opéra.

– J'ai pas de belle robe. Juste une rose que j'aime pas…

– Je suis sûr qu'elle est très jolie…

– Tu n'as pas d'ami ?

Émile ne répond pas tout de suite. Il réfléchit puis dit :

– Si j'en avais, je suis sûr qu'ils aimeraient pas l'opéra...

Il a certainement connu maman et papa. Il pourrait me raconter ce qu'il s'est passé. Peut-être qu'il n'a pas le droit ?

Peut-être qu'on lui a interdit de parler.

– Alors ? Ils sont comment ? demande Andrée à Nannie.

– Qui ça ?

– Mais les petits de mademoiselle Muriel ! Il paraît qu'elle les a jetés devant la grille la semaine dernière et qu'elle est partie...

– C'est pour ça que tu es venue ? Pour ragoter ?

– Pas du tout. Suis venue porter un livre à madame Aliénor de la part de madame Jacqueline. Et je me suis dit, je vais en profiter pour voir ma cousine... C'est pas la peine de monter sur ton grand cheval !

Nannie, ceinte d'un grand tablier bleu, assise derrière la longue table de cuisine, équeute des haricots verts. C'est une sage, bien ronde, presque moustachue, aux mains de maçon, à la bouche gourmande et à l'œil qui pique. Elle ne permet pas, elle tolère, et règne en souveraine sur la cuisine et la grande table qui sert à la fois d'étal, de garde-manger, d'établi. Une montagne de haricots culmine devant elle. Dans un saladier, elle jette les queues, dans un autre, rempli d'eau, elle lance les haricots. Elle travaille vite sans se tromper et surveille d'un œil pointu le va-et-vient de ses mains.

Elle lève la tête et examine Andrée par-dessus ses lunettes.

– D'abord, tu ne parles pas comme ça de mademoiselle Muriel. Elle n'a pas « jeté » ses enfants, elle les a déposés gentiment, tendrement, devant monsieur Ambroise, après les avoir coiffés et avoir refait leurs lacets, c'est ce que m'a dit le petit lorsque j'ai fait couler son bain le premier soir, ensuite, ce qu'il se passe ici ne te regarde pas, range ta langue dans ta poche. Occupe-toi plutôt de madame Jacqueline et du grand nigaud à lunettes.

– Monsieur François ? Mais il vient presque jamais à Bordeaux ! Il habite Paris. Et depuis tout ce temps à m'occuper de lui... il me vouvoie encore ! C'est une tête montée sur un balai. Quant à madame Jacqueline... elle vit toute seule dans cette grande maison où il ne se passe jamais rien. Elle voit personne. J'essaie de lui faire sentir que je suis là, que je veille, mais elle est pas causante. Je te le dis, elle s'est toujours pas remis...

– Remise !

– ... du départ de monsieur Ambroise. Elle ressuscite quand il est là... Ça me fend le cœur de voir ça. Elle s'anime, elle est toute rose. Et quand il repart... elle redevient grise comme une ardoise. Le seul qui lui fasse le même effet, c'est monsieur François. T'es au courant ? Il va se fiancer avec la fille Castel-Lagrange. Hélène, je crois qu'elle s'appelle. Elle ira bien avec lui. Aussi raide et coincée.

– Bien sûr que je suis au courant ! peste Nannie qui ignore tout de ce prochain mariage.

– On dit que les fiançailles seront annoncées avant Noël...

– Arrête avec tes ragots et aide-moi plutôt avec les

haricots. Je vais en avoir du boulot, avec les deux petits ! C'est l'âge où on dévore. Ils sont mignons, n'empêche. Et très bien élevés. Mademoiselle Muriel a fait du beau travail. « Bonjour, madame, merci, madame », « s'il vous plaît », et tout le chapelet. Je regrette juste qu'elle soit pas rentrée m'embrasser. C'est pas l'envie qui lui a manqué, je suis sûre. À chaque Noël, j'ai ma carte. Elle n'a pas oublié une seule fois depuis qu'elle est partie. C'est mon bébé à moi, Muriel. Ma petite berlingote, je l'appelais, tellement elle était collée à mes jupes ! Mais elle a eu trop peur de rencontrer sa mère… Si c'est pas malheureux, cette brouille qui dure et qui dure… Ça va faire douze ans. Douze ans sans voir ta mère ! Douze ans sans voir ta fille ! Comme si elles avaient l'éternité devant elles ! Comme si y avait pas le grand trou au bout. Madame Aliénor pourrait être raisonnable et faire le premier pas…

– Tu l'as connu, Elvis ?

– Lewis. Monsieur Lewis. Un beau gars avec un sourire qui t'attrapait au lasso et te jetait dans son lit. Alain Delon pouvait rester sur l'affiche. Il faisait le boulot, monsieur Lewis. Et puis… pas fier ! Même moi, je flanchais.

– Mais t'es folle ! T'avais passé l'âge !

– Je sais. J'ai soixante ans. Pas la peine de me le rappeler. J'ai le même âge que ta sœur, Claudine.

– Parlons-en de Claudine !

Andrée se détourne, pose le coude sur la table et souffle, comme écrasée de malheurs :

– Qu'est-ce qu'elle a fait ?

– Elle vient de se faire engager par la famille Debreste pour s'occuper du vieux, Paul, le père à Bernard. Il a quatre-vingt-huit ans et a eu une attaque. C'est très bien payé, de toi à moi. Une somme rondelette avec des primes à la moindre occasion. Forcément, elle a pas dit non. Va falloir qu'elle fasse la toilette, les repas, l'habiller, lui couper les ongles des pieds, lui lire les journaux...

– Il est gâteux ?

– Non, juste ralenti, mais ça tourne encore très bien dans la tête.

– Le Paul Debreste, c'était un ami du père de madame Aliénor, Thierry de Lantignac. Mon père les a connus tous les deux.

– Pas si ami que ça..., susurre Andrée, émoustillée à l'idée de révéler ce qu'elle sait.

– Qu'est-ce que tu dis ? Articule quand tu parles !

– Je dis ce que j'ai appris.

– Ben, vas-y... J'écoute pas aux portes, moi !

– Tu vas m'envoyer aux orties...

– Mais non ! Je vois pas ce que tu peux m'apprendre, c'est tout. Je sais que madame Aliénor a eu affaire à lui il y a longtemps, une histoire d'argent à ce que j'ai compris, pour sauver le domaine. Berléac était en faillite. Y a dû avoir une embrouille parce qu'il faut pas prononcer son nom devant elle. Tout ce qui concerne madame Aliénor me remue le sang, alors fais attention, dis pas d'âneries !

Andrée plante ses coudes dans les haricots, tripote la médaille de la Vierge qu'elle porte autour du cou et se penche vers Nannie.

– C'est Paul Debreste qui a dénoncé le père de madame Aliénor à la Gestapo.

– N'importe quoi !

– Mais si !

– Mais non ! Ils étaient amis. Je le sais par mon père. Il était là le soir où Thierry de Lantignac a été arrêté. Tu te rappelles bien que papa était gendarme ? Et qu'il protégeait comme il pouvait les résistants quand y avait des arrestations ? T'as pas oublié ? Chaque fois, il tournait la tête pour que les petits jeunes puissent s'enfuir. Parce qu'ils étaient pas vieux, ceux du maquis ! Et s'ils tardaient, il leur donnait un coup de pied au cul pour qu'ils déguerpissent.

– Écoute-moi bien… Patrick, le mari de ma fille Léa, celui qui est manutentionnaire à la préfecture…

– Je le connais. Il a pas inventé la marche à pied.

– Arrête de t'énerver ! J'te dis… Il a dû déménager des vieux cartons remplis d'archives pour les faire passer sur l'ordinateur…

– On dit « numériser »…

– Joue pas ta savante !

– Je précise, c'est tout.

– … et il en a renversé un. Un vieux carton. Résultat : consigné pendant le week-end, obligé de tout remettre en ordre jour par jour, semaine par semaine, mois par mois, pour tout le premier semestre de l'année 1944. Tu parles d'un boulot !

Nannie écoute, elle pressent l'annonce mauvaise, celle qui va l'obliger à s'asseoir et à reprendre souffle. Elle voudrait dégrafer son soutien-gorge pour respirer. Elle laisse tomber sa poignée de haricots, lève le menton, fronce les sourcils, darde ses yeux emplis d'une lueur fauve sur la récitante de mauvaises nouvelles.

– Et bingo ! Il est tombé sur des lettres de dénonciation de pendant la guerre. Y en avait plein !

– C'est dégoûtant.

– Il a jeté un œil, forcément…

– Ben voyons.

– … il a dit à Léa que c'était pas beau à lire. Des flots de fiel ! Il a cherché s'il y avait des noms qu'il connaissait.

– La boue fascine, grogne Nannie qui sent le danger l'encercler.

– … et parmi les lettres, il y en avait une de Paul Debreste qui dénonçait Lantignac comme chef du réseau Perret. C'est comme ça qu'il a été attrapé, le père à Aliénor…

Nannie appuie ses mains de maçon sur la table et souffle :

– Oh là là ! Oh là là !

– Quand je te disais que c'était terrible…

– Ils étaient si jeunes ! C'est pas Dieu possible ! On n'est pas aussi mauvais à c't'âge-là… On dénonce pas !

Nannie passe la main dans ses cheveux, remonte le peigne qui tient son chignon gris, tire sur sa blouse et calcule sur ses doigts.

– Le Paul Debreste… il est né la même année que papa, en 1922… il avait donc vingt-deux ans en 44. Le père d'Aliénor, Lantignac, était né en 1916, il avait vingt-huit ans. Et puis, je crois bien qu'il y avait aussi Ghislain de Berléac dans le réseau Perret. Lui, il était plus jeune, il avait dix-sept ans. Il devait étrenner ses premiers pantalons longs. T'as rien entendu sur lui ?

– Non. Mais il n'a rangé que les dossiers du premier semestre 1944.

– Quelle ordure ! répète Nannie.

– Et maintenant, c'est ma sœur Claudine qui va adoucir les vieux jours de ce salaud en lui donnant la becquée et en lui torchant le cul.

– Mon Dieu ! Madame Aliénor ! C'est un coup à lui fusiller le cœur. Elle idolâtre son père. Tu devrais entendre comme elle en parle. Elle est capable de le tuer, le vieux Debreste, d'aller le voir sous prétexte de prendre de ses nouvelles et de l'étouffer sous un oreiller.

Nannie laisse tomber sa tête sur sa poitrine telle une condamnée à mort qui accepte son sort. Réfléchit et s'écrie :

– Elle le saura pas. Jamais ! Et toi, tu te tais ! Tu travailles pas pour elle de toute façon…

– Non, mais… chaque fois qu'elle vient voir madame Jacqueline, on parle un peu. J'aime beaucoup cette femme. Je vais plus oser la regarder de peur de me trahir.

– Tu te tais et tu ordonnes à ton gendre de se taire. Quand je te dis que je déteste les ragots et les ragoteurs !

– Mais il a rien inventé ! La lettre est là. Il l'a lue.

– Oh là là ! Il est pas le seul à être au courant, je suppose.

– Je sais pas.

– Ça va être un drame ! Faut pas qu'elle sache. La prochaine fois que je vais voir mon père dans sa campagne, je lui fais tout raconter.

Une nuit, à Berléac,
Louis s'improvise grand Mamamouchi.
L'érable à double tronc parle à India.
Un homme se faufile dans le château
et embrasse une femme…

Il est vingt-deux heures trente.

Au loin, dans le ciel de juillet rose pâle, les derniers rayons du soleil fondent derrière les vignes.

India, accoudée au balcon de sa chambre, suit des yeux l'horizon rouge qui s'éteint au loin. Où est maman ? Que fait-elle en ce moment ? Est-ce qu'elle pense à nous ? Elle sait qu'elle peut me faire confiance, je ne jouerai jamais avec une boîte d'allumettes ni n'irai me promener pieds nus sur le toit du château. Ça fait trois semaines qu'elle est partie… et pas de nouvelles. India ferme les yeux, un message s'affiche : « *Petit érable à double tronc a besoin de toi.* » Elle tend les bras, s'agrippe au balcon, se renverse en arrière et répond, oui, oui, t'en fais pas, j'arrive. Depuis le temps qu'elle attendait un signe de l'érable !

Bientôt il fera nuit, Louis va s'endormir. Elle poussera la porte de sa chambre, écoutera le rythme de sa respiration et sortira dans le parc. Ses pieds fouleront l'herbe du soir. Un arbuste frôlera sa taille, un hibou hululera, le coucou lui répondra, comme dans la chanson, elle respirera le parfum de la nuit et courra retrouver son nouvel ami de l'autre côté de la route. Il y a de nombreux arbres dans le parc, des mélèzes, des chênes d'Amérique, des marronniers, des magnolias, des lauriers-roses, un grand cèdre du Liban, pourquoi avoir choisi celui-là ?

– C'est le premier qui m'a accueillie ici, elle dit tout haut au cèdre qui lui a posé la question.

– Tu parles à qui ? s'étonne Louis en poussant la porte de la chambre.

Il marche en enfonçant les talons, les bras croisés sur la poitrine, le menton levé au plafond, il porte une serviette de toilette enroulée sur la tête.

– Au cèdre.

– Ce soir je suis le grand Mamamouchi. Parle-moi avec respect et incline-toi.

– Bonsoir, grand Mamamouchi !

Il s'allonge sur le lit de sa sœur, faisant mine de rassembler les pans de sa tunique brodée de fils d'or sur ses jambes.

– Le grand Mamamouchi va dormir avec toi.

– Impossible. Je pars voir l'érable à double tronc.

– Le grand Mamamouchi chauffera ton lit.

– Le grand Mamamouchi a ses appartements. Il doit y résider.

Louis jette à sa sœur un regard soudain affolé.

– J'ai froid tout seul. Froid partout.

– Le grand Mamamouchi n'a qu'à appeler un serviteur qui allumera un feu.

– Ça ne suffira pas. Le froid est à l'intérieur.

– Tu as le droit d'être triste, tu sais…

– Je suis plus que triste… je suis… incertain.

– Incertain ?
– Oh, India ! Je veux un câlin.
– Maintenant ?
– Ouiiiiii ! Le boa mignon !
– Et tu me laisseras partir après ?
– Promis.

India s'assied sur le lit, balance son torse à la façon du boa qui se déplie, plisse les yeux, enlace Louis, le serre à l'étouffer, applique des baisers ventouses dans son cou, ses joues, ses cheveux, roule avec lui sur l'édredon et chantonne, c'est moi le boa mignon, le boa glouton qui dévore les lions, les pharaons, avale des camions, n'aie pas peur, n'aie pas peur, je suis le boa mignon. Louis gargouille de plaisir.

– Encore ! Encore le boa mignon !

Il est frêle pour son âge. India palpe ses côtes sous le pyjama. Il se tortille, passe ses mains dans le dos de sa sœur, l'agrippe.

– Louis, tu me griffes !
– Raconte-moi maman et papa.
– Et j'irai voir l'érable à deux troncs après… ?
– Je t'attendrai dans ton lit et tu me raconteras.
– Si je veux.
– Je te torturerai si tu te tais ! Avec des pinces coupantes et des tournevis. Je suis le grand Mamamouchi.
– Louis ! Pourquoi tu joues les méchants ?
– Les gentils, on les écrabouille.
– T'as vu ça où ?
– J'te dirai pas.
– À l'école ?

– Raconte-moi une histoire avec maman et papa…

Elle lui a raconté tellement d'histoires. Ce soir, elle n'a pas la tête à ça.

– S'il te plaît, supplie Louis.

– Rien qu'une… d'accord ?

Il hoche la tête, froisse un bout de drap, le mâchouille. Comme maman avec son foulard, elle pense.

Papa aimait se déguiser en clown. Il inventait des grimaces qui faisaient dresser les cheveux sur la tête de maman. Tu te rappelles ? Le matin, elle se plaignait toujours d'être mal coiffée, d'avoir la tête à l'envers. Eh bien… c'était à cause des grimaces de papa. On dormait quand il faisait ça ? Oui, il attendait qu'on soit endormis, il mettait un grand pyjama, dix fois trop large pour lui, glissait un coussin pour se faire un gros ventre, se peignait le nez en rouge, dessinait des cercles noirs autour de ses yeux, enfilait un bonnet pour cacher ses cheveux, se barbouillait de rouge à lèvres… Elle était où, maman, pendant tout ce temps ? Elle lisait dans son lit ! Elle se doutait de rien ? De rien du tout ! Et après ? Après, elle entendait des pas dans le couloir, des pas de dinosaure, des râles, des grognements, des coups dans la cloison, boum, boum, boum. Arrête, India ! Tu me fais peur ! Boum… boum… Et… et… il ouvrait la porte de la chambre, il rugissait AAAAAAH ! Il étendait les bras et criait, je vais te dévorer, faible femme ! Maman se roulait en boule, se cachait sous le drap, et alors… Et alors ? Il sortait une grande fleur en papier de son pyjama trop large et lui disait, c'est pour toi, mon amour que j'aime à la folie. À la folie, ça veut dire qu'il aurait fait n'importe quoi pour maman ? Ben… oui. Il aurait cambriolé une bijouterie ? Louis, m'interromps pas sinon je perds le fil ! D'accord. Alors maman jaillissait de dessous le drap et, tous les deux, ils dansaient une polka endiablée ! Papa était un très bon danseur de polka. Que de polka ? Oui, les autres danses, il aimait pas. Et avec moi, il dansait la polka ? Toi, il te lançait en l'air et il disait, oh, le bébé ! oh, le bébé ! il va s'envoler, fermez les fenêtres ! Il me laissait pas tomber ? Non, non, il était très fort !

– Moi aussi, je suis très fort, India, je suis un survivant, j'aurais dû mourir cent fois déjà !

– Ah bon… je me souviens pas.

– J'ai toujours réussi à vaincre l'adversité.

– Tu as vraiment un vocabulaire très… raffiné !

– C'est parce que je lis beaucoup.

– *Astérix* ?

– Oui, mais pas que… Je lis des livres de mathématiques, de physique, des récits antiques… Et tous les écrivains dont le prénom est Jules. Jules Verne, Jules Romains, Jules Renard… Ce sont les plus grands d'après madame Grapillon.

– La bibliothécaire de Saint-Romain ?

– Elle m'a offert des Jules Verne quand on est partis. Très généreux de sa part, non ?

– Je suis impressionnée, dit India en riant.

– J'aimerais que tu ne ries pas quand je te parle de livres et j'aimerais aussi que t'arrêtes de me traiter comme un bébé. Je sais des choses que tu ne sais pas.

– Comme quoi ?

– … comment on reconnaît une terre cultivée en bio et une qui ne l'est pas.

– Vas-y.

– On fait pipi dessus. Si la terre absorbe le pipi, la terre est bio. Si le pipi glisse dessus comme sur un trottoir, la terre est pas bio. C'est Émile qui me l'a appris…

– Bravo !

– Et c'est pas fini ! Pour désherber un hectare de vigne, avec du Roundup, il faut une heure, si on le fait à la main, quarante jours.

– Tu en sais des choses ! Je peux aller voir l'érable maintenant ?

– Je te donne la permission…

– Merci, Votre Majesté ! Et si Votre Majesté pouvait essayer de s'endormir, ce serait bon pour sa santé.

Un grand vent s'est levé dans la nuit. Un vent du nord qui va sécher l'air. Le froid est bon pour le raisin, dit Émile, il bloque la pourriture quand le raisin est mûr, mais il est dangereux en dessous de zéro. Il leur apprend la vigne jour après jour. Fin juillet, c'est la saison des « vendanges vertes ». On coupe certaines grappes pour que les autres puissent se gorger de soleil. On appelle ça « l'éclaircissage ».

India aime Émile. Elle voudrait lui donner quelque chose en échange de tout ce qu'il leur apprend, mais elle ne sait pas très bien quoi. Elle va en parler à l'arbre.

Dans la pénombre, l'humidité du soir tombe sur la terre chauffée par le soleil, une brume flotte au-dessus du sol. India traverse la petite route. Elle aperçoit l'érable.

Enlace son tronc. Ils ne se connaissent pas. Il convient de se présenter. En silence. Elle respire l'odeur de la nuit. Une odeur de mousse humide, de colle comme à l'école avec une pointe de poivre qui pique le nez. Chaque arbre porte son odeur. Maman aimait grimper dans les branches. « Quand vous avez un souci, parlez aux arbres. Ils garderont le secret et vous serez délivrés. »

La lune se cache derrière les nuages. India n'escaladera pas l'érable ce soir, il fait trop sombre. Elle restera au pied de l'arbre. Devant les deux troncs qui montent, parallèles, vers le ciel. Il ne faut pas mentir aux arbres. Elle pense à son père, à sa mère, à Lewis et Muriel qui mènent leur vie. Papa n'est pas mort, maman est partie à sa recherche. Elle se les représente en train de rire, de conduire, de manger des frites, de faire la vaisselle, de regarder de vieux films dans un canapé. Sa tête bourdonne. C'est la première fois qu'elle entend parler l'érable.

– Bonjour ! il frissonne.

– Bonjour ! J'avais un ami chêne avant…

– Tu es petite…

– … et toi, tu es grand et fort.

– Si faible… je suis dépendant de l'homme. La vraie force, c'est de ne dépendre de personne.

– De personne ?

– Oui.

– Même pas de maman ?

– Il ne faut dépendre que de soi. Tu veux me rendre un service ?

– J'en serais très honorée.

Elle s'appuie sur le tronc, entend la requête de l'érable :

aller chercher des planches et des branches et construire un rempart autour du tronc pour empêcher les passants d'y graver leur nom.

– Ils me crèvent l'écorce avec leurs cœurs, leurs flèches, et les prénoms qu'ils écrivent au couteau.

– Je le ferai demain, promis, Louis m'aidera.

– Je te remercie.

Les branches de l'érable refont le son des pièces en or dans un bol hindou. L'érable veut encore lui parler.

Elle ferme les yeux pour mieux l'écouter.

Elle devra protéger Émile. Il va souffrir.

– Il va tomber amoureux, c'est ça ?

– Oui. Et il sera déçu… Mais tu le protégeras. Tu seras son paratonnerre.

– Mais je suis plus petite que lui !

– C'est vrai. Et plus grande pourtant… Le temps va venir où les faibles deviendront forts et les forts, faibles. Tout va s'effondrer pour renaître. Il faudra tenir bon.

– Tu me fais peur !

– Tu y arriveras.

Dans le hall du château, India avance dans le noir quand elle entend le bruit d'une porte qu'on ouvre derrière elle. Ce n'est pas la poussée franche de celui qui n'a rien à se reprocher, mais une pression délicate qui évite aux gonds de grincer. Elle se blottit dans un coin et retient son souffle. L'individu referme la porte avec soin, remonte la poignée en l'accompagnant de la main, sort une lampe torche de sa poche, l'allume et prend le couloir qui mène à la chambre d'Ambroise et Anaïs. Il paraît plus mince, plus élancé qu'Ambroise. Le rond lumineux blanc glisse sur les murs, India le suit des yeux. L'inconnu heurte un obstacle et jure, merde ! Quel est le con qui… Le faisceau lumineux tombe sur l'obstacle qui a failli le faire trébucher. India reconnaît une botte en caoutchouc que Louis a laissée traîner quand ils sont revenus des vignes. Le type s'est figé dans une attitude « 1, 2,3… soleil » et guette le moindre bruit. La lampe torche balaie sa cuisse et India reconnaît un pan de veste en madras bleu. Zinski ? L'homme attend encore puis, rassuré, progresse. India le suit sur la pointe des pieds. Le couloir forme un coude, elle se plaque contre le mur. Une porte s'entrouvre face à la chambre d'Ambroise, une femme en déshabillé blanc apparaît, éclairée par la lumière de la chambre. C'est Anaïs.

– T'es fou ! Pourquoi t'es passé par le couloir ?

– Émile était planté sur la pelouse à observer la lune. Il m'aurait vu entrer dans ta chambre.

– Mais tu aurais pu tomber sur Ambroise !

– J'ai fait attention. Panique pas. Il se doute de rien. Sinon il aurait déjà pété un plomb…

Il la prend dans ses bras, ses doigts jouent avec ses longs cheveux. Il se penche, l'embrasse.

– Recommence pas !

– Embrasse-moi…

Elle l'attire dans la chambre et referme la porte.

Zinski embrasse Anaïs.

Zinski n'est pas marié à Anaïs.

Zinski est donc l'amant d'Anaïs.

À Saint-Romain, la rumeur prêtait de nombreux amants

à madame Janvier. India avait demandé à sa mère ce qu'était un amant. C'est quand une femme dort avec un autre homme que son mari. Juste dormir ? Non, dormir et embrasser sur la bouche. Ça se passe toujours dans un lit ? N'importe où. Sur une plage, dans une voiture, un hamac, un train... Et c'est permis ? Beaucoup de gens le font... On les torture s'ils sont pris ? Plus maintenant, mais au Moyen Âge, on brûlait les femmes infidèles et dans certaines parties du monde, aujourd'hui, on les lapide ou on leur coupe les mains et les pieds. India en avait conclu qu'avoir un amant était dangereux. Il valait mieux s'en passer.

Louis, dans le lit, a les yeux grands ouverts.

– Tu dors pas ? dit India.

– Je veux profiter, tout enregistrer pour ne rien oublier. Le sommeil, c'est du temps perdu. J'ai pensé à quelque chose. Tu te rappelles, les types de l'assurance ?

– Oui.

– Je les aime pas. Ils nous retrouveront jamais à Berléac, et c'est une bonne chose. La dernière fois, le grand brun voulait à tout prix entrer dans la maison, maman lui avait crié « *Fuck off!* » Et elle lui avait donné un coup de genou dans les couilles !

– Tu te souviens quand elle nous a appris à nous défendre si on nous embêtait ? Au début, on n'osait pas... et puis on s'est entraînés sur un vieux polochon en velours vert.

– Ici, j'ai plus peur. Y a plein de gens pour nous protéger. Des lustres en cristal, une tour de château fort, des murs épais, des lits moelleux… Ils doivent coûter cher, ces lits.

– Louiiiiis !

– Ben oui…

– Mais t'es obsédé ! C'est pas possible !

– Je dis juste quelque chose de vrai : ces lits ont dû coûter très cher. Pas la peine de t'énerver ! Il t'a dit quoi, l'arbre ?

– On a une mission à remplir, demain. Il faut construire un rempart pour le protéger des gens.

– Tu lui as demandé quand maman reviendrait ?

– Non.

– Pourquoi ?

– Je veux pas commencer à l'attendre.

Gilbert est un drôle de type.
François n'aime pas Émile,
Émile n'aime pas François.
Louis se réjouit, un jour,
il héritera de Berléac,
et il sera riche…

Gilbert, en veste kaki, chemise bleu ciel, petit foulard imprimé autour du cou, attend dans le parc de Berléac à côté de la Saab 9-5 d'Aliénor. Il a les yeux glauques, froids, d'un lézard à l'affût, des paupières bistre qui retombent, le visage bronzé, les dents très blanches, et, quand il grimace, sa cicatrice remonte et affleure sous l'œil gauche. Il arrive à Aliénor de s'alarmer quand elle l'observe, elle n'aurait peut-être pas dû l'engager… Et puis elle se reprend et compte les années où il a travaillé pour elle. Il ne l'a jamais trahie.

Et il lui rend de grands services.

Les mains dans le dos, il fait les cent pas. Aliénor lui a demandé d'être prêt. Ils iront se promener. Comme hier, comme avant-hier, comme tous ces jours où ils tournent en rond et ne s'arrêtent que pour un « drink » dans une clairière. C'est toujours la même routine : il gare la voiture, sort deux sièges, cale le panier à pique-nique préparé par Nannie entre deux touffes d'herbe, ainsi que le thermos à glace et l'eau gazeuse. Ils dégustent des canapés au fromage et au cumin en sirotant un whisky japonais.

Aliénor a abandonné l'écossais pour le goût plus raffiné, assure-t-elle, du breuvage nippon.

Ils contemplent le paysage sans parler. Gilbert époussette les miettes sur son pantalon, resserre le nœud de son foulard. Aliénor observe la silhouette tordue d'un arbre, la peinture écaillée d'une barrière, le toit abîmé d'un château. Adhérer au présent. Triompher du passé. Relever la tête et affronter la vérité. Ne plus fuir. Et… soutenir le regard insolent du petit Louis. Je suis ridicule de me laisser impressionner par ce gamin ! Étrange enfant à la houppe blonde, capable de contredire un adulte sur la surface exacte de la lune ou la puissance de freinage d'un avion et qui, l'instant d'après, a les larmes aux yeux parce qu'il n'y a pas de confiture de cerises noires. Il ne « lui » ressemble pas seulement physiquement, il a hérité certains airs, certaines manières, une façon de poser son menton dans la paume de sa main, de faire claquer sa serviette en la dépliant, de rejeter la tête en arrière quand il rit ou de planter son regard ironique dans les yeux de son interlocuteur. Et pourtant, il n'a jamais passé une seule minute avec « lui ».

Il ne le connaît pas.

Ce matin-là, quand Aliénor s'avance vers la voiture, elle salue Gilbert qui lui ouvre la portière et s'installe à l'arrière.

– Allons prendre l'air !

– Direction ? il demande.

– Tout droit. Et partons avant que quelqu'un ne vienne me charger d'une course…

– Ça nous donnerait un but.

– Je ne veux pas de but, je veux vagabonder.

Gilbert boucle sa ceinture, enclenche la marche arrière, entend les pneus crisser sur le gravier, braque à droite, à gauche, des gravillons blancs giclent sur les côtés. Il y a peu de temps encore, ces bruits jouaient le prélude du plaisir à venir. Ils annonçaient la direction du champ de courses, la visite au paddock, l'étude des pronostics dans le journal, la prise des paris, les jumelles collées aux yeux pour suivre leur favori, les cris, les joues qui s'empourpraient, la victoire qui clignotait, le petit moment de suspens où tout se jouait… Et puis, la déception quand ils avaient perdu, le soupir exhalé, pas grave, on reviendra demain, ou l'exubérance quand ils avaient gagné. Gilbert filait au guichet se faire payer, comptait les billets, s'assurait que le compte y était. Puis il les répartissait en deux paquets, un pour Aliénor, un pour lui. À parts égales. Il réussissait toujours à obtenir de bons tuyaux des entraîneurs ou des parieurs qui traînaient autour des paddocks. Ça avait été son milieu autrefois, avant qu'il ne soit engagé à Berléac.

Il arrivait à Aliénor d'avoir de bonnes intuitions, elle mettait le paquet sur Glamour Boy ou Grand Méchant en lui assurant qu'elle le « sentait bien » et il la suivait. Elle le prévenait en agitant son index, aucun reproche si vous perdez ! Il hochait la tête et ils montaient dans les tribunes suivre la course. Et quand ils gagnaient ! Quand ils gagnaient ! Elle commandait du champagne, du bon, hein ! pas celui qu'on refile aux touristes.

Ils rejoignaient la voiture et refaisaient la course. Il

l'observait comptant ses billets, les recomptant, les glissant dans des enveloppes différentes, puis dans son sac à main.

La première fois, il avait été piqué et avait demandé :

– Vous me faites pas confiance ?

– Vous êtes idiot, Gilbert ! Bien sûr que je vous fais confiance… Je les compte et les recompte parce que je ne garde pas cet argent pour moi. Je le donne à des gens qui en ont besoin, et vous me ferez le plaisir, demain, d'aller en ville poster ces enveloppes… Je ne veux pas qu'on sache que ça vient de Berléac. J'ai horreur des remerciements et de la gratitude…

– Vous pouvez compter sur moi, madame.

Il sait tellement de choses qu'elle ne lui a jamais dites.

Cette femme qui paraît si libre est bel et bien prisonnière.

La vie était excitante alors, il pense en enclenchant la première, j'en ai marre de tourner en rond.

Assise à l'arrière, Aliénor s'exclame, zut ! Je vais être obligée… Gilbert regarde au loin et aperçoit dans l'allée du château, marchant vers eux, la haute silhouette de François, le fils aîné d'Ambroise.

– Il va vouloir m'annoncer ses fiançailles avec Hélène Castel-Lagrange ! soupire Aliénor en glissant dans le siège pour qu'on ne l'aperçoive pas. Vite, démarrez. Je n'ai aucune envie de lui parler.

– Il sait que vous l'avez vu. Vous n'allez pas vous en tirer comme ça.

Aliénor peste, se redresse, baisse sa vitre et soupire :

– Je vais donc faire mon devoir de grand-mère.

– Ce n'est pas toujours une corvée.
– Mais lui n'a vraiment aucune fantaisie.
– Il a peut-être un brin de folie caché au fond de lui ?
– Vous croyez ?
– Chacun a une part de mystère et de folie qu'il ignore ou dissimule.
– Ce n'est pas Jacqueline qui va l'aider à se libérer. Elle en est folle. Les mères sont toujours amoureuses de leurs fils… surtout quand ils leur obéissent au doigt et à l'œil. Bon, je médis, j'irai en enfer, mais c'est si bon de dire ce qu'on pense…
– Je n'ai rien entendu… et Dieu s'est bouché les oreilles.
– Merci, Gilbert.

Le jeune homme en pantalon beige, chemise blanche, pull en coton marine sur les épaules, se penche à la fenêtre. Il a les cheveux châtains coupés très court, une raie bien droite sur le côté, des yeux marron et des lèvres fines. Cette régularité des traits, la netteté de la raie, le brillant des cheveux bien coiffés illustrent un certain contentement de soi, une légère arrogance, mais peut-être aussi l'envie désespérée d'être impeccable pour figurer sur la photo officielle.

– Bonjour, mon chéri ! Tu es arrivé quand ?
– Ce matin.
– Et tu t'es précipité pour me voir ? Comme c'est gentil…
– C'est tout naturel, Granny. Et puis, je voudrais vous parler de quelque chose. C'est une heureuse nouvelle et je serais…
– Je partais faire des courses. Je serai de retour vers

dix-sept heures. Veux-tu venir prendre un whisky dans mes appartements à mon retour ?

– D'accord. Je vais aller voir Paps en attendant. Il est dans son bureau ?

– S'il n'y est pas, on te dira où le trouver. À tout à l'heure, mon garçon.

– Je suis bien content de vous voir, Granny, et content d'être ici. Berléac m'a manqué. Quand on est né à l'abri de ces grands arbres, de ces vertes frondaisons et des murs épais de la maison, il est dur de faire son nid ailleurs... « La patrie, c'est toutes les promenades qu'on peut faire à pied autour de son village », disait Jules Renard. Ma patrie s'appelle Berléac.

– Tu m'en vois bien heureuse... Allez ! Va voir ton père, on se retrouve tout à l'heure.

François sourit, se baisse pour embrasser sa grand-mère, mais elle s'est déjà rejetée contre la banquette et agite la main.

– Bonne promenade ! lance François.

– Merci, mon chéri, répond Aliénor en remontant sa vitre.

Elle tape sur l'épaule de Gilbert.

– Changement de direction, on va au casino.

– Pour jouer ?

– Pas pour entendre la messe !

– Vous parliez de méditer...

– C'est François. Il est si convenable. Il me donne le cafard.

– Il n'est peut-être pas si convenable ! N'oubliez pas

la part de mystère et de folie de chacun… C'est ce qui fait le sel de la vie. Trouver la faille de l'autre…

– Et l'exploiter ?

– Pourquoi pas ?

– Vous êtes détestable !

– Non. Lucide.

– En attendant, filons au casino !

– Il paraît qu'en ce moment, ils distribuent des tickets de tombola. Le premier prix est une Fiat 500.

– Qui a envie de conduire une Fiat 500 ?

– On la revendrait et vous pourriez reprendre vos distributions de billets.

– C'est fini, ça. Je vous le dis, Gilbert, tout est en train de changer, moi la première…

– C'est excitant de changer de peau ?

– Pour le moment, non. C'est comme une démangeaison.

Émile est sorti sur la pelouse boire son café au soleil. Ce matin, il s'est levé tôt pour aller inspecter la vigne. Ils ont fait du bon boulot, ces derniers jours, les enfants et lui. Les petits travaillent sans râler. Ils serrent les dents. Y a du travail l'été ! Faut pas croire qu'on regarde mûrir le raisin en se tournant les pouces. C'est le moment de la véraison, les baies changent de couleur et virent au jaune doré, au rouge groseille, au pruneau violet. C'est aussi l'époque de la grêle et des orages. Il a montré aux enfants comment dresser les rameaux de vigne bien droits, enlever les pampres et les feuilles afin d'aérer les grappes.

Ils ont appris les termes techniques, « levage », « épamprage », « effeuillage ».

Émile regarde s'éloigner la voiture conduite par Gilbert.

Il n'est pas sûr que cet homme ne veuille que du bien à Aliénor. Pas certain non plus d'apprécier ce type qui fait bande à part et se conduit en sombre gardien de sa patronne. Pourquoi se laisse-t-elle faire, elle qui sait si bien marquer la distance ?

Son regard revient à l'angle du bâtiment où se trouvent les chais et les bureaux. Il reconnaît la haute silhouette de François de Berléac, qui se dirige vers l'entrée. On dirait à l'observer de loin un jeune homme parfait, sans aspérités.

Parfois, ça le titille de parler.

Surtout quand ce petit génie se hausse du col et joue le Parisien averti. François aime diriger. Il aime avoir raison. Il juge et distribue les bons et les mauvais points. Il n'est pas comme Frédéric, qui pousse le camion embourbé et danse en débraillé avec les filles pendant les vendanges. Émile aimerait danser avec les filles. Il voudrait que sa jambe droite s'allonge. Il y pense le soir en s'endormant, la fenêtre ouverte sur le ciel bleu sombre de Berléac. Il adresse des prières à la voûte céleste, mais quand il se réveille, sa patte est toujours trop courte. Un jour, il faudra qu'il règle ça, que l'autre paie la note. Trop facile de s'en tirer les mains dans les poches.

Il reste un fond de café dans sa tasse. Il le boit, fait la grimace. Le café est froid.

Un jour, quelqu'un se blottira contre lui et le café sera chaud.

Tout l'après-midi, les enfants ont transporté des bûches et des branches pour entourer l'arbre. Ils les ont traînées, les ont amassées contre l'érable. Ils s'arrêtent, essoufflés, se frottent le bas du dos et contemplent le tas de bois.

– Moi, je mettrais les bûches bien droites, dit Louis, et je comblerais les trous avec les branches. Après, je ficellerais le tout pour que ça tienne debout.

– Tu crois ?

– Je sais mieux que toi, je suis un futur brillant ingénieur. Je n'ai plus que l'examen à passer.

– D'accord. On commence ?

– Ne sois pas impétueuse ! Économise tes forces. Regarde-moi.

India croise les bras et attend.

– On installe d'abord cette bûche-là. On va la poser bien droite. Laisse-moi la prendre, je vais te montrer…

Louis se penche, saisit la bûche et la relâche en poussant un cri.

– Une écharde ! Elle m'a transpercé ! Une grosse, en plus !

Il gémit, sautille, la main coincée entre les jambes.

– Fais-moi voir…

– T'es pas docteur !

– Donne-moi ta main…

Ils s'asseyent sur un vieux tronc scié et Louis ouvre la paume de sa main, prêt à la retirer à la première douleur.

– Appuie pas ! Ça fait mal !

– Arrête de bouger, je vois rien. Ah si… Elle est grosse. Mmmm… ça pourrait s'infecter et il faudra te couper le bras.

– Même pas vrai !

– Je t'assure ! Tu sais pourquoi le capitaine Crochet avait une gaffe au bout du bras ?

– À cause d'une écharde ?

– Exactement. Et il avait refusé qu'on la lui retire... Il était douillet. Ça s'est infecté. Il a fallu lui couper la main.

Louis réfléchit, se mord la lèvre inférieure, inspecte sa paume et la tend à India. Cette dernière prend une épingle qui retient son pantalon – elle a oublié de dire à Nannie que la fermeture éclair était cassée – et suce le bout de l'épingle.

– Qu'est-ce que tu fais ?

– Je désinfecte. La salive est le meilleur désinfectant. Je vais te faire un peu mal, mais ça va s'arrêter très vite et puis, souviens-toi, t'es courageux...

– Mal comment ?

– Comme si je t'ouvrais le bide avec un couteau

– Mais t'es folle !

– Bouge surtout pas...

La pointe de l'épingle s'enfonce sous la peau, fouille, soulève l'écharde et l'extirpe. Louis blêmit mais ne retire pas sa main. India parvient à dégager l'écharde qu'elle brandit du bout des doigts.

– Et voilà ! Bravo ! Je suis fière de toi !

– Je saigne ! Je suis blessé... J'arrête de travailler.

India inspecte la main de son frère. C'est un fait : il ne peut plus rien transporter.

– J'ai promis à l'arbre hier soir...

– Explique-lui qu'on le fera une autre fois.

– Il va être déçu.

– Mais, India, c'est un arbre !

– Justement... c'est une belle personne.

– Ce n'est pas une personne, India.

– Tu pourrais me faire confiance ! En plus, je viens de te sauver. T'es un ingrat.

Louis réfléchit. Sur la paume de sa main une goutte de sang sèche. India a appuyé sur la plaie et elle ne saigne plus. Sa sœur est très forte. Elle veille bien sur lui.

– J'ai une idée : on va attendre que quelqu'un passe et on lui demandera de nous aider...

– Il est presque cinq heures, dit India, Nannie nous attend pour le goûter... Elle va s'inquiéter.

– On reste vingt minutes et si personne ne vient, on s'en va et on reprend demain. J'aurai peut-être cicatrisé.

– D'ac.

– Tu veux qu'on joue au jeu de « mon vœu impossible... » ?

– Tu commences...

– Mon vœu impossible, réfléchit à voix haute Louis, ce serait... de porter un bébé dans mon ventre pendant neuf mois !

India déterre un caillou blanc qui porte une tache noire sur une face.

– Tache ou pas tache ?

– Pas tache.

Elle lance le caillou en l'air qui retombe... du côté de la tache.

– Perdu ! Vœu refusé !

– Oh ! J'aimerais tellement avoir un ami dans mon

ventre pendant neuf mois ! Je le trimbalerais partout avec moi. Ce serait mon ami invisible.

– Essaie un autre vœu.

– Je voudrais être une fille, me faire des couettes, porter une robe et me mettre du rouge à lèvres.

India lance à nouveau le caillou qui retombe côté blanc.

– Gagné !

– Tu crois que je peux arriver au petit déjeuner un matin habillé en fille ?

– Sais pas.

– Le caillou a dit oui…

– Peut-être qu'il pense que c'est faisable mais pas souhaitable, nuance !

Louis hausse les épaules. Et puis son œil brille et il se tourne vers sa sœur, impatient de lui raconter ce qu'il a découvert.

– Tu sais ce que j'ai appris ?

India entend la voix de Louis comme étouffée, recouverte par un drap blanc. L'érable joue son air de piécettes en or dans un bol hindou. Il l'alerte, lui suggère, écoute bien, puis le bruit de piécettes s'éloigne, chassé par un souffle frais.

– Tu m'écoutes ?

– Oui.

– Eh bien… par le plus grand des hasards…

– Il s'appelle comment le hasard ?

– Zinski… il était dans la salle à manger et il parlait au téléphone. Je voulais prendre un dernier croissant, j'avais faim, India, je mourais de faim…

– J'ai rien dit !

– Il m'a pas vu, il me tournait le dos, je suis entré, j'ai attrapé un croissant et hop ! je suis reparti. Mais j'ai entendu ! Il disait qu'un hectare de graves valait facile un million d'euros…

Encore Zinski ! Peut-être devrait-elle raconter ce qu'elle a vu hier soir ? À qui ? À Nannie ? Elle n'osera jamais en parler à Ambroise.

– Un million d'euros, India ! Tu te rends compte ?

– C'est beaucoup…

– Tu te souviens… maman nous a dit que Château Berléac, c'était grand comme 70 hectares.

– Oui.

– Ça fait donc 70 millions d'euros. On est riches ! On est très riches, même si on doit partager un peu… Ça me fait tourner la tête d'en parler ! Suis pas sûr de pouvoir métaboliser…

– Métaboliser ?

– Ben oui… Assimiler, absorber, si tu préfères.

– T'es pas seul sur le coup, Louis. Y a d'autres héritiers.

– Laisse-moi compter…

Il déplie ses doigts, compte un, deux, trois, quatre… et s'interrompt :

– C'est qui exactement, les héritiers, si Berléac est vendu ?

– Aucune idée.

– À qui je pourrais demander ?

– Sais pas. Il faudrait d'abord qu'Ambroise ait envie de vendre et, à mon avis, c'est pas le cas du tout.

– Ça arrivera un jour…

– Pourquoi tu dis ça ? demande India.

– J'ai rien dit !

– Si. T'as dit « ça arrivera un jour ».

– Non, non !

– Si, j'ai entendu.

– Mais puisque je te dis que j'ai pas parlé. Tu m'accuses tout le temps !

– C'est qui, alors ?

– Sais pas ! Demande à ton arbre !

Louis se lève, furieux, et va marcher le long de la route en se tenant la main comme un grand blessé. India le suit du regard et s'assied sur une souche d'arbre en espérant qu'il ne va pas traverser sans regarder.

Il est dix-sept heures, l'heure du goûter.

Nannie va les attendre. Ils vont rentrer. India remonte la fermeture éclair de son pantalon, remet l'épingle en place. Serre la ceinture.

Elle a bien entendu « ça arrivera un jour… ».

Quand elle relève la tête, une voiture s'arrête et se gare. C'est la Saab noire d'Aliénor, conduite par Gilbert.

Louis s'est approché et observe la carrosserie.

Une Saab 9-5. Origine : Suède, moteur V6 à turbo asymétrique, basse pression, d'origine Opel, vitesse maximale 250 km/h, poids à vide 1 570 kg, émission de CO_2, 268 g/km, des appuie-têtes actifs réduisant les risques de lésion cervicale en cas de choc. La production s'est arrêtée en juillet 2009, il y a pile un an. Franck avait failli en acheter une avant de choisir la Mercedes. Une belle routière, il disait en lui montrant des photos sur internet. Il a à peine prononcé le nom de Franck dans sa tête qu'il éclate en sanglots. Franck est mort. Il aurait aimé soulever le capot de la Saab et que Franck lui explique le moteur quatre cylindres avec fonction overboost qui permet, quand on appuie pleins gaz, une accélération de 0 à 100 km/h en 9,5 secondes. Oui mais... Franck est mort. Ça veut dire qu'il le reverra plus jamais.

Aliénor passe la tête par la vitre arrière.

– Que faites-vous sur la route, les enfants ? Ce n'est pas prudent... Nannie est au courant ?

– On allait rentrer ! crie India en se levant.

Aliénor aperçoit Louis qui renifle dans son coude et demande :

– Qu'est-ce qu'il y a, mon petit ?

– Franck est mort. J'avais oublié.

– C'est qui, Franck ?

– FRANCK EST MORT. La mort, c'est quand on reste toujours par terre...

– Ah...

– Il dort dans un trou tout seul, il a froid et bientôt les vers vont le manger. Et il a failli acheter une Saab.

Aliénor lève un sourcil étonné, une Saab ? Qui est Franck ? Gilbert attend qu'elle lui donne l'ordre de redémarrer. Louis redouble de pleurs.

– Et... je me suis blessé... même que j'aurais pu avoir la main coupée, et pis l'arbre... on voulait le protéger avec des bûches pour que les gens écrivent pas leurs noms sur le tronc, ça fait du mal à l'arbre, il l'a dit à India, mais on y est pas arrivés ! Et maintenant l'arbre, il est tout nu et on va encore écrire dessus. Les gens, ils sont trop méchants...

Aliénor descend de la voiture et fait signe à Gilbert de la suivre.

– Tu veux que Gilbert t'aide ?

Louis hoquette « oui ». Il a deux sillons de larmes sur les joues et de la morve au nez. Il montre l'arbre du doigt.

Gilbert se penche, examine le tronc, le tas de bois, se redresse, interroge Aliénor du regard. Elle hoche la tête. Il enlève sa veste, retrousse les manches de sa chemise et place les bûches autour de l'arbre en les entassant les unes sur les autres.

– Non, crie Louis, il faut les mettre droites ! Et boucher les trous avec des branchages. Et aussi entourer avec des ficelles pour que ça se défasse pas.

– J'ai du fil de fer dans le coffre. Tu vas le chercher ?

Louis s'essuie les yeux et marche jusqu'à la voiture. Il revient avec un rouleau de fil de fer qu'il tend à Gilbert.

– Il doit y avoir une pince coupante aussi…

Louis repart vers la Saab, fouille dans le coffre, soulève un tapis de sol, aperçoit une boîte à outils, l'ouvre et brandit une pince coupante.

– C'est ça ?

– Bravo. T'es un chef !

Louis sursaute. Son regard rencontre celui de Gilbert. Un bien-être soudain l'envahit, chauffe sa poitrine, ses épaules, remonte le long de son cou. « T'es un chef, mon fils ! » Papa disait ça aussi. Il sourit à se fendre le visage et Gilbert lui rend son sourire. Gilbert est un type formidable. Il a l'air rébarbatif mais c'est une fausse impression.

D'où vient sa balafre ?

Peut-être qu'un jour, s'ils deviennent amis, il lui racontera.

Il l'aide à consolider le barrage de bûches autour du tronc.

Et ils s'en retournent tous vers la Saab.

– Vous savez, madame, avant… mon vœu le plus cher, c'était d'être poète, avec des mots précieux et des coupes à l'hémistiche…

India s'est installée à l'avant de la voiture à côté de Gilbert et Louis à l'arrière avec Aliénor. La Saab tourne et emprunte l'allée de charmes qui conduit au château.

– Je commençais tous mes poèmes par « Il était une fois » ou « Il n'était pas une fois ». Je trouvais ça rigolo et disruptif.

– Disruptif ?

– Tu vas comprendre, madame. Je disais « Il était une fois à Istanbul », « Il n'était pas une fois à Zanzibar », « Il était une fois à Marrakech », et j'inventais chaque fois une autre manière de raconter avec des mots choisis dont je comptais les syllabes.

– Et tu as arrêté ?

– Oui.

– Pourquoi ?

– Est-ce qu'un poète peut manger un saladier entier de nouilles au gruyère râpé et garder son emploi de poète ?

– Je ne sais pas.

– Je veux plus être poète.

– Tu es sûr ?

– On devient pas riche. Et… *Louis wants to be rich.*

– C'est ton but dans la vie ?

– Tu sais pas, madame, ce que c'est d'être pauvre. Ça rend les gens fous. Et méchants. Et menteurs. Mon papa, il est parti parce qu'il arrivait pas à gagner assez d'argent. Il voulait faire vivre maman comme une princesse…

Louis se martèle le front avec son poing et baisse la voix :

– Tu connaissais mon papa ?

– Non.

– C'était un papa formidable, mais plein de trous. À cause des sous. Et ça, madame, c'était une tragédie pour lui. Je le voyais dans ses yeux. Son regard déraillait, il n'était plus là. Un jour, il est parti pour de bon. Comme ça… pfffft !

– Tu penses que je suis riche ?

– Oui, madame. Très riche.

India se racle la gorge à l'avant et fait un bruit de moteur enrayé.

– C'est le signal d'India pour me couper le sifflet. Je vais me taire.

– Ça a été très agréable de parler avec toi et de faire connaissance.

– Enchanté, madame.

Aliénor est rattrapée par son passé.
Muriel attend le retour de Lewis
et se fait tirer les cartes par sa nouvelle
amie, madame Lakthi.
Et les enfants ?
Ils ont peur d'être chassés du château…

Quel drôle de petit garçon ! se dit Aliénor, après avoir déposé les enfants.

Et la petite, si intense, si mûre. On dirait deux lutins tombés de la lune. Ils mélangent sagesse et fantaisie, et goûtent les deux avec le même appétit. Comme Frédéric quand il entend le vent souffler et part naviguer jusqu'à ce que la fatigue l'assomme à la barre de son bateau… Ou Ghislain, qui me poursuivait la nuit dans la forêt quand on s'était disputés. Il détestait que je lui tienne tête. Il jurait, frappait les murs. Alors je sellais Bandit et je m'enfuyais. Je risquais de me rompre le cou à chaque branche trop basse, à chaque talus qu'il fallait sauter. J'entendais le galop de son cheval derrière moi. J'encourageais Bandit, plus vite ! plus vite !. Bientôt je ne l'entendais plus, je l'avais semé. J'allais me réfugier dans une cabane au milieu d'une clairière.

Personne d'autre que Gilbert ne connaissait l'existence de cette cabane. Il s'était chargé de l'aménager. Il n'y avait ni eau ni électricité, mais des bougies, un poêle à bois, des stocks de biscuits, de conserves, de bouteilles d'eau, une large banquette, des tapis, une réserve de vin et de whisky. Et toujours un feu prêt à flamber. Je n'avais qu'à jeter l'allumette. Je m'allongeais sur la banquette et dormais tout habillée. Le lendemain, je défroissais mes vêtements, m'examinais dans un miroir accroché au mur, et chaque fois je me demandais, que s'est-il passé pour que nos vies soient anéanties ?

Il fallait que je me souvienne du moment précis où Ghislain avait basculé dans le vide.

Je détachais Bandit et rentrais au château.

Le soir, on se retrouvait pour dîner.

On échangeait des banalités devant Nannie qui nous servait. On pouvait lire sur son visage une peine profonde et lasse. J'avais honte. Je me disais qu'on incarnait la seule image de bonheur qu'elle connaissait, et on la salissait.

Et puis on passait au salon.

Ghislain finissait de lire son journal ou regardait la télévision. J'observais ses longues jambes qui se balançaient, le verre de whisky sur la table basse, ses mains musclées qui s'en emparaient… Si quelqu'un nous avait observés de l'extérieur, il aurait vu un couple normal, à peine usé par les années. Effroyable normalité qui cachait un abîme. « Chacun a sa part de mystère et de folie qu'il ignore ou dissimule. » Moi aussi, j'ai été folle, incohérente. J'ai commis une faute si grave qu'elle ne peut être réparée. Je n'ai pas eu le courage d'affronter la vérité. Je me suis murée dans un silence froid, hostile. LÂCHE. J'ai été lâche. Et maintenant je suis désemparée face à un petit garçon qui me rappelle mon passé

– On est arrivés, madame. Madame ? Vous m'entendez ?

– Oh ! Excusez-moi, Gilbert, je suis distraite.

– Ce n'est pas grave, madame.

– Si vous saviez…, soupire Aliénor.

Gilbert se retient de répondre, mais je sais, madame, je sais tout de vous, même ce que vous cachez à tout le monde.

Au lieu de cela, il descend de la voiture et ouvre la portière arrière du côté d'Aliénor.

François attend dans la cuisine. Il ouvre et referme les portes des placards. Parfois il les referme mal et elles bâillent dans son dos. Il soulève une cloche à fromage, la repose en faisant une grimace, attrape une boîte en métal, cherche un biscuit, constate qu'elle est vide. Saisit un bout de saucisson, le repose.

– Il a quel âge, ton saucisson ?

– Referme les placards correctement !

– J'ai faim.

– C'est pas l'heure. T'as vu ton père ?

– Je suis allé partout, je ne l'ai pas trouvé.

Nannie dore au pinceau trempé dans du jaune d'œuf une tarte aux pommes et surveille la température du four. François se penche sur la table, grappille des bouts de pâte, des bouts de pomme. Nannie lui tape sur les doigts.

– Laisse ça ! C'est pour les petits… Je leur fais des mini-chaussons. Ils meurent de faim quand ils rentrent. Ils prennent leur travail très au sérieux.

– Ils bossent dans la vigne ?

– Avec Émile. Tous les jours ou presque.

– On est tous passés par là…, soupire François.

– Oh, toi, tu te défilais toujours !

– Ce n'est pas vrai ! Médisances ! Médisances !

Nannie essuie ses mains au torchon qui pend à la barre de la cuisinière et enfourne la tarte.

– Alors comme ça, tu te maries ? elle dit en se redressant.

– Comment tu le sais ?

– Par ma cousine, Andrée.

– Exact. Avec Hélène Castel-Lagrange.

– Je la connais. Elle a que la peau sur les os ! Tu vas vite être affamé.

– Je viendrai manger ta cuisine. Dis… Tu t'occuperas de mes enfants quand j'en aurai ?

Il a attrapé une pomme sur la table et l'essuie sur la manche de son pull. Il a une tête ronde comme la lune, une bouche sans lèvres, un nez en balle de golf. Enfant, il se tenait droit, tortillait des mots alambiqués, portait des pulls jaunes ou violets et n'aimait pas les histoires drôles. Il riait la bouche pincée, les yeux sérieux.

– Sûrement pas ! Je reste avec madame Aliénor. Et pis, j'aime beaucoup les deux petits.

– Mais ils ne vont pas rester, eux.

– Ils ont les mêmes droits que toi à Berléac.

– Je ne voyais pas les choses comme ça.

– Ils peuvent même s'éterniser…

– Tu sais quelque chose ?

– Rien du tout. C'est mon cœur qui parle.

Qu'est-ce qu'il croit, le seigneur du château ? Il m'énerve à se prendre pour le prince héritier.

La porte d'entrée grince. Ils entendent les pas d'Aliénor qui traverse le hall en pestant contre ses gants qu'elle n'arrive pas à déboutonner.

– Quelle idée d'avoir acheté des gants à boutons ! Nannie ! Nannie ! Où es-tu ?

– Dans la cuisine, madame. Où voulez-vous que je sois ?

Aliénor entre en coup de vent et tend ses poignets pour que Nannie la délivre.

– Je les trouvais jolis, mais si j'avais su… Je ne suis pas en retard, au moins ? elle dit en se tournant vers François.

– Juste une petite heure, Granny !

– Embrasse-moi pour me faire pardonner et montons dans mes appartements. Tu veux un thé ou un whisky ?

– Un whisky. Avec quelque chose à grignoter.

– Il y a des petits pâtés de chez Augustin dans le frigo. Prends-les, on va monter. À tout à l'heure, Nannie. Tu restes pour dîner, François ?

– Non. Je vais avec maman chez les… Je vais vous expliquer.

Il s'est assis dans le fauteuil qu'occupe Ambroise d'habitude, glisse son long corps étroit dans l'assise trop large et, en faisant tourner son verre, annonce qu'il va se représenter au concours de l'ENA. Les épreuves auront lieu en septembre, il va passer l'été à réviser, et il a demandé la main d'Hélène Castel-Lagrange.

– Double défi ! Bientôt marié et bientôt diplômé de la meilleure école de France !

– Tu vas faire partie de l'élite du pays, dit Aliénor en étirant un petit sourire moqueur.

– Ce n'est pas une tare, vous savez. Thucydide disait : « La démocratie sombre dans l'anarchie sans l'existence d'une élite. » Il parlait de la démocratie grecque, mais c'est toujours d'actualité.

– Ce brave Thucydide... Les gens citent les grands auteurs à tire-larigot maintenant. Ils ne savent plus penser par eux-mêmes.

– C'est un reproche ?

– Plutôt une réflexion que je me faisais l'autre soir en regardant la télé. Un type n'arrêtait pas de citer des écrivains, des philosophes, des historiens...

– J'aime beaucoup l'histoire aussi. C'est très instructif. Saviez-vous que lors des élections législatives de 1816, il y avait 30 millions de Français et 900 000 électeurs seulement ?

– Je l'ignorais.

– Et en 1846, 36 millions d'habitants et 250 000 électeurs.

– Et nous, les femmes, il nous a fallu attendre 1945 pour voter. Merci au général de Gaulle !

François a toujours aimé les chiffres, les citations, les faits historiques. Enfant, il entrait dans sa chambre en lisant le journal et lui demandait des précisions. Elle le trouvait amusant. La famille applaudissait. Frédéric devait inventer mille bêtises pour attirer l'attention. À neuf ans, quand ses parents avaient divorcé, François était parti vivre avec sa mère à Bordeaux. Il venait à Berléac rendre visite, mais n'y demeurait plus. « C'est un touriste, disait

Frédéric, ravi de le voir repartir. On est bien tous les deux, sans lui, hein, Granny ? »

– J'ai croisé Émile dans l'entrée. Il est de plus en plus gros.

– Il n'est pas gros, il est fort, proteste Aliénor.

– Maman m'a dit qu'il voulait prendre la suite de son père à Berléac.

– Il fera un excellent chef de culture…

– Berléac est un domaine prestigieux, ne faudrait-il pas quelqu'un qui présente mieux ?

– Qu'est-ce que tu as contre lui ? Vous ne vous quittiez pas lorsque vous étiez petits… Toujours fourrés ensemble !

– Justement, on était petits…

– Tu n'es pas allé une seule fois le voir à l'hôpital quand il a été immobilisé !

– J'étais ado…

– Tu en avais honte ?

– Non mais… il n'est pas très distingué, quoi ! Pas beaucoup d'éducation, non plus.

– On n'a pas besoin d'un marquis poudré pour s'occuper de l'exploitation.

– Il n'est pas obligé de porter une vieille salopette et d'avoir les ongles noirs !

– Détrompe-toi, c'est un homme fin, sensible, passionné d'opéra, par exemple. Il ne le montre pas, c'est tout.

– C'est sûr ! Il le cache bien ! ricane François.

– Tout le monde n'a pas la chance d'être né comme toi avec une cuillère en or dans la bouche…

– Que voulez-vous dire ?

– Que tu as grandi dans un château qui appartient

à ta famille, que tes parents t'ont payé de belles études, qu'ils t'ont loué un appartement à Paris, envoyé en stage aux États-Unis... Émile est né sans rien. Il a perdu sa mère à la naissance, son père l'emmenait, bébé, dans les vignes, saucissonné dans son dos, qu'il pleuve ou qu'il vente. Et à treize ans, on n'a jamais su comment, il est tombé dans une cuve, il a perdu connaissance et a failli mourir asphyxié. Un an d'hôpital. Quand il en est sorti, il boitait, avait de l'acné, des kilos en trop et aucun ami. Il a grandi seul, isolé, en observant la vigne, la lune, en pêchant dans la rivière. C'est un silencieux. Il est différent, c'est tout.

– Quel discours émouvant ! raille François. Vous en parlez comme s'il était votre enfant.

– Je ne veux pas qu'on dise du mal de lui.

François hoche la tête, amusé.

– J'en déduis qu'il doit avoir des qualités cachées.

– Cachées pour qui ne veut pas les voir !

– Ce n'est pas ma faute si je ne vois rien de gracieux dans ce garçon. Et quelle idée de s'appeler Émile !

– Il s'appelle Émile parce qu'on lui a donné le prénom de son grand-père ! Ça suffit ! Tu es ridicule, François. On dirait que tu es jaloux.

– Granny ! Vous plaisantez ! Je ne PEUX pas être jaloux d'Émile.

Il lève les bras et les laisse retomber, accablé à l'idée qu'on puisse le comparer à Émile. Quel imbécile heureux ! pense Aliénor en remuant les lèvres sans le son. Ah, ce n'est pas lui qui, lorsqu'il gèle, passerait ses nuits à faire de grands feux pour réchauffer la vigne. Quand le thermomètre descend jusqu'à moins 7, Émile rameute les gamins du village pour l'aider. Elle l'aperçoit le matin, lorsqu'il rentre en titubant, sale, épuisé. Il grimpe dans sa chambre au-dessus des écuries, prend une douche, avale un café et repart travailler. En se donnant des claques pour rester éveillé. Ce grand dadais tamponné « élite française » n'en a jamais fait autant.

– Pourquoi le méprises-tu ?

Aliénor se mord la lèvre. Ce n'est pas le bon mot. François méprise Émile, c'est évident, mais ce n'est pas tout. On dirait qu'il est gêné par quelque chose qui le rend redevable. Il a la hargne du débiteur. La hargne de celui qui en veut à son bienfaiteur. Que s'est-il passé entre ces deux-là ?

– Je ne le méprise pas. Je ne trouve pas l'homme exemplaire, c'est tout, dit François en jouant avec une manche du pull posé sur ses épaules.

– Tu es exemplaire, toi, François ?

– J'essaie de l'être. Et de réussir aussi. J'ai de l'ambition, mais ce n'est pas un défaut.

– C'est par ambition que tu épouses Hélène ?

– Que voulez-vous dire ?

– Tu es amoureux d'Hélène ou tu veux faire un grand mariage ? Tu n'ignores pas que son père possède des milliers d'hectares de pins dans les Landes.

– Granny ! Vous vous rendez compte de ce que vous dites ?

– Pose-toi la question, mon chéri. Le mariage est un engagement à vie. Il y a la cérémonie, la réception, les discours, les embrassades… et puis, on se retrouve tous les deux dans un lit, nus comme des vers, et alors il n'y a plus qu'un homme et une femme. Tu as envie d'être cet homme et qu'Hélène soit cette femme ?

– Granny ! Vous êtes bizarre aujourd'hui. Vous vaticinez comme une pythie. Vous savez, ces femmes dans la mythologie grecque qui…

– Ah non ! Pas une nouvelle leçon d'histoire ! Réponds-moi, François.

– Et pourquoi voulez-vous savoir ce qu'il va se passer entre Hélène et moi le soir de notre mariage ? C'est très personnel comme question…

Il s'est redressé dans le fauteuil trop large pour lui et la regarde, étonné.

– Allez-y, Granny, je suis prêt à tout entendre.

Aliénor croise et décroise les jambes, se mange les lèvres, fronce le nez. Elle est allée trop loin, elle ne peut plus reculer.

– Parce qu'il m'est passé une idée par la tête alors que nous parlions…

– Et… ?

– Est-ce que tu as essayé les garçons ?

François la fixe, éberlué, et recule dans son siège.

– Non ! il proteste de toutes ses forces. Jamais de la vie !

– Si j'étais toi, j'essaierais les garçons.

– Enfin… Granny ! Qu'est-ce qui vous prend ?

– Il est encore temps.

– Granny… Vous êtes sûre que tout va bien ?

– Ce n'est pas une tare d'aimer les garçons. C'est un désir, et tout désir doit être pris au sérieux, sinon… Sinon on se mutile. L'idée m'a traversé l'esprit comme une fléchette...

Aliénor boit une gorgée de whisky, ferme les yeux. Depuis combien de temps avais-je cette idée en tête ? Je ne saurais le dire, mais je suis soulagée de l'avoir exprimée. François s'en remettra. Ou, mieux encore, il réfléchira.

Un silence pesant s'installe. Aliénor vide son verre, se lève, ajoute des glaçons, lui propose un petit pâté de chez Augustin. Il refuse de la tête. Son visage est livide et ses lèvres sont serrées, comme collées à la glu.

– Tu as vu les enfants de Muriel ? demande Aliénor en retournant s'asseoir.

– Non. Ils sont mignons ?

Son ton a changé. Il répond poliment comme s'il remplissait un questionnaire.

– « Mignons » n'est pas le mot. Je dirais plutôt « singuliers ». Avec une forte personnalité. Le petit à la houppe s'appelle Louis, et la fille, India.

– India ? C'est quoi, ce prénom ?

– C'est le prénom de ta cousine, la fille de Muriel.

– Je me souviens de Muriel. J'avais treize ans quand elle est partie. Elle était jolie. Grande, mince, des cheveux blonds toujours embrouillés, un grand nez et une manière de marcher comme si personne n'allait l'arrêter...

– Personne ne l'a jamais arrêtée, murmure Aliénor, parce que personne n'a jamais vraiment fait attention à elle.

– Vous dites, Granny ?

– Rien de très intéressant...

– Parfois elle allait dormir dans les arbres, la nuit. Elle

me disait de la suivre, mais j'avais peur. Elle était un peu fantasque, non ?

Il se tait aussitôt parce qu'il se souvient qu'on ne doit pas parler de Muriel en présence de sa grand-mère. Mais c'est elle qui a prononcé son nom la première.

– Les enfants deviennent fantasques quand on ne les regarde pas assez, soupire Aliénor. Ils font les pitres pour se faire remarquer. Ils ont besoin de notre attention, de notre amour, pour pousser droit. Que dit un enfant quand il est petit et qu'il veut sauter d'un arbre pour épater la galerie ? « Maman ! Regarde ! » et ensuite, « Maman, t'as vu ? ». Sa vie se joue entre ces deux interrogations. C'est l'endroit exact où doit se tenir le père ou la mère pour que l'enfant se construise. Un regard au bon moment. C'est si simple. Ghislain ne l'a jamais regardée, et moi...

François observe sa grand-mère. Elle a les yeux dans le vide et se parle à elle-même. Se pourrait-il qu'elle commence à perdre la tête ? Et cette allusion à sa sexualité ! Sous-entendre qu'il pourrait aimer les garçons, c'est insensé. Il l'a toujours connue décidée, parfois brusque, mais jamais intrusive ni grossière. Ou alors elle joue les excentriques, comme ces femmes qui, voyant se faner leur beauté, se conduisent en vieilles dames indignes pour amuser la galerie et occuper le devant de la scène.

– Granny ! Granny !

– Oui, mon chéri...

– J'ai eu l'impression que vous parliez toute seule...

– Dis-moi... quand auront lieu tes fiançailles ?

– Avant Noël. On va en parler avec maman, Hélène et ses parents ce soir...

– Ton père ne sera pas là ?

– Il nous retrouve chez les Castel-Lagrange. Je ne sais pas si le sujet le passionne... Je n'ai pas l'impression.

– François ! Arrête de penser que ton père ne fait pas attention à toi. C'est ridicule. Il est très fier de toi.

– Être fier et aimer, ce n'est pas pareil.

– Il vous aime autant, ton frère et toi. Je ne sais pas pourquoi tu t'imagines que...

– Vous le savez très bien ! Même avec Émile, il est plus à l'aise qu'avec moi.

Il regarde sa montre et pose son verre.

– Allez ! Je file. Je dois passer prendre maman...

– Venez déjeuner dimanche, Hélène et toi. Je ne la mangerai pas, je te promets.

– Vous êtes une drôle de grand-mère, vous savez ?

– Je le prends comme un compliment, mon chéri.

India et Louis ont inspecté les bûches dressées contre l'arbre. Vérifié que le fil de fer était bien en place, qu'aucun branchage n'était tombé. Gilbert avait fait du bon travail. Puis ils ont grimpé. Chacun a suivi son tronc. Le gauche pour Louis, le droit pour India. Et c'était à celui qui trouverait le meilleur emplacement pour qu'ils puissent se caler tous les deux. Ils ont grimpé tels deux écureuils pressés et se sont arrêtés sur une fourche large, profonde, remplie de mousse.

Et maintenant, ils reprennent leur souffle et contemplent l'horizon, les grands arbres, les vignes aux baies rouges, vertes, jaunes, la route blanche qui serpente. Plus loin, la tour de Berléac, l'allée de charmes, le château aux volets blancs et aux pierres blondes.

– Pourquoi t'as voulu qu'on vienne si vite ?

– Parce que, dit Louis, les yeux sur sa montre, dans deux minutes trente-huit secondes, maman sera déclarée hors la loi et je voulais vivre ce moment historique seul avec toi.

– Je comprends pas.

– Maman nous a abandonnés il y a pile un mois. Le 28 juin. Depuis nous n'avons pas de nouvelles. C'est un délit.

– Et… ?

– Elle ne pourra plus nous reprendre. Nous serons libres d'aller où bon nous plaît. Chacun sa life !

– Qui a décidé ça ?

– C'est le règlement des objets perdus, affirme Louis.

– C'est pas un mois, c'est un an. Et nous sommes pas des objets.

– Un an pour les objets, un mois pour les personnes.

– Elle nous a pas abandonnés, elle est…

– Une mère doit s'occuper de ses enfants…, tranche Louis en giflant l'air de la main.

Ses mâchoires se crispent, il récite sur un ton militaire :

– … les nourrir, les protéger, leur apprendre à manger sans se salir, leur moucher le nez, leur mettre des compresses chaudes quand ils sont malades, leur raconter des histoires le soir…

Il rentre la tête dans ses épaules, se renfonce dans le creux de l'arbre, attrape une feuille, arrache le limbe entre chaque nervure, souffle dessus et regarde la feuille tourbillonner jusqu'au sol.

– Le limbe permet à l'arbre de respirer, dit India. Tu viens de retirer de l'oxygène à l'arbre…

– C'est une quantité infinitésimale.

– Chaque détail est important…

– Papa aussi nous a abandonnés. Il m'a même pas dit au revoir quand il est parti !

– Il est allé t'embrasser dans ta chambre, mais tu dormais.

– Comment tu le sais ?

– J'étais cachée derrière la porte de la cuisine, j'ai tout entendu, tout vu.

India espère qu'il ne posera plus de questions, parce qu'elle s'enfoncerait dans son mensonge.

– On a pas eu de chance, soupire Louis.

– Tu aurais préféré avoir monsieur et madame Janvier comme parents ?

– Ah non ! J'aimais pas monsieur Janvier, et madame Janvier était bien inconstante. Elle s'occupait pas de ses enfants qui faisaient n'importe quoi. Gus… il me forçait à monter sur la balançoire et me poussait jusqu'à ce que je tombe.

– Il faisait ça, vraiment ?

– Il s'en privait pas.

– Pourquoi tu m'as rien dit ?

– Il me menaçait, si je parlais, de me tremper dans un bain de grenouilles vertes. Et monsieur Janvier éclatait de rire. C'était vraiment pas des voisins fréquentables. Je préfère notre nouvelle famille. J'espère juste qu'ils vont pas nous mettre à la porte. Ça se pourrait, tu crois ?

India réfléchit.

Louis a raison, ils pourraient se lasser et les renvoyer. Ils avaient bien chassé leur mère. Ils iraient où ? Dans un pensionnat ? une famille d'accueil ? Ils seraient séparés. Comment n'y a-t-elle pas pensé ?

– Tu réponds pas. Tu y crois, alors ? India, tu y crois ? Oh, j'ai peur maintenant, j'ai vraiment peur...

Louis a décidé de faire de Gilbert un ami.

D'abord c'est un homme, un vrai, un dur, avec sa cicatrice et son air de bandit. Il pourrait les protéger, India et lui, s'ils avaient des ennuis. Si on les mettait à la porte de Berléac, par exemple. Et puis... il les a aidés à faire une carapace pour protéger l'arbre. Il les a sérieusement aidés. Il ne s'en est pas débarrassé comme d'une corvée. Enfin, il doit savoir qui sont les héritiers de Berléac. S'ils sont nombreux ou pas. Il parle pas beaucoup, mais il sait tout. Ça se lit sur son visage.

Ça fait trois bonnes raisons pour devenir son ami.

Après le déjeuner, il dit à Nannie qu'il va lire dans sa chambre. Il a commencé *Poil de carotte*, il trouve ça très triste, mais très beau. En fait, il part à la recherche de Gilbert, traîne du côté des écuries, de la piscine, dans l'allée de charmes qui mène au château. Dans le paddock où se reposent les chevaux.

Il l'aperçoit enfin, en train de remplir de bûches le coffre de la Saab.

– Vous voulez que je vous aide ?

Gilbert se redresse et sourit de son sourire très blanc qui fait bouger sa cicatrice.

– Je crois que je peux me débrouiller tout seul.

– Je voulais vous dire merci pour l'autre jour… quand vous nous avez aidés, India et moi.

– C'était pas grand-chose.

– Pour vous peut-être, mais on n'y serait pas arrivés tout seuls…

Louis marque un temps. Une question lui brûle les lèvres. Il ne sait pas si c'est prudent de la poser. Il fait des ronds avec sa basket dans le gravier.

– Vous avez connu ma maman ?

– Bien sûr.

– Vous l'aimiez bien ?

– Je connais toute ta famille.

– Vous voulez dire, toute la famille Berléac ?

– Oui. Qui d'autre ?

– Sais pas. Je connais juste ceux qui vivent ici.

– Parce que tu viens d'arriver… Tu vas pas tarder à rencontrer les autres. Ils viennent déjeuner parfois le dimanche. Pas tous… mais…

– Y en a qui habitent trop loin ?

– Pas que… y en a qui viennent plus souvent que les autres.

– Pourquoi ?

– Mystère ! dit Gilbert en essayant de caler une grosse bûche à l'arrière de la voiture.

Il la repose à terre, considère un instant le coffre de la Saab, réfléchit, va chercher une bâche qu'il place sur la banquette arrière et sur laquelle il pose la grosse bûche.

– Voilà, il se dit à lui-même, je vais mettre les grosses sur la banquette et les autres dans le coffre.

– C'est une bonne idée, convient Louis.

Il le regarde faire. Bien embêté. Il ne sait pas comment reprendre la conversation. Il continue à creuser les graviers du bout de sa basket. Nannie lui a acheté des lacets noirs. Il a l'impression qu'il est grand maintenant avec ces lacets. Il peut parler à un homme qui l'impressionne. Mais il ne sait pas comment faire.

– Y a les sympas, que tu ne vas pas tarder à rencontrer, reprend Gilbert.

– Les sympas ?

– Édouard, par exemple. Ici, ils disent oncle Édouard. Un bon gars. Pas très courageux, mais correct. Il a des parts dans le vignoble.

– Ah…

– Et des mœurs un peu spéciales… Tu vois ce que je veux dire ?

– Oui, assure Louis, qui n'est pas certain de savoir.

– Et les tantes Geneviève et Blanche, deux sœurs, deux vieilles filles, des encyclopédies chaussées de souliers vernis et de bas gris. T'as intérêt à ne pas faire de fautes de français quand tu leur parles…

– Des héritières aussi ?

– Ouais. Des cousines de Ghislain de Berléac. Comme le brave Édouard.

Ah, se dit Louis, il dit pas monsieur Ghislain, il n'est pas déférent comme Nannie.

– C'est tout ? il demande prudemment.

– Non. Y a l'oncle Jacques. Celui-là, on l'aime pas

beaucoup ici, mais on l'invite quand même. Pour les grandes occasions. Encore un cousin d'Ambroise. Et encore un héritier… C'est ce qui t'intéresse, hein ?

– Ben… oui.

– Parce que tu hériteras un jour. Et ta sœur aussi. C'est pour ça que tu es venu me voir.

– Je voulais vous dire merci… pour l'autre jour, bredouille Louis.

– Mais pas que… T'as compris qu'il y avait beaucoup d'argent à Berléac. Et tu te demandes s'il va en rester pour ta sœur et toi. Pas vrai ? Parle franchement. J'aime pas les fouines…

– Suis pas une fouine ! proteste Louis.

– Mais si ça te rassure, c'est Ambroise et ta mère qui ont la plus grosse part du gâteau. Sauf que ta mère, on sait pas où elle est. Tu le sais, toi ?

Sa voix a cessé d'être un badinage. Elle contient une menace.

– Non. Je vous jure, se défend Louis, soudain effrayé.

Il sent ses jambes trembler. Cet homme me fait peur, je ne sais pas si j'ai eu raison de lui parler.

– Je te crois. Parce que si tu le savais, tu me le dirais, n'est-ce pas ?

– Je le sais pas, je vous dis.

– T'es un petit malin, toi !

– Je vous jure que je le sais pas ! répète Louis.

– Aie pas peur, je t'aime bien. Y a autre chose que tu veux savoir ? Autant jouer franc jeu, non ?

– Euh… non… euh… si ! Vous l'avez connue comment, ma grand-mère ?

– Ah, ça ! Tu es encore trop petit pour le savoir…

– Vous disiez qu'il fallait être franc, alors je vous ai cru !

Gilbert éclate de rire et referme le coffre.

– Allez ! J'y vais. Reviens me voir. On parlera. Entre hommes.

Gilbert lui tend la main.

– On est copains ?

– On est copains…

Les journées de Muriel sont bien réglées.

Le matin, dans sa chambre, elle lit, écoute de la musique, peint ses ongles, lave ses cheveux avec des shampoings qu'elle invente, au miel, aux jaunes d'œufs, au rhum. Deux ou trois cuillerées de miel pour quatre cuillerées d'eau tiède…, deux jaunes d'œufs et un peu de rhum. Elle se fait un masque à l'argile rose. Étale de la crème nourrissante sur le corps et entre les doigts de pieds. On oublie toujours l'intervalle entre les orteils. Elle enduit de crème et masse doucement.

Ça fait passer le temps, ça atténue l'angoisse. Et puis… pendant un bref moment, elle ne pense pas à India ni à Louis.

Sinon… quand elle demeure les bras ballants dans la chambre, elle les imagine à Berléac. Elle court derrière eux. Les rattrape, roule dans l'herbe, perdu ! Éclate de rire. Se cache derrière un arbre. Se réfugie au bord de la rivière, sur le ponton gris, dans la tour ronde, dans les écuries… Chapeau pointu ! Elle ne retournera pas à

Berléac en vaincue. Elle ne veut pas donner raison à sa mère. Ni lui demander de l'argent. Jamais ! Elle reviendra à Berléac au bras de Lewis. Elle se l'est promis.

Vers midi et demi, elle met son livre dans son sac, quitte l'hôtel de la Gare et s'installe à la terrasse du Grand Café, situé devant la gare, face à la boîte postale jaune. Elle commande une salade Superbowl, maïs, saumon, tomates, laitue, olives noires, haricots verts, et observe les gens. Qui sort de la gare ? Qui descend du tramway ? Qui s'approche de la boîte aux lettres ? Qui y jette une enveloppe ? On est le 31 juillet, Lewis ne devrait pas tarder à poster l'enveloppe remplie de billets. Sur le cachet de la Poste, la date des envois varie entre le 1er et le 5 de chaque mois. Jamais avant, jamais après. Et toujours l'après-midi.

Elle fouille des yeux la foule compacte et mouvante. Il pourrait passer sans qu'elle le voie. Jeter la lettre et repartir. Un autre mois à attendre. Un autre mois à espérer.

Et à douter.

Parfois elle a des pensées noires. Son ventre se durcit, elle n'a plus de salive, sa bouche est sèche, râpeuse. Et s'il venait accompagné ? S'il y avait une femme avec lui ? Une grande brune en ballerines rouges avec un petit nez retroussé. Elle a glissé son bras sous le sien et ils marchent vers la boîte aux lettres. Il a refait sa vie. Il envoie l'argent pour les enfants ; c'est un homme responsable, un père aimant. Il sourit à la femme aux ballerines rouges, dépose un baiser sur ses cheveux. Elle savait qu'il lui cachait quelque chose. Elle le suppliait, parle, parle-moi. Il demeurait muet. Le regard fuyant.

Voilà pourquoi il n'y a pas de lettre dans les enveloppes. Pas de mot d'amour. Que des billets pour les enfants. Pour acheter des vêtements, des pâtes, du riz, des chaussures et des brosses à dents.

Ces jours-là, ces jours terribles où elle doute, elle demande l'addition, ramasse son livre, rentre à l'hôtel et se jette sur son lit.

La femme à la réception est indienne. Elle vient du Kerala. À la mort de son mari, elle a quitté son pays. Elle avait vingt-trois ans. Son père voulait la remarier avec un de ses amis en échange d'un champ de caféiers. C'était il y a trente ans.

C'est une belle femme ronde à la peau brillante, veloutée. Elle a des paupières couleur curcuma, des dents très blanches, des yeux noirs, profonds, liquides. Un sourire qui ne se décroche jamais, comme tendu entre deux pinces à linge. Elle dit qu'elle aimerait bien refaire les chambres, les rendre plus coquettes, mais le propriétaire refuse.

– Les clients ne restent qu'une nuit ou deux. Pas la peine de faire des frais pour eux, c'est pas le Club Med, il répond chaque fois que je lui en parle.

– Vous pourrez lui dire que j'ai retrouvé un vieux chewing-gum collé à mes cheveux après m'être appuyée sur la tête de lit…

– Il refuse de payer convenablement les femmes de ménage… Alors, au bout d'un moment, elles partent !

Madame Lakthi lui tire les cartes. De belles cartes

indiennes avec des éléphants chamarrés, des princesses aux grands yeux maquillés, des tigres qui ondulent, des serpents qui sifflent, des vieillards édentés, des magnolias, des mangues, des vases en terre cuite. Les cartes affirment que Lewis reviendra, mais elles ne disent pas quand.

– Il est avec une autre femme ? elle demande.

– Il est seul et puissant.

– Vous êtes sûre ?

– Ôtez-vous cette idée de la tête, sinon vous enverrez de mauvais messages au ciel.

– Vous ne vous êtes jamais trompée ?

– C'est comme un message qui s'affiche… qui dit qu'il reviendra.

– Vraiment ?

– Il essaie de vous joindre par la pensée. Parlez-lui, il vous répondra. Il cherche le chemin de votre cœur.

– Je veux qu'il vienne tout de suite.

– La vie est une longue patience, dit madame Lakthi en souriant.

– J'aime pas la vie…, dit Muriel.

– Ne dites pas ça. La vie est un don de Dieu. Il faut la respecter.

Madame Lakthi est très pieuse. Elle va à la messe tous les dimanches. Elle veille à ce que l'autel soit fleuri et l'église propre. Le père Roger l'apprécie et la remercie à la fin de chaque office. Quand il ne dit pas la messe ni ne confesse, il écrit un livre en douze tomes sur la vie de saint François d'Assise.

– Je vais prier pour vous, elle dit en joignant les mains.

A-t-il toujours son harmonica dans sa poche ?

Pourquoi s'est-il réfugié à Bordeaux ?

A-t-il retrouvé des proches qui l'aident à « se refaire » ? *I am going to make it, honey, I am going to make it.* Elle ne lui connaissait aucun ami. Aucun parent. Aucun patron. C'est étrange si elle y réfléchit.

Au Grand Café, elle s'assied toujours à la même table. Sourit à la même serveuse qui porte un plateau plein de verres et d'assiettes et nettoie les tables d'une main sans rien laisser tomber. Son jour de repos est le mercredi. « Le jour des enfants. » Elle en a trois. Elle s'appelle Anouk et porte des minijupes qui allèchent les clients. Un jour, alors qu'elle nettoyait sa table, un client avait passé sa main sous sa jupe, y en a qui se croient tout permis ! Je travaille pour gagner ma vie, je ne fais pas des passes !

Muriel porte de grosses lunettes noires, un chapeau qui cache ses cheveux et une robe fleurie. Il ne la reconnaîtra pas. Elle voudrait l'observer avant de se lever et de marcher vers lui.

Parfois, son attention faiblit, elle ferme les yeux, et c'est alors qu'arrivent les questions sans réponse : et si je ne le retrouvais pas ?, si j'avais imaginé tout ça ?, est-ce que je pourrais vivre sans lui ? Lewis l'avait « inventée ». Il avait posé son regard sur elle et elle était née.

Il avait disparu et elle ne savait plus qui elle était.

Elle attendra jusqu'au 5 août, laissera passer quelques jours, puis elle appellera monsieur Janvier. Bonsoir, monsieur Janvier, elle lui dira, pouvez-vous demander aux gens qui occupent mon ancienne maison s'ils ont reçu du courrier pour moi ? Ils ont laissé votre nom sur la boîte au cas où… Comme c'est gentil ! Vous les remercierez.

Monsieur Janvier lui répondra, oui, oui, une lettre est arrivée. Une grosse enveloppe blanche avec du papier bulle. Elle lui donnera une adresse poste restante. Elle prétextera qu'elle n'a pas encore de domicile fixe. Quand la lettre arrivera, elle déchiffrera le tampon de la Poste. Celui de la gare Saint-Jean ? d'une autre région de France ? d'Italie, du Maroc ? ou du Canada ? Elle ne sait pas.

Elle aura un indice et partira à sa recherche.

Elle aurait pu demander à Gabrielle, sa copine du lotissement, d'aller chercher son courrier. Elles se parlaient presque tous les matins quand elle vivait avec Franck. Et puis un jour, Gabrielle, d'une voix un peu sèche, lui avait dit qu'elle n'avait plus le temps de « traîner au téléphone », elle gardait trois enfants, elle était débordée, elle travaillait, elle.

Ça veut dire que je l'ennuie avec mes états d'âme de femme oisive ? s'était dit Muriel.

Elle avait voulu protester, mais Gabrielle avait raccroché.

Et c'était comme si elle avait cassé leur amitié.

Muriel ne l'avait plus rappelée.

Gabrielle non plus.

Muriel aide madame Lakthi à décorer l'entrée de l'hôtel avec des fleurs en papier, des plantes fraîches que lui apporte le fleuriste de la rue Fieffé, des boutis de toutes les couleurs, des poufs en cuir safran et vert turquoise. L'été est la période de l'année où les clients affluent.

– Vous en voyez passer des gens, madame Lakthi ! Vous devez en entendre des histoires…

Elle n'ose pas lui demander si elle a des enfants. Mais quand madame Lakthi lui pose des questions sur India et Louis, elle lui montre des photos sur son téléphone.

– Vous avez une photo de votre mari ?

Muriel hoche la tête. Lewis et son harmonica, Lewis portant Louis sur ses épaules, Lewis au volant de son camion, Lewis un bras autour d'India.

– C'était un bon papa ?

– Il était souvent absent, mais quand il était là, il passait beaucoup de temps avec ses enfants. Il voulait leur apprendre tout ce qu'il savait. La terre, la lune, les étoiles, les grands romans américains, les koalas, les arbres, les fourmis, les chauves-souris. Petits, il les endormait avec les *Contes* d'Andersen. À chaque retour de voyage, il leur rapportait un cadeau. Il n'oubliait jamais. Un cadeau réfléchi. Pas un truc qu'on achète à toute vitesse dans une station-service en faisant le plein… Moi aussi, j'avais mon cadeau.

– Il vous aimait.

– Comment sait-on si quelqu'un vous aime ? Il faut être sûr de soi pour être sûr de l'autre.

Madame Lakthi sourit. Elle agrafe une collerette de papier crépon autour d'un cœur en papier et fabrique une fleur.

– On va mélanger les vraies et les fausses fleurs…

– Quand j'ai rencontré Lewis, ça a été violent… presque douloureux. Pour la première fois, je me suis sentie vivre. Je fourmillais de vie, de désirs.

– Vous dites « coup de foudre » en français ?

– Je n'ai pas pu faire autrement que de le suivre. Ma mère était furieuse. Alors je me suis enfuie. Chez nous, on appelait les ouvriers par leur prénom, on ne connaissait pas leur nom de famille. Ils venaient pour les vendanges et repartaient quand elles étaient finies. On louait des bras.

– Des bras ?

– Oui. Et « des bras » avaient emporté sa fille ! Il y avait là quelque chose de bestial, de sale, qui la dégoûtait…

– C'est dangereux, le coup de foudre. On peut être détruit…

– Oui, mais ça illumine… On est comme une vedette sur le devant de la scène. Prise dans un halo de lumière…

– Vous avez besoin d'un éclairagiste pour briller ?

Muriel ne répond pas. Elle ne comprend pas la question.

– Vous pouvez vous éclairer toute seule, dit madame Lakthi. Comme ça vous ne dépendrez de personne.

– J'aimais bien dépendre de lui.

Pourquoi je mens ? Je détestais dépendre de lui. C'est précisément pour cette raison que j'étais en colère tout le temps. Furieuse, oui ! Furieuse contre moi.

– Ce soir, je vais faire des galettes indiennes avec des haricots rouges… Vous voulez dîner avec moi ?

Le samedi matin, Muriel appelle Nannie.

Nannie lui raconte le travail dans la vigne, les tartes qu'elle cuisine, les oignons que Louis fait dorer dans la poêle pendant qu'India épluche des légumes, l'arbre qu'ils ont entouré d'une palissade, le bain le soir…

– Et puis parfois, il se prend pour quelqu'un d'autre, dit

Nannie. La dernière fois, il était le grand Mamamouchi. Il se promenait avec sur la tête une serviette, aux pieds des babouches qu'il avait trouvées je ne sais où, et une grande cuillère en bois censée être un sceptre. Il était écroulant... Tout le monde a joué le jeu. On l'a appelé Mamamouchi toute la journée en s'inclinant devant lui !

– Il fait ça tout le temps, rit Muriel, comme si sa vie était trop monotone et qu'il fallait qu'il s'en invente une autre !

– Je ne sais pas s'il va continuer, parce que je lui ai acheté les lacets noirs qu'il réclamait et il m'a dit qu'il se sentait un vrai homme avec ces lacets ! Tu vas voir qu'il va prendre dix centimètres d'un coup !

– Est-ce qu'ils te parlent de moi ?

– Tout le temps, ma berlingote.

– Ils disent quoi ?

– Des petits mots d'amour...

– Ils sont tristes parfois ?

– Ils n'ont pas le temps. Toujours quelque chose à faire ! Et puis y a la piscine...

– Une piscine !

– C'est madame Anaïs qui l'a voulue. Elle trouvait qu'un château sans piscine, ça faisait pauvre.

– Tu ne l'aimes pas beaucoup, hein, Nannie ?

– Elle rend pas monsieur Ambroise heureux.

– Oh !

– Il aurait dû rester avec madame Jacqueline. Eh bien non ! Il a fallu qu'il se fourvoie avec cette femme-là. Parce qu'elle avait un joli minois et des formes, euh, des formes, quoi !

– Les enfants s'entendent bien avec lui ?

– Oh oui ! Il fait très attention à eux.

– Ils mangent bien ? Ils ont assez de vêtements ?

– Tout va bien. Je suis là. Et toi ? T'as des nouvelles ?

– Non.

– Patience, ma berlingote. Il va venir.

– Peut-être que je me raconte une histoire. Peut-être qu'il est mort.

– Tu le sentirais. Tu pleurerais à l'intérieur.

– Maman... elle est comment avec les enfants ?

– Je vais pas te mentir... Elle est pas câline. Mais elle n'est pas hostile.

– Oh, Nannie ! Ils me manquent !

– Je devine, ma grande... Allez ! Courage !

– Je t'aime, Nannie.

– Moi aussi, ma titoune.

Nannie raccroche. Cela fait si longtemps qu'elle souffre de cette situation. Personne n'ose en parler au château mais ça ronge, ça ronge, des lambeaux qui étouffent la gorge. Tout le monde joue faux. On mime la joie, l'appétit, on va jusqu'à mimer l'étourderie. À la naissance d'India et à celle de Louis, elle était entrée dans la chambre d'Aliénor, avait posé le plateau du petit déjeuner, ouvert les rideaux et annoncé, mademoiselle Muriel a eu un bébé, cette nuit. Aliénor était restée muette, les yeux sur son journal.

Nannie prend un bout de tablier, se tamponne les yeux. Elle va finir par avoir un orgelet. Sa mère les guérissait en les frottant avec de l'or. Une bague ou un bracelet faisait l'affaire. Un de ces jours, il faudra qu'elle aille voir son père. Il vit seul à la campagne et broie du noir depuis le départ de sa femme. Cinquante ans de vie commune !

Ça fait longtemps qu'elle ne lui a pas rendu visite.

Ce n'est pas bien.

Un dimanche de fin juillet 2010,
les Berléac se préparent à recevoir
Hélène Castel-Lagrange et sa famille.
Nannie s'affaire en cuisine.
On fait la connaissance de l'oncle
Édouard, de l'oncle Jacques
et des tantes Geneviève et Blanche…
Frédéric ne connaît ni le nom
ni le téléphone de celle qui l'a ébloui
la veille en boîte de nuit…

Aujourd'hui, la famille Berléac reçoit Hélène Castel-Lagrange et ses parents. C'est une première invitation, un déjeuner qui ne concerne que les proches.

Les fiançailles officielles auront lieu plus tard.

Nannie est à la cuisine. Elle prépare une sauce pour arroser les poulets qui vont dorer sur un lit d'oignons dans les grandes casseroles en cuivre Dehillerin. Madame Anaïs les a rapportées de Paris. C'est un must, elle a dit en défaisant les emballages. Ce sont juste des grands fait-touts, a répliqué Nannie. Pas la peine d'employer un mot anglais pour ça. Comme si les Anglais savaient cuisiner !

Elle sait déjà comment cela va se passer. Chacun va jouer son rôle. Frédéric fera le jeune fou, madame Aliénor, la douairière respectable, monsieur Ambroise, le patriarche, madame Anaïs, la frivole, Gwendoline bâillera en bout de table, madame Jacqueline restera impassible, Elsa piquera un fard si on s'intéresse à elle. Le frère de madame Aliénor, monsieur Hugues, affichera une mine d'homme préoccupé, sa femme, Nathalie, une vraie pipelette, débitera des sornettes en riant très fort.

L'oncle Édouard sera là aussi. Celui-là, alors ! On dit qu'il aime les hommes et s'est ruiné pour eux. Il a eu autrefois un ami « très proche », un Anglais dénommé Cecil. C'est pas un prénom de femme, ça ? Après on s'étonne qu'il mette du rimmel, porte des bijoux et des chemises roses. Frédéric l'appelait « monsieur Rose » quand il était petit car il était toujours habillé de couleurs pastel. Les cheveux et la moustache bien drus, la langue bien pendue, bronzé, manucuré, gourmetté, il racontait des horreurs sur les gens. Certaines étaient vraies, d'autres inventées. Tout le monde le craignait. On se demandait comment il pouvait être si bien renseigné.

Nannie préparait toujours deux chambres quand il accompagnait l'oncle Édouard à Berléac, mais le lit n'était défait que dans une seule. Un jour, elle était entrée dans leur chambre. Ils se disputaient. Cecil réclamait de l'argent, oncle Édouard ne voulait pas lui en donner. T'as qu'à vendre tes parts de Berléac ! avait lancé Cecil. C'est comme ça qu'elle avait appris que l'oncle Édouard possédait des parts de la propriété.

Elle avait refermé doucement la porte. L'argent, toujours l'argent !

Au bout de dix ans de liaison orageuse, Cecil était parti. L'oncle Édouard s'était consolé en mangeant des pièces montées, des cannelés, des crèmes glacées. Il avait enflé jusqu'à ressembler à une explosion de crème Chantilly.

Et puis, Cecil était revenu. Reparti. Revenu. Un vrai tourniquet. Oncle Édouard en avait pris son parti.

Ah ! j'allais oublier les deux vieilles tantes ! Geneviève et Blanche, des cousines de Ghislain de Berléac. Deux sœurs qui vivent ensemble. Aucun homme n'est parvenu à les séparer.

Et la tante Alice, si drôle, et qui sort des vérités pas toujours bonnes à dire. Monsieur Ambroise est courageux de l'avoir invitée.

Et Maurice Quartont, le père de madame Jacqueline ! À soixante-seize ans, il a le teint rouge d'un bon vin, un ventre en forme de barrique, et se tient droit, les talons enfoncés. Depuis peu, il porte un appareil auditif, mais il n'entend pas mieux. Il a dû acheter un modèle pas cher, et forcément... Il est de tous les déjeuners familiaux. Madame Jacqueline n'est guère tendre avec lui. Elle se laisse embrasser sur le front et sourit froid. Il ne doit pas lui rappeler que de bons souvenirs.

Celle que Nannie a hâte de voir, c'est la fiancée. La petite Hélène Castel-Lagrange. Elle sera accompagnée de ses parents et de son frère, Arnaud. Elle l'a déjà vue lors d'une soirée organisée par François au château, mais aujourd'hui, elle pourra la détailler. C'est comme ça qu'on se fait une idée des gens, avec des petits riens. Elle est si plate qu'on peut la glisser dans une enveloppe, et hop ! sous la porte. Comment va se conduire François ? Il va « gérer », comme on dit aujourd'hui. Il fera son petit bruit de bouche pour montrer qu'il est satisfait. Le petit bruit qu'on adresse à un chien pour qu'il obéisse. Tssst tssst, assis, tssst tssstt, couché, tssst tssst, pas bouger ! La nuit de noces risque d'être militaire !

Nannie s'empare du hachoir et tranche d'un coup la

jointure des cuisses d'un des trois gros poulets que Gilbert a rapportés du marché. Madame Aliénor lui passe trop de choses à cet homme-là, elle devrait faire attention. On ne confie pas sa vie à n'importe qui.

Louis et India se sont levés tôt et finissent leur petit déjeuner. Ils réclament de nouvelles tartines.

– Non, non ! Sinon vous n'aurez plus faim pour le déjeuner.

– Mais si ! proteste Louis.

– T'es belle, Nannie, aujourd'hui. T'as une jolie robe ! s'exclame India.

Une robe grise en coton, cachée par le tablier, avec un beau col blanc en dentelle. Nannie a mis des pendentifs en perles grises aux oreilles, un peu de rouge sur les lèvres et sur les joues. Le tube est dans sa poche, elle le ressort à intervalles réguliers parce que le rouge s'est effacé.

– C'est parce que tu le manges ! rit Louis.

– C'est bon ? interroge India.

– Ton frère dit n'importe quoi. L'écoute pas.

– Nannie, tu devrais pas travailler aujourd'hui, dit Louis. On est dimanche. C'est contre la réglementation. T'es pas une esclave !

– Claudine, ma cousine, va venir m'aider. Et Allison aussi.

– Oui mais… quand même !

– C'est que j'ai envie de l'observer, la petite Castel-Lagrange… T'imagines ? Le premier grand mariage depuis des années ! C'est un événement.

– Ils sont riches, les Castel-Lagrange ? demande Louis.

– Plus que riches ! dit Nannie. Le père d'Hélène possède la moitié de la forêt landaise.

– Nous aussi, on est riches, affirme Louis qui se rappelle le prix de l'hectare de graves.

– Tu parles de quoi, mon petit ?

– Mais du château et des vignes...

– Il faudrait encore que le domaine soit en vente !

Elle sort un grand saladier afin d'y déposer les petits pois écossés.

– Ça lui plairait pas à monsieur Ambroise que tu parles de ça !

– Il serait fâché ?

– Il te ferait les gros yeux... Vous l'avez pas encore vu en colère ! Moi oui, et quand ça arrive je file sous terre.

– Il pourrait nous mettre à la porte ?

– Ce que je sais, c'est qu'il n'aimerait pas t'entendre parler comme ça...

Louis baisse les yeux, la bouche suppliante.

– Tu lui diras pas, Nannie, hein ? Tu lui diras pas ?

Nannie le regarde et fronce les sourcils pour le gronder.

– Un petit garçon ne doit pas parler d'argent tout le temps.

– Nannie, tu crois qu'ils vont nous chasser ?

Nannie ne répond pas et tire sur son soutien-gorge. Elle a grossi, elle va devoir investir dans une taille supérieure.

– Ils vont en avoir marre de nous ?

– Louis, arrête de dire des bêtises ! Je serai jamais prête pour le déjeuner...

– Ils ont bien chassé maman..., marmonne Louis en goûtant un petit pois. Je l'ai pas inventé quand même...

– Chut ! ordonne India qui a entendu la voix d'Ambroise dans l'entrée. Ambroise arrive !

Elle fait signe à son frère de se taire.

– Tu vois, tu me donnes encore un ordre ! s'écrie Louis. Tu peux pas t'en empêcher.

Ambroise entre, le téléphone collé à l'oreille. Il fait un petit signe de la main à Nannie et aux enfants, et poursuit sa conversation en arpentant la cuisine. Il porte une belle veste de mi-saison vert pâle, une chemise bleu ciel et un pantalon en gabardine marron. Nannie le détaille et sourit. Il a l'élégance nonchalante. Il est beau !

– J'ai rendez-vous chez Teulé à Archiac… Et je m'arrêterai chez Daniel. Je dormirai chez lui. J'ai pas le choix, mon vieux ! J'ai commandé deux cuves en bois de 100 hectos, deux belles cuves qui n'arrivent pas. Si j'ai pas ces cuves, je suis mal. Très mal. Oui, oui, le bois vient de la forêt de Tronçais. D'où veux-tu qu'il vienne ? Il va donner un goût boisé, élégant, avec un bel échange tannique à mon raisin. On se voit après, ok ? Bon, je te laisse, je te rappelle à mon retour et je te raconte… Salut, vieux !

Il raccroche et se penche vers les enfants.

– Je pars vingt-quatre heures…

– Vous ne restez pas pour le déjeuner ? dit Nannie, étonnée.

– Si, je pars juste après. Et je vais dormir là-bas. Les enfants, je vous laisse avec Nannie. Prière de lui obéir au doigt et à l'œil !

Les enfants hochent la tête.

– Tu vas revenir, hein ? demande Louis.

– T'as peur que je t'abandonne ? dit Ambroise en posant sa large main sur le cou frêle de Louis. Est-ce que je ressemble à un homme qui jette les petits enfants sur la route pour que l'ogre les mange ?

– Non mais… vous avez bien chassé ma…

India lance à Louis un regard furieux et il pique du nez dans son bol.

– Je rentre demain soir. Promis. T'es content ? T'as plus peur ?

Son téléphone sonne à nouveau, Ambroise quitte la cuisine. Nannie le suit du regard et marmonne :

– Le chat s'en va, les souris vont danser !

Louis regarde India, un point d'interrogation dans les yeux. Elle veut dire quoi ? India hausse les épaules. Inutile qu'il sache. Il sait pas tenir sa langue.

– Nannie, on a fini, on peut aller à la piscine ?

– Si vous trouvez quelqu'un pour vous surveiller…

– On est grands ! proteste Louis.

– Vous êtes trop petits pour vous baigner tout seuls.

– Je vais aller demander à Gilbert, dit Louis.

– À mon avis, il a autre chose à faire ! Tout à l'heure je l'ai vu du côté des écuries.

En sortant de la cuisine, Louis attrape sa sœur par la manche.

– Tu vois… elle a pas répondu quand j'ai dit que maman avait été chassée. Elle aussi, elle est pas sûre qu'ils nous gardent ! On a du souci à se faire, je te le dis, moi.

Louis est monté se changer dans sa chambre. Il a enfilé son maillot de bain. Il voudrait arriver à faire une longueur de piscine sous l'eau sans reprendre son souffle. Soit 20 mètres sans respirer. Il s'arrête toujours au milieu, il crache, suffoque et la tête lui tourne. Ça l'énerve.

– Je vais aller voir Gilbert…

– Je t'attends à la piscine, dit India. J'ai pris mon livre.
– Tu lis quoi ?
– *Mon amie Flicka*[1].
– C'est pour les bébés !
– Papa me le lisait quand j'étais petite…
– Oh, India ! Sois pas triste sinon je vais pleurer.
Elle grimace un sourire et serre le livre contre sa poitrine.

Il avance à tâtons dans l'écurie. Il fait sombre et, dans la pénombre, il ne distingue rien. Ça sent le foin, la pisse et le crottin. Puis ses yeux s'habituent à l'obscurité et il visite les stalles. Elles sont au nombre de six. Toutes vides. Les chevaux doivent être dehors. Sa grand-mère prend des chevaux en pension afin que Bandit ne se sente pas seul. Il pourrait tomber en dépression, il l'a entendu dire. Gilbert est chargé de les monter ou de les faire monter quand il est fatigué.

– Y a quelqu'un ? lance Louis d'une voix mal assurée.

Personne ne répond. Il sort et se dirige vers le paddock. Il a vu juste. Gilbert, accoudé à la barrière, surveille les chevaux qui s'ébattent dans l'enclos.

Louis marche vers lui. Aujourd'hui, il s'appelle Cow-Boy. Il a un Stetson sur la tête, des éperons à ses bottes, un brin d'herbe à la bouche, et il glisse ses pouces dans la ceinture de son jean. Il affiche l'air décidé, implacable, du shérif qui affronte le méchant à la fin du film.

Il vient se placer à côté de Gilbert et s'appuie sur

1. Roman de Mary O'Hara. Une inoubliable histoire d'amitié entre un enfant et un cheval au cœur du Wyoming.

la barrière. Il observe les chevaux. Grands, musclés, les flancs luisants de sueur, la crinière au vent, ils trottent, se dressent, se cabrent, se heurtent des épaules et repartent au petit galop. On dirait un ballet bien réglé. Un alezan doré baisse la tête, se raidit sur ses jambes et se met à ruer en hennissant. Les autres s'écartent. Louis entend le tonnerre des sabots qui résonne dans le sol. Seul Bandit n'a pas bougé et regarde l'alezan sans ciller.

– Ça va ? dit Gilbert, le regard perdu au loin.

– Ouais…

– T'es pas avec ta sœur ?

– Elle bouquine un livre pour bébé. Ils sont beaux, ces chevaux !

– Pas mal…

– Bandit, surtout.

– Bandit, c'est le plus beau ! Demande à ta grand-mère. Elle en est dingue.

Il a pris un petit ton sarcastique. Louis se demande s'il se moque d'Aliénor. Ou s'il ricane parce qu'il se trouve très intelligent. Y a des personnes comme ça, elles sont persuadées d'être le nec plus ultra. Louis doit reconnaître qu'il aimerait bien être le nec plus ultra. Ça impressionne les gens et ils vous laissent tranquille.

– C'est son troisième…

– Son troisième quoi ?

– Le troisième cheval qu'elle appelle Bandit.

– Elle doit bien aimer ce nom…

– Ou alors elle aime bien les bandits.

Il lui fait un clin d'œil rigolard et Louis est embarrassé. Il ne comprend pas ce que Gilbert sous-entend. Il réfléchit, plisse les yeux, serre les lèvres, mais ne trouve pas. Gilbert s'impatiente et enchaîne :

– Bon ! T'es venu pour quoi ? T'as encore des trucs à me demander concernant la famille ? Ou tu vas finalement me filer l'adresse de ta mère ?

Louis ne sait plus sur quel pied danser.

Ce n'est pas en étant brusque qu'on devient copains. Il faut du temps, de la patience. On se parle. On se confie des secrets, des idées. On montre à l'autre qu'on est prêt à l'écouter. Il s'est trompé. Gilbert l'a appelé « chef » l'autre jour, mais ça ne voulait rien dire. Il soupire. Ils auraient fait une fameuse paire tous les deux, ils auraient parlé fusées, moteurs, combustion, pesanteur, tous ces trucs qui l'intéressent et qu'il partageait avec son père.

Il a une idée et sort une carte maîtresse :

– Ambroise s'absente pour vingt-quatre heures. Il va à Archiac acheter des cuves en bois… et il reste dormir là-bas.

Gilbert glousse, soudain intéressé.

– Tiens, tiens ! T'en es sûr ?

– Oui.

– Il va faire deux heureux !

Il a dit ça en regardant au loin. Comme s'il s'adressait à un type au-delà du paddock et des arbres, mais certainement pas à Louis.

Alors Louis répète les mots de Nannie :

– Le chat s'en va, les souris vont danser…

Et il continue à mâcher son brin d'herbe, les yeux posés, lui aussi, sur l'horizon.

Gilbert éclate de rire, tape la barrière du plat de la main, puis tend une paume vers Louis qui la frappe.

– *Hi five !*

– T'es impayable, toi ! Alors ça ! J'aurais jamais cru ! il dit en se pliant de rire.

Dans ses yeux brille un mélange de fou rire et d'étonnement. Il fixe Louis et se remet à rire. Ça y est ! Ils sont devenus amis. Louis n'en revient pas. Il cligne de l'œil pour se rappeler ce moment-là. Qu'est-ce qu'il a dit de si drôle, déjà ? Mince ! Il faudra qu'il trouve aussi bien la prochaine fois.

– T'as tout compris, p'tit mec. T'es rapide. T'as quel âge ?

– Huit ans et demi.

– T'es très intelligent. T'es un drôle d'enfant…

– À l'école, ils m'appelaient Tam-Tam… J'ai jamais compris pourquoi.

Gilbert n'entend pas. Il continue à glousser, passe son bras autour du cou de Louis, le serre. Louis se dégage, reprend son souffle et suit les chevaux des yeux en mâchant son brin d'herbe qui n'a plus de goût.

– Tiens ! dit Gilbert. Si t'as envie, je t'apprendrai à travailler les chevaux à la longe…

– Ouais, sympa ! Bon, j'y vais, j'ai des trucs à faire, dit Louis en calant ses pouces dans la ceinture de son jean. À plus !

Il ne lui demandera pas de les surveiller à la piscine. Ils se baigneront sans grande personne. Nannie est occupée par la préparation du repas, elle n'y verra que du feu.

Il faut qu'il s'asseye. Ses genoux tremblent.

Est-ce qu'il va devoir faire le cow-boy chaque fois qu'il verra Gilbert ?

C'est pas ça, un ami.

Un ami, on doit pouvoir lui parler sans avoir peur qu'il se moque de vous.

Gilbert n'est pas un ami. Gus ne l'était pas non plus. Ni aucun de ses copains du lotissement.

– Vous allez bien, ma brave Nannie ?

Zinski est entré dans la cuisine sans qu'elle l'entende. Il s'évente avec sa pochette pendant que Nannie louche sur les mouches qui bourdonnent. Elles rentrent dans la maison, cherchant l'ombre, le morceau de viande ou le bout de fromage où se poser. Je vais finir par acheter une tapette électrique, se dit Nannie.

– Quelle chaleur ! On s'en souviendra de l'été 2010. Jamais eu aussi chaud ! Faudrait pas que ça dure. Les vignes vont souffrir.

– Vous êtes venu me parler de la météo ?

– Vous ne m'aimez pas beaucoup, Nannie, hein ? Soyez honnête.

– Mais je suis honnête, moi, contrairement à beaucoup d'autres !

– Moi, par exemple ?

– C'est vous qui le dites.

– Je vous aime bien, Nannie.

– Dites, vous voulez quoi exactement ? Parce que vous me faites perdre mon temps.

Zinski fouille dans sa poche et exhibe un bouton bleu marine.

– Auriez-vous la gentillesse de recoudre le bouton de ma veste ?

– Vous sortez ce soir ?

– Oui, mais je ne vous dirai pas avec qui. C'est un secret.

– Je vous le demande pas. C'est pour savoir si je le fais tout de suite ou si je remets à demain.

– J'aimerais bien porter ma veste ce soir.

Ambroise part à Archiac : 150 kilomètres aller, 150 kilomètres retour. Il dort là-bas. Ils ont la soirée et la nuit pour eux. Ils vont aller au cinéma. En plein centre-ville. Rien que tous les deux. Ça va jaser. C'est une idée d'Anaïs. Tout l'irrite à Berléac. Elle veut s'émanciper. Au nez et à la barbe des Berléac. Il lui a promis de l'épouser et de l'emmener loin mener belle et grande vie. Le plan avec Debreste ne demande plus qu'à être mis à exécution, c'est imminent. Ambroise va être surpris.

Zinski brandit son bouton bleu marine sous le nez de Nannie.

– Vous avez toujours pas appris ? Je vous ai pourtant montré la dernière fois !

– J'ai oublié. Nannie, s'il vous plaît…

Elle a envie de l'envoyer paître dans la verte prairie mais se retient.

– C'est pourtant pas difficile ! Ça demande de bons yeux, du fil et une aiguille.

– Dois-je me jeter à vos genoux, belle dame ? il dit en l'enrobant d'un regard caressant.

– Gardez vos œillades pour celles qui les goûtent ! Et donnez-moi votre veste.

Qu'est-ce qu'elle lui trouve, madame Anaïs ? Il a des yeux de conspirateur d'opérette, les pieds menus et les mains délicates de l'homme qui s'enrichit sans travailler. Madame Anaïs s'en est toquée. Et pourtant, j'en jurerais sur mon chignon, cette femme-là n'aime personne. Elle est trop intéressée par l'argent pour s'enticher d'un employé de son mari. Il lui faut des paillettes, des palaces et des jets. Il paraît que, lorsqu'elle était mannequin première classe, elle ne travaillait pas à moins de 10 000 dollars la journée, c'est ma petite nièce qui me l'a dit, elle a fait des recherches sur internet. À quoi peut lui servir ce guignol ? La joie du matelas ? Les ressorts finissent toujours par crever les draps.

Nannie tire l'aiguille, tire le fil, prend ses petits ciseaux et coupe.

– Voilà, et allez faire le beau ailleurs ! J'ai du travail.

Zinski s'incline en mimant de la main un chapeau qui tourne et salue.

– Merci, belle dame !

Il s'éloigne, lissant le revers de sa veste et sifflote « L'amour est enfant de bohème ».

– Pfft ! peste Nannie. C'est le seul air qu'il doit connaître…

Frédéric ouvre un œil, grogne, se retourne dans son lit, se coiffe de son oreiller. Il a la tête prise dans un cercle d'acier à pointes de feu. Il ne se souvient pas de ce qu'il a fait la nuit précédente. Il se rappelle à peine que, lorsqu'il est rentré à Berléac, il faisait jour. Il a croisé Émile qui partait pêcher.

– Me regarde pas ! il a marmonné. J'ai la tête dans le cul !

– Va falloir te refaire une beauté ! C'est le grand jour aujourd'hui. Petits plats dans les grands, *funiculi funiculà, la la la la la* !

Et chacun est parti, l'un vers la rivière, l'autre dans son lit.

Le soleil filtre à travers les rideaux. Il projette sur le parquet de grands rais de lumière qui vont heurter les murs. Quelle heure peut-il être ? Il hume l'odeur familière de vin qui imprègne les murs de Berléac, chêne, cerise, une pointe de café toasté. Quand il était petit, il pensait qu'il pouvait s'enivrer rien qu'en respirant très fort. Il bloquait l'air dans ses poumons et le gardait jusqu'à devenir écarlate. La tête lui tournait, il marchait de travers en se disant qu'il était paf.

Il s'étire, cherche son caleçon, l'attrape, l'enfile, plisse les yeux, déchiffre l'heure. Onze heures ! Aujourd'hui a lieu la présentation d'Hélène Castel-Lagrange à la famille. Il n'y a rien qu'il déteste plus que ces déjeuners ! Il s'ennuie, regarde le ciel par la fenêtre et doit faire la conversation à des oncles et tantes qui lui font répéter chaque phrase.

Il passe dans la salle de bains, s'asperge le visage d'eau froide. S'ébroue. Se glisse sous la douche. S'ébroue encore. Et les souvenirs reviennent. Hier, il a fait la fête avec ses copains. Ils ont dîné Chez Jean-Louis, huîtres, terrines, côtes de bœuf, saucisson au camembert, le tout arrosé par un bon médoc, et, à minuit et demi, ils ont filé au Club où ils ont leur table. À peine était-il entré qu'une blondinette à bouclettes lui a sauté au cou. Pas mal !

pas mal ! il s'était dit. Ça devrait se conclure assez vite, cette affaire.

– Mon sauveur ! elle avait crié. Depuis le temps que je voulais te remercier ! J'avais perdu ton numéro et oublié ton nom… Faut dire qu'on était mal quand on s'est quittés !

Il avait tendu les bras pour la mettre à distance, l'avait examinée, avait raclé ses souvenirs et n'avait rien trouvé.

– On se connaît ?

– Me dis pas que tu m'as ou-bli-ée ?

Chaque syllabe déformait sa bouche d'incrédulité.

– Disons que je me souviens pas…

– Pas flatteur pour moi…

– Désolé !

Il saluait à droite, à gauche, tapait sur une épaule, volait une gorgée de whisky, glissait un glaçon dans un col de chemise et se frayait un chemin dans la foule de la nuit pendant que la blondinette à son bras s'égosillait :

– On a passé une nuit ensemble, y a un an environ ! C'est moi, la vigneronne de Bourgogne qui avait perdu toute sa récolte à cause de la grêle ! Et toi, dans ta grandeur d'âme…

– Ah oui ! Je me souviens, tu flippais grave…

– … tu m'as fait livrer 500 kilos de merlot deux jours plus tard pour que je puisse rattraper le manque à gagner. Le tout gratos ! Dingue ! J'y croyais pas !

– *I am a gentleman, you know…*

– Quand j'ai vu arriver le camion, j'ai collapsé total ! J'avais couché avec le Père Noël ! Classe quand même.

Sans toi j'étais ruinée. Je t'offre un verre ? Suis avec une copine, elle m'attend à la table là-bas…

Elle avait désigné une fille, la tête renversée dans un sac posé à ses pieds. Il avait aperçu une masse de cheveux bruns, avait hésité, lancé un coup d'œil à ses copains qui s'installaient à la table, avait crié, je reviens tout de suite, on m'offre un coup gratuit ! Ses potes l'avaient chahuté, il se vend pour un verre !, il leur avait fait un doigt d'honneur et avait suivi la blondinette à bouclettes.

Et là…

La fille à la tête renversée s'était redressée et… il avait eu un hoquet. C'était une apparition.

Exactement la fille qu'il imaginait pour se convaincre qu'elle n'existait pas, qu'il ne la rencontrerait jamais, qu'il resterait célibataire toute sa vie et que c'était très bien ainsi.

Elle était devant lui. Des cheveux épais, des yeux vert profond, une bouche bien dessinée, des dents blanches, des taches de rousseur juste ce qu'il fallait pour souligner un teint mat et miel, de longues jambes sorties d'une minirobe blanche. Et l'air d'appartenir à un « ailleurs » qu'il ne pouvait pas définir. Elle n'était pas d'ici, ça c'était sûr. Un peu sauvage, méfiante. Qu'est-ce qu'elle foutait avec la blondinette ? Il voulait tout savoir d'elle : son père, sa mère, si elle avait aimé l'école et les Carambar, sa manière de bouger quand elle dansait, l'ourlet de ses oreilles, la couleur du dessus-de-lit de sa chambre, son plat préféré, ce qui la faisait rire, ce qu'elle détestait, le premier film qu'elle avait vu, le premier livre qu'elle avait lu, est-ce qu'elle aimait les huîtres ?

Il bégaya un bon-bon-bon-soir d'un kilomètre de long

avec dos-d'âne et attention route glissante. Elle le mesura du regard. Il lui tendit la main. Elle fit un petit salut de la tête, imposant une distance à ne pas franchir. Il se gratta la gorge et passa la main dans ses cheveux pour se donner une contenance.

Il crut entendre la blondinette faire les présentations :

– Pauline, ma copine, et… euh… j'ai oublié ton nom.

– Fré… Fré… déric de… de Berléac.

– Bonsoir…, avait dit l'apparition d'une voix grave.

Elle le détaillait. Comme si elle lui faisait passer un examen. Elle lui crevait les yeux. Son cœur battait le tambour. Boum boum boum. Ça faisait des trous dans sa poitrine.

Voulez-vous être ma femme ? il avait failli dire. Demain il y a un repas organisé pour les fiançailles de mon frère aîné, on pourrait en profiter pour… Au lieu de cela, il avait répété « Bon-bon-soir… », avait reculé et était parti s'échouer à la table de ses copains.

Je me suis mis minable. J'ai tout gâché. Ses copains se moquaient de lui, lui donnaient des coups de coude, hé ! reviens sur terre ! T'as vu un fantôme ? T'es tout blanc !

De retour au château, il avait fouillé dans ses poches. Parfois les filles en boîte lui donnaient leur 06 sans qu'il s'en aperçoive. Il retrouvait un papier froissé dans sa poche. Pas elle. Elle n'avait laissé aucune trace. En revanche, il retrouva le 06 de la blondinette. Elle avait signé « 500 kilos ». Elle avait dû le glisser en partant et il n'avait rien senti, rien vu. Il poussa un petit cri. Il tenait une piste. Il rangea le numéro dans un tiroir. Empoigna brosse à dents, rasoir et peigne.

Ce déjeuner de famille promet d'être une vraie corvée. Il va falloir sourire à l'un, hurler à l'oreille d'un autre, baiser la main d'une vieille tante, subir l'haleine chargée du tonton alcoolique et répondre à la sempiternelle question, et toi, Frédéric, quand est-ce que tu nous présentes ta femme ? Ça t'arrivera comme la hachette sur le cou du poulet ! dira l'oncle Édouard, l'air réjoui. J'ai le temps, y a pas le feu aux flaques ! Oncle Édouard lui donnera une petite tape sur la joue pour lui signifier qu'il fera comme tous les mâles de la famille et se mariera pour consolider le domaine. Va bien falloir que tu y passes ! Pas avec une fille comme Hélène Castel-Lagrange, en tout cas ! Une pète-bonbons de première. Et, physiquement, une condamnation à l'abstinence : pile ou face, les deux côtés sont identiques. Et fade ! Si fade ! Une variété de biscotte pour diabétiques. Sais pas comment il fait, le frangin. Il ferme les yeux et pense aux milliers d'hectares du père Castel-Lagrange ? Comme elle est fille unique, il pourra manger tout le paquet. Ça lui donnera du courage pour l'enfourcher. Alors que la fille d'hier, à chaque regard, chaque geste, elle crache du feu.

Il se surprend à avoir faim, salive à l'idée du repas qui l'attend, ouvre des tiroirs, cherche des chaussettes. Fouille, fouille, elles sont toutes dépareillées. En trouve une bleue, une jaune. Personne ne s'en apercevra. François peut-être. Il est très à cheval sur l'étiquette et surveille les ourlets de pantalon et les nœuds de cravate. Il prétend que c'est à ces détails qu'on reconnaît l'homme négligent.

Il enfile la chaussette jaune, puis la bleue. Une chemise blanche. Resserre son nœud de cravate. Revêt son plus beau costume. Boucle la ceinture. Glisse les pieds dans sa paire de Weston. (François en possède six.) S'examine dans la glace. Parfait !

Les invités arrivent dans une heure. Il a le temps d'avaler un casse-croûte. Nannie va protester, t'auras plus faim pour le déjeuner ! Il la prendra dans ses bras, Nannie, ma Nannie, s'il te plaît…

Elle ne lui résiste jamais.

Depuis ce jour où il s'est battu avec un petit con qui avait osé la traiter de « bonniche ». Il faisait chaud, ils avaient envie d'une boisson glacée. « Demande à ta bonniche de nous servir un Coca avec des glaçons. »

Il avait douze ans, le petit con aussi.

Il lui avait cassé deux dents.

Nannie avait jeté un torchon à la face du petit con qui saignait et lancé à Frédéric, merci, mon titounet.

– Ils sont invités au déjeuner, les deux petits ? demande Frédéric en se coupant une large tartine.

– Bien sûr que oui ! s'offusque Nannie. Ils font partie de la famille !

– Sinon j'aurais protesté…

– Ah ! Je préfère. Parce que ton frère, il arrive pas à se mettre dans la tête qu'il a deux cousins, à égalité avec lui. Il les refilerait bien à la Pupille des Nations s'il pouvait.

– Tu me ferais pas des œufs brouillés, Nannie que j'aime ?

– Impossible, j'ai mon espuma de langoustines à finir et…

– Nannie... s'il te plaît... je meurs de faim. J'ai eu une soirée très éprouvante.

– À faire la bamboche !

– Pas que... Il m'est arrivé un truc incroyable...

– Si tu crois que préparer un déjeuner se fait en claquant des doigts ! Suis pas la sorcière Miranda !

– J'aimais bien quand tu l'étais...

Nannie le dévisage en se frottant le nez du dos de la main.

– Tu te souviens ? elle demande, émue.

– Tu mettais des lunettes avec un long nez crochu, une cape rouge, un grand chapeau noir, tu marchais toute voûtée et tu venais déposer des surprises au pied de mon lit. J'y croyais dur comme fer. J'ai été très déçu quand je me suis aperçu que Miranda, c'était toi.

– À la fin tu me reconnaissais mais tu disais rien !

– Je voulais continuer à recevoir des gâteaux, des chocolats...

Nannie place une poêle sur le feu, casse trois œufs dans un bol, les bat, ajoute poivre, sel, ciboulette, des petits pois, un peu de lait, de la moutarde, bat encore et jette le mélange dans la poêle chaude. Frédéric la regarde en salivant.

– Quand je serai riche, je t'emmènerai en bateau à New York. Six jours en mer en attendant d'apercevoir les gratte-ciel de Manhattan...

– Quand tu seras riche, tu garderas ton argent pour ta femme et tes enfants... Moi, je serai depuis longtemps retirée dans la maison de mon père à éplucher des châtaignes et à tricoter des mitaines...

Elle râpe un peu de parmesan au-dessus de la poêle.

– Tu seras jamais vieille, Nannie.

– L'âge rampe et avance, mon titounet. Il me prend comme le lierre.

– Faudra qu'il me passe sur le corps avant de t'emporter !

– T'as rien de plus gai à me raconter ?

– Oh si, Nannie…

Il arrête de mordre sa tartine, son regard devient flou et la question qui le préoccupe surgit. Comme le jour où il lui avait demandé, elle va m'oublier, maman, si je vais pas vivre avec elle ? Non, mon titounet, une maman, c'est pour la vie…

Sur son menton, le café au lait dessine un long filet, il s'essuie. Il va raconter à Nannie. Il ne peut pas faire autrement, il a besoin de parler :

– Nannie, je crois bien que je suis amoureux… Elle s'appelle Pauline.

Louis a des soucis…
qui lui mangent les cheveux.
Il porte un secret trop lourd pour lui.
Un étrange visiteur se présente à Berléac,
il s'appelle Cecil…
Et un vieux monsieur acariâtre
rumine dans son lit…

Louis, penché sur la rampe de l'escalier qui surplombe l'entrée, a été heureux d'entendre qu'il était convié au déjeuner de famille. Cela signifie qu'ils font désormais partie des Berléac, India et lui.

À condition que le dénommé François leur fasse de la place. Il n'a pas l'air commode. Son regard glisse sur eux comme sur une patinoire. Il faudrait que je trouve un truc pour l'impressionner. Un truc bien costaud. Comme traverser la piscine en une seule brasse coulée. Ça lui clouerait le bec. Ce matin, il a failli se noyer. India a dû lui tendre le tuyau de l'aspirateur de piscine pour qu'il retrouve son souffle.

Quand Nannie l'a vu revenir, les cheveux mouillés, elle a demandé si Gilbert les avait surveillés. Il a dit, oui, bien sûr. Elle n'ira pas vérifier. Elle n'aime pas Gilbert et ne s'abaisserait pas à lui demander un renseignement. Que de conflits dans cette famille ! Il doit regarder où il met les pieds.

Cette dernière année, tout a été bouleversé. D'abord papa est parti, puis il a eu un accident, maman a épousé

Franck, ils ont déménagé, maman avait du vague à l'âme, Franck a brûlé dans des flammes, et finalement, finalement, maman les a abandonnés devant la grille de Château Berléac.

Tout ça en un an.

Sans qu'on lui demande son avis.

Il lui vient parfois une terrible envie de pleurer. Il ne peut pas se le permettre.

Pourquoi ? Parce qu'il est un homme.

Un jour monsieur Bottel, son maître d'école, à qui il tentait de dire que les autres élèves le bousculaient, lui avait expliqué qu'un homme ne se plaint jamais. Un homme endure, impassible. Il ne dévoile jamais le tréfonds de son âme. Il enferme son chagrin à l'intérieur.

– Sous mes cheveux ? il avait demandé.

– Si tu veux...

Il aimait beaucoup son instituteur. Il lui apprenait des mots et des expressions comme « le tréfonds de l'âme », « le nec plus ultra » ou « patelin », qui ne signifie pas seulement « village », mais « homme rusé, faux, flatteur qui dissimule ses intentions pour duper les gens ».

– Comment font les filles avec leurs chagrins ?

– Elles pleurent. Elles peuvent pas faire autrement. C'est dans leur constitution. Mais elles ont d'autres qualités. Et souvent bien plus que les hommes... Tu t'en apercevras.

À partir de ce jour-là, il avait rangé ses chagrins sous ses cheveux. Bien cachés au tréfonds de son âme. Et il demeurait impassible quand Gus l'envoyait d'un coup de pied dans une flaque de boue, qu'Adrien le Fol, rebaptisé le Fou, lui enfonçait un tournevis dans la cuisse pendant les cours, ou que les grands du lotissement se jetaient sur lui en criant « Tam-Tam » ou le bombardaient de cailloux parce qu'il avait levé le doigt en classe.

Mais il avait un autre chagrin. Un bien plus gros qui avait du mal à tenir tranquille sous ses cheveux.

Le chagrin de voir papa tourner autour des boîtes aux lettres du lotissement.

Elles étaient regroupées en un seul endroit, rue des Fauvettes. Toutes à la queue leu leu. C'était toujours papa qui prenait le courrier. Maman n'y allait jamais. Il n'y avait rien de bon à attendre d'une boîte aux lettres, elle affirmait. Louis avait remarqué qu'au début de chaque mois, son père devenait bizarre, et il avait décidé de le suivre. Il avait eu bien raison. Avant d'ouvrir la boîte, de prendre le courrier et de le rapporter à la maison, son père vérifiait d'abord que personne ne l'observait, puis il ouvrait la boîte avec RILEY écrit dessus, ramassait le courrier, inspectait les enveloppes une par une, regardait encore une fois si personne ne le voyait, et en glissait une dans la poche intérieure de son blouson. Toujours le même genre d'enveloppe : grande, blanche, épaisse.

Caché derrière la haie de thuyas, son vélo couché par terre, Louis espionnait. Puis il fonçait jusqu'à la maison en coupant par la rue des Lilas, passait par la porte de derrière, entrait dans la cuisine juste à temps pour voir son père tendre le courrier à sa mère. Y a des choses intéressantes ? disait sa mère. Pas grand-chose, il répondait. Les gens ne s'écrivent plus. C'est triste…

Il ne lui donnait pas la grande enveloppe, qui restait dans la poche de son blouson.

Son père MENTAIT. Il mentait à sa mère. S'il mentait pour le courrier, il pouvait mentir pour tout.

C'est pas rassurant d'avoir un père qui ment.

Ça bousillait les Chocapic du matin, les bonnes notes du carnet de correspondance et l'histoire qu'il leur lisait le soir. Tout prenait le goût du chou-fleur bouilli. Il déteste le chou-fleur. Il a obtenu de ne plus en manger contre la promesse de se brosser les dents quatre minutes matin et soir de haut en bas et de bas en haut.

C'était le deal.

Il a tenu parole. Il n'a pas triché. Ni menti.

Pas comme son père.

Un matin, maman, qui le réveillait toujours avec un câlin, avait sursauté en regardant sa taie d'oreiller. Son visage était devenu cramoisi, rempli de fureur et de larmes. Qu'est-ce qu'il y a, mon amour ? Dis à maman, dis… Mais rien, il avait balbutié, rien du tout ! Et ça ? elle avait dit en lui mettant l'oreiller sous le nez. C'est rien du tout ?

Son oreiller était couvert de longues mèches blondes filandreuses comme si on les avait arrachées par poignées. Il avait passé la main sur son crâne, tout nu, tout lisse, semblable à l'intérieur des cuisses des chauves-souris qui dorment dans les arbres.

Il était devenu chauve. En une nuit. Ses cheveux étaient tombés, las de lutter contre le chagrin. Ils avaient déclaré forfait.

Pris de terreur, il avait raconté Gus et le Fou, Tam-

Tam et le tournevis (mais pas l'histoire des enveloppes blanches). Il avait ajouté ce que lui avait dit monsieur Bottel et avait supplié, ça va repousser, dis maman, ça va repousser ?

Elle l'avait pris par la main, était allée frapper à la porte de son amie Gabrielle, avait emprunté sa voiture, et ils avaient foncé à l'école républicaine des filles et des garçons. C'est ce qui était marqué sur le fronton, inscription dont monsieur Bottel était très fier. Il était pour l'égalité des sexes.

Justement, il sortait de la salle des profs.

Maman ne lui avait pas laissé le temps de faire des salamalecs. Elle lui avait aboyé au visage :

– Qu'est-ce que vous avez dit à mon fils ? Hein ? Qu'est-ce que vous lui avez dit ?

Monsieur Bottel serrait son cartable contre sa poitrine et reculait dans le couloir en se tenant aux portemanteaux. Il avait une écharpe en laine, aussi grise que les poches sous ses yeux, et il tremblait. Il faut dire que maman était déchaînée.

– Vous lui avez dit qu'un homme ne pleurait jamais, hein ? C'est ça ? Un homme ne pleure pas ? Eh bien, regardez le résultat ! REGARDEZ LE RÉSULTAT !

Elle avait ôté d'un coup sec la casquette de Louis et découvert son crâne nu.

Monsieur Bottel avait écarquillé les yeux.

– Mon fils ne retournera pas à l'école tant que ses cheveux n'auront pas repoussé. Vous me ferez parvenir chaque jour les devoirs à faire et on travaillera à la maison. Et la prochaine fois, je vous dénonce à l'académie.

Ils avaient fait demi-tour sans lui laisser le temps de répondre.

– Il a de la chance que je ne lui fasse pas frire les couilles dans une poêle d'huile bouillante ! elle avait pesté en franchissant le portail de l'école.

Il avait piqué un fou rire à l'idée de monsieur Bottel, la serviette autour du cou, couteau et fourchette en main, les coudes bien écartés, en train de déguster deux petites boulettes farcies. Maman avait paru si soulagée de l'entendre rigoler qu'il avait prolongé son rire pour lui faire plaisir. Il ne voulait pas qu'elle soit mangée par la tristesse et devienne chauve, elle aussi.

Le soir, alors qu'il dessinait son dernier modèle de fusée interstellaire sur la table débarrassée des assiettes, des verres et des couverts, il avait entendu parler papa et maman. Ils faisaient la vaisselle, le lave-vaisselle était tombé en panne, ils attendaient le monsieur de chez Darty. Ils parlaient de ce qui lui était arrivé. Les émotions non exprimées ne meurent jamais. Elles sont enterrées vivantes et libérées plus tard de façon plus laide, avait dit papa. Et puis il avait mentionné l'Inconscient et son copain, monsieur Freud. Papa aussi connaissait l'Inconscient, et le tenait en très haute considération.

Ses cheveux avaient repoussé. Il était retourné à l'école. On ne l'avait plus jamais frappé ni appelé Tam-Tam. Il ne prenait plus la parole en classe. Il faisait ses devoirs et obtenait de bonnes notes. Avec parfois, en marge, des annotations affectueuses de monsieur Bottel. Maman le conduisait à l'école et venait le chercher le soir avec la voiture de Gabrielle. Ou c'était papa en camion. Papa aimait bien monsieur Bottel. Ils échangeaient des propos sur le trottoir à la sortie de l'école. Comme de bons copains et ça faisait plaisir à voir.

Il continuait à happer les mots de monsieur Bottel et étudiait les lancements de fusées, le choix du carburant, les problèmes d'apesanteur, d'arrimage, de délestage, d'atterrissage. Son père lui avait acheté un dictionnaire scientifique – édition bilingue – pour qu'il puisse travailler plus tard à la Nasa.

Restait encore, enfermé dans sa tête, le chagrin concernant le mensonge de papa. Mais les autres chagrins étant partis, il y avait de la place sous ses cheveux.

Il n'allait pas redevenir chauve tout de suite.

Cecil a pris la sortie 11 sur l'autoroute et s'est arrêté à la première station-service sur la départementale 84.

Au volant de sa vieille Morgan, carrosserie vert bouteille, capote beige, il se gare devant une pompe à essence. S'extrait avec difficulté de l'habitacle, s'étire, fait trois flexions bras-jambes, enfile une paire de gants blancs en coton, retrousse les manches de son blazer, glisse une carte de crédit dans la fente de la pompe, tape son code, reprend sa carte et décroche le pistolet de distribution. Les chiffres défilent, il pense aux temps heureux où il restait assis dans sa voiture pendant qu'un petit jeune homme – parfois charmant – remplissait le réservoir. Ces temps ne sont plus, hélas ! il faut s'y résoudre.

L'homme est grand, étroit de carrure, bronzé. Il arbore

une belle moustache au poil dru, brillant. Pantalon blanc, chemise rose, blazer bleu marine, mocassins roses aussi, un long foulard turquoise autour du cou.

Une fois le réservoir rempli, il jette les gants blancs dans une poubelle, redéroule ses manches. Et se réintroduit dans la carcasse de la Morgan.

Direction Berléac.

Hier soir, il a dîné au château Saint-Hilaire, qui appartient à la famille Debreste. On lui a appris qu'un déjeuner important avait lieu à Berléac, le lendemain. Deux familles se rencontraient pour convenir d'une union entre leurs progénitures. On lui a demandé d'y aller.

Il n'a pas été invité mais il s'en moque.

Il va déclencher le premier étage de la fusée.

Il va planter la première banderille.

Il a trois bonnes raisons de vouloir y assister.

Les deux premières tiennent à deux personnes. L'une à qui il soutirerait volontiers de l'argent, l'autre qui l'a autrefois ému, faisant naître en lui des émois dangereux. Il avait pris la fuite, de peur de croupir en prison.

Et la troisième raison ?

Il est en mission commandée.

Une mission qui peut lui rapporter gros s'il se débrouille bien.

Quelle femme lourde et disgracieuse ! marmonne le vieux Paul Debreste qui observe Claudine, sa gouvernante, rincer le gant de toilette dans la bassine d'eau tiède. Rince, ma fille, rince ! Et sèche-moi les cuisses avec une serviette chaude. Ce sera la fin de ma « petite toilette intime » ! Quelle humiliation ! Que j'aimerais être libre d'aller et venir, de respirer le corps abandonné et ouvert d'une femme…

Il ferme les yeux, songe à toutes celles qu'il a possédées et « ouvertes ». Des images de fesses, de seins, de sexes, de râles, oui, oui, encore, encore. Parfois il les forçait, mais la plupart du temps elles s'offraient. Il n'avait qu'à faire son choix. Il classe les unes en « perdues pour la cause », les autres en allumeuses, certaines en grosses cochonnes.

Sans oublier les paris impossibles. Ceux qu'il se lançait en apercevant une proie nouvelle. Il me la faut dans mon lit. Dans une semaine ? Quinze jours ? Trois semaines ?

Il ne les gardait pas longtemps. Le plaisir s'usait vite. La fille s'attachait, s'incrustait. Pouah ! Un peu de dignité, madame.

Il cherchait celle qui lui tiendrait tête.

Ça lui était arrivé une fois.

Et elle était partie.

En lui crachant au visage. Il avait senti frémir en lui un sentiment qui lui pinçait le cœur, en accélérait le rythme, causant une douleur qu'il découvrait, presque tremblant : il aimait, il aimait enfin ! Était-ce cet état que les gens appelaient amour, chagrin, peine de cœur, tous ces mots qui sonnaient creux et dont il ne savait rien ? Et puis pffft ! L'émotion avait déguerpi tel le serpent qui disparaît dans le sable. Dommage.

Aujourd'hui, à quatre-vingt-huit ans, il était devenu

un bébé qu'on lange et qu'on fait manger à la cuillère. Quelle misère !

– Hello, grand-pa ! Bonjour, Claudine ! Tout va bien ?

Son petit-fils Guillaume est entré dans la chambre. On ne lui a pas appris à frapper ? Il attrape la canne à pommeau argenté placée à son chevet et frappe le sol.

– Bonjour, monsieur Guillaume, répond Claudine en tapotant les oreillers de Paul Debreste.

– Il ne vous torture pas trop, l'ancêtre ?

– L'ancêtre t'emmerde ! grommelle Paul Debreste en tentant d'aplatir l'épi de cheveux qui se dresse sur son front.

– On apprend à se connaître, dit Claudine. N'est-ce pas, monsieur Paul ?

Ce n'est qu'un boulot. Elle fait le job. Tout à l'heure elle va filer chez les Berléac aider sa cousine Nannie à l'occasion d'un déjeuner familial. Ambroise de Berléac paie bien. Il respecte les petites gens, lui.

– Il vous a toujours pas proposé de voir sa collection de carabines et de pistolets ? Il en a tout un mur. Vous savez qu'il possède le pistolet de Buffalo Bill ?

– Comment veux-tu que ça aille ? bougonne l'aïeul. Quelle question idiote ! T'as vraiment une cervelle de bigorneau.

– Je suis venu vous dire bonjour… Mais si vous êtes mal luné, je me casse. Je vous ai apporté le journal.

Il pose *Le Figaro* sur le lit de son grand-père.

– Dites pas merci, surtout !

Les doigts de Paul Debreste se crispent sur les draps. C'est facile pour ce petit crétin de se moquer de lui.

Guillaume porte toutes les promesses : il est beau, jeune, grand, fort, et possède ce charme inexplicable qui est la marque des gens à qui la réussite fait un clin d'œil. J'ai eu ce charme autrefois, où est-il passé ? Je suis vieux, je bave, je sens mauvais, j'ai les dents jaunes et la poitrine creuse.

– Tu vas où ? Je peux savoir ? il demande.

– J'ai rendez-vous…

– Avec qui ?

– *No comment.*

– Une femme ou une fille ? Baisable ?

– Je l'aime beaucoup…

– Ah ! S'il y a du sentiment, t'es foutu. Je la connais ?

– Sais pas.

– Tu me diras son nom ?

– Non. J'ai pas envie que tout le monde le sache… Et surtout pas vous.

– Tu es bien romantique pour un garçon de dix-sept ans. À dix-sept ans, on saute sur tout ce qui bouge, on ne tombe pas amoureux.

– C'est votre opinion…

– Et j'ai raison. Allez ! Va-t'en ! Les gens sentimentaux m'ennuient. Tu perds rien pour attendre. La prochaine fois, je te laisserai pas partir sans que tu m'aies donné le nom de la petite et ses mensurations.

– Ça vous servirait à quoi ?

– Je connais tout le monde à Bordeaux, j'ai dû baiser sa mère…

– Ou sa grand-mère !

– Elle est blonde, brune, gros seins, petits seins, belle croupe ? Elle mouille facilement ou…

– Vous en parlez comme d'une jument !

– Pourquoi ? Faudrait pas ?

– J'aime pas quand vous êtes comme ça…, grimace Guillaume. Je vous déteste, même. J'aime quand vous me racontez votre jeunesse, vos voyages, comment vous avez fait fortune. Toutes les femmes tombaient amoureuses de vous. Vous n'aviez peur de rien…

– Monsieur a des pudeurs de jeune fille !

– Je m'en vais. Je reviendrai quand vous serez plus aimable. Salut, Claudine ! Bon courage !

– Tu veux pas un petit billet pour emmener la fille au restaurant ? Ça lui ferait plaisir, je suis sûr.

– C'est pas son genre…

– Toutes les femmes sont vénales.

– Je m'en vais. Tenez bon, Claudine !

Claudine se tourne vers Guillaume, hausse les épaules et lui sourit.

Elle est habituée à ces vieux messieurs. Elle fait le ménage une fois par semaine chez Jacques de Berléac. Un lointain cousin d'Ambroise de Berléac. Plus âgé que lui. Cuit dans l'alcool, aigri, il n'a jamais rien fait de sa vie et en veut à ceux qui ont réussi. S'il peut dire du mal de son cousin Ambroise, il déverse sa bile. Il déteste Aliénor, il l'appelle « l'usurpatrice ». Toujours elle revient dans sa litanie, vous la connaissez, hein ? C'est une salope ! Une vraie salope. Un jour je dirai tout, et ce jour-là la fière Aliénor devra rendre des comptes !

Elle se fiche de ces vieux débris. Elle pense à « la *money* », comme dit sa petite-fille. Paul Debreste lui demande de lui montrer des sites pornos sur internet, l'envoie faire des courses, acheter des magazines cochons en lui plaquant cent euros dans la paume de la main. Elle les empoche. Et se décarcasse pour obtenir ce qu'il veut.

L'autre jour, il lui a pris le poignet et l'a fait glisser sous les draps.

Money. Money…

Elle l'a fait.

Il lui demande de lui apporter une carte de Bordeaux et de sa région, lui montre les immeubles, les vignobles, les châteaux qu'il possède. *Money, money*, l'homme n'est pas près de manquer de ressources, et elle entend bien en profiter.

– C'est comme au Monopoly, elle sourit. Et contre qui vous jouez ?

– Tous ceux qui me résistent.

Le déjeuner eut lieu…
Et quel déjeuner, mon Dieu !
Rien ne se passa comme prévu.
Cela en divertit certains,
d'autres furent accablés…
Louis brilla de mille feux,
Aliénor grinça des dents
et Claudine apprit
une nouvelle ébouriffante !

Louis s'est enfermé dans la salle de bains. Il a pris une douche pour se rincer après la piscine. Le chlore pourrait provoquer des taches sur sa peau, il est très attentif au pH de son épiderme. India, assise derrière la porte, se brosse les cheveux. « Cent coups de brosse par jour et tes cheveux égaleront la crinière d'un lion », dit maman.

La robe rose pend sur un cintre au-dessus de la baignoire. India lui a préféré un joli chemisier blanc avec un petit col rond et un pantalon en coton plein de fleurs de toutes les couleurs.

– T'as pas mis ta robe rose ? demande Louis.

– T'aimes pas mon pantalon ? C'est maman qui l'a choisi.

– Si, si. Très joli.

– Ce jour-là, elle m'avait offert aussi une palette de maquillage… T'as vu ? J'ai mis de l'ombre dorée sur mes yeux et du rose sur les joues. Et du brillant sur les lèvres.

– Tu es charmante, India.

– Tu le penses vraiment ?

– Si j'étais pas ton frère, je te ferais une cour endiablée.

– C'est gentil. Tu sais, je suis sûre que tu vas arriver à traverser la piscine en une seule brasse coulée… Faut pas te décourager.

– *Right.* Parce que si moi, j'y crois pas…

– C'est une question d'entraînement…

– Et de conviction. Je dois imaginer la traversée, et ensuite je la ferai sans problème. Mon cerveau l'aura enregistrée. Le cerveau est un organe minutieux et souple. Il ne demande qu'à apprendre. Tu veux que je t'explique comment il marche ?

– C'est pas le moment, Louis… Ils nous attendent en bas. T'es prêt ou pas ?

– Pas encore.

– Tu en mets du temps !

– Je veux être belle.

– Beau ! Pas belle.

– Comme tu veux…

– Moi, je descends. J'ai trop envie de voir la fiancée…

– Vas-y ! Je connais le chemin. Suis pas un bébé.

– Traîne pas !

– T'en fais pas. Je leur prépare une surprise. Je vais me mettre sur mon nec plus ultra…

India ne répond pas. Elle doit être en train de dévaler les escaliers. Elle a appris à les descendre à toute allure sans tomber.

C'est une fille très jolie, très sensée. Avec une belle âme et de solides muscles. Je suis heureux de l'avoir pour sœur.

La salle à manger palpite de lumière, de parfums, de fleurs, de reflets bleutés qui courent sur la nappe en lin lavande. Les verres de cristal scintillent, alignés trois par trois devant chaque assiette au bord bleu marine et doré, portant en leur fond un dessin de Château Berléac. Des serviettes blanches, brodées aux initiales de la maison et pliées en oreilles de lapin, contiennent chacune un petit pain. Des bouquets de fleurs compacts, ronds, ponctuent la nappe. Anaïs les a disposés afin qu'ils ne gênent pas les conversations, rien de plus horripilant que ces gerbes qui empêchent les gens de se voir. Tout doit être fluide autour d'une table.

Nannie avait haussé un sourcil, qu'est-ce qu'il lui prend à la princesse ? Elle joue les maîtresses de maison ?

Les couverts sont dressés, la nappe bien repassée. Des parfums d'intérieur en longues tiges de bois diffusent un parfum frais, boisé, qui rappelle certaines notes de la vigne.

La table presque ronde permet de ne pas savoir exactement qui, de Jacqueline ou d'Anaïs, tient le rôle de maîtresse de maison. Les deux femmes se sont embrassées, le buste raide, les bras le long du corps, les yeux fermés. Mais cela ressemblait plus au salut de deux automates qu'à une effusion entre amies.

Pauvre maman, a pensé Frédéric en les observant, ce doit être cruel d'être confrontée à Anaïs en ce jour de célébration. Un soir, son père lui avait parlé sur le bateau. Ils venaient d'échapper à un gros grain et buvaient une bière en observant le ciel encore noir. La pénombre favorisait les confidences, quand j'ai rencontré Anaïs, je suis devenu maboul, avait dit son père, je savais que je faisais une grosse connerie mais mon cerveau ne contrôlait plus rien. Mes tripes hurlaient « JE VEUX CETTE FEMME ». Je me suis battu pour l'avoir. Il faut se méfier du coup de foudre. Il y a quelque chose de louche là-dessous.

– Ça risque pas de m'arriver ! il avait répondu à son père en éclatant de rire.

Il ne ferait peut-être pas la même réponse aujourd'hui.

La fille à la tête renversée. Que fait-elle en ce moment ? Où habite-t-elle ? À Bordeaux ? En Bourgogne ? Pas loin des Hospices de Beaune ? Pourquoi s'est-elle montrée si distante ? Elle a un copain ? Comment avoir son numéro sans vexer « 500 kilos » ? Si ça se trouve, elle vit à l'étranger… Elle était de passage à Bordeaux. Elle partait le lendemain et ne pensait qu'à ce qu'elle allait mettre dans sa valise.

Il rejoint les invités dans le salon en tirant sur les poignets de sa chemise.

La grande pièce est tendue de tissu jaune pâle, et sur les murs figurent les portraits des valeureux ancêtres à l'air sévère. Un jour, il avait balancé son assiette de purée sur un vieil amiral galonné. Il ne supportait plus d'être reluqué par ces longues faces sinistres.

Une assemblée de chapeaux roses, de chapeaux bleus, de chapeaux vert pomme tangue sous le plafond au milieu des dentelles, des rangs de perles, des sacs à main qui ressemblent à ceux de la cour d'Angleterre. On aperçoit des cous lisses, d'autres fripés, des poitrines qui tremblent dans les décolletés. Hélène Castel-Lagrange, vêtue d'une robe blanche sage et évasée, se presse contre François. Elle lève des yeux éblouis vers son futur mari et n'en revient pas d'être accrochée à son bras. François lui tapote la main et la présente. Elle s'incline, sourit, tend une main molle, bafouille quelques mots. Triste tableau. J'enlèverai ma femme à cheval dans un tourbillon de poussière et l'emmènerai dans un endroit secret où nous passerons mille et une nuits, mais s'il vous plaît, pas de cérémonie, pas d'invités, pas d'ancêtres encadrés.

Le pli du pantalon de François est impeccable, son nœud de cravate aussi, ses chaussures brillent, pas un cheveu ne dépasse. Frédéric pense à ses chaussettes.

– Qu'est-ce qui te fait sourire ? demande la tante Alice en s'approchant, une coupe de champagne à la main et une pile de canapés au saumon dans une petite assiette.

– Comment faites-vous, ma tante, pour ne rien renverser ? Vous avez fait un stage au cirque Pinder ?

– Ha, ha ! Tu es drôle. Je t'aime beaucoup, tu sais.

– Vous m'en voyez ravi.

Tante Alice doit avoir cinquante ans. Six enfants. Un mari, Sylvain, qui possède un très beau domaine dans le Médoc dont il s'occupe très peu, laissant les pleins pouvoirs à son maître de chais et de culture. Tante Alice n'est pas sa tante, mais une cousine de son père. Chez les Berléac, on appelle « oncle » et « tante » toute personne faisant partie de la famille et ayant atteint un certain âge.

– Et toi, quand nous présentes-tu une jolie fiancée ?

– J'y pense, tante Alice, j'y pense… et puis j'oublie.

– Tu as raison, mon garçon. Prends ton temps. Tu as quel âge ? J'ai oublié.

– Vingt-quatre ans.

– Le temps de l'amour et de la liberté ! Après, c'est

beaucoup moins amusant. On se marie, et la vie devient monotone, creuse. On tient sa maison, on fait des gâteaux et des enfants – je préfère nettement faire des gâteaux ! – et on se retrouve attachée comme une chèvre à son piquet.

Elle attrape un premier canapé au saumon et l'engouffre, puis, la bouche pleine, elle continue :

– Tu sais que je n'ai jamais connu l'orgasme ?

Frédéric se retient d'éclater de rire. Il a toujours eu de l'affection pour cette tante.

– … cette chose dont tout le monde discute maintenant. Eh bien moi, je ne connais pas. Pour les hommes, le mariage est bien plus amusant. Sylvain est parti ce week-end en Espagne jouer au golf. Ce n'est pas la première fois. Il a fallu que je lui prépare sa valise, et s'il manque une chaussette, c'est un drame ! Ton père a eu la gentillesse de m'inviter, sinon j'aurais été seule tout le week-end. Les enfants sont grands, ils vivent leur vie…

– Vous devriez prévenir Hélène… afin qu'elle ne finisse pas attachée au piquet !

– Que tu es drôle ! Tu es impayable.

Elle ouvre la bouche et avale deux autres canapés au saumon.

– Vous m'excuserez, ma tante, papa me fait signe.

– Tu es gentil, elle bafouille, la bouche pleine. Petit, tu étais très serviable et…

– Vous me raconterez ça tout à l'heure à table. À tout de suite, ma tante !

Plus jeune, tante Alice ressemblait à une poupée en porcelaine avec de longs cils. Elle portait des robes moulantes. Je me demande si, petit, je n'ai pas été amoureux d'elle. Ou de sa poitrine.

Une main se pose sur son épaule. Il se retourne.

– Oncle Jacques !

– Comment vas-tu, mon garçon ?

– Très bien, mon oncle, très bien.

Frédéric se détourne pour ne pas recevoir en plein visage l'haleine de son oncle. Sa bouche exhale l'égout. À quelle heure a-t-il commencé à boire ? Son visage aux mille vaisseaux éclatés ressemble à une toile d'araignée, ses cheveux blond albinos tirent sur le gris sale, il passe son temps à les remettre derrière l'oreille, son nez brille et, quand il sourit, on aperçoit un clavier de dents jaune ivoire. Il a perdu sa femme il y a quinze ans. Personne n'avait l'air plus gai que lui le jour de l'enterrement. Il avait jeté deux grosses poignées de terre sur le cercueil qui descendait en terre et s'était frotté les mains, semblant dire bon débarras ! Ses enfants le regardaient, embarrassés. Pauvre tante Harriet ! Il lui avait fait quitter l'Angleterre, ses parents, ses amis, ses études, pour l'enfermer dans son manoir bordelais et lui faire huit enfants. Elle avait lutté pour rester droite dans la tempête et subi l'indifférence – et les infidélités – de son mari, puis, quand le dernier enfant avait quitté la maison, elle avait rendu l'âme. Dans son sommeil. Au petit matin, l'oncle Jacques l'avait secouée pour qu'elle se lève et lui prépare son petit déjeuner. Elle gisait, froide, rigide. Merde alors ! Et je ne sais pas où elle rangeait le café !

Ambroise se tient près du jeune couple et de Jacqueline, les mains dans le dos. Il a appelé Jacqueline avant-hier et lui a proposé de venir accompagnée de son ami Patrice. Tu as peur que je me sente seule ? elle avait répondu sur un ton vif. Non, non ! Patrice est un vieil ami de la famille, il ne s'ennuiera pas, il connaît tout le monde. Et puis, il sera heureux d'être à tes côtés, justement !, avait rétorqué Jacqueline, pincée. Je préfère que tu ne t'occupes pas de ma vie sentimentale, Ambroise. D'accord, d'accord ! Excuse-moi ! il avait dit.

Il avait eu envie d'ajouter, ha, ha, tu t'es trahie. Tu as donc une vie sentimentale… Et puis, il s'était repris. C'était la première fois qu'elle le taclait ainsi. Est-ce qu'elle me cacherait quelque chose ? A-t-elle rencontré quelqu'un qui l'émeut ? Est-ce son ami Patrice, que je connais et que j'apprécie ? Comment je réagirais ? Je ne sais pas.

Anaïs, devant lui, porte une robe très décolletée dans le dos. Un modèle Saint Laurent qu'il lui a acheté au début de leur mariage. Dix ans plus tard, elle semble neuve. Elle l'a très peu mise. Trop sophistiquée pour ces ploucs de province, elle devait penser. Mais alors, pourquoi la porter aujourd'hui ?

Elle se penche vers l'un, vers l'autre, joue l'étonnement, l'émotion, la complicité, François est rayonnant, vous ne trouvez pas ? Vous savez qu'il se représente à l'ENA en septembre ? Ambroise et moi, nous croisons les doigts.

Qu'est-ce qui lui prend ?

Elle déteste ces gens. Elle refuse d'aller dîner chez eux, prétexte un voyage à Paris ou une allergie subite. Quel rôle joue-t-elle ? On la croirait en campagne électorale. Elle a engagé Elsa comme assistante et lui fait signe quand il faut se précipiter au secours d'un convive qui ne sait où poser son noyau d'olive ou bâille dans un coin. Elsa, en robe à ramages verts et blancs, est au garde-à-vous. Heureuse d'être utile, sans doute.

Quelle fille étrange ! Elle a grandi à Berléac sans faire de bruit. Elle parle peu, observe beaucoup. Tout le contraire de son père, mon cousin et copain Brice, qui faisait la fête tous les soirs et connaissait le Tout-Paris. Elle passe ses journées dans sa chambre à préparer son agrégation, n'invite jamais d'amis. Une petite souris qui grignote des livres. Parfois elle s'aventure dans les chais. Elle pose des questions à Émile, l'écoute avec respect. Ou le suit dans les vignes en faisant bien attention où elle pose les pieds. Elle a peur des insectes, de tout le petit monde souterrain qui vit dans les hautes herbes entre chaque rangée de raisin.

Elle observe les grappes, les coquelicots, les chardons, les pissenlits qui tapissent le sol. Les dessine sur un carnet de croquis. Ils travaillent côte à côte, lui penché sur le raisin, elle griffonnant. Elle porte toujours de longues robes imprimées et ses cheveux frisottent autour de son visage.

On peut la trouver jolie.

Les parents d'Hélène, l'air de rien, inspectent les lieux. Ils doivent se demander s'ils ont raison de confier leur fille unique aux Berléac. Soixante-dix hectares de vigne, c'est important, mais peut-être pas grand-chose en regard des milliers d'hectares de pins dans les Landes ? Ambroise les a vus s'arrêter devant une petite statue de Medardo Rosso, un sculpteur italien contemporain de Rodin. Son père l'avait achetée à New York à la suite de l'exposition des œuvres de Rosso au MoMa en 1963. Il avait rapporté d'autres œuvres d'artistes modernes, encore inconnus, mais qui allaient devenir très célèbres. Sa mère, Albertine de Berléac, née Montpazier, les avait revendues, les trouvant « ignobles ». Ghislain avait piqué une colère mémorable et avait massacré à coups de sabre deux bustes d'artistes « officiels » auxquels sa mère tenait beaucoup.

Rien ne semble échapper aux Castel-Lagrange. Leurs regards furètent et les chiffres dans leurs yeux cliquettent. Maurice Quartont s'est approché d'eux. Depuis qu'il a vendu son négoce (à prix d'or), il erre tel un coq à qui on aurait coupé les couilles. La lueur cupide qui brillait autrefois dans ses yeux et faisait de lui un homme bouillonnant a disparu. Il désigne Jacqueline aux Castel-Lagrange et raconte la belle histoire d'amour entre Ambroise et sa fille, interrompue hélas !, mais personne n'est parfait, n'est-ce pas ? Et il poursuit, tel un guide dans un musée, François est un garçon appliqué, studieux, sérieux. Très sérieux. Et solide. Plus que son frère, Frédéric. Vous le connaissez ? C'est le grand brun près de la fenêtre en compagnie de tante Geneviève et tante Blanche. Deux sœurs, vieilles filles, l'une agrégée d'anglais, l'autre de lettres, des cousines de Ghislain, le père d'Ambroise. Du même âge environ qu'Aliénor. Très à cheval sur les mots. Il faut réviser votre grammaire avant de leur parler sinon elles vous corrigent. Elles ont reçu la Légion d'honneur du président Chirac. Une consécration ! Ambroise a donné une grande réception à cette occasion. Tout ce qui compte à Bordeaux était présent, des grands propriétaires au maire et au préfet. Ambroise est un homme respecté et aimé, son domaine est dans les trois premiers du classement des graves.

Ambroise a entendu Maurice Quartont et s'étonne, qu'est-ce qui lui prend de faire ainsi l'article ? C'est ridicule. Si les Castel-Lagrange craignent d'être floués, qu'ils reprennent leur fille ! Est-ce que je me comporterai de la sorte le jour où Gwendoline...

Mais où est Gwendoline ? Elle m'avait promis d'être à l'heure. J'espère qu'elle aura fait un effort pour s'habiller.

À ce moment précis, Gwendoline se faufile dans le salon. Les épaules basses, la démarche coulissante, comme si elle voulait passer inaperçue. Ses joues sont en feu, elle a des brins d'herbe dans les cheveux. Elle a dû aller galoper dans les bois. Pourvu qu'elle ne sente pas l'écurie ! Ouf ! Elle a enfilé une jolie robe noire et un pendentif avec un brillant. Ses cheveux sont tirés en arrière, ce qui fait ressortir le bleu vif de ses yeux. Elle a le charme nonchalant de sa mère, une manière de laisser tomber ce qui ne l'intéresse pas sans offenser son interlocuteur, que ce soit une conversation ou un manteau. Mais au fond, c'est une terrienne, comme lui. Elle saisit la coupe de champagne que lui tend l'extra et sourit au jeune homme, dont la glotte monte et descend en la contemplant.

– Bonjour, ma fille chérie, tu es belle en robe, tu devrais en porter plus souvent.

– C'est pour vous, Paps.

– Et tu étais où avant de venir ici ?

Il cueille des brindilles dans les cheveux de sa fille et exhibe sa récolte.

– Suis partie dans les bois avec Blackie, il avait besoin de galoper… J'ai dû accrocher une branche.

– Hum, hum… tu en as partout. C'est louche.

– Vous êtes devenu détective ? Ça va être pénible si je dois justifier tous mes faits et gestes. Déjà que cette réunion familiale me gave !

– Ok, ok, ma chérie ! Je la boucle. Quand je ne te pose pas de questions, tu dis que je ne m'intéresse pas à toi, et quand je t'en pose, tu joues les offensées ! Pas fastoche.

– On dit plus fastoche !

– Pourquoi ? C'est moche ?

– Ça fait troisième âge, cannes anglaises et cancer de la prostate.

– Merci beaucoup. Me voilà ragaillardi !

– Vous savez très bien que je vous aime. Vous êtes mon papa et ma maman, mon phare, mon bouclier géant. Je vous demande pardon et je retire les cannes anglaises et la prostate.

Elle lui lance un regard de petit chat confus et frotte son nez contre sa veste. Les yeux d'Ambroise s'embuent.

– Ce n'est pas le moment ! Je dois rester impénétrable et présenter belle figure devant les Castel-Lagrange.

– *Don't worry !* Vous savez très bien faire.

– Ils m'énervent ! Ils évaluent tout, tripotent les bibelots, étudient la signature des tableaux pour calculer s'ils vendent leur fille au juste prix. Quel manque de classe !

– J'adore quand vous parlez vrai ! Ça fait un bien fou. Regardez ces gens autour de nous, ils sont tous morts. Mais ils le savent pas.

Elle lui passe les bras autour du cou dans un geste tendre et possessif.

– Tu as quelque chose à me demander ? il dit pour cacher son émotion.

– Vous êtes odieux ! Mais c'est pas grave…

Elle l'embrasse à nouveau.

– Je vous aime quand même.

– Arrêtons de nous donner en spectacle, ta grand-mère fonce vers nous et elle déteste les effusions en public.

– Faux ! Elle adore qu'on l'aime. Et qu'on le lui prouve.

– Oui, mais pas en public !

– Vous pariez quoi ?

– Je ne parie pas, je suis sûr de gagner.

Aliénor aperçoit sa petite-fille et semble rassurée.

– Ah ! Te voilà ! J'avais peur que tu désertes…

– J'avais promis à Paps…

– Gwen ! Gwen ! s'exclame tante Alice en venant vers eux.

– Occupe-toi d'elle, j'ai besoin de parler à ton père, chuchote Aliénor à sa petite-fille.

– Ok, Granny. Je vais la neutraliser. De quoi pourrais-je bien lui parler pour pas trop me faire chier…

– GWENDOLINE !

– Oups ! J'avais oublié. Langage châtié, révérence et cornichons. Je me tiens à carreau.

Aliénor la suit du regard et, une fois sûre que Gwendoline tient bien la tante Alice à distance, elle se penche vers Ambroise et murmure :

– C'est prêt, on peut passer à table.

– C'est pour me dire ça que vous vouliez éloigner la tante Alice ?

– Non. Je reviens de la cuisine. J'étais allée vérifier que tout se passait bien, que Nannie n'était pas débordée. Il y a bien sa cousine Claudine et Allison qui vont l'aider, mais quand même…

– Ne vous faites pas de souci. La fête va être belle. C'est tout ce que vous vouliez me dire ?

– À la cuisine, il y avait Émile. Il me tournait le dos et parlait à Nannie. Il lui disait qu'il avait vu Gwendoline près de la rivière et qu'elle n'était pas seule.

– Pas seule ?

– Elle était avec un garçon, mais il ne sait pas qui. Ils étaient trop loin, il n'a pas bien vu.

– Ce matin ? Vous voulez dire… ce matin même ?

– Oui. Ils se disputaient. Il l'attrapait par le bras, elle le repoussait. Et puis, ils se parlaient, ils avaient l'air de bien se connaître. Tu as une idée de qui ça peut être ?

– Aucune.

– Elle a un copain ?

– Mais je n'en sais rien ! Il ne lui tapait pas dessus quand même ?

– Non. Émile serait intervenu sinon…

– J'espère bien !

– Ne t'énerve pas ! Je préférais quand même te le dire, le principal, c'est qu'elle soit là et en bon état.

Ambroise lève les yeux au plafond.

– Manquerait plus que ça, il soupire. Émile n'a aucune idée de l'identité du type ?

– J'ai fait semblant de ne pas avoir entendu. Ce n'était

pas le moment d'ouvrir un débat. J'en parlerai demain à Nannie quand elle m'apportera mon petit déjeuner. Elle sait tout, tout le monde lui parle.

– Que faisait Émile à la cuisine ? Le dimanche, d'habitude, il va à la pêche. Il ne traîne jamais dans les parages.

– Il a rapporté de belles truites qu'il a données à Nannie.

– Ah… (il soupire puis se rappelle brusquement), Gwendoline vient de me dire qu'elle était partie galoper dans les bois avec Blackie. Il a CRU voir Gwendoline, mais ce n'était pas elle.

– Il est sûr de l'avoir vue.

– Il s'est trompé. Elle ne me mentirait pas.

– C'est ta fille, pas la mienne. Moi, je te rapporte ce que j'ai entendu, toi, tu serres la vis. Ou pas. *Up to you, my boy !*

– Allez maîtriser une ado de seize ans aujourd'hui ! Surtout quand sa mère s'en contrefiche. Bon, je verrai ça plus tard. Pour le moment, occupons-nous des candidats fiancés. (Il lève les yeux au ciel.) A-t-on idée de se fiancer ? Ça n'a plus de sens.

– Peut-être pour la petite…

– On dirait une jeune moniale qu'on vient de sortir d'une boîte de dragées.

– Il va bien falloir qu'elle entre dans l'arène…

– … et se fasse manger par le grand méchant loup, sourit Ambroise.

– Je ne sais pas s'il lui fera grand mal…

– Maman !

– Qu'est-ce que j'ai dit ? s'exclame Aliénor, jouant l'étonnée.

– C'est insensé ! Vous balancez des propos lourds de sous-entendus et…

– C'était pour faire un bon mot, mon enfant.

– Allez jusqu'au bout de votre pensée ! Je vous ai connue plus audacieuse.

– Je plaisantais. Je ne recommencerai plus.

– Je n'aime pas quand vous vous excusez si vite. Ça sonne faux.

– Bon… On est tous là ? Tu as ton discours en poche ? Souviens-toi que ce n'est pas encore les fiançailles, tout le monde peut se rétracter…

– J'ai fait ce que je pouvais.

– On passe à table ? Claudine est prête à servir l'entrée.

– Manque le petit Louis, dit Ambroise.

– On va commencer sans lui. Il n'a qu'à être à l'heure.

– Je le trouve émouvant, cet enfant. Et brillant… J'aime beaucoup sa sœur aussi…

– Justement, la voilà !

Ambroise suit le regard de sa mère et aperçoit India, ployant sous le poids d'un plateau couvert de verres.

– Mais c'est trop lourd pour toi ! s'exclame Ambroise. Ton frère pourrait t'aider ! Sais-tu où il se trouve ?

– Il se prépare…

– D'habitude, ce sont les filles qui sont en retard…

– Je peux monter le chercher si vous voulez.

– C'est un grand garçon, dit Aliénor. Il doit savoir que ce n'est pas poli de faire attendre les invités.

– On n'a pas l'habitude des grandes réceptions, vous savez. Peut-être qu'il est intimidé…

– Allons ! Allons ! dit Ambroise. On va passer à table.

D'autant plus que je pars après le déjeuner, j'ai de la route à faire. Mets ton plateau sur la console, Allison viendra l'enlever, et va repérer ta place à table. Il y a un carton devant chaque assiette qui indique le nom du convive.

Il attrape une coupe de champagne avant qu'India ne repose le plateau et disparaisse.

– Tu vas où après le déjeuner ? demande Aliénor.

– Voir des barriques chez Teulé à Archiac. Je m'arrêterai chez Daniel. Je reviens demain. Je ne m'absente que cette nuit…

– C'est donc pour ça que ta femme est resplendissante !

– Maman ! Vous recommencez !

– Excuse-moi. Ça m'a échappé.

– Je ne vous crois pas, mais je vous pardonne.

– Merci, mon fils.

Je sais qu'elle batifole avec ce Zinski. Comment ? Par Gilbert. Il me fait un compte rendu de tout ce qu'il se passe.

– Ah ! poursuit Aliénor, j'ai appris que le mari de notre chère Alice, qui était censé participer à un week-end de golf, s'est éclipsé avec une fille à San Sebastian. Pauvre Alice ! Je ne sais pas comment elle endure cet homme… Un fat pommadé et gras ! Et infidèle !

Ambroise la regarde, intrigué. Il aimerait bien lui demander, et vous ? Comment avez-vous supporté les infidélités de votre mari ?

Une fois de plus, il se tait.

Comme avec Anaïs ou Jacqueline.

Depuis toujours, il a le sentiment étrange d'être un garde-barrière. Il regarde passer les trains. Rien ne doit entraver leur circulation. Pas de conflit ni d'accroc, pas de retard ni de pétard. Il veille à ce que les trains roulent. Ça a commencé avec son père et sa mère. Il les regardait, impuissant, se déchirer, incapable de juger l'un ou l'autre, étourdi par un chagrin qu'il ne savait nommer. Puis il fallut sauver Berléac, épouser Jacqueline, fonder une famille, promener les enfants en été au banc d'Arguin, aller skier en hiver au val d'Aran pour confirmer qu'il tenait bien son rang. Il avait trébuché en épousant Anaïs. Maintenant, la tension montait entre François et Frédéric, Jacqueline et Anaïs, sa mère et sa femme, Gwendoline et sa mère. Quel sera le prochain conflit ? il se demande en souriant de son sourire qui ne sourit pas et en reposant sa coupe de champagne. Tu n'es pas très courageux, mon vieux. Tu laisses filer en prétextant que ce n'est pas le bon moment, chacun mène sa vie comme il l'entend. Fausse tolérance qui camoufle ta lâcheté.

Aliénor toussote et sourit, reviens sur terre, mon fils ! *Lunch time !* Il lui rend son sourire et pose une main sur son épaule. Elle le repousse, agacée.

– J'ai horreur des effusions publiques, tu le sais ! Va offrir ton bras à Brigitte Castel-Lagrange. Je vous suis avec son mari.

– Gwendoline a perdu son pari, marmonne Ambroise, ravi, se parlant à lui-même.

– Que dites-vous, cher ami ? demande Brigitte Castel-Lagrange.

Elle a un chapeau cloche orange avec une broche en similidiamants sur le dessus. On dirait la flèche de Cupidon.

– Vous avez trouvé ce chapeau à Bordeaux ?

– Chez madame Berthier. Il vous plaît ?

– Vous savez, la mode et moi…, il grimace.

– C'est mon fils Arnaud qui l'a choisi. Arnaud a un goût exquis. Je ne fais pas un achat sans le consulter. On est très complices.

– Je veux bien vous croire, répond Ambroise, qui n'imagine pas suivre sa mère chez sa modiste ou sa couturière.

Elle détesterait ça. Et lui aussi.

Caché par un bosquet de lauriers-roses, hissé sur la pointe des pieds, le visage tourné vers l'une des portes-fenêtres de la salle à manger, Émile épie le cortège d'invités qui se rend dans la grande pièce où la table est dressée. Une imposante table ovale autour de laquelle chacun tourne en cherchant le carton à son nom. Certains le portent à leurs yeux, d'autres se penchent, hèlent un convive en lui faisant signe que sa place est là. Les hommes ont le visage grave, des costumes bien coupés, des nœuds de cravate bien faits. Il entend le brouhaha des voix qui s'exclament et se congratulent, aperçoit des hommes qui se tapent sur l'épaule pour fêter leurs retrouvailles, imagine l'odeur des bouquets, du pain frais, et se met à songer, c'est donc ça « appartenir à une famille » ? Se retrouver autour d'une table pour fêter la vie qui continue, les promesses d'enfants, de fêtes, de Noëls avec dinde, sapin et cadeaux au pied de l'arbre. Noël, pour son père, c'était se coucher tôt après une soupe, deux tranches de dinde, une bûche sous plastique. Il se levait, se curait les dents avec une allumette, déposait un baiser sur le front de son fils et prononçait toujours la même phrase, je file me coucher, demain je fais la grasse !

Ambroise veille à ce que chacun trouve sa place. Aliénor bavarde avec un homme à tête de corbeau. François et Hélène Castel-Lagrange s'assoient côte à côte. Il paraît qu'on ne sépare pas les jeunes couples pendant la première année de leur union. On lui a dit ça un jour.

Mais elle… où est-elle ?

Penser à elle lui secoue la carcasse.

Réfléchir ? Il ne peut pas. Se raisonner non plus.

Hier soir !

C'était hier soir… il l'a approchée, il l'a touchée. Il a posé un doigt sur son cou. Elle ne l'a pas repoussé. Elle a incliné la nuque pour prolonger la caresse du doigt sur sa peau.

A-t-il rêvé ?

Il a décidé de s'autoriser un jour de folie. Un jour où il croira que tout est possible, qu'elle se retournera et tendra les bras vers lui. Après, il redeviendra le brave Émile en salopette.

Cette histoire est dingue, je suis dingue.

Peut-être que j'ai tout inventé ?

Non. Je ne suis pas de ces hommes qui se racontent des histoires.

Et je n'ai pas rêvé, non, non.

Je me suis avancé vers elle pour lire par-dessus son épaule…

Une minute avant, elle me montrait un mot dans le livre ouvert devant elle. Ce terme évoquait la crise du phylloxéra au XIXe siècle dans la région de Bordeaux.

J'étais assis devant elle. Elle était à sa table…

… plongée dans ses papiers, un stylo à la main. Elle venait de me confier qu'elle écrivait avec un stylo à plume qu'elle trempait dans un encrier parce qu'elle n'aimait pas changer les cartouches d'encre. À chaque fois, elle se salissait les doigts, et, c'est dur à nettoyer l'encre noire. Il faut employer une pierre ponce qui arrache la peau, le résultat n'est pas beau. Elle lui avait montré ses doigts. Ses longs doigts aux ongles nacrés.

Et c'était un bout d'intimité qu'elle dévoilait.

Il lui avait demandé de lire à haute voix la phrase qu'elle ne comprenait pas. Et comme elle n'en saisissait toujours pas le sens, il avait eu l'audace de se lever, de faire le tour du bureau et de se pencher par-dessus son épaule pour déchiffrer la phrase.

Et alors…

Ils étaient restés figés. L'un contre l'autre. Oh ! pas tout contre, mais… il respirait ses cheveux, l'odeur de son parfum, les perles de transpiration sur son cou. Il avait posé un doigt sur la nuque inclinée, l'avait fait glisser jusqu'à la racine des cheveux, puis dans le cou, sur les épaules… Elle avait poussé un petit cri étranglé, presque inaudible, son corps s'était raidi. Elle était surprise, mais ne le repoussait pas. Elle se ployait même, et recevait sa caresse.

Il était demeuré muet. Stupéfait.

Je suis Émile, le fils du maître de culture. J'habite au-dessus des écuries, que suis-je en train de faire ?

Il n'osait pas bouger.

Il attendait qu'elle lui donne un ordre. L'ordre de partir.

Elle se taisait.

Il s'était enfui comme un voleur.

Comment avait-il osé ? J'ai une jambe trop courte, des kilos en trop, les ongles noirs, des grains de beauté sur le visage. Faudrait tout nettoyer, tout réparer.

Elle n'a pas bougé, elle n'a pas crié. Elle a laissé mon doigt sur sa peau.

La branche qu'il avait écartée pour surveiller la salle à manger lui cingle le visage et brise son rêve.

Les invités ont pris place à table. India tente de s'esquiver pour aller chercher Louis. Ambroise lui fait signe de se rasseoir.

– Et Louis ? Il sera où ?

– En face de toi.

– À l'autre bout ? Là-bas ?

– Il peut vivre sans toi, tu sais, India.

India ne répond pas. Elle ne pourra pas lui donner de coups de pied ni se gratter la gorge pour l'interrompre s'il dérape. Et il va déraper, c'est certain. Elle s'assied et esquisse un sourire. Tante Blanche et tante Geneviève hochent la tête en retour, déplient leur serviette et la posent sur leurs genoux. India les imite.

Chacun a pris sa place. Une seule chaise reste vide, celle de Louis.

Le déjeuner commence par une étouffade d'écrevisses au coulis de poivrons rouges. Claudine et Allison passent les plats, les convives s'extasient et rosissent de plaisir.

Ambroise attend la fin du premier service pour sortir son discours de sa poche. Il l'a appris par cœur mais préfère en avoir une copie à portée de main. On ne sait jamais. Depuis son incident cardiaque, il craint des absences de mémoire. Montfort, son cardiologue et ami, a beau lui répéter que cela n'a rien à voir, il préfère prendre des précautions. Il a écrit ces quelques lignes afin de faire honneur à son fils. Son regard se pose sur François et il remarque ses oreilles fines, presque transparentes, que la lumière rougit. On dirait un petit rongeur. Un rat ? Un hamster ? Il se gratte la gorge et répète dans sa tête les premiers mots. Auparavant, il aura heurté de son couteau le bord du verre en cristal. Le son aura tinté aux oreilles des invités et les convives se seront tus. Il commencera par les saluer tous, les remerciera d'être venus et enchaînera avec… avec quoi déjà ? Ah oui ! « Nous sommes réunis aujourd'hui autour d'Hélène et François pour célébrer un jour heureux, celui où un jeune couple se forme sous nos yeux. Hélène et François, vous êtes nos enfants, mais aussi nos espoirs. Vous allez porter la flamme que vos parents ont allumée… Cette flamme qui remonte à… » Et là, quelques lignes d'histoire familiale pour rendre hommage aux ancêtres qui assistent au déjeuner dans leurs cadres dorés. Et pour impressionner les Castel-Lagrange et les débarrasser de cet accent circonflexe de supériorité qu'ils affichent depuis leur arrivée. Ce début de discours lui était venu facilement. Un peu pompeux, certes, mais il fallait qu'il déploie une certaine emphase afin de plaire à François. Ensuite, ça devenait plus drôle. Après tout, ce n'était qu'une première rencontre.

Il heurte le bord du verre, qui tinte. Balaie du regard

la table et les invités lorsque son œil est attiré par une silhouette…

Sur le seuil de la salle à manger se tient une fillette en robe rose, à couettes et petits nœuds sur la tête, paupières bleues et lèvres roses. Elle ne bouge pas, ne parle pas, elle tend les bras vers un oiseau imaginaire qui s'envole et attend qu'on la remarque.

Le bruit des conversations s'atténue. Tout le monde observe l'enfant.

Ce n'est pas une petite fille. C'est Louis, qui, ayant obtenu l'effet de surprise désiré, s'anime et récite :

Me voilà devant vous, auguste assemblée,
Tout tremblant de paraître sans lyre ni archet
Aux amants palpitants, je voudrais présenter
Tous mes vœux de bonheur et de longévité.
Qu'ils cueillent en cette terre le fruit de leur beauté
Et fécondent le monde de nombreux héritiers
Car ainsi va la vie et l'aimable destinée
De tous ceux qui s'aiment et entendent le clamer !

Il s'incline, salue une fois, deux fois, dans un silence stupéfait.

Les convives demeurent bouche bée. Qui est cette apparition mi-fille, mi-garçon, qui parle en alexandrins ? Ambroise se retient au bord de la table, Frédéric rit dans sa main, Aliénor se raidit, François écrase sa mie de pain, Hélène le regarde pour savoir quelle conduite adopter, Anaïs pouffe dans sa serviette, India pique du nez dans son assiette, Gwendoline lâche un, waouh ! Trop drôle, le nain ! J'adooooore ! Et les autres convives regardent ailleurs, embarrassés.

C'est alors que, brisant le silence, les tantes Blanche et Geneviève battent des mains.

– Cet enfant est inouï ! Comment s'appelle-t-il ou s'appelle-t-elle ?

– Quel bonheur de l'entendre ! Tu les as écrits toi-même, ces vers ? C'est magnifique. Quel talent !

– Je vous remercie, mesdames, dit Louis. J'ai un certain penchant pour la prosodie. Longtemps, cela a été mon passe-temps. Je lisais les grands classiques et m'enivrais de leurs vers. Mais il me fallut être lucide. Je n'ai pas la lyre poétique. Et j'ai beaucoup de mal avec la coupe à l'hémistiche.

– Cela rythme la phrase, il est vrai, lui répond tante Blanche, mais tu peux la faire danser de mille autres façons. Avec le vers libre, par exemple.

– Je sais, mais mon idéal était l'alexandrin. Pour ce qu'il comporte de cadence et de majesté. Il me donnait confiance et me rassurait.

– Tu nous as rendues heureuses, ma sœur et moi, n'est-ce pas, Geneviève ?

– J'en suis toute retournée, et prête à sangloter ! Oh ! je viens de faire un alexandrin sans y penser. Il reste de l'espoir dans ce monde si noir…

Elle s'arrête, compte sur ses doigts et s'écrie, bouleversée :

– Encore un alexandrin ! Quelle magie ! Il me sort de la bouche des roses et des diamants…

Louis s'incline. Il pince le bord de sa robe, plonge en

révérence, se relève et, la main sur le cœur, répond à la vieille tante :

– Pour moi, ce fut une passion, je maîtrisais le monde avec mes douze pieds, mais très vite j'ai dû m'avouer que j'étais un médiocre prosateur.

– Mais non, mais non ! protestent les deux tantes.

– Vous êtes bien aimables… Mais, hélas, la poésie n'a plus de place dans notre société. Un poète est condamné au pain sec et à la soupente. Et, voyez-vous, j'aimerais beaucoup devenir riche… *As I used to say to my dad, Louis wants to be rich !* Je me suis donc tourné vers les fusées, les voyages sur Mars, l'édification de villes sur des exoplanètes, des opérations qui ont un réel avenir… et peuvent rapporter gros.

Un murmure parcourt la table, étonné, bienveillant, critique aussi : « Il est remarquable ! », «…mais bizarre, tout de même ».

– Qui est cet enfant ? demande Maurice Quartont en réglant le volume de son appareil auditif. C'est le fils de qui ?

– … de Muriel. Vous savez bien… Celle qui a fugué avec un ouvrier, répond l'oncle Jacques.

– Muriel ? la fille d'Aliénor et Ghislain de Berléac ?

– … ou d'un autre, persifle l'oncle.

– Vous avez dit ? reprend Maurice Quartont en tripotant son appareil.

– OU D'UN AUTRE ! répète l'oncle en haussant la voix, un mauvais sourire aux lèvres. Depuis le temps qu'ils me regardent de haut, ces gens du château, cela me plairait qu'ils se cassent la gueule, et quoi de mieux que de révéler cette enfant adultérine ?

– La fille d'Aliénor et de qui ? s'entête Maurice Quartont en parlant fort.

Son interlocuteur le rabroue de la main et demande à Claudine de remplir son verre. Il veut bien rêver à une vengeance mais ne veut pas l'exécuter. Il n'y a que des coups à prendre.

Claudine a entendu et s'étonne. « La fille d'Aliénor et d'un autre » ? Muriel ne serait pas la fille de Ghislain de Berléac ! Ça, c'est une nouvelle !

Louis est sur le point de conclure son discours. Il ouvre les bras en un geste inspiré et s'exclame :

– Je ne suis pas le fils de Minos et de Pasiphaé, mais celui de Muriel et de Lewis Riley. Ma mère a grandi ici, mon père est un troubadour canadien qui l'a enlevée. Ce sont deux honnêtes personnes dont je suis fier d'être le fils.

Muriel ! reprennent certains comme si un fantôme venait de les frôler. Muriel, la fille bannie.

Aliénor, la mine sombre, remercie Louis pour sa récitation. Autant laisser croire qu'elle est au courant de cette pitrerie et sauver la face.

– Ce n'est pas une récitation, madame, c'est une tragédie.

– Tragédie ou pas, monte te changer, te débarbouiller, et reviens à table !

– Mais, madame !

– Ne discute pas, Louis.

– Si tu veux, madame, si tu veux..., dit Louis en secouant la tête, déçu d'être incompris.

Ambroise s'est rassis. Il range son discours dans sa poche, lève son verre en direction de François et d'Hélène et s'apprête à leur souhaiter une longue et belle route quand Frédéric l'interrompt :

– Holà, père ! Brisez là ! Apprenez que Louis et moi avons longuement répété le texte que vous venez d'entendre. Le crédit lui revient, mais je l'ai assisté. Nous voulions créer un poème en l'honneur de François et de la belle Hélène. Et bien que peu familier de l'hémistiche et de l'alexandrin, j'ai voulu accompagner mon cousin... Souffrez que nous nous inclinions tous deux et saluions bien bas. Vive Hélène, vive François, vive Cupidon qui tous deux les transperça !

Il fait le tour de la table, vient prendre la main de Louis, la lève, tel l'arbitre proclamant le vainqueur à la fin du combat, et ils saluent une nouvelle fois, déclenchant une salve d'applaudissements. « Oh ! C'était donc un compliment préparé ! », « Quelle bonne idée ! », « Que c'est original ! », « Cet enfant est exquis et fin lettré ! », « Bravo, bravo ! ».

Les mâchoires serrées, Aliénor se joint du bout des doigts à l'ovation.

Cachée derrière un palmier dans l'entrée, Nannie applaudit. La robe rose est froissée, il va falloir que je la repasse et que je recouse la tulipe de la poche droite. Louis a mis du rouge à lèvres sur la collerette. C'est difficile à enlever. Avec du Paic Citron, peut-être ? Mais...

mais... il m'a piqué mes chaussures. Les vernies noires que je réserve pour les enterrements ! Le coquin ! Il a dû monter dans ma chambre quand j'étais en cuisine...

Si madame Aliénor savait ça !

Anaïs se révolte…
Émile veut être beau.
Gwendoline a un amoureux
ou un meilleur ami…
elle ne sait pas encore.
Édouard est sur une pente glissante
et Cecil se lèche les babines…

Dans la file du cinéma UGC, rue Georges-Bonnac, Anaïs et Jan Zinski piétinent. Ils font la queue pour voir *Les Petits Mouchoirs*. Une projection en avant-première. Anaïs porte une robe légère à fines bretelles, une étole framboise, vaporeuse, des escarpins Chanel trop serrés, elle se dandine pour soulager ses pieds et s'accroche au bras de Zinski.

Jan Zinski observe le profil parfait d'Anaïs, son nez légèrement aplati, sa bouche rouge, ses pommettes hautes, sa frange blonde, ses cils englués de rimmel noir, ses bras minces, dorés. Elle est belle, et a l'air d'une adolescente. Je la connais depuis combien de temps ? Ce n'est pas difficile… Vingt ans.

Un jour de juin 90, elle avait poussé la porte de l'agence de mannequins que je possédais rue François-Ier à côté des Champs-Élysées ; elle venait montrer les photos de son book. J'étais dans l'entrée, j'attendais un taxi et, avant de sortir, j'ai fait un petit signe de tête à la directrice artistique dans son bureau vitré qui signifiait, on la prend, elle est canon. Non seulement elle était belle, élancée, élégante, mais elle possédait un charme étrange, une fragilité d'enfant étonnée sous une allure de belle indifférente.

Cela n'avait pas été difficile de la séduire. Je crois même, sans me flatter, qu'elle est tombée amoureuse. Et j'ai bien failli rendre les armes. Mais j'avais vingt-huit ans, j'étais entouré de filles magnifiques, j'enchaînais les histoires d'un soir. Je les appelais « chérie », « honey », « sweetie », incapable de retenir un prénom. Ça défilait, ça défilait…

Tout était facile dans ces années 90, l'argent, les filles, la coke, les boîtes de nuit, les voyages, les relations avec les clients. J'ai rencontré une belle Américaine, j'ai eu envie d'aller vivre à New York et j'ai vendu mon agence à Paris.

J'en ai acheté une autre à New York, je me suis installé à SoHo. J'ai oublié l'Américaine et j'ai continué à vivre au jour le jour. Un soir, en 1994, lors d'un dîner chez Viand[1], j'ai appris par un copain qu'Anaïs s'était mariée. Avec un châtelain bordelais. Beau mec, riche, fou amoureux. Ça ne m'étonnait pas. La carrière d'un top model dure cinq, six ans, après elles se recasent et souvent font un mariage intéressant et… intéressé. J'ai dit, ah bon… Et j'ai pensé à autre chose.

Je suis resté douze ans à New York. J'habitais sur Spring Street en bas de la ville. Un grand loft blanc avec des tableaux aux murs, un aquarium pour contempler les poissons et un rameur. *I was the perfect French guy.* Chic, cool, débraillé. Bon au pieu. Celui qui sait choisir le vin, le déguster en fronçant les sourcils et les lèvres, pénétré d'une science mystérieuse qui n'appartient

1. Fameux restaurant à New York.

qu'aux Français. Je me pris de passion pour les vins de Bordeaux, j'appris à connaître les sols, les saisons, les cépages, les secrets de fabrication, les bonnes et les moins bonnes années, le rôle fondamental de l'œnologue dans les assemblages. Il m'arrivait de passer une soirée seul, face à mes poissons multicolores, à goûter plusieurs vins, à les noter, les apprécier. Mon père m'avait enseigné les saveurs, l'importance d'un tanin, d'un élevage en fût. Je répétais ses gestes, ses mimiques. C'était une façon de parler avec lui par-dessus les océans. Nous n'avions jamais eu de bonnes relations. Et cela faisait longtemps que nous ne nous parlions plus.

Les années passaient.

Dans ma tête, j'avais toujours vingt-huit ans.

Je ne comptais ni les années, ni les filles, ni les bouteilles de whisky, ni les lignes de coke. Je gagnais un fric fou. Je voyageais dans les capitales du monde entier pour recruter de nouveaux visages. Le marché avait changé. Le public réclamait des beautés ethniques, fini la suprématie des filles venues du froid, blondes et lisses. J'avais une maison pour le week-end dans les Hamptons, une autre agence à Los Angeles, des copains à Aspen, Chicago, Miami, Mexico, Londres, Hong Kong, mais mon camp de base était toujours New York, la ville qui ne dort jamais.

Un jour, ce devait être en 2004, un chasseur de têtes m'a parlé d'un gros poste à pourvoir dans un domaine viticole à Bordeaux. Château Berléac, l'un des plus grands crus de graves, cherchait un directeur commercial connaissant le marché américain. Est-ce que je voyais quelqu'un que ça pourrait intéresser ? J'ai répondu, oui, moi. Sans réfléchir.

J'avais envie de rentrer en Europe. De changer de vie. Je venais d'apprendre que mon père était en train de mourir à Paris. Ma mère était seule pour s'occuper de lui, j'étais leur unique enfant, tout se mélangeait dans ma tête. La culpabilité de ne pas avoir donné beaucoup de nouvelles ni beaucoup d'amour, la lassitude de la vie que je menais à New York, le besoin de changer d'air et d'emploi, la curiosité de ce monde prestigieux des vignobles français, une façon d'ennoblir l'immigré polonais qui sommeillait en moi.

Ambroise de Berléac était de passage à New York, il m'a donné rendez-vous. Et on a fait affaire. Salaire conséquent, intéressement, primes, totale liberté pour développer le secteur étranger.

J'ai revendu mon affaire, et hop ! *back to France.* Mon père est mort sans qu'on se soit parlé. Il ne voulait pas que je reste à son chevet, il préférait demeurer seul avec ma mère. Elle m'a reconduit à l'ascenseur du 7e étage de l'hôpital Cochin, m'a caressé la joue en me disant, ne t'en fais pas, ça va aller ! Il est mort une semaine après. Je suis parti à Bordeaux. J'avais tout à apprendre, c'était excitant. Je me disais que, plus tard, je pourrais monnayer mon nouveau savoir en Amérique, en Argentine ou en Australie. Je faisais mes classes en étant grassement payé.

Ambroise m'emmenait partout, il me présentait ses amis, les gens avec lesquels il travaillait. Sa femme était partie faire le tour du monde pour représenter Berléac. Il m'a montré son bureau, et un peu plus loin, celui de

Jacqueline, sa première épouse. Je me suis dit, le type est cool ! Et les deux femmes, elles sont cool aussi ?

Je me concentrais sur les choses nouvelles que j'apprenais. Et j'en apprenais tous les jours.

Un après-midi…

J'étais dans mon bureau, adjacent à celui d'Ambroise, il faisait très chaud, j'avais acheté un ventilateur paresseux qui, même à fond, marchait au ralenti. J'avais du mal à travailler. Je regardais voler les mouches quand j'ai vu passer Anaïs dans le couloir. J'ai cru que mes yeux allaient tomber tels deux œufs mollets sur le clavier de l'ordinateur. Elle est entrée dans le bureau d'Ambroise. Je l'entendais parler. Ou plutôt j'attrapais des bribes de phrases. Elle revenait d'un long voyage à New York, San Francisco, Sydney, Hong Kong. J'ai attrapé le premier dossier qui me tombait sous la main, j'ai poussé la porte d'Ambroise, me suis excusé d'être entré sans frapper, j'ai fait mine de me retirer, mais il m'a retenu et a dit, entrez, Jan, que je vous présente ma femme. Bonjour, monsieur. Bonjour madame. Enchanté. Enchantée.

C'était bien elle. Elle m'a tendu la main avec un sourire factice, a terminé la conversation, a ramassé son éventail en bambou, sa bouteille d'eau, son sac, et a déclaré qu'elle allait défaire ses valises, je t'ai rapporté plein de cadeaux, elle a lancé à Ambroise. Elle est partie sans me regarder. J'étais sidéré. Ambroise a ri, il a ajouté, je sais, elle fait cet effet-là sur tous les hommes. Heureusement que je ne suis pas jaloux ! J'en perdrais le sommeil.

Quand on se croisait, elle m'appelait « monsieur Zinski » avec un sourire d'hôtesse de l'air. Je l'évitais. On s'est côtoyés ainsi pendant plus d'un an. J'avais fini par m'habituer. Cependant, chaque fois que je la croisais, je pensais, et dire que je l'ai baisée ! Je m'étais même convaincu qu'elle avait couché avec moi par intérêt. Je ne lui servais plus à rien, donc elle m'ignorait.

Un soir, il y a deux ans, elle est entrée dans la maison que j'occupe sur la propriété, un peu à l'écart, 200 mètres carrés de plain-pied, deux chambres d'amis en plus de ma « suite parentale », qui n'a rien de parental, une grande terrasse, une vue à couper le souffle sur les vignes. J'étais dans le salon, je regardais la télé en caleçon et tee-shirt, je mangeais un hamburger décongelé et buvais une bonne bouteille de vin. C'était une soirée rugby, Bordeaux prenait une raclée. Je ne l'ai pas entendue entrer. Elle s'est placée devant la télé et a dit :

– Bonsoir, je suis venue te chercher puisque tu ne bouges pas.

– Je pensais que je t'intéressais plus !

– Je t'ai connu plus dégourdi.

C'était parti.

Au début j'étais gêné à cause d'Ambroise. J'aime bien ce type.

Et puis, elle a tout balayé.

– J'espère qu'on va avoir de bonnes places, soupire Anaïs. J'ai jamais vu une file d'attente aussi longue…

– Le film se passe au Ferret. Tout le monde va reconnaître une plage, un restaurant, un figurant. Il paraît que Guillaume Canet a tourné dans sa propre maison…

– Moi, je viens pour les histoires d'amour… C'est tellement compliqué, les couples, les familles, les enfants !

– Au fait, Ambroise est bien parti voir ses nouvelles barriques ?

– Oui, oui, il a pris la route après le déjeuner. Il faut que je te raconte le déjeuner ! Une folie !

Elle vient s'appuyer contre lui dans un mouvement d'abandon. Ces chaussures me serrent. Elles sont trop petites. Il n'y avait pas la taille au-dessus, je les ai achetées quand même. Papa disait, faut souffrir pour être belle, alors je souffre, et garder le sourire, personne ne doit savoir !, alors je souris. Mais j'ai l'impression que je souris de moins en moins bien. Depuis quelque temps, j'observe Gwendoline. Elle ne fait pas d'efforts pour plaire, elle. Elle est belle. Elle s'en fiche d'avoir des chaussures trop grandes, de porter une salopette, de n'être ni maquillée ni apprêtée. Elle est libre. Moi, j'ai passé ma vie à me plier aux désirs des autres, de mon père d'abord, des hommes, des photographes. Souris, sois belle, dis pas de conneries. Quand je m'écoute parler, je me demande, c'est qui, cette fille-là ? Mais ça, je ne le dirai à personne. Surtout pas à Jan, il ne comprendrait pas.

– Fais attention ! ordonne Jan Zinski. On va nous voir !

– Je m'en fiche !

– Vraiment ?

– Oui.

– Je ne trouve pas ça très prudent…

– Je m'en fiche, je te dis.

Et pour le prouver, elle se serre contre lui.

– Anaïs ! Arrête ! Il faut qu'on reste discrets.

– J'en ai marre d'être discrète.

– Ce n'est pas le moment de prendre des risques ! Allez, raconte-moi le déjeuner…

– Embrasse-moi !

– T'es folle ou quoi ?

Elle pousse un soupir, baisse la tête, boude puis raconte. La petite fiancée sans intérêt, les vieilles tantes, les vieux oncles, le numéro de travesti de Louis, Frédéric qui le rejoint…

– J'ai été parfaite pendant tout le déjeuner ! Une épouse modèle ! J'aurais dû être actrice. Mais maintenant, c'est trop tard.

Elle souffle, dépitée.

– J'ai raté ma vie.

Elle tripote sa lèvre supérieure et ajoute :

– Je m'ennuie… Je déprime. Il faudrait que j'aille voir un psy, mais… c'est trop tard, non ? En ce moment, j'ai l'impression que ça déménage à l'intérieur de moi, les meubles changent de place, je ne m'y reconnais plus. Des vieux trucs me pètent au visage, je me demande pourquoi… Tu penses que c'est l'âge ?

– Mais non…

– Tu crois que je devrais aller voir un psy ?

– Non ! Surtout pas ! C'est parce que tu n'as pas de projets. Pense à nous. Pense qu'on va se marier… et à tout ce qu'on va pouvoir faire.

Elle fait la moue. Me marier, me marier. Pour trouver un autre maître qui me dicte ma conduite ?

– Allez ! Raconte-moi ce déjeuner. Raconte !

Elle prend une grande inspiration, souffle et reprend son récit :

– Le clou du spectacle est arrivé à la fin du déjeuner. Un individu tout de rose vêtu, avec des lunettes papillon de vieille Anglaise, a débarqué sans être invité. On se serait cru chez Michou. Il a fait le tour de la table, est allé droit vers François, lui a passé la main dans les cheveux, « Mon chéri, c'est toi qu'on va fiancer ? Je t'ai connu tout petit, tu sais ? Tu étais si mignon ! Souviens-toi, c'était au moment de la séparation de tes parents… J'aidais ta mère à redécorer votre hôtel particulier. Tu me suivais partout, je t'apprenais à planter un clou, à déployer un pan de tissu, à assortir des couleurs… ». Il caressait les cheveux de François en regardant la jeune Hélène qui lançait des regards désespérés à ses parents. François essayait de se dégager, Jacqueline s'étranglait, Aliénor avait du mal à avaler sa salive, et les Castel-Lagrange se demandaient s'ils n'étaient pas tombés dans un congrès de fous. Ambroise s'est levé, il a demandé à l'individu, qui s'appelle Cecil si j'ai bien compris, de se retirer. Il n'a rien voulu savoir…

Jan Zinski l'interrompt :

– Il s'appelle Cecil ?

– Tu le connais ?

– Non. Ou plutôt oui… Je t'expliquerai. Continue !

– Il est allé s'asseoir à côté de l'oncle Édouard, il lui caressait la cuisse en l'appelant « mon chéri », lui assurait qu'il était revenu pour de bon, qu'il s'était mal comporté et lui présentait ses excuses, il lui promettait que dorénavant il se conduirait bien… Hugues de Lantignac, le frère d'Aliénor, a pris sa femme par la main et ils sont partis, furieux, les deux tantes écoutaient, médusées, l'oncle Jacques en profitait pour remplir son verre et Édouard avait les larmes aux yeux…

La file s'ébranlait, les gens tenaient leur invitation à la main. Anaïs s'accrochait à Jan Zinski et continuait à raconter tout en avançant :

– Ambroise a fini par se fâcher. Il a attrapé le type par le col et l'a viré. L'autre est allé s'écraser sur le gravier. On entendait tout. Il s'égosillait, promettait de revenir et de se venger. « Allez-y ! a dit Ambroise, vengez-vous ! Vous ne me faites pas peur ! » Il est revenu s'asseoir à table, s'est excusé auprès des Castel-Lagrange et a ajouté à l'adresse d'Édouard, « et toi, tu as intérêt à faire le ménage dans tes relations, sinon tu ne remets plus les pieds ici ! ». Édouard a protesté, « mais je suis chez moi ici ! J'ai des parts de Berléac, je te rappelle ! ».

– Il a vraiment dit ça ? Dans ces termes-là ?

– Oui, oui, je te jure ! On avait tous le nez dans notre dessert. On faisait semblant de pas entendre mais on a tout entendu ! En tout cas, moi, pour une fois, je ne me suis pas ennuyée. Je me suis même bien amusée. Alleeez ! Embrasse-moi !

Elle lui tend les lèvres, ferme les yeux, mimant la femme qui attend un baiser.

– Arrête ! T'as bu ou quoi ?

– C'est sûr qu'on a pas mal picolé… et plein de vins différents, du rouge, du blanc, du cognac !

– J'ai horreur des femmes qui boivent. Reprends-toi. On est en train de se donner en spectacle…

– Je m'en contrefiche !

– Recoiffe-toi et remets du rouge à lèvres. Tu as la bouche baveuse.

Il lâche son bras, la repousse et tente de prendre ses distances.

– Oh là là ! T'es pas drôle ! elle se renfrogne.

– Remets du rouge et souris !

– J'ai compris !

Son père lui disait toujours ça, mets du rouge et souris. L'ordre tombait, promettant une punition si elle ne s'exécutait pas. Elle ne comprenait pas pourquoi c'était si important, mais elle obéissait.

Zinski se retourne pour vérifier si les gens les observent. Des regards se dérobent, gênés. Il reconnaît un couple, des amis d'Ambroise, qui ébauchent un sourire crispé, et juste derrière, le regard éberlué de Jacqueline de Berléac en compagnie de son ami, Patrice Clauzel.

– Émile, tu nous emmènes à la rivière ? demande Louis. Tu nous avais promis. On a tout le temps avant le dîner !

– On attend Elsa, dit Émile. Elle a envie de se promener.

– Surtout avec toi ! sourit Louis.

– Qu'est-ce que tu veux dire ?

– Rien, dit Louis en riant. Rien du tout.

– Louis fait son malin, dit India, Louis se croit très fort aujourd'hui.

– Tu as raison, India. Je suis fier de mes alexandrins et j'ai réussi mes coupes à l'hémistiche.

– Tu t'es donné en spectacle ! s'énerve India. C'était

pas toi le héros de la fête, mais Hélène et François. Tu leur as volé la vedette !

– C'était mon cadeau et j'ai assuré. Tu peux pas en dire autant. Tu as fait quoi pour eux ?

– J'ai porté des plateaux très lourds pendant que tu te maquillais !

– J'ai assumé mon côté artiste… Les vieilles tantes ont adoré. Elles m'ont dit avant de partir que si elles avaient plus d'argent, elles iraient tous les soirs au théâtre. Elles semblaient beaucoup le regretter. Dis, Émile, elles sont pauvres, les deux tantes ?

– Elles ont pas l'air de rouler sur l'or.

– Elles ont des parts comme l'oncle Édouard ? reprend Louis.

– Ça t'intéresse ? sourit Émile.

– Ben oui… Forcément.

– Parce que, toi aussi, tu as des parts de Berléac ?

– Bien sûr… J'ai même tout calculé.

– T'es pas trop petit pour penser à ça ?

– C'est pas parce qu'on est petit qu'on pense pas ! Disons que ça me préoccupe, je veille au grain depuis que papa est parti…

– T'es le chef de famille ?

– En quelque sorte…

Émile ébouriffe les cheveux de Louis.

– Tu es d'accord, India ?

– C'est son délire. Pas le mien.

– Arrête, India ! Tu seras bien contente le jour où…

– Peut-être qu'ils sont faux, tes calculs…

– Oh ! Vous m'avez attendue, c'est gentil, s'exclame Elsa qui les rejoint.

Elle a troqué sa robe à ramages verts et blancs contre un pantalon large et un pull qui la moule. Elle a vraiment de tout petits seins, pense Louis. Une femme se doit d'être pulpeuse... Enfin quand même, je la trouve de plus en plus jolie, c'est parce qu'elle est amoureuse ?

– On va à la rivière ? dit Elsa en prenant le bras d'Émile.

– Je vais montrer aux enfants les endroits où je pêche.

– Il faut croire qu'Émile vous aime beaucoup ! Il n'emmène jamais personne...

– Même pas toi ? la coupe Louis.

– Si..., dit Elsa en rougissant. Mais moi, je garde le secret.

Émile sourit. C'est sa journée de rêve éveillé, la journée où il veut croire que tout est possible. À minuit, il retombera sur terre. Avant, tout mon amour passait dans la vigne, dans mes soirées à l'Opéra, dans la pêche, les truites que j'attrapais, la rivière où j'entrais en suivant le courant, en me calant entre deux rochers. L'eau était froide, elle me serrait aux jambes et aux cuisses, elle faisait corps avec moi. J'attendais que le poisson morde. C'était bon d'attendre, c'était palpitant. Est-ce que je vais avoir la joie de l'attendre, elle ?

L'amour, c'est attendre. On ne devrait pas dire, je t'aime, on devrait dire, je t'attends.

India et Louis marchent en tête. Ils ont mis des grandes bottes pour fouler les herbes de la prairie et éviter les chardons qui piquent.

– On a bien fait de passer devant, comme ça les amoureux vont pouvoir se parler…

– Tu crois qu'ils sont in love ? dit India.

– J'en mets ma main au feu…

– Ils sont tous les deux timides. Si ça se trouve, Émile ose pas se déclarer.

Elle se souvient de ce que lui avait soufflé l'érable à deux troncs, Émile va tomber amoureux et il sera triste, je serai son paratonnerre. Est-ce avec Elsa, cette grande joie et cette déception ? Et comment puis-je le protéger ? Elle pense à l'érable, ferme les yeux et demande à l'arbre de lui répondre. D'habitude, elle obtient toujours une réponse. Sauf quand sa question est pourrie. Elle sait très bien quand sa question est pourrie, mais c'est plus fort qu'elle, elle tente, je serai jolie quand je serai grande ?, je vais avoir des seins comme les autres filles ?, ça fait mal quand les seins poussent ? L'arbre ne répond pas. Quand elle avait demandé, est-ce qu'on va être renvoyés de Berléac ?, la réponse avait été non, non. C'était très clair. Parfois, ça l'est moins. C'est le danger, les arbres ne parlent pas le même langage que nous. Ils nous envoient des images, des émotions. Il peut y avoir confusion.

– Tu sais, India, je crois que j'ai enfin trouvé un ami, et c'est Frédéric.

– Mais il est bien plus vieux que toi !

– Avec lui je serai pas obligé de jouer le *tough guy*[1].

– Avec qui tu jouais le *tough guy* ?

– Gilbert. Je peux te dire que c'est épuisant.

1. Jouer au gros dur.

Il est six heures passées. Ils aperçoivent enfin la rivière, large, paisible, des rochers dépassent et créent des tourbillons argentés. Les deux rives sont plantées de peupliers. Ils ont envie de courir, d'enlever leurs bottes et de sauter dans l'eau.

– On peut se baigner ? crie Louis en se tournant vers Émile.

– À condition de rester au bord. Y a du courant. Ça peut être dangereux…

Louis se défait de ses bottes et de ses vêtements et, avant de s'élancer vers la rivière, il murmure à India :

– T'as vu ? Elle lui a pas lâché le bras ! Ils sont amoureux, je te dis, ils sont amoureux !

Ils ont promis de rester au bord, de ne pas s'engager dans le courant. C'est un endroit où la rivière déborde, créant une anse où les enfants ont de l'eau jusqu'à la taille. Émile les surveille de la rive. Elsa a retroussé son pantalon et marche dans l'eau en poussant des petits cris parce qu'elle la trouve froide.

– Même pas froide ! crie Louis en se bouchant le nez et en mettant la tête sous l'eau.

– Même pas froide ! répète India en l'imitant.

– Tu comptes les secondes, India, je m'entraîne pour la piscine.

– Ok. Vas-y.

Émile entend India compter 10, 11, 12, 13, 14…

Il lève son visage vers le soleil, ferme les yeux et sourit.

Le soleil dessine des ronds aveuglants sur la surface de l'eau. Des ronds qui se multiplient, s'effacent. India en vise un, prend son élan, saute... mais il se dérobe et surgit plus loin. Elle court, bifurque, revient en arrière, saute en avant et crie, manqué !

Émile étire les jambes, chasse une mouche, regarde sa montre.

Encore quelques heures de bonheur à vivre !

Si on le découpe en heures et en minutes, le bonheur peut durer longtemps...

Sur le chemin du retour vers Berléac, ils marchent en procession.

C'est le début du mois d'août. Et après, ce sera septembre et la rentrée des classes, se dit India, est-ce que maman viendra nous chercher pour nous mettre à l'école ? Et ce sera où ? Et papa ? Il sera revenu ? Elle secoue la tête, elle n'a pas la réponse à ces questions.

Les enfants ont les cheveux humides qui collent dans le cou. Elsa cueille des fleurs pour faire un bouquet et l'offrir à Nannie. Louis joue à être ivre, ivre de joie, il précise. India gambade. Chiche que tu m'attrapes ! Chiche que je touche la barrière blanche avant toi ?, et ils courent en laissant battre leurs bras dans le vide. Ils s'arrêtent, essoufflés, en atteignant la barrière.

– Égalité ! crie Louis.

– Tricheur ! C'est moi qui ai gagné !

– Égalité ! La femme est l'égale de l'homme, pas sa supérieure !

India se réfugie sous un grand châtaignier et Louis rejoint Elsa qui a aperçu un taureau derrière la barrière.

– Viens voir, Louis ! Il est gros comme un tracteur !

India observe le ciel à travers les branches et reprend son souffle. Elle aime l'été, l'odeur d'herbe brûlée, de bois coupé, ce parfum de laitue et d'asperges broyées, les effluves des pétales de rose dans les allées ou ceux de soufre qui sortent des vignes. Il faut bien lutter contre l'oïdium, lui a expliqué Émile. Tout ce qu'elle sait sur la vigne, elle l'apprend avec lui. Un mot la fait rire, c'est « ouillage ». Quand on ajoute du vin dans une barrique parce qu'une petite quantité s'est évaporée. Si on ne fait rien, le vin s'oxyde.

Émile s'assied à côté d'elle et arrache des mottes d'herbe. Il les secoue pour que la terre tombe et qu'on aperçoive les racines, semblables à de longs filaments de méduse.

– Envie de me reposer…, soupire India.

Elle voudrait être seule avec le châtaignier, lui poser les questions qu'elle a dans la tête. Les arbres nous soignent, ils absorbent nos problèmes. Maman, parfois, allait dormir sous un arbre. Maman, pourquoi t'appelles pas ? Elle s'était mariée en bottes jaunes. Elle expliquait qu'au Moyen Âge, le jaune était la couleur de la maladie, de la mélancolie, une passion noire comme du poison. Le signe de la folie aussi. Elle avait été folle de se marier avec Franck ?

– Je te dérange ? dit Émile.

– Je regardais le ciel. T'as connu ma maman ?

– Elle m'intimidait quand j'étais petit… mais je me souviens pas très bien, tu sais. J'avais treize ans.

– Ah…, dit India, déçue.

Elle se tourne vers Émile. Il semble préoccupé.

– Émile, t'as envie de me parler ?

Il sourit. Son visage s'éclaire.

– Comment t'as deviné ?

– Tu voudrais me parler mais t'oses pas…

– Je voudrais te demander quelque chose, mais je sais pas comment… Ce serait un secret entre nous.

– Je t'écoute…

– Je sais pas par quoi commencer…

Émile nettoie les racines de la motte d'herbe. Ses doigts sont pleins de petites coupures, ses ongles, fendillés, noirs.

– Ça a rien à voir avec Berléac, je voudrais te parler de…

Il détourne le regard, gêné.

– Tu veux que je me retourne, comme ça tu parles à mon dos ?

– Tu voudrais bien ?

– Pas de problème.

Elle pivote et s'assied en tailleur. Devant elle, il y a un parterre de petites marguerites. Elle en cueille une, deux, trois, quatre, cela fera un mini-bouquet pour Nannie.

– Vas-y, je suis prête.

– India… tu pourrais… Je voudrais être plus… euh… moins… euh… Bouge surtout pas !

– Je bouge pas.

– Je sais pas comment dire… Suis pas habitué à parler.

– Moi, je parle aux arbres… ça me fait du bien.

– Oui, mais toi, t'es pas comme les autres. Je l'ai su tout de suite. Tu connais mieux la vie que moi.

– Chacun mène sa vie, la mienne est différente de la tienne.

Émile ne sait plus quoi faire de la motte de terre qui pèse dans sa main et la lance telle une boule de pétanque.

– Tu es amoureux, Émile ? C'est ça ?

– Oh, India... Je voudrais tellement arrêter d'être laid.

– T'es pas laid. Tu sais pas t'arranger, c'est tout.

– Tu pourrais me donner des idées ?

– Pourquoi moi ?

– T'es une fille, et les filles, elles s'y connaissent.

– C'est urgent ? elle dit en riant, émue d'avoir été choisie comme confidente et conseillère.

– Un petit peu...

– J'ai pas beaucoup d'expérience, tu sais.

– Moi, j'en ai aucune. Quand je me regarde dans une glace, je me fais horreur.

India a envie de lui dire que le seul garçon qui l'ait troublée, c'était Gus. Il disait des gros mots, portait toujours le même tee-shirt crasseux Adidas, lui tordait le bras et lui montrait des photos de femmes nues sur internet ou dans les magazines de son père. Un jour, il lui avait dit, tu vois, ce petit trou en bas qu'elles ont toutes ? C'est un truc que nous, les hommes, on a pas. Toi aussi, tu as un petit trou en bas, tu le sais ?, elle avait haussé les épaules, oui, bien sûr !, mais elle ne savait rien du tout.

– Tu pourrais me donner un conseil par jour... ou par semaine. Et je ferais comme tu dis... Au début, pas trop difficile, hein ?

India, qui lui tourne toujours le dos, lui tend la main par-dessus son épaule et il tape dedans.

– Merci, India, t'es top !

India s'apprête à dire, c'est toi qui es top, Émile. Elsa a beaucoup de chance, mais elle s'arrête. Elle a entendu le bruit des pièces en or dans le bol hindou.

Ce n'est pas d'Elsa qu'Émile est amoureux. C'est d'une autre.

Est-ce que je la connais ?

Oui, bruissent les pièces. Tu la connais.

Gwendoline a attaché son cheval à un arbre et marche vers Guillaume, allongé dans l'herbe, sur le ventre. Il a entendu un oiseau gémir dans les fourrés. Il écarte les branches et aperçoit un vanneau huppé aux ailes mousse des bois, au ventre blanc et rond, à la longue huppe noire effilée. L'oiseau est couché sur le côté, ses yeux sont injectés de sang, sa tête bat de droite à gauche. Il respire avec difficulté. Il a dû s'écraser contre un arbre en tentant d'échapper à un prédateur. Guillaume casse la branche d'un arbuste, la place sous la tête de l'oiseau, la redresse. Il pose la main sur sa poitrine, la masse doucement en faisant chhh-chhh. La respiration de l'oiseau s'apaise. Il ne doit pas peser plus de 200 grammes.

– On dirait que tu vas mieux ! sourit Guillaume.

L'oiseau remue. Son œil perçant inspecte le ciel, l'arbre, l'homme au-dessus de lui. Il s'ébroue.

– Holà ! Te précipite pas…

Un éclair affolé passe dans les yeux de l'animal, il bat d'une aile et tente de soulever l'autre.

– C'est bien ce que je disais, tu vas beaucoup mieux. On dit merci qui ?

– Merci, Guillaume ! crie Gwendoline en se laissant tomber près de lui.

– Arrête ! Tu vas l'effrayer ! Je viens juste de le ranimer.

Il glisse la main sous l'oiseau encore flasque et le dépose à l'abri sous un buisson de fougères.

– Ça fait longtemps que tu es là ? dit Gwendoline.

– Un siècle et demi.

– Pffft ! Ce déjeuner ! J'ai cru qu'il n'en finirait jamais !

– Je me demandais si t'allais venir... Après notre dispute de ce matin...

Ils se sont disputés à cause d'un type qui, la veille, dans une soirée, a dragué Gwendoline, devant lui, sans qu'elle le remette à sa place.

– Je t'avais dit que ça risquait d'être long. J'ai prévenu que je séchais le dîner, ce soir. J'ai eu ma ration !

– À ce point ?

– Grand déballage de famille. Paps a foutu un type à la porte. Un strangeos habillé en rose qui a dégommé chaque invité en faisant de grosses allusions bien salaces, cul, argent, petits arrangements. Ils avaient tous la trouille et claquaient des dents. Et lui, il déblatérait.

– Il s'appelle comment, le strangeos ?

– C'est un Anglais, je connais que son prénom, Cecil...

– Cecil ! Cecil Davies ? Il était chez mon père hier !

– C'est un de ses copains ?

– Sais pas, mais il était à la maison...

La maison de Guillaume s'appelle le château Saint-Hilaire, son père, Bernard Debreste, et son grand-père, Paul Debreste.

Dans cette clairière camouflée par des arbres, des feuillages, ils sont à l'abri. Personne ne peut les voir. C'est leur endroit secret. À la lisière entre les terres des Berléac et celles des Debreste, de part et d'autre de la rivière. Terrain neutre, drapeau blanc. Ils l'ont surnommé « la Suisse ». Ils s'envoient des sms codés, « rendez-vous en Suisse dans une demi-heure ? ».

Ils ont commencé, enfants, par y construire une cabane où ils abritaient des lapins, des chats abandonnés, des oiseaux blessés, des tortues, tous les éclopés qu'ils ramassaient. Ils volaient dans les placards familiaux du beurre, du lait, de la farine, du jambon, des boîtes de conserve, du Mercurochrome, des pansements, nourrissaient les affamés, soignaient les blessés et les relâchaient quand ils étaient vaillants.

Jamais personne n'a découvert leur refuge.

Ils se sont connus à l'école primaire du village. Ils avaient vite compris qu'il valait mieux ne pas dire à leurs familles qu'ils étaient amis. Ils se voyaient « en Suisse » mais s'ignoraient à l'école. Au début, c'était difficile, mais ils y étaient arrivés.

Ils savent tout l'un de l'autre.

Gwendoline déteste sa mère, pire, elle en a honte ! Et elle déteste sa voix, elle est fausse, si fausse. Comment Paps a-t-il pu tomber amoureux d'elle ? Quand sa mère l'embrasse, c'est tellement pas naturel qu'elle se défile.

Il lui parle de son père, snob, superficiel, de son grand-père lunatique, odieux puis chaleureux, et de sa mère, tapie entre ces deux hommes, n'osant pas dire un mot.

Ils se demandent pourquoi leurs deux familles se détestent tant.

Guillaume émet des hypothèses :

– J'ai entendu dire que mon grand-père... guignait les terres des Lantignac qui appartenaient au père de ta grand-mère.

– Thierry de Lantignac...

– Et si j'ai bien compris, à la fin de la guerre, il a acheté la moitié des terres Lantignac pour une bouchée de pain. Comment ? C'est pas clair. Ta grand-mère doit le savoir, c'est pour ça qu'elle déteste les Debreste. Elle doit me détester, moi aussi.

– Personne chez moi sait que je te vois.

– Vaut mieux pas ! Un jour, j'ai surpris mon père et mon grand-père en train de s'engueuler à cause des vignes Lantignac. Grand-père disait, « j'ai tout fait pour les avoir, c'est pas pour que tu les brades pour des œuvres d'art minables ! », et mon père a répondu, « si j'étais vous, je ne serais pas fier ! » « Tu me fais la morale, Bernard ? Petit con... Je t'ai construit un empire ! Tu crois qu'on devient riche en gardant les mains propres ? Faut se salir pour avoir le cul au chaud. T'es qu'un enfant gâté, un bon à rien ! ». J'ai refermé la porte, j'avais honte.

– À la maison aussi, y a plein de sujets qu'on évite. Tante Muriel, par exemple. Tout à l'heure, au déjeuner, quand le nain s'est mis à déclamer ses vers, son nom a circulé. À voix basse. Personne n'osait le prononcer tout haut. J'aurais bien aimé la connaître. Elle a eu du courage, elle a tout quitté pour un homme.

– Tu ferais pas pareil ?

– Suis jamais tombée amoureuse. J'ai pas trop envie...

– Ah...

– Pas envie du tout, même !

– Tu dis ça pour moi ?

– Mais nous, c'est pas de l'amour, c'est de l'amitié !

Parfois je me demande si c'est vraiment de l'amitié, se dit Guillaume.

Depuis quelque temps, leurs rapports ont changé. Gwendoline s'est battue avec une fille qui le drague ouvertement au lycée, et il a quitté la fête, hier soir, parce qu'un type n'arrêtait pas de coller Gwendoline. Et elle le laissait faire !

– Quand on tombe amoureux, on devient bête et on se dispute, continue Gwendoline. Comme nous ce matin. On n'en a pas fait un drame, justement parce qu'on est amis. Sinon, je te dis pas !

– Il m'a énervé, ce type ! Il était persuadé que tu allais le suivre… et toi, tu l'encourageais.

– Mais pas du tout ! J'ai dormi chez Jacqueline. Si t'étais pas parti comme un fou furieux, t'aurais vu que je l'ai pas suivi…

– Il arrêtait pas de te tourner autour !

– T'es jaloux ou quoi ?

– Jaloux, moi ? T'es dingue ? Et toi, pourquoi tu t'es battue avec Sophia ?

– Elle est trop con, toujours à baver devant toi !

– Elle est pas con du tout.

– Ben… t'as qu'à coucher avec elle ! Qu'est-ce que t'attends ?

Et c'est comme ça tout le temps. Ils sont à fleur de peau. Mal à l'aise. Elle rit fort, il rit faux. Il fait attention à porter le bon jean et le bon tee-shirt quand il la voit, elle vide ses penderies pour trouver LA tenue pour aller en Suisse. De plus en plus souvent, elle délaisse sa salopette pour des petits hauts, des robes, des jupes ou des shorts.

– On fait la paix ? dit Guillaume.

– À condition que t'arrêtes…

– Je te demande pardon.

– T'as pas à t'excuser.

– Pourquoi ?

– J'aime pas… C'est comme si… tu étais dépendant de moi. J'aime pas l'idée. J'aime pas les gens qui collent.

Elle écrase une tresse d'herbes entre ses doigts.

– À quoi tu penses, Gwen ?

– M'appelle pas Gwen. Suis pas un shampoing.

– À quoi penses-tu, Gwendoline ?

– Ça te regarde pas, propriété privée.

– T'es chiante !

– Toi aussi.

– Tout ça parce que je t'ai demandé à quoi tu pensais !

– J'ai pas envie de répondre. J'ai le droit.

– Pourquoi t'es si dure ? Tu veux quoi à la fin ?

– Attraper le vent, elle déclare, sérieuse.

– Comprends rien…

– T'es lourd ! Oh, et puis tu m'énerves. Je me casse…

Elle bondit sur ses pieds, l'oiseau prend peur, s'envole. Il heurte une branche et retombe dans le fourré.

– C'est malin, dit Guillaume, je venais juste de le réparer.

Elle passe la main dans ses cheveux, les attache avec

un chouchou orange qu'elle sort de sa poche, se dirige vers Blackie, s'empare des rênes du cheval et le monte.

– Fais-moi signe quand tu te seras calmé ! elle crie.

Et, d'une simple pression des jambes et d'un claquement de langue, elle part au galop.

Ils n'arrêtent pas de se disputer. Comment peut-on passer de l'état de « meilleurs amis du monde » à celui de « on se supporte plus » ?

Blackie a ralenti. Il trotte, libre, gracieux, crinière au vent, puis souffle et marche au pas. Il fait chaud, il a senti la fraîcheur des peupliers et cherche la rivière. Gwendoline laisse flotter les rênes et le cheval se dirige vers la rive, allonge l'encolure et boit.

– Doucement… Faut pas boire trop vite.

Il se fige. Ses oreilles se redressent. Il a entendu un bruit ? Ses narines frémissent, il reste un instant à l'écoute puis recommence à boire.

Fausse alerte.

Gwendoline se penche sur Blackie.

– On se disputait pas comme ça avant. Qu'est-ce qui s'est passé ? Tu le sais, toi ?

Le cheval tourne la tête et la fixe de ses yeux bruns.

– Tu le sais ?

Il souffle et laisse échapper un petit hennissement.

Les chevaux sont des animaux sensibles, tendres, qui aiment rester en famille. Ils reconnaissent leurs petits et ne les confondent pas avec ceux des autres. Ils peuvent mourir de chagrin si on les sépare de leur tribu.

Elle se couche sur l'encolure de Blackie et ferme les

yeux. Il sent la sueur, le foin, le cuir. La pisse, aussi. C'est aigre, un peu trop fort, mais c'est bon. Elle trace des raies avec ses ongles dans le pelage humide. Ils ont bien galopé. Est-ce que Guillaume a couché avec Sophia ? Cette conne raconte à tout le monde que oui. Comment est-ce qu'on sait qu'on a envie de coucher avec quelqu'un ? C'est stressant rien que d'y penser. Elle aimerait pas avoir des grosses mains de garçon sur sa peau. C'est dégoûtant. C'est la grande affaire au lycée. Y a ceux qui l'ont fait et les autres. Qu'on clashe. Suis pas une minable. J'aime pas la façon dont les garçons me regardent, c'est pas une tare, ça. Y a toujours un truc un peu sale dans leurs yeux, comme s'ils attendaient de prendre l'avantage sur moi, de me clouer sur un lit. Ou par terre. Ou dans les chiottes du lycée. Je déteste ça.

Blackie a tourné la tête et regarde au-delà de la rivière.

– On est pas près d'aller y galoper, mon vieux. Ils seraient capables de nous tirer dessus !

En sortant du cinéma, Anaïs a eu envie de pleurer.

Pas à cause du film. Elle ne s'en souvient plus.

Elle regardait l'écran mais le voyait flou. Une phrase tournait dans sa tête, « faut souffrir pour être belle », « faut souffrir pour être belle », « faut souffrir pour être belle ».

Son père disait aussi, la bouche doit être rouge, les cils noirs, le teint irisé, le cou étiré. Et le corps ? elle demandait en élève appliquée. Le corps ? Maigre, maigre… Le gras est répugnant. Affame-toi.

Quand elle s'asseyait à table, le soir, le visage nu, il la

renvoyait dans sa chambre. Elle se maquillait et revenait dîner. Il hochait la tête, satisfait.

Dans la nuit bordelaise, en marchant vers le parking Gambetta où ils se sont garés, elle a envie d'ôter ses chaussures. Ça ne se fait pas. La lumière dans l'ascenseur est blafarde, elle doit ressembler à une algue verte. Elle préfère ne pas se voir dans la glace. Et puis, elle se retourne et se regarde, ben… t'es pas moche sans rouge à lèvres !

Cette pensée la rend heureuse. Presque victorieuse. Une victoire sur qui, sur quoi ? Elle ne sait pas.

Elle ouvre la portière, s'assied, se déchausse, pose ses chaussures Chanel sur le sol, bien droites, au bord d'une flaque d'huile noire, grasse.

Le sang reflue jusqu'à ses orteils. Ses pieds fourmillent. Ils sont vivants, vivants ! Elle a envie de hurler de joie et pense aussitôt, qu'est-ce que je fous là, dans ce siège baquet, avec ce type qui est en train de décider de ma vie ? Au moins, Ambroise me fiche la paix !

Jan se sert de moi, je le sais, mais je ne veux pas me l'avouer.

La voiture démarre, Zinski glisse son ticket de parking dans la fente de l'automate. Son regard tombe sur les pieds nus d'Anaïs.

– Qu'est-ce que t'as fait de tes chaussures ?

Elle hausse les épaules.

Devant la porte de sa chambre, alors qu'il s'efface pour la laisser passer, elle entre, se retourne, pose la main sur la poitrine de Zinski et affirme :

– Je veux dormir seule.
– Mais il est pas là !
– C'est comme ça.

À la dernière réunion, au château Saint-Hilaire, Bernard Debreste et Jan Zinski lui ont dit, vous êtes le premier étage de la fusée. Votre participation est capitale. Elle va tout déclencher, et ils lui ont ouvert un compte en banque pour mener à bien sa mission. Une somme très confortable qui remboursera les traites de la Morgan et les mois de retard de loyer de son appartement à Londres. Il leur a promis qu'ils pouvaient compter sur lui.

– Je connais toutes ses faiblesses. Il m'obéira.

Le brave Édouard aime se faire dorloter, talquer, masser, qu'on le gronde, qu'on le menace, qu'on le punisse, qu'on l'attache. Sans lui faire mal. Il est douillet. Il dort dans un pyjama en flanelle rose.

– Faites-moi confiance, je vais vous le livrer rôti aux petits oignons.

– Et vous nous tenez au courant de ses réactions. Il est important dans notre stratégie, ce cher Édouard.

Cecil n'a pas voulu se montrer intrusif en demandant, quelle stratégie ? Il prend l'argent, ça lui suffit. Avec la promesse d'une grosse prime s'il mène à bien l'opération. Il ne va pas laisser échapper cette occasion. Prendre sa retraite à quarante-cinq ans, tout le monde en rêve.

Alors le dimanche soir, ce même dimanche où Ambroise de Berléac l'a viré du déjeuner familial, il lui vient une idée. Une idée très amusante, pas très difficile à réaliser, juste craquer une allumette et l'approcher du pétard. Avec élégance et bonnes manières, persuasion et perversité. C'est ce que tu aimes, non ? Les combines qui rapportent sans te casser le dos. Fais-toi plaisir, vas-y, lâche-toi, tu vas y arriver.

Il prend son téléphone et appelle Édouard.

– Comment va, mon petit canard ?

– Oh, Cecil ! C'est horrible la façon dont tu as été traité ! Je suis parti de Berléac très fâché.

– Et moi, si heureux de t'avoir retrouvé… et de savoir que tu m'avais pardonné. Car tu m'as pardonné, n'est-ce pas ?

– J'ai été si malheureux sans toi. J'essayais de me convaincre que non, mais… tu me manquais.

– Mon pauvre loulou… Tout ce temps où je t'ai fait souffrir ! Quel ingrat ! Et toi qui étais si bon avec moi. J'étais jeune, c'est pour ça…

– Et moi si vieux…

– Mais non, mais non ! Ce ne sont pas les vingt ans qui nous séparent qui…

– Oh ! Ne prononce pas ce chiffre affreux. Il me glace les os et me rapproche de la tombe.

– Je peux passer te voir, ce soir ?

– Mais… tu es à Bordeaux ?

– Pas loin. Je suis chez des amis au château Grandy.

– Chez les Fersac ?

– Ils sont gentils mais pas très *funny*. Je m'ennuie un peu, alors je me suis dit qu'on pourrait aller boire un verre quelque part. Et pourquoi pas chez toi si tu es fatigué ?

– Ce déjeuner m'a épuisé ! Ambroise a été infect. Viens, ça me fera du bien de te voir.

Ça y est, les réservoirs sont remplis, la fusée est allumée, prête à décoller. C'est allé plus vite que je ne le pensais. Ce bon Doudou a vite mordu à l'hameçon.

– J'arrive, mon loulou, j'arrive !

Cecil lisse ses cheveux au gel Elizabeth Arden, noue son écharpe, enfile ses gants en maille et cuir, saute dans sa Morgan, rabat la capote pour ne pas attraper froid et prend le chemin de Bordeaux-centre-ville où habite Édouard. Dans un bel appartement, rue de Cheverus. Il occupe le deuxième étage d'un hôtel particulier que lui a légué son grand-père maternel, riche à millions. Ce dernier a en grande partie élevé le petit Édouard que ses parents négligeaient. On raconte que la mère posait son fils quelque part et repartait sans lui. Que ce soit dans une soirée, chez le coiffeur ou dans un aéroport. Elle revenait en trottinant sur ses hauts talons en glapissant, mon dieu ! mon dieu ! je l'ai encore perdu. Une fois, sur une plage, ses parents l'avaient posé sur une serviette et étaient partis en bateau. Alertée par les pleurs de l'enfant, une femme l'avait emmené chez elle en laissant son numéro de téléphone à la buvette de la plage. Une autre fois, c'est dans une station-service de l'autoroute qu'on l'avait oublié. C'est atroce, mais tordant.

Édouard a disposé des portraits de son aïeul dans toutes les pièces de l'appartement et il lui parle. Après avoir vendu le premier puis le troisième étage de l'hôtel particulier – pour payer mes dettes, il faut bien l'avouer –, il lui demandait pardon chaque soir, les mains jointes, le front incliné. Arrête tes jérémiades ! je le houspillais, il te reste un superbe appartement, tu devrais avoir honte de te lamenter. Trois cents mètres carrés, des pièces de réception, de hauts plafonds, des cheminées, un vieux carrelage magnifique. Sans oublier la cour pavée, les arbres, le chèvrefeuille qui embaume, les massifs de rosiers, un large escalier en pierre. Tout en ce lieu respire l'aisance, l'insouciance et… l'argent. Qui sait ? Je peux faire d'une pierre deux coups : entrer dans la conspiration de mes nouveaux amis et me faire coucher sur le testament d'Édouard.

Je serais riche alors. Immensément.

C'est pas vulgaire d'avoir envie de devenir riche.

J'aime l'argent et je ne me boucherai pas le nez pour en gagner.

Claudine et Nannie, dans la cuisine de Berléac, assises à la grande table, soufflent et respirent.

– On l'a bien mérité notre petit café, fait remarquer Claudine.

– Tu veux manger quelque chose ? dit Nannie.

– Suis trop fatiguée pour avoir faim…

– Moi aussi… Je mangerai ce soir.

Elles ont débarrassé la table, rempli plusieurs fois le lave-vaisselle, nettoyé les casseroles, les verres en cristal, passé l'aspirateur, mis les nappes et les serviettes au lave-linge, rangé les restes au frigidaire. Nannie avait renvoyé Allison parce que « les heures supplémentaires le dimanche, ça coûte cher ».

– Mais tu t'en fiches, c'est pas ton argent !

– C'est tout comme. Les Berléac, c'est ma famille.

– Je peux pas en dire autant de mes vieux croûtons. Toujours à cracher les uns sur les autres ! Tiens, le Paul Debreste, tout à l'heure, tu aurais entendu comment il parlait à son petit-fils… J'avais honte.

– Le petit, c'est Guillaume, le fils de Bernard ? dit Nannie.

Il est au lycée avec Gwendoline. Il lui téléphone souvent. Un jour, elle a réussi à lire son prénom sur l'écran du portable et depuis, elle reconnaît sa voix quand il appelle. Il a une voix qui porte.

– Un ange… et beau comme sur une affiche ! C'est un cœur tendre. Je l'aime bien, ce petit. Il voit toute la saloperie autour de lui et ne se salit pas. Il parlait à son grand-père d'une fille avec laquelle il avait rendez-vous et l'autre vieux pervers lui a répondu fesses, cul, avec des détails dégoûtants.

– Il fréquente, le Guillaume ?

Nannie déteste les potins, les ragots, les « menteries », mais elle a un soupçon depuis qu'Émile lui a parlé ce matin. Ne serait-ce pas le petit Debreste, le garçon avec lequel Gwendoline se disputait près de la rivière ? Émile n'a pas su l'identifier, mais elle a eu une intuition. Ça expliquerait tout. Gwendoline est d'humeur querelleuse, ces derniers temps. L'autre jour, dans la cuisine, elle a envoyé balader sa copine Olga qui affirmait trouver Guillaume très beau, appelle-le ! Te gêne pas ! a lancé Gwendoline en claquant la porte du frigo. Olga l'a regardée, interloquée, et Gwendoline a décampé, furieuse. Je la connais, ma p'tite louloute. Sûr que quelque chose la travaille, et à cet âge... faut pas chercher bien loin. Y a toujours un garçon sous roche.

– Tu pourrais te renseigner pour savoir qui il voit ?

– Ça t'intéresse ?

– Juste pour savoir ! dit Nannie en haussant les épaules. Moi, j'aurais jamais pu travailler chez les Debreste. Mes patrons, je les aime et je les respecte.

– Tous ?

– Oui. Ils sont honnêtes, droits et justes.

Claudine est sur le point de lui rapporter la réflexion de l'oncle Jacques à propos de Muriel. Mais elle se retient. Elle aime bien sa cousine et ne veut pas la peiner.

Elle prend l'enveloppe qui contient sa paie, la glisse dans sa poche, embrasse Nannie et quitte Berléac au volant de sa C2 en cogitant, c'est du lourd, quand même, ce que j'ai entendu à table. Muriel ne serait pas la fille de Ghislain ! Si jamais ça s'ébruitait... Les Berléac, c'est le haut du panier à Bordeaux. On les respecte, d'accord, mais on les jalouse, on les envie, on aimerait bien les voir rouler à terre...

Elle ouvre la porte de son appartement, rue Franz-Schrader, et continue de parler tout haut. Bien obligée, elle vit seule.

– Repose-toi, ma fille, repose-toi, ne te tourmente pas...

Elle sort une bassine de sous l'évier, y verse de l'eau froide, une goutte de menthe poivrée, y trempe les pieds. Se masse les chevilles, les mollets, respire à pleins poumons, et ses pensées se dévident.

Il avait l'air bien sûr de lui, Jacques de Berléac, quand

il laissait entendre que Muriel n'était pas la fille de Ghislain. Je pourrai peut-être le faire parler la prochaine fois que je me rendrai chez lui. Mais j'en ferais quoi de ces renseignements ? Sais pas…

Money, money, dirait ma petite-fille.

Les pieds dans la bassine, la jupe relevée, le regard dans le vague, Claudine réfléchit.

Ce serait un gros scandale si ça se savait…

Nannie va voir son père.
Elle repart chamboulée.
Muriel apprend que Lewis lui a menti,
un gros mensonge.
Elle se rappelle leur vie heureuse,
avant que ça ne vire au gris…

Nannie a mis son imperméable gris, la météo annonce de la pluie, un chapeau mou épinard, son collier de perles, ses jolies boucles d'oreilles, et elle s'en est allée prendre son car pour Lugos, le village natal de sa famille, dans les Landes : 800 habitants, une église du XIe siècle ornée de peintures médiévales mentionnées dans tous les guides de France, une forêt, un cinéma de plein air le mercredi soir (quand il fait beau), le billet est à 5 euros. Le village est sur le chemin de Saint-Jacques-de-Compostelle et c'est bon pour le commerce.

Auparavant, elle a téléphoné à madame Follet, la voisine, afin qu'elle prévienne son père. Madame Follet n'habite pas loin. Elle était partie le chercher et était revenue, essoufflée, sa hanche la faisait souffrir, il allait bien falloir qu'elle se fasse opérer, mais elle redoutait, elle redoutait… Elle avait trouvé son père dans le jardin. Il s'occupait de ses tomates. L'orage avait emporté le plastique qui les recouvrait. Il était en train de réparer. Il avait répondu, c'est bien. Qu'elle vienne…

Cela fait près de trois mois que Nannie ne lui a pas rendu visite.

Il ne se déplace plus. Il n'a plus « les jambes pour ». Et ajoute « ni l'envie ! C'est plus de mon âge d'aller en ville, et j'irais voir qui d'abord ? ».

Il reste dans son jardin, s'occupe de ses légumes, de ses lapins, il lit le journal, de la première à la dernière ligne, fait sa soupe et se couche « avec les poules ».

Il n'a pas la télévision, « c'est pour les paresseux », ni le téléphone, « j'ai personne à qui parler ». Pendant la guerre, il a été gendarme. Il a quitté son poste pour entrer à la scierie. Quand la scierie a fermé, il était sur le point de prendre sa retraite. « Ça tombait bien. J'aimais plus la façon dont on travaillait. Y en avait que pour le profit, la vitesse, les performances, plus de camaraderie ni le temps de soigner son travail. »

Il n'aime plus son époque. Il ne l'a jamais aimée.

– Mais aujourd'hui, c'est le pompon ! J'ai pas envie de me disputer avec les gens, alors je parle pas.

– À moi, tu parles, sourit Nannie.

– Toi, t'es ma fille...

– Et tu m'aimes un peu quand même ? elle dit, la tête penchée dans l'attente d'une marque d'affection.

– Je dirai pas le contraire... La dernière fois qu'on s'est vus, c'était quand ? Ça fait si longtemps que je me souviens plus...

Il réfléchit en se roulant une cigarette, tire un bout de langue pour mouiller le papier.

Il porte une large bande de flanelle grise en guise de ceinture. Il est frileux. Il n'allume pas le chauffage, « c'est pour les mauviettes ». S'il fait très froid l'hiver, il met des bûches dans le poêle à bois, « on a rien inventé de mieux ! ». Le poêle à bois, c'était le centre de vie de la maison quand elle était petite. Avec la cuisinière, à bois aussi. Ils en dépendaient pour se nourrir, se chauffer, réchauffer la soupe, faire sécher les chaussettes. Dans la cuisine, ça sentait le poireau et la laine mouillée. On se bouchait le nez, et puis on s'habituait.

Elle lui demande comment il va. Il ne répond pas tout de suite. Et puis il dit qu'il se débrouille et sourit. Quand il sourit, c'est pour de vrai. C'est un sourire qui raconte sa vie. Sa solitude lui va bien, il l'a usée aux entournures et elle s'est faite à lui. Ils vivent en bons termes. Nannie a les yeux qui picotent. Je ne viens pas souvent, c'est pas bien. Il est âgé, voûté, ses doigts sont gonflés, il marche en traînant les pieds. Mais il a toute sa tête.

– Bordeaux a dû beaucoup changer… Tu veux un jus ?

Elle dit que oui, ça lui ferait plaisir. Elle ne va pas dormir cette nuit.

Il prend la cafetière sur un coin de la cuisinière, sort deux bols en faïence épaisse et revient s'asseoir. Il porte des pantoufles grises avec un écusson rouge sur le dessus. Elle les lui a offertes à Noël dernier. Il avait fait la moue en ouvrant la boîte et l'avait refermée très vite.

Il pousse un bol vers elle, une boîte de sucre en morceaux.

– Quand j'étais petite, la boîte était jaune, elle dit en remuant la petite cuillère.

– Maintenant on s'offre des cafés à tout bout de champ… C'est une façon de se dire bonjour. Avant, c'était pour une occasion. On célébrait quelque chose. On le prenait avec un alcool, on appelait ça « la goutte »...

– Du cognac, peut-être ?

Elle se rappelle la couleur cuivrée du cognac dans les grands verres que son père faisait tourner entre ses doigts, il humait le fond du verre, hochait la tête, satisfait, trempait ses lèvres, fermait les yeux et restait silencieux un long moment qu'il fallait respecter.

– Tu sais que les ventes de cognac qui périclitaient sont reparties très fort à cause des rappeurs américains ? Ces gars hirsutes et débraillés qui font de la musique où ils chantent pas. Ils gueulent des gros mots en se touchant les parties. Tu connais ?

– Oui. De nom.

– On écoute ça au château ?

– Pas trop...

– Y a pas de jeunes ?

– Si, mais...

– Ben... aujourd'hui, on exporte plus de cognac dans le monde que de vins français. J'ai lu ça dans le journal. Y avait un article sur un type, Kanye West, un rappeur, il a sauvé la marque Hennessy en gueulant le nom dans ses chansons. Du coup, les autres rappeurs ont voulu aussi avoir « leur » marque. À Cognac maintenant, ils vivent grâce à ces types. Et grassement ! C'est pas glorieux.

– C'est une musique pour les jeunes, papa. On peut pas comprendre, nous. Quand j'étais petite, tu écoutais Tino Rossi, tu te rappelles ?

– Ça, c'était de la mélodie !

Elle lui demande des nouvelles du village. Elle ira sur

la tombe de sa mère en le quittant, est-ce qu'il veut venir avec elle ? Il montre son cœur, dit que c'est là qu'elle repose. Pas sous une pierre avec des fleurs artificielles.

– Et monsieur Boucheron, tu le vois parfois ?

– Parfois... quand je vais prendre le journal et le pain, le matin. Il se lève tôt, lui aussi. Il est plus jeune que moi mais il se fait vieux, comme tout le monde...

– Tu m'as toujours dit que c'était un bon patron.

– C'est dangereux, ce métier. On y laisse des doigts, des mains, parfois des bras. Il payait bien. Il avait des valeurs. Du respect pour les gens. Quand il avait quelque chose à dire, il se gênait pas. Il te regardait droit dans les yeux.

– Comme toi..., dit Nannie en riant d'un petit rire frileux.

– Parfois j'essaie de me taire...

– Mais tu y arrives pas souvent...

Elle regarde la pendule, le balancier qui rythmait leurs journées autrefois. L'heure du déjeuner, du dîner, l'heure de se coucher « avec les poules ».

– Il m'est arrivé de me retenir... Je savais que c'était terrible ce que j'avais à dire. Une fois, j'ai pas pu, ça a été plus fort que moi.

– Ah... tu m'as déjà raconté ?

– Jamais.

– Et t'as envie d'en parler ?

– Je crois que maintenant il le faut. Il me reste plus beaucoup de temps à vivre.

– Dis pas ça, papa. Dis pas ça... ça me fait de la peine.

– C'est la vérité.

– J'ai pas envie d'y penser...

Enfant, il la prenait sur ses genoux et lui racontait « La chèvre de monsieur Seguin ». Elle aurait aimé sauver la petite chèvre. C'était pas un crime de vouloir connaître autre chose que le vieux père Seguin qui devait être très ennuyeux. Son père, lui, la condamnait. Il l'appelait la chèvre folle.

– Un jour, je suis allé à Bordeaux exprès pour ça…

– Pour parler ?

– Je pouvais plus me taire. Ça me tapait dans la tête. Je travaillais déjà à la scierie, alors j'ai pris un jour de congé. Je voulais être sûr de tomber sur lui. Et ça n'a pas manqué, je suis tombé sur lui. Dans le grand vestibule de la maison… Une belle maison, par exemple ! J'avais pris un prétexte pour entrer parce que, bien sûr, j'étais pas invité. C'était peu avant midi… il était là. Charmant. Vraiment. J'avais pas de raison de lui en vouloir et pourtant je lui en voulais. C'est seulement après que j'ai compris qu'il payait pour tous ceux qui avaient été lâches comme lui…

– Mais tu parles de quoi, papa ?

– De la guerre, ma fille. La terrible guerre. De quand j'étais gendarme et que je devais accompagner les Allemands ou la police française pour arrêter des juifs ou des résistants. J'avais pas le choix. J'étais réquisitionné. Alors j'avais pris l'habitude de regarder ailleurs pour leur donner une chance de fuir. C'était ma manière à moi de résister. Ce jour-là, le jour où je suis entré dans la belle maison de Bordeaux, l'homme m'a dit, « que faites-vous là, Fourrier ? ».

– Il te connaissait ?

– Attends… Je lui ai répondu, « je suis venu voir ma fille… ».

– C'est de moi que tu parlais ?

– Attends ! Laisse-moi parler ! Il m'a répondu, écoute bien, il m'a répondu, « nous l'aimons beaucoup votre fille », et j'ai dit, « pas plus que moi ! », et il a ri. C'était le rire d'un homme encore jeune, il devait avoir quarante-sept, quarante-huit ans, grand, beau, bon vivant. Le rire d'un homme heureux, insouciant. Quand j'ai entendu ce rire, j'ai plus pu me retenir. Il m'a sorti de mes gonds. Il avait pas le droit de rire comme ça.

– Mais papa, c'était qui, cet homme ? Je comprends rien.

– Parce que tu veux pas entendre…

– Qu'est-ce qu'il t'avait fait ?

– À moi, rien

Nannie joue avec la petite cuillère dans son bol. Elle écrase le morceau de sucre qui n'a pas fondu. Elle sent qu'elle ne va pas aimer ce qu'elle va entendre. Elle se tasse pour recevoir le coup.

– Alors je lui ai raconté à cet homme qui riait, je lui ai raconté la nuit où il avait livré un type aux Allemands. Je parle de Thierry de Lantignac. Les Allemands étaient venus les arrêter, lui et les autres, dans la tour où le réseau trouvait refuge. Ils les avaient mis en rang et avaient demandé qui était le chef. Lantignac avait fait un pas en avant et avait dit très fort, « moi. Les autres n'y sont pour rien. Ce sont encore des enfants ». Deux soldats allemands l'ont emmené dans un réduit à bois adjacent, l'ont tabassé, démoli même. Puis ils l'ont ramené, jeté à terre, pour en emmener un autre. Y avait plus personne. Les gamins avaient tous déguerpi. J'avais tourné le dos pendant qu'ils ouvraient la porte de derrière. Et je leur avais demandé de me taper dessus avant de partir. Ce qu'ils ont fait. Très soigneusement. Les Allemands m'ont retrouvé la gueule défoncée. « Fallait pas me laisser seul avec eux ! » j'ai marmonné, la bouche pleine de sang. J'ai fait signe qu'ils avaient fui par la porte de derrière, je savais que c'était trop tard pour les rattraper. Ils sont partis à leur poursuite en me laissant avec Lantignac. Il était dans un sale état et alors, alors, Ghislain de Berléac... C'est de lui que je parle...

– Monsieur Ghislain !

– Lui-même... Il était sorti pisser au moment de l'arrivée des Allemands et il est rentré. Je lui ai fait signe de partir et d'emmener Lantignac avant que les Allemands ne reviennent bredouilles.

– Et ?

– Il avait un pantalon court, les jambes nues, eh bien... il est parti à toute berzingue. En nous laissant, Lantignac et moi.

– Et Lantignac ? Qu'est-ce qu'il est devenu ?

– Quand les Allemands sont revenus, ils étaient furieux mais au moins ils l'avaient capturé, lui, le chef du réseau... Il paraît qu'ils l'ont jeté dans un train en partance pour l'Allemagne et qu'il est mort pendant le voyage. On n'a jamais retrouvé son corps.

Nannie se souvient... Janvier 1974. Elle travaillait chez les Berléac depuis un an. Ambroise avait douze ans, Muriel n'était pas née et madame Aliénor lui apprenait à tenir une maison. C'est à partir de ce jour de janvier que tout est allé mal… Elle se souvient de la première fois où elle a surpris monsieur Ghislain au petit matin, il marchait pas droit, son pied a heurté la première marche du perron, il s'est affalé par terre et…

– Tu m'écoutes, ma fille ? Si ça t'intéresse pas, je peux m'arrêter.

– Mais non… je t'écoute.

– Je lui ai rafraîchi la mémoire, à Berléac. Je lui ai raconté comment il s'était comporté. Il a quand même épousé la fille du type qu'il a lâchement abandonné, c'est pas moche, ça ?

– Si…

– Ça valait pas une punition ?

Nannie hausse les épaules et soupire.

– C'était peut-être pas à toi de la donner…, elle dit à voix basse.

– Et pourquoi pas ?

– Parce qu'il était jeunot quand tout ça est arrivé. Il devait avoir quoi… ?

– Dix-sept ans. L'âge d'être un homme.

– À dix-sept ans, est-ce qu'on sait ce qu'il faut faire ou pas pour être un homme ?

– On doit le savoir et il l'a pas su.

– Peut-être qu'il a pensé qu'il était déjà mort quand il l'a vu dans une flaque de sang… et il s'est enfui ? Peut-être que c'était sa première mission en tant que résistant et qu'il a eu la trouille ? Et toi, tu reviens l'accuser trente ans après, et tu bousilles sa vie en lui mettant tout sur le dos. Parce que après, il n'a plus pu se regarder en face et il s'est laissé couler…

– C'était un lâche ! C'est tout vu, tout pesé, tout jugé.

– Écoute, papa, je suis pas venue pour me disputer avec toi… J'en ai pas envie. Mais je suis pas sûre que tu aies eu raison.

– J'ai raison. Un point, c'est tout.

– Tu écris comment un « point » ?

– Qu'est-ce que tu veux dire ?

– Avec un *t* ou un *g* à la fin ?

– Je comprends pas.

– Tu soulages ta conscience en faisant le coup de poing sur un type qui avait oublié qu'il avait eu la trouille à dix-sept ans.

– Parce que tu vas me reprocher d'avoir été gendarme sous les Allemands ?

– Tu aurais pu prendre le maquis, toi aussi… devenir résistant.

– Qui tu défends, ma fille ? Ton père ou un étranger ?

– Je défends personne. Mais j'aime pas les justiciers. Les gens sont pas tout noirs ou tout blancs. C'est trop violent.

– Alors viens plus me voir. Ça va pas me manquer, tu viens pas souvent. Ta pauvre mère, elle s'est usée à t'attendre.

– Je crois que je vais partir. On en reparlera quand on sera plus calmes.

– Va, ma fille, va. Et ne reviens pas. Tu appartiens à leur monde désormais…

– Le monde de qui ?

– Des Berléac. Tu n'as plus de valeurs. Tu es à leur botte.

– Je peux pas te laisser dire ça. C'est injuste.

– C'est la vérité. Va-t'en. J'étais heureux avant que tu viennes, avec mes lapins, mes tomates, ma vie tranquille sans que personne me juge.

– Mais...

– C'est inutile. Va... On n'appartient plus au même monde, toi et moi.

– Si pour aimer quelqu'un il faut qu'il te ressemble à 100 %...

– Elle s'est jamais plainte, ta pauvre mère.

Elle n'avait pas droit à la parole. Il décidait de tout. Elle se révoltait le dimanche. Elle mettait son manteau gris, son chapeau gris, prenait son missel avec des images pieuses entre les pages et, quand elle passait dans l'entrée, elle disait très fort, je vais à la messe. Il maugréait dans la cuisine, et ne l'attendait pas pour déjeuner quand elle s'était attardée sur le parvis de l'église. Pas étonnant que je sois partie si jeune travailler chez les autres. J'avais seize ans à peine... J'ai sauvé ma peau, oui !

Nannie se lève avec difficulté, repousse sa chaise contre la table, ramasse les bols, les met dans l'évier, les rince, les essuie, les range sur l'étagère. Replie le torchon et l'accroche à la barre de la cuisinière. Des gestes qu'elle effectue au ralenti pour retarder le moment où elle va devoir le quitter.

Une dernière question lui vient en tête. Sur le pas de la porte, elle se retourne et demande :

– Y avait quelqu'un d'autre avec vous quand tout ça est arrivé ?

– Non. Je suis le seul témoin de sa lâcheté.

– Personne d'autre ne sait alors ?

– À part moi… personne. C'est pour ça que je suis allé lui parler. Je voulais pas qu'il soit quitte…

Quitte de quoi ? Il avait dix-sept ans, papa ! elle a envie de crier.

Mais elle se tait. Enfile son imperméable. Il n'a pas plu. Quand on prend un imperméable ou un parapluie, il ne pleut jamais.

Elle serre son sac sous son bras gauche. Se retourne une dernière fois.

– Prends bien soin de toi…

– Adieu, ma fille !

Il a plongé la main dans sa poche, a sorti son tabac, son papier à cigarette, il tasse le tabac dans la feuille entre ses doigts.

Nannie le regarde, indécise.

Il ne changera pas d'avis.

– Au revoir, papa.

L'instant présent n'est pas le pire. Ce sont les jours d'après qu'elle aura envie de pleurer. Sur le moment, on a le bec cloué. Le cœur se ferme pour ne pas souffrir. Et puis, ça devient lourd, lourd, le chagrin sort du cœur et éclate.

Elle va pleurer, elle le sait. Elle ne sait pas quand…

Elle aimerait bien ne pas pleurer dans le car du retour.

Elle ignore quelle est l'heure du prochain car pour

Berléac. Y en a pas beaucoup. Si ça se trouve, il va falloir qu'elle attende celui du soir pour lequel elle a un billet.

Elle ne pourra pas se réfugier au café de Lugos. Tout le monde la connaît dans le bourg. Le patron se demandera pourquoi elle attend seule devant un panaché. Elle a pas mieux à faire ? Aller voir son père, par exemple ? On la voit pas souvent par ici...

Elle ne peut pas non plus aller s'asseoir sous l'abribus sur la place principale en guettant l'autocar. Les gens la verraient et se poseraient les mêmes questions.

Elle ira au cimetière nettoyer la tombe de sa mère.

En rentrant à Berléac, secouée dans le car qui roule à toute allure, elle regarde défiler des villages qui se ressemblent tous, maisons neuves serrées les unes contre les autres à l'entrée et au centre, maisons anciennes qui pavoisent autour de la place de la mairie et de l'église.

Il ne faut pas qu'Aliénor sache.

Quand elle est entrée au service des Berléac, elle avait vingt ans. Ghislain de Berléac était un homme heureux, amoureux de sa femme, de sa maison, de son domaine. Il se mettait à table en déclarant, je mangerais un cheval et sa selle !, déposait une fleur, un trèfle, une figue fraîche dans l'assiette de sa femme, se rasait en chantant, s'habillait en sifflant et descendait les escaliers en faisant des claquettes, « comme Fred Astaire, Nannie ! ».

C'est lui qui l'avait baptisée Nannie. En fait, elle s'appelait Annick.

Et puis, du jour au lendemain, il avait oublié de se raser, de nouer sa cravate. Il sortait seul le soir et rentrait tard, s'écroulait dans l'escalier, s'allongeait sur une marche, ronflait. Elle le réveillait au petit matin, ramassait la veste, la cravate, les chaussures.

Aliénor assistait, muette, à la déchéance de son mari.

Sauf une fois… Une nuit, exactement.

Quelques mois avant la naissance de Muriel.

Elle avait été réveillée par le bruit d'une dispute. Avait entrebâillé la porte de sa chambre, au dernier étage.

Elle entendait des cris, mais ne discernait pas le sens des mots. À un moment, monsieur Ghislain avait hurlé, qui c'est ? Dis-moi qui c'est ?, et madame Aliénor avait répondu, tu ne le sauras jamais, je te demande, moi, le nom de toutes tes… Nannie n'avait pas entendu clairement les mots qui avaient suivi.

Deux jours plus tard, monsieur Ghislain partait voir son fils, Ambroise, en Amérique. Tout le monde avait fait semblant d'y croire.

Des rumeurs disaient qu'il faisait la fête à Paris.

Le lendemain de son départ, elle avait servi le petit déjeuner à une Aliénor impassible, droite dans son lit. Elle lui avait demandé de ne pas ouvrir les rideaux en grand. N'avait touché ni à ses œufs ni à ses tartines, mais avait vidé son thermos de café.

– Il faut arrêter de laisser les fenêtres ouvertes, Nannie, les mouches nous envahissent.

– Mais on va crever de chaud si je les ferme, madame…

– On ne crève pas de chaud. On souffre de la chaleur.

Quand Nannie était revenue chercher le plateau, Aliénor lui avait pris la main. Et l'avait serrée. Et puis… comme à regret… comme au regret de devoir accepter ce qu'elle ne pouvait nier :

– On va rester toutes les deux. Je vais avoir besoin de vous.

– Oui, madame.

– Merci, Nannie.

– Pour les mouches, madame… Je pourrais peut-être poser un ruban tue-mouche ?

– Non, Nannie, ce n'est pas beau. La beauté fait partie de la dignité, et j'entends rester digne.

Digne devant des mouches, leurs pattes sales et leurs yeux globuleux ! N'importe quoi ! Nannie s'était dit qu'en prenant sur le budget de la cuisine, elle achèterait un mini-aspirateur Black & Decker, un aspirateur pour les miettes qu'on laisse sur la table. On en trouve des pas chers à Carrefour. Elle aspirerait les mouches qui tombent par terre ou sur les aliments. Peut-être que Black & Decker, c'était digne…

Deux mois plus tard, le ventre de madame Aliénor s'arrondissait.

Monsieur Ghislain n'était toujours pas revenu.

C'est étrange, tout de même, cette sensation. Elle n'est pas triste, non.

Elle dérive.

Loin des gens, loin de la ville, des klaxons, des pots d'échappement, loin du café où Muriel passe ses journées, loin des titres des journaux qu'elle survole en passant près du kiosque de la gare Saint-Jean : « DSK battrait Sarkozy en 2012 », et la semaine suivante : « Martine Aubry battrait Sarkozy en 2012. »

Pourquoi ces gens se battent-ils ?

Elle l'a su autrefois…

Avant que Lewis ne parte.

Elle n'a plus que des indices qui lui signalent qu'elle existe encore. Les rideaux de la chambre caca d'oie, la boîte aux lettres jaune, madame Lakthi qui lui tire les cartes et répète, « il est vivant, il est vivant », comme si elle accrochait des petits lampions sur un fil pour la maintenir en vie.

– Mais quand va-t-il revenir ?

– On me montre pas les dates… Vous le savez bien. Vous avez appelé pour savoir si une lettre était arrivée ?

– Non.

– Vous avez peur ?

– Oui.

C'est tout ce qu'il lui reste : dire la vérité. Dire ce qu'elle ressent pour savoir qui elle est. Oui, elle a peur d'appeler, oui, elle a peur de monsieur Janvier. Oui, elle est cette personne-là.

– Chaque fois que j'interroge les cartes à son sujet, c'est Indra qui sort. C'est la carte du succès, de la réalisation des projcts, du rapprochement amoureux… Appelez monsieur Janvier.

Accroché au mur derrière le comptoir de la réception, il y a un de ces calendriers petits, carrés, où on arrache la feuille du jour quand il est passé. La feuille d'aujourd'hui est le 5 août.

Elle va appeler monsieur Janvier.

Lewis n'était pas à l'aise avec lui. Elle lui disait, on dirait qu'il a barre sur toi, qu'il te fait peur... Si Lewis revient, elle lui dira, je veux que tu redeviennes le Lewis du début. Celui qui m'a enlevée et que j'ai épousé. Celui qui n'avait jamais peur.

Au bout de trois sonneries, monsieur Janvier décroche et crie, allô ! allô ! comme s'il parlait à un sourd.

– Bonjour, monsieur Janvier, c'est Muriel Riley.

– Ah ! Madame Riley... j'ai voulu vous appeler mais j'avais pas votre numéro.

– Ah... vous avez voulu me joindre ?

– Vous savez, j'ai pas oublié votre affaire.

– Quelle affaire ?

– Eh bien... savoir si vous aviez gagné le concours comme madame Lazure, rue des Briquettes. Vous vous rappelez ? Elle avait gagné douze mois de lingettes pour vitres...

– Oui, oui...

– Mais en même temps, pour être honnête, j'y croyais pas trop. Vous vous rappelez ce que je vous avais dit ?

– Oui, oui... et...

– Eh bien, justement... c'est pas pour vous offenser, madame Riley...

– Vous ne m'offensez pas du tout.

– Ben, j'avais vu juste... ce mois-ci, y a pas eu d'enveloppe pour vous.

– Ah...

– Y avait quoi dans celle de la dernière fois ? Vous avez regardé ?

– Oui, oui, j'ai oublié de vous dire, y avait des lingettes.

– J'avais raison ! C'était bien un concours, même si y avait pas écrit Leclerc ou Lidl dessus.

– Euh… oui. Vous aviez raison. Mais sinon, monsieur Janvier, il n'est pas arrivé d'autre courrier pour moi ? Parce que les voisins avaient dit qu'ils vous le donneraient si jamais…

– Non, madame Riley, rien du tout.

– Ah… Si jamais une lettre arrive, vous me préviendrez ?

– Bien sûr, madame Riley ! Bien sûr. Mais, madame Riley, y a quelque chose qui me turlupine. Vous êtes sûre qu'il y avait des lingettes dans l'enveloppe ?

– Mais oui… Pourquoi me posez-vous la question ?

– Ben… j'aurais dû vous en parler avant, c'est sûr, mais je me suis dit que c'était pas mes oignons… et pis, la dernière fois que vous êtes venue, j'ai pas osé non plus…

– Pourquoi ?

– Vous étiez pas seule. Y avait le monsieur que je connaissais pas et les enfants…

– Dites-moi, monsieur Janvier, dites-moi.

– Eh bien… vous savez que j'ai pas grand-chose à faire de la journée vu mon infirmité… c'est pas de ma faute si j'ai perdu trois doigts dans la machine à couper l'acier, c'est la faute à pas de chance… alors je fais des rondes dans le lotissement pour rendre service aux gens, les rassurer qu'il y a pas de voleurs qui traînent…

– Oui, je sais, je sais…

Elle n'est pas dupe de son prétendu rôle de gardien, mais elle doit lui laisser croire le contraire pour ne pas le contrarier.

– … et tous les gens vous en sont reconnaissants, monsieur Janvier. Il faut que vous le sachiez…

– Ah ! ça me fait bien plaisir. Grâce à moi, la vie est calme dans notre lotissement.

– C'est très généreux de votre part. Mais vous me disiez que…

– Oui, oui… eh bien… par hasard, en faisant ma ronde, quand votre mari habitait encore là… eh bien, je l'ai vu plusieurs fois prendre une grande enveloppe blanche comme celle de la dernière fois et la glisser dans son blouson. En regardant bien autour si on l'observait. Ça m'a paru suspect. Il agissait comme s'il était coupable…

– Vous êtes sûr ?

– Plus que sûr ! Je la reconnaissais, l'enveloppe, parce qu'elle était plus grande que les autres et bien bourrée… Mais c'était bizarre quand même qu'il la mette dans son blouson, cette enveloppe, et pas le reste du courrier, hein ? Juste celle-là.

– Peut-être… mais vous pensez à quoi ?

– Eh ben… je me suis dit qu'il y avait peut-être, je dis bien peut-être, autre chose dans ces enveloppes. Autre chose que vous deviez pas voir, pas savoir…

– Ah…, murmure Muriel, désemparée. Autre chose ?

– Ben oui… Il faisait pas un petit trafic lucratif, monsieur Riley ?

Sa voix, soudain, est devenue pressante, presque menaçante.

– Vous pensez à quoi, monsieur Janvier ? elle dit sur un ton ironique comme s'il venait de faire une blague débile et qu'elle se moquait. Vous avez sûrement une idée ? Vous avez eu tout le temps d'y penser.

– Me parlez pas comme ça, madame Riley, ça me rend nerveux... C'est pas de ma faute si je peux pas travailler. J'ai pas fait exprès de mettre mes doigt sous la scie pour toucher une pension à vie...

– Je n'ai pas dit ça !

– Vous l'avez peut-être pas dit, mais vous l'avez pensé, je l'ai entendu dans votre voix. Suis pas bête, vous savez...

– Vous pensiez à quoi quand vous parliez d'un petit commerce lucratif ? Vous voulez dire qu'il dealait de la drogue ? Un truc comme ça ? Ce n'est pas très gentil de parler ainsi de mon mari...

Elle ne tremble pas, sa voix est assurée. Il ne faut pas qu'elle le vexe ou le blesse. Elle a besoin de lui.

– Vous trouvez normal, madame Riley, que le malheur, il tombe sur un homme et pas sur son voisin ? Vous trouvez ça juste ? Monsieur Riley, il avait tout pour être heureux, et moi, non seulement je perds mes doigts, mais ma femme... Vous savez très bien ce qu'on dit de ma femme dans le lotissement ! On n'en dit pas que du bien ! Loin de là ! Vous avez dû vous aussi dégueuler sur son compte, hein ?

– Allez ! On ne va pas se disputer...

– Mais on se dispute pas, on parle tranquillement...

– Bon... je vais vous dire la vérité, monsieur Janvier. Vous avez raison, ce n'étaient pas des lingettes qu'il y avait dans l'enveloppe, mais de l'argent pour moi et les enfants... Parce que mon mari est vivant, monsieur Janvier, il est vivant.

– Si vous le dites… Est-ce que l'assurance le sait ?

– Parfaitement. Ils ont refermé le dossier faute de preuves matérielles de son décès.

– Ah… Vous ne serez pas indemnisée alors ?

Il veut savoir si je vais toucher de l'argent ! J'avais raison de me méfier. Il aurait été capable de me faire chanter. Je déteste ce type.

– Exact. Pas d'argent du tout.

En plus, il ignore que je me suis remariée. En fait, il ne sait rien de moi. Je ne dois pas avoir peur de lui.

– Ah…, il dit, déçu.

– N'empêche, monsieur Janvier, si jamais il arrivait une lettre pour moi, vous avez mon numéro et…

– Vous avez trouvé un travail, madame Riley ?

– Je suis gouvernante dans une famille américaine qui habite Bordeaux. Ça me permet de m'occuper de mes enfants en même temps…

– Ça, c'est une chance, madame Riley… Dites-leur bonjour à vos petits et s'il y a quoi que ce soit, je vous appelle.

– Vous êtes très aimable, monsieur Janvier. Le bonjour à votre femme et aux enfants !

– J'y manquerai pas, madame Riley, et au plaisir de vous parler très vite…

Il marque une pause. Se racle la gorge, semble vouloir ajouter quelque chose. Elle n'ose pas raccrocher de manière précipitée.

– Mais…, reprend monsieur Janvier, je continue à penser que c'est pas clair, cette histoire. Parce qu'il y a une chose que je ne vous ai pas dite…

– Vraiment, monsieur Janvier ?

– Oui… l'enveloppe que j'ai aperçue l'autre jour dans votre sac, quand vous êtes passée avec vos enfants et le monsieur…, c'est pas la seule. Il en arrivait une chaque mois. Exactement la même. Et elles ont commencé à arriver bien avant que monsieur Riley disparaisse. Une dizaine d'années avant. À chaque début de mois. Réglé comme un coucou suisse. Et moi, tout ce temps, j'ai surveillé son petit manège. Je l'avais à l'œil. Il sentait bien que je l'espionnais et il me craignait… À la fin, il allait chercher le courrier la nuit, pour que personne le voie !

– Depuis dix ans, vous dites ?

– Oui. Environ… Alors, qui les envoyait ? Hein, madame Riley, qui les envoyait ? C'est pas clair tout ça… Pas clair du tout.

– Mais peut-être qu'il voulait faire des économies et qu'il s'envoyait de l'argent à lui-même pour le mettre de côté ? Et c'est pour ça qu'il le dissimulait.

– Vous dites n'importe quoi, madame Riley. Je vous croyais plus intelligente. Je vais vous dire, moi, ce qu'il se passait : chaque mois une enveloppe pleine de billets arrivait et il empochait le jackpot… et si ça se trouve, c'est avec cet argent qu'il s'est fait la belle !

Il éclate de rire. D'un rire mauvais, triomphant.

– Et cet argent, il vous est passé sous le nez ! Il vous a bernée.

– Vous n'avez pas le droit ! Lewis n'aurait jamais fait ça.

– Moi, je dis juste ce que j'ai vu… C'est la stricte vérité. Je l'ai vu, de mes yeux vu. D'ailleurs, il était toujours mal à l'aise quand je lui rendais visite... une visite de voisin, rien de plus...

– Vous mentez ! Et puis arrêtez de mettre le nez dans nos affaires !

– Très bien, madame Riley, très bien. Votre colère est la preuve que j'ai fait mouche. Il avait assez d'argent pour partir et il vous a plantée là, vous et les enfants. Et pis, y a autre chose que je vous ai pas dit... Un jour, je l'ai vu dans son camion avec une belle blonde à ses côtés. Ils avaient l'air très potes. Plus que potes d'ailleurs ! C'est pas un beau monsieur ! Pas un beau monsieur du tout, même s'il se donnait des airs supérieurs, des airs de pas appartenir à notre monde. Et vous aussi, d'ailleurs, vous jouiez les princesses. Une princesse qui fait des ménages ! Vous vous prenez pour Cendrillon ou quoi ?

Il éclate d'un rire de corbeau noir et raccroche en criant :

– *Bye bye, honey, bye bye*, moi aussi je parle anglais !

Muriel pousse un cri de rage.

Elle n'aurait jamais dû s'emporter.

De quoi est-il capable maintenant ?

Et soudain, une question la percute : si ce n'est pas Lewis..., qui envoie l'argent ?

Elle est allée chercher les enveloppes dans la valise sous son lit. C'est une cachette idiote mais elle n'en a pas trouvé d'autre.

Elle les a étalées sur le dessus-de-lit caca d'oie assorti aux rideaux. Elle ne s'y habitue pas.

A examiné l'écriture. « RILEY » écrit en lettres majuscules à l'encre noire, ni monsieur ni madame, le nom du lotissement, « Les Alouettes », et c'est tout. La main qui les a tracées est ferme et l'encre, épaisse.

Un timbre oblitéré « Gare Saint-Jean, Bordeaux ». Rien d'autre. Elle les tourne et les retourne. Aucun indice.

N'importe qui a pu envoyer ces enveloppes.

Et elle s'est bercée d'illusions en s'installant à l'hôtel et en attendant de prendre Lewis sur le fait, la main dans la boîte aux lettres.

Que s'est-il passé il y a dix ans ?

Ils venaient de s'installer à Saint-Romain. Lewis avait trouvé un emploi de chauffeur poids lourd. Les enfants étaient petits.

Non, Louis n'était pas né. India, oui.

Ça lui fait du bien de fixer son esprit sur une énigme.

Lewis travaillait. Il avait des horaires irréguliers. Je ne savais jamais quand il allait rentrer. Il m'appelait et me disait, ne m'attends pas ce soir, va te coucher. Je mettais India au lit, je m'asseyais dans l'escalier, j'écoutais pour savoir si elle allait pleurer ou pas, et je descendais m'installer derrière la fenêtre de la cuisine.

J'attendais le camion.

Je l'imaginais sur les routes, j'inventais des accidents, des rencontres, une fille dans un bar, lui qui plaisantait en retour, *cool so cool*, elle était serveuse, il commandait une bière avant de reprendre la route. Elle le regardait droit dans les yeux en posant une main sur la hanche comme pour dire, allez, viens ! qu'est-ce que t'attends ? Je finis mon service dans un quart d'heure. J'ajoutais une robe moulante, des hauts talons, la taille cambrée de la fille qui s'offre…

Je secouais la tête.

Lewis m'aimait.

Le jour de la dernière paie, à la fin des vendanges, il m'avait dit, j'ai de l'argent de côté, on part tous les deux ?

Je ne pensais qu'à lui.

On était partis.

Un copain garagiste lui avait filé une voiture. Une vieille Fiat gris-bleu, il fallait mettre presque autant d'huile que d'essence !

On avait pris la route. On dormait dans des hôtels bon marché, mais on s'en fichait. On poussait la porte de la chambre et on s'abattait sur le lit. On faisait l'amour, beaucoup, beaucoup. Le lendemain, on ne marchait plus droit.

Il était doux, il était fort, puis doux encore, il m'avait demandé, c'est la première fois ? J'avais dit oui. Il m'avait emmenée tout doucement vers le plaisir et là… là… vraiment… C'était comme si… je sais pas… j'avais perdu la tête et tout mon vocabulaire. Après, il fallait plus me toucher ni même m'effleurer, j'étais recroquevillée, boule de feu au bout du lit, j'essayais de reprendre ma respiration. Il passait sa main dans mon dos, me disait, là… là… et le plaisir revenait. Je me cambrais, me pliais, je roulais vers lui. Il demandait, c'est si fort que ça ? Oh oui… oh oui !

Je regardais entre mes jambes, c'est de là que ça vient ? Comment ça marche ?

On a trouvé la maison à Saint-Romain. C'était une location meublée. Rien de beau mais rien de moche non plus. Elle appartenait à un type qui avait fait les vendanges avec Lewis, ou plutôt elle appartenait à ses parents. Le type, on l'appelait Borsalino parce qu'il portait toujours un chapeau, il avait convaincu ses parents de nous la louer, Lewis allait travailler et il paierait rubis sur l'ongle. Lewis avait demandé ce que voulait dire « rubis sur l'ongle », je lui avais répondu que c'était payer sans retard ni embrouilles. Il avait souri. Pourquoi « rubis » et pourquoi « sur l'ongle » ? Je ne savais pas.

Il avait ajouté, sérieux comme un cierge d'église, on va y arriver, *babe*, t'en fais pas, on paiera « rubis sur l'ongle ». J'avais répondu, quand je suis avec toi, j'ai pas peur, c'est quand tu t'éloignes que… Tu as peur de quoi ? Je sais pas. Notre amour me paraît si beau, si plein à craquer qu'il ne peut pas durer. C'était insolent de s'aimer comme nous. Il allait y avoir une rectification. Un coup du destin qui n'aime pas qu'on fasse les malins. J'avais toujours eu cette idée. Dès qu'il m'arrivait un truc bien, je me disais, ça va pas durer.

L'air sentait la campagne, il y avait des notes de fenouil, de champignons. Il n'y avait pas de vignes autour, mais des frênes, des chênes, des châtaigniers, des peupliers. Je voyais voleter des insectes comme des losanges couleur émeraude, qui scintillaient au soleil, renvoyaient des lumières cuivre et or et dansaient en farandoles dans l'air. Je savais que c'étaient des saloperies. Ils pondaient leurs œufs dans les crevasses de l'écorce, les larves s'enfonçaient jusqu'aux cellules vivantes de l'arbre, creusaient des tunnels, dévoraient tout sur leur passage et finissaient par asphyxier l'arbre. J'avais envie de lâcher des colonies de piverts pour protéger les arbres de ces prédateurs.

Je leur parlais. Je caressais leurs troncs, je me glissais dans une fourche, escaladais, allais me poser plus haut. J'écoutais le bruissement des feuilles, le craquement des branches. Je reniflais comme un chien de chasse. Si on m'avait vue ! Je ne le savais pas encore, mais je cherchais l'odeur du moût qui fermente, aigre, un peu écœurant. Les peaux qui montent, forment le chapeau de marc et dégagent du gaz carbonique. C'est dangereux de se promener dans les chais ou d'inspecter les cuves. Surtout le matin quand on n'a pas encore aéré. La cuvaison dure quatre semaines. Après, il y a l'écoulage… on vide la cuve. On enlève la partie liquide, le jus qui en est sorti. Pour vider le chapeau de marc, il faut entrer dans la cuve. Et à nouveau, c'est dangereux. C'est comme ça qu'Émile avait eu son accident. Il était tombé dans la cuve. Frédéric l'avait sauvé.

Quand je redescendais des branches les plus hautes, je rentrais au lotissement. Je regardais les maisons. Des maisons neuves aux façades lisses. Et des haies de thuyas bien épaisses qui les cachaient. Chacun chez soi.

Il n'y avait pas de moût, pas de chapeau de marc, pas de jus qui coule et va devenir vin.

Lewis m'avait dit, tu vas voir, tu vas t'habituer et puis, c'est juste une étape. On partira d'ici, on ira dans une maison plus grande, plus belle, avec des arbres, un étang, des vignes. Je te le promets. Pour le moment, on repart de zéro. On a tout à construire.

Il me parlait de sa vie d'avant. Parfois j'avais l'impression qu'il était vieux tellement il avait connu de gens, de villes, et de vignes ! En fait, il avait juste six ans de plus que moi.

Chaque soir, il m'emmenait dans un pays différent.

Il était né à Montréal, la ville de Leonard Cohen. Le vin était sa passion. Il avait goûté, adolescent, le vin de glace québécois, l'*ice wine*, fait à partir de raisins congelés, un jus ambré, liquoreux, sucré. Puis il avait voulu connaître tous les cépages, toutes les façons de cultiver la vigne dans le monde. Il était allé en Argentine, en Afrique du Sud, en Hongrie, au Portugal, en Espagne, en Italie, à Tahiti dans un atoll, le Rangiroa, où les racines de la vigne plongent dans les coraux, en Géorgie. En Géorgie ? Vraiment ? Oui, on a trouvé des vestiges de vignes de plus de huit mille ans là-bas ! À l'époque, les gens ramassaient le raisin et le mettaient à fermenter dans des jarres enterrées, fermées à la cire. Tous les cépages du monde viennent de Géorgie.

Il avait poussé son enquête jusqu'au Liban. Dans la plaine de la Bekaa, à la frontière de la Syrie, 1 100 mètres d'altitude. Il avait travaillé dans un vieux vignoble, le domaine des Tourelles, créé par un Français, un Marseillais, en 1868. Les Russes achetaient 90 % de la production libanaise et en faisaient une piquette, mais après la chute de l'URSS, les Libanais reprirent leur culture en main et se mirent à produire du très bon vin.

Il avait des amis partout.

Il avait failli s'installer en Nouvelle-Zélande, dans la région de Marlborough, à Sunshine Bay. Un riche propriétaire, Jimmy Greenroof, s'était entiché de lui au point de vouloir l'adopter. T'adopter ? C'est vrai ? Oui, j'ai réfléchi longtemps avant de lui dire non, mais j'étais trop jeune pour me fixer. Tu ne l'as jamais regretté ? Parfois, oui, parfois, non, et plus jamais depuis que je te connais. On ira le voir un jour ? Il serait fou de joie, il a été si triste quand je suis parti, j'ai eu le sentiment de le trahir, c'était horrible. Tu lui écris ? Oui, je lui ai dit que je m'étais marié, je lui ai envoyé une photo de toi. Tu savais que c'était un missionnaire français qui, en 1819, avait été le premier à cultiver des vignes là-bas ? Il a fini évêque d'Auckland, tu vois, le vin mène à tout.

Je l'écoutais et je voyageais.

On s'est installés dans la maison. Le soir quand il rentrait, on buvait un verre de vin, je faisais de la purée avec de vraies pommes de terre, ou des patates sautées. Il adorait ça, c'était pas dur à faire. Ça a bien duré une année, cette vie-là.

Je souhaitais que ça ne s'arrête jamais. Je savais bien que ce n'était pas possible, mais je me disais que peut-être nous serions l'exception. Et ça me plaisait bien d'avoir le statut d'exception.

Lewis avait des économies. J'étais pas obligée de travailler. Je pouvais me la couler douce. Je lisais des romans policiers, je me tartinais de crèmes de beauté, je ramassais des échantillons partout où j'en trouvais, je surveillais les promotions au supermarché, j'apprenais à repasser mais je n'avais pas de table, juste un vieux fer que j'avais trouvé dans un placard, je me lançais dans la construction d'étagères en piquant des planches et des briques sur un chantier voisin.

Je me suis fait une amie dans le lotissement.

Gabrielle.

Elle était assistante maternelle. Elle gardait deux enfants qui faisaient la sieste tout le temps. Moi qui croyais que les bébés ne dormaient jamais ! On buvait des cafés et on bavardait.

Elle était devenue ma meilleure amie pour la vie.

Elle avait une manière d'écouter si intense que j'avais l'impression qu'elle entrait dans ma tête. Je lui disais, arrête de me regarder comme ça, ça me fait mal aux yeux ! Un jour, je lui ai parlé de l'amour avec Lewis et comment c'était si fort qu'il me venait des nœuds dans le ventre, comme des crampes, mon corps décollait et j'entrais dans une troisième dimension. Est-ce qu'elle ressentait ça avec Régis ?

Elle était en train d'étendre le linge sur les fils du jardin de derrière et je l'ai entendue répondre que j'avais bien de la chance.

Quand elle s'est retournée, j'ai parlé d'autre chose.

Elle était mariée, elle aussi, et parfois on allait tous les quatre au cinéma le samedi soir. J'aimais bien ces sorties. On était deux couples amoureux, jeunes, beaux. Régis, le mari de Gabrielle, adorait faire des barbecues. Il travaillait chez le boucher de Saint-Romain. Il s'y connaissait en viande. Et pas qu'un peu ! Le samedi soir, on faisait des barbeucs dans leur petit jardin derrière les thuyas.

C'est comme ça qu'il disait Régis, un barbeuc, des barbeucs. Je trouvais ça rigolo, un peu dégoûtant aussi, toute cette viande noire et rouge, bien grasse, bien épaisse, qui dégoulinait sur la grille. Il brandissait sa pièce de viande au bout d'une grande fourchette et fallait pas critiquer, ni le morceau choisi ni la cuisson. Borsalino nous rejoignait. Toujours avec une fille différente. Comme la fille changeait tout le temps, on avait renoncé à retenir son prénom. On plaignait Borsalino, on disait qu'il n'avait pas encore rencontré son « âme sœur » et que nous, on avait bien de la chance.

Un soir, chez eux, Gabrielle s'est ouvert la main en coupant une grosse patate, elle s'est fait un pansement à la va-vite mais le sang continuait de couler. Régis a dit, allez ! fais pas ta poule mouillée !, mais je voyais bien qu'elle avait mal et j'ai émis l'idée que peut-être on pourrait aller à l'hôpital. Régis a refusé, le barbeuc était prêt, il venait de poser la viande. Dans la vie faut apprendre à serrer les dents ! Sinon on fait plus rien, n'est-ce pas Lewis ? Lewis a répondu que ça avait l'air sérieux, alors Régis s'est mis à gueuler qu'on se liguait contre lui et qu'on s'en foutait pas mal de son barbeuc. On lui manquait de respect. Gabrielle a dit, il a raison, ça va cicatriser.

N'empêche que le lendemain, il a dû la conduire aux urgences. La plaie n'était pas belle à voir.

On n'en a jamais vraiment parlé avec Lewis, mais on a espacé les soirées du samedi. De toute façon, Lewis n'aimait pas beaucoup Régis. Je le sentais réticent, mais j'ai continué à voir Gabrielle, elle seule.

Lewis m'avait appris à pêcher et on partait avec nos cannes, nos épuisettes, nos seaux, on attrapait des poissons, je les faisais frire à la maison. Et hop ! un nouveau plat que je savais faire !

Le soir, il me prenait dans ses bras, il me disait, tu es heureuse, mon amour ? Je jetais mes bras autour de son cou et l'étouffais de baisers de pieuvre affamée. Il disait, ça c'est une vraie réponse.

Je lui demandais, tu m'aimes avec mon long nez ?, et il riait.

Avec mes taches de rousseur ? Mes jambes de girafe ?, et il riait encore, je t'aimerais bossue avec un œil de Cyclope.

Chaque fin de mois, on payait le loyer rubis sur l'ongle.

Borsalino était content. Il nous apportait une bonne bouteille de vin et on discutait des uns et des autres, de la qualité du vin de l'année, des propriétaires qui sous-payaient les vendangeurs, un salaire de misère, les mains écorchées, le dos cassé pour pas grand-chose, à peine un Smic. Je me sentais mal à l'aise parce que j'appartenais au clan des exploiteurs, Borsalino et Lewis, à celui des exploités.

Lewis changeait de sujet.

Un samedi après-midi, je rangeais la vaisselle et j'ai eu envie de vomir. J'ai foncé aux toilettes, j'ai craché de la bile jaune.

Le soir, ça a recommencé.

Dès que je regardais de la viande ou du jambon, quelque

chose qui me rappelait un animal mort, je me précipitais dans les toilettes.

J'en ai parlé à Gabrielle, elle m'a regardée, ses yeux brillaient, elle m'a dit qu'à son avis j'étais enceinte. Elle m'a expliqué que j'allais avoir des envies bizarres, mal au cœur, mal à la tête peut-être, que j'allais dormir tout le temps, que je pleurerais pour un oui ou un non, mais que ce serait normal.

Fallait pas m'affoler.

Le lendemain, je suis allée à Berléac.

Ça devait être une envie de femme enceinte.

Je me suis garée de l'autre côté de la route. Face à l'entrée. Là où se trouve un érable rouge à deux troncs. On ne pouvait pas me voir.

J'ai aperçu la tour, l'allée bordée de charmes, le château tout au bout, les volets blancs, les pierres blondes, la grande pelouse avec le cèdre du Liban, et au loin, les rangées de vigne. J'ai reçu un coup de poing dans l'estomac. J'étais chez moi, c'était ma terre. Je reniflais les odeurs de mon enfance. Il me venait des dégringolades d'émotions comme dans le grand huit quand ça monte, ça descend, ça vire. J'étais cachée derrière l'érable à deux troncs, et j'ai entendu quelqu'un tousser derrière moi.

C'était Gilbert.

Il s'est approché. Il a attaqué tout de suite :

– C'est pas bien ce que vous avez fait… partir sans rien dire.

– C'est pas vos affaires. Et puis, j'ai laissé une lettre.

– À Nannie. Sur la table de la cuisine.

– À qui fallait la laisser ?
– À votre mère.
– Elle s'en fiche pas mal.
– Vous n'en savez rien.
– Si.
– Vous avez fait une connerie.
– Il m'aime. Je suis heureuse avec lui.
– Heureuse ! C'est le grand mot aujourd'hui !
– Vous savez pas ce que c'est.
– Vivre d'amour et d'eau fraîche… c'est ça ? Ça va pas durer longtemps.
– On s'est mariés, Lewis a trouvé un boulot et on s'est déniché une maison.
– Tout ça en un an ? Je vous crois pas.
– On a une jolie maison avec un jardin devant et un jardin derrière…
– Waouh ! Ça, c'est extraordinaire !
– Vous pouvez vous moquer, je m'en fiche. Tout le monde n'a pas la chance d'habiter dans un château. Y a même très peu de gens qui vivent dans un château. Je suis très heureuse dans ma petite maison.
– Pourquoi vous traînez par ici alors ? Je vous ai observée, vous étiez immobile, vous vous remplissiez les yeux…
– J'avais une course à faire… J'ai pris la route de Berléac sans y penser, c'est tout. Pas la peine d'en tirer des conclusions !
– C'est bizarre de faire ses courses loin de chez soi…
– Ha, ha ! Très drôle !
– Vous allez vite vous réveiller et on verra si vous êtes si heureuse que ça…

J'ai failli dire, et même que j'attends un enfant ! C'est pas du bonheur, ça ? Mais ça ne le regardait pas. Je ne voulais pas qu'il sache quoi que ce soit de ma nouvelle vie. J'avais déjà trop parlé.

J'ai tourné les talons et j'ai regagné ma vieille épave.

Heureusement, elle a démarré au quart de tour.

Je lui ai fait au revoir de la main avec le sourire d'une publicité pour le bonheur et j'ai chantonné, *like a bird on the wire, like a drunk in a midnight choir, I have tried in my way to be free*[1].

J'étais heureuse et on allait avoir un bébé, Lewis et moi.

India est née. Puis Louis.

J'ai attendu qu'ils grandissent et je les ai mis à la halte-garderie, à Saint-Romain.

J'ai cherché du travail. Je n'ai trouvé que des ménages. Même pour un emploi de caissière à Carrefour, y avait la queue pour poser sa candidature. Et puis, les enfants étaient tout petits… Quand ils étaient malades, je devais les garder à la maison. Alors je faisais des heures par-ci, par-là. Lewis paraissait soucieux. Il m'embrassait le soir comme une formalité. Il demandait, ça s'est bien passé aujourd'hui ? Les enfants sont couchés ? Il n'attendait pas ma réponse, il se lavait les mains au robinet, ouvrait le frigidaire, se servait une bière, grignotait quelque chose et s'asseyait dans son fauteuil avec un livre. Des livres en anglais, des récits de voyages ou d'aventures. Parfois

1. « Comme un oiseau sur un fil, comme un ivrogne dans une chorale de minuit, j'ai essayé à ma façon d'être libre. »

il posait le livre sur son ventre et regardait dehors. Les yeux dans le vague. Si je lui parlais, il sursautait, j'avais l'impression de le tirer d'un rêve.

Ou d'un cauchemar.

Je voulais toujours lui demander, tu m'aimes encore ?, j'avais l'impression d'être devenue invisible. Mais je me retenais. C'est lui qui gagnait notre vie, lui qui avait tous les ennuis. Je le regardais, il relevait la tête et me disait, on va y arriver, *babe*, on va y arriver, je te promets. Et il me souriait comme s'il souriait à un bonheur passé.

On faisait l'amour à la va-vite. Il ne se passait plus grand-chose entre mes jambes. Il me disait, *sorry, babe*, je suis fatigué, je répondais, c'est pas grave, je comprends.

Quand on dit « je comprends », c'est qu'on a renoncé. Y a plus qu'à accepter.

On allait devenir comme les couples que je voyais au supermarché. Chacun avec sa liste de courses, l'homme se chargeant de la viande, des boissons, des tournevis et des crochets X, la femme des pâtes, du riz, du Cif ammoniaqué, des crèmes glacées, des fruits et des légumes. La seule chose qu'ils partageaient, c'était l'énorme caddie qu'ils poussaient, parfois lui, parfois elle. Je les regardais circuler dans les allées. Je me disais que Lewis et moi, on ne leur ressemblerait jamais.

Et… c'était arrivé.

Lewis ne parlait plus. Il n'écoutait plus Leonard Cohen. J'essayais de lire notre avenir à sa façon de tripoter ses cheveux.

Saint-Romain n'était pas une étape, c'était le poteau d'arrivée.

C'est à ce moment-là, si j'en crois monsieur Janvier, que les enveloppes ont dû commencer à arriver.

Qui envoie les enveloppes blanches ?
Madame Lakthi tombe
dans les escaliers…
et Muriel rencontre Octave.
François a de grandes ambitions
pour Berléac, et peu de considération
pour sa mère…

Assise sur le dessus-de-lit caca d'oie, Muriel soupèse les enveloppes, les tourne, les retourne, comme si elles allaient lui livrer leur secret. Elles sont doublées à l'intérieur. Un papier de soie bleu foncé. Quelqu'un qui peut se permettre de prélever chaque mois 900 ou 1 000 euros de sa cassette. Elle avait tellement envie de croire que c'était lui ! Tellement envie de croire à l'histoire qu'elle se racontait…

C'est quelqu'un qui l'aime, mais veut rester anonyme.

Un nom lui vient tout de suite à l'esprit, Nannie ? Elle gagne bien sa vie et n'a pas de frais. Logée, nourrie, blanchie à Berléac. Mais elle aide déjà son père.

Ambroise ? C'est possible. Ça lui ressemblerait bigrement même.

Jacqueline ? Possible aussi. Elle a toujours été très gentille avec moi, presque maternelle. Si elle ne l'était pas tout à fait, c'était par égard pour ma mère, pour ne pas prendre sa place.

L'oncle Édouard ? J'ai toujours été sa préférée. Il a hérité de son grand-père et n'a jamais travaillé. Il m'invitait chez lui et me faisait un chocolat chaud en laissant fondre des grosses barres de chocolat noir à feu doux avec du beurre salé de ferme. Il ajoutait une trace de glace à la vanille sur le dessus. Il me faisait des colliers avec des billets de cent francs. Maman était furieuse, ce n'est pas une manière d'éduquer une enfant, elle disait. Il avait beaucoup d'argent mais je crois bien que Cecil, son ami anglais, l'a ruiné. C'est ce que je devinais quand les grandes personnes parlaient de lui à table.

Il y a aussi Émile et Frédéric qui m'aiment bien. Mais Émile ne gagne pas assez d'argent. Frédéric non plus.

Comment tous ces gens auraient-ils pu connaître mon adresse ?

C'est une question idiote. Saint-Romain n'est pas si loin de Berléac. Ma famille est connue dans la région. Dans les villages, on parle, on parle, on sait tout les uns des autres. Il suffit qu'une personne m'ait reconnue pour que la rumeur galope : Vous saviez que la fille Berléac vivait aux Alouettes ? NOOON ! Mais puisque je vous le dis ! Il paraît que sa mère l'a chassée parce qu'elle a fait une mésalliance. Avec ce Lewis qui parle avec un accent et conduit un camion ? Parfaitement… Un moins-que-rien pour cette famille ! Ces gens-là n'ont pas de cœur.

Au bout d'un an, en bavardant avec Gabrielle, je connaissais la vie de tous les habitants du lotissement et du bourg. Et on pouffait de rire en énumérant les amants de madame Janvier.

J'étais pas mieux que les autres, je cancanais, je cancanais.

Elle a rangé les enveloppes dans la valise qu'elle a repoussée sous le lit.

Elle se tapote le menton du bout des doigts en réfléchissant, il faut que je trouve celui ou celle qui a envoyé autant d'argent pendant dix ans sans jamais se faire connaître.

C'est une preuve d'amour, ça.

Donner sans rien exiger ni se vanter. Sans se montrer.

Lewis a pris l'argent parce qu'il ne pouvait pas faire autrement. Il devait avoir une bonne raison. Je ne la connais pas mais ça ne pouvait être qu'une bonne raison.

If I have been unkind, I hope that you can just let it go by, if I have been untrue, I hope you know it was never to you[1]*...*

Il ne m'a pas trompée. L'histoire de la blonde dans le camion, c'est du bidon.

Il ne m'a pas bernée. Il n'est pas malhonnête.

Et si j'allais demander à madame Lakthi ce que disent les cartes ?

Elle saute de son lit, claque la porte de sa chambre et dévale l'escalier jusqu'à la réception.

Une ambulance est arrêtée devant l'entrée de l'hôtel, les portes grandes ouvertes. Madame Lakthi en descend, aidée par un infirmier qui porte ses affaires dans un sac en plastique.

Elle a les deux poignets bandés.

---

1. « Si j'ai été méchant, j'espère que tu peux oublier, si j'ai été infidèle, j'espère que tu sais que je ne t'ai jamais trompée », Leonard Cohen, *Like a Bird on the Wire.*

Elle lève la tête vers Muriel, grimace un sourire.

– Je me suis foulé les poignets en descendant à la cave chercher ma machine à coudre. Je suis tombée en avant et j'ai voulu me rattraper en tendant les mains. J'avais acheté un beau tissu en piqué blanc, je voulais vous faire des rideaux à la place de ces horreurs caca d'oie… et voilà !

– Je suis désolée… Vraiment désolée ! C'est terrible.

– Non, Muriel, si ça m'est arrivé, c'est pour une bonne raison. Il ne me reste plus qu'à la trouver. En attendant, donnez-moi le bras ! On va libérer cet homme charmant qui s'est très bien occupé de moi.

Le jeune homme insiste pour la conduire jusqu'à la réception. Madame Lakthi lui rétorque que ses deux pieds sont en excellent état, qu'elle peut gagner sa chambre toute seule. Et puis, elle ajoute :

– J'ai besoin d'aller dans un endroit où on ne va pas accompagné !

Il acquiesce, pose le dossier médical de madame Lakthi, le sac en plastique sur le comptoir de la réception et se tourne vers Muriel.

– Vous êtes sa fille ?

– Est-ce que j'ai l'air d'une Indienne ?

– Elle aurait pu vous adopter…

– C'est vrai. Mais non… J'habite ici. Pour le moment.

– Il va falloir l'aider. Elle m'a dit qu'elle dirigeait cet hôtel et qu'elle ne pouvait pas quitter son poste…

– C'est encore vrai.

Il semble jeune, mais il a le front ridé, des cernes sous les yeux, le teint gris-jaune, un Bic dans la poche de sa blouse blanche et un sourire qui part en biais.

– Je trouve cette femme formidable. Si elle souffre, appelez-moi. Je suis médecin, je finis mon internat…

– Vous vous appelez comment ?

– Octave…

– Moi, c'est Muriel.

– Enchanté, Muriel. Mon numéro de portable est dans le dossier. Je l'ai gribouillé sur une feuille blanche… Vous pouvez m'appeler n'importe quand. Si je ne réponds pas, laissez un message. Au revoir.

– Au revoir, Octave.

Il s'en va, revient et chuchote :

– Elle vous tire les cartes à vous aussi ?

– Oui.

– Elle m'a tiré les cartes, elle les avait emportées avec elle, c'est drôle, non ? Elle l'a fait dans l'ambulance… avec ses poignets bandés et les doigts qui dépassaient, ça devait lui faire mal… En général, je me méfie de ces trucs-là, mais là, ça m'a touché, je sais pas pourquoi…

– Le problème, c'est que ça devient addictif… Mais avec elle, c'est différent, elle envoie de la lumière.

– Alors on va la chouchouter, d'accord ?

– C'est un drôle de prénom, Octave, ça fait sérieux.

Le téléphone posé sur le comptoir sonne. Muriel l'écoute sans réagir.

– Mais il faut répondre, Muriel !

– Moi ?

– Ben oui… Comment voulez-vous qu'elle fasse ?

– Mais je sais pas !

– Vous allez apprendre très vite, je suis sûr.

Le téléphone continue de sonner, Muriel recule.

– Allez-y !

– Qu'est-ce que je vais dire ?

– Vous allez trouver ! Faut que je retourne à l'hôpital, j'ai laissé une file d'attente aux urgences.

Le regard de Muriel va d'Octave au téléphone. Posé d'un côté, il y a les tarifs des chambres. L'heure du *check in* et du *check out*. Et de l'autre, un récapitulatif des chambres libres et occupées.

Octave décroche le combiné et le lui tend.

Elle le prend du bout des doigts.

– Allô ! Oui… Oui… Un instant, s'il vous plaît !

Quand elle se retourne, Octave est parti.

Dans la salle à manger du grand hôtel particulier de la rue Bouffart, résidence de Jacqueline et François de Berléac, Andrée a dressé la table du déjeuner et s'affaire en cuisine en attendant que la mère et le fils passent à table. Elle aimerait bien qu'ils ne tardent pas trop, sinon elle sera obligée de réchauffer les tranches de gigot, deux belles tranches marinées dans une sauce à l'ail des ours, et elles seront trop cuites. Gigot semelle, gigot poubelle. Pour l'entrée, ce n'est pas grave, elle a préparé des œufs mimosa, mais pour les tranches de gigot, c'est embêtant. Sans parler des pommes de terre qui, à force d'être réchauffées, vont devenir bouillie ! C'est énervant cette manie d'être toujours en retard. Le déjeuner est à treize heures et il est treize heures vingt.

C'est la faute de François.

Madame Jacqueline est toujours ponctuelle. Mais lui, ce grand dadais au nez retroussé de dédain, ça lui est bien égal que je me tourne les sangs pour mon gigot. À peine s'il me dit merci quand je rentre dans sa chambre déposer son linge que j'ai lavé et repassé. Il me montre d'un doigt l'endroit où il faut le ranger – comme si je le savais pas ! – et me demande de refermer la porte en partant, IL TRAVAILLE ! Je sais bien qu'il travaille, on parle que de ça à la maison. Il prépare Léna, une grande école que font les petits génies de la nation, Giscard d'Estaing, Chirac et plein de premiers ministres. On voit le résultat… Ça y est ! Je monte en mayonnaise. Mais il m'énerve. Je préfère Frédéric. Lui ne m'a jamais traitée en domestique. Toujours un petit mot affectueux, une attention semblable à une buée qui se pose sur vous.

Je les ai torchés pareil, ces deux petits. Je connais le moindre pli de leurs fesses. Madame Jacqueline n'avait pas le temps de s'en occuper, il fallait redresser la propriété. Y en avait un qui rigolait tout le temps, tandis que l'autre me toisait de sa table à langer. L'aîné rêvait de devenir président de la République, le benjamin, skipper sur un bateau.

L'autre soir, François a donné un dîner afin de recevoir ses « relations bordelaises ». Il a exigé que ce soit dans le grand salon, celui qu'on n'ouvre jamais tellement il est grand et loin de la cuisine. Ils étaient une dizaine d'invités, bien pommadés, bien vestonnés. J'étais de service alors que j'aurais dû être devant ma télé avec *Dr House*. J'ai pas arrêté de galoper de la cuisine au grand salon, chargée de plats jusqu'aux épaules. Avec, en plus, les bouteilles de vin, les carafes d'eau, le beurrier, les corbeilles de pain à remplir. Un dédale de couloirs, de marches à monter, à descendre. Il s'en fichait bien, le grand dadais ! Le doigt sur la sonnette, il carillonnait. Pour une tartine à griller, une salière bouchée, un peu de vin renversé, un courant d'air qui l'incommodait.

Madame Jacqueline m'a donné double paie pour cette soirée.

Elle a baissé les yeux en me tendant les billets.

À une heure et demie, la mère et le fils passent à table.

À peine assis, François tapote la nappe blanche de son index droit. Il regarde sa montre. Jacqueline défait sa serviette et s'excuse :

– Je suis désolée de ce retard, Andrée.

– Mais non, madame, c'est juste qu'à force de réchauffer… c'est moins bon, forcément.

– Ne vous en faites pas, ça va être délicieux comme d'habitude. Verse-moi un verre d'eau, François.

– Encore une belle journée ! dit Andrée en présentant le plat d'œufs mimosa.

– Oh ! Des œufs mimosa ! Vous savez combien je les aime !

– C'est pour vous que je les ai faits, madame.

François s'impatiente, son index redouble sur la nappe blanche.

– Maman, il faut que je vous parle, j'ai plein d'idées pour Berléac…

Andrée prend le plat d'œufs mimosa, le présente à la mère, puis au fils. Et s'en retourne en cuisine.

– Mais tu dois d'abord penser à ton examen, mon chéri.

– J'y pense, soyez-en certaine. Mais quand même… j'aimerais intervenir davantage dans la vie de la propriété.

– Tu en as parlé à ton père ?

– Non… je voulais savoir ce que vous en pensiez.

– Je pense que tu devrais te concentrer sur ton concours. Tu ne peux pas faire de projets pour Berléac avant…

– Et pourquoi pas ?

– Ce n'est pas un travail à mi-temps.

– J'en suis tout à fait conscient. Vous ne voulez pas savoir ce que j'aimerais faire ?

– Mais si, voyons ! Mais puisque tu me demandes mon avis, n'oublie pas que ton frère aussi s'occupe du domaine. Il s'est inscrit à l'Institut du vin et, pour une fois, il prend ses études au sérieux. Il est sur le terrain tous les jours.

– Ah ! Vous voyez ! Vous avez dit « pour une fois », c'est le problème avec Frédéric, on ne peut pas compter sur lui.

– Je pense exactement le contraire. Frédéric se passionne pour le vin et…

– J'ai bien réfléchi. Regardez ce que Bernard Arnault a réussi avec Cheval Blanc et Château Yquem…

– On n'a pas les mêmes moyens, mon chéri !

– Dites plutôt qu'on n'a pas assez d'ambition.

– On est très bien classés parmi les grands crus de graves…

– On pourrait faire mieux. En investissant davantage, en ajoutant une touche de glamour…

– Glamour ?

– Oui. Glamour. Les gens représentant nos vignobles

devraient être cultivés, séduisants, parlant plusieurs langues, porteurs d'un rêve, d'une histoire…

– Je vois qui tu rejettes d'emblée…

– Émile ? En effet… il ne rentre pas dans le cadre.

– Je sais que tu ne l'aimes pas, mais il fera un excellent chef de culture.

– Il n'a aucune classe ! Il ne fait rêver personne.

– Il connaît le raisin comme la paume de sa main.

– Ça ne suffit pas ! Moi, je vous parle d'un grand dessein.

– François… ça fait six ans que tu ne vis plus ici. Tu ne connais pas le travail d'Émile. Avec ton père et Frédéric, ils forment une très bonne équipe.

– Mais vous parlez « petite entreprise » quand je vise le sommet ! Il n'y a que les marques qui marchent de nos jours. Berléac n'est pas une marque. Je veux qu'on devienne aussi prestigieux qu'Hermès, par exemple. Qu'est-ce que c'était au départ, Hermès ? Un petit artisan, harnacheur sellier, un fabricant de selles d'équitation, de mors de chevaux, d'étriers. Aujourd'hui, c'est un empire qui appartient à une famille. S'ils ont réussi, on peut le faire, nous aussi. Pour cela, il nous faut des investisseurs, on les trouvera…

– Comme ça ! En claquant des doigts ! Tu n'as aucune idée de ce que…

– On trouvera ! Avec mes relations, ce sera facile. Je m'en charge. Il nous faudra aussi un styliste, un attaché de presse, un chargé de communication et un chef de culture représentatif. Pas Émile ! Il aurait l'air de quoi sur les photos ou les vidéos avec ses grosses joues, ses grosses fesses et sa patte folle ? Ça tombe bien que son père prenne sa retraite, on n'aura pas à le virer puisqu'on ne l'aura pas engagé

– Écoute, mon chéri, ce n'est pas une décision à prendre à la légère. Il faut avant tout en parler à ton père.

– Mais j'ai plein d'idées, maman, plein !

– Justement, tu vas aller voir ton père et en discuter.

Andrée revient avec le gigot à l'ail des ours. La réprobation se lit sur son visage.

– J'ai bien peur, madame, que le gigot soit trop cuit, quant aux pommes de terre...

– Mais non, Andrée !

– C'est qu'à force de réchauffer...

– On a compris ! l'interrompt François. Vous n'allez pas nous faire un drame en cinq actes pour un gigot trop cuit ! J'avais rendez-vous ce matin et j'ai pris du retard, ça arrive dans le monde des affaires. C'est incroyable ! On parle de l'avenir de Berléac et vous pleurez sur un gigot trop cuit ! Il y a des priorités dans la vie !

Andrée se raidit, pique du nez sur son tablier, sert la mère, le fils, et disparaît.

– Dites, maman, depuis quand les domestiques se mêlent-ils des conversations ?

– Andrée n'est pas une domestique.

– Ah... Qui est-elle alors ?

– Elle fait partie de notre famille... élargie.

– Voilà ce que c'est d'être trop familier avec le personnel. Il n'y a plus de barrières. Ils se croient tout permis.

– Andrée a été votre nounou affectueuse et dévouée,

et elle veille sur moi depuis que je vis seule. Ne parle pas d'elle comme ça. Tu me fais de la peine.

– D'accord ! D'accord ! Je n'ai rien dit… Mais quand je reprendrai cette maison, les choses changeront !

– Et pourquoi reprendrais-tu cette maison, mon chéri ? Je suis en très bonne santé, j'ai à peine quarante-six ans. Je compte vivre encore longtemps.

– J'évoquais un futur lointain.

– J'espère bien. Et une fois encore, Frédéric a des droits comme toi sur la maison. Et vous ne serez peut-être pas les seuls…

– Vous faites allusion à qui ?

– À Muriel et à ses enfants…

– On les dédommagera.

– Comment tu parles !

– Bon… bon… je vais aller voir Paps. Il est à la propriété ?

– Il m'a dit qu'il allait inspecter les raisins blancs… S'il n'est pas à son bureau, il sera dans le secteur Valparaiso…

– C'est quoi, ça ?

– Eh bien… tu vas te renseigner et tu vas apprendre. On ne devient pas « une marque » (elle prononce ces mots sur un ton ironique) en tapant sur une table, mais en faisant son travail humblement, patiemment…

Elle replie sa serviette, la glisse dans le rond en argent qui porte son prénom gravé en lettres italiques. C'est le premier cadeau que lui avait fait Aliénor en guise de bienvenue. Jacqueline l'avait glissé à son annulaire. Mais ce n'est pas une alliance, avait souri Aliénor. C'est encore mieux, elle avait répondu, c'est le signe que j'appartiens à votre famille, et ça, on ne pourra jamais me l'ôter.

François froisse sa serviette et se lève.

– Je file à Berléac.

Il se penche sur sa mère, effleure son front d'un baiser rapide et s'en va en rectifiant le col de sa chemise dans la glace de la salle à manger.

Jacqueline lisse les plis de la nappe. Elle sent des larmes monter. La remarque de François sur le fait qu'elle allait bientôt se retirer et lui laisser la maison l'a blessée. Il n'a même pas mentionné que je pourrais continuer à habiter ici !

Mais je suis encore vivante... Vivante !

Elle incline la nuque à la recherche d'une caresse, du souffle d'un homme. Parfois elle se surprend à avoir envie de se blottir dans les bras d'un... elle n'ose pas prononcer le mot. Et puis, elle hausse les épaules, un amant ? Il me paraît indécent, ce mot. Je suis ridicule. Depuis qu'Ambroise m'a quittée, je n'ai laissé aucun homme m'approcher.

Si j'avais eu plus d'expérience, est-ce que j'aurais gardé Ambroise ? Je ne savais pas aimer sans tout donner. La seule façon de faire durer l'amour, c'est de cacher aux gens qu'on les aime.

Et la seule façon de mourir d'amour, c'est d'espérer. Il y a tant d'espérance dans le cœur d'une femme amoureuse. On peut la bafouer, la maltraiter, elle espère toujours.

J'ai été cette femme. Et je ne me reconnais plus en elle.

C'est la première fois que je me dis ça, elle sourit, étonnée.

Est-ce à cause de ce qu'il s'est passé l'autre soir ? J'ai eu l'impression que cette caresse si douce, si discrète, me ramenait à la vie.

Ce serait folie !

Ce que Jacqueline ignore, c'est que sa profonde solitude, une certaine sévérité dans son apparence, l'habitude de ne pas attirer les regards, de ne pas jouer le jeu de la séduction, d'écouter et de répondre avec une grande acuité produisent un charme suffisamment puissant pour que certains hommes s'en émeuvent. Elle est jolie, mais ne le sait pas, intelligente, brillante, mais elle ne s'impose pas. Elle a créé autour d'elle, sans le savoir, une distance qui décourage les timides et fait douter les audacieux. Les premiers n'osent pas, les seconds se disent qu'ils ne feront pas le poids.

Elle a fini par en déduire qu'elle était banale et ennuyeuse.

Et qu'Ambroise avait eu raison de partir.

Anaïs rue dans les brancards…
Ambroise a rendez-vous avec son vieux copain et cardiologue, Montfort…
Frédéric et François s'affrontent au sujet d'Émile…
Frédéric menace François de tout dire.
Mais dire quoi ?

Anaïs pousse la porte du bar à ongles, rue Bouffard, demande si on peut lui faire une manucure et une pose de vernis.

– Bien sûr, madame, installez-vous, dit une petite jeune fille en tablier rose avec son prénom, Agathe, brodé dessus.

L'endroit est chic, intime, comme le proclame le titre d'un article de magazine posé sur la table. Le papier peint sur les murs est rayé de larges bandes noires et blanches, les murs, couverts d'étagères où trônent les produits O-P-I, des lampes laquées noires descendent du plafond. Sur le comptoir en bois blanc sont posées des serviettes immaculées et des bannettes en osier qui débordent de crèmes, de pinces, de lotions, de limes.

Anaïs enlève ses bagues, retrousse ses manches, laisse son téléphone dans son sac.

Depuis le soir où elle est allée au cinéma avec Zinski – elle ne dit plus Jan, elle l'appelle Zinski maintenant quand elle pense à lui –, elle divague. Des souvenirs reviennent et la réveillent d'un long sommeil. Elle tend sa main droite à la jeune Agathe, lui demande, quel âge avez-vous ? Vingt-deux ans, madame. Vous aimez votre métier ? Oh oui ! J'ai toujours voulu travailler dans un institut de beauté.

Agathe enlève le vieux vernis rouge avec un coton imbibé de dissolvant. Elle s'applique, fronce les sourcils, qu'elle a d'un roux doré qui rappelle le pelage des écureuils. Elle gagne combien ? Très peu sans doute. À son âge, je gagnais beaucoup d'argent. J'aurais pu me dire que j'avais réussi… Et pourtant… je craignais toujours qu'on me trouve trop grosse, mal proportionnée, la peau trouée, la bouche trop mince, les yeux trop écartés. Qu'on m'interdise de poser pour des marques de luxe ou des couvertures de journaux prestigieux. Je détestais mon corps. Il me trahissait tout le temps. Je devenais pâte à modeler et me pliais à toutes les exigences des rédactrices de mode, des stylistes, des maquilleuses, des coiffeurs. On m'habillait, on me déshabillait, on me tirait les cheveux, on m'aveuglait de laque, on me collait des postiches, des faux cils, on me plâtrait de fond de teint, on me posait sur un tabouret, on m'ordonnait, tourne-toi, souris, non, pas comme ça, ouvre un peu les lèvres, mouille-les, regarde en haut, regarde en bas, sur le côté, tire sur ta chemise qu'on aperçoive un sein, mais ne le montre pas ! Ne le montre pas ! Penche-toi vers moi, donne-toi, donne-toi ! Allez ! Mieux que ça ! Rampe, rampe vers moi ! Lève-toi maintenant ! Tourne, tourne. Souris ! Ris ! Renverse la tête ! Fais la moue ! Mime un baiser ! Je souriais, j'éclatais de rire, je boudais, je rampais. Et quand je quittais le plateau du photographe, je faisais semblant de tirer une longue traîne d'ennui, d'indifférence, attitude qui enchantait l'aréopage autour de moi, alors que je redoutais d'être disqualifiée et renvoyée au rang de mannequin mains, mannequin jambes, ou, pire encore, mannequin lingerie. Les hommes m'exhibaient dans des boîtes de nuit. Il y avait les naïfs qui tombaient amoureux et que je méprisais, des provinciaux !, et les odieux avec qui je devenais couleuvre. J'étais si jeune ! Et puis, je me suis endurcie. J'ai appris à me prêter sans me donner, à ricaner, à calculer. Je trouvais les hommes superficiels, petits, mesquins, si prévisibles, obsédés par leurs performances, la taille de leur sexe, alors, c'était bien ? t'as joui ? Je rêvais de rencontrer quelqu'un de grand. Je ne savais pas ce que j'entendais par là. J'ai cru un instant qu'avec Ambroise… et puis, il s'est montré trop amoureux, trop naïf. Il ne me disait jamais non, gobait tous mes mensonges.

Agathe plonge la main droite d'Anaïs dans un récipient noir en plastique rempli d'eau tiède et s'empare de sa main gauche. Même application avec le dissolvant, la lime, la pince pour couper les petites peaux. Elle tire un bout de langue et hausse son sourcil roux écureuil. Ses cheveux sont plaqués en arrière, retenus par une pince. Des petits boutons de transpiration percent sur son front. A-t-elle un amoureux ? Je multipliais les amoureux. Je me suis amusée, beaucoup, mais jamais je n'ai été émue. Je me retrouvais le cœur vide, désabusée. Pour me rassurer, je comptais mes contrats, mes parutions, l'argent que je versais sur un compte en banque. Il n'y avait que l'argent qui me rassurait. Et encore… pas longtemps.

Parfois je m'asseyais, je me disais, si je pleurais ? Ça me ferait du bien. Je sentirais que quelqu'un habite au fond de moi. On ferait connaissance. Mais comment pleurer ? Devant le cercueil de ma mère, je n'avais rien ressenti.

– Vous voulez choisir votre couleur, madame ? lui dit Agathe en lui tendant un nuancier.

– Non, je veux de l'incolore.

– Ah…, dit Agathe, déçue.

C'est mon père qui aimait les ongles rouges.

Ambroise est descendu de voiture et marche dans les vignes. Le ciel est vide de nuages, le soleil brille sans brûler. Un petit air frais souffle sur sa nuque, bonheur, bonheur ! Il s'étire et regarde « son paysage » qu'il a composé au fil des saisons, des années.

Berléac ! Des vignes à perte de vue. Du vert, du jaune, du noir calciné, du pourpre, des vrilles, des sarments, des fleurs, des baies, des herbes. La verdure murmure, le raisin lui répond. Pour avoir un beau raisin, il faut protéger la vigne des champignons et des insectes qui l'agressent. Pour cela, l'homme a des « alliés » : les vers de terre, les chauves-souris, les abeilles sauvages qui vont dévorer les prédateurs. Mais il faut loger et nourrir ces ouvriers qui travaillent gratuitement et ne prennent jamais de vacances !

Avec Frédéric et Émile, il avait eu l'idée d'entrecouper les vignes de bosquets, de points d'eau, afin de créer une biodiversité pour que tout ce petit monde puisse vivre, se nicher, s'alimenter. Ils avaient planté des arbres, semé des céréales, des légumineuses pour leur servir d'abris. Au lieu de répandre des produits chimiques sur le sol, il l'avait couvert de trèfle incarnat, de moutarde blanche, de phacélie, de féverole, de radis fourrager, de sarrasin, d'avoine, de seigle…, pour que leurs « alliés » puissent y vivre confortablement. Ils avaient créé des petites maisons pour les chauves-souris dans des granges ou de vieux bâtiments. Avaient laissé pousser les hautes herbes, les avaient roulées. Elles s'étaient fanées, décomposées, devenant une sorte de paillage naturel dans lequel leurs « alliés » pouvaient circuler et travailler.

Les raisins allaient donner de grands vins.

Il se penche sur les grappes de sauvignon, goûte des baies, suce la peau, croque les pépins et se dit que bientôt, il pourra donner l'ordre de commencer les vendanges. Avant cela, il va falloir prélever des baies, les peser pour savoir si elles sont pleines, les presser, les filtrer, récupérer le jus, le passer au densimètre afin de mesurer la richesse en sucre et en déduire le degré d'alcool, l'acidité. Opération à répéter pendant deux ou trois semaines avant de décider de la date exacte des vendanges.

Et puis, viendra le temps de la récolte du rouge.

Berléac allait connaître la ronde des tracteurs, la table de tri, le pressoir. On ramasserait entre un et deux hectares de blanc par jour, quatre à cinq hectares de rouge.

Frédéric et Émile sont en train de constituer des équipes de vendangeurs, des Français, des Espagnols, des Portugais, des jeunes et des vieux, des étudiants et des habitués, les chais vont être nettoyés, désinfectés, les tracteurs et les enjambeurs révisés.

Son téléphone sonne, c'est la secrétaire de son cardiologue :

– Monsieur de Berléac ?

– Lui-même.

– Vous aviez rendez-vous avec le docteur Montfort ce matin…

– Merde ! J'ai complètement oublié !

– C'est ce que j'ai constaté…

Le ton est réprobateur, la voix sèche et pincée.

– Je suis désolé.

– Ce n'est pas sérieux.

– Je sais, madame Berger, je sais. Et je vous prie de m'excuser auprès du docteur…

Qui est un vieux copain et qui va me tirer les oreilles !

– Vous devriez être plus…

– Responsable ?

– Le docteur Montfort prend dix jours de vacances à partir de lundi prochain, vous le rappellerez à son retour ? Ou vous préférez fixer le rendez-vous tout de suite ?

– Je le rappellerai.

– Vous n'oublierez pas ?

– Promis. Encore une fois, je suis désolé. Vous savez, je me sens en pleine forme !

– Peut-être, mais vous deviez passer ce contrôle pour le confirmer.

– Nous sommes le 10 août, je le rappelle le… disons le 25.

– C'est cela. Belle fin de journée, monsieur de Berléac.

– Merci beaucoup, madame Berger, belle fin de journée à vous aussi !

Elle a raccroché. Elle doit lever les yeux au ciel en faisant une moue exaspérée. C'est une femme très sérieuse. Chaque fois qu'il a rendez-vous avec Montfort, il tente de la dérider en racontant des blagues. Elle le laisse parler et quand il se tait, elle lui demande s'il prend bien ses médicaments, il lui répond, oui bien sûr. Elle ne le croit pas. Elle a raison. Prendre des médicaments lui rappelle qu'il a eu un malaise cardiaque et il préfère oublier.

Il faudrait que j'emmène madame Berger dans les vignes. Elle comprendrait que c'est plus important de se pencher sur le raisin que d'aller consulter Montfort. Je vais bien. La dernière fois, c'était un incident, rien d'autre.

Le téléphone sonne à nouveau, Montfort en personne :

– Alors, mon vieux, tu me poses un lapin ?

– Pas fait exprès, je te jure. Mais je viendrai à ton retour de vacances.

– T'as pas un moment avant ?

– J'étais en train de me demander si je n'allais pas commencer le ramassage des blancs… Tu vois, j'ai pas la tête à courir sur un tapis en suant à grosses gouttes.

– Ambroise, viens ce soir… en fin de journée. Je ne te ferai pas courir sur le tapis. J'ai un truc à te dire.

– Du sérieux ?

– Ça se peut… ou pas, sais pas.

– Tu m'intrigues. Vas-y, balance.

– Je préfère te parler en tête à tête.

– Arrête ! Je vais gamberger maintenant ! Tu m'as caché un résultat d'analyses ?

– Non. C'est autre chose. Viens ce soir. On parlera.

– Je déteste ce genre de plan.

– Je t'attends à dix-neuf heures trente.

– Mais je n'ai aucune envie de…

Montfort a raccroché.

Ils se sont connus au collège en sixième, ont commencé

par se détester avant de devenir inséparables. Ils n'ont pas de secret l'un pour l'autre. Quand l'un a quelque chose à dire, il le dit. Et l'autre écoute car il sait qu'il est en territoire ami.

Le téléphone se remet à sonner.

– Paps, t'es où ?

C'est Frédéric.

– Valparaiso.

– Je suis avec Émile à Rio et…

François arrive à la hauteur de Frédéric et se penche sur son téléphone.

– Salut, Paps ! C'est François. On voulait te demander si…

Frédéric proteste et le repousse de l'épaule.

– Mais laisse-moi parler ! Il va venir, c'est plus simple.

– J'ai le droit de lui parler, moi aussi ! crie François.

– Putain ! T'es chiant ! Paps, tu m'entends ?

– Oui.

– Je me disais qu'on pourrait commencer à…

Ambroise crache le grain de raisin qu'il a en bouche.

– À vendanger les blancs ? Je me disais la même chose. On va commencer les prélèvements. Je vous rejoins dans un quart d'heure, ok ?

Émile et Frédéric marchent dans les allées et inspectent le raisin. Ce qui donne la complexité d'un vin, ce sont la peau et les pépins. La peau doit être fine et les pépins assez mûrs pour ne pas donner aux baies un goût amer.

François traîne derrière eux. Il tend la main, attrape une baie, la met en bouche, cherche ce qu'il devrait trouver dans ce jus qui gicle sous ses dents. Rien d'autre que oui, c'est un grain de raisin… un grain de raisin blanc et… et… Il mâche, mâche, à la recherche d'un mot, d'une émotion, mais rien ne vient. Une inquiétude le saisit. Y a-t-il des ateliers d'apprentissage pour goûter le raisin ?

Devant lui Émile recrache une peau et se tourne vers Frédéric.

– Tu veux venir à la pêche avec moi demain ?

– Possible… Ce soir, je me couche tôt. Je peux me lever à l'aube.

– Tu sors plus beaucoup en ce moment ou je me trompe ?

– Non, plus beaucoup.

– T'as des ennuis ?

– Non.

– Comment elle s'appelle ?

Frédéric éclate de rire.

– Sais juste son prénom. Pauline. Rien d'autre.

– Elle habite Bordeaux ?

– En Bourgogne.

– C'est un premier renseignement.

– Et le seul… On s'est à peine parlé. Juste regardés et j'ai plongé. Moi tout seul. *Love at first sight !* Si on m'avait dit ça… je me serais démonté les côtes de rire.

– On choisit pas la personne qu'on aime.

– Je ne m'y attendais tellement pas…

– Et puis après… on est ferré.

– Je n'arrive pas à me l'ôter de la tête !

Frédéric pousse un soupir et fixe des yeux un bourdon en train de se poser sur une marguerite sauvage.

Le bourdon a une très longue langue de 18 millimètres qui lui permet d'aller là où les abeilles ne peuvent pas récolter. C'est un insecte très frileux qui porte en plein été une sorte de doudoune en fourrure jaune et noir. Il s'enfonce dans le bouton à demi ouvert, y pénètre presque entièrement. On n'aperçoit plus que ses pattes arrière qui s'accrochent à la fleur. La fleur ploie jusqu'à terre, le bourdon récolte puis se dégage, libérant la fleur qui se redresse tel un ressort sortant de sa boîte.

– On se retrouve devant la cuisine vers six heures et demie ? dit Émile.

– D'ac.

– Tu me diras ce qu'a dit ton père ? Je vous laisse. J'ai rencard…

– Ha, ha ! rit Frédéric, je la connais ?

– Non, dit Émile en rougissant.

– C'est sérieux ?

Émile fait signe à Frédéric de parler plus bas, François pourrait entendre.

– Tu me racontes ? dit Frédéric.

– Je préfère pas.

– Ok !

– On se retrouve demain matin ?

– Yes !

– Tu diras au revoir de ma part au polytechnicien.

– Énarque ! Pas de gaffe ! Polytechnicien, c'est rien à côté !

– Si tu savais comme je m'en tape…

– Tu me parais bien enjoué. D'habitude, t'es plus sombre.

– Sombre ? Vraiment ?

Émile le regarde, inquiet.

– Tu veux dire chiant ?

– Disons que tu ne brilles pas par ta volubilité.

– À ce point ?

– Mais… dis donc… t'as les ongles propres !

Émile plonge ses mains dans les poches de son pantalon en velours à fines côtes. Frédéric éclate de rire :

– Mais… mais… !

Il se rapproche et murmure à l'oreille d'Émile :

– T'as jeté ta vieille salopette ?

– Laisse-moi !

– Que se passe-t-il, mon vieux ?

– Rien du tout ! J'ai juste décidé de devenir plus… plus…

– Présentable ?

– J'en ai marre que l'autre, derrière, me regarde avec mépris.

– T'en fais pas ! Il méprise tout le monde.

– Oui, mais moi…

– Je sais, mon vieux, je sais. Oublie, c'est mieux.

– Facile à dire ! Tu traînes pas une patte folle, toi !

– Paps et moi, on va te défendre.

– Il lâchera pas…

– Mais il y connaît rien ! Paps va le lui prouver en deux minutes… Ce n'est pas dans notre intérêt de ne pas t'engager. Tu pourrais aller ailleurs. Et ça, Paps le sait très bien. Alors, arrête d'angoisser… Et continue à te pomponner !

Émile donne une bourrade à son ami et s'éloigne.

– Qu'est-ce qu'il te racontait, ce gros plouc ? dit François en se mettant à hauteur de son frère.

– Arrête ! Ce type, c'est comme mon frère.

– Merci beaucoup !

– Ben quoi ? On n'a pas grandi ensemble, tous les trois ?

– On était gamins… Je ne le vois pas comme chef de culture à Berléac.

– Moi, oui. Paps, Granny et maman aussi… Ça fait beaucoup d'avis positifs, non ?

– Sauf moi.

– Ben… on fera sans toi. On est habitués.

– C'est un reproche ?

– Non, une constatation.

– J'ai quand même mon mot à dire !

– Oui mais… t'es en minorité, donc…

– On peut parler calmement ?

– Vas-y !

– J'ai un très bon ami qui prépare l'ENA, son frère a fait des études d'œnologie très poussées, des stages à l'étranger. Il vient d'une grande famille, a beaucoup de relations. Je l'ai rencontré, il m'a fait le meilleur effet. Je me suis dit qu'il pourrait, si on est tous d'accord, bien sûr, venir à Berléac.

– Oublie. Ce sera Émile.

– On pourrait le voir…

– Si tu veux… mais je défendrai Émile à donf.

– C'est dingue ! J'ai quand même mon mot à dire. Je suis aussi important que toi dans la propriété…

– Que moi, mais aussi que papa, Muriel, India, Louis… et je ne parle pas des actionnaires comme l'oncle Jacques, l'oncle Édouard, tante Blanche, tante Geneviève. Ils pourraient se piquer d'exister, eux aussi ! Si tout le monde veut mettre son pote en place, on n'est pas sortis de l'auberge...

– Ces gens-là ne représentent rien !

– À un million d'euros l'hectare au minimum, s'ils se mettent à réclamer leur part, on va le sentir passer... et salement !

– Ils ne bougeront jamais. Ils sont trop contents d'empocher leurs dividendes sans rien foutre... Trop contents que papa se tape tout le travail ! Je connais les êtres humains.

– Ce n'est pas difficile, tu connais tout !

– On va pas commencer à se disputer !

– On s'est toujours disputés, François.

– Allez ! On fait la paix.

– Tu ne me parles plus d'Émile alors...

– J'en parlerai à Paps.

– Je te préviens que si tu le casses, je balance...

– Tu balances quoi ?

– Tu le sais très bien.

– Non. Je t'assure.

Le pire, se dit Frédéric, c'est qu'il a l'air sincère, il ouvre de grands yeux innocents et remue la tête en signe de dénégation.

– Tu veux que je te rafraîchisse la mémoire ?

– Vas-y !

– Émile avait treize ans, toi aussi... Vous étiez dans les chais, tu l'as envoyé vérifier que...

– Arrête ! C'est faux. Tu mens ! Tu as tout inventé !

– Je t'ai vu.

– Menteur !

– Et je n'étais pas seul ! Y avait quelqu'un derrière nous dans les chais. Il t'a vu aussi…

– C'est qui ?

– Je ne te dirai pas.

– Tu vois, c'est du bidon ! Tu mens.

– Cet homme n'a rien dit parce qu'il a eu pitié de toi et parce que Émile s'en est tiré. Tu avais suivi maman à Bordeaux pour qu'elle ne soit pas seule, c'était un beau geste de ta part, alors on s'est tus tous les deux. Mais si tu…

– Tu ne ferais pas ça ?

– Si tu touches à Émile, si. Prépare ton concours, intègre ton école, fais une belle carrière de ministre ou de préfet, c'est tout ce que je te souhaite. Mais laisse-nous nous occuper de Berléac…

– Une fois de plus vous me rejetez !

– Ah non ! Personne ne t'a mis à la porte. C'est toi qui as décidé de suivre maman…

– Fallait bien que quelqu'un fasse son devoir !

– Oh là là ! Les grands mots ! Ça t'arrangeait bien d'aller vivre à Bordeaux dans le bel hôtel particulier… Dis pas le contraire.

– Tu le penses vraiment ?

– Je ne sais pas. Mais j'en ai marre que tu te pointes ici et que tu veuilles tout régenter…

Un nuage de poussière s'élève sur le chemin qui sépare la parcelle Rio de Valparaiso. Les deux garçons reconnaissent la Land Rover d'Ambroise. Ils se taisent et regardent la voiture qui se gare. Leur père en descend, élégant malgré son vieux pantalon de toile beige, une chemise en jean déchirée sur le côté, son feutre mou rejeté en arrière. Il claque la porte de la voiture, se redresse en posant les mains sur ses hanches, tape ses bottes l'une contre l'autre pour en détacher la terre et s'en vient vers eux avec la moue amusée du père observant ses deux fils au garde-à-vous. On dirait un cow-boy chic, pense Frédéric. Il a vraiment de l'allure, se dit François.

– Tu te rappelles ? dit Frédéric, soudain ému.

– Notre jeu ? dit François.

– On était petits, mais j'y pense encore souvent...

Ils jouaient à « vers qui leur père allait-il se diriger en premier ? ». Un point pour le vainqueur. Et chacun d'afficher un grand sourire en pancarte qui clignotait « viens vers moi, montre que je suis ton préféré ».

Ils tenaient un compte scrupuleux de leurs scores.

– Il devait se marrer à nous voir tous les deux transformés en petits soldats ! dit François. Tu étais très pointilleux pour les comptes.

– Tu avais maman, je voulais garder Paps...

– C'était quand même une drôle de situation familiale, soupire François.

– Y a pire ! dit Frédéric. Bon... je te laisse. Mais je te préviens que si tu dis du mal d'Émile, je balance tout ! Et ce n'est pas bon pour toi...

– Des menaces, maintenant !

– Pas que... Rappelle-toi aussi que Paps n'a pas besoin qu'on lui rajoute des problèmes. Tu t'es demandé pourquoi il a eu une crise cardiaque l'année dernière ? C'est du rodéo, notre boulot. Chaque année, un nouveau défi, de nouvelles batailles ! Il n'y a aucune loi, aucune règle générale. Faut improviser tout le temps. Avec la boule au ventre. Ce n'est pas une place de fonctionnaire sous lambris dorés !

Le bourdon en doudoune jaune et noir est parti planter sa longue aiguille dans une autre fleur. Frédéric n'aperçoit plus que son abdomen qui se gonfle et son cul tout blanc. On l'appelle « cul blanc » ce bourdon, ça fait marrer les enfants. Enfin, ça me faisait marrer. François ne trouvait pas ça drôle. Il me rabattait le caquet, c'est facile, dès qu'on dit pipi-caca-prout, tu rigoles ! À l'époque, je n'osais pas lui dire, tu m'emmerdes. J'avais admis qu'il était plus intelligent, plus brillant, plus tout que moi... Je n'étais pas le seul à m'écraser. Paps aussi. Il culpabilisait d'avoir quitté maman et de moins voir François. Paps et moi, on s'entendait bien. On partait en bateau, on faisait les idiots, il m'apprenait à ouvrir les huîtres, à siffler comme un hobo, il me récitait des passages de Jack London, ce qu'il ne faisait jamais avec François.

Et j'étais bien content.

Frédéric croise son père, échange quelques mots, prétexte un rendez-vous et saute dans sa Méhari orange.

François suit son père et rumine. C'est toujours pareil avec lui, je n'arrive pas à lui parler. Il marche devant moi, au milieu des vignes, je regarde son dos, sa haute taille, il s'accroupit, se relève, érafle une baie, puis une autre, et continue. Comme si je n'étais pas là ! J'attends qu'il se retourne et me dise quelque chose. N'importe quoi qui serait une invitation à entamer une conversation. J'attends, j'attends. J'ai le sentiment de l'avoir toujours attendu.

J'ai tellement de projets pour Berléac.

On en parle souvent avec Arnaud Castel-Lagrange. Il a les pins, j'ai la vigne, on aimerait travailler ensemble.

Il m'encourage, me dit de ne pas lâcher. Il va hériter, lui aussi, d'une grande propriété. Il a des idées et son père l'écoute.

Avec Paps, je ne trouve pas mes mots. Je me sens idiot.

On va marcher longtemps comme ça l'un derrière l'autre sans parler ?

Ils se sont donné rendez-vous près de la rivière. Pourquoi si loin ? avait demandé India. Parce que je veux pas qu'on nous voie, avait répondu Émile. Personne ne doit savoir. Je voudrais te demander un truc spécial.

– C'est quoi le truc spécial ? dit India en jetant des cailloux dans la rivière.

Elle compte le nombre de ricochets que fait la pierre plate. Si je réussis à en faire quatre de suite, j'aurai des nouvelles de maman.

– Je voudrais que tu m'apprennes à marcher avec ma patte folle sans que ça se voie trop…

– Waouh ! Faut que je réfléchisse…

– Tu sais, je peux faire tous les efforts du monde… J'ai commencé un régime, et ça marche. Trois kilos en moins ! Et regarde…

Il montre ses mains aux ongles propres, ses cheveux qui brillent, sa chemise en coton bleu ciel.

– Je l'ai trouvée dans une foire à tout, j'en ai eu deux

pour 5 euros, pas mal, non ? C'est un type qui partait vivre à l'étranger, il liquidait tout.

– T'as changé, c'est vrai…

– Qu'est-ce que je dois faire maintenant ?

– Je vais réfléchir.

– Tu vas parler à ton arbre ?

– Tu pourrais le faire, toi aussi. Tout le monde peut le faire. Faut juste se concentrer sur les branches, les feuilles, les odeurs, les bruits, ne penser à rien d'autre, et alors arrivent des images, parfois des messages… L'arbre m'a dit que ce n'était pas d'Elsa que tu étais amoureux.

– Il a raison.

– L'autre jour, j'ai eu une idée. Il faudrait que tu fasses un nettoyage de peau. C'est pas des grains de beauté que tu as, ce sont d'énormes points noirs qui se sont incrustés… Tu vas dans un institut de beauté et…

– Jamais !

– Ou chez un dermatologue…

– Ça coûte cher ?

– Sais pas. Et après, tu achèteras des crèmes pour hydrater la peau, pour la protéger du soleil. Tu seras moins rouge.

– Si je te donne de l'argent, tu irais m'acheter ces trucs-là ?

– Faudrait que j'aille à Bordeaux.

– Je vous emmènerai, ton frère et toi. Je dirai que je veux vous montrer le Grand Théâtre. Je me suis fait une copine là-bas. Marine. Elle est costumière. Elle travaille sous les toits du Grand Théâtre dans l'atelier de couture. Elle est folle de musique et d'opéra. Parfois, on s'assied tout en haut. On appelle ça le « paradis ». On écoute les répétitions et on mange de gros cornichons qu'elle achète en bocal. Elle adore ça. Elle nous fera visiter.

– C'est d'elle que tu es amoureux ?

– Elle aime les filles...

– J'aimerais bien entendre un opéra, un soir...

– Je t'emmènerai, promis.

– Ça serait un beau cadeau...

Émile se frappe le front et s'écrie :

– J'allais oublier ! J'ai un cadeau pour toi...

Il plonge la main dans sa poche et tend à India un paquet enveloppé dans un plastique vert et blanc de chez Bazile Bricolage.

– Le paquet est moche, mais dedans...

India défait le scotch brun autour du plastique et découvre un DVD. Sur la pochette, une belle femme blonde est allongée à moitié nue et, derrière elle, se tient un homme balafré, sombre, brun.

– *Angélique, marquise des anges !* Maman regardait souvent ce film ! Papa se moquait, mais il le regardait avec elle.

– Ta mère me l'a offert. Après mon accident. Elle me l'a donné en disant, tu vas voir, on peut séduire la plus belle femme du monde avec une jambe raide... C'était une fille formidable, ta mère. Elle parlait en regardant les gens droit dans les yeux, très sérieusement, et l'instant d'après, elle faisait le clown...

– Quand elle s'est mariée la seconde fois, elle portait des grosses bottes jaunes en caoutchouc. On aurait dit un clown aussi. C'était pour dire, c'est pas sérieux, ce mariage… C'était un clin d'œil pour Louis et moi. On avait bien compris.

– Elle venait une fois par semaine me voir à l'hôpital. J'attendais ses visites… Ce DVD, je l'ai jamais regardé.

– Pourquoi ?

– J'étais en colère. Ma vie était foutue et c'était pas un film qui allait la changer…

– On le regardera ensemble, si tu veux.

Ambroise se confie à Montfort,
il lui parle d'Anaïs…
Louis traite sa grand-mère
de vieille chouette
et la tutoie, ce qu'elle n'apprécie pas.
Aliénor balance sa jupe d'amazone,
enfile un jean…
et part sur le sentier de la guerre !

Il est dix-neuf heures trente tapantes quand Ambroise frappe à la porte du cabinet du docteur Montfort. Montfort a partagé son appartement en deux, une partie professionnelle et une autre, privée. Ambroise plisse le nez et renifle une odeur de poireaux qui cuisent. C'est un grand appartement bourgeois avec un parquet en pointes de Hongrie, de hauts plafonds, des fenêtres en ogive et une cheminée dans chaque pièce. Par les fenêtres, on aperçoit les arbres et la pelouse du jardin public. Montfort et lui y couraient il n'y a pas longtemps encore, et puis ils avaient eu, chacun, des problèmes de genou et avaient arrêté. Tu crois qu'on est devenus vieux ? avait soupiré Ambroise en se laissant tomber sur un banc. Peut-être qu'on boit trop, qu'on mange trop, avait ri Montfort en rentrant le ventre. Peu de temps après, ils s'étaient essayés au tennis, mais avaient vite arrêté. Ils passaient plus de temps à se raconter leur vie, appuyés au filet, que sur le court.

– Bonjour, monsieur de Berléac, dit madame Berger en lui ouvrant. Vous êtes le dernier rendez-vous.

– Je ne viens pas voir le docteur ce soir, mais l'ami. Je

vous promets que j'appelle demain pour prendre rendez-vous.

Elle porte une robe chasuble en lin gris sur un tee-shirt blanc à manches longues, des chaussures plates, noires. Elle doit avoir la cinquantaine. Des cheveux coupés court, des lunettes en écaille. Grande, un peu voûtée, mince, un peu de ventre cependant. Elle le devance et lui ouvre la porte de la salle d'attente.

– Je vais lui dire que vous êtes là.

– Merci, madame Berger.

– Vous voulez un verre d'eau, un thé, un café ?

– Non merci. Je ne voudrais pas vous retarder.

– Vous ne me retardez pas.

– Alors un verre d'eau… pas glacée. C'est mauvais pour le foie.

– Je suis de votre avis.

– Et puis, ça ne désaltère pas.

– Il faut boire chaud quand il fait chaud… et laper une goutte d'essence de citron pour désengorger le foie avant de se coucher quand on a trop fait la fête. Ne pas se gaver de médicaments, non plus. C'est très mauvais pour le foie aussi.

– Vous avez tout à fait raison, madame Berger.

Un sourire éclaire son visage austère. Elle serait jolie si elle souriait plus souvent. Un homme l'a-t-il déjà désirée ? Sûrement. Monsieur Berger ? Il se surprend à vouloir en savoir plus sur elle et se dit qu'il devient sentimental. Mais c'est un fait, il se sent concerné par le bien-être de cette femme. Qu'est-ce qu'il te prend, mon vieux ?

– Je vais prévenir le docteur que vous êtes arrivé et je vous apporte un verre d'eau à température ambiante.

– Merci, madame Berger.

Elle s'arrête, fait demi-tour.

– Je voulais vous dire… c'est mademoiselle Berger.

– Ah ! Pardon.

– Le docteur m'appelle madame depuis vingt-cinq ans. Au début, je le reprenais, et puis…

Elle sourit encore en rentrant la tête dans les épaules, étonnée d'avoir tant parlé. Il est le dernier patient. Elle peut perdre du temps à bavarder avec lui.

Quand elle revient avec le verre d'eau, Montfort sort de son bureau et fait signe à Ambroise de le rejoindre.

– Apportez-nous plutôt un whisky avec des glaçons, madame Berger !

– Mademoiselle, dit Ambroise. Mademoiselle Berger.

– Ah ! Je croyais que…

Mademoiselle Berger hoche la tête et repart dans l'entrée.

– J'étais sûre qu'elle était mariée !

– Tu ne dois pas lui parler souvent.

– C'est vrai. Boulot, boulot ! Suis con.

Mademoiselle Berger a apporté deux verres, une bouteille de whisky et un seau à glaçons sur un plateau. Elle demande à Montfort s'il a encore besoin d'elle. Il répond que non, la remercie. Elle sourit. Elle a mis un peu de rouge à lèvres et un joli foulard autour du cou.

– Qu'est-ce que tu lui as fait dans la salle d'attente ? dit Montfort, surpris.

– Rien du tout. Je l'ai regardée, c'est tout.

– Tu sais que tu as un effet dingue sur les femmes ?

– Pas sur la mienne, en tout cas. Dans notre couple, il n'y a plus personne. Que des abonnés absents...

Le visage de Montfort s'assombrit, il sert les deux whiskies, ajoute des glaçons et s'assied.

– C'est justement ce dont je voulais te parler...

– De ma séduction ou de ma femme ?

– De ta femme.

– Elle est malade ? Elle est venue te consulter sans me le dire ?

– Non. Elle avait l'air d'aller très bien l'autre soir. On faisait la queue au cinéma avec Élisabeth et...

Montfort raconte. La longue file d'attente, les gens s'éventant avec leur carton d'invitation et, au milieu, Zinski et Anaïs, collés l'un à l'autre.

– Elle s'affichait avec lui, mon vieux ! Devant tout le monde. C'était une projection privée avec tout le gratin local... Elle n'en avait rien à foutre ! Dans la queue, j'ai aperçu Jacqueline avec son vieux pote...

– Patrice ?

– Oui. Elle les regardait, abasourdie. Elle ne t'a rien dit ?

– Non. Elle n'a pas voulu me faire de peine, sans doute.

– Je te jure, on aurait dit qu'Anaïs le faisait exprès... pour que tout le monde le sache !

Ambroise, la tête baissée, fait tourner les glaçons dans son verre.

– Tu ne réagis pas ? s'exclame Montfort.

– Qu'est-ce que tu veux que je dise ?

Il soupire, boit une gorgée. Le whisky coule dans sa

gorge, dans sa poitrine ; une chaleur ambrée, ronde, le chauffe et le réconforte.

– Je sais mais je ne veux pas savoir.

– Tu laisses faire ?

– Je ne suis pas propriétaire de ma femme. Ni de sa beauté ni de ses angoisses…

– Alors là, mon vieux ! Alors là !

Montfort a écarté les bras et renversé un peu de son verre. Il peste et essuie la table basse d'un revers de manche.

– Elle a besoin de séduire, poursuit Ambroise. Sa vie se résume au regard que les autres posent sur elle… S'il s'éteint, elle est perdue. Noir total. Elle est prête à se donner à celui qui lui renverra le meilleur reflet. Elle m'a épousé parce que je la dévorais des yeux et que j'avais de l'argent. Elle s'est fait faire un enfant pour assurer sa prise, a vécu un moment de l'adoration que je lui portais et puis elle s'est lassée. Ces gens-là se lassent toujours de l'amour qu'on leur porte. Il leur faut de nouveaux miroirs. Et ils repartent ailleurs les chercher.

– Waouh ! Dire que j'ai hésité à te parler…

– J'ai mis du temps avant d'arriver à cette conclusion. J'ai eu envie de la sauver, de la protéger… J'ai rêvé qu'elle devienne laide pour lui prouver que je l'aimais toujours, que c'était « pour de vrai ». J'ai échoué… Mais… mais… elle m'a donné Gwendoline et je lui en suis si reconnaissant que je ferme les yeux.

Le verre d'Ambroise est vide, il agite les glaçons d'un air pensif.

– Quand est-ce que tu as lâché l'affaire ?

– Au premier mensonge. Il a tout dévasté.

– Tu me racontes ?

– T'as le temps ? dit Ambroise avec son sourire triste.

– Tout mon temps pour mon vieux pote.

– C'était il y a longtemps… Elle était partie faire des photos à Los Angeles. On était mariés depuis cinq ans et il m'était venu l'idée bien gnangnan, bien con, d'aller fêter cet anniversaire avec elle à L.A. De lui faire une surprise. Coucou, c'est moi ! Bon anniversaire à nous deux, mon amour ! Je prends donc mon billet, je monte dans l'avion, auparavant j'étais passé chez Cartier et j'avais acheté un bracelet en or, très fin, avec un petit diamant sur le dessus… Onze heures d'avion, les genoux sous le menton et le coude du voisin dans mon assiette en carton ! J'arrive tout chiffonné, pas rasé, je fonce à son hôtel, y avait personne à la réception, je me pose dans le lobby, j'attrape un journal, le déplie, commence à lire les news du jour… quand, juste dans mon dos, j'entends sa voix, son rire. Je suis sur le point de rabattre le journal, de me lever et de crier « Bon anniversaire, mon amour ! », lorsque me parvient une voix qui lui répond, et là, pas d'ambiguïté, c'est la voix d'un homme qui va monter avec elle dans sa chambre et qui tend la main pour attraper la clé. J'ai pas bougé, je les ai regardés passer, attendre l'ascenseur en se pelotant comme deux boutonneux. Je fondais de rage dans mon fauteuil. De rage et de désolation. Un seul mensonge détruisait cette confiance absolue qui, pour moi, est synonyme d'amour ou d'amitié, comme tu veux… J'ai laissé le bracelet à la réception en disant au type, « vous direz à la dame qui vient de passer que c'est de la part d'un admirateur trop timide pour l'aborder », et je me suis cassé. J'ai repris l'avion pour Paris, Paris-Bordeaux en TGV, taxi pour Berléac. J'ai fait le trajet hébété. Toujours chiffonné, pas rasé. J'étais parti fanfaron, je suis revenu en cendres. Quand elle est réapparue à Berléac, mon moi extérieur avait repris le dessus, je me suis montré loquace, brillant, empressé, drôle..., alors que j'étais un champ de douleur à l'intérieur. Et quand elle a exhibé MON bracelet en paradant, « c'est le cadeau d'un admirateur si timide, si effrayé par son audace qu'il l'a déposé à la réception de l'hôtel SANS DEMANDER À ME VOIR, tu te rends compte ? C'est émouvant, non ? » Je l'ai détestée, mais j'ai souri et j'ai dit, « pauvre type ! ». « Tu comprends rien, elle a dit, c'est le geste d'un homme doux, sensible, romantique... Un homme assez fort pour montrer qu'il est vulnérable ». Menteuse, j'ai pensé, quand un homme est doux, sensible, romantique, tu le trompes !

Ambroise se lève, se verse un autre verre, se rassied, passe la main sur sa nuque, se masse.

– Tu vois... Finalement, ce n'est pas moi qu'elle trompe, c'est elle.

Montfort hoche la tête, désolé.

– Tu donnes bien le change en tout cas.

– Je suis champion du monde pour ça !

– Et pour plein d'autres choses encore...

– Merci. T'es charitable avec ton vieux pote.

– Je le pense.

– Et maintenant, je regarde grandir ma fille, je soigne mes vignes, je fiance mon fils aîné, je m'éclate avec le cadet, je vénère ma chère mère et passe des heures sereines et douces avec Jacqueline. La vie d'un retraité du cœur !

– Jusqu'à la prochaine rencontre qui réveillera le volcan...

– J'ai compris comment ça marche, ce truc qu'on appelle l'amour. Faut se tenir à distance. Ne rien montrer. Elle n'est pas née, celle qui me fera oublier ces sages principes !

– *Never say never*, disent les Anglais.

– J'ai donné. Je passe mon tour !

– Et que fais-tu du démon de midi ? Ça te pend au nez...

– Pas pour moi, merci !

– J'allais oublier... Mon ami Charles organise une grande réception le 20 septembre en l'honneur du gagnant du concours du meilleur sommelier du monde, qui a lieu à Londres cette année. Il a su que je te voyais ce soir et m'a demandé que tu réserves la date. Tu vas recevoir un carton. Viens avec qui tu veux, mais viens. Ça risque d'être intéressant...

– J'emmènerai ma mère... Ça l'amusera.

– Elle va bien ?

– Inaltérable. C'est pas une femme, c'est un bronze.

– Sacrée Aliénor ! Elle a mené sa barque comme une pirate. Les femmes bavaient de jalousie. Elles rêvaient toutes d'être aussi intrépides, aussi belles...

– Elles n'avaient qu'à se lancer !

– Justement... elles n'osaient pas. Elles préféraient cracher leur venin. Et ça allait bon train !

– C'est sans doute pour ça que j'ai voulu partir en Amérique et qu'elle m'en a donné l'autorisation...

– Valait mieux pour toi. Le nom de Berléac a été sali.

– Elle ne m'en a jamais parlé !

– J'avais dix-sept ans, ça me rentrait par une oreille et

ça sortait par l'autre. Demande à ta mère. Elle seule pourra te raconter… Le domaine mis en vente, ton père tombé au plus bas, ah ! ce qu'on n'a pas raconté sur lui ! Jusqu'à le taxer d'impuissance… Ce ne sont que des racontars, mais je n'aimais pas les entendre. Interroge ta mère. Ça lui ferait du bien de parler… et ça vous soulagerait tous les deux. À trop porter de secrets, on se rompt le cœur.

– Tu crois que mes problèmes cardiaques viennent de là ?

– Je ne sais pas. Mais je te connais… tu rumines.

– Pas faux…

– Et ça te mine.

– Je n'arrive pas à parler. Il n'y a pas qu'avec ma mère…

– On refoule, et vers cinquante ans, tout remonte.

– Possible…

– J'ai constaté ça chez mes patients… Très souvent, il y a un lien entre le cœur qui lâche et les choses qu'on tait. Le poids devient trop lourd et ça craque…

Montfort a reposé son verre sur son bureau. Il se renverse dans son fauteuil et sourit en regardant son ami secouer les glaçons dans son verre.

– Allez, mon vieux ! On est en train de faire de la psychologie à deux balles ! Élisabeth doit se demander ce que je fais. Tu restes dîner avec nous ? On a une bourriche d'huîtres, un très bon vin blanc et…

– Des poireaux ! dit Ambroise en se frottant le nez. Je les sens d'ici.

– Élisabeth les adore. Elle dit qu'en plus, c'est bon pour la santé… Dis-moi, tu n'as pas constaté d'arythmie cardiaque, pas eu de vertiges, de crampes dans le bras ?

– Rien de tout ça et je te promets que je vais faire honneur aux huîtres et au vin blanc. Peut-être que ça me donnera le courage de parler à ma chère mère…

– Qu'est-ce que t'as à perdre ? Ta mère respecte les braves… Peut-être qu'elle n'attend que ça ?

Au petit matin, Aliénor a appelé Gilbert pour lui demander de préparer Bandit. Elle va sortir en forêt.

Elle salue Nannie qui lui apporte son petit déjeuner, feuillette les journaux, *Sud-Ouest*, *Le Figaro*, survole les titres, décès de Bruno Cremer, douze millions de Pakistanais touchés par les inondations, hausse de 13 % des morts sur la route en juillet, les meilleurs taxis sont à Londres, les plus grossiers à Paris, l'Élysée et l'UMP provoquent le PS sur la sécurité, pessimisme à l'issue des discussions de Bonn sur le climat, Yannick Noah reste la personnalité préférée des Français, qui sauvera Lisbonne ? Le centre-ville se dépeuple. Entre immeubles abandonnés et dégradations, le quartier subit la désaffection de la population active…

Lisbonne.

Ils y étaient allés, Ghislain et elle, en 1980.

Ghislain était revenu trois mois avant la naissance de Muriel. Un matin, elle avait entendu frapper à sa porte, avait crié, entrez, Nannie ! Entrez donc ! Elle s'était redressée dans son lit avec difficulté. Elle avait pris douze kilos pendant sa grossesse et ne savait plus comment se tenir. Elle était en train de tapoter ses oreillers, de remonter drap et couvertures et de s'installer pour recevoir le plateau, quand elle avait entendu une voix masculine annoncer :

– Madame est servie.

– Ghislain !

Il se tenait sur le seuil de la porte, le plateau dans les bras. Il n'avait pas pris la peine d'ôter son imperméable. Il avait dû monter les escaliers quatre à quatre car il était essoufflé. Une mèche de cheveux lui barrait les yeux et il essayait de la repousser en soufflant dessus. Il avait posé le plateau, s'était approché, l'avait prise contre lui, avait chuchoté :

– Aliénor, je ne peux pas vivre sans toi. Cet enfant, je vais l'aimer comme si c'était le mien !

– Tu es revenu ?

– Je n'allais pas laisser ma femme accoucher toute seule !

Elle l'avait étreint, palpé, pour s'assurer qu'il était bien là, et seulement alors, elle avait compris combien elle avait été malheureuse pendant son absence.

– Je croyais que tu ne reviendrais jamais !

– Tu vas voir, ma chérie. On va repartir de zéro.

– Tu as arrêté de…

– Boire ? Oui. De me détruire ? Aussi. Je te raconterai…

Il ne lui avait jamais raconté.

Il avait déclaré que c'était inutile.

Il ne voulait plus que du soleil dans sa vie, et cet enfant ? On va l'appeler comment ? C'est une fille ! Alléluia ! Elle bouge beaucoup ? Ça ne m'étonne pas ! Nannie s'est bien occupée de toi ? J'en étais sûr, et Berléac ? Tu as tout mené de front ? Tu es formidable.

Plus il parlait, plus ça sonnait faux. Elle avait envie de se boucher les oreilles.

Elle regrettait l'homme en colère qui était parti quand il avait appris qu'il allait être père de l'enfant d'un autre.

Il l'avait aussitôt emmenée quelques jours à Lisbonne

où ils avaient passé un séjour étrange. Chacun jouant à être heureux. Quand le silence s'installait, ils disaient n'importe quoi. Ils avaient trop peur de ce qui pourrait surgir. En parlant tout le temps, ils évitaient de se parler.

Ils étaient rentrés hâlés, mais épuisés.

Elle a revêtu son habit d'amazone et se contemple dans le miroir. Vérifie l'ordonnance de sa tenue, une courte veste cintrée, noire, sur une longue jupe jaune mordoré. Son chemisier à jabot. Ses bottes noires. Tout est en ordre. Elle entend son jupon froufrouter sous sa jupe. Attrape sa cravache, claque la porte de sa chambre.

Dans l'escalier, elle surprend Louis en train de descendre à cheval sur la rampe de l'escalier.

– Et sans me tenir ! il crie, rouge comme une fraise de plein été, en brandissant les deux mains en l'air.

– C'est encore le meilleur moyen de perdre ses dents…

– Tu es bien pessimiste, madame !

– Louis, je t'interdis de me tutoyer. Je suis ta grand-mère, tu me dois le respect.

– Mais je te… je vous respecte. Et même je vous estime. Ça n'a rien à voir avec l'emploi du pronom personnel. Et puis, vous me tutoyez bien, vous !

– Je te tutoie parce que tu es un enfant…, elle répond, prise au dépourvu.

– On doit aussi le respect à l'enfant… C'est pas parce que je suis petit qu'il faut mal me traiter.

– Louis ! Arrête d'argumenter !

– N'empêche… je préfère quand vous êtes pas habillée comme une chouette…

– Une quoi ?

– La chouette a plein de plumes qu'elle ébouriffe comme vous avec vos jupes, vos jupons et votre jabot sous le menton !

– Une chouette ? Vraiment ?

– On vous l'a jamais dit ? C'est parce que vous faites peur aux gens. Alors, forcément, ils osent pas…

– Je t'interdis de glisser sur la rampe de l'escalier. Descends et va rejoindre ta sœur.

– Elle est partie parler à son arbre.

– Elle parle aux arbres ?

– Maman aussi parlait aux arbres. Ils savent des choses que nous ignorons. India dit qu'on peut tous le faire si on se concentre et qu'on fait le silence en nous…

– Elle dit ça ?

– Quand j'aurai réussi à traverser la piscine en une seule respiration, j'apprendrai à parler aux arbres…

– Il faudra d'abord que tu apprennes à te taire !

– Vous êtes sarcastique ! Vous connaissez la différence entre sarcastique et ironique ?

– Je me demande si j'ai envie de savoir…, marmonne Aliénor.

– Tant pis… au revoir, madame. Promène-toi bien dans la forêt ! Bandit est un très beau cheval, mais je trouve qu'être ami avec Gilbert n'est pas facile. J'ai failli le choisir comme ami mais mon choix s'est porté sur Frédéric, je suis plus à l'aise avec lui.

Il saute de la rampe, incline la tête pour prendre congé

et descend les dernières marches droit comme un petit lord anglais.

Aliénor le regarde s'éloigner et remonte dans sa chambre.

Se plante devant la glace, s'observe.

Ses cheveux sont tirés en chignon, sa veste noire la serre à la taille, le flot de sa tenue d'amazone bouillonne sur chaque hanche et le nœud de sa cravate forme un gros œillet blanc sous son menton. Mais je suis ridicule ! Je ressemble à une antiquité. Une vieille poupée encombrée de jupes et de jupons ! Cet enfant a raison.

Elle se déshabille, ouvre un placard, monte sur un escabeau, fouille les étagères du haut, en tire un vieux jean qu'elle met pour jardiner, un pull trop grand qui a appartenu à Ghislain et une écharpe.

Elle jette le tout sur son lit.

Elle se contentera de cet accoutrement en attendant de trouver une tenue idoine chez madame Bertier.

– Et personne ne me disait rien ! elle maugrée dans les escaliers.

Elle descend quelques marches, s'arrête, réfléchit, personne n'ose me parler ? Est-ce ma faute si les gens m'ennuient et que je les toise ? C'est très malpoli d'importuner son prochain avec des propos insipides.

Dans l'entrée, elle se heurte à Jacqueline, qui la détaille avec de grands yeux étonnés.

– Pourquoi ne m'avez-vous jamais dit que j'étais ridicule en tenue d'amazone ? aboie Aliénor.

– Mais... je ne vous trouvais pas...

– Et pourtant je l'étais !

– Mais pas du tout !
– Oh ! Jacqueline ! Un peu de sincérité, s'il vous plaît…
– Vous vous prépariez à sortir ?
– J'ai besoin d'évacuer les miasmes de mes pensées.
– Ah…
– Nous avions rendez-vous ? demande Aliénor.
– Je vous ai appelée hier et vous m'avez dit de venir vous voir ce matin avant d'aller au bureau…
– J'avais complètement oublié. Je suis désolée.
– Je voudrais vous parler, quelque chose me tourmente…
– Allons dans le petit salon…, dit Aliénor à regret. Il n'y a personne. Nous serons tranquilles.

Jacqueline a relaté la conduite d'Anaïs dans la file d'attente du cinéma. Aliénor l'a écoutée sans l'interrompre. Son visage ne trahit ni colère ni surprise. Elle tente de s'habituer à sa nouvelle tenue et se sent étrangement nue. Ses mains glissent sur ses cuisses, elle cherche des doigts les plis soyeux de sa jupe d'amazone et ne trouve que le tissu rêche du jean. Pourquoi ai-je été si touchée par la remarque de cet enfant ? Parce que j'y ai perçu un avertissement ? Comme s'il voulait me dire, redescendez sur terre, madame, les temps ont changé, empoignez la réalité ou votre ordre sera renversé.

– … J'ai été stupéfaite par la conduite d'Anaïs. Mais je ne peux pas en parler à Ambroise. Il va penser que je suis jalouse et que je veux nuire à Anaïs…
– Mais non… c'est fini, ça ! Vous êtes séparés depuis plus de quinze ans !
– Il va le penser, je suis sûre…

– Ma pauvre Jacqueline, soupire Aliénor en croisant les doigts à hauteur de poitrine, je sais depuis longtemps qu'Anaïs fricote avec Zinski. Il n'y a qu'Ambroise qui l'ignore. Et c'est normal. Ce sont toujours les personnes concernées qui ignorent tout. Vous ne direz rien et je ne dirai rien. Il doit se rendre compte par lui-même. Il n'y a rien de pire que d'apprendre son infortune par un autre. On a l'impression d'être doublement trahi. Par celui qui vous l'annonce et par celle qui en est la cause. Donc je me tairai.
– Mais elle s'exhibait, mère !
– Grand bien lui fasse ! Ça lui retombera sur le nez.
– Et sur celui de Zinski ?
– Bien sûr !
– Si vous le dites...
– Et je le signe ! tonne Aliénor.
– Il y a autre chose... J'ai trouvé des irrégularités dans les comptes de la propriété. Des chiffres maladroitement gommés et rectifiés. Il m'a semblé reconnaître la main de Zinski. Sa façon de faire les 7... À l'américaine.
– C'est tout, ma petite Jacqueline ?
– Mais c'est important !
– Berléac en a vu d'autres et Berléac a toujours triomphé. Je vous laisse, Bandit m'attend à l'écurie et Gilbert va se demander ce que je fais...

La main sur la porte du vestibule, Aliénor aperçoit son reflet dans le grand miroir accroché au-dessus de la commode à gants, écharpes, chaussettes chaudes, vieux chandails qu'on enfile à la dernière minute parce qu'il grelotte dehors. Me voilà attifée telle une pauvre veuve résignée, pâle silhouette trempée dans de l'encre noire. Des couleurs, des couleurs ! Au diable le gris, le noir, le bleu chagrin !

Elle remonte l'escalier qui mène à sa chambre. Ouvre les tiroirs, fait gicler les écharpes citron, les gants groseille, un bibi grenat, se coiffe, se décoiffe, enfile des gants, un chandail orange, le pique d'une broche papillon multicolore, se drape dans une cape jaune, recule, se contemple, et si j'ajoutais une touche de rose pétulant avec cette mousseline que je laisserais dépasser de ma poche ?

Hissons les couleurs de Berléac, je sens venir la poudre des batailles !

La fièvre monte à Berléac.
Ambroise passe aux aveux...
Anaïs dérive de plus en plus...
et Zinski panique.

Le lendemain, alors que Nannie vient de déposer le plateau du petit déjeuner sur le lit, on frappe à la porte d'Aliénor. Elle avale sa tartine, s'essuie le coin de la bouche, tapote ses cheveux, pince ses joues, soulève sa tasse de café et lance un oui interrogateur et peu amène.

Ambroise entre. S'assied au bout du lit.

– Bonjour, mère !

– Je déteste qu'on me voie couchée.

– Je suis désolé, mais...

– Tu es venu me parler d'Anaïs et de Zinski ?

– Comment le savez-vous ?

– Tu as la mine perplexe de l'homme qui cherche une réponse à un désarroi intérieur. Je me trompe ?

Ambroise la regarde, déconcerté, et se cale contre le bout du lit. Le dessus-de-lit est blanc, légèrement matelassé, des châles rouge vif, jaune tournesol, violet robe de prélat viennent couper la monotonie du blanc. Il a toujours connu cette « omelette de couleurs », comme disait son père qui prenait un malin plaisir à y frotter ses bottes, au grand dam de sa mère qui lui jetait des oreillers. Ça finissait en bataille de rires.

C'était il y a longtemps… quand son père tenait encore debout.

Après, il n'avait plus osé poser ses bottes sales sur le lit. Il entrait dans la chambre de sa femme d'un pas de pénitent. Encore une question qu'il n'a jamais posée à sa mère, pourquoi son père avait-il changé si soudainement ?

Aliénor prend une autre tartine, la beurre, ajoute une couche de confiture, mord dedans et contemple son fils.

– Tu n'as pas la tête chiffonnée par un problème lié au domaine, mais par un souci personnel que tu ne sais pas par quel bout prendre. Tu ne souffres pas, tu es embêté. Voilà ce que je lis sur ta grande carcasse et ta figure.

– Qui vous a mise au courant ?

– J'ai ouvert les yeux. Et depuis un moment !

– Ainsi vous saviez…

– Oui, mon petit.

– Et vous ne m'avez rien dit !

– Ce n'était pas à moi de le faire.

– Vous savez depuis longtemps ?

– Et toi, comment l'as-tu appris ?

– Par Montfort, hier soir. Il m'a raconté… Mais je m'en doutais, figurez-vous.

– Montfort était au cinéma, lui aussi ? Décidément… Tu es triste ?

– On va dire que je suis bousculé dans mes habitudes…

– Belle lucidité !

– Vous auriez la gentillesse de me servir un café ? Je suis passé par la cuisine et j'ai pris un mug.

– Organisé, en plus ! C'est bon signe : tu as encore la tête sur les épaules.

Ambroise sort le mug de sa poche, le tend à sa mère, c'est maintenant ou jamais, si je ne parle pas ce matin, je ne parlerai jamais. Le courage est une denrée périssable. Il retombe telle la montgolfière heurtant une ligne à haute tension. Et ma mère est une ligne à très haute tension. Parle, mon vieux, parle !

– Je n'ai pas dormi cette nuit… J'ai réfléchi.

Il trempe ses lèvres dans le café, relève la tête et affronte sa mère.

– Si Anaïs s'est affichée au vu et au su de tout le monde, c'est qu'elle appelle le scandale. Et pourquoi ? Pour partir d'ici. Avec son amant ou non, ce n'est pas la question. Elle veut quitter Berléac. Elle s'ennuie. À quarante-deux ans, elle pense qu'elle a encore une chance de refaire sa vie.

– Il faut de l'argent pour refaire sa vie. Elle ne travaille pas, elle dépend de toi et n'a rien à te reprocher.

– Non, mais…

– Mais quoi ?

– Oh ! Et puis merde !

Aliénor sursaute et pose sa tartine.

– Ambroise, la situation ne justifie pas que tu te mettes à jurer comme un footballeur…

– Je dis « merde » parce que je le pense… et que…

– Je t'écoute.

– Et que j'ai merdé.

– Ambroise !

– Il y a longtemps… j'avais une excuse, j'étais fou

d'amour. Et l'amour vous remplit les yeux de merde. Oh, maman, maman ! *We are in deep, deep shit*[1] !

Il avale son café d'un trait, pose le mug sur le plateau et pousse un long soupir. Le plus dur est à venir.

– Dis-moi, mon petit... Dis-moi.

– Vous n'allez pas aimer du tout...

– Tu lui as donné de l'argent ?

– Pire !

– Beaucoup d'argent ?

– Pire encore...

– Je ne vois pas.

– C'est normal, vous n'auriez jamais fait ça, vous, jamais ! Vous êtes si...

– Arrête tout de suite ! dit Aliénor en se bouchant les oreilles.

– Mais ne vous mettez pas en colère !

– Je suis une femme normale avec sa force, certes, et ses faiblesses.

– Des faiblesses ? Vous ?

– J'ai eu de terribles faiblesses... ou plutôt une terrible faiblesse.

– Impossible !

– Je ne suis pas une sainte, loin de là ! Je n'aimerais pas, d'ailleurs. Je m'ennuierais beaucoup...

– Vous ne vous seriez jamais conduite comme moi...

– Bon, mon petit, ça suffit ! Parle clair ! On a passé l'âge de jouer aux devinettes.

Ambroise se redresse, fixe sa mère et confesse sa faute :

1. Nous sommes vraiment dans la merde !

– Je désirais cette femme plus que tout, je savais que je faisais une bêtise. J'en étais conscient. Je me disais, t'es con, mon vieux, t'es con, ne fais pas ça, mais c'était plus fort que moi…

Aliénor écoute son fils en serrant sa tasse entre ses mains. Elle a un terrible pressentiment.

– Je lui ai donné 11 % de Berléac. Et devant notaire !

– NON !

– Je savais que c'était une connerie… Je me suis entendu le lui dire et je n'en ai pas cru mes oreilles !

– Ce n'est pas possible ! Tu n'as pas fait ça ? 11 % à cette…

– J'avais perdu la tête… Ça arrive. C'est horrible. Votre cerveau vous crie que c'est une terrible erreur et vos oreilles n'entendent pas. J'ai dit 11 %, pour ne pas dire 10 ni 15… 15, c'était trop… et 10, ça faisait mesquin.

– Mesquin ! s'étrangle Aliénor.

– 11 % sonnait plus sérieux, plus réfléchi…

Aliénor secoue la tête comme pour effacer l'aveu de son fils.

– 11 % ! 11 % de Berléac ! Je ne le crois pas ! Ce n'est pas possible !

Ambroise se redresse, saute sur ses pieds et se met à gesticuler en marchant autour du lit de sa mère.

– Pas la peine de me le trompeter ! Je sais que j'ai fait une connerie… Mais qui n'en a pas fait dans sa vie ? Qui n'a pas déraillé ? Dites-moi.

Aliénor tressaute et se tait. Elle regarde son fils, désarmée, et reste silencieuse.

– Allez-y ! Traitez-moi de tous les noms ! Insultez-moi,

jugez-moi, je prends tout… mais réfléchissons ensemble à ce que nous pouvons faire…

– Je ne vais pas te juger, soupire Aliénor. Tout le monde perd la tête, par amour, par vengeance, par orgueil, par cupidité, ce serait malhonnête de ma part de…

– Malhonnête ? Vraiment ?

– Oui, dit Aliénor en baissant les yeux sur le pot de confiture ouvert.

– Qu'est-ce que vous entendez par « malhonnête » ?

– J'ai commis, moi aussi, une grosse, grosse folie…

– Vous ?

– Moi.

– Qui concerne Berléac ?

– Oui et non. Si je suis honnête, à l'origine, c'était pour sauver Berléac, et puis…

– Mais… vous nous avez donné vos parts de Berléac, à Muriel et à moi ! Donc vous en étiez propriétaire. Vous ne les aviez cédées à personne.

– C'est vrai. J'ai réussi à conserver Berléac… Mais j'ai…

Aliénor est paralysée. Elle n'est pas prête à parler. Et puis… ce n'est pas comme ça qu'elle avait pensé se confesser. Pas au petit matin, une tartine à la main, les cheveux défaits, la mine en berne, donnez-moi du rose, un peigne, une brosse, une robe, ôtez de ma vue ce grand fils qui tourne autour de mon lit, empêtré dans un piège qu'il a construit lui-même.

– Maman, il faut que vous me parliez.

– Ce n'est pas le moment…

– Je devine un drame, je deviens fou à essayer de savoir. Et ça fait longtemps. Au début, c'était une interrogation qui flottait dans ma tête et que je chassais. Elle revenait. Je la chassais encore. Et puis, tout s'est embrouillé. Je ne savais plus. Pire, je ne voulais plus savoir. J'avais peur, peur de ce que j'allais découvrir. Cela concerne Muriel, n'est-ce pas ?

Aliénor hoche la tête.

– Vous étiez si dure avec elle ! Vous la repoussiez quand elle s'approchait pour vous embrasser. Oh, maman ! Je sentais tout ça. J'en souffrais mais je n'en parlais pas. Hier soir, j'ai dîné chez Montfort, il pense que mon accident cardiaque peut venir, entre autres choses, d'une angoisse qui me ronge. Parlez-moi, s'il vous plaît…

Aliénor a relevé la tête et regarde son fils, résolue.

– Il faut sauver Berléac d'abord, mon petit. On parlera de moi après…

– Vous vous dérobez encore.

– Je ne me dérobe pas. Je me prépare à te parler. On ne passe pas en une seconde du silence à la confession.

– Vous me le promettez ?

– Oui.

Aliénor tend la main à Ambroise, qui la prend et la pose sur sa joue.

Ils demeurent silencieux, les doigts d'Aliénor caressent la joue de son fils. Puis elle se reprend, retire sa main, se gratte la gorge et déclare, presque froide :

– Maintenant il faut agir. On ne va pas rester à genoux à murmurer nos fautes. Il faut sauver Berléac.

Anaïs, assise sur le canapé de son boudoir, se contemple dans la glace de son poudrier. Elle scrute ses rides, en découvre une nouvelle. Remonte sa peau de l'index pour l'effacer. Quand elle retire son doigt, la ride réapparaît. Elle part en oblique de la commissure de sa lèvre gauche jusqu'au menton. Sa bouche s'affaisse. II va falloir qu'elle retourne à Paris voir le docteur Abba. Il lui fait des piqûres d'acide hyaluronique. Quand il enfonce l'aiguille dans la bouche, ça fait mal, très mal. Des larmes coulent de ses yeux, mais elle ne repousse pas la main du docteur.

Faut souffrir pour être belle.

Chaque matin, dès l'âge de douze ans, elle se pesait et inscrivait son poids sur un tableau blanc Velleda. Il ne fallait pas qu'elle triche. Il arrivait que son père la fasse remonter sur la balance pour vérifier. Quand elle avait pris du poids, il la regardait sans parler et faisait rebondir une règle en acier entre ses mains. Elle baissait les yeux. Tendait une main. Il frappait le bout de ses doigts en disant, tu es grosse et tu triches, en plus ! Tu seras punie. Elle ne devait pas pleurer ni émettre le moindre son, sinon il redoublait de coups. Elle répondait :

– Merci, papa.

– Je fais ça pour ton bien. Tu crois que ça m'amuse ? Tu me remercieras plus tard.

Elle ne descendait pas à la salle à manger. Sa punition durait deux, trois soirs. Jusqu'à ce que la balance confirme la perte des infâmes kilos. Enfermée dans sa chambre, devant écrire cent fois, papa a raison, le gras est répugnant, je dois m'affamer.

Sa mère l'ignorait quand elle était punie.

Le jour où elle avait fait la couverture du *Elle*, elle la lui avait envoyée avec ces mots, « merci, papa ».

Elle aurait dû écrire, « tu as été un monstre, papa ».

À quarante-deux ans, elle trouvait enfin la réplique.

Cela fait à peine une semaine que Cecil est revenu, Édouard est étourdi.

Il vit dans un tourbillon. Un voyage à Paris, une nuit dans un grand hôtel, des achats chez Prada, champagne au Ritz, une soirée dans une boîte gay parisienne où se croise une faune à l'œil avide. Il s'est laissé promener par son amant, étonné, ravi par le désir de Cecil qu'il avait cru éventé. Tout recommence. Il est heureux. Et quand il s'enhardit à demander, mais que s'est-il passé pour que tu sois devenu si doux, si généreux ? Cecil hausse les épaules, j'ai changé, j'ai compris que le temps des conneries était fini.

Édouard, flanchant de fatigue, la tête dodelinant d'images, regarde le soleil se lever sur la place de la Concorde, éclairer la façade de leur hôtel d'une lueur rose, le souffle de la ville devenir brouhaha, les premiers camions-poubelles, les premières voitures, les vélos, les motos, Paris s'anime devant lui, ils dorment dans la grande suite du Crillon, la vie est belle, légère, pleine de bulles !

Ils ne se disputent plus pour une note à payer, une épingle de cravate ou une montre de luxe refusées parce qu'il les trouve trop chères. Cecil sort sa carte de crédit et tape un code. Son code.

De retour à Bordeaux, Cecil s'est installé dans le grand appartement de la rue de Cheverus, essayant ses nouveaux costumes, vidant des bouteilles de Ruinart, regardant des séries à la télé, vêtu d'une belle veste d'intérieur signée Hermès.

Un soir, alors qu'ils viennent d'achever de dîner, Cecil promène un œil sur l'appartement et soupire, c'est beau, mais c'est vieux, ça me fout le cafard ! Il faudrait tout refaire ! Il arpente l'appartement en esquissant des plans, il faudrait abattre cette cloison, et celle-là aussi, installer un jacuzzi, refaire la cuisine, le dallage de l'entrée, acheter du beau mobilier, des lampes, des tableaux, remplacer ces vieux rideaux, repeindre les murs, bref, tout changer !

– Ça coûterait une fortune ! s'exclame Édouard, pris de vertige.

– Tu veux qu'on vive ensemble ?

– Oui, mais…

– Je ne peux vivre que dans du beau, une harmonie parfaite. Je participerai bien entendu, mais il faudrait que tu casses ta cagnotte, toi aussi.

– Mais quelle cagnotte ? répond Édouard en léchant sur sa cuillère un reste de cheesecake vanille-chocolat. Je ne travaille pas, tu le sais. J'ai eu une expérience malheureuse dans la banque d'affaires d'un ami de mon grand-père et je n'ai pas envie de recommencer.

– Ils ne t'ont rien laissé, tes parents ?

– J'ai tout dépensé ! En grande partie pour te faire plaisir. Souviens-toi, j'ai même vendu deux appartements…

Il n'aime pas ces souvenirs, il a le sentiment de s'être mal conduit. Son grand-père n'aurait pas apprécié. Oh ! Cecil ne l'avait pas obligé, non, mais c'était le seul moyen de le garder.

– Dommage ! On pourrait être si bien…

Cecil appuie sur la télécommande, une autre série

commence, *Breaking Bad.* Il fronce les sourcils et paraît absorbé par le générique.

– Je peux avoir un câlin ? chuchote Édouard en se collant contre lui, les doigts poisseux de cheesecake.

– Je te parle avenir commun, investissement, et tu me réponds câlin ? Grandis un peu, Édouard.

– Je n'ai pas assez d'argent pour ces travaux, j'ai de quoi vivre, mais…

Cecil s'engouffre dans la brèche :

– Si je me souviens bien, tu as des parts de Berléac ?

– Oh ! Pas beaucoup… J'ai hérité des 6 % de mes parents.

– C'est énorme !

– Tu trouves ?

– Quand tu sais qu'un hectare de Berléac vaut au bas mot un million d'euros… Si ce n'est un million et demi ! Enfin, je dis ça, je dis rien. À toi de décider ! Ce n'est pas moi qui tiens les cordons de ta bourse…

Ce soir-là, Cecil refuse de le prendre dans ses bras et lui tourne le dos quand ils se couchent.

Il souffre d'un terrible mal de tête.

Ambroise marche dans la vigne et Ambroise rumine.

Très mauvais pour mon cœur, dirait Montfort, mais je n'ai pas le choix, je dois trouver un moyen de circonvenir Anaïs. Faire appel à sa pitié ? Impossible ! Lui dire que je sais tout et que je suis blessé ? Je ne suis pas blessé. Lui demander ce qu'elle compte faire maintenant que tout Bordeaux est au courant ? Mauvaise stratégie. Je dois la laisser avancer pour pouvoir la contrer… 11 %, elle a 11 %, ce n'est pas une mince affaire. Elle peut réclamer sa part et exiger que je lui verse l'argent : 70 hectares égalent environ 70 millions d'euros, si ce n'est plus. Cela reviendrait à lui verser dans les 8 millions. *No way !*

Il a parlé tout haut et sourit. Je ne suis pas vaincu, je me bats encore. Et j'ai une alliée de taille, ma vigne, mes raisins, ma terre que je broie à pleines mains et respire. De Berléac vient toute ma force. Je ne te vendrai jamais, tu es mon sang, ma fierté, ma raison d'être. Je ne cultive pas ma vigne pour faire de l'argent, me remplir les poches, bomber le torse, je pense à elle comme à une personne, je l'écoute, je la cajole, je veux la voir s'épanouir, mûrir, porter de beaux fruits. Et comme si elle m'entendait, elle lutte pour me donner de belles récoltes. Même quand c'est mal parti, année trop froide ou trop pluvieuse, elle se rattrape en vieillissant dans les fûts. Elle ne m'a jamais trahi.

Il marche, le soleil lui caresse l'épaule et la joue gauche. Il repousse son vieux feutre en arrière. Sort un sécateur de sa poche. Le ciel est grand ouvert, les pieds de vigne grimacent, noirs sarments convulsés, les baies brillent au soleil, les vrilles bouclent, légères. Il y a encore des baies vertes. Il les coupe. Inspecte le reste de la grappe. Se baisse pour en goûter une. Il va falloir contrôler la maturité des raisins. Émile dit qu'on peut attendre. Il a sans doute raison. François est hostile à la promotion d'Émile. Il le lui a fait comprendre. François ne connaît rien à la vigne, il a une tête remplie de statistiques, d'idées marketing, des idées plates comme une pièce de

10 sous. Il gardera Émile. Et Berléac s'en portera bien. Il marche, heureux en son domaine, dans ce paysage qu'il a façonné année après année. C'est en foulant cette terre qu'il trouve des solutions à ses problèmes. Anaïs, Anaïs. Il ne ressent aucune jalousie, mais une perplexité douloureuse, comment se sépare-t-on d'une personne avec qui on n'habite plus depuis longtemps ?

Dites-moi, il demande en se penchant sur les raisins. Les gens qui ne vous connaissent pas vous croient muets. Ils ont tort. Chaque jour, vous m'apprenez quelque chose. Je ne raisonne pas, je vous écoute. Et je m'adapte à vos désirs. C'est ma manière de défaire le malheur : le tailler à ma mesure. Il faut façonner le mal pour ne pas le subir.

Et alors, au milieu des vignes, une idée lui vient, comme lui viennent souvent les idées quand il marche sans but. Elle flotte d'abord dans l'air tel un long filament, il s'immobilise, fait le silence, l'attrape, déroule un fil, puis un autre, et l'idée se déploie, lumineuse, riche, salvatrice. Mais bien sûr ! Bien sûr ! Voilà comment il faut agir ! Fais-toi plaisir, mon vieux, reprends la main, ne te laisse pas rouler dans le pétrin.

Et puis... ça va être amusant à observer.

Depuis la soirée au cinéma, Zinski est inquiet.

Anaïs lui barre l'entrée de son boudoir. Elle le fuit. De manière charmante, certes, toujours avec un sourire, mais elle l'évite. Les femmes sont des créatures compliquées. Notre cerveau à nous, les hommes, est un moteur à deux temps, nous avons une idée et nous l'exécutons. Les femmes, elles, sont capables de penser « non » et de dire « oui ». Elles sont les reines de la dissimulation.

Qu'est-ce que j'ai fait ? Est-ce parce que je l'ai remise à sa place, un peu brutalement, c'est vrai, dans la file du cinéma quand elle se collait à moi ? C'était imbécile de se conduire ainsi ! Elle le savait !

Elle me le fait payer. C'est sûr.

Et puis, il y a eu cette histoire de chaussures abandonnées dans le parking… Pourquoi ?

Faut que j'arrête de me torturer, sans moi, elle ne peut rien faire. Elle a une cervelle de koala, pas plus grosse qu'une noix.

Au prochain rendez-vous chez les Debreste, lorsqu'ils me demanderont, comme à chaque fois, si je « réponds d'elle », il faudra que je dise oui. Je ne pourrai pas avouer que je n'en sais rien et suppute le pire. Elle a arrêté de se maquiller, plus de rouge, de cils noirs, plus de décolletés, de taille étranglée, elle porte des jeans, des sweatshirts et des ballerines. À peine si elle se coiffe !

Bon… elle est encore plus jolie, je trouve, et je la sauterais bien.

Encore faudrait-il que je puisse ! Si je tente de lui arracher un moment d'intimité, elle me dit, oui, mais pas maintenant. Quand alors ? Ne me force pas, elle gémit, ne me force pas ! J'ai besoin de temps pour réfléchir, besoin d'être seule, il se passe plein de choses en ce moment dans ma tête…

Et elle s'échappe.

Tout dépend d'elle, en fait. Je me demande si elle en est consciente.

Si cette information est remontée à son petit cerveau de koala…

Aliénor monte au grenier,
et lit une lettre qui l'y attend
depuis vingt-quatre ans.
Ambroise invente une stratégie
qu'il espère brillante…
Il faut sauver Berléac.

Aliénor gravit les dernières marches qui montent au grenier et reprend son souffle. Elle a besoin d'être seule et de réfléchir. Loin du bruit de la maison.

Elle pousse la porte du grenier et va s'asseoir face à un meuble étroit, haut, en acajou sombre. Le secrétaire de Ghislain.

Il se tenait là le soir.

Il vérifiait les comptes de la propriété, classait des papiers, des factures, des projets. À la fin de sa vie, il demeurait les yeux dans le vide et écrivait. Des chiffres ? Sûrement pas. Elle imaginait qu'il écrivait l'histoire de Berléac. Je gribouille, il disait, je gribouille.

C'est à ce meuble que Ghislain avait confié son testament. Elle l'avait retrouvé au lendemain de sa mort, l'avait lu, tremblante, redoutant une dernière pirouette, une dernière trahison.

Les larmes lui étaient montées aux yeux.

Il lui laissait Berléac.

Elle avait serré le papier contre son cœur et était redescendue en tenant le précieux document.

Ghislain avait pris l'habitude de déposer ses « gribouillages » dans un petit tiroir dissimulé dans une fente horizontale. Aliénor n'avait pas accès à ce tiroir invisible, fin comme une lame, et réprouvait l'idée qu'il se défiait d'elle en le fermant à clé.

Pensait-il vraiment qu'elle pourrait en forcer l'accès ? Je ne m'abaisserais jamais à l'ouvrir sans ton autorisation, elle avait crié un jour, je ne suis pas de ces femmes qui espionnent, pour qui me prends-tu ? Ce n'était pas suffisant qu'il la bafoue aux yeux de tous, il fallait, en plus, qu'il la soupçonne de fouiner !

À sa mort, on avait vidé le secrétaire et on l'avait hissé jusqu'aux combles. Les papiers du domaine avaient été classés et la succession, organisée. Aliénor héritait de 76 % de Berléac, Édouard, Jacques, Geneviève et Blanche recevaient chacun 6 %, soit 24 % de la propriété, touchant chaque année les dividendes qui leur revenaient. Avec ce pourcentage de 24 %, ils n'avaient pas la minorité de blocage, Aliénor était libre de gérer le domaine comme elle l'entendait.

Quand les chiffres de l'exploitation avaient été redressés, elle avait cédé ses parts à ses deux enfants à égalité. 38 % à Ambroise et autant à Muriel. C'était la loi.

Que va faire Anaïs de ses 11 % ? elle dit tout haut.

Les réclamer en exigeant de l'argent ? Ou rejoindre une coalition qui mettrait l'avenir de Berléac en danger ? Et quelle coalition ?

Ce qui va faire la loi, une fois de plus, c'est l'appétit des héritiers. Chaque année, dans le Bordelais, éclate une affaire de famille déchirée. Les journalistes se régalent à relater les moindres détails de ces histoires de dynasties à la française. L'appétit des « ayants droit » est féroce. Combien de propriétés ont été dépecées par leur seule voracité ?

Elle ouvre le rabat frontal qui découvre l'intérieur du meuble, y pose ses coudes, songe à Ghislain qui a dû si souvent s'y appuyer, la tête embrumée par la dernière nuit, cherchant un moyen de s'en tirer. Elle frotte l'acajou de sa manche, redonnant au meuble un peu de sa superbe.

La lumière d'un Velux fait danser les particules de poussière, des atomes lumineux qui scintillent et piquent l'atmosphère de mille brillants. Son doigt caresse la fente secrète, jamais ouverte depuis la mort de Ghislain. Je ne t'espionne pas. J'ai besoin de parler avec toi. Je suis prête maintenant.

Pourquoi ne m'avoir jamais parlé ? Ce ne sont pas les infidélités qui tuent un couple, c'est le silence.

La fente secrète, lustrée d'un revers de manche, luit maintenant d'un acajou plus clair. Elle la caresse, appuie, une pression douce qui murmure qu'elle a envie de savoir. Mais je n'ai pas la clé, elle soupire, on a dû la perdre. Je n'ai pas pensé à vider ce tiroir secret quand on a monté le meuble au grenier. J'avais d'autres préoccupations en tête.

Ses doigts glissent sur l'acajou. Pressent le bois sombre.

Un déclic. Et la fente s'ouvre. Elle n'était pas fermée à clé.

Il voulait donc que je l'ouvre…

Que je sache.

J'ai attendu vingt-quatre ans pour recevoir son message !

Elle glisse sa main, retire une feuille blanche pliée en

deux. « À ma femme chérie », dit la haute écriture en tête du premier feuillet.

Mon amour,

La vie vaut la peine d'être vécue quand elle nous dépasse, qu'elle nous fait plus grand, plus fort que ce que nous n'étions quelques minutes auparavant. Qu'elle nous fait découvrir un autre « moi », un être que nous ne soupçonnions pas, un être que nous portions en nous pourtant, courageux, intrépide, généreux.

La vie n'est pas une flaque. Ou alors il faut y sauter à pieds joints pour qu'elle éclabousse. La vie est une vague, haute, menaçante, qui nous ratatine, ou nous sublime.

Je suis entré dans la Résistance à seize ans par amour de la France et par haine des nazis, de leur rage d'exterminer ceux qu'ils appelaient des sous-hommes, des rebuts de l'humanité. J'y suis entré joyeux, exalté, sûr de triompher, parce que notre cause était juste.

J'avais seize ans quand j'ai commencé par de petits actes de sabotage avec des copains du lycée. Mais cela n'était pas suffisant à mes yeux. Et, à dix-sept ans, j'ai rejoint un vrai réseau. Le réseau Perret. Personne ne portait son vrai nom dans la Résistance. On ignorait tout de ceux avec qui on combattait. Je ne savais pas qui en faisait partie, mais je voulais y entrer. Il se murmurait à la maison que ces hommes étaient de vrais héros.

J'ai fini par être accepté.

Par une belle nuit étoilée, j'ai rejoint les hommes du réseau. C'était ma première fois et je tremblais de peur. Ils s'étaient réunis à la tour Brentillac. Il faisait un froid de gueux. Je les écoutais parler de leurs nouvelles stratégies, j'étais impressionné. À un moment, je suis sorti. Un besoin naturel. J'en ai profité pour griller une cigarette, caché derrière un tas de bois. C'est alors que la police française, aux ordres des Allemands, est arrivée. Perret avait été dénoncé.

Je les ai entendus entrer dans la tour, aboyer, se saisir de Perret. L'emmener dans un réduit adjacent. Les autres membres étaient restés à l'intérieur sous la surveillance du chef de la police française. Ils ont profité de la complaisance de ce dernier pour prendre la fuite.

J'ai entendu les Allemands partir à leur poursuite.

J'étais en état de sidération. Terrorisé.

J'ai pris sur moi de revenir dans la tour, et là, je suis tombé sur un homme qui gisait dans une mare de sang et du policier, qui était dans un sale état aussi. L'homme à terre ne bougeait plus mais le policier français m'a fait signe de partir en l'emmenant.

Je suis resté les bras ballants. Incapable de bouger.

Et j'ai pris la fuite.

Pendant longtemps, je n'ai pas dormi.

Je me posais toujours la même question, aurais-je pu sauver cet homme ? Ou était-il déjà mort quand je suis parti ?

J'ai repris le cours de ma vie. Je voulais me rattraper, me prouver que je n'étais pas un pleutre. Je suis retourné dans mon réseau de lycéens. Nous avons fait des opérations de sabotage. Et la fin de la guerre est arrivée.

J'ai repris mes études, je suis parti étudier à Oxford. Et, à mon retour, j'ai repris la tête de Berléac.

Et nous nous sommes rencontrés.

Je me suis lancé dans une autre vie, la nôtre. Avec force et jubilation. Notre amour m'emmenait haut, si haut. J'étais devenu invincible. Notre fils, Ambroise, est né. Je pavoisais. Rien ne pouvait me résister.

Un jour de janvier 1974, un homme est venu me trouver. Il m'a appris que celui qu'on appelait Perret n'était autre que Lantignac, ton père, et qu'il aurait peut-être survécu si je l'avais emmené cette nuit-là.

Après la visite de cet homme, je me suis enfoncé. Chaque marche que je descendais me paraissait justifiée, puisque j'étais cet être falot, indigne, qui n'avait pas le droit de vivre.

Je n'ai jamais pu me pardonner.

Et j'ai fait de notre vie un naufrage.

La vague m'avait ratatiné.

Le remords, la honte, le dégoût de moi…

Sans que j'ose te parler.

Je n'ai pas eu ce courage.

Tu as assisté, magnifique, impavide, à ma chute. Tu ne m'as jamais lâché. Tu voulais sauver ma réputation, sauver Berléac, cette terre que tu défendais comme si elle était tienne.

J'en étais si heureux, si fier.

Et je me disais que je ne te méritais pas.

Aliénor chérie, la seule lumière de ma vie a été notre amour, et je n'ai pas eu le courage de le sauver en t'avouant ma faute, j'avais trop peur de te perdre.

Je pars, soulagé de t'avoir parlé, désespéré d'avoir tout raté.

Mais je n'ai jamais, jamais cessé de t'aimer…

Ghislain

Les mains d'Aliénor tremblent. La lettre glisse à terre. Mon père ! Tu as abandonné mon père aux mains des

Allemands ! Oh, Ghislain ! Elle s'écroule sur le secrétaire, la tête entre ses bras, laisse les sanglots monter, rouler, mouiller les manches de sa robe, elle écrase son nez dans le coton humide, renifle, sa tête éclate. Elle entend la voix de son père qui, avant de partir rejoindre les membres de son réseau, lui montrait un billet de train, un ticket de métro, lui avait appris sa mère, et lui disait au revoir avec des mots trop grands pour un simple voyage à Paris, Aliénor, ma chérie, conduis-toi toujours en grande dame, ne fais alliance qu'avec des êtres dignes et braves, ne souille ni ton corps ni ton âme, ne t'allie jamais à des misérables.

Elle s'était alliée à un misérable.

Elle a fourré quelques affaires dans son sac de voyage, a annoncé à Nannie qu'elle partait au chevet d'une ancienne amie qui était à l'agonie. Je vous laisse Berléac et les enfants, elle a dit. Tiens, a relevé Nannie, elle pense à Berléac et aux enfants, elle les met sur le même plan, que se passe t-il ? Son cœur s'est-il fendu ? Elle est sacrément secouée et ne veut pas l'avouer. Je ne crois pas une seconde à la fable de l'amie qui se meurt… C'est pour ça qu'elle a la tête à l'envers, le nez rougi et qu'elle est blanche comme la robe d'un fantôme ? Que nenni ! Je la connais trop bien. Même au plus fort de ses tourments avec monsieur Ghislain, elle est restée digne. C'est son grand mot, « digne ». Même que j'ai mis du temps à comprendre ce qu'elle entendait par là. Pas digne, le ruban tue-mouche, pas digne de dire des gros mots, pas digne de montrer son chagrin, pas digne de se laisser aller à un câlin ! Elle se tient, toute chiffonnée, sur le seuil de la cuisine et veut que je croie son mensonge ! Elle me ronge le sang, on ne peut pas éternellement manger ses tripes, on n'est pas des pélicans...

Gilbert l'a conduite dans son refuge, dans la forêt.

Il a garé la voiture, a marché devant elle jusqu'à la porte de la cabane en écartant les branches et les ronces, a posé son sac, allumé un grand feu, vérifié qu'il y avait du pain de mie tranché, du fromage, du beurre frais, des confitures, des boîtes de sardines, des bouteilles de vin et une de whisky, des glaçons, des bûches en réserve, assez de couvertures, deux oreillers.

Il n'a posé aucune question.

L'a laissée s'installer près du feu.

A approché une boîte de Kleenex.

Elle ne bougeait pas, ne parlait pas, a juste murmuré, merci. Sans le regarder. Merci.

Il est ressorti. A rejoint la voiture, s'est enroulé dans une couverture et a attendu le jour.

Il irait ranimer le feu.

Elle a dormi en boule près de la cheminée, ajoutant des bûches, s'enroulant dans d'autres plaids, ouvrant des boîtes de conserve, couchant les sardines sur des tranches de pain de mie, buvant un verre de Cheval Blanc, léchant ses doigts huileux. Il y a des sardines à l'huile d'olive, d'autres à la tomate, d'autres aux piments, à la tapenade, aux baies des Batak et curcuma, au poivre et kumquat, et au citron aussi. Il y a même des sardines sans arêtes.

On leur ouvre le ventre, on les vide et on les recoud ? Une sardine sans arêtes, ce n'est plus une sardine.

Ça la reposait de lire les étiquettes, de devoir choisir entre les « naturelles » et les autres.

C'était un moment de répit.

Elle a pleuré, réfléchi. Pleuré encore. S'est interdit de s'apitoyer sur elle-même. Elle pleurait son père, elle pleurait Ghislain, elle pleurait le chagrin de sa mère, jeune veuve de vingt-huit ans qui n'avait rien montré, rien dit, juste un petit hoquet quand elle avait appris la mort de son mari, et qui s'était habillée en noir toute sa vie.

Est-ce qu'il faut avouer toutes ses fautes ? Ne font-elles pas partie de notre vie, de ce que nous sommes devenus ? On grandit en faisant des erreurs, sinon on flotte à la surface comme une feuille morte.

La peur d'un gamin de dix-sept ans est-elle à mettre au débit de l'homme qu'il est devenu ?

Tu n'étais qu'un enfant, Ghislain... Un enfant terrifié.

Qui suis-je pour juger ?

Ai-je toujours été une femme impeccable ?

Il ne lui venait que des questions auxquelles elle ne trouvait pas de réponse.

Elle n'avait jamais avoué sa liaison avec Paul Debreste, jamais avoué qu'elle avait couché avec lui, qu'elle avait eu un enfant de lui. Elle s'en était arrangée en se disant que c'était pour sauver Berléac.

Elle avait menti. Elle s'était menti.

Elle s'était donnée, il ne l'avait pas prise.

Le premier soir, il l'avait reçue dans son hôtel particulier, face à la Garonne, cours Xavier-Arnozan, la plus belle rue du très chic quartier des Chartrons. Il lui avait donné rendez-vous chez lui car il finissait une mauvaise grippe, je ne suis plus contagieux, rassurez-vous, mais à cinquante-huit ans, on commence à faire attention à sa santé !

Il avait éclaté de rire pour montrer qu'il ne croyait pas un mot de ses propos. Il avait la réputation d'un homme autoritaire, brutal, mais aussi charmant, cultivé, raffiné. Il avait épousé une héritière, Corinne de Latour-Chambot, dont il avait eu un fils, Bernard, épouse qu'il avait vite placardisée, réduite à des tournois de bridge et de badminton au club de Mériadeck. Aliénor le croisait, toujours seul, dans des dîners. Elle gardait ses distances. Ghislain ne l'aimait pas, il lui reprochait de s'être enrichi de façon malhonnête dans l'immobilier en courtisant le fort, en écrasant le faible. Paul Debreste n'avait jamais été inquiété par la justice et certains en déduisaient que ces racontars n'étaient que des calomnies, des bouffées d'envie de la part de petits esprits.

Ce soir de juillet 1979, il lui avait ouvert la porte lui-même.

Avait accroché son étole chamarrée dans l'entrée.

S'était assis derrière son bureau, elle, dans un large fauteuil en cuir rouge. Elle avait expliqué les dettes de Berléac, le manque de moyens pour relancer la propriété, les salaires non payés, le matériel qui se détériorait et ne pouvait être remplacé. Il écoutait, sans bouger, mais ses yeux disaient qu'il entendait.

Quand elle s'était tue, il avait réfléchi, silencieux, déplaçant des papiers, des stylos, un encrier sur le plateau du bureau comme s'il était en train d'assembler les pièces d'un puzzle, et avait fini par dire, je vais vous aider.

Elle l'avait remercié, étonnée qu'il puisse donner une réponse si rapide.

Il l'avait raccompagnée jusqu'à la porte de son appartement, avait décroché l'étole de la patère en bois clair, l'avait déposée sur les épaules d'Aliénor, l'arrangeant d'un geste affectueux, presque paternel, en finissant par une légère pression qui signifiait, je suis là, ne vous faites pas de souci, je m'occupe de vous.

Et c'était comme s'il lui retirait l'étau qui écrasait sa poitrine.

Elle avait attrapé sa main, s'était retournée et s'était jetée contre lui avec une rage, une passion, qui n'avait rien à voir avec Berléac. Elle le voulait. Elle voulait le poids de cet homme sur elle, sa peau, sa bouche, ses bras, sa chaleur.

Il avait paru étonné, presque encombré, était resté les bras levés comme deux chandeliers, avant de les refermer sur le corps de cette femme qui lui mangeait la bouche, écrasait son visage entre ses mains, lui mordait la peau. Elle avait faim de lui, faim d'un homme dans son corps.

Elle était revenue plusieurs soirs. Toujours à la nuit tombée. Gilbert se garait un peu plus loin et l'attendait. Au petit matin, une ombre emmitouflée sortait du grand porche de l'hôtel à double colonnade et porte laquée bleu vif, et se faufilait sur la banquette arrière d'une voiture qui démarrait aussitôt.

Est-ce qu'une femme est forte lorsqu'elle avoue sa faiblesse ?

Elle avait eu une folle envie de cet homme, et pendant un mois, ou peut-être plus, elle l'avait rejoint chez lui.

Et puis, elle l'avait quitté, un petit matin plus mauve que la veille, tiens, c'est encore l'été, les premiers oiseaux s'éveillent et chantent à plein gosier, elle s'était dit en regardant par la fenêtre et en ajoutant une épingle à son chignon. L'homme était allongé, des poils blancs sur le torse, de plus en plus assuré de sa puissance, occupant de plus en plus de place dans le lit… Cette nuit-là, alors qu'il l'écrasait de tout son poids, il avait murmuré, tu aimes, hein ? tu aimes ? Dis-moi que tu aimes… Et puis tout de suite après, dis-moi que tu m'aimes, DIS-LE-MOI. Il l'avait prise à la gorge et avait exigé qu'elle répète ces mots. Elle secouait la tête, affolée, non, je ne l'aime pas, je ne l'aime pas, j'avais juste envie de lui, de son corps, du plaisir qu'il me donnait. Je ne l'aime pas et je ne l'aimerai jamais.

Alors au petit matin…, tandis que les oiseaux chantaient à pleins poumons, elle avait fermé l'avant-dernier bouton de son chemisier, s'était assurée d'un pincement de l'index et du pouce qu'elle n'avait pas perdu de boucle d'oreille, l'avait regardé avec le calme de l'huissier qui dresse son constat et avait dit :

– Je pars, on ne se reverra plus.

– C'est parce que vous n'avez plus besoin de moi ?

– Non. Je n'ai plus faim de vous.

– Je n'ai été qu'une… bi-te ? il avait dit, sarcastique, en détachant les syllabes afin qu'elle l'entende bien.

Elle avait sursauté, froncé le nez de dégoût.

– … Parce que votre mari ne vous rem-plis-sait plus ? Tout le monde sait que Ghislain de Berléac délaisse sa femme pour des pu-tes… Il nous arrive souvent de baiser les mêmes.

– Je vous déteste.

– Oh ! Mais ce n'est pas assez, ma chère… Détester est un mot qu'on emploie pour un vin bouchonné, une viande fade, une barbe clairsemée, une musique qui écorche les oreilles… Vous devriez me haïr. Ça aurait plus de gueule.

– Je ne vous ferai pas ce plaisir.

– Chère Aliénor ! Toujours si digne, si forte, pourtant vous étiez bien gourmande, cette nuit encore… Je ne vous ai pas rassasiée ?

– Taisez-vous ! Vous me…

– Je vous… ? demanda-t-il, se grattant le torse avec jubilation, heureux de la voir s'emporter et perdre pied.

Pour un peu, il l'aurait empoignée et matée d'un coup de queue. Car elle aimait ça, la salope ! Mais ce n'était pas assez, il voulait la voir se tordre de douleur. Il sentait monter en lui une envie de la détruire qu'il ne pouvait expliquer que par l'affront qu'elle venait de lui faire. Et dire que j'étais en train de m'attacher à cette femme ! Moi qui ne me suis jamais attaché à personne ! Elle était sur le point de bouleverser ma vie. C'est un dérangement impardonnable, tu vas le payer, ma chérie !

– Vous me dégoûtez. Oh, comme je regrette ! Comme je regrette de m'être laissée aller... Vous êtes immonde !

– Remarquez, vous n'avez pas tort. Je me suis très mal conduit envers votre père...

– Mon père ?

– Oui, votre père. C'est moi qui l'ai dénoncé à la police allemande ou française... Il n'y avait pas de grande différence à l'époque.

– Dénoncé ? Mon père ?

– Thierry de Lantignac.

– Mais vous... vous... vous faisiez partie...

– Du même réseau que lui ? Le réseau Perret ? C'est vrai.

– Mais pourquoi ? Pourquoi ? elle avait crié, les deux mains appuyées sur la commode pour ne pas tomber.

– Je guignais ses terres... En achetant la moitié des terres Lantignac, les Debreste entraient dans la catégorie des grands crus classés et en profitaient pour hausser la réputation de leur vignoble. Nous faisions d'une pierre deux coups. Mais pour cela, il fallait se débarrasser de Lantignac. Votre mère n'a pas fait le poids.

– Mais vous aviez vingt-deux ans !

– Je voyais déjà grand...

– Je vous hais !

– Vous voyez, j'ai gagné, j'ai obtenu ce que je voulais ! Et un jour, vous aurez une bonne raison de me haïr encore plus...

– C'est impossible !

– Je rachèterai Berléac.

Au troisième jour, elle délaissa le feu, les sardines, les bouteilles de Cheval Blanc, les plaids, les couvertures.

Elle monta dans la voiture.

Droite et résolue, à l'arrière.

Maintenant qu'elle avait compris la raison pour laquelle Ghislain s'était détruit, elle ressentait envers lui une immense tendresse mêlée de chagrin. Et elle décida que personne, jamais, ne l'anéantirait, elle.

Ghislain s'était résigné à devenir cet homme maudit, poursuivi par ses remords. Elle ne se résignerait pas. Et assumerait chaque minute de sa vie. Elle parlerait à son fils. Si Ambroise me juge, ce sera son problème, pas le mien.

– Est-ce que vous pouvez me conduire chez madame Berthier, Gilbert, s'il vous plaît ? J'ai des paquets à prendre, mes nouveaux habits de cavalière...

– Ça y est ! Je sais ! Je sais ! rugit Ambroise aux oreilles de sa mère. J'ai bien réfléchi et j'ai mis au point une stratégie que je pense excellente.

Aliénor passe devant les chais, jette un coup d'œil pour vérifier que tout est en place pour les prochaines vendanges et se remet à trottiner, les bras encombrés de paquets.

– Ne crie pas ! Je ne suis pas sourde. C'est énervant, cette manie qu'ont les gens de hurler à l'oreille des personnes plus âgées qu'eux !

– J'ai la solution à notre problème et je crois que ce n'est pas mal du tout... Pas mal du tout !

– Tu veux qu'on en parle là ? Au milieu de la cour ?

– Et pourquoi pas ? On est chez nous. Donnez-moi vos paquets ! C'est quoi, tout ça ?

– Ma nouvelle tenue pour monter Bandit. Moderne, gaie !

– Vous laissez tomber vos jupes d'amazone ?

– C'était ridicule et personne n'osait me le dire !

– Ça vous allait bien… Mais dites-moi, Gilbert n'est pas avec vous ?

– Je peux me débrouiller toute seule. Ça me fait du bien, même… J'aime beaucoup conduire. Je trouve juste infernal de ne plus pouvoir se garer !

Ils se dirigent vers la maison, montent au premier étage et s'arrêtent devant la porte des appartements d'Aliénor, sur laquelle est scotché un dessin représentant une femme en casque et cuirasse, à califourchon sur un grand cheval, brandissant une longue épée et criant, dans une bulle, « je survivrai ! ».

– Qui a fait ce dessin ? demande Aliénor.

– Louis. Il voulait vous souhaiter la bienvenue.

– Mais je ne suis pas Jeanne d'Arc !

– C'est peut-être l'image qu'il a de vous…

Il ouvre la porte, s'efface, et Aliénor aperçoit un grand bouquet de fleurs des champs sur une table de son salon. Le vase est jaune, ventru. Les fleurs sont entremêlées d'herbes folles, d'épis de blé, de chardons bleus. Des grappes de raisin retombent en cascade sur le col du vase.

– Il est beau… et intelligent, ce bouquet.

– C'est de la part d'India…

– Ils sont gentils, ces petits, dit Aliénor en se laissant

choir dans un fauteuil. Pose mes paquets dans le dressing, je rangerai plus tard.

– Ils ont été tristes d'apprendre que vous aviez du chagrin…

– Du chagrin ?

– À cause de votre amie malade…

Aliénor se masse le cou, les épaules, et se souvient de son mensonge à Nannie.

– Mon amie malade…, elle répète, cherchant à se rappeler ce qu'elle a déclaré exactement à Nannie.

Pour mentir, il faut avoir de la mémoire, et elle n'est pas sûre de se souvenir de ce qu'elle a dit en partant.

– Nannie m'a expliqué que vous étiez partie au chevet d'une de vos amies mourantes… Je la connais ?

– Non. Je ne t'ai jamais parlé d'elle. Elle vivait à l'étranger, elle a voulu revenir mourir en France.

– Ça a dû être éprouvant ! Vous avez une mine à faire fuir un zouave.

– Merci beaucoup !

– Ne le prenez pas mal, mais…

– Nous avons été heureuses de nous retrouver, et nous avons eu le temps de nous parler. Une manière de remettre des souvenirs en place et de tirer le positif d'une série d'événements qui nous étaient arrivés…

– Je suis content que soyez rentrée.

– Merci, mon fils. Alors, que voulais-tu me dire en trompetant à mes oreilles ?

Ambroise tire une chaise à lui et s'assied à califourchon.

– J'ai trouvé le moyen de neutraliser Anaïs.

– Et… ?

– Je vais me comporter avec elle comme si je ne savais rien. Que personne ne m'avait parlé de sa conduite au cinéma.

– Ah ?

– Et mieux encore, je vais être délicieux...

– Et dans quel but ?

Il se débarrasse de la chaise et se met à marcher dans le grand salon de sa mère. L'appartement d'Aliénor est vaste, lumineux. Il comprend un salon, une grande chambre, une salle de bains avec une baignoire *old fashioned* et un dressing adjacent.

– J'ai bien réfléchi, il dit en enfonçant les deux mains dans ses poches, si elle s'est affichée en public avec Zinski, c'est soit qu'elle était pompette, ce qui est possible, on avait pas mal picolé pendant le déjeuner, soit qu'elle espère que je vais réagir, rugir et la mettre à la porte. Alors, elle réclamera sa part et nous serons bien embêtés. N'écartons pas la première possibilité, mais choisissons la seconde : elle attend que je m'emporte et que je la vire... Elle sera devenue un électron libre qui réclamera ses 11 %. Donc je ne vais pas rugir, je vais...

– ... rester de marbre.

– Une statue grecque ! s'exclame Ambroise.

– Pas mal... Il faut d'autant plus la neutraliser que ça pourrait donner des idées aux autres actionnaires. Édouard apprendra vite qu'Anaïs veut vendre ses parts. Son ami Cecil s'est installé chez lui... Et c'est la pire des pipelettes. Il est au courant de tout !

– Comment savez-vous que Cecil vit chez Édouard ? s'étonne Ambroise.

– J'ai mes sources, et elles sont fiables. Édouard t'en veut sûrement pour la façon dont tu l'as traité pendant ce fameux déjeuner… Tu ne t'es pas excusé depuis ?

– Pourquoi l'aurais-je fait ? Je n'ai dit que la vérité !

– La vérité blesse, il va sauter sur l'occasion. Et il possède…

– 6 %… de Berléac.

– L'oncle Jacques suivra, poursuit Aliénor.

– 6 % aussi. Ça fait douze.

– … trop heureux de nous porter un sale coup. J'ai eu le malheur un jour de le traiter de vermine… Il ne l'a toujours pas digéré.

– C'est un être si sensible, sourit Ambroise.

– Qui a toujours besoin d'argent. Je l'ai appelé « vermine » parce qu'il a tenté de capter l'héritage de mon amie du Plessis-Brantenac. En se faisant bien voir, en multipliant les visites chez elle, en lui offrant bouquets de fleurs et chocolats. Mais elle n'a pas été dupe… Il faut dire que je l'ai aidée à ouvrir les yeux et il l'a su. Il ne me l'a jamais pardonné.

– Pas possible !

– Il avait déjà dépensé la fortune de sa pauvre femme, qui était loin d'être démunie…

– Mais que fait-il de tout cet argent ?

– Je l'ignore.

– 12 % donc, plus les 11 % d'Anaïs…

– 23 %, ça fait beaucoup…, calcule Aliénor.

– Y a-t-il un autre actionnaire qui pourrait se réveiller ?

– Les deux tantes…

– Non ! Pas elles ! s'écrie Ambroise. Impossible ! Elles adorent Berléac.

– Ne sois pas naïf ! Elles ne roulent pas sur l'or. Elles ont de petites retraites, sont locataires, seules... La tentation va être grande, il n'est pas dit qu'elles résistent.

– 6 % chacune... On arrive à 35 % ! Minorité de blocage. Autant dire qu'on est coulés !

– Reste Muriel... c'est une grosse actionnaire. À égalité avec toi avant que tu ne refiles une part à ta gourgandine. Tu as des nouvelles ?

– Aucune. Mais j'ai son numéro de portable. On pourra l'appeler quand le danger se précisera... Ne paniquons pas.

– Tu as raison.

– Je sais qu'elle appelle Nannie. Je l'ai entendue parler au téléphone, un samedi matin, dans la cuisine. Il m'a semblé que c'était avec Muriel. Je suis reparti sur la pointe des pieds. Muriel doit l'appeler pour avoir des nouvelles des enfants, et qui, mieux que Nannie, peut lui en donner ?

– J'ai toujours su que Nannie était la plaque tournante de cette maison. Tout le monde lui parle et elle sait garder un secret.

– Pour le moment, personne n'a bougé, dit Ambroise. On ne va pas bouger non plus. Je vais être très aimable avec ma femme, disert, joyeux, prodigue...

– Bonne idée...

– Je vais l'emmener à Paris, la régaler, sans lui faire la moindre avance... sans même lui demander de partager mon lit.

Aliénor réfléchit et se tapote les dents du bout des ongles en tournant ses chevilles dans un sens puis dans l'autre. Le docteur Blanc, qui la suit depuis longtemps, lui a affirmé que c'était très important de faire travailler ses chevilles à partir d'un certain âge car ce sont les piliers du corps, il faut qu'elles soient solides.

– Je vais faire pareil, je vais être, disons... plus aimable...

– Pas trop, sinon elle se méfierait ! sourit Ambroise. Vous feriez ça, vraiment ?

– Pour Berléac je serais prête à lui rouler une pelle !

– Maman ! Vous vous modernisez à toute vitesse !

– J'ai compris ton idée. Si on ne dit rien, elle sera obligée de dévoiler ses intentions, et on aura eu le temps de mettre un plan en place. On ne sera plus acculés, mais combatifs...

– Exact ! Et Zinski ? dit Ambroise. On fait quoi ? Parce qu'il entend sûrement profiter des 11 % d'Anaïs... s'enfuir avec elle, voire l'épouser. Ce serait logique.

– Un problème après l'autre... Il a sûrement commis des irrégularités, mais pas au point de nous ruiner. Il nous fait gagner beaucoup d'argent et pense que c'est normal d'en profiter lui aussi. En sourdine. Laissons-le sourdiner, nous agirons en temps utile. Je vais demander à Jacqueline de continuer à surveiller les comptes. Et peut-être de le convoquer, de l'interroger sur certaines lignes de comptabilité. Ça devrait le déstabiliser, et lui mettre la puce à l'oreille.

– Ou pas.

– Ou pas..., soupire Aliénor.

– Ce qu'il faudrait savoir, c'est qui est derrière tout

ça. Je ne pense pas Anaïs capable d'agir toute seule. Non qu'elle soit idiote, mais elle est paresseuse.

Il s'arrête devant le bouquet d'India. Un mot est posé au pied du vase : « Bienvenue, madame l'intrépide, on est contents, India et moi, que tu sois revenue tel un astéroïde (tu vois, ça rime ! Rime pas très riche, certes, mais rime suffisante !). » Ambroise sourit, le repose. Et continue à réfléchir :

– Il y a bien eu ce déjeuner avec Zinski et Bernard Debreste au début de l'été. Zinski m'avait poussé à l'accepter. Debreste voulait racheter la propriété et m'avait ouvert son chéquier…

– Les Debreste seraient alors de mèche avec Zinski ?

– Et ils se serviraient d'Anaïs comme cheval de Troie…

– Ça va être la guerre, mon fils, et ce n'est pas pour me déplaire. Je commençais à me rouiller à jouer les douairières…

– J'aime quand vous parlez comme un général sur le champ de bataille, ça me manquait de ne plus me battre à vos côtés !

Ambroise a alors une drôle de sensation dans la poitrine. Pendant quelques secondes, il est inquiet. Est-ce une mauvaise crampe qui annonce une crise ? Puis la sensation se fait bouffée chaude, douce, et se répand dans tout son corps. Il est heureux. Heureux d'avoir parlé à sa mère, heureux qu'elle lui ait promis de tout lui avouer, heureux de se sentir fort face à Anaïs, de ne plus être cet homme qui fuit, heureux de ne plus avoir honte de ses silences.

Berléac est menacé. Il se battra et sauvera ses terres.

C'est sans doute fou, mais il y croit. Il y a quelque temps, il se serait tu. En prenant sur lui, en faisant semblant…

Il se battra. Et il ne sera pas seul.

Sa mère sera à ses côtés, bien sûr.

Mais il y aura aussi Muriel.

Sa petite sœur.

Pourquoi ai-je hésité à lui dire je t'aime, la dernière fois que nous nous sommes vus ?

Ce soir-là, il s'était couché épuisé, mais fébrile. Impatient de mettre son plan à exécution. Il avait dormi d'un trait jusqu'à ce que le jour le réveille.

Il s'étira dans son lit, se souhaita une belle journée.

La nuit avait passé, il était toujours… heureux !

Le radio-réveil sonna. Le bulletin météo annonçait grand soleil, temps sec et chaud. Ils iraient au cap Ferret. Ce serait sûrement le dernier week-end avant les vendanges. Il proposerait à Anaïs de venir avec lui faire du bateau. Elle serait étonnée qu'il l'invite et elle en viendrait à se demander s'il était au courant de sa fameuse inconduite dans la file du cinéma.

Ce serait un premier point de marqué.

Ils iraient chez Boulan manger des huîtres. En tête à tête. Il aurait retenu une table en terrasse. Il plaisanterait avec le patron, qui serait surpris de les voir ensemble mais n'en montrerait rien. Ils parleraient des vendanges, de la qualité des raisins, et Ambroise l'interromprait en disant qu'ils ennuyaient Anaïs à bavarder de la sorte.

Il lui proposerait alors d'aller passer un week-end à Paris. Il avait un client à voir. Il l'emmènerait à la Comédie-Française. On lui avait offert deux places pour une pièce qui faisait fureur.

À Paris, ils emprunteraient la passerelle des Arts, entre le jardin des Tuileries et l'Institut de France, ils iraient faire un tour au musée d'Orsay, où avait lieu un hommage à Monet, il lui offrirait l'album de l'exposition et, sur le chemin du retour, il cheminerait à ses côtés, attentif, respectueux, lui demandant ce qu'elle avait pensé des Meules, des Paysages et des Cathédrales. Bien sûr, il aurait retenu deux chambres à l'hôtel des Marronniers, rue Jacob, et alors qu'un soir ils seraient accoudés à la balustrade du pont des Arts, dans la lumière d'un bateau-mouche passant sur la Seine, il dirait, Anaïs, nous avons échoué à être de bons époux, si on essayait d'être de bons amis ? Elle le regarderait, surprise, et il poursuivrait, les yeux sur Notre-Dame, j'ai compris que tu ne voulais plus vivre à Berléac… et, dans un certain sens, je te comprends. Trouve un appartement à Paris, regarde comme cette ville est belle, installe-toi ici, prends du temps pour toi, du temps pour décider ce que tu veux faire, et lance-toi, je t'aiderai à te réaliser, je te le promets.

Elle aurait un petit air pointu de défiance, froncerait les sourcils, la tête penchée sur le côté, et puis, comme il lui sourirait, elle inclinerait la tête vers lui et la poserait sur son épaule.

En amie.

Passerait son bras sous le sien.

En amie.

Et ils poursuivraient leur chemin jusqu'au 21, rue Jacob,

où ils prendraient chacun la clé de leur chambre et iraient se coucher.

C'est comme ça que ça allait se passer…

Si tout allait bien !

Trois semaines ont passé.
India et Louis sont retournés à l'école.
Muriel travaille à l'hôtel de la Gare.
Elle se réconcilie avec Gabrielle.
Octave est amoureux…

L'emploi du temps de Muriel Riley avait changé du jour au lendemain. Elle commençait désormais ses journées à sept heures du matin, heure à laquelle la salle à manger ouvrait, il fallait veiller à ce qu'il y ait assez de viennoiseries, de baguettes, de petits pains, de beurre, de miel, de confitures, de lait, chaud et froid, de yaourts, de fromages, d'œufs, de saucisses, de jambon, de céréales, de fruits, de jus de fruits, orange et pamplemousse, de café, de thé, de chocolat, un véritable casse-tête ! Puis elle passait en revue les tâches de la journée, ménage des chambres occupées, préparation des chambres libres, achat de produits ménagers et alimentaires, blanchisserie des draps, oreillers, housses de couette, serviettes de toilette, préparation des factures, encaissement, planification des réservations. Et enfin, appeler le plombier, l'électricien, le menuisier, s'il y avait un problème.

L'hôtel comptait quinze chambres. Il y avait toujours un problème. Un climatiseur tombait en panne, un téléviseur ne marchait pas, un panneau se détachait, une tringle de rideau se décrochait, il manquait un oreiller, une couverture. Il fallait sourire aux clients qui se plaignaient d'enfants trop bruyants ou... du mauvais temps.

Madame Lakhti l'assistait, les poignets bandés mais les doigts déployés telles deux étoiles de mer sur le clavier de l'ordinateur. Elle continuait à s'occuper de la comptabilité et des tâches administratives. Une infirmière passait tous les jours lui faire ses pansements.

Elle avait engagé une nouvelle femme de ménage, pleine d'entrain, qui avait démissionné du Grand Café, fatiguée par la grossièreté des clients qui allaient jusqu'à passer leurs mains sous sa jupe.

Quand elle se présenta le premier jour, Muriel reconnut Anouk.

– Bienvenue chez nous ! elle claironna.

– J'en ai eu marre de me faire harceler et d'entendre le patron me dire de la boucler. « Ils vous ont pas violée ! Alors, pas de vagues, ça fait partie du métier ! » Tu te rends compte ! Et comment je les regarde, mes enfants, en rentrant le soir ?

– Ici, tu ne risques rien. Et madame Lakthi saura remettre les libidineux à leur place.

Muriel appréciait de plus en plus le fait d'avoir des responsabilités. Au début, elle avait eu le trac, puis la routine quotidienne l'avait rassurée. Elle se débrouillait bien, madame Lakthi semblait contente.

– Je suis devenue une sorte de manager, n'est-ce pas ? lui dit-elle un soir.

– Tout à fait, répondit madame Lakthi. Et vous serez payée en fonction. Il n'y a pas de hasard. Je n'arrivais pas à trouver les raisons profondes de mon accident... et ça y est ! J'ai trouvé.

– Ah oui... ?

– Pour que vous regagniez l'estime de vous-même... et deveniez indépendante. Et aussi...

Elle posa ses poignets bandés sur son ventre.

– Il fallait que je ralentisse. J'allais trop vite. La vitesse détruit l'être humain.

Elle fit une grimace, elle avait parfois des élancements dans les poignets qui lui coupaient le souffle.

– Vous avez mal ? dit Muriel.

– Un peu. C'est gentil de me demander. Vous êtes une personne très attentive, Muriel...

– Madame Lakthi, vous pourriez peut-être me tutoyer ?

– Comme tu veux... Je pensais à quelque chose hier soir en m'endormant, pourquoi tu n'appellerais pas ton amie Gabrielle ?

– Des Alouettes ?

– Pour lui demander comment va ce brave monsieur Janvier. Tu attends toujours une lettre, n'est-ce pas ?

– Oui... Même si je sais maintenant que ce n'est pas Lewis qui envoyait les enveloppes blanches.

– Les nouveaux locataires ont bien dit qu'ils donneraient ton courrier à monsieur Janvier s'il en arrivait ?

– Monsieur Janvier ne m'appellera pas.

– Si, parce qu'il est curieux, qu'il ne se passe rien dans sa vie, qu'il s'ennuie et qu'il se repaît des malheurs des autres...

– Je n'aime pas ce type.

– Il te fait peur.

– Oui.

– Ce serait bien, alors, que Gabrielle demande aux nouveaux occupants de te faire suivre ton courrier. Monsieur Janvier serait hors jeu…

Muriel avait paru effrayée.

– Appelle Gabrielle, dit madame Lakthi.

Gabrielle décrocha au bout de plusieurs sonneries et répondit d'une voix atone :

– Muriel… Je suis contente que tu m'appelles. Ça fait longtemps.

– La dernière fois, j'ai eu l'impression de te déranger… Et même que je t'énervais.

– Toi ? M'énerver ?

– Oui.

– T'es folle ! Je me demandais ce que tu devenais… Et puis je me suis dit que tu m'avais oubliée… comme ces amies qu'on se fait pendant les vacances…

– Je ne t'avais pas oubliée du tout.

– C'est bête, hein ?

Elles rirent toutes les deux. Un petit rire, timide.

– Je suis contente de t'entendre. Qu'est-ce que je peux faire pour toi ? dit Gabrielle.

Muriel lui expliqua. Gabrielle promit de lui trouver le numéro de monsieur et madame Garnier.

– C'est le nom des occupants de la maison.

– Ils sont sympas ? demanda Muriel.

– On les voit pas trop…

Sa voix redevint lasse, monocorde. Elle ajouta :

– On voit plus grand monde.

– Ça va, toi ? dit Muriel.

– Comme ci, comme ça…
– Qu'est-ce qu'il y a ?
– Sais pas.
– C'est Régis ?
Gabrielle ne répondit pas.
– C'est lui ?
– Il dit que je merde tout, que je porte malheur…
– Oh non !
– Il a raison. Je suis même pas capable de faire un enfant !
– Ça vaut peut-être mieux, s'il se conduit pas bien avec toi…
– Même le café, je sais pas le faire, il dit.
– Il te frappe ?
– Non… pas encore…, elle répondit, désabusée.
– Oh là là ! Il faudrait qu'on se voie ! s'alarma Muriel.
– Il a vendu ma voiture.
– Gaby ! C'est pas possible !
– C'est comme ça…
Muriel se rappela les soirées barbeuc, le soir où Régis avait refusé d'emmener Gaby à l'hôpital. La plaie s'était infectée et Gabrielle avait été obligée d'aller aux urgences le lendemain. Ils s'étaient moins vus par la suite.
– Gaby, je serai toujours là pour toi. Toute seule, on ne fait pas grand-chose, alors qu'à deux…
– On est les reines du monde ? dit Gabrielle, pas loin de ricaner.
– À deux, on peut tout faire !
– J'aimais bien quand tu étais là… Tu me donnais de la force.
– Moi ? dit Muriel, étonnée.

– On se marrait bien !

– Maintenant, je travaille dans un hôtel, je suis manager.

– Manager ? s'exclama Gaby.

– Si j'y suis arrivée, tu y arriveras aussi… Ce n'est pas difficile, il faut juste se lancer dans le grand bain.

Gabrielle soupira, écrasée par l'ampleur de la tâche à accomplir.

– Je vais te trouver le téléphone des Garnier. Ce ne doit pas être si difficile…, elle finit par dire.

Muriel était sur le point de raccrocher quand Gabrielle s'écria :

– Fais gaffe ! Il fouille mon téléphone. N'écris rien qui pourrait le mettre en colère…

– Comment on va faire ?

– On pourrait avoir un code, dit Gabrielle, une phrase que tu m'enverrais en sms ou que tu prononcerais en m'appelant pour savoir si je suis seule ou pas. Faudrait trouver…

– Je réfléchis…

Muriel se souvint de Lewis, de Borsalino, de Régis, de la viande dégoulinante sur le barbeuc, de la naissance d'India et de Louis, du départ de Lewis, de l'arrivée de Franck, de sa demande en mariage, d'elle qui pense non et dit oui, et des grosses bottes jaunes qu'elle portait sur les marches de la mairie.

– J'ai trouvé !

– Vas-y…

– La mariée portait des bottes jaunes.

– Des bottes jaunes ! s'exclama Gabrielle.

– Et voilà ! Et je saurai que tu n'es pas seule. Qu'il est là. Mais si, au contraire, tu m'envoies un émoji fou rire, je t'appelle tout de suite. Ok ?

– Oh, Muriel ! T'es si forte…

– Une femme m'a aidée… je vais t'aider à mon tour, promis.

Ce ne fut pas difficile pour Gabrielle de rentrer en contact avec Suzette Garnier.

Il y avait, dans le lotissement, un problème de ramassage des ordures. Jusqu'alors, il y avait deux passages de camions poubelles par semaine, le jeudi et le lundi matin. Un jour, sans consulter personne, le maire décida que les poubelles ne seraient plus enlevées qu'une seule fois, le lundi matin. Il fallait faire des économies. Les habitants de Saint-Romain protestèrent. Ils allèrent trouver le maire à son bureau, organisèrent un rassemblement sur la place de la mairie et, comme il ne les entendait toujours pas, ils déversèrent, un dimanche, leurs ordures sous les fenêtres de son domicile. L'épouse du maire, blonde et maigrichonne, parut sur les marches du pavillon, haussa les épaules et se boucha le nez. Le maire sortit à son tour, essaya de prendre la parole, mais les gens criaient qu'ils voulaient leur double tournée. À quoi servent nos impôts ? On paie de plus en plus et on a de moins en moins de services ! Où passe notre argent ?

Et ils reprirent tous en chœur, dans ta poche ! dans ta poche, en brandissant des pancartes qui disaient, « Truchot, escroc ».

Madame Garnier vociférait, Gabrielle se rapprocha

d'elle et vociféra à ses côtés. Le maire dut s'incliner et promit de rétablir la double tournée, tout en calculant qu'il serait obligé de réduire d'autres services municipaux. Il avait en tête de construire un golf à Saint-Romain pour donner un peu de chic et d'éclat à la commune. Il rognait tous les budgets. Sa femme ne supportait plus ces « bouseux » qui venaient se plaindre à la permanence de son mari. Être membre du Rotary ne lui suffisait plus.

Gabrielle et Suzette Garnier poussèrent des hourras, Suzette invita Gabrielle à venir boire un café chez elle.

C'est ainsi qu'elle put lui exposer le cas de Muriel et obtenir que Suzette fasse suivre le courrier sans passer par monsieur Janvier.

– C'est bien la dame qui habitait chez nous avant qu'on s'installe ? dit Suzette.

– Oui.

– Elle était mariée à un Américain ?

– Il était canadien…

– Oh ! C'est si exotique ! J'ai toujours eu envie d'aller à New York, soupira Suzette. Il paraît que les hot-dogs qu'on vend dans des charrettes dans la rue sont délicieux. Les meilleurs du monde ! Vous la connaissez bien ?

– C'est mon amie, dit Gabrielle, fièrement.

– Vous me donnerez son adresse… et bien sûr que je ferai suivre son courrier !

Quand Muriel l'apprit, sa peur disparut.

Elle s'était fait une montagne de cette histoire et… la montagne fondait comme boule de neige au soleil.

La peur, elle se dit, c'est un truc qu'on gonfle tout seul dans sa tête. Et qui, si ça se trouve, n'existe que là.

Comme tous les samedis matin, après le petit déjeuner, Muriel appelle Nannie.

Nannie lui raconte les enfants, la vie à Berléac, les préparatifs pour les vendanges, c'est pour bientôt, tu sais, les enfants sont excités, ça va être leur première fois ! Elle raconte aussi Émile qui se métamorphose.

– Il a commencé un régime, il ne mange plus. Il va finir mince comme un lacet ! Ses cheveux brillent, il a troqué sa salopette contre un pantalon, il est même allé se faire effacer les grains de beauté sur le visage !

– Il est amoureux ? demande Muriel.

– C'est ce que tout le monde se demande ! Mais on sait pas de qui…

– Oh, Nannie, j'aimerais tellement pouvoir venir à Berléac ! Ça va faire plus de deux mois que j'ai pas vu les enfants. La rentrée des classes a eu lieu ! J'ai complètement oublié, avec mon nouveau travail. Ils vont à l'école ?

– Ambroise les a inscrits en primaire à Berléac.

– Oh, je suis soulagée…

– Il connaît bien le maire. Et puis ça fait deux élèves en plus, c'est bien pour garder l'école ouverte.

– Ils se plaisent ?

– Louis fait des étincelles, il trouve son maître, monsieur Chambon, très intéressant, même si son nom sonne comme une tranche de jambon ! C'est lui qui le dit. Pas moi !

– Et India ?

– Elle semble très heureuse. C'est une petite école, tu sais, à taille humaine.

– Ils me réclament ?

– L'autre soir, Louis m'a dit, « je sais pourquoi maman ne vient pas nous voir, elle est partie chercher papa. Elle reviendra avec lui. C'est une obstinée, maman ». India a hoché la tête… Appelle Ambroise. Il sera heureux de t'entendre.

– Il doit penser que je suis une mauvaise mère, je culpabilise tellement que je n'ose pas l'appeler…

– Ça n'existe pas une « bonne mère », c'est un mythe inventé pour culpabiliser les femmes et les garder à la maison !

– Tout le monde ne pense pas ça.

– C'est un type bien, ton frère. Il ne juge jamais, il comprend… Un peu trop parfois !

Certains soirs, Octave passe. Il examine les poignets de madame Lakthi. Dit que certaines foulures sont plus graves que des fractures, qu'il faut se méfier, pour ne pas faire une algodystrophie. C'est quoi ? demande madame Lakthi en ouvrant de grands yeux. Un œdème plus ou moins douloureux qui engendre une douleur chronique dans le membre et met du temps à disparaître. Ça fait mal ? Un peu, c'est pour ça qu'il faut vous ménager et prendre soin de vous. Madame Lakthi dodeline de la tête, pas rassurée, Octave lui affirme que ça n'arrive que dans 20 % des cas. Du repos, du repos, du repos, il conclut, Muriel est là pour vous aider, reposez-vous sur elle.

Ils sont attablés dans la cuisine. Un poulet au curry avec du riz aux petits pois et aux oignons mitonné dans une grande cocotte en fonte. Muriel a acheté une bouteille de vin néo-zélandais et renifle le fond qu'elle a versé dans son verre avant de le servir.

– Quand on goûte un vin, il faut le faire tourner dans le verre, elle explique, sérieuse.

Elle baisse la tête, boit une gorgée, la met en bouche, la fait passer d'une joue à l'autre.

– En Nouvelle-Zélande, 90 % des vins sont des sauvignons. Comme à Bordeaux… et dans la région de Marlborough, le sol est un sol de graves, comme dans le Bordelais.

Madame Lakthi et Octave l'écoutent.

– Lewis a raison, ces vins néo-zélandais sont très bien faits, mais ils racontent toujours la même histoire, ils se prolongent de la même manière en bouche, sans aucune surprise. On sait d'avance ce qu'on va boire. C'est un produit. Ce n'est pas une matière vivante qui évolue différemment chaque année… selon le temps, le climat, la terre. Chaque fois que j'en goûte un, je le trouve bon, mais il marche droit comme un petit soldat. Les Néo-Zélandais fabriquent du vin comme les Américains du Coca…, alors qu'en France, on a nos bonnes et nos mauvaises années, les étés trop chauds ou trop pluvieux, tout ce qui fait l'histoire du vin. Lewis a eu raison de venir en France étudier nos vignobles. Je vous sers ?

Elle remplit les verres. Chacun déguste la première gorgée avec une bouche en cul-de-poule.

Octave observe, amusé. Muriel a fermé les yeux et semble s'être échappée dans une contrée lointaine.

Il se penche vers madame Lakthi et murmure :

– Elle a l'air de très bien connaître le vin…

– En effet…

– Et c'est qui, ce Lewis dont elle parle ?

– Son mari.

– Ah… elle est mariée ?

– Oui. Et elle a deux enfants.

Il se racle la gorge. Il a toujours des cernes sous les yeux, le teint gris-jaune, un Bic dans la poche de sa blouse blanche et un sourire qui part en biais.

Madame Lakthi demande à Muriel de goûter le poulet et, s'il est cuit, de remplir leurs assiettes.

– C'est Muriel qui l'a fait… Sur mes indications, dit-elle.

– J'espère que vous n'allez pas être déçus ! Il a eu tout le temps de mijoter. Il devrait être délicieux.

Ils dînent tous les trois. C'est la fin de la journée. Le bruit des valises à roulettes sur le pavé a cessé. On n'entend plus que le pas pressé des passants et le tramway qui tinte, grince et glisse.

– C'est vraiment très très bon, dit Octave.

– Je crois bien que je vais en reprendre…, ajoute madame Lakthi. Bravo, Muriel !

Le portable d'Octave sonne, il se lève, remercie pour le dîner et part.

Il se retourne sur le seuil de la porte, les regarde toutes les deux, sourit de son sourire en biais et disparaît.

– Il est amoureux, chantonne madame Lakthi.

– Oh non…, gémit Muriel.
– Et il n'ose pas te le dire…
– J'étais si contente d'avoir un ami…

Ce même soir, Muriel débarrasse la table, lance le lave-vaisselle, aide madame Lakthi à remplir des papiers, à classer des factures, puis elle s'assied, s'enroule sur elle-même, les bras autour des jambes.

– Vous pensez toujours que Lewis est vivant ?

– Toujours, dit madame Lakthi en poussant un dernier papier vers Muriel. Tiens, calcule la TVA sur cette note… J'ai un peu mal ce soir, je ne vais pas pouvoir bouger les doigts sur la calculette…

– Il n'a pas rencontré quelqu'un d'autre ?

– Sur cette addition-là…

Madame Lakthi lui désigne la facture d'un voyageur arrivé la veille et qui repart le lendemain. Il a précisé en prenant sa clé qu'il ne voulait au petit déjeuner ni thé ni café, mais de la Ricoré. Muriel avait couru en acheter au Monoprix. Elle avait buté dans un trottoir et s'était étalée sur le bitume, tout ça pour un type qui avait pris la chambre la moins chère et se permettait des caprices. Elle était arrivée à temps pour arracher une boîte de Ricoré sur les étagères du Monop avant la fermeture. De retour à l'hôtel, elle avait appelé le client dans sa chambre, il avait demandé quelle était la marque de la Ricoré et avait répondu que ce n'était pas celle qu'il prenait d'habitude. Muriel n'avait pas répliqué. Va te faire foutre ! elle avait dit après avoir raccroché.

– Vous ne m'avez pas répondu pour Lewis…

– Parce que tu me poses toujours la même question et que je te donne toujours la même réponse…

– Je voudrais savoir où aller pour le retrouver.

– C'est lui qui viendra à toi, le jour où tu t'y attendras pas. Tu étais aussi insistante quand vous viviez ensemble ?

– Qu'est-ce que vous voulez dire ?

– Rien, elle sourit. Vous parliez de quoi quand les petits étaient couchés ?

– À la fin, on ne parlait plus beaucoup… on se disputait.

– Mais avant ?

– Il me racontait ses voyages. Il était allé dans le monde entier. Son plus long séjour avait été en Nouvelle-Zélande. Il y avait passé un an et demi. Vous saviez qu'il y a plus de moutons que d'habitants dans ce pays ?

– Non…

– Il a failli rester là-bas. L'homme pour qui il travaillait désirait l'adopter… Quand Lewis est reparti, Jimmy Greenroof, c'est le nom du propriétaire du domaine, lui a dit qu'il connaissait un homme qui cultivait un très bon graves dans la région de Bordeaux. Ils avaient mélangé leurs sangs et étaient devenus frères sous la lame d'un couteau. Ils ne s'étaient jamais perdus de vue et échangeaient leurs vœux à chaque nouvelle année. Jimmy lui a dit d'aller le voir de sa part. Il lui a donné une lettre de recommandation. Cet homme, c'était Ambroise, mon frère. C'est comme ça que Lewis est arrivé à Berléac.

– Lewis a dit à ton frère qu'il venait de la part de cet homme, Jimmy Greenroof ? Il lui a donné la lettre ?

– Non. Il voulait faire ses preuves avant. Et puis, il n'a pas eu le temps, on est partis très vite.

– Ambroise ne l'a jamais su ?

– Non.

– C'est dommage. Tout ce qui crée du lien est bon.

– Quand on est amoureux, la vie s'arrête, plus rien n'existe. On s'aimait si fort !

– Ne parle pas au passé !

– Vous avez raison…

– Dis-moi… une chose m'intrigue, je peux te poser une question ?

– Oui, bien sûr !

– Tu ne veux pas ou tu ne peux pas me tutoyer ?

Muriel rougit, ses yeux s'embuent.

– Je ne peux pas.

– Je préfère ça ! dit madame Lakthi avec un sourire. Je ne te demanderai pas pourquoi.

Guillaume et Gwendoline…
Le secret qu'ils se disent et celui
que Guillaume préfère ne pas avouer.
Paul Debreste jubile.
Édouard s'incline…
Frédéric, par le plus grand des hasards,
retrouve Pauline…

Guillaume a glissé un papier dans la main de Gwendoline après le cours de français. « Rendez-vous au gymnase, j'ai vérifié, y aura personne. » Gwendoline a voulu rétorquer que c'était pas malin, qu'on risquait de les surprendre, mais quand elle a levé la tête, il avait disparu. Elle s'est rendue au gymnase en vérifiant que personne ne la suivait. Manquerait plus que cette conne de Sophia les voie ensemble, tout le lycée serait au courant !

– Tu pouvais pas attendre qu'on soit en Suisse ?

– Non.

– Ce doit être super important alors ! elle dit avec un petit sourire supérieur.

– Ouais.

– Vas-y. Livre.

– Va y avoir un dîner à la maison…

– Et… ? Putain, Guillaume, je vais pas te tirer les vers du nez avec un tire-bouchon !

Il est sur le point de trahir sa famille et elle lui parle comme à un gros lourdaud. Fait chier !

– Me parle pas comme ça ou je me tire.

– Bon, vas-y…

– … va y avoir un dîner à la maison. Avec mon père, ton oncle Édouard et Cecil, l'Anglais qui vit avec lui…

– Et tu trouves ça bizarre ?

– Attends la suite… Mon père était dans l'entrée, il s'énervait parce qu'il n'arrivait pas à ôter ses bottines, il cherchait le tire-bottes, accusait Germaine de l'avoir rangé je sais pas où, bref, il gueulait, le cul sur son tabouret, il a même pas vu que j'étais là ! Il tirait sur ses bottines, le téléphone coincé sous le menton. Il parlait avec mon grand-père, disait, « ok, ok, on lance le premier étage de la fusée contre Berléac et… ».

– Le premier étage de la fusée ?

– Oui.

– Et ?

Guillaume hésite. Ils entendent des pas dans le couloir et se cachent derrière les tapis de gym roulés au fond du gymnase. Guillaume respire l'odeur de santal sur la veste de Gwendoline. Il adore son parfum, Santal de Mysore, de Serge Lutens, son père lui en offre tous les ans pour Noël et son anniversaire. Il coûte une blinde. Elle en verse quelques gouttes chaque matin sur ses poignets, derrière les oreilles. Il ferme les yeux, il voudrait ne jamais avoir parlé.

Il voudrait ne jamais avoir…

Les pas s'éloignent, Gwendoline lui empoigne le bras et le secoue.

– Vas-y, Guillaume…

– Il parlait de ton oncle Édouard, de Cecil, d'un dîner. Et après, il a dit, « suis pas con, j'ai compris, vous arrêtez pas de me le répéter, on les voit eux d'abord, ensuite Jacques, puis les deux tantes et on finit par Zinski et sa poule ».

– Sa poule ?

– Oui, ta mère.

– Ma mère ? Qu'est-ce qu'elle vient faire là-dedans ?

– Sais pas. Mais ça ressemble à une conspiration.

– Dis donc... T'y vas fort !

Elle souffle comme si elle venait de prendre un coup.

– Écoute, Gwendoline, je devrais pas te raconter ça.

– Pourquoi tu me le dis, alors ?

– Je sens des trucs pas clairs... Pourquoi ces gens défilent à la maison ? Chacun à leur tour ? Pourquoi Zinski vient avec ta mère ? Et puis ce Cecil, je l'aime pas.

– Mon père non plus. Tu crois que je devrais lui en parler ?

– C'est toi qui décides.

– Mais toi, tu penses quoi ?

– Je pense que ça sent mauvais pour Berléac...

– Mais bon pour ta famille, non ?

– Ben...

– Guillaume... c'est pas dans ton intérêt de me prévenir. Pourquoi tu le fais ?

– Sais pas, Gwen. J'ai pas aimé quand grand-père m'a demandé si la fille que je voyais « mouillait », j'aime pas cette brouille entre nos familles, on n'y arrivera jamais... et puis, et puis... mais ça, c'est un truc que je pourrai jamais te dire...

– Tu réponds pas ? insiste Gwendoline.

– Je te donne une info, t'en fais ce que tu veux.

– Je vois… La lâcheté habituelle des mecs…

– T'es dure !

– Suis pas dure, je réfléchis.

Elle n'a pas d'amis au lycée. Un tas de gens la détestent, elle se prend pour qui ? Parce qu'elle est une Berléac ? *What's the fuck ?* Gwendoline ne se prend pas pour une Berléac. Elle est juste la fille la plus intelligente du lycée, et ça énerve tout le monde qu'elle ait les meilleures notes et qu'elle n'adresse la parole à personne.

Il joue avec le coin d'un tapis de gym. Le corne, le décorne. La regarde mâcher une mèche de cheveux. Soupirer comme si elle en avait marre de ces histoires.

– Tu préférerais qu'on se voie plus ?

– C'est pas le problème, elle répond, agacée.

– Je t'énerve tout le temps. Quoi que je dise.

Il enfonce ses mains dans les poches de son pantalon pour se donner un air. L'air du garçon qui n'en a rien à foutre.

– Je la déteste.

– Ta mère ?

– Qu'est-ce qu'elle vient faire dans ce dîner ? C'est pas loyal vis-à-vis de Paps. Suis sûre qu'il le sait pas.

Il n'aurait pas dû lui parler. Elle va lui en vouloir. C'est parce qu'il se sent coupable ? Il n'a pas de sentiments pour cette fille, Sophia, mais elle n'arrête pas de lui tourner autour. Il l'envoie bouler, elle revient le chauffer. Tout le temps.

– Ma mère et Zinski…, dit Gwendoline. Ils sont ensemble.

– T'es sûre ?

– Ça doit la distraire.

Elle ne dit jamais « maman » quand elle parle de sa mère.

– Mais de là à s'afficher avec lui chez vous… elle doit avoir une raison.

Elle réfléchit tout haut :

– Je vais en parler à Paps… Ça t'ennuie ?

– Non. Tant que tu lui dis pas que c'est moi qui t'ai avertie.

– Ça va foutre le bordel…

– Sûr.

– Mais on s'en fout, hein ?

– On s'en fout, il répond, soudain heureux qu'elle ait dit « on ».

Ils forment toujours une équipe.

Il lui tend la main, elle tape dessus.

– J'aurais pas dû t'embrouiller. Suis désolée. Excuse-moi.

Il n'est pas habitué à ce qu'elle s'excuse. Il a envie de la prendre dans ses bras, mais se retient.

Il voudrait ne jamais avoir couché avec Sophia, l'autre soir, à la fête chez Mathieu.

Paul Debreste, allongé dans son lit, jubile.

L'offensive sur Berléac sera lancée dans les prochains jours.

Il va suivre son plan. Voir les « actionnaires » un par un. Leur proposer de racheter leurs parts en expliquant qu'il veut juste placer son argent. Il modulera son offre selon les interlocuteurs. Soignera les gros poissons, Édouard et

Jacques, bernera les petits, les deux vieilles filles. Il leur fera signer à chacun un protocole d'accord à l'issue du dîner. Leur demandera de garder le secret. L'affaire ne doit pas s'ébruiter, ou son offre tombera à l'eau. Chaque « actionnaire » doit penser qu'il est le seul à qui l'offre est faite. Ambroise et Aliénor se retrouveront face à l'acte de cession définitif, trop tard pour agir ou réagir.

Faits aux pattes, les Berléac !

Premier dîner : Édouard de Berléac et son gigolo. Ensuite, ce sera le tour de Jacques de Berléac, puis les deux vieilles filles et enfin, cerise sur le gâteau, Zinski et sa poule. Il a gardé ces deux-là comme bouquet final. Ce sera le couronnement de son plan.

Zinski est au courant. Ils ont travaillé ensemble à la prise de Berléac. Lui, il faudra le soigner. Il est malin, il connaît les prix. En outre, il apporte Anaïs. Sans elle, rien n'est possible.

En l'espace de quatre dîners, il aura raflé 35 % de Berléac et atteint la minorité de blocage. Ambroise de Berléac ne sera plus maître en son domaine. Je m'opposerai à chacune de ses décisions, lui demanderai de rendre des comptes sans arrêt, je ferai de sa vie un enfer. Il sera obligé de vendre.

Rêvons un peu… je pourrais même pousser mon avantage jusqu'à mettre la main sur les parts de sa sœur, et alors je serais PROPRIÉTAIRE. Comment s'appelle-t-elle déjà ? Muriel. Je l'ai connue autrefois. Jolie, délurée. Un peu timbrée. Elle est partie avec un journalier sans le sou. Jacques de Berléac prétend que c'est ma fille. Parce que Aliénor a été ma maîtresse ? J'en doute fort. Jacques n'a pas de preuves. Il déteste Aliénor. Il est prêt à l'accuser de toutes les turpitudes. Si ça se trouve, Ghislain a eu envie de la sauter cet été-là… Et il l'a engrossée. Elle n'aurait jamais gardé l'enfant s'il avait été de moi. Elle me hait.

Je reconnais qu'elle a une bonne raison…

Je n'ai jamais dit à Jacques que c'était elle qui m'avait plaqué. Je tiens à ma réputation.

Il paraît que Muriel a abandonné ses gamins devant la grille du château il y a trois mois. Paraît aussi que son mari s'est tiré.

J'ignore où elle vit, mais je pourrais la retrouver. Avec de l'argent, on achète tous les baveux qui veulent vendre des renseignements.

Avec des millions, on achète n'importe qui.

Une chose l'inquiète, cependant.

C'est Bernard qui sera à la manœuvre. C'est lui qui recevra les « invités » et leur proposera la transaction. Son fils a oublié d'être intelligent. Il est capable de faire une gaffe, de heurter l'un ou l'autre. Cette opération nécessite de la délicatesse, du doigté. Il faut faire croire à chacun qu'il est le seul à vendre, que sa décision ne menace pas Berléac. Il craint que Bernard ne dérape.

Ce serait une catastrophe. Sa belle machination se gripperait.

Il n'a pas le choix, il est obligé de lui faire confiance.

Condamné à attendre, couché dans son lit de vieillard affaibli, le compte rendu du dîner.

Quoique…

Cette opération lui a donné un coup de fouet. Il se

pourrait bien qu'il se lève et vienne s'asseoir à la table des négociations.

Pour surveiller son imbécile de fils.

Anaïs ferme la porte de son « boudoir » et glisse la clé dans son sac. Il est quinze heures, elle a décidé d'aller chez Mollat[1] acheter des livres sur les plus grands musées du monde. Il est temps que je me cultive, elle s'est dit en se regardant dans le miroir de sa coiffeuse, si je ne veux plus être cette poupée que les hommes habillent et déshabillent. Elle ne sait plus quoi penser, la vie est devenue compliquée, c'était plus facile quand je ne pensais pas ! Aussitôt, elle se reprend. C'est idiot. Dis-toi plutôt que tu vas devenir cette nouvelle personne dont tu rêves. Bientôt tu en auras les moyens, c'est pas le moment de douter.

Elle a à peine fait quelques pas que Zinski surgit dans le couloir.

– T'étais où ce week-end ?

– À Paris.

– Avec lui ?

– Il devait voir un client le vendredi, il m'a emmenée.

– T'as couché avec lui ?

– Ça te regarde pas.

– Pourquoi tu m'as pas dit que tu partais ?

– Ça s'est décidé très vite. J'avais envie de prendre l'air. Je te l'ai déjà dit, j'ai besoin de réfléchir en ce moment…

– Laisse-moi réfléchir pour toi, je sais comment mener notre affaire…

1. Grande librairie de Bordeaux.

– On est allés à la Comédie-Française et au musée d'Orsay. Y avait une exposition sur Monet. Il m'a offert le catalogue.

– Savais pas que t'aimais l'art, il ricane. C'est une nouvelle veste ?

Il tripote le col de sa veste, tâte les manches, les poches, comme s'il la fouillait.

– Oui.

– Un cadeau de lui ?

– Bingo !

– Dis donc, c'est une nouvelle lune de miel !

– Ça m'a fait du bien. J'ai vu des gens.

– Menteuse ! Je sais très bien que t'as plus d'amis là-bas.

– J'ai dit des gens, j'ai pas dit des amis.

– Oui, mais tu me l'as laissé croire. Me prends pas pour un con !

Elle le regarde de son air de faon blessé. Elle ne lui dit pas qu'elle va aller vivre à Paris, qu'elle se fera des amis, de nouveaux amis, et qu'elle s'inscrira aux cours du Louvre. Elle ne dit pas non plus qu'Ambroise a été très gentil. Plus que gentil, réservé, amical, oui, amical… Elle s'est sentie libre. Libre de parler, d'aller et venir, de dire ce qu'elle pensait. Elle a toujours peur qu'on la juge stupide. Il lui a demandé quels tableaux elle avait préférés, elle a répondu, la série des Meules. Elle avait aimé les effets de lumière, les changements d'atmosphère au fil des jours et des saisons. Il a approuvé, il ne s'est pas moqué. Au contraire. Elle est retournée au musée. Sans lui. Au Louvre. Elle y a passé l'après-midi. Elle ne savait pas que c'était si grand. Elle sourit à Zinski comme pour s'excuser, un sourire de soumission. Elle ne veut pas l'inquiéter. Elle fait partie de son plan.

– C'est moi ton ami. Et c'est moi qui vais t'aider à te sortir d'ici. N'oublie pas.

– Mais j'oublie pas.

– Tu veux cet argent, ou pas ?

– Ben... oui.

– T'as pas l'air convaincue.

– Si, si...

Ces trois jours à Paris ont été une bouffée de beauté, de sérénité. Ambroise avait tout organisé. Sans jamais s'imposer. Il l'a emmenée faire des courses avenue Montaigne, ils se sont arrêtés chez Marni, elle adore ce couturier, elle est tombée en arrêt devant une veste bleu vif, en coton, avec un grand col, de grandes poches, hyper-large. Il a lancé, elle te plaît ? Essaie-la. Elle se regardait dans la glace quand elle l'a entendu dire, prends-la, ce sera le premier vêtement de ta nouvelle vie. Le dernier soir, alors qu'ils étaient accoudés sur la passerelle des Arts, il lui a dit, on n'a pas vraiment réussi à être de bons époux, essayons d'être de bons amis.

Elle a eu envie de lui sauter au cou, mais s'est retenue. Ça aurait fait tout échouer.

N'empêche... elle ne sait plus quoi penser.

Zinski l'observe. Faut pas qu'elle flanche ! J'ai besoin d'elle pour réussir mon plan. Elle vend ses parts de Berléac, je l'épouse et on investit l'argent. J'ai plein d'idées. Sans elle... tout tombe à l'eau. Je suis trop tendu en ce moment, un rien m'irrite.

Hier soir, Jacqueline l'a convoqué pour lui parler d'irrégularités dans les comptes, elle ne l'a pas accusé, elle a juste dit qu'elle avait l'impression que « quelqu'un » trafiquait les chiffres, avait-il une idée de qui ça pourrait être ?

– Tu peux rien sans moi, Anaïs. L'oublie pas. Tu dois tout me dire, ne pas me faire de cachotteries.

Anaïs avance dans le couloir, relève le col de sa nouvelle veste pour se donner de l'assurance, mais il l'attrape, l'attire vers lui, ses doigts lui écrasent le bras, elle sent son souffle sur son visage, il fume trop, il a mauvaise haleine.

– Bientôt on va dîner chez Debreste, t'as pas oublié ?

– Mais non !

– Tu vas pas leur raconter que tu as passé un week-end de rêve avec ton mari…

– Non, bien sûr.

– C'est pas difficile, je parlerai et tu hocheras la tête, comme ça, pas de gaffe possible !

– Ok, elle dit en se détournant.

– Regarde-moi quand je parle !

– D'accord, elle répète en le fixant dans les yeux.

– J'aime mieux ça… Allez ! Embrasse-moi !

Elle effleure ses lèvres, il l'embrasse en lui meurtrissant la bouche.

– C'est pour nous que j'ai monté ce plan, baby. Va pas tout faire foirer !

Dans l'entrée, Anaïs aperçoit Frédéric qui fouille dans ses poches, soulève un coussin, deux coussins, renverse une coupelle, se met à quatre pattes, passe une main sous les fauteuils Henri II hideux, recouverts de tapisserie verdâtre aux armes de la famille.

– T'as perdu quelque chose ? demande Anaïs.

– Mes clés de voiture !

– Tu vas où ?

– Chez Mollat, j'ai promis un livre à India. Elle s'est levée à six heures ce matin pour nettoyer les hottes des prochaines vendanges avant de filer à l'école. J'adore cette gamine ! Elle est dingue des arbres.

– Je t'emmène si tu veux. J'y vais aussi.

– Chez Mollat ?

– Je cherche un livre sur les plus beaux musées du monde.

– Ah ? il dit, surpris.

– On était à Paris avec ton père, le week-end dernier, il m'a emmenée au musée d'Orsay. Après je suis allée au Louvre…

– Je t'imagine mal dans un musée.

– Pourquoi tu dis ça ? elle demande, sur la défensive.

– Je ne voulais pas t'offenser.

– J'ai pas aimé l'entendre, c'est tout.

– Mais je fais juste un aller-retour, je n'aurai pas le temps de traîner en ville.

– C'est pas mon intention.

– Alors je te suis.

Frédéric s'installe dans la Mini Cooper d'Anaïs, attache sa ceinture, recroqueville ses longues jambes, frotte une tache sombre sur son pantalon, il aurait dû se changer, peut-être ? Contemple le profil de sa belle-mère. Qu'est-ce que je sais d'elle ? Pas grand-chose.

J'avais huit ans quand elle est arrivée à Berléac. Elle prenait la place de maman et je l'évitais. Elle n'a jamais essayé de m'apprivoiser. Elle allait souvent à Paris. Pour travailler, elle disait, après on la voyait dans les magazines avec des yeux comme des papillons, des lèvres de poisson rouge, des tenues que personne n'oserait porter dans la rue. Quand elle travaillait, Paps avait sa tête des jours gris.

Je me réfugiais chez Granny, on jouait au gin.

Elle me laissait gagner.

La voiture cale sur la départementale. Anaïs fixe la route, hébétée. Ses mains tremblent sur le volant.

– Ça ne va pas ? s'inquiète Frédéric.

– Ça t'ennuie de conduire ? J'ai peur d'avoir un accident.

– Pas de problème.

Elle se gare sur le bas-côté. Ils échangent leurs places, Frédéric démarre, se tourne vers Anaïs, elle a mis des lunettes noires.

– Ça ne va pas ?

– Je crois que je vais pleurer.

– Je te prêterai mon épaule. Les femmes adorent pleurer sur mon épaule.

Anaïs écrase une larme en glissant son index sous ses lunettes.

– T'es gentil… D'habitude, j'aime pas les hommes gentils…

– Qu'est-ce que tu leur fais ? il demande en souriant.

– Je les massacre.

– Ah… Pas quand je suis au volant, j'espère !

Elle sourit, mécanique. Répète, t'es gentil, en se mouchant.

Il prend la direction de Bordeaux, allume la radio. Stromae chante, « Alors on danse, alors on danse, alors on danse, et là tu te dis que c'est fini, car pire que ça, ce serait la mort, quand tu crois enfin que tu t'en sors, quand y en a plus, y en a encore… », il aime le son de la petite trompette mal embouchée derrière la musique.

Pas sûr que les paroles plaisent à Anaïs.

C'est l'heure du thé. Cecil revient de chez Jocteur, le boulanger de l'hôtel de ville, rue des Trois-Conils, avec une brioche aux pralines roses. Il branche la bouilloire, sort un plateau argenté du placard, dispose tasses, assiettes à dessert, serviettes brodées aux initiales d'Édouard de Berléac. Berléac, Berléac, il chantonne dans la cuisine, on va te foutre une claque. L'eau a chauffé à 90 degrés pour ne pas écraser la saveur des feuilles, la brioche est coupée en tranches dans les assiettes, un petit pot de lait pour Doudou, qui ne boit jamais son thé sans lait, *so British*, le petit chéri ! Il donne un coup de pied dans la porte de la cuisine pour l'ouvrir et se dirige vers le salon, où Édouard regarde la télévision.

– Chaud devant ! s'exclame Cecil. Fais-moi de la place.

– Une brioche aux pralines roses de chez Jocteur ! s'exclame Édouard en battant des mains. J'adore.

– On va se régaler !

Ils ont dévoré la brioche, savouré le thé. Édouard se

renverse en arrière et cherche sur ses lèvres les derniers grains de sucre.

– Je n'ai jamais été aussi heureux de ma vie ! Merci, mon Dieu !

– Il a pas grand-chose à voir là-dedans ! se moque Cecil. C'est ton petit chéri qui a tout préparé.

– Merci alors, petit chéri, minaude Édouard.

– On pourrait faire de notre vie une éternelle fête si tu le voulais, dit Cecil.

– Tu ne la trouves pas belle, notre vie ?

– J'aimerais voyager. Aller à Zanzibar, descendre le Nil sur une felouque, regarder la nuit tomber sur le Bosphore…

Il balaie les miettes de brioche sur sa veste Hermès.

– Si seulement tu voulais…, il soupire.

– On est bien chez moi…, murmure Édouard.

– On serait aussi bien ailleurs ! Ce serait plus exotique.

– Mais il faut de l'argent pour ça ! Tu en parles comme s'il suffisait de claquer des doigts, petit génie sors de ta lampe et emmène-nous sur les rives du Bosphore !

– Tu as de l'argent, Édouard ! De l'argent qui dort et dont tu ne profites pas.

– Comment ça, de l'argent qui dort ?

– Tes parts de Berléac. Qui en profite en ce moment, hein ? Ambroise et sa clique !

– Ne parle pas comme ça d'Ambroise. C'est la famille.

– Il se gêne pas pour me dénigrer, lui ! Si tu préfères le défendre, parfait ! Je vois que mon étoile est en train de pâlir…

– Je t'adore !

– Des mots ! Des mots ! Je voudrais des actes, du concret...

– Grand-père aimait beaucoup Berléac, il parlait de la grandeur de notre nom. Disait qu'il ne fallait pas le salir.

– Mais il est mort depuis cinquante ans ! Tu parles de quoi ?

– Du respect de sa mémoire. « Gardez Berléac intact, ne le morcelez pas. » Il avait grandi à Berléac. C'était sa maison.

– Tu as une idée de ce dont tu te prives ? objecte Cecil.

– Tu me l'as dit et redit. Un million l'hectare.

– Le vin est devenu une ressource aussi précieuse que le pétrole. À qui iront tes millions ? Tu n'as pas d'enfants. Tandis que si tu vends..., c'est rien pour Ambroise et une fortune pour toi.

– Mais Ambroise ne pourra jamais me rembourser ! Il investit tous les bénéfices dans la propriété. Il a acheté de nouvelles cuves, cette année. De belles cuves en bois.

– Ambroise est riche. Il pète dans la soie ! Il est malin, il ne le montre pas. Et puis... souviens-toi comment il t'a traité devant tout le monde. C'est toi qui me l'as raconté... T'es pas un menteur, tout de même !

– Ah non ! s'indigne Édouard.

– Tu te rappelles ses mots ? Ou tu veux que je t'aide ?

– Il m'a dit de faire le ménage dans mes relations, de ne plus te voir...

– Il est jaloux de notre bonheur. Tu savais que sa femme se faisait sauter par Zinski, le directeur commercial ?

– NOOOOON !

– Si.

– Mon Dieu ! Grand-père qui était d'une rectitude morale exemplaire ! S'il voyait ça ! se lamente Édouard. J'ai honte, honte…

– Tu me fatigues. Toujours à radoter les mêmes inepties !

Cecil se lève, claque les talons, porte la main à sa tempe et fait un salut militaire.

– *I am off*[1] !

– Oh non, supplie Édouard.

– Je vais prendre l'air à Londres. Des amis m'ont réservé une suite au Savoy. Pour le fun. Ils m'ont envoyé un billet d'Eurostar. Tu veux le voir ?

– Je t'en supplie, Cecil. On ne va pas recommencer à se disputer ?

– Je te fais pas de scène, je vais prendre l'air. J'ai envie de m'amuser… Ça fait longtemps que je ne suis pas allé à Londres. *I am home sick*[2].

– Oh non ! Oh non ! gémit Édouard.

– Si tu m'aimais comme tu le prétends, tu serais moins égoïste. Tu ne m'aimes pas, en fait.

Édouard fixe son amant, stupéfait.

– Mais je t'aime ! Je t'aime !

– Alors prouve-le !

Ce jour-là, Édouard céda. Il vendrait ses parts de Berléac aux Debreste. Après tout, ce n'est pas ses quatre millions qui ruineront Ambroise !

1. Je me casse !
2. J'ai le mal du pays.

– On pourrait se marier, il dit en implorant son amant. Dis, on se mariera ?

Chez Mollat, Frédéric se dirige vers le rayon « Nature » et Anaïs vers les livres d'art.

– Ça va aller ? T'es sûre ? il dit en bifurquant vers la gauche.

– Oui, ça va mieux, t'es gentil.

Ils se donnent rendez-vous aux caisses.

– Dans une demi-heure ?

Anaïs acquiesce derrière ses lunettes noires.

Un vendeur indique à Frédéric plusieurs ouvrages.

– C'est pour une petite fille de dix ans, très en avance pour son âge, qui parle aux arbres.

Le vendeur, un grand gaillard d'au moins deux mètres, au crâne rose et chauve, l'écoute en essuyant ses lunettes. Il n'a pas l'air étonné. Il est allé au Japon, il a vu des Japonais enlacer des arbres. Lui-même les a étreints, caressés, on se sent beaucoup mieux après, il dit. Il remonte ses lunettes d'un doigt et sourit comme un enfant heureux.

Frédéric feuillette les livres, lit quelques pages de l'un, puis de l'autre, ses doigts glissent sur de belles photos. Son regard tombe sur *La Vie secrète des arbres*, avec en sous-titre « Ce qu'ils ressentent, comment ils communiquent », de Peter Wohlleben. India devrait aimer. Le vendeur revient et précise :

– C'est notre meilleure vente, un best-seller mondial.

– C'est pas trop dur à lire ?

– Pas du tout. Il y a pas de mots compliqués. Les

arbres vivent, palpitent, ils s'envoient des signaux entre eux. Ils ont leur langage.

– Monsieur a raison, dit une voix derrière lui.

Frédéric se retourne et se fige.

Pauline. La fille qui plongeait la tête dans son sac, la copine de 500 kilos.

– Vous vous souvenez de moi ? sourit Pauline.

– Je n'ai pas arrêté de bégayer en vous parlant l'autre fois !

– Et pas aujourd'hui ? elle dit en souriant et en relevant la masse lourde de ses cheveux. Je ne vous impressionne plus ?

Frédéric la regarde, incapable de décider si elle se fiche de lui ou pas.

– Vous l'avez lu ? il demande en lui montrant le livre de Peter Wohlleben.

– C'est magnifique…

– C'est pour ma petite cousine, elle a dix ans et elle parle aux arbres. Ça doit vous paraître bizarre, non ?

– Moi aussi, je parle aux arbres. Vous devriez essayer.

Encore une fois, il n'est pas sûr qu'elle ne se moque pas. Il y a une telle liberté dans son sourire, son port de tête, qu'il ne l'imagine pas une minute en train de jouer un rôle. Elle n'a pas besoin de plaire. Elle dit ce qu'elle pense. Elle ne prétend pas être une autre.

Elle sourit, remonte les manches de son pull en les pinçant entre son pouce et son index, les autres doigts dépliés. On ne tombe pas amoureux d'une image, il se dit, mais d'un mouvement, d'un sourire, d'une mimique. Il a à nouveau envie de s'agenouiller, de lui demander de passer sa vie avec lui.

– Vous êtes de passage à Bordeaux ? il déglutit.

– J'y habite.

– Vous avez abandonné la Bourgogne ?

– Je fais des études de sylviculture à l'IPC Bois, à la chambre de commerce.

– Moi, je suis à l'IPC Vin ! il s'exclame.

– Quelle coïncidence ! elle répond, amusée.

– Vous vous moquez de moi ?

– Pas du tout. Votre enthousiasme me touche...

– Vous êtes libre samedi soir ? On pourrait aller boire un verre...

– Vous me montrerez la ville ? Je viens d'arriver, en fait.

– Je vous emmènerai sur mon bateau...

– Peut-être pas samedi soir !

– Vous avez raison. Quand je vous vois, je dis n'importe quoi. Il faudra vous habituer.

Elle ouvre un large sourire comme si elle lui pardonnait d'avance.

Il aperçoit Anaïs qui porte des livres empilés jusqu'au menton. Il lui fait signe. Elle les rejoint en gardant le menton posé sur le haut de la pile, son sac en équilibre sur son épaule.

– Bonjour ! Je suis Anaïs, la belle-mère de Frédéric.

Pauline s'incline, se présente.

– Tu as trouvé ce que tu voulais ? demande Anaïs.

– Oui, j'arrive.

– Je vais aller faire la queue... Je t'attends.

– Oui, oui...

– On se retrouve à La Comtesse, place du Parlement,

dit Frédéric en se retournant vers Pauline. Vingt heures ? C'est juste derrière la place de la Bourse.

– Je connais. Parfait. J'y serai…

Ensuite, je l'emmènerai chez Alric, on dînera, on écoutera du jazz. On trouvera une table dans le jardin, au bord de la Garonne. J'essaierai d'être un peu plus dégourdi.

Son regard retombe sur les livres que le vendeur lui a désignés, *La Vie des arbres*, de Francis Hallé, *Les Arbres, entre visible et invisible*, d'Ernst Zürcher, *Le Beau Livre des arbres*, de Michael Scott, il les prend tous. Heureux, si heureux, il voudrait distribuer son bonheur autour de lui.

Il rejoint Anaïs aux caisses.

Il lui prêtera son épaule si elle veut pleurer.

Gwendoline prévient son père
de la machination des Debreste…
Alerte ! Alerte ! rugit Ambroise.
Une soirée à l'Opéra,
Émile va de surprise en surprise…

Gwendoline monte les marches quatre à quatre et frappe à la porte du bureau de son père. Celle-ci est entrouverte mais elle veut être sûre de ne pas déranger.

– Je peux entrer ? elle demande en passant la tête.

– Mais bien sûr, ma fille, dit Ambroise. Viens m'embrasser !

Gwendoline, debout, son sac de cahiers et de livres à l'épaule, serre les bras sur sa poitrine.

– Je voudrais vous parler d'un truc sérieux.

– Sérieux ?

– Très sérieux.

– T'es amoureuse ?

– Paps ! J'ai dit un truc sérieux !

– Tu me le dirais si t'étais amoureuse ?

– Sûrement pas. Et puis c'est pas de ça qu'il s'agit ! Comme si c'était tellement important !

– C'est agréable d'être amoureux… ou amoureuse…

– Je vous dis que c'est pas ça !

– Assieds-toi, ma beauté. Reste pas plantée devant moi ! Je vais finir par croire que c'est très grave.

– Mais c'est très grave !

Elle s'assied face à lui. Se relève, va fermer la porte.

– Je veux pas qu'on nous dérange et je veux pas qu'on nous entende.

– Ça a l'air très très sérieux, dit Ambroise avec un sourire amusé.

– Paps ! Il se passe de drôles de choses chez les Debreste.

– Ah… comment tu le sais ?

– Par Guillaume, le fils de Bernard. On est en classe ensemble.

– C'est ton copain ?

– C'est un copain. C'est tout. N'allez pas vous imaginer…

– Je demandais juste…

– Il m'a donné rendez-vous dans le gymnase après les cours, et…

Gwendoline raconte le premier étage de la fusée, les dîners organisés, et surtout celui où sa mère et Zinski sont invités.

– Il a ajouté que ça sentait mauvais pour Berléac…

Ambroise ne sourit plus.

– Il a dit ça ? Avec ces mots précis ? Tu es sûre ?

– Oui. Je lui ai demandé si je pouvais vous le répéter, il a dit ok à condition que je ne mentionne pas son nom. Donc, vous oubliez d'où ça vient…

– D'accord, dit Ambroise en mordillant le bout de son stylo-bille. Tu as raison, c'est très sérieux et c'est bien que j'en sois averti.

– Vous allez pouvoir les contrer ?

– Je vais tout faire pour…

Gwendoline observe son père. Il fait rebondir son stylo sur son bureau en tordant le nez.

– Il a bien dit qu'ils étaient plusieurs ?

– Oui.

– Et plusieurs dîners ?

Gwendoline hoche la tête.

– C'est très malin. Il va les prendre un par un, comme ça ils n'auront pas l'impression de couler Berléac. Chacun se dira que je peux rembourser sa part… Mais en achetant toutes leurs parts, Debreste atteint les 35 % et devient incontournable. La propriété sera ingérable…

– Paps… pourquoi elle fait ça ?

– Qui ? Ta mère ?

– Oui.

– Sais pas, il dit en haussant les épaules. Elle doit traverser une mauvaise passe. Elle n'est pas méchante, tu sais… juste un peu perdue. Elle rêve d'une autre vie, elle a besoin d'argent. Vous n'avez pas de bons rapports, ce n'est pas une raison pour la condamner.

– Mais, Paps, elle est en train de vendre Berléac aux Debreste !

– Elle ne vendra pas Berléac aux Debreste ! s'emporte Ambroise. Tu peux me faire confiance.

Il brise le stylo entre ses doigts.

– Paps ! Le stylo ! Vous allez en avoir plein les doigts !

Il le jette dans la corbeille. Arrache une poignée de Kleenex. S'essuie les mains. Gwendoline l'observe, inquiète.

Il croise le regard de sa fille et la rassure :

– On va s'en sortir, ma fille, on va écraser ces salopards de Debreste.

Sont pas tous des salopards, pense Gwendoline.

– Sauf ton pote, Guillaume, bien entendu, il ajoute avec un clin d'œil.

Après que sa fille est partie, Ambroise coupe ses téléphones, pose les pieds sur son bureau, son vieux feutre sur la tête, se renverse dans son fauteuil et ferme les yeux.

Ce qu'il redoutait est en train d'arriver.

Et plus vite qu'il ne le pensait.

Ce n'est pas Bernard Debreste qui a mis au point ce plan diabolique. C'est le vieux Paul, du fond de son lit. Il n'est pas si gâteux que ça. C'est très malin.

Il convie chaque actionnaire à dîner, un par un, explique qu'il a de l'argent à placer, que le vin est une valeur de plus en plus prisée, qu'il voudrait investir dans Berléac, grand cru de graves. À chacun, il indique un prix de rachat, lui fait signer un protocole d'accord mentionnant la cession de ses titres. Et, quand il a obtenu les signatures d'Édouard, Jacques, Blanche, Geneviève et Anaïs, il fait établir un acte de cession définitif chez son notaire et le leur envoie.

Un mois plus tard, le tour est joué.

Les Debreste posséderont 35 % de Berléac. Assez pour bloquer toute initiative de sa part pour gérer le domaine. Il sera prisonnier. Ils n'auront même pas besoin d'approcher Muriel.

Mais s'ils l'approchent ?

Il est foutu.

Une petite voix lui dit que Muriel ne vendra jamais ses parts. Mais la petite voix peut se tromper.

Il va falloir qu'il emprunte de l'argent. Beaucoup d'argent. Pour surenchérir et contrer l'opération.

Connaissant le vieux Debreste, Ambroise sait d'avance qu'il ne paiera pas le même prix à l'hectare aux deux tantes qu'à Anaïs ou à Édouard. Il va gruger les tantes. Et l'oncle Jacques peut-être. Ce qui signifie qu'il a besoin au bas mot de 18 millions d'euros s'il veut bloquer l'affaire.

Il est déjà endetté. Il peut espérer une petite rallonge de son banquier, mais pas de quoi couvrir la somme. Il va devoir éplucher son carnet d'adresses, dénicher des copains fortunés auprès desquels il pourrait emprunter.

Son seul espoir : que les deux tantes refusent de vendre. Par sentimentalité. Elles n'aiment pas l'argent. Elles aiment la littérature, elles écoutent France Musique, notent le nom des artistes mentionnés, courent à la médiathèque emprunter les CD si elles ne les ont pas déjà sur leurs étagères. Leur maison est tapissée de livres et de musique. Il leur a rendu visite deux ou trois fois dans leur repaire qui n'en finit pas de crouler. Courants d'air, fuites d'eau, fenêtres qui ferment mal, tuiles qui dégringolent, jardin en broussaille. Elles ne font pas de travaux, elles n'ont pas d'argent et ne sont pas propriétaires.

Il se lève, sort un verre, une bouteille de whisky, et un bac de glaçons du petit frigo encastré.

Il est en train de boire le whisky japonais que lui a offert sa mère quand la porte du bureau s'ouvre et Aliénor apparaît.

– Qu'est-ce que tu fais là à boire tout seul ? elle s'exclame, outrée. Jacqueline te cherche partout. Tu devais passer la prendre chez elle pour aller au Grand Théâtre !

– J'ai complètement oublié !

– J'espère que tu as une bonne raison !

– Asseyez-vous. Je vais vous servir un verre. Vous allez en avoir besoin…

Ce soir, Émile va au Grand Théâtre.

Écouter *La Traviata*.

Et ensuite… il aura le privilège de pouvoir bavarder avec le chœur et les chanteurs.

C'est une soirée très spéciale, il a hâte d'y être.

Marine, sa copine costumière, lui a promis de le faire entrer, après la représentation, dans le grand foyer pour qu'il rencontre les artistes. Ils passeront par un escalier dérobé, celui qu'empruntent les gens qui ne veulent pas être vus. Les autres montent par le grand escalier en pierre et colonnes ioniques afin de saluer leurs connaissances et de se montrer.

Rencontrer les artistes est un privilège réservé aux invités, à la presse, aux personnalités. Il sait déjà toutes les questions qu'il aimerait poser. Il se demande s'il sera assez hardi pour les formuler.

Il a mis son beau costume. Nannie a repris la taille du pantalon et fait des pinces à la veste car il a maigri. Il a perdu six kilos depuis qu'il a commencé son régime, et sa jambe, étrangement, s'est allégée. Il ne la traîne plus comme un boulet. Son visage est débarrassé de ses points noirs et sa peau est lisse. Encore un peu rouge. La crème conseillée par India n'est pas très efficace. Mais c'est trop tôt pour le dire, s'insurge India, tu te décourages trop vite !

– Tu as rendez-vous avec ton amoureuse, ce soir ? elle a demandé avant qu'il ne parte.

– Je sais pas si elle sera là…, il a répondu, pris de court.

– Ah… tu lui as encore rien dit ?

– C'est que dans ma tête.

– Et dans ton cœur…

– Oui. Dans mon cœur.

Il a réfléchi, puis a ajouté :

– Je vais jamais y arriver… Elle m'impressionne trop.

– Si ça marche pas avec elle, ça marchera avec une autre…

– On change pas d'amour en un claquement de doigts.

– Je veux pas que tu sois triste si…

– Je m'y suis préparé, tu sais.

– Concentre-toi sur l'opéra. Tu le connais par cœur. Tu vas être heureux de l'entendre…

La grande salle est pleine : 1 114 fauteuils, tous occupés.

La représentation lui coupe le souffle. Il ne trouve pas ses mots et répète, c'est beau, mais que c'est beau ! Des larmes lui montent aux yeux. Violetta, pure, frissonnante, chante, tout de blanc vêtue, entourée d'hommes en noir qui tournent autour d'elle tels des vautours. Il a envie de monter sur scène et de chanter les mots d'Alfredo, « Je vous aime depuis ce jour où vous m'apparûtes soudain et de ce jour, je vous ai aimée sans le savoir, de cet amour qui est le souffle de l'univers entier, mystérieux et noble, croix et délices pour le cœur ». Il connaît les paroles en français et en italien.

À la fin de la représentation, Marine vient le chercher. Il grimpe les escaliers derrière elle. Il a oublié les questions qu'il avait préparées et son cœur saute dans sa poitrine.

Il pénètre dans la salle où les artistes vont arriver.

Lève la tête, ébloui par la fresque ovale au plafond, une œuvre de William Bouguereau représentant Apollon, une lyre à la main, couvert d'un pan de toge rouge et entouré de muses. Sur les murs, dans des médaillons et des écoinçons, se trouvent des portraits de musiciens célèbres. Mozart, Beethoven, Meyerbeer, Gluck. Il les reconnaît, hésite devant celui de Gluck, Marine le lui souffle à l'oreille.

Sur un beau parquet à la française se presse une foule élégante. Ils se connaissent tous, s'embrassent, se tapent sur l'épaule, parlent de la représentation, puis du Ferret, de leur maison, de leur bateau. Sa veste est peut-être trop courte. Il tire sur ses manches. Il se racle la gorge. Des lustres portant des bougies tombent des plafonds. Sur une longue table couverte d'une nappe blanche se trouvent les plus grands vins de Bordeaux et des bouteilles de champagne.

Il murmure à Marine :

– Me laisse pas seul ou je me tire.

– C'est impressionnant, hein ? La première fois, j'étais comme toi. J'avais du coton dans les jambes... Tu vas t'habituer. Et puis... les chanteurs sont cool.

Il aperçoit Jacqueline. Elle porte une robe noire, droite, toute simple, un châle Saint Laurent sur les épaules, avec pour motif un soleil entouré d'étoiles bleues, de petits cœurs rouges, de virgules jaunes. Elle est éclatante. Plus intimidante encore qu'à Berléac. Elle va de groupe en groupe, une coupe de champagne à la main. Elle semble connaître tout le monde.

Il n'osera jamais lui parler.

Une jeune fille brune s'approche de lui. Menue, vêtue d'une robe rose bonbon, un gros nœud rose dans des cheveux frisés bruns, des yeux qui pétillent.

– Vous avez aimé la représentation ? elle dit.

– Oh oui ! C'était tellement... tellement beau !

Marine prend Émile par le bras.

– Je te laisse, tu es en bonne compagnie. Violetta fait partie des chœurs, tu peux lui poser toutes les questions que tu veux, elle est hyper-sympa !

– Tu reviens vite ?

– Je pense que tu n'as plus besoin de moi...

La jeune fille se penche vers eux. Fait un petit signe de la main à Marine.

– Hé ! Violetta ! Je te présente Émile, c'est un grand amateur d'opéra. Et de cornichons !

La jeune fille pouffe de rire.

– Ah ! les cornichons de Marine ! Tout le monde y a droit ou on n'est pas son ami...

– Vous vous appelez vraiment Violetta ? dit Émile.

– Ma mère était folle de *La Traviata* !

– C'est pas commun.

– C'est ça qui est bien. Je suis unique.

Elle éclate de rire. Marine l'imite.

– Tu viens quand manger des cornichons avec moi ?

– La prochaine fois que tu m'invites...

– Ok ! Je t'appelle dès qu'il y a des répétitions.

Elle tourne les talons et disparaît dans la foule des invités.

– Marine m'a dit que vous faisiez partie des chœurs...

– ... mais un jour, je serai sur le devant de la scène ! Je serai à sa place, elle dit en montrant la chanteuse qui vient d'incarner Violetta sur scène.

Elle tend les bras au plafond. Lui parle du Conservatoire, de son professeur de chant, des heures de répétitions, des partitions qu'elle étudie, du soin qu'elle prend de sa gorge, de ses cordes vocales.

– Quelle est votre cantatrice préférée ?

– C'est difficile à dire, répond Émile, mais je crois que c'est Aafje Heynis.

– Et pourquoi ?

– Vous voulez vraiment savoir ?

Elle hoche la tête, les yeux plissés de plaisir. Il oublie les pinces de sa veste, les reprises à la taille, il décrit le cocon dans lequel la voix de la cantatrice l'enveloppe.

– Sa voix me calme, me berce, c'est un souffle maternel qui apaise, console, donne des ailes... Parfois d'ailleurs je m'élance dans ma chambre, je tourne sur moi-même et je retombe sur mon lit, essoufflé de joie.

– Quel lyrisme !

– Ne me faites pas parler de musique, je deviens très bavard !

Un garçon passe avec un plateau et des coupes de champagne. Émile en attrape une qu'il tend à Violetta, une pour lui. Ils reprennent leur conversation, et chacun de citer les opéras qu'il aime, chacun de s'exclamer ah oui ! ah oui ! et d'entonner un air qu'il se rappelle.

– Vous chantez tout seul ?

– Quand je suis sûr que personne ne peut m'entendre. Il m'arrive même de diriger l'orchestre !

Elle rit, plisse le nez, le nœud rose tressaute sur sa tête. Elle lui confie que, pour préserver sa voix, elle évite l'alcool et les produits laitiers.

– Ça m'irait pas du tout, dit Émile. Je suis chef de culture dans un grand domaine vinicole.

– Vraiment ? Ce doit être passionnant ! C'est bientôt les vendanges, non ?

– On commence dans quelques jours.

– Je pourrais venir voir ? J'en meurs d'envie ! Je reste une semaine encore à Bordeaux.

– Si vous voulez. Mais je serai très occupé…

– Je me ferai toute petite et je regarderai, ne t'en fais pas.

Elle lui demande son numéro de téléphone et lui envoie le sien.

C'est la première fois qu'une fille se conduit comme ça avec lui.

Et elle l'a tutoyé.

Jacqueline a aperçu Émile en grande conversation avec une jeune femme qui ressemble à une meringue rose. Comme il est différent, ce soir ! Ce costume bleu marine lui va très bien. Elle a surpris Nannie en train de faire des retouches à sa veste dans la cuisine. C'est sûr, il est amoureux ! elle soupirait en coupant le fil entre ses dents, si ça pouvait être réciproque !

Elle a dû rêver l'autre soir, dans son bureau, quand il

s'est penché sur elle... Elle se souvient de son trouble. Elle s'était inclinée, étonnée. Avait baissé la tête pour qu'il prolonge sa caresse et s'était abandonnée.

Elle resserre l'étole sur ses épaules. Fait quelques pas vers Émile. Hésite.

Et se dirige vers le vestiaire.

Émile a vu Jacqueline quitter le grand salon.

Il prend congé de Violetta.

Lui promet qu'ils se parleront bientôt. Elle a posé la main sur sa manche et a dit, promis ? Il a répondu, oui, oui, et a filé au vestiaire.

Jacqueline est venue en taxi. Un ami devait l'accompagner, mais il s'est décommandé à la dernière minute. La nuit est belle, douce, elle a envie de rentrer à pied.

– Je peux vous accompagner ? il demande.

Elle accepte dans un sourire. Et ils descendent les marches du théâtre en regardant le ciel étoilé.

– Je ne savais pas que vous aimiez l'opéra, Émile... Je veux dire, au point de venir parler avec les artistes après la représentation...

– C'est étrange de se voir en dehors de Berléac.

– En dehors de mon bureau...

Il rougit. Il fait nuit, elle ne s'en apercevra pas.

– Je suis contente de rentrer à pied avec vous. J'aime beaucoup marcher dans Bordeaux la nuit, je ne le fais jamais. Parce que je n'en prends pas le temps. Je suis une femme pressée, toujours occupée. C'est stupide, n'est-ce pas ?

– Je ne sais pas... Je... je...

– Je vous tourmente en vous posant cette question ?

– Non... mais...

– Alors, je vais parler pour nous deux, d'accord ?

Émile hoche la tête, Jacqueline passe son bras sous le sien. Lève la tête vers lui et sourit. Ils traversent la place de la Comédie, prennent le cours de l'Intendance, se rangent sur le côté pour ne pas se trouver sur le passage du tramway.

– Parfois le temps s'arrête, continue Jacqueline, il se passe quelque chose d'exceptionnel qui nous emporte, nous fait tout oublier. Ce soir, nous avons... tous les deux... été emportés par la musique de Verdi, l'histoire de Violetta et Alfredo, cet amour impossible...

– C'était... si beau.

– L'autre soir, dans mon bureau à Berléac, j'ai vécu un moment exceptionnel aussi. Ce moment, Émile, a été un tremblement de terre pour moi... Soudain, un homme me désirait... Charnellement... Moi qui n'ai jamais su ce qu'était être désirée. Jamais.

Elle s'arrête, le regarde dans les yeux, et il rougit encore. Mais cette fois-ci, ils sont sur le cours de l'Intendance, sous un réverbère, elle va le remarquer.

– J'ai incliné la tête pour que la caresse de votre doigt sur ma nuque se prolonge... et j'ai senti mon corps chanter. Oui, Émile, chanter comme à l'Opéra ce soir... Il exultait. J'ai dû lutter pour ne pas me jeter contre vous... Croyez-moi, je ne mens pas. Vous m'avez réveillée d'un long sommeil de femme qui s'était oubliée. Pourtant je ne suis pas vieille. Oh ! je suis bien plus âgée que vous, mais pas si vieille que ça. Mais je m'étais endormie, je m'étais mise de côté… Et d'un tout petit geste, vous avez allumé la lumière en moi. Vous m'avez affranchie. Vous m'avez appris que je pouvais plaire… physiquement… à un homme, un homme jeune qui devient très séduisant… Je vous ai observé, ce soir. Et oui… Je vous ai trouvé très séduisant. Et, je peux vous l'avouer, j'ai couru vers le vestiaire pour vous échapper…

Le bras de Jacqueline presse le sien. Il n'ose pas rendre cette pression, garde son bras raide et droit comme une béquille.

– Mais…

Elle tourne la tête vers lui, l'incline.

– Mais vous avez oublié quelque chose, Émile… C'est que prolonger ce trouble, cette joie, est impossible. Je ne vais pas énumérer les raisons pour lesquelles cela ne peut pas être. Vous les connaissez toutes. Et si vous y réfléchissez, vous conviendrez que j'ai raison. Cela ne nous ressemblerait pas. Nous sommes deux personnes droites, exigeantes, avec un certain sens de l'honneur. On se trahirait. On trahirait les belles choses auxquelles nous croyons. Alors, vous savez ce que nous allons faire ?

Émile n'ose pas répondre. N'ose pas la regarder. Il ne sait pas s'il entend ce qu'il entend. Il avance avec la présence tiède et douce de cette femme en espérant qu'elle va parler toute la nuit, qu'ils vont marcher toute la nuit.

– Nous allons rentrer à pied, lentement, tendrement, jusqu'à chez moi en nous tenant le bras, en écoutant le bruit de nos pas accordés, en nous serrant l'un contre l'autre, et ce sera notre belle histoire d'amour. Elle s'arrêtera devant ma porte. On se quittera, heureux, fiers de s'être aimés si bien, si fort... sans rien déchirer, sans rien salir. On gardera comme un merveilleux souvenir cette marche dans la nuit. Et on n'en parlera plus jamais. Mais on saura, vous et moi, qu'elle aura existé et que nos vies en seront changées à jamais. Pour le meilleur, Émile, pour le meilleur.

Déjà il aperçoit la place Gambetta. Ils seront bientôt arrivés. Il voudrait étirer le temps. Faire un détour, prendre la rue des Remparts... Le café Dijeaux est encore ouvert. Des groupes de jeunes chahutent en terrasse. Un garçon gratte une guitare, une fille danse un flamenco en frappant dans ses mains. Elle porte un jupon violet et jaune et a de longs cheveux dans lesquels elle a planté un peigne rouge.

Ils tournent la tête vers eux, leur sourient, et reprennent leur marche. Ralentissent d'un même accord, repartent en serrant le bras qui les lie pour un instant encore.

Rue Bouffart, devant la porte de l'hôtel particulier, Jacqueline lève la tête vers Émile, lisse les revers de sa veste, caresse le nœud de sa cravate, prend son visage entre ses mains et l'embrasse doucement, longuement, amoureusement. Il sent la douceur de ses lèvres sur sa bouche, referme ses bras sur elle, se penche et lui rend son baiser. Ils s'appuient contre la lourde porte en bois, étourdis.

Ce n'est pas un baiser pressé, un baiser donné à quelqu'un dont on veut se débarrasser, une aumône de baiser. C'est un baiser qui prend tout son temps.

Le premier baiser qu'il reçoit d'une femme.

La lourde porte en bois s'ouvre.

Jacqueline disparaît dans la cour pavée.

Il entend ses pas se rapprocher du perron, en monter les marches.

Elle se retourne et agite la main.

Il imagine qu'elle lui sourit.

La porte se referme.

Il regarde les étoiles et sourit aussi.

Aliénor charge Gilbert
d'une nouvelle mission.
Tante Blanche et tante Geneviève
songent à mourir en écoutant
Casta Diva…
Louis se jette à l'eau pour réussir
son exploit…
Aliénor se confesse à Ambroise.
Certains signent le protocole d'accord,
mais pas tous…

Chaque soir, Elsa rejoint les enfants dans ce que Louis appelle leur « salle d'étude ». Nannie a dressé une table dans une pièce à leur étage, ils s'y retrouvent pour faire leurs devoirs.

Elsa s'est proposée pour les aider. Elle n'est pas souvent mise à contribution. Elle se contente de vérifier que les devoirs sont faits, qu'ils ont appris leurs leçons. Elle lit, sur leur carnet de correspondance, les observations du maître et de la maîtresse, qui sont le plus souvent louangeuses. Parfois monsieur Chambon reproche à Louis son impertinence, et la maîtresse d'India la trouve distraite. « À quoi pense India ? a écrit la maîtresse à l'encre rouge. S'ennuie-t-elle en classe ? » Mais non, se dit Elsa, elle se demande où est sa maman, combien de temps ils vont rester loin d'elle, et son père ? Est-il toujours vivant ? India ne se confiera pas à sa maîtresse. Les enfants ne parlent pas de leurs chagrins.

Je n'ai jamais évoqué mes parents à Berléac. Je leur parlais, le soir en m'endormant, et maman me répondait.

Ou j'inventais ses réponses, mais elle était là, assise au bord de mon lit, elle me tenait la main.

Hier soir, je lui ai demandé si Émile, un jour… il se pourrait qu'il soit… amoureux de moi. Il est amoureux, ça se voit, mais je n'arrive pas à savoir de qui. Je le suis, me faufile derrière lui, mais n'aperçois personne. Ni près de la rivière, ni dans les vignes, ni autour des écuries où se trouve sa chambre.

Les tantes viennent voir les enfants. Tante Blanche leur fait faire des dictées, tante Geneviève leur parle anglais. Elle est allée une fois à New York. Personne ne la comprenait quand elle parlait. Elle veut apprendre à s'exprimer comme une Américaine.

– C'est remarquable de ta part, dit Louis, de continuer à te perfectionner.

– Pourquoi ? demande tante Geneviève.

– Parce que tu es bien vieille… tu pourrais te reposer, tu l'as mérité !

– Tu dis aussi à ta grand-mère qu'elle est vieille ?

– Non.

– Nous avons à peu près le même âge, tu sais…

– Nous sommes des cousines de Ghislain, ton grand-père, précise Blanche. Ce qui ne nous rajeunit pas !

– Mais vous n'avez pas une taille de guêpe comme elle, et vous ne montez pas à cheval. Elle, si. Elle risque de se rompre le cou à chaque sortie… C'est une intrépide. J'ai beaucoup d'admiration pour cette femme. Elle a de très beaux cheveux qui caracolent sur ses épaules quand elle les lâche. Je l'ai surprise une fois.

– Ça rime presque, « caracolent » et « épaules » ! s'écrie tante Blanche.

Chaque remarque de Louis enchante les tantes, qui l'appellent leur « fontaine de joie ».

– On oublie tous nos soucis quand on est avec vous, dit tante Blanche, n'est-ce pas, Geneviève ?

– Vous avez des ennuis ? demande India. On peut vous aider ?

Geneviève et Blanche se regardent, émues.

– Je crains que vous ne puissiez pas faire grand-chose, mais c'est très gentil de votre part.

Les tantes ont un « gros souci ». La maison où elles habitent rue du Docteur-Albert-Barraud, dans le quartier de Saint-Seurin, va être mise en vente. C'est une vieille maison qui fuit de partout, où le fil électrique est en tissu torsadé et mité, où chaque pièce est remplie de livres, de souvenirs, d'étagères qui croulent sous les CD, les albums de photos, les vieux journaux. La lumière a du mal à passer. Le seul endroit ensoleillé est une véranda qui donne sur le jardin, où pousse un magnifique palmier qui rappelle la grandeur passée. Les portes ne ferment pas, les volets sont rouillés, les radiateurs, asthmatiques. Elles la louent depuis presque quarante ans. Le propriétaire les a appelées l'autre jour et leur a appris qu'il voulait la vendre. Il avait reçu une offre. Une belle proposition « qui ne se refuse pas ». Bien sûr, il a ajouté qu'il leur donnait la priorité, mais que, si elles ne pouvaient pas « s'aligner », il leur faudrait déménager. Elles n'ont pas le premier sou pour l'acquérir. Où iront-elles habiter ?

Ambroise les recueillerait sûrement à Berléac, mais elles perdraient leur indépendance. Elles seraient obligées de vivre à la campagne. En communauté. De respecter les horaires des repas. De ne plus pouvoir écouter leur musique à tue-tête. Ni lire *Madame Bovary*, *Le Misanthrope* ou le théâtre de Shakespeare à voix haute.

L'autre soir, elles ont songé à mourir. La main dans la main. En écoutant « Casta Diva », après avoir avalé des somnifères.

– Ce serait une manière élégante de partir…, a suggéré Geneviève.

Elles se sont reprises. Le suicide est interdit par l'Église.

Elles ont décidé de s'en remettre à Dieu. Il ne les laissera pas dans la détresse. Elles en ont parlé au père Roger. Il leur a dit de prier et d'espérer. L'espérance est une vertu théologale. C'est un prêtre formidable. Un fin lettré. Quand il ne dit pas la messe, il écrit un livre en douze tomes sur la vie de saint François d'Assise.

On peut lui faire confiance.

Quand elles repartent de Berléac, conduites par Gilbert, elles voient la vie en rose. Elles sont persuadées qu'une solution va tomber du Ciel, que les enfants sont des anges envoyés par Dieu.

– Allez, tante Blanche, pose-nous une colle en orthographe, réclame Louis. Une bien difficile !

Tante Blanche réfléchit, puis son œil s'allume.

– Elle a trouvé ! Elle a trouvé ! s'écrie Louis. Concentre-toi, India !

– Écoutez bien, dit tante Blanche. Dans la phrase,

« regarde ! Il va bientôt faire jour, le soleil point à l'horizon », quel est l'infinitif de « point » ?

– Facile, dit Louis. Point comme pointer ! Le soleil pointe à l'horizon.

– Suis d'accord, dit India.

– Vous avez perdu… C'est poindre, qui se conjugue comme joindre.

– Une autre colle ! réclame Louis. Faut qu'on se refasse !

– Je crois que Gilbert nous attend, dit tante Geneviève en regardant sa montre. Et vous devez prendre votre bain. Nannie ne serait pas contente si on vous accaparait.

– On revient très vite, les enfants ! Je vais vous concocter d'autres pièges en orthographe…

– Et moi, je vous réciterai Shakespeare avec l'accent américain ! assure tante Geneviève.

Chaque matin, Gilbert conduit les enfants à l'école.

Chaque après-midi, à dix-sept heures, il va les rechercher. Il est devenu leur chauffeur.

Il n'a plus le temps de s'occuper de ses affaires.

Aliénor l'a chargé d'une nouvelle mission. Il se dit que le meilleur moyen de la satisfaire, c'est d'être en contact avec les enfants. De leur tirer les vers du nez.

India ne parle pas facilement.

Louis est méfiant.

C'est de sa faute. Il l'a brusqué la dernière fois en lui demandant s'il savait où était sa mère. Depuis, Louis fait attention à chaque mot qu'il prononce. Il monte à l'arrière. Laisse sa sœur s'installer devant.

Il n'obtiendra rien d'India. Elle est bien trop fine.

Louis est exalté. Il peut se laisser emporter. Et lâcher une information.

Il va falloir qu'il invente un stratagème.

Qu'il prenne un chemin détourné pour obtenir ce qu'il désire.

Il les écoute parler pendant le trajet et prend mentalement des notes.

Un jour, il trouvera.

Il a toujours trouvé.

Louis et India remontent l'allée de charmes qui mène au château et à la grande pelouse bordée de mélèzes, de marronniers, de magnolias et de lauriers-roses.

– Quelle abondance ! dit India.

– Tu savais qu'il y a trente ouvriers qui vivent à l'année sur le domaine ? Ça doit coûter cher, tout ça.

– Louis !

– Ok, ok !

India a rendez-vous avec Émile derrière les écuries. Il lui a promis de lui raconter quelque chose d'extraordinaire.

– Tu me diras, hein ? dit Louis.

– Sauf s'il me demande de garder le secret.

– Mais je suis ton frère ! Tu dois tout me dire.

– Tu m'as jamais raconté tes conversations avec monsieur Bottel.

– Parce que c'étaient des échanges très techniques, des réflexions scientifiques, ça t'aurait pas intéressée.

– Qu'est-ce que tu en sais ?

– Tu es fatigante, India. Puisque c'est comme ça, je

vais aller voir Frédéric. Je vais lui dire que j'entends participer aux vendanges.

– Moi aussi.

– C'est très dur, t'es au courant ? On commence à huit heures du matin, on fait des pauses toutes les deux heures et demie… cinq minutes, pas plus. Tu tiendras le coup ?

– Suis aussi costaud que toi !

– Et chaque vendangeur ramasse 800 kilos de raisin par jour… dans des grandes hottes dont les courroies scient les bras… Ça saigne parfois… Les hottes, il faut les porter jusqu'au tracteur, les verser dans la grande remorque en montant sur une petite échelle et…

– Tu essaies de me faire peur ?

– Pas du tout. Je te préviens.

– Je veux essayer.

– Ok, je le dirai à Frédéric… Il doit être à Lima aujourd'hui.

– À Lima ?

– Sache que les propriétaires donnent des noms à chaque parcelle de vigne, parce que chaque parcelle est différente, selon le sol, l'exposition au soleil, au vent, à la pluie, etc. Certains choisissent le prénom de leurs enfants, petits-enfants, neveux, nièces, cousins, cousines, d'autres, des noms de fruits, d'animaux… À Berléac, ils ont décidé de donner des noms de villes étrangères.

– Savais pas.

– J'apprends tous les jours quelque chose de nouveau et j'adore ça. Bientôt, par exemple, je pourrai déguster et préciser les qualités de chaque vin en bouche.

– Tu seras paf tout de suite !

– On me permet pas de goûter. Sauf Émile de temps en temps... Avec de toutes petites gorgées que je garde en bouche longtemps. Tu savais que pour être chic, il faut remplir son verre jusqu'au premier tiers, pas plus ?

– Tu as prévenu Frédéric que tu allais le voir ?

– Non. Pourquoi ?

– Parce qu'il n'est peut-être pas à Lima. Tu crois toujours que les gens t'attendent. C'est ton côté Roi-Soleil.

– Pas du tout ! C'est parce que je suis optimiste.

– S'il n'y est pas, tu iras où ?

– À la piscine. Je voudrais étudier mon parcours sous l'eau. Je dois repérer le terrain, sinon je ne vais jamais y arriver.

Ils voient passer au loin la Méhari orange de Frédéric, qui met son clignotant et tourne sur la départementale.

– Il ne va pas à Lima !

– Je vais donc aller à la piscine.

– Tu te baignes pas sans moi, promis ?

– Je t'attends mais ne traîne pas trop... J'ai hâte de réaliser mon exploit. Depuis le temps que j'en parle !

Louis a décidé d'imprimer chaque mètre de la piscine dans sa tête de manière à savoir où il en est quand il fera sa longueur. De cette façon, il ne paniquera pas, il maîtrisera son souffle, les battements de son cœur et de ses bras.

Il marche le long de la piscine, remarque les irrégularités des céramiques sur le parcours. Une tache verte, une autre brune, des carreaux qui manquent, une salissure noirâtre, un bleu plus foncé, un flotteur coincé dans le clapet d'évacuation...

Il refait plusieurs fois le parcours, mémorisant l'emplacement de chaque détail jusqu'à ce qu'il connaisse l'itinéraire par cœur.

Il s'échauffe, respire à pleins poumons. Ferme les yeux, se récite le parcours à faire.

India tarde à venir. Les femmes n'ont pas le sens de l'exactitude. Papa s'en plaignait aussi.

Il décide de passer à l'action. Se jette à l'eau, donne une forte impulsion de départ, file en battant des pieds, mettant toute sa force dans ses bras.

Il échoue plusieurs fois, se raccroche au bord du bassin, ce n'est pas grave. Il a tout le week-end pour s'entraîner. À condition qu'il ne se fasse pas piquer, seul, dans la piscine. Aujourd'hui, Nannie est occupée. Elle est allée au marché et ne rentrera pas avant midi. India parle à Émile. Aliénor est partie avec Bandit dans la forêt.

Ce sont les plus redoutables, elles l'ont à l'œil.

– ... Je l'ai raccompagnée jusqu'à sa porte et elle m'a embrassé !

– Sur la bouche ?

– Sur la bouche.

Émile touche ses lèvres comme si le baiser y était imprimé.

– Et après... on s'est quittés.

– T'es pas triste ?

– C'est beau ce qu'elle m'a dit... J'avais pas rêvé, India,

j'avais pas rêvé. Si elle avait été libre, elle aurait dit oui... Même pour un jour, une nuit.

– Elle est mariée ?

– Je peux rien dire. Par respect pour elle.

– Mais tu vas bien ?

– Suis différent. Et c'est bon. Pas sûr que ça dure. Mais c'est un début.

– J'ai parlé à l'arbre hier, il m'a donné une idée.

– Ah ?

– Il m'a dit que tu devrais regarder le film que t'a offert maman... ça te ferait le plus grand bien.

– Si tu veux... Mais je n'ai pas beaucoup de temps en ce moment.

– Je vais me renseigner pour savoir où on peut le regarder et on le verra ensemble, d'accord ?

– Tu lâches pas quand tu as une idée en tête, hein ?

– Tu devrais me faire confiance.

– T'es une drôle de fille... T'es petite, mais t'es grande.

– Alors c'est oui ?

Émile opine. Regarde sa montre. Il doit aller faire l'inspection des tracteurs, des camions, du plateau de triage, vérifier que tout est en place.

– Je voudrais te dire merci, India. Sans toi... je sais pas si...

– L'arbre m'a aidée...

Elle s'est blottie au milieu des branches bifurquées, des frisottis de ramilles, et l'arbre lui a envoyé des images de Joffrey de Peyrac, sa jambe raide, sa balafre sur la joue. Et parmi toutes ces images, il y avait celle de son père et de sa mère enlacés sur le canapé, le bras de son père autour du cou de sa mère, elle va revenir, maman ? Elle a entendu un oui dans le coude de la branche qui se balançait sous ses yeux. Et papa ? Oui, oui. On vivra tous ensemble ? Oui, oui. À Berléac ?

L'arbre n'a pas répondu.

India a sauté. Elle s'est laissée tomber au sol.

Elle s'en fiche d'habiter à Berléac ou ailleurs...

Non, elle s'en fiche pas.

Elle gratte à la porte de l'appartement d'Aliénor.

– C'est India...

– Entre !

India, ficelée dans un cardigan en coton blanc trop court, enfonce sa tête dans ses épaules et pénètre dans l'antre de sa grand-mère.

– Il est trop court, ce chandail ! s'exclame Aliénor. Tu n'en as pas d'autre ?

– Il est au sale.

– Un seul rechange ?

– Oui.

– Je vais t'emmener en ville pour t'habiller.

– C'est pas la peine... je me débrouille.

Aliénor lève un sourcil.

– Comme tu veux...

Elle vient de rentrer de sa promenade avec Bandit, porte des bottines en daim noires, un pantalon d'équitation blanc et une veste cavalière noire. Elle tourne autour de la pièce et frappe ses bottines de la pointe de sa cravache.

– Tu voulais me demander quelque chose ?

– Je voudrais regarder un DVD et je sais pas où aller.

– Il y a un appareil dans la salle au-dessus du bureau d'Ambroise. On ne s'en sert pas pour le moment… Je peux te demander de quel film il s'agit ?

– *Angélique, marquise des anges*… Maman adorait ce film.

– Je ne savais pas…, dit Aliénor, surprise. C'est pour ça que tu veux le revoir ?

– Papa finissait toujours par le voir aussi. Il disait que c'était… bof…

– Tout le monde dit ça, mais moi, il me fait du bien…

– C'est ce que répondait maman. Parfois, je le regardais avec elle…

– Louis ne se joignait pas à vous ?

– Il disait comme papa… que c'était bof bof. On s'en fichait, on le regardait quand même.

Aliénor essaie de se souvenir, avait-elle jamais regardé ce film avec sa fille blottie à ses côtés ?

– Mais dis-moi…, elle demande en se ressaisissant. Où est ton frère ?

– Il est parti se baigner. Mais il a promis qu'il m'attendrait.

– Tu es passée par la piscine avant de venir me voir ?

– Non.

– Va voir s'il n'est pas à la cuisine… Je vais le chercher de mon côté. Je n'aime pas l'idée qu'il se baigne tout seul.

– Vous croyez que… ?

– Va à la cuisine. Nannie a dû rentrer du marché et elle prépare le déjeuner. Ton frère est très à cheval sur l'heure des repas, il doit y être

La cravache redouble de coups sur la bottine. India recule et ouvre la porte.

Aliénor attend qu'India soit partie et s'élance vers la piscine.

Louis flotte à la surface. Les bras écartés, la face immergée dans l'eau, les doigts livides.

Aliénor a un haut-le-cœur. Elle est sur le point de crier à l'aide, mais aperçoit la longue épuisette, se saisit du manche, fait dériver le corps de Louis vers le bord. S'agenouille, se penche, tend les bras, enlace le corps inerte, le hisse hors de l'eau. L'allonge sur le sol.

Reprend son souffle. Respire. S'essuie les mains sur son pantalon.

Il gît sur le dos, les yeux clos. Aliénor ôte sa veste et enveloppe le petit corps. Écoute le cœur. Il bat encore. Elle pose une main sur le front de Louis, une autre sur son menton, fait basculer la tête en arrière et tourne le torse sur le côté afin qu'il puisse recracher l'eau qu'il a avalée.

Elle le gifle, une fois, deux fois, Louis sursaute, ouvre un œil, aperçoit sa grand-mère et marmonne :

– India ! Où est India ?

– Tu as failli te noyer !

– Je voulais traverser la piscine… sans respirer.

– Tu flottais à la surface.

– Loin du départ ?

– Tu étais presque arrivé…

– Ah… J'ai donc échoué.

– Tu es vivant, c'est le principal.

– Dis, madame, tu as déjà connu l'échec ?

– … Oui.

– Comme moi.

– Ça n'existe pas une vie sans échecs.

– J'ai honte. Tu n'as jamais eu honte, toi ?

– Si...

– Ben tu vois... Ça va être lourd à porter.

– Commence par te reposer... Garde ma veste. Je vais rester à côté de toi.

Il ferme les yeux, les rouvre et demande dans un soupir :

– Dis, madame, qu'est-ce qu'elle avait fait de mal, maman, pour que tu la chasses de Berléac ?

– Tu es trop petit pour que je t'explique.

– Je suis pas trop petit puisque je te pose la question... C'est toi qui es trop petite parce que tu ne veux pas me répondre...

Louis tend une main vers Aliénor.

Aliénor l'attrape et souffle sur ses doigts pour les réchauffer.

Il lui est arrivé, ces derniers jours, de se demander si la vie avait un sens. Ou si ce n'était qu'une suite d'épreuves qu'il fallait affronter.

Ce petit garçon si étrange vient de donner un sens à sa vie.

Lequel ? Elle ne sait pas encore.

Ce dont elle est sûre, c'est que ce soir, elle parlera à Ambroise.

Claudine a terminé la « toilette intime » de Paul Debreste, elle l'a rasé, l'a coiffé, l'a aidé à s'habiller, à aller jusqu'à son fauteuil. Il s'est assis en grognant. A réclamé une couverture. Des pantoufles. Une carafe et un verre d'eau. A regardé les grosses veines bleues de ses mains, les poils blancs, ses ongles qui jaunissent… A détourné la tête, dégoûté.

Claudine a ouvert la fenêtre et refait le lit.

– Vous avez fait de sacrés progrès, monsieur Paul ! Vous devez être rudement content.

– Peste soit de la vieillesse ! J'ai envie de marcher, de descendre dans la rue, de humer l'air frais…

– Ça va venir… Vous plaignez pas !

– Je vais m'entraîner à marcher dans ma chambre. En m'appuyant sur ma canne…

– Faudrait pas que vous tombiez et qu'il y ait personne pour vous ramasser !

Paul Debreste grimace. Elle a raison. Personne ne l'entendrait chuter et il resterait des heures à gémir à terre. Encore heureux s'il n'a rien de cassé !

– Je suis comme un bébé que sa mère surveille quand il dort de peur qu'il oublie de respirer !

– Vous parlez de la mort subite du nourrisson ?

– Je ne sais pas comment on appelle ça, mais ma femme avait toujours peur que notre fils oublie de respirer. Elle se levait au moins dix fois quand on dînait…

– Parce qu'elle connaissait pas les appareils pour écouter le bébé quand on n'est pas dans la même pièce que lui. Les talkies-walkies.

– Comment ça ?

– On en met un dans la chambre du bébé, un autre dans la pièce où on se trouve… et on écoute tout ce qu'il se passe du côté du bébé. S'il s'agite, s'il pleure, s'il arrête de bouger ou de respirer… Plus besoin de se lever de table pour être rassuré.

– Vous voulez dire qu'on entend tout d'une pièce à l'autre ?

– C'est ce que je viens de vous expliquer ! Je vous remets tous vos oreillers ou vous préférez pas ?

– Attendez ! Attendez ! s'excite Paul Debreste. Je peux être dans ma chambre et entendre ce qui se passe dans la salle à manger, par exemple ?

– Absolument. Et eux, ils vous entendront tomber… Les talkies-walkies marchent dans les deux sens.

– Mais je veux ça ! Je veux ça ! Vous allez m'acheter ça tout de suite !

– C'est pas difficile à installer. Je l'ai fait avec ma fille quand elle était petite.

– Parfait. Vous le brancherez avant de partir le soir… S'il me vient l'envie de me lever la nuit, par exemple… et vous le débrancherez en arrivant le matin. Mais surtout, n'en parlez à personne ! Personne. Vous m'avez compris ?

– Ben oui… Suffit de me le dire une fois !

– Pas envie qu'on vienne voir comment je me débrouille…

– Qu'on vienne applaudir le vieux clown !

– Dites donc, je ne vous permets pas !

– Je voulais dire que je vous comprends, vous n'avez pas envie de passer pour un phénomène de foire.

Paul Debreste la regarde, exaspéré. Ses yeux retombent sur ses mains. Il soupire, il ne peut plus se permettre de la remettre à sa place. Il dépend d'elle.

– Et… faites provision de piles.

Voilà ce qu'il me faut. Je pourrai ainsi rester dans ma chambre et entendre tout ce qui sera dit lors des dîners avec les « héritiers ».

Cette conne de Claudine avec son gros cul, ses gros seins, ses grosses mains a des idées de génie, je vais lui filer un beau billet pour la récompenser… et qu'elle ferme sa gueule.

Ils sont allés s'asseoir sous le vieux cèdre après le dîner.

Ont allumé les lumières du parc.

Se sont enveloppés dans des châles, des vestes en laine. Le temps s'est rafraîchi, le soleil se couche de plus en plus tôt. Les vendanges vont commencer.

Ambroise remue la tête de gauche à droite, de droite à gauche. Fait craquer ses cervicales.

Ce soir, sa mère va lui parler.

Il attend.

Il attend depuis si longtemps…

Aliénor prend une grande respiration et commence sa confession.

Sa première rencontre avec Paul Debreste, chez lui, en tête à tête.

Sa demande pour sauver Berléac.

– Il faut toujours sauver Berléac, murmure Ambroise.

– Cette fois-là, j'étais toute seule. Ton père ne m'était pas d'un grand secours…

– Je sais bien…

Elle avait été surprise que Debreste accepte si vite d'intercéder afin que la banque lui prête de l'argent. Il serait son garant.

Elle était soulagée.

Émue de sentir le poids des mains d'un homme sur ses épaules quand il l'avait raccompagnée.

Un homme puissant qui la délivrait d'un tourment si lourd.

Un homme séduisant.

Elle s'était retournée vers lui et…

– Il ne m'a pas forcée, je me suis jetée contre lui. Je ne me suis pas offerte pour le remercier. J'ai eu une envie folle de lui. Ça a duré un mois, un mois et demi, je ne pensais qu'à le retrouver le soir. Gilbert me conduisait…

– Gilbert sait donc…

– Gilbert sait presque tout. Je lui fais confiance. Souvent je n'ai pas eu le choix et j'ai fini par l'accepter…

– Non sans danger…, dit Ambroise.

– C'est vrai…

Elle a parfois l'impression de ne pas savoir grand-chose de Gilbert.

– … à l'époque, c'était le cadet de mes soucis. Et puis un beau matin, à l'aube, je me suis réveillée dans le lit de Debreste et c'était fini. Il avait eu durant la nuit des mots qui m'avaient choquée. Il m'avait traitée comme une fille… Comme une de ces filles qu'il avait coutume de sauter. J'ai été prise de dégoût. Je me suis habillée, me suis coiffée et je lui ai dit que je ne reviendrais plus.

Aliénor se recroqueville sous les épaisseurs du châle et de la veste en laine. Elle fait tourner ses chevilles dans un sens puis dans l'autre, les considère, sérieuse.

– Il l'a très mal pris. Il est devenu grossier. Très grossier. J'ai répondu en l'assurant de mon mépris et même de ma détestation. C'était encore trop propre pour lui...

– Et il s'est vengé...

– Il a voulu me faire mal. Et il m'a fait très mal.

Ambroise prend la main de sa mère.

– Vous n'êtes pas obligée de tout me raconter...

– Si, mon chéri. Le pire est à venir...

Une chauve-souris vole en piaillant au-dessus de leurs têtes et va se réfugier dans le grand cèdre. Ils la suivent du regard. Ambroise imagine la membrane entre son corps et ses membres. Comme celle qu'il a entre ses doigts de pied. Ce soir, il ne serait pas étonné d'apprendre que Muriel ne possède pas cette membrane.

– Il voulait me forcer une fois encore... Me forcer à lui dire que je le haïssais. Alors il a lâché avec un mauvais sourire que c'était lui qui avait dénoncé mon père à la police allemande.

– Paul Debreste ! Il a fait ça ?

– Oui... Il voulait les terres des Lantignac, et quoi de mieux que de dénoncer pour s'approprier le bien d'autrui ? C'était courant à l'époque. Et là, j'ai craqué, j'ai hurlé que je le haïssais. Il m'a dit que j'aurais encore d'autres raisons de le haïr et qu'un jour... un jour... il rachèterait Berléac.

– À quatre-vingt-huit ans, il n'a pas oublié et il se venge...

– Ce n'est pas fini, soupire Aliénor. Un mois et demi après, j'ai compris que j'étais enceinte. De lui. Je n'avais plus de rapports avec ton père. J'ai hésité à garder l'enfant. Mais j'ai relevé le défi. J'ai voulu rendre un dernier honneur à ton père. Faire croire à tous que

Ghislain de Berléac n'était pas fini, qu'il n'avait pas abandonné sa femme, qu'il était encore capable de lui faire un enfant.

– Muriel... Je m'en doutais.

– Ton père a su. Je ne lui ai pas menti. Il a assumé. On a relevé Berléac. Mais c'était trop lourd pour lui. Et surtout, c'était trop tard. Il était rongé par le remords... un remords que j'ignorais jusqu'à ce que je lise la lettre cachée dans son secrétaire...

– Celui qui avait été remisé au grenier...

– Je te la donnerai à lire. Elle est très belle. Voilà, tu sais tout.

Ambroise se tait. Il met de l'ordre dans ses pensées. Caresse la main de sa mère, la bague de fiançailles et l'alliance qu'elle a gardées.

– Tu ne dis rien...

– C'est si banal ce que j'ai envie de vous dire...

– Parle, Ambroise, parle-moi...

– C'est la vie, maman, juste la vie... Celui qui se vante sur son lit de mort d'avoir été parfait est un menteur. Il est impossible de vivre sans rater quelque chose, à moins de ne pas vivre du tout.

– La seule chose que je me reproche, c'est mon attitude vis-à-vis de Muriel. Elle n'y est pour rien. Elle a dû souffrir de ma froideur, qui ressemblait au dégoût que j'avais pour son père. J'ai fait son malheur... sans le vouloir. Il faudra que je lui parle.

– Vous lui direz... tout ?

– Oui.

– Pourquoi l'avez-vous renvoyée quand elle a rencontré ce garçon qu'elle aimait ?

– Ce n'était pas elle que je chassais. C'était son père. J'ai reconnu l'avidité du père dans le désir de Muriel pour cet homme. Je ne l'ai pas supporté.

– Il faudra le lui dire...

Aliénor s'agite sur son fauteuil, je sais bien, je sais bien, tu crois que je n'y réfléchis pas depuis longtemps ?

Ambroise tend les bras vers sa mère, l'enlace et murmure à son oreille :

– Je vous aime, je vous admire, vous êtes une femme formidable.

– Arrête, mon chéri, arrête... Ce n'est pas le moment, nous avons besoin de toutes nos forces...

Ils se redressent, Ambroise sort une fiasque de whisky de sa poche, la tend à Aliénor qui boit au goulot, il boit à son tour une longue gorgée.

– Alors voilà ce que nous allons faire, reprend Aliénor. Tu t'occupes de trouver l'argent pour nous défendre. Tu tapes à toutes les portes. Je verrai de mon côté qui je peux contacter...

– Sans tomber dans leur lit, cette fois !

– Ambroise ! gronde Aliénor. Je suis ta mère.

– Ça fait du bien de plaisanter...

– De mon côté, je m'occupe de retrouver son mari... Lewis Riley, c'est bien ça ?

Ambroise hoche la tête.

– Pourquoi n'appelle-t-on pas les journaliers par leur nom de famille ? C'est méprisant, non ?

Ambroise ouvre les paumes de la main en signe d'ignorance.

– J'ai parlé à Gilbert. Je l'ai chargé de retrouver sa trace. On lui écrira d'abord, puis on lui parlera et on verra dans quel état d'esprit il est. Ensuite, tu appelleras Muriel. Si tout se passe bien... à tous les quatre... on devrait sauver Berléac.

– Muriel ne nous laissera jamais tomber... J'en ai l'intime conviction. Elle aime Berléac, c'est à nous qu'elle a confié ses enfants. C'est une preuve, ça.

– Et tu as bien fait !

– Merci beaucoup... Vous ne disiez pas ça quand je vous l'ai annoncé !

– Il n'y a que les imbéciles qui ne changent pas d'avis.

Ils se passent encore une fois la flasque. Jusqu'à ce qu'elle soit vide.

– Une chose m'inquiète, dit Ambroise en faisant tourner ses pieds comme sa mère.

– Et c'est... ?

– J'espère que Lewis est toujours vivant... Parce qu'elle s'était remariée... Donc il avait été déclaré mort.

– Elle s'était remariée... ?

– Un mariage qui n'a pas duré longtemps. Ce second mari est mort.

– Zut ! Il faut absolument que Gilbert tire tout ça au clair...

– Maman, un jour vous me raconterez comment vous avez rencontré Gilbert et pourquoi il est devenu si important ?

– Un jour, il y a très longtemps, je lui ai sauvé la vie... mais c'est une autre histoire, mon chéri !

Quand Aliénor avait demandé à Louis s'il se sentait assez fort pour reprendre l'école, il avait répondu qu'il préférait garder la chambre quelques jours. Il ne voulait pas que le récit de sa mésaventure s'ébruite et qu'on se moque de lui. Mais il accepterait volontiers de faire ses devoirs, à condition que Gilbert ait la gentillesse de parler à monsieur Chambon et de les lui rapporter.

– C'est déjà arrivé une fois. J'avais perdu mes cheveux et maman avait décidé que je resterais à la maison tant que je serais chauve.

– Chauve ! s'est exclamée Aliénor.

– J'avais de gros soucis et mes cheveux étaient tombés. Il n'y avait plus de place dans ma tête pour les ranger.

– Vraiment ?

– Je ne peux pas te l'expliquer, ce serait déloyal vis-à-vis de mon père.

– Ça te ferait peut-être du bien…

– Je n'en suis pas sûr. Il se pourrait que je redevienne chauve, et je ne n'y tiens pas. Ce fut une dure épreuve pour moi.

– Ton maître avait accepté que tu travailles tout seul ?

– Monsieur Bottel…

– Monsieur Bottel ?

– C'était le nom de mon maître à Saint-Romain, là où on vivait.

– Ton maître avant monsieur Chambon ?

– Oui. Je l'aimais beaucoup. On était très complices. Papa aussi l'aimait beaucoup. Maman ne l'appréciait pas. Elle avait menacé de le dénoncer à l'académie…

– Ce devait être grave, alors !

– Maman pouvait piquer de grosses colères, tu sais. Je crois qu'elle l'a terrorisé ce jour-là. Il a failli tourner de l'œil et s'est rattrapé aux portemanteaux. C'était un homme gris, avec un manteau gris, une écharpe grise, les pieds plats, un cartable au bout du bras qu'il tenait comme s'il promenait un chien en laisse.

– Un chien en laisse ! C'est drôle, ça !

– Oui, oui. Maman lui avait foutu la trouille. Mais il s'entendait bien avec papa. Par la suite, quand je suis retourné à l'école et que papa venait me chercher, ils parlaient tous les deux de mes projets de moteur, de fusées, d'exploration de l'espace. J'étais très fier d'être le sujet de leurs conversations...

Aliénor avait dû se contenter de cette explication.

Elle avait accepté de ne rien dire de l'incident arrivé à Louis.

Elle avait posé une condition : que cela ne se reproduise plus. Il avait l'interdiction de se baigner sans la surveillance d'un adulte.

Louis avait tendu la main et promis avec la mine grave d'un conjuré qu'il obéirait.

Aliénor répéta ce qu'elle avait appris à Gilbert : monsieur Bottel à Saint-Romain, son amitié avec Lewis. C'était peut-être une piste...

Elle lui demanda d'aller voir le nouveau maître de Louis et de rapporter la liste des devoirs à faire. Elle écrivit une lettre au directeur de l'école, une autre à monsieur Chambon, et Louis fut autorisé à rester à Berléac.

C'est ainsi que Gilbert apprit que le nom de famille

de Louis était Riley, il ne s'était jamais posé la question avant. Il apprit aussi que l'ancien maître de Louis s'appelait monsieur Bottel et qu'il exerçait à Saint-Romain.

Riley… Riley… ce nom lui était familier.

Il l'avait déjà lu quelque part.

Mais où ?

Il n'arrivait pas à se le rappeler.

Quant à ce monsieur Bottel, il se dit qu'en effet il y avait une piste à creuser.

Chaque matin, donc, il conduisait India à l'école, et chaque après-midi quand il allait la chercher, monsieur Chambon lui remettait une liste d'exercices pour Louis.

India continuait à s'asseoir à côté de Gilbert. Elle était peu loquace et ils faisaient souvent le trajet sans parler. Elle le remerciait en descendant de la voiture et portait à Louis le travail à faire.

Aliénor lui avait acheté deux pyjamas, un bleu avec un liseré blanc et un autre à carreaux rouges et blancs. Louis ne savait pas lequel il préférait. Il en changeait chaque jour et interrogeait India pour savoir lequel était le plus seyant. Cela rassura India, qui en déduisit qu'il n'était pas aussi mal en point qu'il le prétendait.

Aliénor avait raconté à tous que Louis s'était senti très faible, un problème de croissance sans doute, et qu'il s'était confié à elle. C'est pour cette raison qu'il gardait la chambre.

Un jour que Gilbert attendait India devant l'école, assis derrière le volant de la Saab, un instituteur passa devant lui, son cartable s'ouvrit et le contenu se répandit devant le capot de la voiture. Gilbert descendit et aida l'enseignant à rassembler les documents épars sur le sol.

C'est quand il posa la main sur une grande enveloppe blanche un peu rembourrée que le souvenir lui revint.

RILEY. C'est le nom qu'il avait écrit pendant dix ans sur des enveloppes semblables à celle qu'il était en train de ramasser. Des enveloppes pleines de billets de cent euros, résultat des gains de sa patronne aux courses.

RILEY, quartier Les Alouettes, Saint-Romain.

Premier mystère élucidé.

Restait à suivre la piste de monsieur Bottel...

Bernard Debreste gravit les escaliers qui conduisent à la chambre de son père en se tenant à la rampe. Les marches sont hautes. Il n'est pas près de les descendre, l'ancêtre. Même s'il reprend du poil de la bête en ce moment !

Ils doivent répéter le texte qu'il récitera aux « héritiers ». Il ne me fait pas confiance. Il me traite comme un morveux.

Ce soir a lieu le premier dîner, avec Édouard de Berléac et Cecil. Ce dernier a bien travaillé. Il leur apporte le Doudou bien ficelé. L'affaire est dans le sac. Ça ne devrait pas être plus difficile avec Jacques de Berléac. Cet homme se trahirait lui-même pour de l'argent. Quant aux tantes et à Anaïs, les premières sont aux abois, la seconde rêve de s'émanciper et de quitter Berléac. La commission de Zinski est réglée aussi. 20 %. Tout roule. Quel besoin a l'ancêtre de l'obliger à monter cet escalier ?

Pour m'humilier sans doute...

Et parce qu'il n'assistera pas aux dîners. Tant mieux ! Je pourrai faire mon numéro d'artiste, citer des noms d'écrivains, de peintres. Cela me donne un lustre, un velouté que mon père s'entête à dénigrer.

Il s'approche du lit, embrasse son père sur le front. Lui assure que tout est en place. On servira du foie gras en entrée, de la pintade en gelée, une salade, un plateau de fromages. Le tout accompagné de bons vins, un café, un cognac avec cigares pour clore le dîner. Et hop ! je sors le protocole d'accord et je le fais signer. Pas besoin de domestique, d'oreilles qui traînent, le dîner aura lieu en toute intimité.

– Ne brusque personne, sois aimable, souriant, obséquieux même, surtout avec Édouard… Parle-lui de la grandeur de Berléac, de l'honneur pour nous d'y participer, et il signera sans problème.

– C'est ce que je compte faire…

– Tant qu'on n'aura pas les cinq protocoles d'accord signés, je m'inquiéterai. On n'est pas à l'abri d'une volte-face si tu fais une gaffe…

– Mais je ne ferai pas de gaffe !

– Dis-moi… autre chose… un sujet m'inquiète…

– Lequel ?

– Parce que là aussi, il faut jouer finaud…

– Et j'en suis capable !

– Je ne voudrais pas te rappeler l'affaire Cantenac…

– J'ai trébuché une fois et vous me le serinez sans arrêt !

– Ça m'a coûté un max !

– Vous avez épongé la note sans problème.

– Et le contrat des barriques, tu l'as oublié ?

– Pffft… C'était rien.

– Quelques millions encore ! Je ne voudrais pas que tu recommences. Tu as cinq haies à franchir, si tu en loupes une, tout tombe à l'eau !

– Bon… que vouliez-vous me dire ?

– As-tu rappelé l'agent immobilier pour la maison des vieilles filles ?

– Oui. Je lui ai mis la pression. Il les harcèle matin, midi et soir en leur assurant que si elles ne trouvent pas l'argent rapidement, elles seront virées. Ça me fait mal au cœur.

– Toujours pareil ! Tu veux bien t'enrichir mais pas te salir les mains… Tu as du bol de m'avoir comme père. Tu aurais fini chez l'abbé Pierre sinon !

– Ça vous fait jouir de torturer les gens… Moi pas.

– Avec quoi tu achèterais tes peintures de merde et tes installations débiles ? Hein ? Avec des billes et des Carambar ?

– On joue plus aux billes depuis longtemps !

– C'est assez. Descends t'habiller et sois à la hauteur, c'est tout ce que je te demande…

Bernard Debreste se lève et prend congé.

Sur le palier, il croise Claudine qui vient faire « la petite toilette du soir ».

– Bonne chance ! il lui dit. L'ancêtre est à cran.

– Vous en faites pas, je suis habituée…

Et je viens de brancher l'appareil.

Il me fait croire que c'est pour faire des acrobaties avec sa canne. Suis pas bête. Y a un dîner ce soir. J'ai aperçu la table dressée en passant, et c'est pas pour un banquet de mendiants ! Le Bernard a demandé que personne ne vienne les déranger, il fera le service lui-même.

Il ignore que l'ancêtre va les espionner.

Un panier de crabes verts, cette famille !

Paul Debreste écoute, de son lit, la conversation, le bruit des verres qu'on remplit, celui des couverts heurtant les assiettes, les raclements de gorge, les toux, les rires. Édouard de Berléac évoque son grand-père en se mouchant, Cecil le coupe, agacé, Bernard insiste, non, Cecil, non, Édouard a raison, ayons une pensée pour cet homme honorable.

Il fronce les sourcils quand son fils se lance dans un long discours sur l'évolution du marché de l'art contemporain qui a repris et affiche un beau chiffre d'affaires. La Chine est désormais numéro un des ventes aux enchères. Il ne lui aura fallu que trois ans pour se hisser à la première place, devant le Royaume-Uni et les États-Unis, l'art est devenu un actif financier à l'égal des actions cotées en Bourse. Il se gargarise. On n'entend que lui.

Enfin, après le café et le cognac, le protocole est signé.

Paul Debreste croit entendre le crissement des plumes sur le papier et se laisse retomber sur l'oreiller, satisfait.

La première manche est gagnée.

La courtepointe en velours bleu roi de son lit glisse à terre et il retient un juron. Il a souvent les pieds froids la nuit, ça le réveille.

La courtepointe est là pour les réchauffer.

Il va passer une nuit blanche.

Le deuxième dîner, avec Jacques de Berléac, se déroule comme prévu. Bernard célèbre la conduite exemplaire de ce père de famille, l'homme d'affaires avisé qui, bien que boudé par le succès, ne s'est jamais découragé et a persisté face aux situations hostiles. Il aura maintenant toutes les possibilités de développer ses talents. Hommage enfin est rendu à sa défunte épouse, humble et exemplaire, et à sa brillante descendance.

Jacques de Berléac écoute en branlant du chef et acquiesce à chaque mot laudateur.

Il signe d'une main allègre après avoir repris moult cognac et demandé la permission d'embarquer quelques cigares.

Ce connard ne perd jamais une occasion de se remplir les poches, marmonne Paul Debreste en éteignant l'appareil.

Il a une pensée pour Claudine qui le lui a acheté.

L'a installé en trente secondes.

Et lui a fait une fameuse branlette ce soir-là.

Le troisième dîner s'annonce plus délicat.

Le matin même, l'agent immobilier rappelle aux deux tantes que l'offre de rachat expire le lendemain, ont-elles une réponse à lui donner ? Elles bégayent que non. Il les presse, les met en garde, leur décrit leur éviction, l'huissier pointant du doigt les meubles à entreposer sur le trottoir, le camion de déménagement emportant leurs biens, le regard des passants, le nom de leur famille sali, en un mot : l'infamie.

Elles raccrochent, sanglotent, se prennent dans les bras, songent à sombrer dans les somnifères et « Casta Diva ». C'est sauter à pieds joints dans le purgatoire. Croupir dans les limbes d'un désespoir éternel.

Elles décident de se rendre le soir même chez les Debreste, toutes fripées de chagrin.

Elles demandent à être assises côte à côte, afin de se parler à l'oreille.

Bernard leur fait une offre qui couvre l'achat de la maison et une somme d'argent qui leur permettra de vivre confortablement jusqu'à leur mort. Un notaire aurait estimé le prix de rachat des parts des tantes entre huit et neuf millions, il en propose deux.

– Quel choix tragique ! L'un nous rend malheureuses, l'autre, indignes, des deux côtés notre mal est infini, murmure Blanche en paraphrasant Corneille.

Paul Debreste a beau pousser le son de l'appareil, il devine plus qu'il n'entend. Bernard patauge. Il n'est pas à l'aise face au désarroi des tantes, qui vont répétant, comment remercier le Ciel qui, s'il nous permet de sortir de notre impécuniosité, nous oblige à trahir l'honneur d'une famille ?

– Mais vous ne trahissez personne ! assure Bernard. La vente de vos parts n'empêchera pas Berléac de rester un grand domaine.

– Deux millions d'euros, tout de même ! renifle Blanche. Ça va gêner terriblement Ambroise…

– Il survivra, je vous le promets ! Et nous apporterons, mon père et moi, un sang nouveau à la propriété.

– Accordez-nous vingt-quatre heures de réflexion, supplie Geneviève.

Ne lâche pas, Bernard, ne lâche pas. Elles doivent signer tout de suite ou elles se reprendront. Elles parleront à Ambroise, qui leur fera une contre-proposition, et nous serons marron.

– Pouvons-nous nous retirer un instant ? dit Blanche. Nous voudrions nous parler sans témoin ni impériosité.

Elles s'isolent dans le salon et Paul Debreste perd la communication.

Elles reviennent une demi-heure plus tard, s'assoient et, la tête basse, murmurent qu'elles acceptent l'offre. Elles ne pourraient affronter l'infamie du trottoir, l'image du camion avalant leurs livres, leurs disques, leurs albums de photos, leurs meubles. Elles n'y survivraient pas. Et pour aller où ? Pour aller où ? elles répètent en se regardant, les mains de l'une accrochées aux mains de l'autre.

– Je sens en mon cœur de rudes combats à venir..., soupire Blanche.

– Je méprise ce monde qui met au défi deux pauvres femmes de vendre leur honneur pour rester en vie, murmure Geneviève.

– Napoléon disait : « Il faut être économe de son mépris en raison du grand nombre de nécessiteux », laisse tomber Bernard avec une certaine satisfaction.

Il a appris cette citation en vue de ce dîner et s'empresse de la placer.

– Ce n'est pas une phrase de Napoléon, relève tante Blanche avec dédain, mais de Chateaubriand. La différence est grande. L'un a l'âme haute et claire, l'autre fut un barbare qui ne rêvait que gloire personnelle et profits. L'un a incarné la grandeur de la France, l'autre a dévasté sa patrie.

– C'est une grave faute de confondre l'un et l'autre ! s'exclame Geneviève, votre âme est bien brouillonne...

Un instant, Paul Debreste croit que tout est perdu et il maudit son fils.

– Quelle couille molle ! il rugit dans l'interphone.

L'affront retentit jusqu'au petit appareil posé dans la jardinière en argent au milieu de la table de la salle à manger.

Les tantes s'agitent. Demandent qui ose jurer de la sorte et si cette invective vise leurs personnes.

– Est-ce la voix de Dieu qui nous reproche de nous vendre ? Devons-nous nous ressaisir ? suggère Blanche.

– Il nous blâme comme jadis Jésus fustigea les marchands du Temple..., dit Geneviève. Jésus pouvait avoir un langage très vert quand il se mettait en colère.

– C'est mon fils ! C'est mon fils ! s'écrie Bernard en se demandant d'où vient cette voix. Il doit être avec un copain dans sa chambre et ils chahutent... Vous savez, quand on est jeune, on dit n'importe quoi ! On se chamaille pour rire et les insultes fusent.

– Vous l'avez bien mal éduqué, dit Geneviève en pensant à India et Louis qui ne s'exprimeraient jamais de la sorte.

– Je vous supplie d'être indulgentes, répond Bernard en joignant les mains. Dieu est clément, il pardonnera à mon fils son langage.

Les tantes se consultent du regard puis, résignées, elles apposent leurs signatures sur le protocole d'accord que Bernard Debreste a soudain étalé sur la nappe blanche. La honte dans l'âme. Sans le lire.

Et de quatre ! se félicite à voix basse Paul Debreste sous son édredon. Il a bien rattrapé le coup, mais quel crétin !

Le lendemain matin, Bernard Debreste raconte l'incident à son père, Paul éclate de rire et dit qu'en effet il avait juré très fort en regardant un débat télévisé. Sa voix avait dû passer par le conduit de la cheminée qui donne dans la salle à manger.

– La prochaine fois, retenez-vous. Vous avez failli ruiner nos plans ! s'indigne Bernard.

Paul Debreste ne répond pas, satisfait de s'en tirer à si bon compte.

Son fils est vraiment un imbécile.

Ou il a vu trop de films.

Le dernier dîner devait avoir lieu deux jours plus tard.

Zinski les appelle pour se décommander. Anaïs est souffrante. Le médecin a prescrit une semaine de repos absolu. Elle doit rester dans sa chambre et ne subir aucune contrariété.

– Est-ce une dérobade ? s'interroge Paul Debreste.

– Ou Zinski veut-il que nous augmentions sa commission ?

– Tu lui as accordé combien finalement ?

– Il voulait 25 %, je lui en ai donné 20…, dit Bernard.

– Donne-lui les 25 %. Et plus, s'il le faut. Il la tirera du lit.

– Peut-être qu'Anaïs rechigne à signer ? On les a vus, Ambroise et elle, à un spectacle de la Comédie-Française. Ils sont repartis bras dessus, bras dessous, à pied dans Paris…

– C'est qui « on » ?

– Les Gensac. Il se trouve qu'ils avaient pris des places pour la même représentation…

– Quand ça ?

– Il y a quinze jours à peine…

– Et tu m'as rien dit !

– J'ai pensé qu'elle voulait donner le change à Ambroise en se comportant comme une bonne épouse…

– Démerde-toi, mais qu'elle se ramène ! Sans sa signature, notre plan tombe à l'eau. On lui offre 8 millions et elle fait la fine bouche ! Quelle conne !

Il donne des coups de canne furieux sur le montant de son lit.

– Dites-moi, mon cher père…, vous pétez le feu !

– Ta gueule !

Gilbert part sur la piste
de monsieur Bottel
et retrouve un passé triste à pleurer.
Anaïs n'a toujours pas signé…
François continue de barrer
la route à Émile…
Quelle famille !

Le matin, Gilbert dépose India devant l'école et part en direction d'une autre école, celle de Saint-Romain. Il sera revenu à temps pour la sortie des classes.

À Saint-Romain, il se gare à une centaine de mètres de l'école et repère les lieux. C'est un bourg comme il en a connu beaucoup autrefois, quand il était gamin. Un centre-ville où se pressent la Poste, l'église, l'école, le monument aux morts, le café-tabac, la pharmacie, la boulangerie, l'épicerie, qui vend aussi des journaux, des produits d'entretien, des bouteilles de gaz et le pain quand la boulangère est en vacances, la boucherie, le salon de coiffure ouvert trois jours par semaine, et parfois, quand le bourg est plus grand, un garage Renault et un magasin de prêt-à-porter avec des blouses imprimées en devanture. Au milieu des commerces se trouvent des parterres de fleurs où les chiens viennent pisser, un parking avec une quinzaine de places et une cahute où est écrit en grand SYNDICAT D'INITIATIVE.

Ses parents déménageaient souvent. Son père travaillait à EDF. Il était chargé de l'entretien des lignes à haute tension, de l'élagage des arbres et de la végétation, de la réparation des dommages causés par les tempêtes. Il partait casqué, ganté, botté, pris dans un harnais, bardé de cordes, de pinces, de crochets, de lampes. Les conditions de travail étaient difficiles, voire acrobatiques. Il pouvait être appelé à n'importe quelle heure du jour et de la nuit. Le salaire était modeste, mais il touchait des primes quand la mission était périlleuse. C'est toujours périlleux, disait sa mère en le regardant partir. Elle serrait son fils contre elle en débitant des prières. Il l'entendait et répétait sans comprendre. Son père avait refusé qu'on le baptise. Il ne voulait pas le voir « déguisé en chrétien ».

Saint-Romain lui rappelle tous les villages où ils avaient habité.

Et un autre…

Celui où elle vivait. Elle s'appelait Virginie.

Elle avait vingt ans. Lui aussi.

Son père était mort, électrocuté sur un poteau EDF. Accident du travail. Sa mère avait dégringolé. Il s'était occupé d'elle comme d'une enfant, lui faisait à manger, la mettait au lit, lui coupait les ongles et les cheveux, lui donnait son bain. Le soir, il lui lisait des romans de Delly. Ils finissaient toujours bien. Elle s'endormait un sourire aux lèvres. Il continuait d'habiter avec elle de peur qu'elle ne tombe pour de bon et ne se relève plus.

Il avait choisi de devenir driver. Celui qui conduit les chevaux de course en trot attelé. Pas besoin d'être petit, étriqué, de faire des régimes comme les jockeys, il pouvait boire des bières, manger des frites, des McDo, des saucisses, des pizzas. Pas trop, certes, car il fallait garder la ligne, mais on ne montait pas sur la balance avant chaque course. Il fallait aussi avoir du sang-froid, de l'autorité pour empêcher le cheval de galoper. Il avait passé un CAP lad-cavalier d'entraînement et avait obtenu sa licence de driver.

C'est en fêtant l'obtention de son diplôme qu'il l'avait rencontrée.

Elle était derrière le bar.

Petite, bien roulée, des yeux très bleus aux longs cils noirs, une bouche rose, charnue, des cheveux bruns qui tombaient en serpentins, un teint de lys, comme on disait dans les romans de Delly.

Il ne lit plus maintenant mais en ce temps-là, après avoir couché sa mère, il avalait les romans policiers. Les bons et les mauvais. James Hadley Chase, Carter Brown comme William Burnett, Horace McCoy, James Cain, Chester Himes ou Raymond Chandler. Elle ressemblait aux héroïnes de ces livres. Celles qu'il faut éviter si on ne veut pas finir en prison.

Leurs regards s'étaient croisés, elle n'avait pas joué l'indifférente, au contraire, elle lui avait souri avec un air de « vous me plaisez bien ».

Il lui avait souri aussi.

Il était allé rejoindre ses potes au bout du bar.

Il reviendrait un soir dans ce bar. Tout seul.

Il s'installe au café de Saint-Romain. Écoute les conversations, repère les habitués. Les piliers de bar qui se juchent sur un tabouret le matin et s'avachissent au fil des heures. Ceux qui viennent acheter des cigarettes ou des tickets à gratter. Boire un petit blanc, un petit rouge. Jouer au Loto, faire leur tiercé. Parler du soleil et de la pluie devant un Coca.

Aliénor lui a fait une description sommaire de monsieur Bottel. Un homme gris, avec une écharpe grise, les pieds plats, un cartable qu'il tient comme un chien en laisse.

Il doit bien passer par le café, cet homme-là. Il joue, il boit, il fume ?

Perdu !

Monsieur Bottel achète ses timbres au tabac.

La première fois qu'il le voit, il attend qu'il soit parti et demande à la fille du café :

– La Poste est tout à côté et vous vendez des timbres ?

– Je fais ça pour les habitués. La Poste a de drôles d'horaires. C'est pas pratique quand on travaille.

– Qui achète encore des timbres aujourd'hui ?

– Ceux qui écrivent des lettres, je suppose, elle répond en haussant les épaules.

– Et qui écrit encore des lettres ?

– L'instit, par exemple.

– Monsieur Bottel ?

– Ben oui…

Ce jour-là, il paie sa bière et repart.

Il sera à l'heure pour la sortie de classe d'India.

Gilbert a décidé d'aborder monsieur Bottel sans artifice.

Bonjour, je m'appelle Gilbert Mossut, je suis le secrétaire particulier de madame de Berléac, la mère de Muriel Riley, la grand-mère de Louis Riley, l'enfant qui voulait construire une fusée pour aller vivre sur la lune et qui était votre élève.

Il verrait bien quelle serait sa réaction.

Il est midi et quart quand la sonnerie de l'école retentit. Les élèves sortent, ainsi que leurs maîtres. Un homme plus âgé que les autres, dans un pardessus gris, avance en balançant son cartable.

Il est sur le point de lui tendre la main et de débiter son boniment quand monsieur Bottel s'écrie :

– Tiens ! Voilà l'homme qui était au café l'autre jour... Eh oui ! J'achète des timbres et j'écris des lettres.

– La fille du café vous a raconté... J'aurais dû m'en douter.

– Que voulez-vous savoir ?

Gilbert, surpris, ne sait que répondre.

Ils sont devant l'école et se dirigent vers la boulangerie. Monsieur Bottel avance d'un bon pas et le trottoir est étroit. Gilbert lui parle par-dessus son épaule en descendant et en remontant du trottoir pendant que monsieur Bottel salue chaque passant qu'il croise, je m'appelle Gilbert Mossut, je suis le secrétaire particulier de madame de Berléac, la grand-mère de Louis Riley, et...

– Avez-vous eu le temps de goûter la tourte aux pommes de la boulangère ? dit monsieur Bottel en balançant son cartable.

– Non.

– Dommage ! Elle est succulente. Sa tarte aux abricots et celle à la rhubarbe sont un vrai régal du palais...

– Je l'ignorais.

– Et le boudin du boucher ? Le connaissez-vous ?

– Non plus.

– Christophe a décroché la médaille d'or du meilleur boudin de France cette année. Boudin noir et boudin blanc. Nous avons beaucoup de chance à Saint-Romain. Nous avons d'excellents commerçants.

L'homme semble bavard. Il doit vivre seul et est enchanté de pouvoir parler.

– Vous ne voulez pas qu'on s'installe au café ? propose Gilbert. On serait mieux pour parler…

– Il y a des courants d'air. Je suis fragile de la gorge.

– Vous voulez monter dans ma voiture ?

– Mon Dieu ! Cela paraîtrait bizarre aux gens qui nous verraient. J'ai une réputation à soigner ici… Il fait doux. Allons nous promener vers le château… Vous verrez, le chemin est très beau. Un vieux chemin de halage bordé d'une belle futaie…

– Je ne l'ai pas remarqué…

– Parce qu'il faut marcher… Mais nous avons tout notre temps, n'est-ce pas ? Je ne travaille pas cet après-midi. Et je vis seul, personne ne m'attend. Sauf Bébert, mon chat… comme celui de Louis-Ferdinand Céline…

– Si vous voulez ! dit Gilbert en descendant et en remontant du trottoir.

– Que voulez-vous savoir ? dit monsieur Bottel en humant l'air d'un nez gourmand. J'ai mon sandwich dans mon cartable, on pourra le partager si vous avez faim.

Gilbert le remercie et décide de ne pas louvoyer.

– Je cherche à joindre Lewis Riley…

– Lewis Riley ! Je l'ai bien connu, en effet… C'est le

père d'un enfant surdoué. Un enfant auquel je m'étais attaché. Le petit Louis. Que devient-il ?

– Il vit chez sa grand-mère, Aliénor de Berléac…

– Berléac ? Comme le fameux Château Berléac ?

– Oui.

– Excellent vin ! Je ne bois pas mais je l'ai goûté autrefois et je m'en souviens.

– Louis et India vivent à Berléac depuis près de trois mois.

– Leur mère les a abandonnés ? Cela ne m'étonnerait pas. Cette femme a un comportement étrange, elle peut être très violente. Mais dites-moi… Louis doit être passionné par la vigne, maintenant. C'est un enfant extraordinaire qui s'intéresse à tout ce qui l'entoure. Mettez-le au milieu d'un champ de pommes de terre et il saura tout de ce tubercule, plongez-le dans un atoll, il étudiera les coraux, parlez-lui du papa pingouin, et il essaiera de couver un œuf par grand frimas… Je l'ai eu comme élève deux années de suite et ce fut un bonheur. Il comprenait tout et avait plusieurs longueurs d'avance sur ses camarades, ce qui lui a valu des soucis d'ailleurs…

– Pourquoi disiez-vous que sa mère était violente ?

– Elle a menacé de me dénoncer à l'académie, moi ! Un vieil instituteur qui a toujours vécu en paix avec son autorité ! Et à la fin, elle m'empêchait de voir son fils… Je ne vous cacherai pas que cette histoire fut une blessure. Une douleur même. J'aimais tellement cet enfant.

– Et le père ? Il était comment ?

– On a correspondu un bon moment, vous savez. C'était un homme très calme, très instruit, qui avait beaucoup de charme. Les dames de l'école en étaient toquées. Que ce soient mes collègues ou les cantinières. Il avait son petit succès !

– Pourquoi est-il parti d'après vous ?

– Je crois que sa femme l'a mis à la porte. C'est ce qu'on racontait à l'école. Et dans le village, on disait même qu'il était mort, parce qu'on avait vu passer les agents de l'assurance. Il aurait eu un accident de camion.

– Vous lui avez dit tout ça ?

– Oui. Ça a été un choc pour lui.

– On peut le comprendre...

– Il se demandait comment il avait pu être déclaré mort. Et puis, il s'est souvenu qu'il avait perdu la seule chose qui lui restait de son passé : sa médaille de baptême. Il l'avait laissée dans son camion... Il l'avait ôtée, je ne sais pas pourquoi, et il avait oublié de la remettre. Une chaîne en or avec une très jolie médaille. Le chauffeur qui lui a succédé a dû la trouver. Et se la passer autour du cou. Ça ne lui a pas porté bonheur !

– Il avait vraiment confiance en vous, pour vous raconter tout ça...

– Il allait très mal surtout.

– Vous lui écriviez des lettres avec des timbres ?

– Non. On s'envoyait des mails. Il était parti en Nouvelle-Zélande. Mes lettres auraient mis du temps à lui parvenir. Je lui écrivais sur l'ordinateur de l'école... Il avait un ami là-bas. Un homme qui était comme son père. Dans le commerce du vin, lui aussi...

– Vous vous écrivez toujours ?

– Hélas, non ! Il a arrêté. Du jour au lendemain.

– Vous savez pourquoi ?

– Non. J'ai envoyé plusieurs mails qui sont restés sans réponse. Alors j'ai cessé d'écrire. Il faut être deux, n'est-ce pas, pour entretenir une correspondance…

– Et que vous disait-il dans ses mails ? Je veux dire, quand il vous écrivait encore…

– Il voulait tout savoir au sujet des enfants, leurs notes en classe, leurs réflexions… Un jour, je lui ai écrit que je ne pourrais plus lui donner de nouvelles, sa femme s'était remariée et avait déménagé.

– C'était peut-être brutal…

– C'était la vérité. Elle fait toujours mal, autant la dire en une seule fois… Je croyais avoir tissé un lien. Et puis non…

Il soupire, lance le bras qui porte le cartable vers l'arrière, si loin que Gilbert se souvient de la remarque de Louis à propos de la laisse du chien.

– Il ne m'a plus jamais écrit. Cela m'a blessé. J'aimais bien l'idée que j'avais un ami qui vivait aux antipodes.

Il s'arrête, regarde au loin par-delà les arbres qui bordent le chemin.

– Vous voyez ce chemin de halage où nous nous trouvons ? Autrefois les péniches étaient tirées par des bêtes de somme ou par le marinier et sa famille. Ils passaient un harnais, appelé bricole, y attachaient une corde, et toute la famille tirait le bateau. Ce type de halage humain a duré jusqu'à ce qu'on invente le moteur thermique. Il permettait à un seul homme de tracter une péniche de 300 tonnes ! C'est impensable aujourd'hui, n'est-ce pas ?

– En effet…, dit Gilbert, qui commence à comprendre pourquoi le petit Louis était si attaché à son instituteur.

– Le métier d'instituteur ressemble à celui du marinier. Il tracte des âmes d'enfant et tente de les mettre sur la route du savoir… Parfois ça marche et on en retire de grandes satisfactions, d'autres fois on s'adresse à des andouilles qui chahutent dans votre dos. Louis a été le couronnement de ma carrière. Si un jour cela vous passe par la tête, dites-lui qu'il m'a rendu heureux…

– Je n'y manquerai pas, dit Gilbert, ému par cet homme dégingandé qui balance les bras comme un grand dadais.

– Bientôt je vais partir à la retraite. Il me restera mes livres et ce chemin où j'aime me promener…

– Et vos souvenirs…

– Oui. Mes souvenirs…, il répond sans avoir l'air convaincu.

Gilbert jette un regard discret sur sa montre. Il va falloir qu'il parte.

– Vous me donneriez l'adresse mail de Lewis Riley ?

– S'il est toujours vivant…

– Évidemment.

– C'est une nouvelle adresse qu'il avait prise en débarquant en Nouvelle-Zélande… Vous ne lui voulez que du bien, j'espère ? dit monsieur Bottel.

– Bien sûr.

– Je vais vous la noter…

Il tire de sa poche un calepin et un Bic qui y est attaché.

– C'est pour quand il me vient des idées…

– Vous n'avez pas de portable ?

– Je n'en ai pas besoin. On sait toujours où me trouver.

Il griffonne l'adresse de Lewis Riley. Détache la feuille et la lui tend.

– Merci beaucoup, dit Gilbert. Je pense que ce serait bien qu'il retrouve ses enfants…

– Vous avez raison. Un père est aussi important qu'une mère… Vous avez des enfants ?

Gilbert se raidit comme s'il avait reçu un coup dans la poitrine.

– Excusez-moi, ma question est par trop intrusive. Vous n'êtes pas obligé de me répondre…

– Non, non… j'ai été surpris, c'est tout !

– Je n'ai pas d'enfants et j'en souffre. Je leur aurais appris tant de choses et on aurait partagé de belles découvertes. Mais je n'ai pas rencontré la femme idoine… C'est le regret de ma vie. Parlons d'autre chose. Je voudrais vous demander… Si je vous donne mon adresse… vous m'écrirez ? Vous me donnerez des nouvelles de Louis ? Enfin, si vous y pensez. Je ne veux vous obliger en rien.

– Je le ferai, promis, dit Gilbert, en se reprenant.

– Une lettre avec un timbre, précise monsieur Bottel.

– Il faudra que j'aille à la Poste ! sourit Gilbert.

– Allez ! Ça a été un plaisir de discuter avec vous. Je m'en vais m'asseoir sur ce banc là-bas et déguster le sandwich rillettes de ce bon Christophe. Il m'en prépare un chaque matin… Il change toujours la garniture.

– Je vous souhaite un agréable déjeuner…

– Et n'oubliez pas avant de partir : les gâteaux de la boulangère et le boudin du boucher !

Paul Debreste repose *Le Figaro* et apostrophe Claudine sur le pas de la porte.

– Vous allez où ?

– Chercher votre plateau…
– Qu'est-ce qu'il y a pour déjeuner aujourd'hui ?
– Des côtelettes d'agneau et de la purée…
– Et en dessert ?
– Un clafoutis aux pommes…
Avant je m'en foutais de savoir ce que j'allais manger, je consultais plutôt mon catalogue de filles à baiser.
– Dites à mon fils de prendre un plateau et de venir déjeuner avec moi… Il m'a dit qu'il ne sortait pas avant 15 heures.
– Bien, monsieur.
Ils n'ont toujours pas de nouvelles de Zinski et de sa poule. Elle garde la chambre. Autrefois on disait que les femmes souffraient de langueur. Aujourd'hui, on appelle ça « dépression » et on leur paie un psy. Le résultat est le même : elles nous emmerdent. Et elles nous ruinent. C'est le seul réel pouvoir des femmes : emmerder leur mari. En attendant, celle-là décroche le pompon. Elle risque de tout faire échouer. Elle joue avec nos nerfs. Le fait-elle exprès pour savourer son pouvoir ? Ou hésite-t-elle à signer ?
– Ah ! Te voilà ! il dit en regardant son fils entrer les mains vides. Et ton plateau ?
– Claudine le montera. Les escaliers sont trop raides…
– Espèce de chiffe molle !
– Ça vous amuse de me faire grimper les marches ?
– À ton âge, je les montais quatre à quatre ! Alors ? Tu as des nouvelles de Zinski ?
– Toujours les mêmes. Elle se repose. Il ne faut pas la brusquer. Je ne sais rien d'autre.

– Tu as augmenté sa commission ?

– Je le lui ai fait comprendre mais je crains que ce ne soit pas le problème... Ce n'est pas lui qui coince. C'est sa gonzesse.

– Merde ! Qu'est-ce qu'il lui faut à cette pétasse ?

– Je ne sais pas. Zinski se demande si Ambroise n'est pas en train de la retourner.

– Merde ! Merde ! Et merde !

– Ça ne nous mène pas très loin...

– C'est un constat. Que faire d'autre ?

– Rien, soupire Bernard Debreste.

– Je croyais que Zinski l'avait à sa main...

– Faut croire que non.

La porte s'ouvre. Claudine entre en portant les deux plateaux superposés. Elle les installe sur une petite table proche du lit et, essoufflée, annonce qu'elle redescend chercher le pain, la bouteille de vin et les verres.

– N'oubliez pas les serviettes ! gueule Bernard.

– Faut tout leur dire ! râle Paul Debreste en reniflant la purée.

C'est un jour gris. De gros nuages de pluie arrivent de l'ouest, voilant le soleil qui, un instant plus tôt, éclairait encore les ardoises de l'église, les parterres de fleurs du parking, l'auvent vert et blanc de l'épicerie et la tente rouge de la boulangerie.

Gilbert regarde sa montre.

Il ne va pas traîner ici.

La petite ne sortira pas avant dix-sept heures. Il a le temps d'aller du côté de Montendre.

Le village où « elle » vivait.

Où ils avaient habité jusqu'à ce que...

Il ne s'arrêtera pas. Il ralentira devant le café où elle travaillait, le studio qu'ils louaient. Montendre, son centre historique, son église romane, son château médiéval, sa réserve sauvage de loutres, de visons, de libellules. La forêt de la Double... ils s'y promenaient main dans la main, s'arrêtaient pour un baiser, un serment murmuré, elle frottait son nez contre son blouson. Ils s'allongeaient dans l'herbe au bord des étangs, comptaient les libellules et faisaient des projets. Il deviendrait un grand driver, participerait aux courses de Vincennes, elle réaliserait son rêve : devenir chanteuse. Elle regardait la *Star Academy* et s'inscrivait à tous les karaokés de la région.

Il lui disait, je t'aime, elle se blottissait contre lui.

Comme dans les romans de Delly.

Sa mère était morte dans son sommeil. Un sourire aux lèvres. Virginie l'avait accompagné au cimetière et, quand il avait fallu jeter une dernière pelletée de terre, elle avait tenu sa main qui tremblait. Ils étaient repartis serrés l'un contre l'autre.

La vie était simple et belle en 1978.

Jusqu'à ce qu'elle rencontre Stéphane.

Un grand gaillard dc 1,95 mètre au moins, avec une longue barbe rousse, des mains de bûcheron et un œil crevé qui n'était ni ouvert ni fermé. Il était forestier dans la forêt de la Double. Il vivait dans une communauté qui s'appelait Le Bon Berger. Des illuminés, on disait à Montendre. Des gens qui ne mangent que des fruits, des racines, boivent des tisanes et font des grands feux en psalmodiant pour nettoyer le monde des forces du Mal. Ils veulent revenir au temps de la Création, tout nus avec une feuille de vigne ! Stéphane s'accoudait au bar et commandait un Vittel menthe. Il ne boit jamais d'alcool ? avait demandé Gilbert à Virginie. Non, il veut garder son âme et son corps purs. Quel drôle de mec ! il riait.

Pas si drôle que ça.

Virginie était tombée enceinte. À la deuxième échographie, on leur apprit que c'était une fille. On l'appellera Bonnie, il avait dit, en pensant à Bonnie Tyler dont la chanson « It's a Heartache » sortie cette année-là faisait un malheur. Elle s'était retournée pour sortir les tasses et les verres du lave-vaisselle.

Quand la petite était née, il était à l'hippodrome de Salon-de-Provence. Il devait participer à des courses les jours suivants. Impossible de se défiler. Il avait envoyé des fleurs, des fleurs et des fleurs. Sur le petit carton épinglé aux bouquets, il écrivait inlassablement « À mes deux amours, Virginie et Bonnie ». Il était arrivé trois jours plus tard à la clinique, avait grimpé les marches qui montaient jusqu'à la chambre à toute vitesse. Avait tenu la mère et l'enfant un long moment contre lui. Virginie sentait le lait Mustela, Bonnie avait les yeux bleus de sa mère et un duvet de cheveux foncés. Il avait inspiré. Une longue inspiration pour avaler le bonheur. Et avait sorti de son blouson le lapin en peluche rose acheté pour sa fille.

– Bonnie, Bonnie…

Il agitait le lapin rose devant les yeux de sa fille endormie.

– J'aimerais mieux Evangelina, avait murmuré Virginie.
– Evangelina ? Mais ça n'existe pas !
– Si. Et c'est joli…
– Mais pourquoi ?
– Elle portera la bonne parole et changera le monde.
– Evangelina…, il avait répété. Je préfère Bonnie.
– Papa est d'accord avec moi. Il est allé la déclarer hier à la mairie.

Il avait regardé Virginie. Son visage était fermé, presque hostile.

– Tu m'aimes plus ?

C'était la première pensée qui lui était venue. Si grave, si menaçante, qu'il avait besoin qu'elle le rassure.

– Si mais… elle s'appellera Evangelina.

Evangelina portait le nom de famille de Virginie.

Elle l'emmenait au café dans la journée et posait le couffin derrière le bar.

Entre deux courses de trot, il se garait devant le café et s'accroupissait devant le couffin, posait la main sur le ventre du bébé et sentait le petit cœur battre sous sa paume.

Evangelina l'observait, le regard grave.

Elle souriait quand Stéphane la prenait dans ses grosses pognes et la brandissait par-dessus le comptoir.

C'est normal, se disait Gilbert, elle ne me voit pas assez. Je suis toujours sur les routes.

Un matin, un an après la naissance d'Evangelina, Virginie déclara qu'elle ne retournerait pas travailler.

Elle allait entrer dans la communauté du Bon Berger.

Elle ne le verrait plus.

– Et… et ma fille ? il avait bredouillé.

– Je l'emmène, bien sûr. Elle porte mon nom. Je veux lui offrir un monde propre. Débarrassé des convoitises et de l'esprit impur qui guide notre société aujourd'hui.

– C'est pas toi qui parles comme ça ! On t'a lavé la tête.

– Tu peux penser ce que tu veux, ça m'est égal.

– Tu couches avec lui ? C'est ça, dis ? Tu couches avec lui ?

– Tu vois, tu as des pensées sales !

– Dis-moi que c'est pas vrai ! Je t'en supplie !

Elle avait haussé les épaules. Le bébé s'était mis à pleurer, elle l'avait pris dans ses bras et l'avait bercé.

Il ne l'avait plus revue.

Il avait attendu Stéphane un soir devant le porche en pierre du Bon Berger.

Ils s'étaient battus. Stéphane avait sorti un couteau et avait visé son œil droit. Il avait juste eu le temps de baisser la tête et la lame lui avait entaillé la joue. Le sang pissait, il en avait partout. Stéphane le fixait. Et comme il ne tombait pas assez vite à ses pieds, il lui avait donné un uppercut au visage.

Il s'était réveillé dans la nuit. Hébété. S'était hissé jusqu'à sa voiture. S'était enveloppé le visage d'une serviette de toilette qui traînait sur la banquette et s'était rendu à l'hôpital le plus proche.

Il n'avait plus jamais été driver de trot attelé.

Il avait trouvé un emploi de guichetier à l'hippodrome de Bordeaux.

Il était tombé au fond du trou. On se méfiait de lui. Sa plaie, mal soignée, mettait du temps à cicatriser. On lui avait donné ce boulot par charité, en lui faisant comprendre qu'il devait se tenir à carreau.

C'est alors qu'il avait rencontré Aliénor de Berléac. Une grande dame. Belle, distinguée.

Pourquoi s'était-elle intéressée à lui ? Il n'en avait aucune idée.

Il lui donnait des tuyaux parfois quand elle venait prendre ses paris.

Ils plaisantaient. Avec une distance certaine, mais jamais dédaigneuse.

Un jour, il lui avait demandé pourquoi elle jouait.

Elle avait répondu, pour m'étourdir peut-être…

Il avait été surpris par cette confidence.

Une autre fois, alors qu'elle avait perdu pas mal d'argent, elle avait laissé tomber, mauvais jour ! j'ai tout perdu !, il n'avait pu s'empêcher de répondre, madame… ce n'est que de l'argent !

Il dormait dans sa voiture. Elle l'avait appris et lui avait proposé de travailler pour elle. Homme à tout faire, même si elle n'avait jamais prononcé les mots. Logé, nourri. Un bon salaire.

Il avait accepté.

Et ne l'avait jamais regretté.

Bonnie a trente et un ans, maintenant. Lui, cinquante-deux. Presque cinquante-trois.

Il ne la reconnaîtrait pas s'il la croisait. Ce n'est pas la peine de rester à attendre qu'elle vienne frapper à la vitre de la voiture.

Pourquoi est-il venu traîner dans cette ville ?
Ce n'était pas une bonne idée.

India attend Émile dans la grande salle réservée aux événements spéciaux à Berléac. La pièce est si grande qu'on pourrait y faire entrer la rivière, Émile et sa canne à pêche. Et même tenter cinq ricochets d'affilée.

Elle a glissé le DVD dans la fente du lecteur. Elle joue avec la télécommande.

Émile est en retard.

Elle regarde l'un après l'autre les trois murs, le quatrième est une large baie vitrée d'où on aperçoit à perte de vue le vignoble de Berléac. Des photos encadrées sont accrochées sur les murs. Ce doit être mes ancêtres, ces hommes qui brandissent verres et bouteilles d'un air réjoui. Ils portent sur la poitrine des macarons boursouflés. Des médailles qu'ils ont gagnées lors de concours, sans doute. Pas trace d'une seule femme. Ce ne devait pas être drôle d'être une femme au temps de ces messieurs réjouis. Elles étaient reléguées au salon, à la cuisine. Ou dans la chambre à coucher pour faire des enfants.

Maman avait dû leur tirer la langue.

Maman croyait que le monde était une grosse mappemonde lumineuse qui accueillait les femmes qui avaient le courage de s'évader. Elle ne savait pas que le monde était rond, mais fissuré. Plein de tranchées où l'on pouvait tomber. Et il tournait vite, vite, il vous avalait, vous arrachait une à une toutes les forces qu'on avait amassées.

Le monde avait avalé maman,
et papa qui l'avait enlevée.

Le monde leur avait arraché la peau. Il avait épluché leurs certitudes et les avait laissés tremblants devant des factures à payer, un camion à conduire le jour et la nuit, des ménages à faire chez des gens qui vous regardent de haut, et la fatigue du soir qui vous jette sur le lit et ne vous accorde même plus la force de faire des enfants.

Elle comprend si bien la folie de sa mère.

Elle sent la même force en elle.

Elle veut changer le monde.

Aider chacun à s'élancer, débarrasser Émile de sa vieille salopette, effacer ses taches sur le visage, le noir de ses ongles, les kilos qui le freinent. Protéger Louis et ses rêves de traversée sous l'eau, ses projets de conquérir les planètes. Elle veut réparer les fissures du monde.

Et si Émile ne vient pas, c'est que… il s'est élancé. Il n'a plus besoin d'elle.

Elle se lève, reprend le DVD, va se poser devant chaque photo de messieurs réjouis et leur fait un pied de nez.

Elle est incapable de dire le nom de ce qu'elle éprouve, si c'est de la vantardise, de la bêtise ou au contraire la promesse de devenir une fille formidable.

C'est trop facile de renoncer avant d'avoir essayé.

Elle sort de la salle, descend les escaliers et traverse la cour devant les chais.

Elle entend le brouhaha des tracteurs qui tournent, déversent le contenu de leurs remorques dans un grand « entonnoir ». Des tonnes et des tonnes de raisins noirs tombent sur un long tapis roulant sur lequel sont penchés des journaliers. Ils trient les raisins, séparent les baies de leur rafle, retirent celles qui sont abîmées. Ils ne relèvent pas la tête quand elle les rejoint et se fait une place à leurs côtés.

Les vendanges ont commencé, elle va y participer.

Une femme se faufile sur sa gauche. Elle porte un foulard orange qui retient des cheveux frisés bruns, elle lui tend la main, moi, c'est Violetta ! Émile m'a dit de me rendre utile. Et il m'a plantée là ! Vous devez être India, non ? Il m'a beaucoup parlé de vous !

François monte dans le train pour Bordeaux, gare Montparnasse.

Il a acheté *Le Monde*, une bouteille d'Évian, un paquet de biscuits et s'installe à sa place. Enlève sa veste, la plie avec soin et glisse son sac sous le siège.

Première classe, dans le sens de la marche.

Il ne restera que le week-end.

Il a passé les épreuves écrites du concours, réparties sur cinq jours, chaque épreuve durant cinq heures. Ils étaient 450 candidats au départ, 40 seront retenus et affronteront le grand oral.

Mi-décembre, il saura s'il fait partie de la prestigieuse école.

S'il est le roi du monde.

Il a besoin de se changer les idées avant de reprendre les révisions.

La veille, il est allé avec Arnaud Castel-Lagrange écouter un groupe de jazz au Caveau de la Huchette, ils se sont offert un bon restaurant, ont fait des plans pour leur avenir qu'ils veulent brillant. Hélène désirait venir avec eux, mais François lui a expliqué très gentiment qu'il avait besoin d'être seul avec son frère.

– Pourquoi ? elle avait demandé d'une petite voix plaintive.

– On a toute la vie devant nous !

– Oui, mais ce soir… c'est spécial. Après, tu vas recommencer à travailler et je ne te verrai plus.

– Mais si, mais si… Allez, ne fais pas l'enfant ! Regarde un film sur Arte ce soir. Ils ont de bons programmes.

Il avait raccroché. Il avait rendez-vous avec Arnaud place du Trocadéro.

– Pffttt…, il a soupiré en le retrouvant devant le musée de l'Homme, ta sœur voulait venir avec nous !

– Elle est un peu collante, non ? a souri Arnaud.

– Un peu… mais elle est gentille.

– Et encore… Vous n'habitez pas ensemble !

– T'en fais pas ! Je saurai garder mon indépendance. Et on se verra autant…

– Suis pas sûr. Elle peut être crampon. Tu lui as dit que tu allais à Berléac ce week-end ?

– Non. Je l'appellerai une fois dans le train…

Il n'a pas renoncé à son projet de transformer Berléac. Si son père, sa mère, son frère et sa grand-mère semblent s'accorder pour qu'Émile reprenne le poste laissé vacant par son père, il veut tenter une nouvelle fois de contrecarrer leur projet.

Il a tellement d'idées !

Ambroise a rejoint Aliénor dans ses appartements.

Sa mère se tient dans l'embrasure d'une fenêtre et

contemple le paysage. Son paysage. Elle a entendu la porte s'ouvrir, son fils demander, il paraît que vous avez quelque chose à me dire ?, mais ne s'est pas retournée.

– Quand je suis arrivée à Berléac, il y a si longtemps..., elle murmure en déposant de la buée sur la vitre, j'ignorais que j'allais devoir me battre pour ces vignes. Et pas qu'une fois ! C'est une terre qui vous met sans cesse à l'épreuve. Ce que ne comprennent pas les nouveaux riches qui rachètent des vignobles pour faire des placements. Prendre, prendre, gagner de l'argent ! La terre donne si on lui donne... Notre chair, notre sang, toute notre attention...

Ambroise contemple la silhouette de sa mère. Depuis qu'elle s'est débarrassée de ses chapeaux, jabots et crinolines, elle a rajeuni, le temps n'a pas de prise sur elle.

– Vous vouliez qu'on se voie ou qu'on fasse une séquence mélancolie ? Fallait me le dire... J'aurais apporté mes diapositives.

Aliénor se retourne et regarde son fils avec tendresse.

– Décidément, je t'aime beaucoup...

– Mélancolie ET sentiment ! Vous êtes malade ?

– Bon, j'arrête !

– Alors ? Quelle est cette nouvelle que vous mentionniez dans votre message ?

Aliénor tourne dans son salon. Tapote des coussins, les rejette, redresse la tige d'une fleur, ouvre une boîte de chocolats, en engloutit deux, attrape une cigarette.

– Mais... mais... vous aviez arrêté de fumer !

– Je sais, je sais ! Mais ma tête est en feu, je ne sais pas comment arrêter l'incendie.

– En craquant une allumette, peut-être ?

Aliénor hausse les épaules et sourit.

– Bon... je voulais te faire lanterner, mais je ne vais pas y arriver...

– Une bonne nouvelle, j'espère ?

– Gilbert a retrouvé la trace de Lewis et obtenu son adresse mail... Lewis Riley vit en Nouvelle-Zélande !

– Non ! s'exclame Ambroise en se laissant tomber dans son fauteuil. Et vous lui avez écrit ?

– Pas encore... Je voulais en parler avec toi.

– Waouh ! Ça, c'est une bonne nouvelle !

– À condition qu'il soit vivant...

– C'est vrai... j'oubliais.

– Il est peut-être parti se réfugier là-bas et a mal fini... Je ne sais pas ce qu'il s'est passé entre Muriel et lui... mais pour abandonner femme et enfants, il faut aller très mal. Or on ne guérit pas en s'exilant. On croit pouvoir tout laisser derrière soi, mais on emporte ses problèmes.

– On va dire qu'il est vivant et qu'il va bien...

– C'est ce que j'ai pensé. Alors, on fait quoi ?

– D'abord, vous vous asseyez ! Vous me donnez le tournis à zigzaguer dans votre chambre !

Aliénor se perche sur le bras d'un fauteuil et brandit un doigt impérieux.

– Quoi que nous décidions, mon fils, nous devons avant tout donner le change. Ne pas montrer un seul instant que nous sommes menacés par la manœuvre des Debreste. Nous allons vaquer à nos occupations comme si de rien n'était. Personne ne doit savoir que Berléac est en danger... PERSONNE.

– Tout à fait d'accord.

– Ça pourrait donner des idées à d'autres prédateurs. Donc... tu continues à être charmant avec Anaïs...

– Je m'y emploie chaque jour, je vais finir par devenir son grand frère !

– Gwendoline a toujours son espion sur place ?

– Guillaume lui a raconté que Jacques, Édouard et les deux tantes avaient dîné chez les Debreste. Il la tient au courant au jour le jour. À mon avis, il est fou amoureux, mais elle, elle nie...

– Et ils ont tous signé ?

– Il l'ignore.

– Ce serait bien de le savoir. Débrouille-toi... Et Anaïs ? demande Aliénor.

– Pas encore.

– C'est le gros morceau... Il leur faut absolument Anaïs s'ils veulent avoir 35 %. Ils laisseront tomber l'affaire si elle ne signe pas.

– Et vous oubliez Muriel ! Ils peuvent aussi lui proposer beaucoup d'argent pour racheter ses parts. Ils auraient alors la majorité absolue. Mais je n'y crois pas. Je ne peux pas imaginer ma petite sœur vendre Berléac.

– Moi non plus. Mais il ne faut pas se bercer d'illusions. Peu de personnes résistent à l'argent.

– Récapitulons... À 35 % ils nous rendent la vie infernale, à 51 % ils me virent de Berléac.

– Je vais m'occuper de Lewis et de Muriel, toi, tu

essaies de savoir qui a signé pour de bon et tu soignes ta femme.

– Je ne peux pas être plus gentil avec elle…

– Tu pourrais peut-être appeler les tantes ? Tu devinerais à leur voix si elles ont commis le pire… Il y a combien de temps entre la signature du protocole d'accord et le jour où on clôture l'affaire par un acte de cession définitif chez le notaire ?

– Ça peut aller très vite… ou prendre plus de temps.

– Je vais écrire à Lewis sans tarder.

– Il faut qu'il revienne. Son retour apaiserait tout…

– Je commencerai par lui faire des excuses…

– Vous ?

– Oui… Et puis j'écrirai que les enfants vont bien, qu'ils habitent Berléac…

– Qu'on n'a pas de nouvelles de Muriel, mais que la dernière fois que je l'ai vue, elle partait sur ses traces…

– Ça devrait l'émouvoir, dit Aliénor en reprenant sa marche dans le salon.

– Vous me montrerez le mail avant de l'envoyer ?

– Bien sûr. Mais avant tout, restons dignes et légers. Ne donnons pas l'impression d'être aux abois. Ce serait très mauvais.

En quittant Aliénor, Ambroise appelle les tantes.

– Bonjour ! claironne-t-il, joyeux. Comment allez-vous ?

– Je te passe Blanche, hoquette Geneviève.

– Allô, Blanche ?

Long silence au bout de la ligne. Puis il entend des murmures. Non, non, je ne veux pas lui parler, c'est horrible ! Mais on ne lui parlera plus jamais, alors ? Mon Dieu ! Mon Dieu ! Je ne sais pas, raccroche, Geneviève, raccroche !

Les tantes ont signé.

Au tour de Jacques de Berléac, maintenant :

– Comment allez-vous, cher Jacques ?

– Ambroise ! Quel honneur ! J'ai perdu l'habitude de recevoir des appels de toi, que se passe-t-il ?

– J'ai croisé un de vos amis, ce matin, qui m'a dit que vous étiez au lit avec de la fièvre, alors je...

– Je pète le feu, mon vieux ! Je pète le feu ! Je ne pourrais pas aller mieux !

– Ah ! Tant mieux. Me voilà rassuré. Belle journée !

Jacques de Berléac a signé.

Reste ce brave Doudou...

Près du tapis de triage, Ambroise croise une jeune fille avec un foulard orange dans les cheveux.

– Bonjour, monsieur !

– Bonjour, jeune fille !

– Je viens de trier les grains de...

– Les baies de raisin, il corrige en souriant.

– Oui, les baies... J'ai adoooré !

– Vous pourriez me prêter votre portable une seconde, s'il vous plaît ?

– Avec plaisir.

Elle fouille dans la poche de son jean et lui tend son téléphone, les yeux pétillants.

– Je suis une amie d'Émile et...

– Excusez-moi, j'en ai pour une minute.

Il s'éloigne et appelle Édouard :

– Bonjour ! C'est Ambroise. Tu vas bien ? Nous donnons une petite fête pour les vendanges et cela me ferait plai…

– Je ne peux pas, je ne peux pas, répond Édouard, affolé.

– Mais je n'ai pas fini ma phrase !

– Je suis très occupé en ce moment… Très occupé. Et c'est quoi, ce numéro de téléphone ?

– Si j'avais appelé du mien, tu n'aurais pas décroché… Je me trompe ?

Un long bip résonne sur la ligne.

Édouard a raccroché.

Édouard a signé.

Reste Anaïs…

Il frappe à la porte du boudoir d'Anaïs et s'annonce :

– C'est moi, Ambroise. Je peux entrer ?

– Si tu veux…, répond une voix faible.

Elle n'a pas signé.

Dans la pénombre, il aperçoit sa femme couchée sur un canapé, les cheveux étalés sur un grand oreiller blanc, un foulard rouge foncé autour du cou, seule tache de couleur dans la pièce.

– Ça va pas mieux ?

– Je me sens faible, si faible.

– Que dit Montfort ?

– Il ne comprend pas.

– Il t'a prescrit des analyses ? des vitamines ?

– J'ai comme un poids qui m'écrase la poitrine…

– Tu veux que je m'asseye près de toi et qu'on parle ?

– Tu es gentil… mais je préfère rester seule.

– Je ne peux pas t'aider ?

– Non, non, elle répond en battant de la tête sur l'oreiller.

– Je te laisse alors ?

– Oui… Merci d'avoir pris de mes nouvelles. Tu es gentil, Ambroise, si gentil…

Anaïs n'a pas ENCORE signé.

Mais elle y pense.

Et garde la chambre.

C'est le premier dîner
des vendanges
Toute la famille est là…
Ou presque.
François cherche la bagarre…
et la trouve.

– Allez, on envoie ! dit Aliénor en tapant dans ses mains. J'ai passé toute la matinée à me triturer la cervelle pour trouver les bons mots, je vais aller galoper avec Bandit !

– Attendez, je relis une dernière fois…

Ambroise se penche sur l'ordinateur et relit le mail de sa mère.

– Alors… vous commencez par lui demander pardon, et patati et patata, on voit bien que vous n'êtes pas habituée à vous excuser, ça sonne un peu… un peu…

– Un peu quoi ?

– Raide…

– Pfffft… Le principal, c'est que je pense ce que j'écris !

– Ensuite, vous parlez des enfants, de leurs journées à Berléac, leurs réflexions, leur originalité, ils ont changé la vie de la maison… C'est beaucoup moins raide, là… On sent que ça vient du cœur. Et puis Muriel… Elle le cherche, elle a laissé India et Louis à Berléac pour pouvoir être libre de ses mouvements et le retrouver.

– Ce n'est pas trop exalté ?

– C'est parfait. Et maintenant, vous dites que ce serait bien qu'il revienne en France, qu'il serait le bienvenu à Berléac… *very well…*, que Muriel désespère. Vous n'en savez rien !

– Elle a abandonné ses enfants pour une bonne raison, non ? Pas pour aller faire la fête avec des punks à chiens dans des bars !

Ambroise éclate de rire.

– Continuez comme ça, et bientôt vous monterez sur scène !

– Ne sois pas idiot !

– Je reprends… les enfants… les enfants ne peuvent pas grandir sans père, ils pourraient tous les quatre venir vivre à Berléac, le temps de se retrouver… et patati et patata ! Je n'aurai qu'un seul mot, chère mère, bravooo ! Allez, hop ! On envoie.

– Il est quelle heure, là-bas ?

– Douze heures de plus !

– Quinze heures ici, donc trois heures du matin là-bas !

– *Right, my dear !*

– Il trouvera le mail à son réveil…

– S'il est toujours en vie !

– Arrête, Ambroise, arrête !

– Je ne peux pas m'en empêcher… Pourquoi la compagnie d'assurances l'a-t-elle déclaré mort ? Pourquoi Muriel a-t-elle eu le droit de se remarier ? On ne peut pas balayer tout ça, quand même…

– Je ne veux pas l'entendre ! Quand on aura une réponse, on avisera… Tu as toujours le téléphone de Muriel ?

– Yes.

– Ne le perds pas ! On l'appellera ensuite.

– Je ne risque pas, et même si je le perds, Nannie l'aura enregistré.

– Elle est plus maternelle que moi ?

– Elle a de l'avance sur vous... Vous croyez que vous allez réussir à parler à Muriel ?

– Je crois que oui. J'ai changé...

– Depuis l'arrivée des enfants ?

– Ils ont été un détonateur formidable... Sans le vouloir. Je me suis attachée à eux. Oui, je sais, je sais ce que tu vas me dire !

– Que ça a pris du temps ? Pas du tout. Continuez...

– Grâce à ces deux petits, je me suis réconciliée avec moi-même... et avec Muriel. Cela prendra le temps qu'il faudra... ce n'est pas grave.

– *I love you, mummy !*

– Tu veux m'attendrir ? Tu n'y arriveras pas, je suis en fer forgé !

François s'est étonné de ne pas voir sa mère sur le quai de la gare Saint-Jean. Il l'avait prévenue de son arrivée. Lui avait précisé l'heure exacte et avait terminé son sms par « je suis épuisé, j'ai besoin de me reposer ».

Elle n'était pas sur le quai, les yeux plissés pour l'apercevoir, le cou tendu dans l'impatience de le retrouver.

Il a dû faire la queue pour trouver un taxi.

Pire encore, elle n'était pas à la maison.

– Maman n'est pas là ? il a demandé à Andrée.

Elle lui a répondu que Madame était très occupée, les

vendanges avaient commencé, elle avait du travail par-dessus la tête. En plus, le soir même avait lieu le premier dîner offert aux vendangeurs.

Il a défait son sac. S'est demandé pourquoi la chambre lui semblait si triste. A regardé autour de lui.

Il n'y avait pas le petit bouquet de fleurs que sa mère posait sur sa table de chevet, ni les trois cannelés, ni le petit carton qui disait « bienvenue, mon chéri, maman ».

Il la rejoindrait à Berléac pour le dîner des vendangeurs.

Anaïs a quitté sa chambre et se prépare à aller chez les Debreste.

Il faut savoir ce que tu veux ! lui a dit Zinski la veille, soit tu restes ici et tu meurs à petit feu, soit tu signes, tu prends l'argent, tu te tires et tu es libre. Tu es jeune encore, tu as toute la vie devant toi.

Libre. Ce mot a retenti dans sa tête comme une cloche qui n'en finit pas de vibrer.

Libre d'aller vivre à Paris. Seule. Sans homme qui décide pour elle.

Seule et riche.

Si je signe…

Et si, à la dernière minute, je refuse, personne ne pourra me forcer.

Ce soir a lieu le dîner d'ouverture des vendanges.

Elle n'est pas obligée d'y assister. Elle ne s'y est jamais sentie à l'aise. Elle restait toujours dans sa chambre, regardait une série ou téléphonait à des copines.

Ce soir, ils ont rendez-vous, Zinski et elle, derrière la parcelle Bogota.

Elle sort de la chambre, prend le couloir qui mène à l'entrée de la maison et aperçoit Ambroise qui descend l'escalier en sautant des marches.

– Tu sembles très heureux…

– J'essaie de battre le record de Louis, trois marches à la fois, mais c'est dur ! Les vendanges s'annoncent bien. Émile est aux manettes, Frédéric aussi, tout roule et le raisin, cette année, s'annonce magnifique !

Elle se force à sourire. L'observe alors qu'il file dans la cour où les tracteurs déversent le raisin et repartent en soulevant la poussière.

Est-ce possible qu'il ne sache rien de l'action des Debreste ?

De sa liaison avec Zinski ?

Elle s'était affichée avec lui au cinéma dans l'intention de le mettre en colère. Il se serait échauffé, lui aurait demandé de quitter Berléac, aurait réclamé le divorce, et hop ! elle brandissait ses 11 % et devenait riche.

Et puis… il y a eu ce changement d'attitude d'Ambroise.

Pas sincère, peut-être…

Zinski lui a soufflé cette pensée hier soir, il est trop gentil pour que ce soit honnête. Il sait ce que nous manigançons et il veut te neutraliser. Méfie-toi !

Il n'a peut-être pas tort.

Quelques jours après le début des vendanges, Ambroise fait dresser une grande table près des hangars où sont rangés les tracteurs, les remorques, et convie les vendangeurs à dîner. De grandes grilles à barbecue sont installées, des pommes de terre sautées et des salades préparées en cuisine, des bouteilles de vin débouchées. C'est la fête. On s'assied autour de la table et on raconte le poids des hottes, les sangles qui cisaillent, le tracteur qui ne démarre pas, le goût des cigarettes fumées pendant les pauses, on montre ses doigts écorchés et rouges du jus du raisin.

Le lendemain, le travail semble plus léger.

Claudine et Allison font le service, Nannie supervise. On mange, on se relâche, on tend le bras pour réclamer à boire. Frédéric a installé une sono et, à la fin du repas, on dansera sur Johnny, Dalida, Joe Dassin, Claude François. « Alexandrie, Alexandra », « Le lundi au soleil… », « Toute la musique que j'aime », « Gabrielle », « Les Champs-Élysées », un peu de fado, de flamenco, un peu de Rolling Stones.

Tout le monde est là.

Il y a les journaliers qui reviennent chaque année.

Les nouveaux venus avec lesquels on fait connaissance.

Aliénor trône à un bout de table, Ambroise à l'autre. Jacqueline à sa droite.

À la fin de la soirée, on se séparera en ayant oublié la fatigue de la journée.

Violetta s'est assise à côté d'Émile et se serre contre lui. Il se laisse faire, étonné. Elle prend son bras, le passe autour de ses épaules. Il ne sait pas quoi dire. Au fond de lui, il y a encore le garçon blessé qui, face au miroir, cherchait un angle sous lequel se trouver acceptable. Il n'avait jamais trouvé cet angle.

Violetta lève le visage vers lui.

– Je suis heureuse que tu m'aies invitée, je me sens

bien ici, j'ai passé une journée formidable, je crois que ce soir, je vais boire du vin et manger du fromage… Au diable le régime pour mes cordes vocales ! Et tu sais quoi ? J'ai très envie de t'embrasser.

– Devant tout le monde ? il s'écrie, affolé.

– Peut-être pas… mais j'en ai très envie.

Il regarde autour de lui et surprend le regard de Jacqueline. Un regard lumineux, qui vacille encore mais irradie. Elle est assise à la droite d'Ambroise. On dirait une reine douce, tendre, majestueuse de grâce et de beauté. Elle a ouvert ses ailes. Laissé tomber la raideur de ses épaules et l'inquiétude de ne pas être belle, pas désirée. Il lit dans son regard qu'elle est fière de lui, fière de leur marche dans la nuit, du baiser échangé contre la lourde porte en bois de l'hôtel particulier, elle le remercie. Il prend appui sur ce regard et se dit qu'on ne voit pas son propre corps, son visage, tels que les autres les voient. On les voit avec tous les complexes qu'on s'est fabriqués au cours des années. Laid, laid, laid, il s'est si longtemps répété.

Il sourit à Jacqueline. Resserre son bras autour des épaules de Violetta.

Frédéric a invité Pauline. Il lui sert de grosses rations de viande, de pommes de terre, et elle rit, je ne vais jamais manger tout ça ! Mais si ! Mais si !, il dit, ce soir on fait la fête ! Gwendoline est assise entre ses deux frères. Elle fait une bataille de mie de pain avec Frédéric. Pauline compte les points et les boulettes.

François est coincé entre sa sœur et un étudiant en sciences sociales qui vient chaque année pour les vendanges. Il essaie de rire et de parler. Il n'arrête pas de remplir son verre et de le vider.

India et Louis se tiennent bien droits à leurs places.

– On va pouvoir se coucher tard et on dansera, peut-être, murmure Louis. J'inviterais bien la fiancée de Frédéric, je la trouve très belle.

– Il a l'air très amoureux, dit India.

– Pas elle ? demande Louis.

– Moins que lui…

– Oh là là ! Je pressens un drame !

– Peut-être pas…

– Il va devoir ramer ?

– Ce n'est pas une fille facile…

– Ça n'a pas de charme quand c'est facile.

– Oh ! Tu es devenu un expert en sentiments ?

– Je l'ai toujours été !

Les convives mangent, vident des bouteilles, racontent leurs histoires de vendanges, quand il a grêlé en plein été, quand il faisait si chaud qu'ils commençaient à six heures du matin, et, à la fin du repas, ils se mettent à danser. Louis invite Pauline. Elle accepte avec grâce. Ils dansent un rock endiablé. Pauline le fait tourner, tourner. Il titube, étourdi, il a trop mangé, trop virevolté. Trop bu aussi ! Il a fini le verre de son voisin chaque fois que celui-ci avait le dos tourné et qu'India ne regardait pas.

Frédéric, l'œil sur son portable, fait un clin d'œil à Émile. Le disque qui suit est pour lui. Émile lui fait signe qu'il ne comprend pas. Frédéric lui crie, tu vas voir, et il lance « Still Loving You » des Scorpions.

Violetta se lève d'un bond, entraîne Émile sur la piste de danse. Passe les bras autour de son cou, se coule contre lui et l'embrasse.

– T'as vu ? T'as vu ? dit Louis à India.

– Heureusement qu'Elsa n'est pas là ! dit India.

– Elle aurait été éplorée… Pauvre Elsa !

– Elle doit être en train de travailler.

– Il vaut mieux pour elle… Mais quelle soirée ! J'ai dansé avec la femme de ma vie et Émile a emballé !

– La femme de ta vie est en train de tanguer dans les bras de Frédéric et, à mon avis, ils ne vont pas tarder à s'embrasser eux aussi !

– Notre amour aura été de courte durée… Mais… mais… regarde, India ! François s'est levé et il ne marche pas droit…

François se dirige vers Émile et lui tape sur l'épaule.

– Tu as gagné, hein ? C'est ça ? Tu as gagné !

Émile se redresse, surpris.

– Gagné quoi ?

– Une fille dans les bras et le titre de chef de culture… Paps vient de me dire que c'était officiel, tu es intronisé ! Maman et Granny sont d'accord.

– Ah… Ils me l'ont pas encore dit. T'es sûr ?

– C'est ça ! Fais l'étonné !

– Je te jure que je sais… Ton père me l'a pas annoncé officiellement.

– Tu te fous de moi !

Les danseurs se sont figés. Émile prend la main de Violetta et lui demande de les laisser en tête à tête, François et lui. Violetta hésite, Émile la rassure d'un regard et elle regagne la longue table où personne encore n'a remarqué l'altercation.

– Elle est pas difficile, celle-là ! Sortir avec un mec comme toi !

– Lâche-moi, François, tu as bu…

– Faut dire que Monsieur a fait des progrès, Monsieur s'est métamorphosé !

– Arrête !

– Je vois clair en toi. Il te faut tout, hein, c'est ça ?

– T'es plein comme une barrique !

– Suis pas une barrique !

– T'es complètement pété.

– Viens, on va s'expliquer ! Tu vas voir… Je vais te foutre une raclée !

– Arrête, François, arrête…

India et Louis, sur le bord de la piste de danse, ont tout vu, tout entendu.

– Ils vont se battre ! s'écrie Louis. Ils vont se battre ! C'est la folie des hommes qui ne trouvent pas leurs mots et se servent de leurs poings. Ne regarde pas, India !

– Mais pourquoi les autres n'interviennent pas ?

– Ils sont à table, ils voient pas ! Regarde, regarde ! Ils vont vers le hangar… Ils vont se battre, je te dis.

Émile tente de se défaire de François et de le raisonner. Ce dernier l'entraîne, enlève sa veste et se met en position, les poings crispés, la bouche mauvaise.

– C'est ridicule ! On va pas se donner en spectacle ! proteste Émile.

– Ah… t'as peur, hein ? Tu crèves de trouille !

– Je te donne une pichenette et tu tombes.

François s'élance, se jette sur Émile, qui le repousse des deux bras.

François titube et repart à l'assaut. Émile n'a pas besoin de frapper, François ne tient pas sur ses pieds.

Violetta est allée chercher Ambroise, venez, venez, elle lui dit, ils vont se battre, Émile et un type qui a bu.

Ambroise se précipite, suivi par Aliénor et Jacqueline, pendant que Frédéric monte le son de la musique pour que la fête continue. Il tape dans ses mains et crie, allez ! Allez ! On danse, on danse !

– Je te déteste, Émile, je te déteste, crie François. Tu as pris ma place, tu m'as piqué mon père, tu me piques Berléac. Et ma mère, hein ? Tu veux pas me la piquer aussi ? Vas-y ! Sers-toi !

– T'es fou !

– Elle est belle, ma mère, il te la faut aussi ? T'as vu comme elle est belle ce soir…

– François !

– Ah ! Je vois clair, je te dis, je vois clair, il te faut tout.

– Je t'interdis de…

– Salaud ! T'es un salaud ! J'aurais dû t'enfoncer dans la cuve, on t'aurait jamais tiré de là ! Et tu aurais crevé ! Crevé !

Ambroise, Jacqueline et Aliénor les regardent, stupéfaits. C'était ça, c'était donc ça ! Ils s'interrogent du regard. Vous le saviez, vous ?

– Encore un secret qui remonte, dit Louis. C'est fou ce qu'il y a de secrets dans les familles.

– Et plus la famille est grande…

– … plus il y a de secrets. Je suis pas mécontent d'avoir une toute petite famille finalement.

– Maman a eu le courage de parler, elle, de dire qu'elle n'était plus d'accord.

– Oui. Et elle est partie avec papa…

François est tombé sur les genoux et répète, tu aurais crevé, crevé, et j'aurais été débarrassé de toi !

Ambroise relève son fils à terre. Il le prend dans ses bras et ils vont s'asseoir sur un banc. François sanglote, personne ne m'aime ici, personne ! Maman n'est pas venue me chercher à la gare, Granny me dit d'essayer les garçons et toi, tu me regardes pas, tu me fuis, toujours tu me fuis, t'as qu'Émile en tête !

Émile entend la plainte de François. Désolé. Il ne sait pas quoi dire. Soudain il a peur, peur qu'Ambroise, Jacqueline ou Aliénor ne reviennent sur leur décision de le nommer chef de culture.

Il reste là, les bras ballants, inerte.

Son rêve est en train de foutre le camp.

Effervescence à Bérléac.
Émile a décidé de partir.
Le sort de la propriété repose
entre les mains d'Anaïs.
Gwendoline joue les ambassadrices.
Rien ne va plus…

Anaïs a entendu le bruit de la fête des vendangeurs en marchant vers la parcelle Bogota. Ils s'amusent, eux, elle s'est dit en montant dans la voiture de Zinski.

Elle a tendu la joue quand il a voulu l'embrasser.

Elle porte un jean trop grand, un tee-shirt mauve délavé, un blouson en jean, des chaussures plates. Ni poudre, ni rouge à lèvres, ni rimmel, ni fard à joues.

– Tu aurais pu t'arranger un peu ! grogne Zinski en lissant ses cheveux dans le rétroviseur.

– Suis pas d'humeur.

– On va au château Saint-Hilaire. Pas dans une pizzeria !

– T'énerve pas, je vais signer.

– T'es bizarre depuis quelque temps. Qu'est-ce que t'as ?

– Ça changerait quoi... ?

Tu éclaterais de rire si je t'avouais qu'il a suffi d'une phrase, cinq petits mots, pour que tout s'écroule et que je roule sous les décombres. « Faut souffrir pour être belle. » Tu sifflerais, c'est bien une réaction de bonne femme, ça !

– Dis-moi.

– Pas envie. Je vais signer, c'est le principal, non ?

– Comme tu veux.

Il a bien fait de renégocier sa commission. Il a bataillé ferme. 30 %, c'est ce qu'il se mettra dans la poche. Si elle continue à bouder, il avancera seul. Tant pis pour elle ! Bernard Debreste lui a promis de l'introduire dans le monde fermé des grands crus de bordeaux.

Ils font le trajet sans parler. Empruntent la grande allée éclairée par des flambeaux qui mène au château. Se garent dans le parking réservé aux invités, marchent jusqu'au perron.

– Fais un effort ! Souris ! Souris ! dit Zinski.

Bernard Debreste les reçoit dans l'entrée immense, au dallage ancien noir et blanc, aux rideaux lourds vert bouteille et pompons dorés. Des œuvres d'art moderne, des cubes en plexiglas, un poisson en plastique dans un aquarium, la reconstitution d'un lit défait, une fille de bande dessinée avec des cheveux bleus, un chien en ballons dorés. Il ne manque plus qu'un majordome en tutu blanc pour les annoncer.

– Bienvenue à Saint-Hilaire ! Je suis content de vous voir, Anaïs. Et toi aussi, mon vieux ! dit Bernard en tapant sur l'épaule de Zinski.

Il le prend à l'écart et lui dit, mais pas assez bas pour qu'Anaïs n'entende pas :

– Mon père a tenu à assister au dîner. J'ai pas pu l'en dissuader.

– Il est descendu de sa chambre ?

– Il a fait venir le gendre de la femme qui s'occupe de lui et un copain du gendre pour l'installer à table. J'ai été mis devant le fait accompli. Tu le connais, quand il a une idée en tête…

Anaïs pénètre dans la salle à manger et aperçoit Paul Debreste assis au bout de la table dressée pour quatre. Deux reconstitutions de soldats en armure, casque et visière baissée, lance pointée, encadrent la cheminée.

Bernard fait les présentations, Anaïs s'incline. Le vieux Debreste lui tend la main et s'excuse de ne pas se lever.

– Champagne pour commencer, car nous avons quelque chose à célébrer, n'est-ce pas, Anaïs ? dit Bernard Debreste.

Elle hoche la tête et lève son verre.

– On a voulu rester entre nous pour ne pas être dérangés…

– Tu as raison, Bernard, dit Zinski. Moins y a d'oreilles, mieux on se porte.

– Je lève mon verre à la réussite de notre projet !

– Anaïs et moi, nous nous joignons à vous !

Ils entrechoquent leurs coupes, trempent leurs lèvres. Les yeux du vieux Debreste brillent. Il a un filet de bave aux commissures des lèvres.

– On a mis le paquet pour vous ! dit Bernard en posant son regard sur Anaïs. On s'est pliés à toutes vos exigences. Jan a été très fort ! Il a fait monter les enchères jusqu'à la dernière minute. Vous allez être gâtée. Pourrie gâtée, je dirais même…

Paul Debreste s'agite sur sa chaise. Il semble agacé par les propos de son fils.

Anaïs touche à peine à son assiette et n'attend qu'une chose, que le dîner s'achève, qu'elle signe et reparte. Elle pense à l'appartement qu'elle achètera à Paris, rue des

Saint-Pères ou rue Bonaparte, elle traversera la Seine, ira à ses cours au Louvre à pied. En jean. Pas maquillée. Elle aura de nouveaux amis. Un grand appartement au dernier étage pour ne pas être incommodée par les voisins. Des murs blancs, des livres d'art, des reproductions des tableaux qu'elle préfère.

Enfin, Bernard Debreste se penche sous la table, tire un porte-documents, en sort deux feuilles imprimées.

– Une pour nous, une pour vous. Gardez-la dans un dossier… Ou je la donne à Jan ? Les femmes ne sont pas douées pour ranger leurs papiers…

– Donnez-la-moi.

Le silence se fait. Les trois hommes retiennent leur souffle. Elle voudrait prolonger ce moment. Les tenir tous les trois en haleine. Le vieux Debreste serre les poings. Bernard suit une mouche du regard avec l'intérêt pointu d'un entomologiste. Jan a le sourire crispé de l'homme qui attend que le supplice se termine.

Soudain, je suis devenue importante, elle se dit. Je vais prendre mon temps.

Elle s'empare du protocole d'accord, vérifie la rédaction de son état civil, pèse chaque mot, une ligne attire son attention, « les vendeurs et l'acquéreur ont un délai de dix jours de réflexion, ce protocole n'est pas un acte définitif ». Suit un chiffre, 10 millions. 10 millions d'euros, ça fait beaucoup de zéros. Elle les compte, les recompte. Sent le métal froid des clés de l'appartement dans la paume de sa main.

Et signe.

Les trois hommes poussent un soupir sourd. Ils ont eu

peur un instant qu'un détail la rebute. Édouard, Jacques et les tantes ont signé sans lire.

Bernard Debrest débouche une nouvelle bouteille de champagne.

– Un cru exceptionnel ! Je l'avais gardé pour une grande occasion…

Ils lèvent leurs coupes, se congratulent.

Enfin ! Enfin !, ils semblent dire. Elle les a délivrés d'un poids.

La charge est passée sur ses épaules.

Elle va devoir rentrer à Berléac et prétendre qu'elle n'a pas trahi.

Elle a bel et bien trahi. La passerelle des Arts, le bras d'Ambroise autour d'elle, sa petite phrase « nous avons échoué à être de bons époux, si on essayait d'être de bons amis ? ».

– Ça ne va pas, ma chérie ? dit Zinski en reprenant une gorgée de l'excellent champagne.

– Si, si.

– Te voilà riche maintenant. Tu vas pouvoir vivre ta vie…

– Faire tout ce que vous voulez ! renchérit Bernard Debreste. C'est ça, la liberté.

– Comment vais-je pouvoir regarder Ambroise en face ? elle murmure.

– Restez dans votre chambre, continuez à jouer les grandes malades, dit Bernard Debreste en souriant comme s'il s'adressait à une enfant.

– Mais je ne jouais pas !

– Les femmes sont des êtres très sensibles, il ajoute, des créatures à fleur de peau. Tout les meurtrit.

– Pas un chèque avec autant de zéros ! lâche le vieux Debreste en bout de table en tirant sur son cigare. Et puis… faut souffrir pour être riche !

Gwendoline galope vers la Suisse. Guillaume lui a envoyé un message très tôt ce matin, « Faut qu'on se voie, et vite. Je peux être en Suisse dans une demi-heure ». Elle a sellé Blackie, est partie à bride abattue.

Elle attache le cheval à un arbre, écarte les branches des arbustes qui masquent l'entrée de leur refuge.

Guillaume l'attend. Il ne tient pas en place.

– Pourquoi t'as pas répondu à mes sms, hier soir ?

– J'avais plus de batterie, je m'en suis aperçue ce matin.

– Ta mère a signé !

– Elle a signé ! T'es sûr ?

– Oui. Hier soir. Je l'ai vue entrer de la fenêtre de ma chambre. Elle était avec Zinski. Et elle est repartie, toujours avec Zinski. Je suis descendu à la salle à manger en prétextant que je cherchais mon téléphone et j'ai surpris mon père et mon grand-père en train de boire et de se féliciter. Ta mère avait signé. Il paraît qu'elle a fait la tête pendant tout le dîner.

– Je la déteste ! Pourquoi, mais pourquoi ?

– L'argent…

– Paps lui aurait donné de l'argent ! Tout l'argent qu'elle voulait.

– Peut-être pas autant que ce que mon père et mon grand-père lui ont donné.

– C'est dégueulasse.

– Je sais.

– Je vais le dire à Paps. Ça t'ennuie pas ?

– Non.

– Ils ont tous signé, alors ?

Il hoche la tête.

Elle se jette contre lui et supplie :

– On sera jamais comme eux, dis-moi qu'on sera jamais comme eux.

– Je te promets.

– Même si on vit très vieux ?

– On vivra très vieux.

– Tu me le rappelleras si jamais je…

– Promis.

– J'y vais. Je t'appelle ce soir ?

– Yes.

Émile attrape un croissant sur la table de la cuisine et boit le café que lui tend Nannie.

– Suis pressé ! il dit à Nannie qui le regarde, les sourcils froncés.

– Tu devrais prendre un bon petit déjeuner qui te tiendra bien au corps.

– Pas le temps !

– C'est pas raisonnable.

– M'en fiche du raisonnable. C'est pas une denrée qui rapporte.

– Comment tu parles !

– C'est la vérité, Nannie. La vérité vraie, comme disent les enfants…

– T'attends pas Frédéric et Ambroise ?

– Pas le temps.

Pas envie de voir Ambroise.

Pas envie d'entendre que je suis recalé.

Il va partir de Berléac. Il ne supporterait pas de travailler sous les ordres de François ou d'un de ses copains.

La fête s'est finie très vite, la veille, après l'altercation avec François. Tout le monde est parti se coucher.

Il a raccompagné Violetta à son hôtel, à Bordeaux.

Elle a gardé la main posée sur sa cuisse pendant le trajet. Sans parler.

Devant l'hôtel, elle lui a dit au revoir. Son foulard orange noué sur sa tête formait un point d'interrogation.

Elle a ajouté, on a une dizaine de jours de repos avant notre prochain spectacle et j'ai décidé de rester ici, je me suis fait une copine, elle me logera. Tu as mon numéro, tu me rappelles si tu veux ?

Il a dit oui, la main sur le changement de vitesse, en regardant la nuit noire devant lui.

– Il a répondu ? demande Ambroise en entrant dans le salon de sa mère.

Il a eu beau frapper plusieurs fois, elle n'a pas entendu.

Tous les matins, été comme hiver, Aliénor fait dix minutes de gymnastique devant la fenêtre grande ouverte. De 8 heures 20 à 8 heures 30. Réglée comme les aiguilles de Big Ben.

– Pas encore, dit Aliénor, la tête en bas.

– Merde !

– Ambroise ! elle dit en se redressant d'un coup.

– Ça veut dire : j'aimerais bien qu'il réponde.

– Moi aussi… Tu as bien dit qu'il y avait un décalage de douze heures avec la Nouvelle-Zélande ?

– Douze heures de plus que nous.

– Il est donc huit heures et demie du soir là-bas, elle dit en regardant sa montre. Il a eu toute la journée pour lire le mail…

– Ça fait plus que ça ! On l'a envoyé il y a deux jours, dit Ambroise.

– Il doit réfléchir…

– Ou il ne l'a pas lu.

– Ça ne signifie pas qu'il est mort…

– Non, mais…

– On y pense tous les deux. Bien obligé ! soupire Aliénor. Retourne travailler, tu penseras à autre chose.

– La cuvée de cette année va être formidable !

– C'est déjà quelque chose…

– François est reparti à Paris.

– Bonne idée ! dit Aliénor. C'était terrible, cette bagarre, hier soir. Tu étais au courant de ce qu'il s'était passé avec Émile ?

– Je me doutais de quelque chose mais je ne savais pas. Émile est un type formidable. Il s'est tu pendant toutes ces années.

– Qu'as-tu dit à François quand tu l'as pris à part ?

– Qu'il allait réussir son examen. Il fera un très bon fonctionnaire. Il en a toutes les capacités. Il n'est pas fait pour diriger la propriété. Et puis… je suis encore là, moi !

– Je crois qu'il est surtout en manque de…

– D'un père ?

Aliénor hoche la tête.

– Je sais, dit Ambroise. Je n'ai pas été à la hauteur. J'ai moins d'affinités avec lui qu'avec Frédéric. Ou Émile. Et puis, j'étais si jeune quand je l'ai eu…

– Et Jacqueline ?

– Elle m'a paru moins affectée que ce que j'aurais imaginé. Elle ne s'est pas levée pour intervenir pendant la bagarre. Elle était rayonnante hier soir, vous n'avez pas trouvé ?

– C'est vrai…

– Une nouvelle femme !

Il secoue la tête comme s'il ne comprenait plus rien à la nature humaine.

– Je vous laisse, je retourne au bureau. J'ai commencé à feuilleter mon carnet d'adresses pour trouver de l'argent, mais pour le moment, je fais chou blanc. Je ne désespère pas, je n'en suis qu'à la lettre F !

– Croisons les doigts !

– Je croise, je croise…, dit Ambroise en s'apprêtant à refermer la porte.

– Attends ! dit Aliénor. Des nouvelles d'Anaïs ?

– Aucune. Elle est dans sa chambre, je suppose. Elle doit toujours hésiter.

– Tant mieux ! Tant qu'elle hésite, elle ne signe pas et les Debreste sont tenus en échec…

– Vous ne parlez pas chinois, par hasard ? demande Muriel à madame Lakthi.

– Pas très bien, mais je peux essayer…

– Je vous passe un client. Je comprends rien à ce qu'il dit, il parle pas bien anglais. J'ai compris qu'il était chinois, c'est tout.

Madame Lakthi prend la communication et baragouine ce qui doit ressembler à du chinois. Puis elle raccroche.

– Encore un qu'on envoie en éclaireur pour acheter un vignoble ! elle dit en raccrochant.

– On s'improvise pas vigneron, dit Muriel.

Qu'est-ce que je fiche ici alors que je pourrais remonter l'allée de charmes et aller m'asseoir à la table de la salle à manger ? Retrouver India et Louis. Oui, mais… je me suis juré de revenir au bras de Lewis.

Lewis qui ne donne pas signe de vie. Un an et demi déjà…

– Ils essaient, mais ils déchantent vite. Ce n'est pas un job pour les Chinois, dit madame Lakthi. Ils veulent obtenir des résultats très vite…

– Et la vigne ne se donne pas aux impatients. Il faut la courtiser, la dorloter. Ambroise dit toujours ça.

– On va le mettre où ?

– À la 3.

– D'accord.

– À ce propos, je voulais vous demander… Ma copine Gabrielle, vous savez, celle qui habite Saint-Romain et dont le mari…

– … est violent…

– Elle m'a appelée hier soir. Elle avait raté une omelette et il l'a frappée. Avec la poêle. Il l'a obligée à manger par terre l'omelette ratée en la bourrant de coups de pied… Elle a la joue violette, enflée, une énorme bosse sur le crâne. Elle meurt de trouille. On pourrait pas lui donner la chambre tout en haut, celle qui ne sert presque jamais ? Elle n'a pas d'argent, elle est seule et...

– Bien sûr ! Bien sûr ! Faudra juste qu'avant de partir elle aille porter plainte au commissariat, parce que sinon elle sera accusée d'abandon du domicile conjugal et sera dans son tort.

– Merci ! Je l'appelle tout de suite. Y a un car qui fait Saint-Romain-Bordeaux deux fois par jour... J'aime bien m'occuper des gens. C'est un sentiment que je ne connaissais pas avant.

– On tourne vite en rond autour de son nombril...

– On se remplit de vide, et le vide nous déprime.

Octave pousse la porte de l'hôtel et vient s'accouder au comptoir de la réception.

– Comment allez-vous ? Pas trop dur ? Suis crevé. Deux jours sans manger ni dormir... Même pas eu le temps de rentrer chez moi me changer. Je sens pas trop mauvais ?

– Ça va encore, dit madame Lakthi en souriant. Vous m'enlevez mes bandages quand ?

– Si je vous les enlève trop tôt, vous allez vous remettre à travailler comme une dingue.

Madame Lakthi agite ses doigts pour prouver à Octave que tout va très bien. Il secoue la tête, il faudra patienter. Elle le fait passer dans la cuisine et lui réchauffe un dhal, préparé par Muriel.

Derrière le comptoir, celle-ci compose le numéro de Gabrielle et lui annonce la bonne nouvelle.

– Il est pas revenu depuis hier... Mais il va rentrer ce soir. J'ai peur, Muriel, j'ai peur.

– Il faut que tu partes tout de suite.
– J'ai plus de voiture. Et y a pas de bus avant 19 heures.
– Attends un peu…
Muriel file à la cuisine, parlemente avec Octave, revient et claironne :
– J'arrive ! Avec Octave. Il est interne à l'hôpital. Il a une voiture. Il pourra soigner ta plaie sur le crâne. Tu as un endroit où te réfugier pour qu'il ne te trouve pas à la maison s'il rentre ?
– Je peux aller chez Suzette…
– C'est qui ?
– Celle qui habite dans ton ancienne maison… On se parle souvent. Pas de Régis, mais du reste…
– Parfait ! Comme ça, j'aurai pas de mal à te trouver !

Édouard passe ses journées sur le canapé, en survêtement, face à la télé. Cecil a acheté un écran géant et les a abonnés à toutes les chaînes disponibles.
Il lui prépare des plateaux avec des croissants, des cakes, des brioches, des tartes aux pommes, aux abricots, au citron de chez Jocteur.
Il a fait disparaître les photos du grand-père. Les a remplacées par des images de plages, de palmiers, de lagons émeraude, de piscines qui serpentent entre des bungalows. Des photos de lui aussi. En smoking, en tenue de golf, une raquette de tennis à la main, torse nu sortant d'une mousse d'écume.

– Regarde tous les endroits où on va pouvoir aller ! Allez ! Reprends-toi !

Cecil a fait venir un architecte d'intérieur, un décorateur. Il veut transformer l'appartement. Il a prévu une chambre pour chacun.

– On ne dormira plus ensemble ?

– Mais si, mais si… Mais on aura chacun notre *privacy* !

– Tu t'occupes plus de moi…

– Je suis débordé !

– On ira où pendant les travaux ?

– À l'hôtel.

– Mais ça coûte cher !

– Arrête de faire le radin… On est riches maintenant.

– Je n'irai plus jamais à Berléac…

– Oh, tu m'énerves. Berléac ! Berléac ! Regarde vers l'avenir ! T'es négatif !

Édouard se tait.

Le pire serait que Cecil s'emporte et le quitte.

Il aurait tout perdu alors.

Les tantes ont appelé l'agent immobilier.

Il leur a appris que l'acheteur s'était désisté. Trop de travaux dans cette vieille bicoque.

Elles ont vendu leur âme pour rien.

– Qu'est-ce qu'on va faire de cet argent maintenant ? dit Geneviève. On n'en a plus besoin…

– Ça va nous créer que des soucis…

– Dieu vient de nous donner une bonne leçon.

– On ne reverra jamais Berléac ni les petits… Je leur

avais préparé des dictées et des exercices qui les auraient régalés...

Octave se gare devant l'ancienne maison de Muriel. Un vélo est couché sur la pelouse devant l'entrée, et un diabolo rouge coincé sous une poubelle.

– Tu m'attends dans la voiture ? dit Muriel. Je vais la chercher.

– Ok ! Mais ne traîne pas... Je dois retourner vite fait à l'hôpital.

Muriel sonne à la porte. Une femme lui ouvre. Ce doit être Suzette. Elle sourit et replace une mèche qui tombe sur son front.

– Bonjour ! Vous êtes Muriel Riley, je parie ?

Muriel acquiesce.

– Gabrielle m'a parlé de vous. Elle est arrivée tout à l'heure, elle ne tenait pas debout. Elle m'a tout raconté. C'est horrible ! Horrible ! Elle se cache dans la cuisine et sursaute chaque fois qu'on sonne. Mais entrez, entrez ! Vous prendrez bien un café ?

– C'est que... je suis venue avec un ami. Il travaille à l'hôpital et il n'a pas beaucoup de temps.

– Oh oui ! Je comprends. Je vais prévenir Gabrielle...

Muriel attend dans le couloir de l'entrée. À gauche il y a la cuisine, à droite le salon-salle à manger. Au fond, les toilettes. L'escalier qui mène aux chambres... Et le long du couloir, des placards. Oh ! Lewis ! Lewis ! *miss you so much !* J'arrive mal à vivre sans toi.

Elle jette un œil dans le salon. C'est dans ce coin-là, près de la fenêtre, que Lewis avait posé son fauteuil.

– Muriel ? dit une petite voix derrière elle.

– Gabrielle ! Mais…

Elle a failli dire, « qu'est-ce qu'il t'a fait, ma pauvre chérie ? » mais elle s'est retenue. Son amie a le visage boursouflé, rouge-violet, une gaze pleine de sang dans les cheveux.

– Viens ! On s'en va, elle lui dit. Octave nous attend dans la voiture.

Gabrielle embrasse Suzette, qui la serre très fort et murmure, bonne chance !

– Merci, hoquette Gabrielle.

À mi-voix, elle ajoute :

– N'aie pas peur, Suzette. Il ne viendra pas te voir. Il ne sait pas qu'on se parle…

– C'est un sale bonhomme, mais j'ai pas peur. T'en fais pas. Je te tiens au courant.

Muriel serre la main de Suzette, la remercie.

– Un jour, avec mon mari, on ira à New York, dit Suzette avec un grand sourire. Ce doit être excitant, hein ?

Muriel hoche la tête.

Elle n'est jamais allée à New York.

Ambroise est assis à son bureau, la tête entre les mains. Il sursaute quand Gwendoline surgit.

– Un souci de plus ! Émile est parti…

– Non ! dit Gwendoline.

– J'ai trouvé une lettre sur mon bureau. Il préfère s'effacer devant François. Il ne veut pas être la source d'emmerdements supplémentaires. Enfin… il ne l'écrit pas comme ça, mais c'est ce que ça veut dire.

– Vous lui aviez pas dit officiellement que vous l'engagiez ?

– Je l'avais dit à tout le monde, sauf à lui. J'allais le lui annoncer mais je préférais que ce soit après les vendanges. Je pensais organiser une fête en son honneur. Je voulais que ce soit une surprise.

– Il ne termine pas les vendanges ?

– Si. Mais il habitera ailleurs… Il écrit qu'il ne m'en veut pas, qu'il comprend très bien, mais que c'est trop dur pour lui. Tiens, tu peux la lire…

– Oh non ! s'effondre Gwendoline en parcourant la lettre d'Émile.

– Il n'aura pas de mal à trouver un poste.

– Faut que vous le rattrapiez…

– Je vais aller lui parler… Tu venais me voir pour quoi ? T'as l'air en colère.

– Anaïs a signé. Hier soir. Elle est allée dîner chez les Debreste avec Zinski. Guillaume vient de me le dire.

– On est cuits…

– Dites pas ça !

– J'arrive pas à trouver quelqu'un qui veuille me prêter de l'argent…

– Vous en êtes où ?

– À la lettre G… Mais ceux sur qui je fondais un espoir se sont tous dérobés. On est mal barrés, ma beauté !

– Abandonnez pas, Paps, please…, elle dit en joignant les mains.

– Je vais me reprendre mais je m'essouffle, ma chérie, je m'essouffle…

– Vous avez pas le droit de dire ça !

Ambroise la regarde, attendri.

– Tu es jeune… Tu penses que les bons doivent triompher et les méchants être punis. Je pensais comme toi quand j'avais ton âge…

– Mais vous êtes jeune aussi ! Vous avez pas cinquante ans…

– Y a pas si longtemps tu me collais des cannes anglaises et une prostate en sale état…

– Je le pensais pas. Je sais que je peux être méchante parfois, mais c'est sans intention de l'être. C'est pour me défendre…

– Te défendre de quoi ?

– D'éprouver un sentiment… une émotion… qui pourrait me foutre par terre. Je veux dépendre de personne. Je vous aime tant ! Et j'aime Berléac de toutes mes forces.

– Berléac ! On se bat tous pour Berléac.

– Parce qu'on aime Berléac, Paps !

– C'est un sentiment, ça.

– Berléac n'est pas menaçant…

– Pire que ça. Berléac est une pieuvre qui nous enserre de mille bras…

Il se lève, embrasse sa fille, referme la porte, appelle Aliénor, soupire, défait :

– Anaïs a signé.

– Mais quand ?

– Hier soir… quand on était tous à la fête. Elle est allée dîner chez les Debreste.

– Tu es sûr ?

– Guillaume l'a dit à Gwendoline.

– Je vais me servir un double whisky. Tu me rejoins ?

Gwendoline quitte le bureau de son père et va se réfugier dans les écuries. Dans la stalle de Blackie. Elle enlace l'encolure du cheval, pose son front entre ses yeux, murmure, on va faire quoi si les Debreste prennent le dessus ? Paps ne le supportera pas. On ira vivre ailleurs. Et toi, tu iras où ? Et Granny, et Nannie ? Et Frédéric ? Et les petits ?

Elle le caresse, l'embrasse, tresse des nattes dans sa crinière, s'écroule à ses pieds.

Blackie se penche, souffle sur ses cheveux, ses naseaux frémissent, un bruit sourd, modulé, il gémit, elle gémit avec lui, tu ne peux rien faire, et moi non plus.

Aller parler à ma mère ? elle marmonne en regardant les sabots de son cheval. Elle les cure, les graisse, les brosse dessus, dessous. Ils brillent dans la pénombre. Je supporte pas d'entendre la voix de ma mère. Petite, je me bouchais les oreilles.

Parler à ma mère.

Ce serait une première…

Les tracteurs ont repris leur ballet de la vigne aux chais où ils déversent les tonnes de raisin contenues dans les remorques. Des petites mains nettoient la vendange sur le tapis roulant. Le raisin passe ensuite dans un érafloir.

Émile, en tant que chef de culture, passe de parcelle en parcelle. Organisant le ramassage, répétant sans se lasser les consignes, « le tri commence dans les vignes, pas de feuilles, pas de raisin vert, pas de pourriture, c'est le b.a.-ba du vendangeur ».

Ambroise le cherche au volant de sa voiture.

Il l'aperçoit à La Paz. Il porte son éternel béret des vendanges, un tee-shirt rayé et va d'allée en allée, veillant à ce que tout se passe bien, prenant des notes sur son calepin, surveillant le ciel, le soleil. Les vendangeurs se redressent, se frottent le dos, puis se penchent à nouveau et reprennent leur cueillette en faisant attention à ne pas écraser les raisins.

– J'ai lu ta lettre…, dit Ambroise en s'approchant d'Émile.

– Je pars. Ça vaut mieux.

– Tu penses pas une seconde que ça me déchire le cœur ?

– Je peux pas rester ici et être la cause d'un conflit familial. C'est votre fils. Moi, non.

– C'est tout comme.

– Non.

– Si ! Et je vais te le prouver !

Émile a détourné le regard et tortille un morceau de fil de fer.

– Regarde-moi dans les yeux ! Merde ! REGARDE-MOI DANS LES YEUX !

Il donne une bourrade à Émile, qui relève la tête et le fixe.

– C'est toi mon chef de culture. Toi et personne

d'autre. Je comptais faire une fête à la fin des vendanges et l'annoncer, et je compte toujours le faire... Faut quoi d'autre pour t'en convaincre ? Que je t'envoie un bristol, que je l'annonce dans les journaux ?

– Mais François...

– François n'est pas fait pour ça. Toi, si. Tu respires la vigne, tu parles au raisin, tu l'encourages, tu le croques, tu le palpes, tu l'auscultes, tu sais tout de lui.

– François a des projets...

– Il oubliera. Il passera son examen, sera reçu, occupera un grand bureau avec des sbires en costume bleu marine et des pompes pointues. C'est son monde.

– Si vous le pensez...

– Cache ta joie, Émile ! Cache ta joie !

– C'est pas ça, mais... ça a été violent hier soir.

– Je sais, j'aurais dû te prendre à part et te parler. M'excuser. Plus que m'excuser ! Tu as vécu un enfer et nous, on s'est voilé la face, on n'a pas cherché à savoir. On a compté, sans se l'avouer, sur ton silence, ton dévouement. On a été des merdes ! Lâches, très lâches ! J'en suis pas fier, tu sais, pas fier du tout. J'ai honte, même, alors tu vas me faire plaisir et me dire que tu acceptes...

– À une condition...

– Laquelle ?

– Ne pas avoir François dans les pattes.

– Accepté. On se tape dans la main ?

– On se tape dans la main...

Ambroise l'attrape par le cou et l'attire à lui.

– Putain ! Tu m'as fichu un sacré coup ! J'ai cru que mon cœur allait s'arrêter.

Pourquoi j'ai parlé à Émile comme si je décidais encore de tout ? il se demande en remontant dans sa voiture. Je vais être poussé hors de Berléac. Et lui aussi.

Parce que je n'ai pas renoncé ?

Je n'ai pas renoncé.

Je vais reprendre à la lettre G.

Gwendoline frappe à la porte de la chambre d'Anaïs. Ne pas m'énerver, ne pas m'énerver. Penser à Berléac. BERLÉAC.

– Oui…, dit une voix enrouée.

– C'est Gwendoline.

– Entre.

La pièce est plongée dans la pénombre. Les rideaux sont tirés. Un rayon de soleil filtre et dessine un rectangle sur le parquet. Au sol se trouvent les plateaux de nourriture que Nannie a dû poser devant la porte. Le beurre a fondu dans sa collerette en verre, le jaune des œufs au plat est crevé, les toasts racornis, les assiettes barbouillées. Des chaussettes, des tee-shirts, des slips, une peau de banane noire, un soutien-gorge traînent par terre. Une corbeille déborde de Kleenex froissés. Il y a des sirops pour dormir sur la table de nuit. Une bouteille d'eau renversée. Un rouleau de Sopalin dévidé. Sa mère est recroquevillée sur un canapé-lit aux draps défaits. Un long tee-shirt lui couvre les cuisses. Pas coiffée, pas maquillée. On dirait une enfant punie dans sa chambre.

– Vous allez mieux ?

– Pas vraiment…, répond Anaïs avec un sourire qui ne va pas jusqu'au bout.

– Vous ne sortez plus ?

– Pas envie.

– Je vais pas vous mentir. Je sais que vous avez signé chez les Debreste. Hier soir.

Anaïs secoue la tête comme si elle voulait chasser un mauvais souvenir.

– Et je voudrais savoir pourquoi.

Anaïs secoue encore la tête, d'une manière saccadée cette fois.

– Vous savez ce qu'il va se passer ?

Comme sa mère reste muette, elle continue :

– On va perdre Berléac. Et non seulement on va perdre Berléac, mais on va tous se dissoudre dans ce malheur. Vous me direz que c'est pas grave, on peut vivre sans Berléac, on aura assez d'argent pour se replier ailleurs... Vous, peut-être. Nous pas. Nous vivons au gré de Berléac. On se le dit pas avec des mots comme je le fais maintenant, non, mais on est pétris de Berléac. On respire Berléac, on parle Berléac, on rit Berléac, on pleure Berléac. Mettez-nous ailleurs et on meurt. C'est ce que vous voulez ? Faire le malheur de toute une maison, de Nannie à Granny ?

– Berléac ne m'aime pas, ne m'a jamais aimée...

– Vous avez essayé de vous faire aimer ?

– Je n'ai jamais été acceptée ici.

– Vous n'êtes jamais allée vous promener dans les vignes, vous ne vous êtes jamais accroupie au pied des raisins... N'avez jamais fait une tarte aux pommes avec Nannie, jamais essayé de monter à cheval, jamais appris à trier les baies, jamais suivi la fermentation dans les cuves, dans les barriques, jamais assisté à la fabrication d'une barrique, jamais essayé de goûter la différence entre un vin élevé en barrique et un autre dans une cuve de béton, jamais étudier le goût du bois pour savoir si l'arbre débité venait de Tronçais ou d'une autre forêt, jamais tremblé quand un orage éclatait, jamais couru la nuit pour protéger les vignes et empêcher la grêle de frapper, jamais surveillé la progression du mildiou avec la boule au ventre...

– Je veux recommencer une autre vie...

– En trahissant ?

– Tu m'as jamais appelée « maman ». Bébé, tu ânonnais « papa, papa, papa », jamais « maman »... Tu me montrais du doigt pour me désigner.

– Peut-être que je suis comme la vigne... Il faut m'apprivoiser.

– J'ai tout raté ici.

– Vous allez faire quoi ? Tout ce que vous entreprendrez sera sali par la signature que vous avez griffonnée hier soir...

– De toute façon, c'est trop tard...

– C'est vrai, mais je voulais vous le dire... Je n'ai pas crié, je ne vous ai pas montrée du doigt. Vous voyez qu'on peut changer... C'est drôle, je vous déteste plus, je vous plains, je voudrais pas être à votre place.

Samedi matin. India et Louis assis à la table du petit déjeuner ont vu défiler Ambroise, Aliénor, Gwendoline. À peine s'ils leur ont ébouriffé les cheveux pour leur dire bonjour. D'habitude, ils leur tapotent la tête, ce qui agace Louis qui travaille sa houppe avec du gel chaque matin.

– Ils sont pas cool, dit India.

– C'est les vendanges. Ils sont sous pression… Mais je ne te cache pas que je suis légèrement stressé.

– Nannie aussi. Elle a mis ma barrette de travers ce matin, et elle m'a embrassée sans me chatouiller… Émile a déjeuné seul à la cuisine, Ambroise est passé en coup de vent, madame avait le nez haut et les yeux distraits… Les tantes sont pas revenues. Elles nous avaient promis de nouveaux exercices.

– Et Anaïs a disparu… Y a du rififi dans l'air, je te le dis, assure Louis. Y a que Frédéric qui semble heureux…

– Il est amoureux, ça change tout. T'as vu, il s'est même pas assis à table, il a embarqué des croissants, un pot de confiture, la cafetière et hop ! il est remonté dans sa chambre…

– Pour tout manger tout seul ? s'exclame Louis.

– Non ! Dans sa chambre, y a Pauline, chuchote India. Ils ont sûrement passé la nuit ensemble.

– Ils ont fait l'amour alors ?

– Y a de grandes chances…

– Et ils vont avoir un bébé ?

– On n'a pas un bébé à chaque fois…

– Comment tu le sais ?

– Je suis une femme…

– Ben… un bébé, ça se fait à deux. Je pourrais savoir, moi aussi.

– T'es trop petit.

– J'en ai marre de cet argument stupide. Ça m'étonne

de toi, India ! Tu parles comme une grande personne, tu me déçois beaucoup.

– On va pas se disputer ! C'est pas le moment.

– T'as raison, l'orage gronde. On va peut-être tous être chassés de Berléac. Et je serai jamais riche…

– C'est ce qu'avait murmuré l'arbre un jour… Tu te rappelles ? Il avait dit qu'Ambroise serait forcé de vendre. Il aurait pas le choix.

– C'est vrai ?

– Je me souviens très bien.

– Alors, maman viendra nous chercher ? Tu crois, India, tu crois ?

– Je sais plus.

– Oh là là ! Je suis fatigué de déménager. On me demande jamais mon avis… C'est inadmissible ! Quand je serai grand, je travaillerai sur le droit des enfants.

– C'est pas comme ça que tu deviendras riche !

Ambroise, devant la porte du boudoir d'Anaïs, fulmine.

Il prend une profonde inspiration, souffle, essaie de se calmer.

Gwendoline lui a lancé, allez voir maman. Elle va pas bien du tout.

Elle a dit « maman ».

L'heure est grave.

Il pousse la porte, Anaïs ne l'a pas refermée derrière Gwendoline. Il marche sur une petite cuillère pleine de confiture.

Aperçoit sa femme en boule sur le canapé.

S'assied à côté d'elle.

Noue ses mains et, d'une voix blanche, dit :

– Alors t'as signé ? Hier soir ?

Elle hoche la tête.

– Tu veux partir ?

– Oui.

– Ils t'ont proposé combien ?

Elle se lève en titubant, enjambe les plateaux, les vêtements qui traînent par terre, va chercher le protocole d'accord. Le tend à Ambroise. Et se rassied en boule en tirant un drap sur elle.

– C'est Gwendoline qui t'a dit de venir ?

– Oui... « va voir maman, elle va pas bien ».

– Elle a dit « maman » ? s'écrie Anaïs.

– Pour la première fois en seize ans... Tu auras au moins réussi ça.

Il prend le protocole, le survole, aperçoit le chiffre : 10 millions d'euros. Elle s'est fait avoir en plus ! Et Zinski n'a rien vu. Ou il a empoché une grosse commission, qui ne figure pas sur le protocole d'accord. Ils ont dû rouler les autres signataires dans la farine. Ces derniers ne peuvent pas savoir que le prix de l'hectare est en train de s'envoler. Les Debreste font une sacrée belle affaire.

Il repose le papier, se frotte les ailes du nez. Reste un moment les yeux dans le vide.

– Qu'est-ce que tu veux que je te dise ? il soupire. Ils ont réussi leur coup. C'est tout.

– Elle a vraiment dit « maman » ?

– Elle est formidable, notre fille.

– Je voulais pas signer, Ambroise, je voulais pas signer. Mais je veux partir. Je veux plus vivre ici.

– Je t'avais proposé de t'aider… T'as pas dû entendre.

– Si, mais je t'ai pas cru. J'ai pensé que c'était une manœuvre pour me neutraliser.

– Et le gros chèque t'a rassurée ?

– Oui.

Ambroise écarte les bras en signe d'impuissance.

Se relève. Gagne la porte.

Il va reprendre ses démarches au téléphone.

Épilogue

Ambroise feuillette son vieux répertoire. Un carnet au dos cartonné vert pâle qui tient grâce à des élastiques. Les feuilles se détachent, les coins sont cornés, des numéros sont rayés, réécrits, barrés à nouveau. Il s'esquinte les yeux à les déchiffrer.

Il en est donc à la lettre G.

Les noms de famille défilent sous ses yeux.

Ga…, Gi…, Go…, Gu…, Gl…

Il tombe sur un répondeur, ne laisse pas de message, il rappellera.

Ou personne ne décroche.

La rumeur a déjà circulé à Bordeaux. Ambroise de Berléac cherche de l'argent, les « petits » héritiers veulent vendre, vous savez, ceux qui ne foutent rien et réclament sans arrêt de l'argent. Il n'est pas le premier. C'est le sort de tous les châteaux. Prestigieux ou pas. Mais plus ils sont prestigieux, plus ça cancane. Ça donne même des articles dans les journaux.

Ne deviens pas parano, mon vieux, concentre-toi sur le téléphone. T'as pas le choix de toute façon.

Gr…

Greenroof. Son pote du temps de miss Ohlala. Les fauves dans leur cage. Des ordres aboyés, des coups de fouet. Une petite fille dans un couffin. Jimmy travaillait avec le cracheur de feu. Il préparait les torches et frappait le tambour en roulant des baguettes quand le feu jaillissait. Chaque année, Jimmy lui envoie une carte de bonne année. Une photo de lui au milieu de son vignoble. Les manches de chemise roulées sur les avant-bras, les poings sur les hanches, un sourire de propriétaire prospère. Seul, sans femme ni enfants qui sourient à pleines dents à ses côtés. Chaque année, il lui répond en l'invitant à venir à Berléac. Jimmy promet et ne vient pas.

Ils s'appellent une fois par an. Au moment des vendanges. S'envoient des photos de leurs installations, de leurs raisins, des étiquettes de leurs bouteilles de vin. Jimmy a ouvert un restaurant sur son domaine. A fait venir un chef français, grassement payé. Ambroise lui a donné un coup de main pour recruter un type bien.

Jimmy Greenroof a hérité de son père une immense exploitation viticole en Nouvelle-Zélande, 300 hectares. Quand ils travaillaient tous les deux dans le cirque, Ambroise lui parlait de Berléac, Jimmy évoquait son domaine. Vos vins français sont trop compliqués pour le Nouveau Monde, nous, on fait un produit qui plaît à tous. Bien sûr, il n'a pas la profondeur des vieux sauvignons français, mais il rassure. On sait ce qu'on achète, on ne risque pas de tomber sur une mauvaise année. En

France, chaque millésime est différent, c'est un casse-tête. Et vos vins coûtent cher, en plus !

Il regarde l'heure. 16 heures. Plus 12. Il doit dormir à cette heure-là.

Il va lui envoyer un sms.

Il tape, « *Long time, not seen. Was thinking of you. I call you back tomorrow. Ambroise*[1] ».

Il referme son agenda. Met les pieds sur son bureau. Son chapeau sur les yeux. Rumine. Rumine.

Mauvais pour ton cœur, dirait Montfort.

Je m'en tape de mon cœur.

Il m'a fait faire une belle connerie, il y a seize ans. Balancer 11 % à une femme parce qu'« elle le valait bien ». Bien fait pour moi !

Il en est là de ses réflexions quand Anaïs entre.

Elle a enfilé un jean. Attaché ses cheveux. Mis des lunettes noires.

Elle tient le protocole à la main. Il aperçoit le sigle d'un notaire.

– Tu pensais vraiment ce que tu disais quand tu parlais de m'acheter un appartement à Paris ?

Ambroise grogne « oui ».

– Et tu m'aideras le temps que je puisse m'assumer financièrement ?

– Oui.

– Alors je ne signe plus.

– T'as DÉJÀ signé !

---

1. « Longtemps, sans nouvelles. J'étais en train de penser à toi. Je t'appelle demain. »

– Le dîner chez les Debreste m'a écœurée. Ils m'ont parlé comme à une fille qu'on achète… et le vieux, à la fin, il a ajouté, avec mépris, « faut souffrir pour… »

– Mais c'est vrai, Anaïs ! tempête Ambroise. Ils t'ont achetée. ACHETÉE. Sans toi, ils ne pouvaient pas prendre le contrôle !

– J'ai relu ce que j'avais signé et je suis tombée sur cette ligne. Alors j'ai voulu appeler le notaire… J'ai cherché son nom et son adresse en haut de la feuille, et… Tiens, lis !

Elle tend le papier à Ambroise. Il remarque qu'elle a enlevé son alliance. Il le parcourt, les sourcils froncés, et repose la feuille.

– C'est que du baratin juridique…

– T'as pas bien lu. Y a une phrase qui dit qu'on peut sortir du deal. Un délai de réflexion valable dix jours. Je suis dans les temps.

– Pas possible ! il s'exclame.

Il relit le document. Elle a raison, c'est écrit noir sur blanc : « Le vendeur et l'acquéreur ont un délai de dix jours de réflexion, ce protocole n'est pas un acte définitif. » Cette phrase figure dans tout acte de vente et d'achat d'un bien immobilier.

Il relève la tête, stupéfait.

– Et j'ai rien vu ! Suis con ! Mais suis con !

– Si tu t'engages à tenir ta promesse, je veux dire par écrit, je me retire de la vente.

– Tu ferais ça ?

– Oui.

– Je vais appeler mon notaire. Lui demander ce qu'il faut entreprendre comme démarche et je te tiens au courant.

– Tu me laisseras pas tomber ?
– Tu l'auras, ton appartement ! Écrit noir sur blanc.
– Et une pension alimentaire ?
– Et une pension alimentaire.
– Confortable ?
– Confortable.

Il va falloir qu'il trouve de l'argent pour dédommager sa femme, mais il ne perd pas Berléac.

JE NE PERDS PAS BERLÉAC.

Et j'encule les Debreste, père et fils, il hurle quand Anaïs a refermé la porte.

Il se rue dans l'appartement d'Aliénor qui regarde *C dans l'air.*

– Devinez ! Devinez !

– Ah…, soupire Aliénor. Ma chambre est un moulin où chacun entre à sa guise. Manque de respect total !

– ANAÏS NE SIGNE PLUS.

– Mais c'est trop tard !

– Non. Y a deux lignes dans le protocole qui lui permettent de se dédire. Et elle va se dédire !

– Pour tes beaux yeux ?

– Non. Contre un paquet de billets ! Mais cette fois, c'est moi qui vais les lui donner. Baisés, les Debreste, BAISÉS !

Aliénor sursaute. Elle ne s'habitue décidément pas à ce langage. Mais ce n'est pas le moment de reprendre son fils.

– J'avais appelé Armand… Tu sais, mon vieil ami banquier… celui qui a toujours été là pour nous. Il m'a donné rendez-vous. Pour demain. Je vais y aller. On risque quand même d'avoir besoin de lui.

Le lendemain matin, Jimmy Greenroof l'appelle :

– *Hi, buddy !*

– *Hi*, Jimmy !

– *It's ok for you if we talk in English ?*

– *Very well.*

– Alors ? En pleines vendanges ?

– *Right.* Et toi ?

– Ici, c'est plus tard, tu sais. En mars, avril. Tout se passe bien chez toi ?

– Nickel. 2010 s'annonce une très bonne année.

– Que vous allez vendre très cher ?

– Qu'on va vendre très très cher ! insiste Ambroise.

– J'ai racheté 100 hectares, je m'étends, je m'étends...

– Et ça marche ?

– Ça boume, tu veux dire ! On ne représente encore que 2 % de la production mondiale, mais on progresse. Surtout à l'international. On exporte près de 90 % ...

– Les gens adorent le Coca-Cola, rit Ambroise.

– M'en fiche, tant que le Coca-Cola se vend !

– Ha, ha ! Nos vieilles discussions ! Mais je vais être honnête, Jimmy, je ne t'ai pas appelé pour parler des vendanges, mais parce que j'étais dans la merde...

– Ooooh ! Vraiment ?

– Berléac était sur le point d'être racheté. Une OPA. Mais hier, miracle, j'ai trouvé l'esquive... En fait, je voulais t'emprunter de l'argent. Et je crois que j'aurai quand même besoin d'un coup de main financier...

– Beaucoup ?

– Pas mal... mais pas grand-chose pour toi, je suppose.

– Ça m'intéresserait d'investir dans le vignoble français.

– Même en restant minoritaire ?

– Ce serait un début…

– Je vais avoir besoin d'argent. Je divorce, et les exigences de ma femme sont…

– Énormes ?

– Pour toi, non, pour moi…

– C'est pour ça que je me suis jamais marié !

– Et que tu figures toujours seul sur tes cartes de vœux ?

– Je le regrette parfois. Je regrette surtout de ne pas avoir d'enfant. Que deviendra ma propriété quand je serai parti… ? Ça me fout le cafard quand j'y pense.

– Je comprends.

– C'est trop tard maintenant… Je suis plus vieux que toi, *buddy* ! Et je me vois pas avec une petite jeune et un bébé dans les bras ! Dis… il te faudrait combien, et tu me donnerais quoi en échange ?

– Je vais y réfléchir et je te dis ça. Mais tu es d'accord sur le principe ?

– *Yeah !*

– Ok, je te rappelle très vite.

Dans la voiture qui conduit Aliénor chez son banquier, Gilbert a les mains crispées sur le volant, la nuque raide. On lui a raconté la bagarre entre Émile et François. Et il a appris qu'Émile avait décidé de quitter Berléac.

Il examine le visage d'Aliénor dans le rétroviseur.

Elle semble résolue, mais grave.

Longtemps, il en a voulu aux Berléac de se taire au sujet de ce qu'il s'était passé il y a quelques années dans les chais, entre François et Émile. Il a essayé à plusieurs reprises d'en parler à Aliénor, mais à chaque fois, la conversation s'est arrêtée et il en a été empêché. Ce matin, il ne peut plus se retenir :

– Madame…

– Oui, Gilbert.

– Je voulais vous dire…

– Oui, Gilbert.

– J'étais là quand François a poussé Émile dans la cuve. J'ai tout vu. Y avait Frédéric. Et moi.

– Et vous ne m'avez jamais rien dit ?

– J'ai essayé plusieurs fois, mais… Je ne savais pas comment m'y prendre. Je faisais des allusions en espérant que vous alliez me pousser dans mes retranchements…

– Et… ?

– Vous passiez à autre chose… Alors je me taisais.

Aliénor se souvient de la phrase énigmatique de Gilbert, ce jour où François était venu lui demander audience pour lui annoncer ses fiançailles avec la petite Castel-Lagrange : « Chacun a une part de mystère et de folie qu'il ignore ou dissimule. » Cette phrase l'avait poursuivie plusieurs jours. Elle avait songé à son aventure avec Paul Debreste, cette « folie » qu'elle avait cachée si longtemps.

– « Chacun a une part de mystère et de folie qu'il ignore ou dissimule… », elle dit tout haut.

– Oui, dit Gilbert. C'était un de ces jours où j'avais essayé de vous parler.

– Et aujourd'hui, vous avez trouvé le courage ?

– Oui, parce que si vous avez besoin d'un témoignage… Si ça peut aider Émile… je suis là.

– Merci, Gilbert.
– De rien, madame.

Le portable d'Ambroise sonne. C'est sûrement Aliénor. Elle va lui raconter sa visite chez son banquier, Armand Mertel. C'est vrai qu'il a toujours été à leurs côtés. Comment n'y a-t-il pas pensé plus tôt ? J'ai trop de choses en tête… Il me faudrait deux cerveaux. Mais j'ai deux cerveaux, le mien et celui de ma mère !

Ce n'est pas Aliénor qui appelle, mais Jimmy.

Tiens, tiens ! pense Ambroise. Il a dû réfléchir et… soit il est excité à l'idée de poser un pied dans le Bordelais, soit il trouve que c'est trop risqué et préfère me le dire tout de suite. Je comprendrais Jimmy. Il connaît par cœur le marché néo-zélandais, et peu de chose aux affaires bordelaises. J'ai réfléchi aussi. Je ne pourrai lui donner qu'une infime participation dans le vignoble.

– Ça va, *buddy* !

– On va dire que j'y vois plus clair…, dit Ambroise.

– Écoute… j'ai pas arrêté de penser depuis qu'on s'est parlé.

– Moi aussi, mon vieux… J'ai la tête qui explose !

– Y a un garçon, ici, un type très bien. C'est comme mon fils. Il est venu une première fois il y a une douzaine d'années, il avait vingt-trois, vingt-quatre ans. Je l'ai aimé tout de suite. J'ai même voulu l'adopter, mais il a refusé. Il voulait partir en France. Pour étudier les vins français. On a beau plaisanter, c'est quand même « la crème de la crème » ! Je lui avais donné une lettre pour toi, pour que tu l'emploies. À un bon poste.

– Me souviens pas de l'avoir lue…

– Il est parti en France. Il a travaillé dans une belle propriété. Il n'a jamais voulu me dire où. Il est très secret. Un peu introverti, si tu vois ce que je veux dire… Il a rencontré une fille, une Française, il a eu deux enfants avec elle et puis, patatras ! il l'a quittée… « la mort dans l'âme », comme vous dites en français.

– Bravo ! Tu te rappelles les mots que je t'avais appris !

– J'en ai oublié beaucoup.

– Tu ne dois pas avoir l'occasion de parler français dans ton pays.

– Mais revenons à mon idée… Encore une fois, je ne sais pas ce qu'il s'est passé avec cette fille, mais il est revenu ici. Depuis, il travaille comme un fou. C'est grâce à lui que je suis reparti à l'attaque. Il m'a redonné l'envie de… l'envie de tout ! Je ne désespère pas d'en faire mon héritier. Il m'a annoncé avant-hier qu'il avait reçu des nouvelles de ses enfants et qu'il partait en France pour une semaine. C'est calme ici, en ce moment. Je peux me passer de lui. Il pourrait venir te voir et vous parleriez business ensemble. Je lui fais totale confiance. Il serait mon ambassadeur en quelque sorte. Il a acquis une vraie connaissance du vin et des vignobles. Et dans le monde entier ! Qu'est-ce que tu en penses ?

– Que du bien. Il s'appelle comment ?

– Lewis. Lewis Riley. Dans les trente-cinq, trente-six ans. Responsable, bosseur, sérieux. Séduisant. Un peu façon beau ténébreux… Tu vois, le genre de type qui plaît aux femmes. Ambroise… Ambroise ? On a été coupés ? Je ne t'entends plus !

– Lewis Riley, tu as dit ?

– *Yeah !*

– C'est le type qui a épousé ma sœur, Muriel ! Il avait été engagé à Berléac pour les vendanges.

– *Nooooo !* hurle Jimmy Greenroof.

– Et il l'a enlevée ! Elle avait dix-huit ans. Elle était plus que consentante, je dois dire. Ça a été un drame dans la famille...

– Il ne t'avait pas donné ma lettre ?

– Non. Je te l'aurais dit, bien sûr. Et je l'aurais traité autrement... Attends ! Attends ! On lui a écrit, ma mère et moi, il y a environ trois jours, pour lui demander de revenir. Que ses enfants étaient à Berléac, que Muriel désespérait de le retrouver ! C'est dingue, non ?

– *Crazy !* Il m'a rien dit, bien sûr !

– S'il revient, c'est qu'il a appelé Muriel. Il sait où elle est.

– Ou il meurt d'envie de voir ses enfants..., dit Jimmy. À mon avis, il va venir direct à Berléac. Je voyais bien qu'il était rongé par l'idée de ne plus voir ses gosses.

– Il appellera Muriel, peut-être... C'est incroyable qu'il l'ait jamais appelée avant !

– Un jour, il m'a dit, comme s'il me demandait de lui passer le sel, « elle s'est remariée, et elle a embarqué les enfants avec elle ». C'est tout. Et il est retombé dans son silence. Ça a dû lui foutre un coup.

– C'est vrai, elle s'était remariée. Pas par amour, si j'ai bien compris, mais parce qu'elle paniquait à l'idée d'être seule. Elle voulait divorcer, mais elle n'en a pas eu le temps. Son mari est mort avant. Elle nous a laissé les enfants pour partir sur les traces de Lewis.

– *A French romance !* rit Jimmy. Alors on fait comme ça ? Tu le reçois, tu lui parles, et on voit comment on fait affaire ?

– Pas de problème. Je vais le voir. Il est bien, tu dis ?

– Plus que bien ! J'en réponds.

– Alors, ok !

– Dis donc ! Si j'adopte Lewis, que Lewis retrouve ta sœur, on sera de la même famille !

– Va pas trop vite ! L'amour a ses méandres qu'on ne peut jamais prévoir.

Lewis a loué une voiture à la gare Saint-Jean de Bordeaux.

Il a attendu que l'agence de location ouvre. Il était sept heures quand il a quitté la ville au volant d'une Clio blanche.

Il a pris la direction de Berléac.

A coupé le moteur devant la grille de la propriété.

« Château certifié à haute valeur environnementale », proclame le panneau à l'entrée.

A longuement regardé la grille blanche.

India et Louis. Ils sont là. Au bout de l'allée. Ils doivent se réveiller, se préparer à partir pour l'école. Louis et sa houppe sur la tête, ses indignations, ses projets de fusées, India et son air grave, India qui parle aux arbres. Les enveloppes blanches qu'il glissait dans son blouson « pour joindre les deux bouts ». Dans la première enveloppe, se trouvait une lettre d'Aliénor pour Muriel disant qu'elle réprouvait toujours son union, mais elle devinait que la vie devait être difficile et si cet argent pouvait l'aider... Il n'avait pas réfléchi, il avait déchiré la lettre. Avait empoché l'argent.

Monsieur Janvier l'avait vu... Il redoutait qu'il en parle à Muriel et qu'elle reparte chez elle, à Berléac, en emmenant les enfants. Il n'était jamais à l'aise avec lui.

Et après... Après la honte ne l'avait plus jamais quitté. Et le remords. Et l'incapacité d'avouer...

Il pose le front sur le volant, écoute son cœur battre à toute allure.

Revoit en un éclair son départ de Saint-Romain. Dans la nuit. Le camion qu'il conduisait, pied au plancher. L'envie de se lancer contre un arbre. Maudit, il était maudit. Depuis toujours.

India et Louis avaient gambadé dans sa tête et l'en avaient empêché.

Il avait laissé le camion et les clés au dépôt. Avait expliqué au veilleur de nuit, je m'en vais, j'arrête, j'en ai assez ! L'homme parlait mal français. Alors il avait mimé « je me casse » en frappant son avant-bras du tranchant de la main. Il avait déposé les clés et les papiers du camion. Avait passé la nuit dans un hôtel pourri, avait appelé Jimmy Greenroof, je peux revenir ? Jimmy avait dit, bien sûr, tu as besoin d'argent pour l'avion ? Oui, il avait dit.

Il avait attendu quinze jours avant de partir. Pour être sûr de ne pas agir sur un coup de tête.

Il avait atterri à Marlborough.

Tout était à refaire.

Il n'aimait plus l'homme qu'il était devenu. Il avait

honte de la vie qu'il faisait mener à Muriel et aux enfants. Il s'enlisait, son amour partait à vau-l'eau. C'est une expression française que lui avait apprise Muriel. Avec « rubis sur l'ongle » et beaucoup d'autres.

Au début, il avait eu des nouvelles par monsieur Bottel.

C'est par lui qu'il avait appris que Muriel s'était remariée. Qu'elle avait déménagé.

Ce jour-là, il s'était dit, c'est fini, je n'espère plus. Muriel dort avec lui, les enfants l'appellent « papa », peut-être ?

Puisqu'on l'avait déclaré mort, il allait se laisser mourir.

Les autres avaient toujours décidé pour lui. On ne lui avait jamais demandé son avis. Ses parents étaient des junkies. Ils n'étaient pas méchants, ils ne pouvaient juste pas s'occuper de lui. On l'avait placé dans des familles. Des parents professionnels qui faisaient mal leur boulot. Dès qu'il avait eu l'âge de vivre seul, il était parti. S'était pris de passion pour la terre, les arbres, la vigne. Tout ce qui avait des racines. Avait voyagé. Sans jamais s'attacher. Jusqu'à ce qu'il rencontre Muriel.

Elle avait été sa première amarre.

Puis étaient venus India et Louis.

Trois belles amarres. Dont il était responsable.

Il avait échoué.

Le mail d'Aliénor de Berléac l'avait sorti de sa torpeur. Qu'allaient devenir ses petits si les Berléac ne voulaient ou ne pouvaient plus les garder ? Où iraient-ils ? Chez des professionnels ?

Le malheur est très fort. Il se faufile partout.

Il ne voulait pas qu'il se faufile chez ses enfants.

La lettre recommandée, avec accusé de réception, est posée sur un plateau dans l'entrée du château Saint-Hilaire avec d'autres lettres et des prospectus qu'il froisse d'une main et laisse tomber à terre. Il n'a pas de corbeille à papier sous la main. Un domestique les ramassera.

Bernard Debreste empoche les autres enveloppes et va s'asseoir dans la salle à manger prendre son petit déjeuner.

La vie est belle. Il part le lendemain pour Shanghai voir un nouvel artiste chinois. Pas encore reconnu. Un investissement juteux si le type prend de la valeur. Sinon, il le refourguera à un galeriste parisien. Son père mise sur de vieilles valeurs, lui voit plus loin. Une histoire de génération, peut-être. Il hausse les épaules.

Déplie sa serviette. Demande à Hubert de lui servir un café. Un long avec un nuage de lait. Prend un toast, le tartine de beurre demi-sel, y dépose une tranche de saumon fumé. Ouvre grand la bouche quand il aperçoit la lettre recommandée. Il fronce les sourcils. Pas bon, ça ! Toujours porteur de mauvaises nouvelles.

Il déchire l'enveloppe.

Anaïs se retire de la transaction. Elle a épluché le courrier de l'avocat et a repéré la clause de renonciation.

Va falloir l'annoncer à son père.

Paul Debreste brise sa canne entre ses mains à l'annonce de la nouvelle.

– Salope ! La salope !

– On s'est réjouis trop vite.

– Appelle maître Raynal tout de suite. On sort du deal aussi.

– Vous êtes sûr ?

– ON SORT DU DEAL ! Qu'est-ce que tu veux qu'on fasse avec 24 % ? Qu'on s'asseye au conseil d'administration et qu'on dise oui à tout ce que décide Ambroise ? Comme des connards ? Pas pour moi. Et comme c'est moi qui décide…

– Et les autres ? Ceux qui ont signé ?

– Ils n'auront pas un rond, et on s'en tape ! Ils retourneront à leur petite vie misérable. Toucheront leurs dividendes à chaque répartition et devront s'en contenter.

– Jacques va être furieux !

– Il ira se plaindre auprès d'Anaïs.

– Et Zinski ?

– Qu'il crève ! Ambroise va le virer de Berléac et avec toutes ses magouilles, son trafic d'étiquettes, de contrefaçons, ses petits gains honteux, il aura intérêt à la boucler. Il va se retrouver à poil ! Et devra aller loin de Bordeaux pour se faire oublier.

Bernard Debreste baisse la tête, fixe ses pieds.

Il ne partira pas demain pour Shanghai.

– Je pense, Blanchette, qu'on devrait rendre ce chèque. On n'en a plus besoin puisqu'on garde la maison.

– Je le pense aussi. Je ne peux plus vivre avec ce poids sur la conscience. Je n'ai pas pu écouter le « Kyrie eleison » de Rossini, ce matin, ma tête sonnait le remords…

– On va appeler Aliénor, lui décrire notre panique, notre reddition… Lui demander pardon. Nous l'avons offensée.

– On lui racontera l'histoire de la maison… Elle comprendra peut-être.

– Elle peut être dure…, soupire Geneviève, mais, souviens-toi, elle a toujours pardonné à Ghislain.

– C'est vrai.

– Tout ce qu'il lui a fait subir ! Et elle a tenu bon. Elle est restée à ses côtés jusqu'à la fin.

– Je crois qu'elle nous aime bien…

– J'ai tellement envie de revoir les petits ! soupire Geneviève.

Lewis a garé sa voiture devant la grille blanche et a remonté l'allée de charmes.

Il reconnaît un peu plus loin le hangar à tracteurs et les bâtiments réservés aux journaliers pendant les vendanges.

Il pousse la porte du grand vestibule, s'arrête un instant.

C'est la première fois qu'il pénètre dans le château.

Il tombe nez à nez avec Nannie, qui le fixe, les yeux écarquillés.

Elle porte un plateau avec des œufs coque, une boîte de Chocapic, des toasts dans une serviette blanche.

– Monsieur Lewis !

Le plateau tangue entre ses mains. Lewis le rattrape et le pose sur une commode.

– Je voudrais voir les enfants.

– Ils ne vont pas tarder à descendre. Ils ont école…

– Je veux les voir.

– Je vais les prévenir.

Il n'attend pas longtemps.

Des pas dégringolent les escaliers.

– Papa ! Regarde, papa ! crie Louis à tue-tête. Trois

par trois, je les descends les marches maintenant ! Mais je me suis entraîné, tu sais ! Et je m'entraîne pour la piscine aussi…

Lewis ouvre grand les bras et Louis lui saute dessus.

Ambroise est venu voir Aliénor au petit matin.

– C'est devenu une habitude ! a protesté Aliénor. Je n'ai plus le temps de faire ma gymnastique !

– Je voudrais vous parler de Zinski…

– Et tu as décidé que…

– On va mettre fin à son contrat. Il partira sur-le-champ. Et il n'a pas intérêt à se retourner contre nous ou nous rendrons public le dossier que nous avons sur lui. Il ne remettra plus jamais les pieds dans un château. Ni dans aucune entreprise qui nous demanderait des renseignements sur lui.

– Il n'aura qu'à retourner dans une de ces agences qui exploitent de pauvres filles en les faisant fondre sous les sunlights…

– Des sunlights ? Vraiment ?

– Te moque pas de moi ! Un peu de respect, s'il te plaît !

Ils entendent des cris, des exclamations, une cavalcade dans l'escalier.

– Que se passe-t-il ? dit Aliénor. On dirait que Bandit monte les marches !

Ambroise passe la tête par la porte. S'approche de la balustrade. Se penche.

Et aperçoit Lewis Riley.

Dans l'entrée.

Lewis serre Louis dans ses bras. Le fait tourner, tourner. Louis hurle de joie :

– Papa ! papa ! T'es pas mort ! Plus haut ! Plus haut !

Ambroise revient vers Aliénor.

– Je crois qu'il est temps que vous appeliez Muriel, ma chère mère... Je vais faire son numéro, et vous lui parlerez...

– Maintenant ? Tout de suite ? s'étonne Aliénor.

– Oui. Très vite. Et que vous envoyiez Gilbert la chercher là où elle se trouve...

– Mais pourquoi ? Ne sois pas mystérieux ! Parle clair.

– Lewis Riley est dans l'entrée.

– Lewis Riley ?

– En personne.

India descend les marches une à une en se tenant à la rampe.

Elle s'arrête au pied de l'escalier.

Examine son père, méfiante, c'est bien lui ? Il a des cheveux gris sur les tempes, deux barres aux coins de la bouche. Et ses yeux tombent un peu dans ses joues.

Lewis pose son fils à terre.

Louis lui prend la main.

– Je ne veux pas te perdre encore une fois, il dit, t'es parti trop longtemps, on a plein de choses à faire tous les deux.

– India... tu me reconnais ?

– Papa ?

– C'est moi.

– Je savais que t'étais pas mort, je le savais ! hurle Louis. Et maman aussi ! Elle te cherche partout, tu sais. Elle nous a promis que t'allais revenir. Elle a pas menti. Tu me chronométreras pour la piscine ? Ce serait plus facile si tu me chronométrais. J'ai failli mourir... J'étais tout blanc, il paraît, et j'avais avalé toute l'eau. C'est madame qui m'a sauvé...

India, immobile, observe son père.

– India...

– C'est vraiment toi ?

Lewis se déprend de Louis et sort un harmonica de la poche de sa parka. Le porte à sa bouche et joue les trois notes qu'il jouait toujours. Mais cette fois-ci, il continue. India ferme les yeux, agrippée à la rampe.

Lewis avance, les bras tendus.

– J'ai tellement changé ?

Elle secoue la tête, des larmes coulent sur ses joues.

– J'ai peur que ce soit pas vrai et que tu disparaisses..., elle dit, tremblante.

Derrière elle, Nannie s'essuie les yeux avec un bout de tablier.

– Monsieur Lewis... monsieur Lewis, elle renifle.

– J'ai l'impression d'être un revenant, dit Lewis en souriant.

– Mais non ! crie Louis. Ce sont des femmes, papa, elles ont beaucoup d'émotions. Et elles savent pas les ranger sous leurs cheveux...

– India... si je me mets à genoux devant toi et que je te demande pardon, tu viendras m'embrasser ?

– Papa, sanglote India, papa !

Elle vole dans les bras de son père. Louis exécute une danse indienne en hululant :

– Ou-ou-ou il est reven-ou ! Mon papa est reven-ou !

– C'est quoi, tout ce ramdam ? gronde une voix du haut de l'escalier.

Aliénor a pris le temps de s'habiller, de se coiffer, d'accrocher deux perles à ses oreilles, de se poudrer le visage, de poser un peu de rose sur ses lèvres. Elle se tient, majestueuse, presque sévère.

– C'est monsieur Lewis, madame, il est revenu, dit Nannie en ravalant ses larmes.

Ambroise se tient à côté de sa mère et frappe sa cuisse de son chapeau.

Aliénor se penche par-dessus la balustrade.

– Bonjour, Lewis…

– Bonjour, madame…

– Appelez-moi Aliénor…

– Bonjour… Aliénor.

– Dites-moi, Lewis, que prenez-vous au petit déjeuner ?

La famille Berléac

Thierry Gautier
de Lantignac
1916-1944

Hugues
∞ Nathalie

Aliénor ∞ Ghislain de Berléac
1936 1927-1984

Ambroise ∞ 1. Jacqueline Quartont
1962 1964
∞ 2. Anaïs Lescaut

Muriel
1980
∞ Lewis Ripley
1975

François
1985
∞ Hélène
Castel-Lagrange

Frédéric
1986

Gwendoline
1994

India
2000

Louis
2001

Tableaux de famille

L'action se passe en 2010.
À Bordeaux et dans sa région.

Au château de Berléac

ALIÉNOR de BERLÉAC (née Gautry de Lantignac), fille de Thierry de Lantignac, grand résistant, née en 1936, mère d'Ambroise et de Muriel, mariée à

GHISLAIN de BERLÉAC, né en 1927, mort en 1984.

AMBROISE de BERLÉAC, fils d'Aliénor et de Ghislain, né en 1962, marié en premières noces à Jacqueline Quartont (dont il a deux fils, François et Frédéric), marié en secondes noces à Anaïs Lescaut, dont il a une fille, Gwendoline.

MURIEL, fille d'Aliénor, sœur d'Ambroise, née en 1980, mariée à Lewis Riley, mère d'India et de Louis.

ANAÏS, née en 1968, seconde femme d'Ambroise, mère de Gwendoline.

GWENDOLINE, née en 1994, fille d'Anaïs et d'Ambroise.

FRÉDÉRIC de BERLÉAC, né en 1986, fils de Jacqueline et Ambroise. Habite au Château. Finit ses études et travaille au domaine.

JAN ZINSKI, directeur commercial de Château Berléac, il vit sur le domaine. Né en 1962. Amant d'Anaïs.

ÉMILE CHASTELNAU, chef de culture à Berléac. Né en 1985. Fils d'Albert Chastelnau.

GILBERT, l'homme à tout faire d'Aliénor. Né en 1958.

ELSA, fille de Brice de Berléac (décédé), recueillie par Ambroise à la mort de ses parents.

NANNIE, née en 1950, la gouvernante-cuisinière-plaque tournante de Berléac. C'est à elle que tout le monde se confie.

ALLISON, vingt ans, domestique.

INDIA, dix ans, et LOUIS, huit ans et demi, les enfants de Muriel de Berléac et Lewis Riley.

À Bordeaux

JACQUELINE de BERLÉAC (elle a tenu à garder son nom de femme mariée), née en 1964, fille de Maurice Quartont, première femme d'Ambroise, mère de François et Frédéric. Vit dans un très bel hôtel particulier.

FRANÇOIS de BERLÉAC, fils d'Ambroise et de Jacqueline. Il a choisi de vivre avec sa mère au moment du divorce de ses parents.

Andrée, gouvernante de Jacqueline.

Maurice Quartont, père de Jacqueline, veuf, riche négociant en vin.

Patrice Clauzel, ami et soupirant de Jacqueline de Berléac.

L'oncle Jacques de Berléac, veuf.

L'oncle Édouard de Berléac, célibataire et son amant Cecil Davies.

Les tantes Blanche et Geneviève de Berléac, toujours « jeunes filles ».

Le docteur Serge Montfort, ami et cardiologue d'Ambroise.

La famille Debreste

Paul Debreste, né en 1922. Propriétaire du château Saint-Hilaire (entre autres). A fait partie du réseau de résistance Perret, dirigé par le père d'Aliénor, Thierry de Lantignac.

Bernard Debreste, son fils, né en 1954. Se pique d'art moderne.

Guillaume Debreste, son petit-fils, né en 1993, le meilleur ami de Gwendoline.

Claudine, la gouvernante de Paul Debreste.

Lotissement de Saint-Romain

Monsieur et madame JANVIER, voisins de Muriel et Lewis Riley.

GUS et ZELDA, enfants des JANVIER, camarades de jeux d'India et Louis.

GABRIELLE, amie et voisine de Muriel, mariée à Régis.

Monsieur et madame GARNIER, nouveaux occupants de la maison de Lewis et Muriel.

Hôtel de la Gare à Bordeaux

Madame LAKTHI, qui tient l'hôtel

OCTAVE, interne à l'hôpital.

ANOUK, femme de chambre.

Dans les écuries de Berléac

BANDIT, le cheval d'Aliénor.

SUGAR, le cheval de Muriel

BLACKIE, le cheval de Gwendoline.

Remerciements

Ça commence par presque rien, une buée, une fumée, une odeur de café ou de banane, une photo qui s'imprime sous les paupières sans qu'on le devine...

La mariée portait des bottes jaunes a commencé il y a longtemps, lors d'un déjeuner organisé par Pierre Lurton au domaine du Cheval Blanc, dans le Bordelais. J'ai découvert ce jour-là un monde inconnu, somptueux, émouvant ; je faisais mes premiers pas dans le Bordelais.

Grâce à mon ami Albé, j'ai connu d'autres châteaux, d'autres caves, d'autres chais, d'autres vignes, et le trait s'est accentué.

Un jour, une histoire s'est dessinée.

Un personnage s'est présenté, puis un autre, un autre, un autre...

Ils ont déposé chacun des bribes de récit.

Une expression, une question, un harmonica, une colère, un chapeau mou, une redingote...

Il y eut d'abord une voiture qui roule sur une départementale, avec à son bord un homme au crâne rasé, une femme qui s'ennuie, deux enfants à l'arrière qui se chuchotent à l'oreille.

Puis Ambroise, Aliénor...
D'autres personnages les ont rejoints.
Des morceaux de puzzle ont trouvé leur place.
Ont changé de place...

Et... pendant que tout s'ordonnait, que mon imagination cabriolait, je savais que je pouvais compter sur quelques fidèles que j'interrogeais pour préciser une couleur, une adresse, la tournure d'un escalier, le gras mouillé d'un pavé, le rideau d'arbres dans une côte, des détails qui, pour moi, pesaient lourd.

Ce livre n'aurait pas vu le jour sans l'aide de mon ami Albé, à Bordeaux, prêt à enfourcher son vélo pour aller vérifier une information, m'envoyer une photo, aller interroger un homme important (pour l'histoire !).
Merci, Albé.
Merci, Marie.

Merci à Tristan Kressmann, qui m'a reçue dans son magnifique domaine de Latour-Martillac plusieurs fois, et pour plusieurs jours !
Grâce à lui, j'ai suivi le temps des vendanges, de l'assemblage, des primeurs, de la taille de la vigne, etc.
Merci à toute sa famille qui m'a accueillie les bras ouverts...
Agnès, Loïc, Beatrix, Édouard, Hervé.
Merci à Carole Kressmann, qui m'a conduite chez eux.

Merci à Denis Wendling et à Karine Laroche, chef de culture pour l'un, œnologue pour l'autre, qui m'ont expliqué le ouillage, le mildiou, le botrytis, l'emploi du sécateur, comment érafler une baie, etc.

Merci à Thierry de Pracontal, qui m'a permis d'assister à la fabrication d'une barrique de vin à la tonnellerie Taransaud, à Cognac.

Merci à Stéphanie Huilizen.

Merci aux hommes de la forêt de Tronçais… qui veillent sur des chênes centenaires qui montent droit vers le ciel et font de merveilleuses barriques.

Merci à Thierry Perret et à Alain Dumont, mes compagnons sur la route des vins.

Merci à Maxime, des caves Bérigny, à Fécamp, qui m'a raconté les vignes de la plaine de la Bekaa au Liban, de la pampa argentine, de l'atoll tahitien ou les premiers vignobles de sauvignon introduits par un jésuite français en Nouvelle-Zélande. Maxime est une encyclopédie, et l'écouter parler, c'est déguster un grand cru.

Merci à Aymone Fabre, du domaine du Marquis d'Alesme. Quelle conteuse magnifique !

Merci à Laurent Croizier, du Grand Théâtre de Bordeaux, qui m'a promenée parmi les cintres et les décors.

Merci à Anna Jarota, mon amie et mon agente, à Véronique Ovaldé, mon amie et mon éditrice, que je vénère et bisoute.

Merci à tous ceux et celles qui m'ont tenu la main, Pascale, Candice, Sarah, Chloé, Luzinetta, Clem, Mirabelle…

Merci à Sandrine, si généreuse…

Enfin… je voudrais présenter toutes mes excuses à oncle Édouard, un amour d'oncle, rond, bon, gourmand, qui m'a inspiré le personnage d'Édouard de Berléac, alors qu'il n'a rien, mais alors rien à voir avec lui !

DE LA MÊME AUTEURE

Aux Éditions Albin Michel

J'ÉTAIS LÀ AVANT, 1999.

ET MONTER LENTEMENT DANS UN IMMENSE AMOUR…, 2001.

UN HOMME À DISTANCE, 2002.

EMBRASSEZ-MOI, 2003.

LES YEUX JAUNES DES CROCODILES, 2006.

LA VALSE LENTE DES TORTUES, 2008.

LES ÉCUREUILS DE CENTRAL PARK SONT TRISTES LE LUNDI, 2010.

MUCHACHAS 1, 2 et 3, 2014.

TROIS BAISERS, 2017.

BED BUG, 2019.

EUGÈNE ET MOI, 2020.

Chez d'autres éditeurs

MOI D'ABORD, Le Seuil, 1979.

LA BARBARE, Le Seuil, 1981.

SCARLETT, SI POSSIBLE, Le Seuil, 1985.

LES HOMMES CRUELS NE COURENT PAS LES RUES, Le Seuil, 1990.

VU DE L'EXTÉRIEUR, Le Seuil, 1993.

UNE SI BELLE IMAGE, Le Seuil, 1994.

ENCORE UNE DANSE, Fayard, 1998.

Site internet : https://www.katherine-pancol.com

Katherine Pancol

instagram : katherinepancolofficiel

Composition Nord Compo
Impression CPI Bussière
Éditions Albin Michel
22, rue Huyghens, 75014 Paris
www.albin.michel.fr
ISBN broché : 978-2-226-47575-6
ISBN luxe : 978-2-226-18563-1
N° d'édition : 25073/01. – N° d'impression : 2070180
Dépôt légal : avril 2023.
Imprimé en France.